U0462238

这不是一部历史小说。凡书中与史实雷同之处，如人名、地点和细节，皆属巧合，作者概不负责，因为想象之权利不受时效约束。

——阿拉贡

译 序

　　1815年3月下旬，拿破仑逃离位于地中海的流放地厄尔巴岛。从登陆马赛到重返杜伊勒利宫，拿破仑的复出在欧洲引起了强烈反响。皇帝一枪未发，长驱直入，所到之处民众欢呼"皇帝万岁"，身着波旁王朝军服的旧部纷纷归顺，惊恐万状的路易十八国王仓皇出逃，拿破仑宣布恢复帝国。欧洲封建君主诸国迅速组建第七次反法联盟，对抗拿破仑对欧洲的威胁。拿破仑，这位身材矮小的巨人再一次站到了19世纪早期欧洲资本主义与封建主义、资产阶级与贵族阶级、复辟与反复辟斗争的最前列，为法兰西"百日帝国"写下了浓墨重彩的一页。

一、历史回望：复辟与反复辟

　　路易·阿拉贡（Louis Aragon, 1897—1982）创作的长篇小说《拿破仑离开厄尔巴岛》爬梳剔抉的正是这一段初生的资本主义制度与腐朽的波旁复辟王朝反复较量的历史。让我们随着阿拉贡的所思所言所构想，重温那一幅风云变幻的历史画卷。

　　为逼使俄罗斯退出欧洲君主联盟组织的反法战争，恢复法国在欧洲大陆的霸权地位，1812年6月24日，拿破仑统率60万大军远征俄罗斯。然而，征俄战争以法国的惨败告终。英、俄、普鲁士、奥地利等国的封建君主们迅速成立第六次反法联盟。1814年联军攻入巴黎，拿破仑被迫退位。被1879年法国大革命推翻了的波旁王室在联军刺刀的保护下重返首都，路易十八恢复波旁王朝的封建统治。然而，经历了大革命洗礼的法国民众并不认可复辟王朝的倒行逆施。路易十八治国无方，经济每况愈下，通货膨胀之下，农民和工人的生活陷入困境。而王公贵族们的特权则变本加厉，更趋膨胀，民众和社会的不满与反抗情绪在积累和蔓延。

　　拿破仑于1814年被流放到厄尔巴岛后，一直在寻找机会重返法国。1815年

3月20日，他带着他在岛上训练的上千名士兵，乘船逃离厄尔巴岛。不幸的是，他的逃亡信息被英国皇家海军的霍拉肖·纳尔逊将军截获，拿破仑的船队在法国土伦附近的儒昂港遭英国皇家海军拦截。拿破仑侥幸逃脱，船队最终在马赛南部20公里处的昂蒂布成功靠岸。闻信而来的当地民众对皇帝表示热烈欢迎，民众的热情鼓舞了皇帝的斗志。他一路向北，于3月26日进入巴黎，大批已归顺波旁王朝的高级将领，一如内伊元帅，纷纷率部反正，宣布脱离复辟王朝，服从皇帝的指挥。翌日，拿破仑发布宣言，号召民众拔掉那早已被抛弃了的百合花旗，把三色国旗高高举起。路易十八见大势已去，不得不逃往比利时。

4月1日，拿破仑在法国参议院重申自己的皇帝地位，并迅速在政治、军事、经济等方面采取一系列改革举措。政治上，他承诺进行广泛的民主改革，包括取消封建爵位，没收流亡贵族的庄园，解散王家卫队，释放政治犯，恢复被流放者的公民权利等，以获取民众对帝国的支持。军事上，为对抗欧洲反法联盟，他试图重建法兰西军队。但是，由于财力不足，皇帝的军队无论从规模、装备，还是在战斗力方面都已远非昔比。经济上，他发布《法朗堡宣言》，宣布废除封建制度，取消教会和贵族的特权；废除国内关卡；取消封建地租和一切封建义务；实行宗教信仰自由和民事婚姻；恢复公民对土地的占有权。然而这一系列政治、军事、经济的重大改革并没有得到有效实施，他也没有足够的时间和空间重振他的帝国梦。

拿破仑重返巴黎令欧洲的封建君主们惊恐不已，他们旋即组建了第七次反法联盟。3月13日，8个联盟国签署宣言，在"保卫和平"的借口下，决定每个成员国出兵15万，抵御拿破仑的军事威胁。[①]1815年6月8日，拿破仑指挥军队与以英国、普鲁士为首的反法联军在比利时小镇滑铁卢决战，再遭败绩。兵败滑铁卢标志着拿破仑军事生涯的终结，也使他的政治地位受到了严重威胁，并最终决定了拿破仑及其帝国的命运。在欧洲反法联盟的逼迫之下，拿破仑于6月22日宣布第二次退位，并被流放到圣赫勒拿岛，直至1821年逝世。

波旁王朝再次复辟。

从表面上看，拿破仑的失败是军事的失败，施瓦岑贝格（奥地利亲王）通过阿尔萨斯进入法国，贝尔纳多特（瑞典王储）经比利时，威灵顿（英国陆军元

---

① 德·谢·梅列日科夫斯基. 拿破仑传 [M]. 杨德友，译. 北京：生活·读书·新知三联书店出版，2014：458.

帅）经比利牛斯山，布吕歇尔（普鲁士元帅）从比利时进入巴黎，跟在他后面的是俄国沙皇亚历山大一世。同盟军有现役军人35万人，预备役65万人，这道雪崩一般的百万大军滚滚涌向几乎不设防的法国。[①]

但是军事胜负的背后永远都是民心所向的裁量。"在延续了二十五年的革命战争和皇帝的战争之后，法国像干渴的垂死之人渴求清水一样地渴望和平。老人们在金字塔的沙漠中长眠，中年人在俄国的雪地里长眠，青年人在莱比锡的沼泽地长眠；[②]只剩下儿童和妇女在地里耕种。'没有牛拉犁，也可以用铁锹耕地嘛。'内政部大臣安慰道。儿童们耕地，倒下的不是麦穗，而是儿童们自己，这血红色的收成。"[③]

二、火枪手泰奥多尔的精神蜕变

《拿破仑离开厄尔巴岛》以其丰富的想象力和深刻的洞察力，描绘了1815年春"百日帝国"的风云变幻，描绘了一个充满私欲、背叛、傲慢、偏见、谎言，也充满思想、探索和变革的世界。在这个世界里，无论是草根百姓还是军官士兵，抑或是王公贵族都承受着岁月的煎熬、生活的磨难、死亡的威胁、道德的诘难和灵魂的拷问。

内伊元帅率领波旁王朝大军投诚的消息犹如一颗重磅炸弹，炸得路易十八心惊胆战，信心全失。惶惶不可终日的国王陛下匆忙带着王室成员和近臣侍从，在庞大的御林军队伍护送下，冒着复活节前夕的凄风苦雨，向比利时边境艰难跋涉。路易十八的火枪手、画家、青年军官泰奥多尔就在这一支逃亡大军中，他目睹了帝国连年征战给草根百姓造成的苦难，贵族统治给劳苦大众带来的不幸，以及向往共和、渴望温饱、工作、自由，但在共同的利益和一致的目标面前却难以统一意志，团结抗争的民众。

在阿拉贡笔下，各色人等不再是戴着单一面具的芸芸众生，而是一个个表情复杂、内心丰富的多面体，他们的喜怒哀乐、爱恨情仇都得到了细致入微的

① 德·谢·梅列日科夫斯基.拿破仑传[M].杨德友，译.北京：生活·读书·新知三联书店出版，2014：432.
② 分别指拿破仑1798年远征埃及；1812年远征俄罗斯；1813年远征莱比锡.三次远征均以失败告终.
③ 德·谢·梅列日科夫斯基.拿破仑传[M].杨德友，译.北京：生活·读书·新知三联书店出版，2014：432.

铺陈。逃亡大军在风雨中挣扎，饥饿、寒冷、疲劳、绝望折磨着每一个人。路易十八优柔寡断，反复无常，指挥失态；将帅们矛盾困惑，心怀鬼胎，举棋不定。泰奥多尔与他们中的大多数人一样，在风雨和彷徨无助中寻思着自己的出路。他的头脑是清醒的，他与他们不是同路人，他只是被时势裹挟着，卷进了这一支跟随着国王逃难的队伍。眼见路易十八和他的王朝气数已尽，可国王还念念不忘于他的饕餮铺张；王公大臣们还蝇营狗苟于自己的情妇和金币；见风使舵的将军元帅们盘算着如何在保皇阵营与共和阵营之间选边站队；家世显赫的御林军军官国难当头仍不忘寻欢作乐，任意蹂躏外省少女……这些狼藉不堪的人和事随着流亡大军，沿圣德尼、博韦、阿布里索、贝蒂纳、圣波勒等地一路向北，在省城府衙，在农庄古堡，在葡萄园、铁匠铺，在酒肆杂货店一一上演。阿拉贡用他独特的语言和细腻的叙事风格把闻风丧胆的波旁王室，把丑态百出的保皇贵族，把国王、黎塞留公爵、马尔蒙元帅出逃时的种种窘状丑态描绘得淋漓尽致。同时，作者亦以豪放、生动的笔触展现了泰奥多尔由彷徨到省悟，重新思考战争的价值、和平的意义、民众的出路、国家的命运、信仰的价值取向以及生活与艺术的内心世界。

1789年7月，震惊欧洲的法国大革命催生了欧洲第一个资产阶级共和国，《人权宣言》和"自由、平等、博爱"的新思想冲破了数百年封建君主制统治的桎梏。但是共和政体面临着严重的财政危机，一系列激进的社会、政治改革无助于缓和动荡不安的政局。这一复杂多变的形势把拿破仑推上了法兰西政治、军事舞台的中心。1804年，拿破仑在雾月政变后称帝，建立第一帝国。皇继承、保卫并发展了大革命精神，推动社会、法治、政治、军事方面的改革，暂时制止了混乱的政局。他亲率大军征战欧洲各国，与妄图扑灭法国大革命的君主国反法盟军进行了殊死的会战。恩格斯称他为"真正的伟大的波拿马"，认为他是欧洲"革命的代表，是革命原理的传播者，是旧的封建社会的摧毁者。"

从1804年至1814年的十年间，拿破仑为巩固帝国的地位，维护国家和民族的利益，先后与欧洲封建列强打了一系列硬仗，连年征战严重破坏了法国的经济生态，重大的人员及物资损失使得民众的生产生活陷入困境，国内的阶级矛盾在激化，国际的邦交关系进一步孤立。这一切加速了拿破仑帝国的崩溃。

在青年军官、火枪手泰奥多尔眼里，拿破仑从一名出身卑微的普通士兵逆袭成为左右欧洲政治风云的大国统帅，他是当之无愧的英雄。这是他从皇帝的政治主张与无以伦比的军功中得出的结论。作为第一帝国的缔造者，他亲自主持制定了《法国民法典》，打造了自由的共和体制。可是皇帝的视野远远超越了法兰西的高山湖海，超越了19世纪的时空："我最伟大的思想之一是集合、联合各个民族，这些民族在地理上是统一的，但是被革命和政治分开、切割开来……我想要把所有单一的民族汇集成为一个国家的躯体。"①他真正的理想是建立"欧洲联盟"。②拿破仑似乎是一位睿智的预言家，今天欧盟的蓝图似乎早在200年前拿破仑的脑子里就开始酝酿。他是"不同于他人的造物"（斯塔尔夫人语）③，他是"一个为时过早的世界的人"（陀思妥耶夫斯基语）④。"他不是自己时代的同时代人，而是无限遥远过去的同时代人——在那个时代，当时'整个大地只有一种语文和一种语言'，统一的人类；或者是无限遥远未来的同时代人，到那个时候，只有'一个羊群，一位牧羊人'。他似乎是另外一种创世的造物；他太古老，或者太新颖；属于洪水之前或者属于启示录时代。"⑤

战争的硝烟破灭了君主制的幻想，帝制的梦想也成了一个美好的泡影。阿拉贡似乎赋予了泰奥多尔一个全新的视角，一种不同寻常的思维方式。他开始反思皇帝的专制独裁与警察统治！开始诘问无休止的对外征战是否是帝国的最佳选择，开始质疑皇帝的复出是否会给苦难的民众带来和平与幸福。波旁王朝的封建统治让人绝望，皇帝的穷兵黩武，同样让人看不到出路。对皇帝的盲目崇拜开始动摇，泰奥多尔不再纠结于非此即彼二元对立的政治立场。

在跟随波旁王朝败军逃亡途中，他有太多机会接触到生活在社会底层的普通民众，目睹矿工、马车夫、泥水匠、纺织工、铁匠、乞丐、无产者、失地农民的悲惨生活。而在社会上层，挥霍无度的王公贵族们一个个穷奢极侈，纸醉金迷。惊人的贫富对立使他的灵魂受到了极大的冲击，意识的觉醒像一盆冰水浇灭了他勤王的热情，他不愿意做那个旧制度的殉葬者。新的思维方式使他放弃了对波旁王

① 德·谢·梅列日科夫斯基.拿破仑传[M].杨德友，译.北京：生活·读书·新知三联书店出版，2014：42—43.
② 德·谢·梅列日科夫斯基.拿破仑传[M].杨德友，译.北京：生活·读书·新知三联书店出版，2014：42—43.
③ 德·谢·梅列日科夫斯基.拿破仑传[M].杨德友，译.北京：生活·读书·新知三联书店出版，2014：45.
④ 德·谢·梅列日科夫斯基.拿破仑传[M].杨德友，译.北京：生活·读书·新知三联书店出版，2014：45.
⑤ 德·谢·梅列日科夫斯基.拿破仑传[M].杨德友，译.北京：生活·读书·新知三联书店出版，2014：45.

朝的幻想，也不再相信皇帝的征战是为了拯救法兰西的漂亮口号。这两派政治势力都不是苦难民众的救世主。于是他义无反顾地脱下军装，坚决地脱离了这两大阵营的政治、军事冲突，决心与劳苦大众站在一起，用自己的画笔去表现、去呐喊、去声张正义。

三、文学家的哲思与阿拉贡的超越

泰奥多尔的精神嬗变又何尝不是阿拉贡本人的精神嬗变？作为法国共产党的资深党员，他于1927年加入法共，积极投身党的事业。他曾当选法共中央委员，由20世纪初的超现实主义文学运动入道，后投身于革命的现实主义文学。德国法西斯入侵期间，作为"抵抗文学"的旗手，他用文学创作讴歌正义，鞭挞纳粹暴行；战后他曾多次访问苏联，赞颂苏维埃的建设成就。然而，1956年的"匈牙利"事件令他无法理解，痛心不已。从此他似乎明白了许多道理，不再拘泥于二元对立的政治逻辑，不再固执于非此即彼的绝对选择。他借泰奥多尔之口，诉说自己的理想信念，只为把艺术奉献给至高无上的人民，那是艺术家心灵的神圣归宿。

《拿破仑离开厄尔巴岛》于1958年在法国出版，从时间节点上推论，这本小说从一个侧面反映了法国共产党党内一批杰出的知识分子当时的痛苦与失望。毫无疑问，阿拉贡在19世纪初"百日帝国"的兴衰历史中注入了一名20世纪中叶的现代人的哲学思考。波旁王朝只是那个苟延残喘的旧制度的代表，它的垮台是历史的必然；而打着革命旗号的拿破仑同样不是神圣不可侵犯的。帝国连年征战使法兰西的经济到了破产边缘，民众已经开始为食不果腹的面包走上巴黎街头。泰奥多尔力图超脱于这两个利益集团之上，从泰奥多尔身上，我们看到了阿拉贡的影子。他知道一定有一个更神圣的群体，一定有一种更崇高的利益需要他为之呐喊，为之奋斗。他知道，泰奥多尔也知道，改变生产方式与生产关系的不是战争，改变统治者与被统治者之间对立关系的也不是拿破仑的铁腕与强权，而是生产力的发展："机器……索姆省有多少台勒尼纺纱机？这不只关乎尼绒或棉花……还涉及煤、焦炭、蒸汽……人们了解在矿山和冶炼厂发生的变革吗？机器带来了什么？机器改变了什么？它改变了人与人之间的关系，并进而改变了人自身……从前我们恐怕犯了一个错误，那就是对人的关心不够。要决定未来，不能只懂得驾驭军队。"

这是前国民公会议员儒贝尔对一直被帝国忽略的国内产业情势的分析。阿拉贡借儒贝尔之口提出了一个十分严肃的问题：推动法兰西社会进步的真正动力是什么？成功路径又在哪里？1789年大革命后，欧洲大陆工业革命的勃兴使人们对生产方式与生产关系的认识产生了颠覆性变化。儒贝尔明白，泰奥多尔也终于明白：唯有生产力的发展才能纠正革命发展的方向，才能推动社会结构的合理变革，才能完善人与人之间的平等关系！

泰奥多尔思想的拐点由此而发生。"三色帽徽或白色帽徽！"泰奥多尔喊道，"这就是您给我提供的全部选择？如果帝国的国旗今天主要意味着军队，而不是警察，那是因为军队不是人民的军队，那是波拿巴的统治工具！不错，断头台已经从广场上消失了，但他们把年轻人编入军队，把他们派往欧洲各地充当宪兵……""这就是您给我的全部选择？"这振聋发聩的惊天之问、阿拉贡之问、泰奥多尔之问预示着主人公从精神层面超越二元对立绝对思维模式的巨大转变。

早在1956年，阿拉贡发表诗集《未完成的小说》，写下了《在新桥上》的著名诗篇，在略带哀伤的气韵中，阿拉贡对自己年轻时的"形象"进行了真诚的反思，力图与那个曾经迷惘、曾经轻狂、曾经幼稚、曾经偏执、曾经虚度年华的"旧我"作一个精神上的切割。

从《未完成的小说》到《拿破仑离开厄尔巴岛》，阿拉贡开始书写"自我"，一个不再狂热、不再忐忑、不再盲目自信的"自我"，一个突破现状，摆脱困境的自我。是的，人无法改变过去，但是总可以设计自己的未来。每个人都是一部未完成的小说！

浙江越秀外国语学院特邀教授　徐真华
2023年12月于绍兴鉴湖

目录

一、圣枝主日①的早晨

少尉寝室只有桌上那支蜡烛亮着，房顶和墙上映着玩牌人弯折的身影，污脏的玻璃窗刚刚泛白。

这少尉寝室……说的是庞泰蒙兵营，两个月前那里还住着亲卫队，后来调往外省去了；兵营里，无论是少尉还是中尉，都没有自己的床位，就连那些跟亲卫一样，在军中拥有少尉军衔的火枪手也不例外。凡是巴黎人，就像泰奥多尔，都住在自己家里，而不少外省的军官住进了旅店。但是，自从进入戒备以来，大家能挤则挤，住在了一起，既然都是军官，也就不太看重军衔高低了。在少尉寝室里——有些少尉其实拥有中校军阶，由于私人关系，一些不过是火枪手的中尉，就同那些实为中校的少尉住在一起。泰奥多尔便是一例……这真有点像在一所学校里，高年级学生拉来低年级学生同住一室，哪里还像个骑兵营！泰奥多尔，如在弗兰科尼亚②那里所见，骑术出众，深得军官们喜欢……戒备十天了……十天来，新老尉官挤在一起，彼此不讲客套，没有那么多讲究。当然，像泰奥多尔这样的，睡在靠门的地方，因为那里还剩了一张空床，而住楼上的那些火枪手，都得铺草垫打地铺了。十天了……

戒备十天，十天没有脱过靴子。若在打仗，倒也没有什么，可现在是在格勒内尔营地③啊！想睡又睡不成。这类恼心事到头来非把人折磨得不行。本来还有杜伊勒利宫④的警卫任务，可从14日起，这差事已让国民卫队拿去了。这下空闲了，但心里又不踏实。躺下，昏昏睡去，突然又被惊醒。且不说那些愚蠢的玩笑。这里也有那种毛头小伙……长枕上，有人做着过时的梦，流连不舍，而

① 圣枝主日，也称棕枝主日、基督苦难主日，是圣周开始之日。据新约记载，这一天，耶路撒冷人民手执棕榈枝将耶稣基督迎进圣城，成为圣周开始的标志。圣周是纪念耶稣基督被出卖、审判、最后上十字架受难前后事迹的节期，时间为从圣枝主日至复活节前一周共七天。

② 意大利籍骑术教练。

③ 法国大革命时期的军营，位于今巴黎第十五区。

④ 法国王宫，位于巴黎塞纳河右岸卢浮宫和香榭丽舍大街之间。

那些懒得动换的人，坐在昏暗的角落里，有下岗回来的，也有挨床挨铺聊完天的。军心惶惶如此，报纸却矢口否认。

"昨天的《日报》你看过吗？"

灰披火枪手①很不高兴，朝着问话人转过身来。问话的叫阿尔弗雷德，是个年轻的近卫骑兵，只见他走过来，在床沿上坐下。火枪手几乎和衣而躺，穿着靴子，红色短上衣搭扣解开，只脱下了饰有百合花白色大十字的橄榄青无袖褂，胸背两片护身甲互靠着放在床边空地上，犹如合十的双手。在祈祷什么呢？

阿尔弗雷德是过来找他的朋友小蒙科尔聊天的。小蒙科尔，也是火枪手，正站在边上，恭恭敬敬望着没有睡醒的泰奥多尔。阿尔弗雷德和蒙科尔从前同在一所寄宿学校读书，现在又在格勒内尔军营相逢，只是不在同一连队，但住在同一层楼。蒙科尔有着年轻人偏瘦的身材，但与他在依克斯寄宿学校的同窗相比，还要健壮一些。阿尔弗雷德像个大孩子，一头金发微微卷曲，身上披着深色翻领外套，肋状盘花短上衣挺括的领子顶着低垂的下巴，膝头上放着一双上了马刺的靴子和一顶高高的金黑两色头盔，用一只纤弱的手扶着，这模样活像一个身着男装的女孩。啊！该起床啦！火枪队寝室乱作一团，寝室中央的桌子上还亮着烛火，格里莱、蒂雷纳、加里费伯爵这三个人，还在同加内侯爵玩牌赌钱。波拿巴②在位时，这位侯爵当过索恩–罗瓦尔省议员，现今四十五岁，头发已经花白，作为"少尉"已不算年轻了。这些人个个衣冠不整，吞云吐雾。那几个赌牌的，身子延长成了幢幢影子。马西利安骑士站在加内背后，俯身观看牌局，强壮的肩膀在赌家们头上晃来晃去。寝室深处，乌德托靠着隔板沉睡不起；他身穿一条白鹿皮军裤，肥大的屁股和蜷曲的粗腿隐约可见。真想不到他还当过皇帝的侍从！在泰奥多尔面前，他总爱摆出一副保护人的样子，泰奥多尔不用鞍具就能骑那些犟得出名的战马，那架势令乌德托入迷；而且乌德托的一个会写诗的表亲曾在他面前热情夸奖过泰奥多尔。

"几点钟了？"泰奥多尔问年轻的近卫骑兵。"五点了……"蒙科尔回答。骑兵司号已经吹过了到院子集合的号声。但四周几乎还是漆黑一片，天

---

① 当时法国近卫骑兵，以马披颜色分为灰披火枪手、黑披火枪手。
② 波拿巴，意大利语或科西嘉语的译文，此处指拿破仑·波拿巴（法语 Bonaparte）。君主主义者用以称呼拿破仑，意在嘲笑拿破仑不是法国人，作为法国皇帝，不具正统性。

空阴云密布，从昨晚起雨就下个不停。三四张床上一些人坐起半个身子。火枪手们本能地用手捋捋头发，呵欠连连，有的整理上衣，有的戴盔披甲。只听见咣当一声，一把剑掉在地板上。突然间，灯光一亮，摇曳不定，划破了黑暗。原来加里费边上有人爬上凳子，点亮了铁罩煤油吊灯。走廊里有人跑动：几个壮汉，脖子、耳根搓得通红，两颊让剃刀刮得火辣辣的，嚷嚷着从外面回来，随手把毛巾往脚下草垫一扔，奔向丢在一旁的军服。看来这军营同中学生宿舍一样，不同的是这些骑兵身高起码五尺六，无一例外，还有与之相称的胸脯。此外，这里只有阿尔弗雷德和蒙科尔两个毛头小伙子；但像加内那样年过四十的就不止一个了，其中有孔代①军团的老兵，还有帝国的幸存者。此时，人声嘈杂，喧哗声中，一个清脆的歌喉放声歌唱："迷人的加布里埃尔……"

泰奥多尔的两个邻铺也回来了，仍在交谈："我的表兄舒瓦泽尔·博普雷在亲卫队服役，他说，在奥尔塞兵营，克拉尔克②前天对他们说，跟《辩论报》上说的一样……今晚吧，你们可以脱了靴子睡个安稳觉了，等等，……"另一个棕发大个子，嘴里叼着烟斗，接过话头："可眼下这双脚还得受罪！"

德·马西利安骑士朝他们转过身："昨天我也听见了，克拉尔克在国王候见厅又说了这话……靴子么，总是会脱的……好消息不少，今天晚上，西班牙大使馆全体人员在杜伊勒利宫进餐，星期二晚上，整个外交使团应邀参加招待舞会，后天……"

人心需要安抚，否则又能怎样？泰奥多尔心里想。他已经起床，正在整理身上的军装。那个年约十八岁，但看上去不过十五岁的小个儿近卫骑兵，正不胜仰慕地望着泰奥多尔。在格勒内尔骑兵营地，同时驻扎着国王卫队下属的四支红衣部队：灰披火枪队、轻骑兵队、近卫骑兵队和掷弹兵队。阿尔弗雷德来看老同学，又向同寝室的灰披火枪手表示了友情。火枪手讥笑过他上马的动作，也教过他如何改进骑马的姿势。泰奥多尔真是个了不起的骑手！还有他的坐骑特里克，一匹栗、灰、白三色相间的杂色黑头马，看来泰奥多尔在坐骑身上倾注了他的全部感情。阿尔弗雷德怎么也不敢把他的笔记本，把他暗地里记下的东西拿给泰奥多尔看，就像他不敢拿给小蒙科尔看一样。哦！该回自己

---

① 指波旁家族孔代亲王（1736—1818）组织的对抗共和政府的军队。
② 克拉尔克（1765—1818），即费尔特尔公爵，法国元帅，1807—1814 年出任路易十八的陆军大臣。

队里了。

再说，门口那边有人举着酒壶招呼泰奥多尔，要他在上马前喝两口。那人是拉罗什雅克兰①掷弹兵队少尉多比尼子爵，叫朱尔-马克-安托万。他起码有二十四岁，同泰奥多尔一样大。泰奥多尔喜欢跟他一起策马奔向凡尔赛。子爵的坐骑是一匹栗色英国纯种马，本事惊人，跑开了连特里克都跟不上。小阿尔弗雷德有点妒忌这位掷弹兵，只要掷弹兵一来，泰奥多尔眼里就没有他了。

马克-安托万穿好礼服，拖着马刀，头戴高筒熊皮帽，身穿金边红上衣，斜挂着金黄色肩带，镶黄条的灰色紧身军裤炫耀似的裹着那两条似乎一离开坐骑就不知往哪里搁的粗腿。他在那里站了一会儿，已经听到骑士和那两个人的谈话，他高声大气地说："哪里话，那位表兄就没有脱靴子⋯⋯昨天夜里，亲卫队还在香榭丽舍大街扎营。至于维奥梅尼尔②先生的志愿兵⋯⋯这么大的雨！他们够狼狈的了。没错，克鲁瓦·达弗雷先生会睡在杜伊勒利宫，普瓦亲王③想必在圣奥诺雷区过夜！"马克-安托万直来直去，一副说一不二的样子，就像仗着自己膀大腰粗、天不怕地不怕似的。

查理·德·加内把牌和钱收好，离开桌边的凳子，整了整马裤，耸了耸肩。说来话长，这个年轻人，属于那种新法国人，还是查理七世④治下斯图亚特家族⑤的后裔！他曾为波拿巴效命，他怎么会理解一代青年人的忠诚，理解这些从外省赶到京城的小伙子，他们聚集在杜伊勒利宫和国王周围，对驱车而过的阿图瓦伯爵⑥高喊，愿意开赴格勒诺布尔堵截篡位者⑦⋯⋯他又有什么可以埋怨普瓦亲王的呢？是因为他本人没有去沃帮公馆他那男爵父亲家里过夜吗？

国王火枪手们三步并作两步跑下楼梯。在一个阴暗的角落里，有人在敲击火石取火。外面狂风阵阵。下雨了，雨夹着雪。寒气逼人，天色灰暗。黑夜将要过去，户外、城市仍然寂静无声，院子里却是一片喧闹，马厩里马蹄踢蹬，借

① 拉罗什雅克兰（1777—1815），法国旺代省保王党头目，1814 年波旁王朝复辟时期任国王卫队掷弹兵统领。
② 维奥梅尼尔（1734—1827），1814 年任法国元帅，路易十八贵族院议员。
③ 普瓦亲王（1752—1819），即莫希公爵。法国元帅，路易十八时期贵族院议员。
④ 查理七世（1403—1461），法国国王（1422—1461）。
⑤ 斯图亚特家族，起源于法国布列塔尼半岛，12 世纪迁居英国，14 世纪开始至 18 世纪初统治苏格兰和英格兰。
⑥ 阿图瓦伯爵（1757—1836），法王路易十八之弟，1824—1830 年即位，称查理十世。
⑦ 指拿破仑。

着火把颤悠悠的光亮，可以看见一排排灰色的马屁股，那正是火枪手们的坐骑。泰奥多尔感到身上有一股酒后的暖流，但清晨寒风袭人，他还是裹紧了斗篷。戴着头盔和高顶皮军帽的骑兵散开，分别归队入列，黑压压挤满了营房的院子。晨曦似乎尚未从屋顶进入院子。骑兵们身披斗篷，硕大的翻领宛如张开的翅膀，在肩头轻轻拍扇，他们一个个活像抓着马嚼子的食肉猛禽。在拂晓的朦胧中，马蹄下这里那里不时有火星溅出，大家感到马靴下是铺石马路了。

命令在黎明下达。演习，还是个星期天！天哪，他们莫非疯了？这样的日子何年何月才是个头啊？昨天报上说，王室军队已开进格勒诺布尔和里昂。不管这消息是真是假，像这样让军队老是处在戒备状态，简直不可思议！昨天阅兵，今天演习，国王卫队的人可适应不了。好吧，即使真的像传闻所说，国王卫队的人要加入默伦①军，归贝里公爵②和麦克唐纳③元帅指挥，那也不是星期天刚刚破晓就到马尔斯校场④踩踩泥巴就能吓住从里昂北上的叛军……

只要麦克唐纳稍微学学内伊⑤……

"不管怎么说，"马克–安托万骑在他的纯种马上，转身同泰奥多尔说道，"不管怎么说，他们本该让我们太太平平过个圣枝主日的！腊古扎公爵星期六阅过兵了，星期天还搞什么演习？现在又要阅兵了，究竟是怎么回事？"这时候演习已经结束，火枪手们正在集合，泰奥多尔的那匹黑头花斑马已经停在轻骑兵队旁边，等待入列。一辆炮兵弹药车，由两匹马拉着从沟里出来，在车轮嘎吱声和一片咒骂声中，仿佛就要散架，颠颠晃晃地，把掷弹兵和火枪手分隔开来。走在前面的黑披火枪队返回塞勒斯坦营地，其余部队分成小队，开回格勒内尔骑兵营地。雨下个不停，人和马全部淋湿了。斗篷贴在鲜红色马鞍上，变成了黑色。这种天气还叫人操练，亏他们想得出来！多比尼子爵头戴熊皮高帽，腰圆背厚，骑在马上，缩着脖子，他跟泰奥多尔一般高大，此刻却显得特别矮小，他那宽厚的肩膀快把红色上装撑裂，现在从斗篷的开口只能看到上装的袖子。他气喘吁吁，圆圆的脸上满是雀斑，模样挺像内伊。泰奥多尔无暇回

---

① 今法国塞纳–马恩省省会。
② 贝里公爵（1778—1820），阿图瓦伯爵之子，路易十八之侄，1820 年遇刺身亡。
③ 麦克唐纳（1765—1840），1809 年被拿破仑封为元帅，1814 年归顺波旁王朝。
④ 位于巴黎西侧，塞纳河左岸。
⑤ 内伊（1769—1815），法国元帅。拿破仑逃离厄尔巴岛后，他奉命阻击，却归顺拿破仑，百日政变后被波旁王朝处决。

答子爵的话，纵马向城里奔去。看到马克-安托万那张脸，他不由得想起内伊元帅的叛变……这一切意味着什么呢？

这些部队驻扎在庞泰蒙兵营不过两个月。这座兵营位于勃艮第街和格勒内尔街交会处，所以又称格勒内尔营地。为了这几支部队，兵营都改建过了，最初住的是亲卫队，后来专供杜伊勒利宫警卫队居住。这个骑兵营地太小，连人带马住不下四百六十名灰披火枪手、两百名掷弹兵和大约五百名近卫骑兵。不久前，驻扎在凡尔赛的轻骑兵只有两个中队去了军事学院。黑披火枪队住在嘉布遣会修士街。亲卫队则住在奥尔赛营房，人数已经超过三千。其实，不少骑兵还没有坐骑。还有很多人住在巴黎城外，只是最近几天才总算住进了兵营。在国王卫队里，军官中愿意回家住的就回家住。泰奥多尔便是如此，他把坐骑特里克带到新雅典街他老爸家里。在他们家的宅第边上，靠近厨房的一个小院里，有一个马厩可以安顿他的马，马就交给这片住宅的一位门丁照料，这位门丁是个胸甲骑兵，参加过埃洛①战役。泰奥多尔自己不去别处睡的时候，就睡在家里。

回家，这是他向洛里斯东②副统领请假的借口，这至少能在家待到下午两点钟，他就有时间把特里克收拾得更加神气，因为那天下午国王陛下要在马尔斯校场检阅红衣队和白衣队。这消息是刚才从马尔蒙元帅③的传令兵那里得到的，可是部队已开始解散，黑披火枪队已经走了，当时已是九点，练兵场上，人马缓步行进，不知道如何才能追上大部分部队。他们又被禁止外出，真不走运。泰奥多尔想同父亲告别，因为不管怎样，部队明摆着迟早要离开京城的。总不会是今晚吧，早晨在格勒内尔平原上操练结束后，接下来也许国王还要阅兵：总不至于还要这些牲口连夜奔波吧？总而言之，这一切意味着什么呢？

灰披火枪队的指挥，劳·德·洛里斯东副统领，年纪与加内少尉相仿，是金融家劳的侄孙，也就是说他的家人是英国人，但那不是查理七世时代，而是路易十五时代的事。他本人生在殖民地，恐怖时期④回到法国参加革命军……是他代表拿破仑给伦敦送去和平，而把战争给了库图佐夫⑤，也是他奠定了瓦

---

① 又译艾劳，今俄罗斯巴格腊提奥诺夫斯克城，1807年2月初，拿破仑率军在该地同普俄联军作战。
② 洛里斯东（1768—1852），法国元帅，1800年在意大利任拿破仑副官。
③ 马尔蒙元帅（1774—1852），即腊古扎公爵，参加过奥斯特里茨和莱比锡战役。1814年与联军秘密谈判，促使废黜拿破仑。
④ 指法国大革命时期从1793年5月至1794年7月这一阶段。
⑤ 库图佐夫（1745—1813），俄国元帅，多次率兵同拿破仑军队作战。

格拉姆①战役的胜局……此刻泰奥多尔站在格勒内尔关卡附近,面对包税总署的外墙和沿墙成行的树木,望着洛里斯东先生,心里想到了他的身世。洛里斯东看着国王火枪手,一脸和气:小伙子相貌英俊,强壮如牛,看上去与他的战马合为一体,还有一对大眼睛,棕黄色的毛发……是他队里屈指可数的平民骑卫之一……"好吧,中尉,不过,两点整务必返回……"

这个1793年的老兵,破落家族的子弟,曾经吸足了拿破仑王朝醉人的火药味,还给自己的儿子起了那个暴君的名字,眼下却在统辖灰披火枪队,护卫"受人拥戴"的路易②,这一切在他头脑里是如何理顺的呢?猛地,泰奥多尔看到了副统领后面那棵树,正是那天多比尼指给他看的那棵,多比尼告诉他,1812年,拉奥里③将军就倒在这里。泰奥多尔举起军刀致礼,然后掉转马头,策马回城。午餐。忙了一个上午,食欲大增。雨点稀疏了,但道路依然泥泞难走。

难熬的3月!滂沱大雨将道路和原野泡成了泥塘。天空悬挂着大块大块的乌云,太阳刚露脸就又躲了起来,根本没法把格勒内尔练兵场晒干。在烂泥地里,骑兵来回操练,已将马匹拖得筋疲力尽。此外,国王卫队大多数军官缺乏训练,许多人入伍才两三个月。在参谋部里,确有不少亲王的旧幕僚,甚至还有拿破仑手下的旧军官:劳·德·洛里斯东、统帅黑披火枪队的拉格朗热侯爵、亲卫队统领贝蒂埃④也就是瓦格拉姆亲王,或如格拉蒙部十八岁就离家投奔克莱贝尔⑤的雷泽将军。还有这样的怪事:有些老兵,就像加内侯爵,才是个少尉;那些执政府时期回国的人,雾月⑥十八以后归顺波拿巴,后来王朝复辟,就只能原地踏步,晋升无望……还有一些上校,甚至将军,在国王卫队里,军裤上也只有一两条杠……然而,任何人,不管是掷弹兵、火枪手、近卫骑兵,还是亲卫兵,无一不是贵族子弟,个个都有用钱买来的军官证,而他们最大的优点是从未替篡位者卖过命。那些没有坐骑的士兵,打起仗来,也许会领到一支长枪,但这样的步兵从未受过训练,到时候够你瞧的。

---

① 瓦格拉姆,奥地利地名,1807年7月拿破仑在此大败奥军。

② 指法王路易十八。

③ 拉奥里(1766—1812),法国将领,1812年伙同马莱将军反对拿破仑,事败被杀。

④ 贝蒂埃(1753—1815),法国元帅,1814年归附路易十八。

⑤ 克莱贝尔(1753—1800),法国将领。

⑥ 雾月,法兰西共和历第二月,相当于公历10月22—23日至11月21—23日,拿破仑于1799年发动"雾月政变",组成执政府,自任第一执政官。

大家不得不踏步缓行，等待近三千骑兵潮涌般过去。

后天开春。泰奥多尔摸了摸特里克——他那匹漂亮灰马的屁股。他高兴的是，人们识别火枪手不是按照军服的细节，因为大家都穿红色，而是看马的颜色，看是灰色还是黑色。虽说今年冬天，为了找一匹既符合颜色要求又上得了战场的真正军马，他费尽了周折。当然，他原本想找一匹盎格鲁–诺曼底杂种马，但即使有凡尔赛的舅舅帮忙，那也不是一件易事。他只好去卡尔瓦多斯①寻找，当地人给他看的马很差劲，受不了军中的劳累困乏。他要的是一匹地地道道的快马，有耐力，跑得远，头天战绩赫赫，第二天再接再厉，毫不胆怯。还算运气好，遇上了这匹半纯种马。特里克英武强健，属高多芬阿拉伯血统，是诺曼底能有的最优东方黑毛种公马。体形似用斧子削就，没有半点肥膘，还有一副强壮坚实的身架。人说黑头马步履不稳，而特里克看来推翻了这句老话。泰奥多尔对它爱得发狂，全队上下也都羡慕他。此刻，特里克全身上下挂着两滴汗珠。来吧，加油，从这里到洛雷特街区，遇上像你这样的勇士，算不了什么，到了你就歇息好了。巴蒂斯特少不了给你备好燕麦饲料，还会给你洗刷一下，干这活他是内行，再说，让人用马梳给你刷刷毛，你也喜欢，是吧？特里克伸长脖子，没有作声。泰奥多尔望着眼前满是石板屋顶的巴黎郊区，以及左侧残老军人院崭新的金顶。一上午的折腾，已使他精疲力竭，但他心情愉快，消除了头天夜里在营地草垫上和衣而睡带来的疲乏，因为他喜欢马，喜欢操练。可是，心情犹如天空，偶尔出现的阳光远不能驱散乌云；十多天来，生活一直笼罩在压抑的气氛中。如果心中对情况有个数，至少……起初，骑兵营地流传着各种消息，像是有人故意编造的，可是城里到处都能听到这类谎言。在咖啡馆里，亲卫、轻骑兵、火枪手，越来越多地听到有人出言不逊，决斗这样的事便屡屡发生，大家都是当兵的，当兵打仗，天经地义。

直到1814年夏天，联军②屯扎巴黎之时，跟外国人干仗是常有的事。特别是波拿巴手下的旧军官，他们刀砍年轻的德国人，或者俄国人，这类事屡见不鲜。但是，自从法国人自己相争不下以来，想动手打架的就是年轻人。到了晚上，大家便在罗安街王家酒馆同胜利者一起畅饮。尽是这样的荒唐事！好啦，那个科西嘉人③已经在昂蒂布④登陆，还带着千把个弟兄，可那又能怎样？无

---

① 法国西北部沿海地区，农牧业较发达。
② 指 1814—1816 年英、俄、普、奥等国为对付拿破仑而组织的军队。
③ 指拿破仑。
④ 位于法国阿尔卑斯滨海省。

非是多一次冒险！不过，路人眼里含着讥讽。当然，巴黎是保王党人的天下。但是，泰奥多尔不会不注意，看他穿着这身军装，就有人彼此碰碰胳膊肘，在他经过时还窃窃私语。他记得，有一天晚上他喝醉了，那个姑娘对他说："太可惜了，你是红衣队的！"杜伊勒利宫附近，人来人往，气氛紧张不安。而且，志愿兵已经招募，休假的军人也已召回……从9日起进入戒备状态……1月份的时候，泰奥多尔定做了红色上装、白色和灰色军裤、开司米马裤和镶红条的斗篷，心里像孩子般高兴……他试戴那顶镀金镶银的头盔，摆弄镀金的金属鸡冠饰和用马鬃编的缨子，还用指头摸了摸护颈的黑丝绒衬里，开心极了。他抚摸用卷卷的黑羽冠托着的白羽缨。而从盔缨挂下的飘动黑鬃饰，令国王火枪手们尤感得意……这身装备花去了一大笔钱。泰奥多尔从母亲那里继承了一双东方人的眼睛，还继承了一万利物尔①年金，但这身行头，加上无数配件和饰物、法国式马鞍、鲜红色鞍褥，全部都是他父亲掏钱买的。就像老爸所说："鞍辔、弹盒、马刀和枪，那是泰奥②的乐趣所在。Quo ruit et lethum③……"（冲锋陷阵，视死如归……）这条豪迈的誓言绣在灰披火枪队的队旗上，也镌刻在每顶头盔上，出现在鸡冠饰正面那颗金色火榴弹徽饰上……泰奥多尔默默重复这句誓言……Quo ruit et lethum……仿佛这也是他的誓言，引领他命运的誓言，他始终怀有一种马背上的狂热，那种一往无前，慷慨赴死的情怀……他冒冒失失当上了国王火枪手，但这绝不只是他聊以解闷散心的草率之举。

当然，这种做法在他和自由派朋友之间造成了隔阂，甚至更糟。与罗贝尔的关系就是一例。与奥拉斯的关系也是这样。他想起这个青少年时代的同伴，心里有点难受。出发前恐怕不会见到他了。他也不想跟他做什么解释。路易丝也不用在火枪手和她丈夫之间进行调停了。温柔的路易丝与泰奥多尔10年前死去的母亲同名……再说，其他军团的军官也不怎么喜欢国王卫队的人。这一点人们在上个星期就看出来了。那是在巴比伦营房，贝里公爵前来巡视，但欢迎仪式却很冷淡。王子殿下个子矮胖，言语粗俗，动辄发火，在国王火枪手簇拥下来到兵营，泰奥多尔就在护卫队中，他经过时听见有人嘀嘀咕咕。不管怎样，他们的想法可以理解：一批人被解职，说是要节省开支；另有一些人想知道，给一些黄口小儿颁发军官证，是否早晚要被他们取代：这些毛头小伙子刚

---

① 法国古代记账货币。一利物尔相当于一古斤银的价格。
② 泰奥多尔的昵称。
③ 拉丁文。

出校门，就跟小阿尔弗雷德似的，十足的富家小姐样儿，是些既未到过奥斯特里茨①，也未见过别列津纳河②的娃娃。凡此种种，只是因为他们的家庭可以信赖依靠，他们自己又忠于王朝……还因为这些贵族家庭都是花了钱的。各人的装备自理，国王卫队并没有花国王多少钱。骑兵可领到八百法郎军饷，但必须证明他们的家庭已支付了六百法郎的食宿费。

各个兵营已经空了，所有的人都被派往默伦。现在该轮到他们了吧？去哪儿都行，默伦，还是别处……冲锋陷阵……对泰奥多尔来说，这能有多大关系呢？他早就想着换换脑子，忘记不顺心的事。要做到这一点，最好的办法莫过于劳其筋骨。现在有了马……一骑上马，就不是原来的人了，不再是一个人，不再那么孤单，不再只顾自己，情绪稍有不对，他的同伴，他的坐骑就会打颤。如果女人同拥抱她的男人之间有这种心灵交感，那该有多好！超越自己，却又不失自控能力。跑马比赛、军中训练，乃至因此而打乱作息时间，泰奥多尔的全部需要，就是累得力倦神疲，回家倒头大睡。过去的生活，就连昨天的事情，那些破灭的梦，统统被抛在脑后。他只是个士兵。一个走错了路的士兵。罗贝尔·迪厄多内说得对，可惜当初没有听他的！当兵嘛，就是晚上成帮结伴，泡咖啡馆。又是唱又是嚷。争吵打斗，追逐女人。

火枪手队伍突然两边分开，泰奥多尔趁机驱马一阵小跑。在他面前，灰色的马屁股和马背上的红衣骑兵犹如波浪起伏，沿着残老军人院把他带入市郊，那里已经有人在休憩；更远处，一队队人马井然有序，依次进入营地。在勃艮第街，泰奥多尔超过了回宿营地的同伴，前面的路空荡无阻。他让特里克放慢步子。

好吧，尽是些奇闻怪事……讲究穿戴不说，这支军队还很奇特，上校只有中尉军阶，社会等级混乱，这环境也换了，所有这些，至少在三月初之前，他还觉得很有意思，就连他人的敌意、路人的目光、马下传来的嘲笑，也都成了他生活的一种刺激。此外，无论面对那些领半饷的军官③、拥护共和的小民百姓，还是面对基本上是保王派一统天下的巴黎，泰奥多尔心里暗自陶醉，因为他的想法与众不同。他既不是身上军服表示的那种人，又不是其对立面。是的，他没有听罗贝尔的话，而是听了马克-安托万的建议，加入了灰披火枪队。

---

① 原捷克斯洛伐克中部地名，1805 年拿破仑在此大胜奥俄联军。
② 原俄罗斯河流，在今白俄罗斯境内，拿破仑远征俄国失败，撤退时于 1812 年 11 月强渡此河。
③ 指法国王朝复辟时期被解职的第一帝国军官。

他装束华丽，军裤合身，加上头盔、翻领、马刀，全身上下透着英武之气，就像是克莱蒙–多内尔家族①的人，或者与克里荣②没有什么两样。他风度不凡，胜过会被人当作乡巴佬的前宫廷侍从乌德托伯爵，更胜过那个缩脖子贝里公爵。这个国王火枪手，身高五尺六，袖口和翻边上满是华丽的饰物！谁会想到他是平民出身呢？

　　蓦地，他瞥见前边靠右那片屋子上方，在灰暗的天空中，有一道彩虹的支脚扎进了城里，想必触到了地面，那儿离塞纳河不远，大概就在卡鲁塞尔凯旋门③一带，在那个因这座凯旋门而令朝廷不堪困扰的奇特而可疑的街区……他突然想起什么：这品位也实在太低！他随即冷笑一声。再说，从绘画角度看，谁都知道色彩太艳并不受欢迎……他已有好几个月没看画展了，也没进过画室。没有去过彩虹跨过的卢浮宫画廊……尽管他每天都去杜伊勒利宫上岗，但他的岗位在院子里，与彩虹的支脚、战马在一起，与那些穿红镶绣却头脑空空的小青年为伍。噢，对啦，在圣热尔曼–奥赛卢瓦教堂后面，1814年度画展今天闭幕。今晚或明天，那些展出的作品就要收起来了。

　　一阵风吹来，百叶窗呼呼作响。顿然，一切陷入昏暗。特里克踏上河畔大街，来到路易十六世桥。天气不好，河水发黄，对岸广场上依然有人。香榭丽舍大街那头有部队安营，架枪成束，吸引了不少星期天看热闹的行人。王宫那边，聚集了红绿装猎骑兵。忧郁不安的人群走进杜伊勒利宫花园……泰奥多尔勒马在桥上稍作停留，目光从库斯图④石马群移到夸瑟沃⑤石马群。一辆驿车驰来，车夫大声吆喝，他赶紧闪到一边。

　　泰奥多尔这个小伙子，身材高大，双肩微削，脸庞偏长，但脑袋不大；络腮胡隐约不显，连着两鬓的长发；头发黄里透红，小胡子更显金黄；一对大眼，眉弓异常平直，睫毛忽地透出女人的韵味，低垂时又是那么长，实是狂烈和温柔的结合。他跟同代人一样，与帝国背道而驰，是个英国迷。他抽的烟斗、穿的衣料都是英国货，还同马夫、脚夫一起学英式拳击。他的相马本事怕是从老骑师那里学来的。他与最早骑马远足的伙伴，也就是老骑师的儿子奥拉斯不同，没有因为母亲而获得英国血统，但他本人却是一副十足的英国贵公子派头。他

① 法国多费内地区世家，出过不少名将，如法国元帅加斯帕尔（1688—1781）。
② 克里荣（1543—1615），法国宗教战争将领。
③ 又称小凯旋门，系拿破仑为庆祝1805年一系列征战胜利而建。
④ 库斯图（1677—1746），法国雕塑家，尤以雕塑巴黎协和广场上的石马闻名。
⑤ 夸瑟沃（1660—1720），法国雕塑家，库斯图的老师。

的母亲始终未能适应巴黎的生活，本世纪初定居巴黎后不久便去世了。当年，在鲁昂①拉瓦拉斯街的家中，天知道他母亲伫立窗前久久构筑的、后来留给儿子的是什么梦想。儿子是一个地道的时尚青年，眼下他的时尚是玩马。他这种爱好，多半归因于来自圣马丁岛的加鲁埃尔舅舅的影响，而不完全是受奥拉斯的父亲这位身板笔直的矮个子南方骑师的熏陶。舅舅在凡尔赛有一幢漂亮的房子，泰奥多尔很早就有机会接近宫里的马厩。舅舅很了解外甥。两人都有一样宽阔的肩膀，都做着一样的贵族梦，尽管舅舅只是一个授权经营盐场的商人。是否就是这个原因，别人才会觉得泰奥多尔是在某位亲王府上，由骑师和骑兵调教出来的？他擅长英式拳击，又精通法国拳术，耍刀舞剑，娴熟自如。实际上，他不过是一所帝国中学的学生，是在又乱又脏、尿臭四散的雅克街长大的，还被一个大概是倒买倒卖国家财产的父亲长期寄宿在巴比伦街一所学校里。不过，假期他就去诺曼底那个犯了弑君罪②的舅舅家里……

　　泰奥多尔穿过路易十五广场，驱马在行人中前行，喂！喂！不能留点神吗？他暗自思忖，星期天一早的演习似乎证实了这传闻并非空穴来风。当真要把他们派往默伦大营吗？现在不用再怀疑了，但不知波拿巴带了多少人马横越法兰西。头几天说的那千把人肯定增加了不少，伙伴们嘴里的"人民公敌"，沿途肯定收编了携带武器和辎重投诚的王室军队。起初，这一情况引起了北方军团和埃纳军团的惊慌。德鲁埃·戴尔隆③、勒费弗尔–德努埃特④、拉勒芒⑤兄弟率部向京城进发，巴黎得知消息，吓得魂飞魄散。叛变的阴谋败露。近卫骑兵在拉菲尔代–米隆逮捕了拉勒芒兄弟。这些将军的谋反是明摆着的。于是调兵遣将，驰援坐镇默伦大营的贝里公爵，而公爵的父亲，身为王弟的亲王殿下，则率军前往迎战另一位⑥。内伊倒戈的消息17日传到巴黎，虽说不可靠，但早一天就传开了……当时，两院联席会议进入第三天，路易十八在国王卫队护卫下，在"国王万岁！""生死与共！"的口号声中进入会场。尽管莫斯科瓦亲王⑦

① 法国北部塞纳海滨省省会城市。
② 指投票支持判处法王路易十六死刑者。
③ 德鲁埃·戴尔隆（1765—1844），法国元帅，法国大革命和第一帝国时期名将，百日政变时投靠拿破仑。
④ 勒费弗尔–德努埃特（1773—1822），法国将军，以勇武著称，百日政变时率先归顺拿破仑。
⑤ 拉勒芒（1774—1839），法国将军，名扬多次帝国战役，百日政变时伙同勒费弗尔–德努埃特夺取拉菲尔代军火库。
⑥ 指拿破仑。
⑦ 即内伊元帅，1812年被拿破仑封为莫斯科瓦亲王。

曾经是拿破仑的人，但直到那一天，大家仍然相信，亲王一定能把那个吃人恶魔①挡在里昂。卢浮宫的岗哨增加一倍。国民卫队接替调往默伦的瑞士卫队。内伊这个名字为何比什么都更加撼动人心？全城的人仿佛都被这消息惊呆了。据说宫廷上下也是如此，只是晚了一些时候，因为这个消息隐瞒了国王一整天。简直难以置信！为什么把这位元帅当作王朝最可靠的支持者呢？当年他可是拿破仑的心腹。如此说来，拉格朗热侯爵、劳·德·洛里斯东又当如何呢？甚至新上任的陆军大臣，他真那么可靠？3月初，路易十八撤换了原陆军大臣达尔马提亚公爵苏尔特②，因为有人捕风捉影，怀疑他仍然效忠旧主，参与策划了埃纳的叛乱。换上来的是费尔特尔公爵克拉尔克，波拿巴的另一个亲信，而17日向亲卫队许诺可以脱了靴子睡觉的就是他！……17日那天，他不会不知道内伊已经叛变，因为此前他已经接见了从里昂来的克鲁埃男爵。

不管怎样……内伊已经叛变。脱不脱靴子已无关紧要。那天晚上，吃人的恶魔已经在欧赛尔③。德鲁埃·戴尔隆和拉勒芒兄弟都叛变了。这些人不是一起在西班牙打过仗吗？又都是骑兵……对泰奥多尔来说，骑兵就意味着是跟他一样的人。从前，他常常见到勒费弗尔-德努埃特将军骑马回府，将军府就在离他家不远的胜利街。那是一匹阿拉伯马……

内伊叛变了？什么时候？昨天还是去年？事情总是那么乱无头绪：头天还是英雄，第二天就成了叛徒。换个营垒是否真是叛徒？去年，这些人也许是顺应了人民的意志，人民渴望和平，不堪劳苦……而现在，一个像内伊这样的人，他是在选择战争吗？他是否与众不同，不同于那些在红衣部队经过时冷嘲热讽的人，不同于那些因一言不合就在弗拉斯卡蒂咖啡馆决斗的老兵，不同于许多阅读《黄矮子》④的市民？那么多叛徒，不可能吧。从哪一级军阶算起是叛徒？胸前挂满了勋章的士兵、随处可遇的残废军人，这些人曾经攻城略地，用刺刀征服欧洲，如今却军装褴褛，穷困潦倒，难道说他们是叛徒？泰奥多尔沿着利沃里大街前行，透过栅栏，看到斐扬修道院平台上就有几堆这样的人，其中有些人比画了一阵，突然间走开了。他们在谈论什么？还在谈论内伊元帅吗？

---

① 指拿破仑。
② 苏尔特（1767—1851），法国元帅，1814—1815年间任路易十八的陆军大臣，百日政变时归顺拿破仑。
③ 今法国约讷省省会。
④ 1814年末法国创办的报纸，因抨击王朝于1815年被取缔。

　　泰奥多尔想起别人给他讲的一件事。当时皇帝还在俄国，却发生了这桩非常事件：马莱①将军和拉奥里将军在巴黎谋反……有人断定密谋者同大军②有联系，因为大军里不乏共和派，他们出于军人的忠诚而追随拿破仑，而且，随着鹰旗③不断挺进，这些共和分子看重的是革命思想能在四方传播，而不是个人的野心……不过，要是马莱谋反得逞，他们准备搞颠覆吗？据说在莫斯科附近露营的雪地里，一位元帅与谋反者约定，只等接到信号就把那科西嘉人抓起来。这位元帅是内伊，也许……据说是内伊。但这是共和派的一场阴谋……而拉奥里是拥护君主制的吧？到底谁是对的呢？这种事最好在俄国某个地方搞，而不要像两年后马尔蒙那样，在巴黎城门口胡来，也不要像拉勒芒兄弟在拉菲尔那样干。今天马尔蒙统辖国王卫队，勒费弗尔-德努埃特在亡命途中，拉勒芒兄弟则身陷囹圄。这帮人究竟想要什么？共和国……恐怖时代，还有什么！罗伯斯庇尔……在雅各宾时期，泰奥多尔才两岁。要不是别人讲给他听，他又能懂什么？他父亲是个谨慎的保王派，处事平和，按照自己的思想教育儿子。当然还有西梅翁舅舅，一个弑君之徒……不过，泰奥多尔从来只听见他口口声声说要和解。而把外甥送去红衣卫队，事先并没有征求这位舅舅的意见。这套行头是火枪手的陪嫁，父亲倒不觉得太昂贵，儿子总为一些不值得劳神费力的事绞尽脑汁。他宁愿看到漂亮儿子能在国王卫队中露露脸。这样一来，过去他不得已度过的那些岁月也许就此一笔抵销。特别是当泰奥多尔进入火枪队后，似乎一切都安安宁宁，从此太平无事……不料，里昂又落到了波拿巴手里！在格勒内尔校场，马克-安托万设法让他的坐骑与特里克并排同行，低声地对他的朋友说，桑斯④，对，是桑斯，没有抵抗就丢掉了……冒险家将直捣巴黎，已无一兵一卒阻挡他北上，他正向枫丹白露奔来……

　　刚才，在同洛里斯东副统领说话时，泰奥多尔认出了那棵树，拉奥里就是在那棵树下被枪决的……拉奥里是叛徒吗？洛里斯东是怎么看的呢？当年……可现在呢？一想到青年波拿巴和劳·德·洛里斯东在军校里的关系，就像刚刚在兵营里他床边的蒙科尔和维尼子爵这两个毛头小伙的关系……你能说这位副统领背叛了他的青年时代吗？

---

① 马莱（1754—1812），法国将军，1808 年因反对拿破仑而遭监禁，1812 年 10 月越狱，再图夺权事败，同年 10 月被处决。
② 指拿破仑的军队，1804 年创立。
③ 指拿破仑的军队。
④ 法国约讷省城市。

　　部队禁止离开营房,下午两点必须返回马尔斯校场大街……格勒内尔兵营,这道命令可能是幌子,是开拔前的集结。因为,如果国王想阅兵,为什么不安排在上午呢?而且这些部队就驻扎在香榭丽舍大街,国民卫队也集中在杜伊勒利宫……不管怎样,殉难者街的门丁会把特里克刷洗干净的;阅兵也好,不阅兵也好,重要的是把马儿收拾得干干净净。他们总不至于叫那些在烂泥地里操练后的牲口再连夜奔波吧?总之,消息太离谱:里昂失守,这有可能;至于桑斯,难说!从里昂到桑斯还有一段路,这对电报员来说不在话下,消息借助信号,多长的距离转眼就能跨越,但步兵办不到!泰奥多尔一想到步兵,脸上就露出几分不屑。他两腿一夹,特里克一阵小跑,拐进了王储街。枫丹白露顿时成了热门话题!这些吓破了胆的!

　　有十条路通往殉难者街。他没有走路易十五广场大街,而是没有多想就选择了王储街,因为这条街会勾起他无数的回忆。

　　里昂离巴黎一百多古里①,中途不换马,少说也要走六天;如果换成邮车驿马,那也得走三天两夜!因为,即使是骑兵,行军也不是赛马。步兵就更不用说了……两天前他们在里昂,现在如果抵达马孔②,就已经很不错了。

　　但是,这一切还是有些离奇:瞧他这一身演习装备,披甲戴盔,套着无袖衫和湿淋淋的斗篷,短筒火枪斜挎在肩,枪托在下,靠着右腿,隔着鹿皮马裤仍感觉到它的存在……他,路易十八的一名军官,沿着圣罗克街而上,一边估量着那个篡位者抵达巴黎,来到杜伊勒利宫需要多少时间……等一会儿,国王阅兵完毕就要回宫。假设波拿巴兵临巴黎城下,还有谁可以依靠呢?国王卫队五千军官,没有士卒,而且并非人人都有坐骑;步兵有瑞士百人队和长矛轻骑兵队,他们有多少人?加起来不到四百。何况还得扣除已被派往默伦的瑞士卫兵。至于巴黎各路驻军……对他们不放心的不光是灰披火枪队。你看看这群人,身上还穿着破烂的帝国军服,军官们恨透了国王卫队,他们中大部分人曾在三色旗下跑遍欧洲,这样一群人说什么也靠不住。还有可能在巴黎征召新的部队吗?在香榭丽舍大街柱廊前的树下,法学院的学生高喊"国王万岁!"……十天来,一直在筹建一支王室志愿队,能召集起来的几乎就这些学生,而杜伊勒利宫候见厅里的登记册上倒是签满了名字,泰奥多尔看见的。据说志愿兵应在万森集结,而维奥梅尼尔这个老古板也只好在等待中虚度他的

---

① 法国古里,一古里相当于四公里。
② 法国索恩－瓦尔省省会,距离巴黎三百多公里。

美好晚年了。巴黎显然是保王党人的地盘，但在街头举行的效忠国王的"自发"游行，那也只是几小拨狂热分子所为，他们游行走过的街道空荡荡的，人都躲在百叶窗后面张望。那是星期二的事吧？泰奥多尔在王宫花园里看见这样一支队伍，他们边走边吼，掀翻椅子，吓得那些街娼逃进了木廊，边上观望的人群只是默默地看着，凭经验，泰奥多尔看出他们的脸上透着反感。那是星期二的事，今天是星期天。昨天，星期六，就在杜伊勒利宫附近，斐扬修道院那头，有人高呼："国王万岁！"碰巧有个身着燕尾服、模样挺年轻的男子应了一声："皇帝①万岁！"这下可好，人家果真没有放过他，连妇女也上了阵，手里的雨伞都派上了用场。昨天还下雨了。挨打后的情形惨不忍睹！这个小伙子同泰奥多尔年纪相仿，或许还大一些，躺在花园的石子地上，衣服被撕破，嘴巴被刺伤，那只眼睛……天哪！泰奥多尔真不愿意再想起那只眼睛！当时，有人去了转桥那边的哨所找值班小分队，等着人来之际，先得把尸体抬走。那个粗鲁的乌德托少尉用命令的口吻叫住一个过路的军人，认出此人是同宿舍的一个优秀年轻骑卫。"我抬胳膊，你抬脚，火枪手……"好沉，一个年轻人的尸体，真想不到。

　　接下来，年轻人被抬到不知哪个尸体待领场，安安静静地腐烂发臭。一个像泰奥多尔一样的人，曾经像他一样……很可能与他同时有过心跳怦然的感觉……谁知道呢，在这个街区，有着他初恋的姑娘……原来泰奥多尔骑卫来到了他度过少年时代的旧地，不由得伤感起来。

　　泰奥多尔蓦地想到，我怎么会掉进这个坑里？上帝啊，为什么，到底是为什么？为什么要听马克-安托万的呢？这不是我要的职业。我曾经怀疑过自己，但还是走上了这条道！当然啰，他父亲没少推波助澜。他起的作用不小，加上裁缝、兵器商、他自己的风度、战马……现在可好，他陷进了泥坑，波旁王朝同他有何相干？1810年他就该当兵。那时候是要上战场的……那是一个伟大的时代，屡战屡胜。他的朋友，罗贝尔·迪厄多内，想说服他加入精骑兵队。他嗤之以鼻。他厌恶战争，为谁打仗？打仗，以什么名义？祖国就在这里，不在奥地利，不在俄国。父亲早已让他养成了习惯，把皇帝看成共和派，至于共和国……迪厄多内就拥护共和政体。家传的。而这一切都是空话，空话而已。巴黎吸引他，有值得他留恋的东西……对于他这样的人，一切都发生在巴黎。

---

① 指拿破仑。

　　泰奥多尔心头一阵难过。刚才他回想起自己的青春岁月，回想起那种白白浪费的热情、那些已成泡影的希望……他所放弃的东西，他已不再相信自己。大概就是这个原因，他才沉溺于无聊的琐事，讲究衣着打扮，迷恋骑马，信奉"冲锋陷阵，视死如归"！此时，他刚穿过阿尔让特伊街，事情就发生在这条街的另一头。

　　那是1811年的事，父亲说要给他雇一个替身，他觉得这合情合理。当时泰奥多尔抽到了一个"倒霉号"①。可他压根不想上前线，对父亲说了声"行"。一个"行"字，很抽象，具体怎么办？他父亲上哪儿找替身呢？后来，有一天，他们在阿尔让特伊街一家小咖啡馆碰头，那儿离马尔桑宫很近。事情怎么解决呢？咖啡馆老板，一个该杀的，独眼，抽烟斗，系一条绿围裙，将他们父子俩带到要见的人面前。那人同意了。此人二十五岁，曾在军队服役，1806年当的兵，只要价钱合他的意，就准备再上前线：他的一举一动，就像盖兰②画室里的裸体模特儿，叫他做什么都行，对画徒们的玩笑也毫不介意，只要下场时能挣得填饱肚子的钱就行。一个卖身的男子，毫不奇怪。咖啡馆老板一直在自说自话，差一点没有对我们说：摸摸看吧！好像我们看中了这个要送给皇帝的士兵，他太强壮了。可怜的家伙，衣衫肮脏，全身的褶皱都留在了上面……

　　如果他们真的到了桑斯……总之，怎么也还有麦克唐纳和贝里公爵指挥的巴黎军队吧！总还能……

　　我突然想起那个被抬走的小伙子，浅黄色头发，全身被裹在撕破的燕尾服里，嘴角流出的那东西，一张大脸，但鼻子奇特，又短又宽……跟那个替身一个模样，也许个子小了一点。关于那笔交易的细节，要付多少钱，万一他死了，这钱付给谁。就这个条款，我想告诉父亲……但父亲不让我说话：你别管，现在都说妥了。父亲拿我们在莫尔丹的一块地做抵押。尽管如此，第二年，我们得知此人真的死了……就像杜伊勒利宫花园里的那个人……说是病死的，那只是编瞎话……他死在归并区一家医院的某个地方，我想那是鲁尔区③的一家医院吧，但他身上没有一块弹片，没有一颗子弹，也不是骑马摔死的……不过……总之，我不想给拿破仑当兵，可不知中了什么邪，竟当上了路易十八的火

① 法国第一帝国时期，应征入伍的士兵并不全部上前线，抽到"倒霉号"者才去打仗。
② 盖兰（1774—1875），法国古典画家，作品大多取材于历史和古典文学著作。
③ 鲁尔区，德国西北部重要工业区。

枪兵! 眼下他们要把我们送到哪里去呢? 有人说要去默伦高地阻击波拿巴。你不想去国外打仗, 那就在国内打吧。我们的堵截就一定比格勒诺布尔、里昂、桑斯的军人要有效? 万一贝里公爵的部队倒向篡位者! 我们只有三四千军官, 带上就地招募的一些娃娃兵, 加上轻骑兵、掷弹兵、亲卫兵, 再算上我们这些拿短筒火枪的灰披和黑披火枪手, 然后呢? 就算我们能守住默伦高地, 又怎能挡住他们从左翼或右翼突防呢? 他们有当地人暗中相助。到时候, 我会像那个人一样死去, 殷红的涎沫从嘴角流出, 这儿……他用右手大拇指从上到下沿下巴划过。总而言之, 那个人在威赛尔送命后, 是谁把那笔钱领了? 很可能是那个咖啡馆老板……当时他就差翻开那替身的嘴唇, 让我们看看他嘴里的大牙了。那边, 树下, 身中十二弹的拉奥里将军又会是什么模样呢? 刚才, 劳·德·洛里斯东……他哪里想得到。而我望着他……就在同一个地方。在同一个地方。

穿过新小田街的时候, 泰奥多尔隐约想到要左拐, 因为不远就是昂坦街, 是否顺便去跟约瑟夫说一声呢? 他说的约瑟夫是皮埃尔·德德勒-多尔西, 他最要好的朋友, 离开巴黎, 不跟他道别, 说不过去……但是, 特里克像是知道哪里有好饲料似的, 自己拐进了加翁街。算了吧! 再说他本来也应该在路易大帝街小雅马尔家停一停的……没完没了的告别。

奇怪, 天已大晴。虽然西边的乌云还朝着巴黎飘来, 仿佛这座城市受到的威胁不只来自南方。在加翁喷泉前, 一个送水工停了下来, 像在三伏天那样, 抹去额头的汗水。他头戴皮帽, 系着脏乎乎的围裙, 面前放着扁担和满满的两桶水。他看着火枪手走过, 毫无表情。一辆四匹马拉的轿式马车, 车顶上绑着大小行李, 刚从新圣奥古斯坦街的一幢私宅驶出, 到了十字路口, 从送水工身旁窜出, 他赶紧闪到一边。看着马车西拐, 好像要去迎接就要降临的暴雨, 他冷冷一笑, 喊道: "别往那边走! 科布伦茨①在另一头!"

米肖迪厄尔街8号是一幢被隔成套间的上世纪楼房, 它坐落在双桥旅店的旧址上。直到1813年, 热里科先生一直占着最好的楼层, 包括院子深处那套房间和从前达尔莫农维尔先生住的两侧厢房。1801年, 热里科先生的妻子路易丝就在这里去世。这套住房虽然很宽敞, 但在泰奥多尔的父亲看来, 只是儿子的一个落脚点。因为儿子是个寄宿生, 父亲在这幢房子里生活, 度过了儿子不

---

① 今德国莱茵河下游城市。

在身边的最漫长的岁月。自从泰奥①回家住以后，因为酷爱绘画，还要给他腾出两个房间。而且，这个毛孩子一心想着搞什么大作品，还到蒙马特林荫大道租了一个商店后间……那正是马莱和拉奥里在格勒内尔城墙脚下被枪决那会儿……顺便说一下，在泰奥多尔这样的年纪，拉奥里也是一名火枪手。终于到了米肖迪厄尔街，先来看看那些豪华的房间吧。

从老屋前经过，骑卫勒住特里克，从高高的门廊向院子张望。他从马上只能看到那黄色房间的窗台。现在谁住在里面？这间黄屋子有着高高的天花板，窗户都有内装的百叶窗，不知现在是什么模样？泰奥多尔一家住在这里的时候，房里有白色细木护壁板，笨重的家具都是用桃花心木和果树木制作的，房间又深又长，连通套房的两侧厢房，窗子朝向院子和花园深处。一座座花园往北直通林荫大道。透过窗子，泰奥又看见了园中的树木，在这个季节里，弯枝钩杈挂在苍白的天空，漆黑如墨。南侧的套间已分作两层，泰奥的房间要走内梯才能上去，斜对面是4号人家的马厩。这些马厩在同一条街6号宅的后面，同泰奥多尔的住宅毗邻。当年从蓝色的窗帘之间，年轻人能看见一个个马厩、捡马粪的人、牵到院子里跃起直立的马儿。这景象有一部分被6号住宅遮挡了，那宅子曾是隆格维尔的府邸。

没有画室，儿子去别处作画，也许这对乔治·热里科先生有所触动。当时，马莱和拉奥里被处决没多久，法军在俄国屡遭失败，舆论沮丧。泰奥跑马回来，脚上穿着靴子，满头大汗，只顾得上洗了洗手，梳一梳那散乱的头发。这孩子从来不知道爱护地毯。"梅拉尼小姐，帮孩子把靴子脱了！你坐那边，坐好了……"

梅拉尼小姐是管家，大概是因为有了她吧，主人省去了再婚的麻烦。1813年，她刚满四十岁，信奉宗教，为的是全家人，因为全家人都缺乏宗教信仰。她举止稳重，衣着端庄，衬衣的大高领饰有卷筒状褶裥，白色袖口，黑色高腰长裙拖地，头上一顶花边小软帽，左右发髻紧贴双鬓，这一身打扮让人望而起敬。

泰奥多尔再也按捺不住。他驱马进了院子。到了院内，往事愈加鲜明，愈加清晰。才过了两年，已恍如隔世。窗户的布局是那么的雅致……

父亲的那次谈话又浮上脑际。一般人都不怎么了解自己的父亲。泰奥怎

① 泰奥多尔的昵称。

能理解，老人家不让他坐在别处，而是叫他坐在那张椅子上，正是为了一眼就能看到儿子和布瓦利①给他亡妻路易丝画的肖像。生了那么一个英俊的儿子，他的心情难以平静。路易丝是1801年在隔壁房间里去世的。同儿子一样，她有着那么一双眼神若陷沉思的大眼睛。父亲想知道儿子没有向他吐露的事。泰奥那么英俊，少不了有什么艳遇。这方面的事，泰奥守口如瓶。

那天的谈话……可以说是父亲的独白。父亲个儿比儿子小，脑袋总往后仰着，像是还要长高一些似的；头顶也秃了，一绺头发耷拉在额前，一对鸟儿似的眼睛，几乎没有睫毛，下巴缩进高高的白领结；鼻子偏长，这使他看似西班牙人，这也是泰奥唯一继承他的地方。他身上总穿着那件棕褐色上衣，常年不变。令人诧异的是他居然不戴假发。"时局动荡，孩子，什么是时局动荡，你懂吗？在这样的时期，钱都被藏了起来……结果是那些急需钱的人……你听懂了吗？那些急需钱的人找不到现金，现金。这样一来，他们要卖的东西还在自己手里。但他们急需现金……"

"情况或许更糟，"泰奥打断父亲的话。

"更糟，嗯？你不是嘲笑我吧？是的，更糟。东西卖不出去，他们就降价出售。没人要，那就再降价……了解与不了解现代社会的人，区别就在这里……区别在于……"

泰奥多尔，1815年的泰奥多尔，一想到父亲的这次谈话，禁不住轻轻笑了起来。他掉转马头，继续沿着米肖迪厄尔街向林荫大道前行。尽管出现了彩虹，但天又下起雨来了。真是什么都靠不住。

在米肖迪厄尔街和林荫大道交会的街角上，有一家中国浴室，还有一家咖啡馆。这家咖啡馆曾是平等派联合会聚会谋反的所在，老泰奥多尔过去同他提起此事，总是不寒而栗。真没有办法：圣枝主日这一天，什么都让泰奥多尔想起谋反、军人颠覆这类事……有一天，巴贝夫②的人来到我刚才还在那里的格勒内尔练兵场听唱歌……世道会变成什么样？如果平等派成功了，就是那些像罗贝尔·迪厄多内的父亲那样的人成功了。波拿巴就成不了拿破仑，假如在格勒内尔举事的军队……也就不会有什么荣誉，也不会死人。骑卫若能马上洗个澡，那他该有多高兴！但星期天浴室不营业。星期天什么都关门。泰奥多

---

① 布瓦利（1761—1845），法国画家。
② 巴贝夫（1760—1793），法国政治家，空想共产主义者，热月叛变后组织秘密团体"平等会"，密谋夺取政权，建立劳动者专政，终因事败被处决。

尔心里诅咒宗教。

父亲还说："那些把钱藏起来的人，造成了现金稀缺，卖价降低。这些人心眼死，结果错失良机；你看，另一些人，对事情的来龙去脉有个正确的认识，看到价格低得不能再低，便抓住机会买进。非常便宜，一口面包的价钱。不用说，他们也估量到局势将趋于稳定，随着现金的出笼，物价也将会回升。再说，钱是不会不流通的。"

此时，在意大利林荫街道上，在光秃秃的大树之间，几支部队相遇，堵塞了交通。那些骑兵，是些龙骑兵，也许是从鱼市区的营房往南，朝香榭丽舍大街进发。另有一支步兵，朝相反方向行进，要返回神庙街的市郊兵营。看这些步兵，一个个无精打采，踏步缓行。稀稀拉拉的人群朝着百合花旗高呼："国王万岁！"士兵们没有反应。马上的军官拔剑出鞘，沿队伍行进，不时回头看看队伍有没有跟上……眼前一座座幽深的花园，从新圣奥古斯坦街的那片府邸延伸过来，过了中国浴室，沿着意大利人林荫大道右侧排开，而在这些花园沿途，队伍又得蜗行牛步了。

那头，过了这个满是府邸和花园的街区，前面便是上坡的田野、一座石灰窑、蒙马特高地和高地上的风磨，好一派弗兰德①风光……犹如勃鲁盖尔②的雨中远景画……好啦！不要老想着绘画了。

总而言之，老泰奥多尔那天是说，自从12月以来，自从法国人知道法军在俄国惨败以来，钱都藏了起来。这不是说他在这方面有什么高见，而是人们在地图上看到法国人到了哪里，知道4月又在卢岑③打了一仗……迪罗克④死了，贝西埃尔⑤死了……10月份败退莱比锡。那年军队来回折腾，让人摸不着头脑。这跟奥斯特里茨战役那个时候大不一样。总之，就像人死后做的了结……不管是事实还是谣传，心理影响都一样……

"我呢，"父亲说，"我对这事毫不在乎。你知道，对于皇帝，别人爱怎么想就怎么想，只是其中的利害关系太大。你想，如果把土地分了，把做成的交易推倒重来，那会是什么情况！所以拿破仑不能，不能打倒……"

---

① 法国、比利时西北部濒临北海一带。
② 一般指老彼得·勃鲁盖尔（约1525—1569），16世纪佛兰德尔最伟大的画家。其孙彼得·勃鲁盖尔（1564—1638）也是一名画家。
③ 德国莱比锡西南城市，1813年拿破仑在此打败俄国和普鲁士军队。
④ 迪罗克（1772—1813），又称弗利乌尔公爵，法国将军，拿破仑时期负责外交。
⑤ 贝西埃尔（1769—1813），法国元帅，拿破仑的得力副官。

　　话是这么说，可那些继承人要价太高，他们不识时务，不考虑流传的谣言，也不看市场的恐慌。热里科先生一上来就出了个低价，明知他们不会接受。这样做万无一失，因为万一法国打了胜仗，他就不一定非买不可……"不料莱比锡一仗，撒克逊人抛弃了我们[1]，我们有两万人被俘，波尼亚托乌斯基[2]溺水身亡，麦克唐纳突然退向莱茵河，这时候我又压低出价。以后每天都这样谈生意。荷兰人获胜的消息[3]让他们如坐针毡。今天，我只用最初出价的一半就买下来了……"

　　至于买了什么，他就是不说，心里颇为得意。照他看来，这块地皮位于一个很有发展前途的街区，在蒙马特高地最低的坡面上，就在洛雷特区后面，差不多就是市中心了。"鲁济埃里花园过去一点……你记得那边的木偶剧院吗？记得吧，剧院同我们的宅子共有一堵分界墙……我就要搬出米肖迪厄尔街了。"

　　"就为了这块地皮？"泰奥问道。

　　"已经有了一些建筑。这个居住区里有些小屋，还有画室……你知道新雅典街吗？"

　　这回可是说漏了嘴：还有画室，这说明是桩好买卖。再也不用到林荫大道那家商店的后间去了。宝贝儿子可以在老爸身边绘画了……不过，现在还不能马上住进去，因为军事上屡遭失败所带来的并不全是好处。1月1日，联军渡过莱茵河进入法国，找不到装修工，全让军队拉了壮丁；看来父亲还是买早了。结果，过完了夏天，泰奥已画好《受伤的胸甲骑兵》，父亲的房子虽已布置好，但年轻的画家在殉难者街还没有自己的画室，他只好坐在阁楼上。

　　泰奥多尔不耐烦了，特里克跟在士兵们后面，前蹄踢踏不停。浮想联翩，不觉让你放慢步子，就像这天上午一样，但这并非他和他坐骑的风格。对他而言，步伐只有两种：不是慢步就是狂奔，哪怕在巴黎城内。在林荫大道上，他本该跟在队伍后面，可是等到了弗拉斯卡蒂咖啡馆，他便调转马头，猛地拐进格朗热-巴特利埃尔，一夹马刺，风驰电掣般飞奔起来，行人吓坏了，赶忙躲避，摊贩急忙紧紧拉住小货车，仿佛马匹只要经过就会将蔬菜花卉掀翻似的。到了蒙马特郊区街，他没有减速。他不愿再去想绘画的事。他在逃避心头的羞

---

① 1813 年拿破仑征募撒克逊人入伍，后法军在莱比锡失利，撒克逊人倒戈。
② 波尼亚托乌斯基（1752—1813），波兰将军，被拿破仑封为法国元帅。
③ 1813 年 12 月，荷兰人赶走法国占领者，获得解放。

愧。纵马飞奔使他忘记了绘画，忘记了自己的失败。经过圣约翰教堂时，有人喊道："这人疯了！"他没有理会，径直穿过科克纳尔街和圣拉扎尔街的交叉路口，经过拉格朗热府邸，沿着"胆大雄鸡"饭店疾驰，冲上坡道，两侧的花园栅栏和小摊档飞速后退。突然一个转弯，他身子伏在马颈上，穿过门廊，连头盔也没碰着，刚刚闪开的一群孩子跟在后面奔跑。

在家门口，特里克怎么会把那位少妇撞倒的，低头只顾飞奔的泰奥多尔什么都没有看见，只听得一声尖叫，隐约觉得有白边深绿色外套、带羽饰的里丝绒帽在他左侧掠过，像一只被撞的鸟儿一样跌落在地……骑兵跳下马，把少妇从长草的石砌地上抱起来，她的身子修长柔软，那么轻，在他这个男人的手臂上几乎没有重量……这个陌生女人双眼紧闭，一声呻吟，头偏向一边，金黄色的头发散落在一个肩头……听到叫声，巴蒂斯特和他的妻子立即从门房跑出来，一群小孩叽叽喳喳地也围了上来。

"她是谁？"泰奥多尔问。"一位住在圆形广场那边的夫人……"门房答道。

火枪手把缰绳扔给了巴蒂斯特，抱着那个轻柔的身体向院子走去，一边大声说："照看好特里克……"只见那柔弱的脖子在衬衫筒状褶裥领里转了一下，脸颊放心地贴在泰奥多尔的胸口上。随着一声轻叹，她睁开眼睛，发现自己在一个陌生男子的怀里，大吃一惊，挺身挣扎起来，举起愤怒的小拳头，捶打这个劫持她的男人。"先生，先生，我不认识您，快把我放下！"

泰奥多尔照办，但不太情愿，动作也有点迟缓。这个陌生女子多么迷人！身材苗条，几近清瘦，还有那张可爱的小嘴，那么水灵的脸色，那头孩子般的金发……身上的小腰丝绒大衣垂到地上，一条饰带雪白如同手腕，大衣里面几乎没穿什么衣服。抱着她有点像抱着一个光身女人。骑兵知道自己的脸一定涨得通红……但是，那女子双脚着地，顿时一阵头晕，急忙抓住骑兵的胳膊。"夫人，请允许我搀扶您……您住在布拉克少校家附近吧？"听到这个名字，少妇似乎有点平静下来，她倚着泰奥多尔的手腕。然而，仿佛此时她才注意到泰奥多尔的衣着似的，只见她退后一步，惊呼："您穿这身军装！"

"夫人，您不喜欢我这身衣服？"他问道。

"不喜欢，先生，我自有我的理由。"她回答说。两人默默穿过院子。院子把那些杂乱的木屋隔开，右边伸出来的木屋是泰奥多尔家的小马厩和厨房。那里还住着养鸡养兔的平民百姓。院子尽头，在长矛式铁栅栏后面，就是花园，里面的树木还是光秃秃的，花园中央有个石柱状喷泉。左边，是一座平房，准备在上面加盖泰奥多尔的画室，但眼下他只好暂住父亲住宅的阁楼。父亲的住宅在另一头，是一幢青石板瓦的白色大屋。正前方，从树木间一堵墙的上方望去，可以看到一间低矮农舍长长的屋顶，还能看到高大的椴树后面那幢房子高高的山墙上的烟囱。往下走，绕过泰奥多尔家的宅第，就是一条小路，路两旁是些小屋舍，各式各样，排列怪异，有的是平房，还有的又窄又高，带三角楣或小扁柱，还建有平台或小塔楼，这些房舍坐落在山坡上，但都不是很高。右边，田野爬上了高地；但在左边，小路穿过一片多少有人养护的树林，又顺坡而下，进入树丛，树丛一直延伸到圣拉扎尔街。顺着这个方向，中途经过圆形广场，到了那边，就在福蒂内·布拉克家对面，立着一座希腊小神庙，庙前有个小花园，一直空着，里面有一片修剪成球状的紫杉。那陌生女子就在这里停了下来。两个年轻人路上只说了开头那两句话，一路上再也没有交谈。四下里，鸟儿唧唧啾啾。什么都是湿漉漉的，不过雨已停了片刻。泰奥多尔向女伴躬身致礼，说道："夫人，但愿您已原谅我了……"女子微笑答礼，什么话也没有说。

　　泰奥多尔往回走的时候，心绪有些不宁，这恐怕不是因为那女子在他怀里待过片刻，而是因为她说……"您穿这身军装！"他大声说出这句话，不由得打了一个寒战。同那位少妇一样，他也觉得红制服让人讨厌。他自己也有理由厌恶它吗？在进入父亲家之前，他先去了屋后的小马厩，看着巴蒂斯特是否已把特里克拴好在墙上的大铁环，是否已经喂过马。"那位夫人在这里住很久了吗？"他问门丁。

　　"四五天吧，中尉先生，"门丁回答，随即又说，"皇帝明天就在巴黎，是真的吗？"巴蒂斯特总是称"皇帝"，这不值得大惊小怪。但当泰奥多尔脱下湿透的斗篷时，感到胸甲和短上衣下，他那颗心跳得很厉害。是因为皇帝还是那个陌生女子？他没有回答巴蒂斯特，转身进屋去了。

　　1813年的那次谈话还在继续。男佣外出了。梅拉尼小姐总是穿着她那条过时的长裙，戴着打裥的领圈和那顶软帽，还套着袖套。她把家里收拾得整整齐齐。现在布瓦利画的肖像挂在了舒适方便的餐厅里，而餐厅里那些从米肖迪厄尔街搬来的家具则显得过于华贵。说实话，底楼那几间豪华的房间都镶有细木墙裙，墙裙上还雕有七弦琴和王冠图案，相比之下，餐厅倒更有家的感觉。二楼是居室，饭菜用一个升降装置从楼下吊上来。

"感谢上帝，孩子，你可算回来了！梅拉尼小姐，快给他脱了靴子……"

梅拉尼小姐去圣约翰教堂做弥撒，带回一些棕榈枝。她表示歉意，因为她要把圣枝插到先生卧室里的耶稣受难像前面。再说，热里科先生已经把地毯踩得够脏了，再脏也脏不到哪里去了。父亲咕哝一声，笑了起来。真的，这孩子把家当马厩了。脚上沾着马粪，全身湿淋淋的，斗篷像是吸足了水的海绵，扔在门口的凳子上；进了餐厅，他把腰带和马刀挂在椅子上，头盔搁在餐桌上。他正在脱的短上装和胸甲又该往哪儿放呢？这哪里像个餐厅，简直成了军人更衣室！热里科先生对自己和路易丝的儿子欣赏个没完：儿子站在眼前，红色短上装、结实的皮马裤，睫毛忽闪忽闪……那双漂亮的手白皙修长……泰奥两只大脚站得稳稳的，搓着手掌，脸上带着洗手后的那种满意，这是他到家唯一自己想到要做的事。经过厨房时他已经闻到了炖锅里的菜味。梅拉尼小姐对他说："今天吃奶油天香菜，喜欢吗？"在她眼里，泰奥既是另一个热里科先生，又是那个不久前她还用方格大手巾给揩鼻涕的娃娃。

"你还没有上楼回你的房间吧？"

房间在顶楼，占画室，也就是占阁楼的一角。这间屋子在宅子的尽头，装有护壁板，窗户朝北，正对着那棵椴树。泰奥多尔本该去看看《猎骑兵军官》、凡尔赛的《马》等画稿，看看《胸甲骑兵》《短束复枪兵半身像》等习作……风景、马，还是马。没有，他没有回他的房间。父亲在楼下观察得清清楚楚：这么说，这孩子溜出来，就是为了看看他老爸喽？不过，他总该有点浪漫故事吧。这样的相貌，却那么稳重，真是难得！要是让哪个小娇娘或贵妇人从我身边夺走，那就遭啦！那些夜晚，他叫雅马尔或德德尔·多尔西来陪我，他自己去了哪里？还用说吗，一个国王火枪手，又是这么英俊……

"你参加演习了？"

"是的，"泰奥多尔答道，"特里克有点累了，我把它交给巴蒂斯特了，他会像对待自己的眼睛那样照料它的。你知道城里在传些什么吗？"

老人眨了眨眼。他知道。再说，雅马尔以为能见到泰奥，一大早就来过，他已经说啦！这小伙子像只喜鹊，呱嗒个不停。但是，到底哪些消息是真的呢？法国人民不至于就这样抛弃他们的国王，抛弃百合花徽章吧？这里头有太多的利害关系。"不会的，你想啊，如果波拿巴回来，商业就会凋敝，什么都得推倒重来，地皮……"

"波旁王朝回来，"泰奥多尔说，"商业凋敝也未能阻止……"

父亲慌忙朝门口遥望了一眼。"小冒失鬼，你说话像个雅各宾党人，幸好我知道你！算了，不过我一刻也不怀疑……你听明白了吗？王位稳固、法国人对亲王们忠诚不渝，对此我一刻也不怀疑，当我们看到在这个不幸的国家里发生的一切后，我们没有权利去冒险，我说哪怕是最小的风险……月初以来，年金已跌了十二法郎……"

泰奥多尔不在乎什么年金，也无心听他父亲诉说。那女子究竟是谁？是布拉克夫人的朋友？……希腊小神庙近来一直空着。桌上有一个绘有神话故事的佩尔西埃–方丹①风格果盘，里面装着一些苹果。泰奥多尔抓起一个就大口啃起来。午饭还得等。泰奥多尔家十二点整吃午饭。一时还饿不死。老爸刚才说什么？

"也就是说……也就是说……也就是说必须应付各种可能，甚至是最不可能的事，甚至是吃人恶魔卷土重来。是的。"

"啊，最不可能的事……马克–安托万说，他已经到了枫丹白露，那恶魔……"

"尽说傻话，如果到了枫丹白露，大家早就知道啦。我可没有盼他来。至于我手头的现金，想象一下，如果波拿巴到了杜伊勒利宫，整个欧洲都不高兴，就会停止给我们贷款，法国货币的命运将会如何？且不说战争的风险，万一他们扑进来，英国自不待说，就是普鲁士人和哥萨克人，也不会关心私人利益！"

"爸爸，"泰奥多尔说，满嘴的苹果，"你是不是要告诉我，你已买下了蒙马特高地？"

"不要把苹果都吃了，再说，这个季节吃苹果，没什么好处！等会儿你就没胃口了。刚才你说什么？噢，对了，这回是说我的现金。说到底，还不是因为我有个儿子，你知道……"

"那还用说。"

"我呢，这个儿子……你这身军装可能会让你遭人白眼……"

泰奥多尔浑身一颤。父亲说什么，他已经听不见。他又觉得那个陌生的金

---

① 佩尔西埃（1764—1838），方丹（1762—1853），法国建筑设计师，曾合作设计卡鲁塞尔凯旋门和卢浮宫等建筑。

发女子在他怀里，没有什么比那女子更能吸引他的注意了。那女子不是也觉得他的制服……

"你一定注意到了，孩子，你的私事我不插手。说到……我可曾问过你情妇的名字？嗯！总之，只要是一时荒唐……"

"不用担心，我没有打算成家……"

"我说的是骑马打仗。当初我劝你进入国王卫队……"

"我们不说这事，好吗？"泰奥多尔忽地阴下脸来，"你没有劝我，是我自己……"

"总之，我没有劝阻你。你应该明白，我不怎么在乎那些传闻。但是，如果有一天别人对我说……你知道谁在格勒诺布尔？一天丢掉一座城市……一知道内伊叛变的消息，我心里就琢磨开来。你以为像他这样的人会无缘无故叛变吗？"

不谈论绘画就好，泰奥多尔咧开嘴笑了。

"那么，爸爸，如果那恶魔明天就到杜伊勒利宫……"

"那得好好想想。不过，你不至于会相信吧？"

"谁知道呢！也许我们在默伦挡不住他……"

"我的儿子大人，这种玩笑同国王卫队的军官极不相称……如果波拿巴……国王陛下就不得不逃跑？你很清楚，这是不可能的！就在星期四的两院会议上，国王他……啊，多么感人！我为我子民的福祉操劳，在我六十岁的时候，我能为捍卫人民而献身，还能有更好的方式结束我生命的历程吗……这番话令人永世难忘。国王陛下决不会离开京城。陛下宁愿与京城共存亡……"

"这个问题我们以后再谈，爸爸。"

"你没有看今天的《辩论报》？"

"坦白说……"

"噢，不过这非常重要。它给我的震动跟内伊的背叛不相上下。但两者含义不同，幸好含义不同。你的那些上司是干什么吃的，也不给火枪手们看看这样的报纸？你一定没有看过邦雅曼·康斯坦①先生的文章吧？看我把它放哪儿了？啊，在这儿，你看看吧……"

那张《辩论报》已被热里科先生那双青筋凸露的手揉皱了。泰奥多尔看

---

① 邦雅曼·康斯坦（1767—1830），法国政治家、作家，反对雅各宾专政和拿破仑，被迫流亡，波旁王朝复辟后成为自由派主要领导人物。

起报来。果然，邦雅曼·康斯坦的文章跟那些预料篡位者会进入巴黎的人写的不同。

"嗯，这又给你鼓劲打气了吧？"父亲搓着手说，"尽管如此，还得有所防范……"

梅拉尼小姐收拾桌子，准备摆餐具。她不满地瞅了一眼果盘：少了两个苹果。热里科先生望了望她。那是两个长期互相习惯的人之间的无声对话。梅拉尼小姐耸了耸肩。热里科先生什么都顺着儿子。

"如果恶魔还是回来了……那就枉费大家对君王的一片忠心……"

泰奥没有理会这句话。他心不在焉，已经飞到了花园，进了栽着紫杉球的希腊小神庙。那女人腰身纤细，真的。一个女孩……忽地，父亲说了……究竟说了什么？刚才没有好好听……

"就是变节，也各有不同……我说的是内伊，这件事让人深思。他可不是一个糊涂虫，不像住在布拉克少校家对面那个女人的丈夫……"

怎么，有人悄悄来到此地，住进了希腊小神庙，泰奥多尔却不知道……不错，长得不错，就是有点清瘦……连深陷的锁骨窝都看得见……她是谁？最近，大家都在议论一个名字……不，她并非真的是布拉克家的一位朋友，而是一个克里奥尔①女人，你明白了吧？拉勒芒男爵把她从圣多明各②带回来，他的卡罗利娜，本世纪初，男爵在那里待过。"什么？是一个克里奥尔女人？"泰奥多尔说，"竟有这头金发！""你以为克里奥尔女人都是黑人？这么说，你见过她啦？"火枪手只当没有听见。这位夫人会有多大年纪？肯定有三十来岁了。不言而喻，是勒费弗尔–德努埃特将军夫人把她带到这里来的。将军夫人不想把她留在胜利街，这你明白，警察……这些人不是躲在这一家，就是藏在那一家：圣勒公爵夫人③，你知道吗？从阿尔图瓦街失踪已有八天了……你知道的，男爵英勇无畏，人所皆知，在各个战场上，他都表现神勇……他何必跟着勒费弗尔–德努埃特一块冒险呢？此前国王陛下为何还要让他当埃纳省省长呢？这简直是在诱惑魔鬼，铤而走险。好像巧合似的，指挥部里拿破仑的旧臣太多了。据说这回又是富歇④把男爵弄得晕头转向……这几天有人来抓富歇，富歇

---

① 克里奥尔人，指生活在安的列斯群岛等地的白种人后裔。
② 今多米尼加共和国首都，位于海地岛东部。
③ 拿破仑继女，荷兰王后奥坦斯（1783—1837），亚历山大·德·博阿尔内和约瑟芬之女，1802年嫁给路易·波拿巴，1806年成为荷兰王后，1810年退位回到巴黎。
④ 富歇（1759—1820），1799—1809年任法国警察大臣。

越墙而逃，躲进邻居公爵夫人家里，而公爵夫人早已逃之天天，神不知鬼不觉的……不管怎样，拉勒芒完全可以等上八天再逞强显能……结果，他们那个"小平头"①还未抵达格勒诺布尔，拉勒芒将军和德鲁埃·戴尔隆就……据说苏尔特元帅也是同谋……不过，陛下已经撤了他的大臣职务……啊，什么，你知道这事：关键是向巴黎进军，但这些叛臣还没有越过贡比涅。拉勒芒将军被送进拉昂监狱已有八天，他可能要面对行刑队……

"但是，爸爸，那位夫人……"

"哪位夫人？啊，你是说卡罗利娜男爵夫人吗？可以理解，这个不幸的女人。她与事情毫无关系，但你不会想到她有可能待在拉昂警察局吧？可她躲过了警察的纠缠。在巴黎，警察找个人，免不了要花费些时间……你怎能要她回自己的家，她自己的家远在圣多明各。她是来跪见国王求情的。不过，给国王下跪求情也不是那么简单。因为有可能把她引见给国王的已不再是勒费弗尔－德努埃特夫人，也不是圣勒公爵夫人……再说，我倒要问问你，有哪个法国人会把一个囚犯的妻子引见给陛下呢？"

"我！"泰奥多尔说。

父亲看了他一眼，耸耸肩。他瞎说些什么？啊，对啦……有个英国人自告奋勇……当然啰，他是奥尔良家族的一个熟人，也是尚特雷纳街的常客……一个名叫基纳德的……

"查理勋爵？"泰奥问道，"艺术爱好者？"

"啊，这个人你认识？你对他感兴趣？也许就是他给男爵夫人出的主意……因为画室多……她才在这里藏身。住进了新雅典街，人就无影无踪，就像一根针掉进了干草堆……跟福蒂内·布拉克一样，那个英国人也是勒费弗尔－德努埃特的旧部……总之，他们是一伙的……彼此合得来，还因为……"

勒费弗尔－德努埃特、福蒂内·布拉克……还有这个富歇，他又来搞什么名堂？这些名字在泰奥多尔的脑海里打转。对他来说，这个街区非常怪异，这一年来，生活中的一切都走上了痛苦和失望之路。他刚刚纵马经过圣拉扎尔街的拐角，那里坐落着黑披火枪队统领拉格朗热侯爵的府邸，他时常看到一群群国王卫队的军官前来接受命令；或者到了晚上，可看到窗户敞开，分枝吊灯光芒闪烁，华丽的马车接踵而至，盛装打扮的男女在仆从簇拥下从马上下

---

① 拿破仑的绰号。

来。拉格朗热侯爵同劳·德·洛里斯东一样，是当年跟随拿破仑南征北战的英雄。尽管他们崇拜的神已经倒台，但他们没有失去官邸，没有被摘去肩章，也没有失去资产，依旧沉湎于征战和宴乐这种象征帝国的生活之中。距离这座官邸不远，过了圣乔治街，在当地人一直称作尚特雷纳街的胜利大街上，便是勒费弗尔-德努埃特府邸，雾月十八政变那时候，这座府邸是约瑟芬①的公馆，是拿破仑送给这位政变同谋的礼物。无论拉格朗热官邸，还是勒费弗尔-德努埃特官邸，其实是一回事。勒费弗尔-德努埃特将军驻防在外，其妻独自在家，府上照样宾客盈门。小民百姓在此围观车上下来的这些上层人物，脸上挂着敌意；眼前是一样华丽的裙子，清一色的军装，大家认出了圣勒夫人，难免有些激动，在他们的心目中，这位夫人永远是奥坦斯王后。她身旁的那个花花公子，夏·德·弗拉奥②，正是她的情夫，听说他是塔列朗③的儿子。迪厄多内中尉是泰奥多尔的老同学，是他1812年那幅画的模特，也正是此人让他相信自己很有天资，日后必能驰誉天下……在1月份第一猎骑兵团开赴贝蒂讷④之前，迪厄多内同他的朋友阿梅代和年轻的德邦·德·古比埃尔去过将军夫人家。阿梅代就是勒尼奥·德·圣让-当热利的儿子，也曾是勒费弗尔-德努埃特手下的一名军官……在泰奥多尔面前，福蒂内·布拉克曾得意地讲起这两个人在圣勒夫人府上是怎样引见他的。他凭着一副动人的嗓音取得了成功，并为之感到自豪，这种自豪胜过多少次征战给他带来的光荣。泰奥多尔对这些雾月的显贵及他们的子弟有些妒忌，他们有浴血战场的光环、十字勋章和伤疤，他难以同他们平起平坐。

今天，热里科先生当着梅拉尼小姐的面同儿子谈话，他大概感到有些别扭，拉着儿子去了书房，留下女仆一人把餐具摆好。书房朝向另一头，是个大间，从窗户稍一探身向外望去，便见两行成双排列的树木，就像穿黑衣的士兵，还能依稀看见那座希腊神庙……父亲想干什么？要他当逃兵？

那些与他同龄的士兵，或者他在弗拉斯卡蒂咖啡馆遇见的那些年纪比他稍长的前辈，比如夏尔·德·弗拉奥或拉威士丁中尉，泡在那些沙龙里，逍遥自在，而泰奥多尔从不涉足此类场所。而像马克-安托万这样的，同他们是一路：

① 约瑟芬（1763—1814），亚历山大·德·博阿尔内之妻，1794年其夫死后改嫁拿破仑。
② 夏尔·德·弗拉奥（1785—1870），法国将军、外交官，曾任拿破仑副官。
③ 塔列朗（1754—1838），曾任第一帝国外交大臣。1814年任临时政府首脑，促成参议院废黜拿破仑，支持路易十八掌权。
④ 法国加来海峡省城市，专区所在地。

这位多比尼子爵会在圣奥诺雷街他父亲家接待他们，他们之间只是政见不同。这是一个官邸豪宅的世界。这是他曾试图画下来的世界。因为他画的主人公、他的模特……例如，在1812年创作的那幅画中，人们看到的就是一个勒马旋转半周的猎骑兵军官，就在埃克米尔①或蒂尔西特②某地……没有任何别的内容……又如1814年画的胸甲骑兵，在俄国大撤退中从马上摔下，倒在法国的土地上，就在隆雅③或德南④附近，面前是他受伤的战马……可是，他泰奥多尔明白，那个留着又硬又直下垂黄髭须的胸甲骑兵队军官，脑袋是迪厄多内的，躯干是马克–安托万的。就这两个帝国士兵，别无其他。只是过了两年，他才意识到他画的是一个共和分子和一个拉罗什雅克兰掷弹兵相混杂的怪物……就像他意识到自己内心的矛盾一样。尽管如此，他恐怕还是做错了一件事：送去展出时，他把这幅画命名为《猎骑兵中尉M.D.⑤……的肖像》，而不是匿名，换成《在硝烟血海中立功晋升的士兵》……

　　那位拉勒芒男爵，被路易十八封为省长，二十岁去了圣多明各，三十岁到过西班牙，联军入侵时晋升为将军，他究竟是个什么模样？在这个看似乡村的街区，有些隐秘的花园，园中光秃秃的树木间，坐落着一幢彩砖砌的房子。此时，在这幢房子里思念男爵的正是她，那个从安的列斯岛带回来的克里奥尔女人，那只被泰奥多尔抱在怀里片刻的柔弱、惊悸的小鸟。我能想象勒费弗尔–德努埃特将军夫人带她来到这里之前对她说了些什么：那是一个奇特、僻静的地方，亲爱的，谁会想到去那些小木屋，在平民百姓和他们养的兔子鸭子中间寻找您呢？他们是些养几盆花靠年金度日的人，是些菜农和手工匠，再有就是我们的人，听见了吗？我们这边的人，就像福蒂内，他当过英俊的科尔贝尔将军的副官，还有一些普通士兵，就像装了木制假腿的好心人莫贝尔，在街区上，随处都能见到他凑到女商贩跟前说话……各种各样的手艺人、画家的模特儿、画家和他们东拼西凑搭出来的画室……晚上，您可以观看墙那边鲁济埃里花园上空的一束束烟花，还能听到歌声和音乐……

　　"你在想什么？"父亲不耐烦地问，"我敢打赌，我讲了一刻钟，你一句话都没有听进去……算啦，吃饭吧！不要让梅拉尼小姐等了。"

① 今德国巴伐利亚州一村庄，1807年拿破仑在此战胜奥地利人。
② 今俄国城市，1807年7月8日，拿破仑和亚历山大一世在该地谈判。
③ 法国、比利时边境市镇，历史上多次被普鲁士军队包围。
④ 法国诺尔省市镇。
⑤ M.D.，即迪厄多内和马克–安托万这两个名字的首字母。

天香菜味美可口。不用问就知道谁做的。每逢星期天，家里只有一个厨娘。梅拉尼小姐做饭，总让人馋得直舔嘴唇。

原来这就是不喜欢这军装的理由，这位夫人的理由。泰奥多尔也讨厌起自己身上的红色制服来了。这倒不是说他会赞成拉勒芒将军举兵反对国王。但是否一定要去默伦，去攻打另一些法国人？……不管怎么说，她是囚犯的妻子，现在这个时候，她的丈夫是她心目中的英雄。泰奥多尔刚才没有好好道歉，也许她伤得不轻……不会无缘无故像这样昏过去的……

"你可以藏在这里，呃，看看时局变化再说。听我说，这新雅典街是逃过警察手心的理想所在！从我们家穿过，来到街上，逃到野外，可去蒙马特，或者顺小路前往圣拉扎尔街；后面有人追赶，你就在小道间穿行，前去克里希……要不就拐弯走妇人塔街……你可以下榻鲁济埃里酒家，那里花束似锦，让人眼花缭乱，还有一张张餐桌掩护遮挡，别人看不见你，不然就去殉难者街那边的小酒店，混在顾客中……行了！"

泰奥多尔一点也不生气。父亲已把国王火枪手看成逃难的了，他毫不奇怪。父亲的话，他只听进去一半。他暗自想：拉勒芒男爵夫人……卡罗利娜，她叫卡罗利娜……对啦……要是我留下来，就可以天天见到她……可以后呢？没头没尾。他又想：我可以替她画像。再一想：她讨厌我，因为我是红衣部队的……午餐就在这般遐想中过去了。

"泰奥，奶酪你要还是不要？"梅拉尼小姐问。

她递着盘子已有一会儿了。泰奥多尔急忙道歉。

二、巴黎掠影

　　路易十五广场是世间最美丽的地方，即使淋着雨，也令人欲罢不能。罗贝尔·迪厄多内对此深信不疑。一到晌午，国王第一猎骑兵团就在广场上架起枪支。四百五十名骑兵，伫立在各自配有红呢鞍褥和羊皮鞍座的战马边上，沿着杜伊勒利宫，在石砌阳台和花园围墙之间的空地上排开。士兵用白色马鞍，军官则配黑色鞍座。他们身着暗绿色上衣，皮靴之上是猩红色马裤；头戴煮硬牛皮盔，上面系着黑色马尾花线，插着白色羽翎；右肩上还挂着白绒线饰带，这群士兵集合在一起，营地看似一大片草地。罗贝尔咬了咬又硬又直的唇髭，一嘴牙短小不齐，长在这样一个壮汉身上，有点出人意料。一头火红色头发，乱蓬蓬地耷拉在额头上。部队冒着凄厉的寒风行进，在圣德尼附近还遭遇一场大雨，在走完最后十古里路程后，罗贝尔酣睡了一觉。从上星期五起，他们就在行军路上。没有人留恋贝蒂讷。士兵更不用说，他们中大部分是巴黎人，来的时候就牢骚满腹，因为波旁王朝复辟时，这个骑兵团除了获得封号，还得到永远驻守巴黎的庄严承诺，如今有人好歹找个理由，说什么调防是陆军大臣苏尔特在给巴黎卫戍司令梅宗将军使坏……鬼才相信！……军官们几乎全是平民出身，对离开贝蒂讷也毫不惋惜。自从得知拉维奥莱特神父返回的消息，大家一直兴奋难已。但迪厄多内中尉实在不走运，因为指挥他们连的副队长，一个名叫布埃克西·德·吉尚的布列塔尼人，却是为数不多的忠臣之一，一个地地道道的朱安党人①。中尉们情绪激昂。一过阿拉斯城②，阿尔纳冯、罗歇特、罗斯唐，所有的或几乎所有的中尉在沿途客栈里开始密谈。迪厄多内当过皇帝的精骑兵，也被吸收参加了。一个名叫德努瓦的军医，1813年莱比锡战役后同上校一起被俘，但他打包票说，就在参谋部里，上校圣夏芒伯爵实际是孤家寡人。在这个骑兵团里，不到十名士兵就有一名军官，但防范意识不强。开赴圣康坦之前，队伍在康布雷集合，上校发表简短训话，只要看看大家的态度就

---

① 指法国资产阶级革命时期在布列塔尼和旺代地区发动叛乱的保王派。
② 法国城市，现为加来海峡省省会城市。

明白了。途中见到的报纸多半在撒谎。谎言不一而足,结果骑兵们聚在小酒店里嚷嚷着为"小平头"频频举杯。只有上校被蒙在鼓里。星期天,到了圣康坦,街上行人竟然问猎骑兵,是打算同拿破仑开战,还是同勒费弗尔-德努埃特的队伍汇合,与近卫猎骑兵、掷弹兵和炮兵一起进军巴黎?反叛的军团已经抵达昂堡,距圣康坦仅四古里,因此当晚差不多一半的军官,少说也有二十位,聚集在一间按《埃及归来》格调粉刷的屋子里,讨论部队何去何从。是去同近卫猎骑兵团汇合,还是重新打出三色旗①? 刚刚据悉,在格勒诺布尔,德·拉贝杜瓦耶②上校率领第七线列步兵团倒向了皇帝。

天下着雨,广场上仍然人头攒动,好像每次雨一停,巴黎人便从一些看不见的洞里钻出来,聚到广场上,人群熙熙攘攘,在露天营帐间悠闲地穿行,拉扯交谈,彼此看法对立;妇女们衣着斑斓,她们看上去都以自己的方式感觉到了春天的气息,让肩上的披巾搭在腰际,而那些故作正统的有产者在鼓励动辄大笑的猎骑兵为君王卖命。眼前这一切,是不真实的真实。他们在这里干什么? 所说国王中午要阅兵。"什么狗屁国王……"没教养的德努瓦说。有人给阿尔纳冯带来了《辩论报》,上面有邦雅曼·康斯坦那篇文章……实在看不懂。

当然,勒费弗尔-德努埃特的鲁莽行为已经失败。在圣康坦和昂堡之间,有人遇到了北上的近卫猎骑兵。啊,他们的制服多漂亮:高顶皮帽,上有红绿羽翎和金缨,配绿色短上装和黄马裤,外罩有黑毛皮衬里的猩红长外套,这套行头现在竟是七零八落,十分狼狈,惨不忍睹。"带头闹事的"已经抓获。勒费弗尔-德努埃特在逃……但是,"小平头"到了里昂,这消息是真的还是他妈的胡说八道? 一个星期过去了。他们还待在路易十五广场上,夹在杜伊勒利宫和香榭丽舍大街之间,也不见国王出来,战马都急得直蹬前蹄。香榭丽舍大街西侧,搭着售货木棚,树木掉尽了叶子,寡妇街那边挤满了亲卫兵;靠近塞纳河那一头,大学生头戴羽翎毡帽,身上都是亨利四世③时期的打扮,原来是一场化装游行! 他们是维奥梅尼尔指挥的志愿兵分队,主要是医学院和法学院的学生,一伙高唱保王派歌曲的狂热分子。有必要听听别人是怎样说他们的。这些俄国的幸存者、参加过奥斯特里茨和瓦格拉姆战役的老兵,不用你说,这些

---

① 指红、白、蓝三色法国国旗,拿破仑第一次退位后,波旁王朝把国旗改为白色,拿破仑回来后又恢复三色旗。

② 拉贝杜瓦耶(1786—1815),法国将军,曾在格勒诺布尔迎接从厄尔巴岛归来的拿破仑,1815年被波旁王朝处死。

③ 亨利四世(1553—1610),法国国王(1589—1610)。

人就等着教训这帮捣蛋学生呢。

　　向西急驶的车辆辘辘而过，不会看错的，那些四轮大马车、轿式马车，甚至轮子漆成黄色或红色的有篷双轮轻便出租马车，都塞得满满的：家眷、箱子、胡乱捆扎的杂物……一位将军不时骑马过来，好像是要部队耐心等待。路易十六桥两头有步兵聚集，胸甲骑兵则集中在圣奥诺雷王府大街。

　　陛下大概盼望雨停吧。眼下，近一万士兵，连同马尔斯校场上的国王卫队，都持枪站在雨里。天下着雨，但路易十五广场仍然……拿它同贝蒂讷相比，你说呢！此方旅馆里的台球房，让你难以忘怀，还有外面钟楼上那些铃铛，在广场上空丁零作响，却不能让你忘记时光止步不前！罗歇特在同施马尔兹和德拉埃说说笑笑，这两个少尉，看上去似乎还没有脱尽乳臭，虽然在1814年克里希关卡保卫战中立了大功，可就是因为这个，他们俩被参谋部冷眼相看。好了，肚子饿了，在营房吃的那点儿点心，已经消化干净，早就饥肠辘辘了。

　　"别说话，笨蛋！"罗歇特对施马尔兹说，他刚看见上校骑着那匹臀部有花斑的枣红马过来。上校肩膀狭窄，因沉重的银质肩章而显得宽厚，尽管如此，他不失为一个英俊骑士。他只有三十四岁，蓄着黄色小胡子，一张娃娃脸，两只大眼睛，这相貌使他显得稚气未脱。他总是直着脑袋，这主要是因为黑领带周围套了那个坚硬的大红颈甲，上了浆的衬衣领角露出领结，清楚地衬托着他的下巴。额头上的头发，末端卷曲，形同一首藏头诗，颜色同他的坐骑很相配，只是不及坐骑的皮毛那么油亮。自从国王封他为圣路易骑士[①]以来，他再也不佩戴荣誉勋章了。他来到罗贝尔也在其中的那一小群军官边上，问他们是否一切正常，部下如何耐心等待……

　　大家看得很清楚，他那双孩子气的眼睛透着某种担忧，因而更显鼓突。一个团的人马在此羁留那么久，他恐怕不会认为是合理的吧。何况猎骑兵中有一些急欲回家的巴黎人。把他们外放到贝蒂讷已经是个大错……上校同跟在后面的副官走开了，施马尔兹嘲笑说："今天上午那场面够他受的了！"那个将军是何许人，发表了一篇可笑至极的演说。大家都规规矩矩地听着，也没有多想什么，可接下来，上校拿定主意，通知里凯和布瓦尔上尉返回贝蒂讷，进拘留所！

　　"他可能已经知道他们从圣康坦赶往……"阿尔纳冯说。

---

① 法国1693年确立的一种王家军衔。

　　罗贝尔不会不知道，里凯和布瓦尔认为勒费弗尔–德努埃特的部下已经反叛，连夜赶往昂堡，建议里翁将军把上校撤掉，带领王室猎骑兵同勒费弗尔–德努埃特的部下汇合。但是这位将军实际是向康布雷退却，他已经抛弃了勒费弗尔–德努埃特和拉勒芒兄弟，很可能还告发了这两名上尉。里翁此人，拿破仑把他当心腹，简直无法理解。克拉尔克在议会里看到了这位将军的报告，并宣布将军因此被任命为骑兵督察！不管怎样，在路易十五广场上，里凯和布瓦尔并没有任人摆布。猎骑兵们也听见了他俩说的话，因为他俩冲着倒霉的圣夏芒伯爵大声抢白。伯爵的坐骑有点烦躁不安，骑在上面像在跳舞，但在这种场合，他硬着头皮摆出一副小学生做错事的样子。有人高呼："皇帝万岁！"上校不失风度地走开了。他向布瓦尔和里凯作了让步。

　　"他是从王宫回来的，"阿尔纳冯目送上校远去，说道。施马尔兹接着说："他还想搞什么名堂？你们看那边，他把手下的骑兵上尉都召集起来了。"大家看见一个名叫戈达尔–德马雷的掌旗官骑马朝那伙头领过去。此人在贝蒂讷同女人厮混，行为不检点，这些先生非常讨厌他。"喂，罗莱，你要是里凯，你肯定会快马加鞭，再去看看你那小马塞利娜！"

　　军号声响。上马！上马！怎么回事？阅兵吗？小胖子①不会为我们移驾光临吧？传令兵带来了命令。广场另一头的志愿兵正在观看王室第一猎骑兵团的操练。猎骑兵排成行军队列。马松上尉跟在布埃克西·德·吉尚后面，经过时马刀出鞘，俯身对正在上马的迪厄多内中尉说："要赶你们走，目的地是埃松②……看来贝里公爵害怕军队，只让该死的国王卫队和头插羽翎的大学生留守巴黎。"

　　埃松！这个地名使他想起了什么。去年，就在埃松，上演了一场极不平常的闹剧，结果解了枫丹白露的防务，还让皇帝任凭联军摆布，那天夜里，副官迪厄多内跟随法布维埃③上校，纵马疾驰。上校在枫丹白露觐见皇帝以后，他们俩一起回来。4月的夜晚，天空诡异多变，布满了大片大片的乌云，月亮从云隙钻出来。两人穿过怪石嶙峋的树林。法布维埃想必完全不能自已，说起了他爱慕的一位女子，但他永远成不了这位女子的情人，也永远当不了她的丈夫。他把法国的苦难同个人的身世混在一起。他像海上遇难的人会做的那样，

---

① 指路易十八。
② 法国塞纳–瓦兹省市镇，位于巴黎以南，枫丹白露以北。
③ 法布维埃（1782—1855），法国将军，曾受拿破仑派遣，帮助波斯国王重整军队。

向这个蓝眼睛中尉吐露了隐情。这个女人会是谁呢? 他这么赞不绝口! 称她是"完美女人"。从1805年起, 他就认识这个女人了……

他们来到一片荒凉的原野。天空阴暗下来。罗贝尔永远记得那条蜿蜒的小路和那些向前伸展开去的幼小树木。埃松沉没在一片黑暗和静寂之中。谁也不会相信第六军团就驻扎在这里。也许已经调走了一个团……法布维埃上校要上前哨阵地。元帅就要从巴黎返回, 必须向他传达皇帝的谕旨。那边, 奥尔赛附近, 就有奥地利军队。法布维埃正说到"完美女人", 突然间, 在一个交叉路口, 似乎能听到隆隆声响, 马匹和部队行进的声音。这声音已经过了埃松, 大概快到库尔库隆了。天空衬显出模糊的影子。难道是奥地利军队? 哎呀……居然是第六军团, 正在移防凡尔赛。怎么样的? 你们疯啦! 回埃松! 向后转! 我的上校……我们在执行命令, 将军的命令……哪个将军? 苏阿姆将军。原来这位将军害怕皇帝知道马尔蒙、他以及其他几个人前天同奥地利人做的那笔交易, 便同敌人串通好了, 丢下阵地, 朝凡尔赛撤退。皇帝陛下的副官古尔戈①上校不期而至, 终于迫使他铤而走险。他认为召他去枫丹白露是个圈套。在一条溪流边上, 法布维埃在喊些什么, 罗贝尔听不清楚, 而苏阿姆骑马立在对面, 不停地重复: "他会让人把我枪毙的! "就这样, 法兰西被出卖了, 还有皇帝, 还有二十年的荣耀, 都被出卖了。迪厄多内一想起这条溪流的名字, 心里总是苦涩难言。一个被吵醒的农民, 几乎光着膀子趴在窗口看着士兵们走过。中尉向他打听了小溪的名字, 名字很奇怪, 叫"听雨溪"……

事隔不到一年, 罗贝尔·迪厄多内又骑马踏上去埃松的道路……还要在那里过夜。

也许还能见到波拿巴。天在下雨。奇怪, 迪厄多内想得多的不是皇帝, 而是那个"完美女人"。法布维埃从1805年就爱上了她……十年了, 多么美丽的故事! 而他罗贝尔, 他觉得自己天生不是情种。青年时代, 他只是逢场作戏, 一个情场过客……那个女人, 究竟是谁呢?

这天, 亲卫队少尉, 男爵夏尔·法布维埃上校是第三次去宫里了。上校属亲卫队腊古扎统辖的第六连, 百姓称之为"犹大"连。这是一个身高六尺的彪形大汉, 扛着一个沉甸甸的大脑袋, 留着黑色唇髭, 才三十三岁, 却已谢顶, 眼

---

① 古尔戈(1799—1852), 法国元帅, 曾任拿破仑副官, 后随拿破仑到圣赫勒拿岛, 并根据拿破仑口述写下《拿破仑时期法国历史回忆录》。

睛特别大,两道眉毛上扬外翘。身上服饰华丽,斗篷系着领扣,左下摆撩起搭在健壮的肩膀上,露出夹在腋下的太阳盔,大红边玉蓝色军装,下摆有大红衬里,上面银饰纷呈。上校从花神宫楼梯下来,心里并不平静,却要从警察堆中穿过,厌恶之下,更觉得惶惶不安。

这个星期日,朝臣们纷纷离开杜伊勒利宫,这情形在王宫弥撒上一看便知。王公大臣逃宫出走,似乎为百姓涌入王宫开了方便之门。这些平民手持短棍,身着绿色、黑色或褐色燕尾服,头戴百步之外就能看见的深色高筒帽。他们中少不了安德烈先生[1]的警察、布尔里埃尔[2]的新手,以及阿图瓦伯爵大人督警队里的义务辅助人员;无论哪一方,都不知道是谁把他们请来的,他们互相审视,目光充满怀疑。法布维埃必须从这些警察中挤过去,其中相当一部分可能是富歇的密探,只等波拿巴一到,他们就哗变响应。不过,他们的在场表明,自内伊变节以来,军人已不可相信。这只要看看那些亲王盯着其他元帅的目光就能知道,谁要叛变?

下午三点钟左右,国王卫队好不容易在马尔斯校场集合完毕,在大雨中等待国王陛下检阅,而在此时,待在军校的腊古扎公爵,亦即马尔蒙元帅,叫人找来他的前任副官,派他去杜伊勒利宫打听情况。真是荒谬绝顶:国王说要检阅,而上午八时点名后部队已经解散,只得派人分头追赶,让他们冒雨集合,在那里干等,结果谁也没有来。

元帅四十一岁,仍然保持着年青人的风度,只是有些发福。他身材高大,相貌英俊,有一头褐发,可见他的贵族身世。下巴刚开始变圆。他身着刺绣军装,蓝色绶带交叉在胸前,十字徽章抵近领口,他还是法布维埃在西班牙认识的那个骑士:他极力讨人喜欢,说话慢条斯理;而且他老惦记着替自己辩解,无论是阿拉比莱斯战役[3]刚结束,还是现在,他总是禁不住要重提拿破仑在戛纳登陆时对他的指责。这几天,元帅跟他的前副官说话,不知发过多少次火,因为在无数问题上,元帅都同他格格不入。"啊,您那个宪章[4]!"元帅这样说,好像宪章是法布维埃制订的,好像时局发展至此,以及路易十八施展的计谋,都该他一人负责似的。国王陛下真以为已把皇帝的人笼络住了,可您看看,

---

[1]　安德烈(1759—1825),法国政界人物,路易十八时期回国任公安大臣。
[2]　布尔里埃尔(1769—1834),曾任拿破仑秘书,1814年归附波旁王朝,任巴黎警察局长。
[3]　指1812年英国将军威林顿在西班牙阿拉比莱斯大败马尔蒙一战,此战标志拿破仑军队在西班牙失败的开始。
[4]　指1814年波旁王朝复辟时路易十八制定的宪章。

内伊元帅做了什么! 马尔蒙拥护的是阿图瓦伯爵和贝里公爵, 尽管贝里公爵喜欢模仿小班长①的举止……为一点小事就拧人耳朵, 包括他在内! 只不过他个子小, 够不着!

"法布维埃, 快去宫里看看," 元帅说, "我不知道陛下在想什么……各支部队快要失去耐心了……"

元帅一下子把什么都说了。上校费了许多时间准备的、元帅又完全同意的计划就这样放弃了? 什么, 国王要出逃? 真行! 星期四向上下西院发誓宁死不离巴黎, 原来只是为了星期日能像懦夫一样溜之大吉, 真可谓煞费苦心! 法布维埃熬了两个通宵, 制订了卢浮宫防御工事计划, 军事部署也已准备就绪, 昂古莱姆公爵②防守西南, 波旁公爵镇守西侧, 麦克唐纳和贝里公爵则指挥国王卫队和地方驻军守卫巴黎正面……好了, 此事不必多议, 因为起初同意他们计划的布拉卡·多尔卑斯③阁下头天却昏了头, 劝国王非走不可。当然, 一如既往, 国王还是听了这笨蛋的! 真见鬼! 事情本可以是另一个样子。军队反叛, 人心无常, 但这位法兰西君主好歹是在自己家里, 可以堂堂皇皇坐在他的卢浮宫前一把椅子上, 等着另一个人, 那个篡位者到来, 对他说: "怎么, 您要夷平巴黎? 炮轰王宫, 烧毁杜伊勒利宫? 您把我杀了, 那您就只是一个弑君的罪人! 这个罪名决不会赋予您登上宝座的正统性, 反而成全了阿图瓦伯爵、贝里公爵、昂古莱姆公爵……您算是白费劲啦! "

"不过, 国王不阅兵也好! 亲爱的, 您知道, 这阅兵也是他的计划; 即便到了马尔斯校场, 不外乎对国王卫队讲几句空话, 大谈其职责所在, 宣布要他们开往埃松, 切断通往巴黎的道路, 而他自己则另走一条私密路线……星形广场、军用公路……"

埃松! 一提起这个名字, 前任副官就什么也听不进去了。埃松! 他看了看马尔蒙, 国王卫队指挥官, 亲卫队统领。马尔蒙说出这个地名时能不发颤吗? 阅兵只是路易十八离开卢浮宫, 前往星形广场关卡的一个计谋, 这同法布维埃有何相干呢? 过了关卡又往哪里去呢? 今天上午, 大家还一无所知。有人希望国王去旺代当朱安党的首领, 波旁公爵大人已经先去了那里。这是一个争取民心的好主意! 另一些人建议他去诺曼底。紧急关头可以从格朗维尔④登上海

---

① 拿破仑绰号。
② 昂古莱姆公爵 (1775—1844), 法王查理十世长子。
③ 布拉卡·多尔卑斯 (1771—1839), 法国外交家, 路易十八治下任国务卿和王室大臣。
④ 法国西北部濒临英吉利海峡的城市。

岛。在勒阿弗尔①，国王卫队能长期坚守。必要时可渡海前往英国。关键是要知道，海军是否靠得住……昨天奥尔良公爵②已从里昂逃出来，人已到了诺尔省。马尔蒙并不认为国王真的愿意同他会合，因为把他派遣到里尔③，可以说这是对平等者菲利浦④之子的一种不信任……也是对撤销苏尔特职务的一个补充。苏尔特被扣留在马尔桑宫，主要因为他支持奥尔良家族，而不是因为他是波拿巴分子。公爵夫人要离开巴黎，但是有人下令不给她提供马匹……贝里公爵则大吵大闹，因为陛下要把他留到身边，妨碍他去打垮入侵者。国王只是在人选上未打定主意。马尔蒙压低声音，向法布维埃透露：星期五，在庄严的两院会议结束二十四小时后，不等官方正式承认内伊已经叛变，国王就已差人从陆路把王室珠宝运走了。往哪里运？加来、英国……那是星期五夜里，由陛下的第一侍从押运走的。当然，他完全可以把金银珠宝藏起来，自己留在巴黎，死在巴黎，不过这话就我们俩私下说说……

这样，法布维埃回到了王宫。但他未能见到国王。陛下一直在宫里，他让布拉卡大人传话……这位布拉卡大人有张乳白色的脸，长得出奇，头上金黄色假发黯淡无光，腿短，身子长，一副讨厌相。他说国王始终打算检阅国王卫队……不可思议！

法布维埃被告知待在元帅厅等候。

自从宫廷上下人心惶惶以来，元帅厅成了公众场所。随便哪一种制服都可以充当通行证，出入随便，跟进出咖啡馆没有什么两样。这里还能遇到一些贵妇，她们等着要见布尔里埃尔，当面呈交告发书。已经有一个星期没有看见迪拉斯夫人来王宫了，她卷入了阴谋……而她的丈夫，那个倒霉的公爵⑤却在宫里陪伴国王……

前厅挤满了人。有神父、将军和大臣。联排的房间那边，人来人往，络绎不绝。从联排房间回来的人，不论是模样像仆人的若古⑥先生，还是脸容苍白憔悴、难藏内心惶乱的矮胖子贝蒂埃，也不论是陛下的外科医生埃利泽神父，还是干瘦如柴、满脸油光、一副淫荡样的怪人弗拉泰，他们一看见有人从那边

---

① 法国北部港口城市，濒临英吉利海峡。

② 奥尔良公爵（1778—1850），即路易·菲利浦·奥尔良公爵，平等者菲利浦之子。

③ 法国诺尔省省会。

④ 指路易·菲利浦·约瑟夫·奥尔良公爵，英国政治制度崇拜者，1792 年为法国国民公会代表，人称平等者菲利浦，投票赞成处死法王路易十六。

⑤ 迪拉斯公爵（1771—1838），路易十八时期的宫廷内侍，贵族院议员。

⑥ 若古（1757—1852），法国政治家，1814 年任国务大臣和贵族院议员。

回来,便一拥而上,那轻声细语的样子像是在低噪……怎么?要走?去哪里?他们全然不顾颜面。这一伙人霸着软垫凳,谁都不想丢掉座位,生怕错过了获得消息的时机,便一清早备好快餐赶来,或叫人送来纸包的排骨或鲱鱼。这前厅被弄得肮脏不堪,像个小饭铺。花神宫也总有一股厨房气味。还是听听那些老臣是怎么说的:陛下一顿午餐就吃了四份肥鸽烧豌豆……圣路易的子孙都是些大肚汉!

　　快到河畔大街的时候,上校迎面遇上一位国民卫队军官,只见他头上戴着一顶缀有金色绶带的毛皮高筒帽。上校犹豫了一下。那不正是他在西班牙认识的亚历山大·德·拉博德①吗?此人在西班牙干哪一行,他并不清楚。法布维埃是1841年在与联军谈判巴黎投降事宜的委员会里认识拉博德的。一天晚上,他们俩有过一次奇特的交谈。拉博德伯爵去年还详尽说起他父亲1793年上断头台被处决的事,虽然大家知道,拉博德是他母亲同一位奥地利亲王所生……热月②之前,亚历山大是奥地利军队的军官。那天晚上,巴黎等着联军进城,进城的地点在克里希门附近,那里扎营住着推小车前来避难的农民,在离债务犯监狱不远处,还有人在收运尸体。在这样一个夜晚,不知亚历山大想起了什么,对法布维埃讲起了他的青年时代:他在督政府③时期回到法国,当时他在学习绘画,您不妨想象一下,就在大卫画室……如同他的姐姐娜塔莉,即今天的莫希公爵夫人……他受过一些危险思想的诱惑,与一伙很特别的人来往,是的,亲爱的,这些人被称为"平等派",您还记得达尔泰④、巴贝夫⑤他们吗?有些时候,比如眼下,世事纷乱如临末日,随便遇到什么人,都会一吐心中郁积。

　　在1815年圣枝主日这个星期天,保证国王安全的使命居然落在他拉博德这位昔日的巴贝夫主义者头上。的确,他姐姐是普瓦亲王阁下的儿媳。亲王统辖国民卫队,后者已接替国王卫队。最近,德索尔将军⑥擢拔他当上了国民卫队副司令。傍午时候,他已在宫里布置好了岗哨,返回路上又在宫里转了一圈。一开始他没有认出这位国王卫队军官是法布维埃,还礼后他上前低声说道:

① 亚历山大·德·拉博德(1774—1842),法国政治家,曾任路易·菲利浦的副官。
② 法兰西共和历第11月,此处指1794年7月推翻资产阶级领袖罗伯斯庇尔的政变。
③ 法国1795—1799年间的督政府。
④ 达尔泰(1769—1797),法国革命家,1796年卷入巴贝夫阴谋案后被处死。
⑤ 巴贝夫(1760—1797),法国革命家,巴贝夫主义(平均共产主义)创立人,图谋反对督政府,后被告发处决。
⑥ 德索尔将军(1767—1828),1814年在法国临时政府中任国民卫队司令。

"亲爱的朋友,我想同你说几句话……"

　　说实话,对于这种友情,"亲爱的朋友"并不感到荣幸,但又如何回避呢?他们重新上了二楼。国民卫队哨所是王宫里最重要的部门,设在一间王室套房里。奇怪的是,昂古莱姆公爵夫人在波尔多,但她套房的前厅和餐厅里却挤着五十来个大兵,军装在身,一律的白色护腿和马裤,胸前背带交叉,上面系着短剑和子弹袋,军衣后摆也都撩了起来。只见他们有的光着脑袋,有的戴着熊皮高帽;有的站着,有的坐着,不管是桌子,还是门口的长凳,能坐就坐;有的在用手指卷着烟卷,有的嘴上叼着烟斗,一个个随随便便,无拘无束,一看到有军官进来,立马整肃衣冠,端正举止。拉博德讲了几句,他们马上高呼:"国王万岁!"一看便知,这些大兵都来自寻常百姓家。有人连胡子都没有刮。"他们是第十一、十二军团的掷弹兵,"拉博德悄悄对法布维埃说,"选上他们,那是因为他们的队长都是些信得过的人……"是的,这些人谦卑殷勤,就像在门口恭候某位主任的办事员。他接着说:"有人指责我,就因为在转桥哨所,我用了一些圣安托万区的人。您想啊……那是第三军团的一个支队,大名鼎鼎的里夏尔·勒努瓦[1]任该军团指挥已经一年多了。人家说他是拉贝杜瓦兄弟的岳父,这很有可能,但请问,这又能怎样! 在王宫里,特别是在亲王殿下[2]周围,就有一些不可救药的人:应该相信巴黎的平民百姓。至于他们说的那个区,我没必要了解。反正他们是国民卫队,准备用他们的血肉之躯筑成壁垒保卫君王……就这么简单! 说到里夏尔·勒努瓦,国王并没有撤他的职,这个人对王朝兴盛的贡献,远非大多数极端保王党人可比! 还有拉贝杜瓦耶本人,他是轻骑兵统领夏尔·德·达马斯的女婿……吵死人了!"他把上校拉到一边,"我正想问您……我知道您是卢浮宫防御计划的制订人……我们已做了部署,转桥哨所的守卫增加了一倍,画廊里到处都有士兵把守,宫内的路障已经就绪,可用来掩护国王陛下撤退……至于那些艺术珍品,那只好忍痛割爱啦! 您看见过《迦拿的婚宴》[3]被人损坏了,但又有什么办法呢? 您说说看,您刚从布拉卡大人那里来吧……这个人啊,狂妄自大,一副不屑理人的样子,管他呢,反正不是替他卖命……不过,我觉得原来的部署变了。布拉卡嘛,大家都知道,他让他的妻子先走,据说还带走了满满一车他收藏的军功章! 迪拉斯夫人、拉菲罗内夫

---

① 里夏尔·勒努瓦(1765—1830),法国实业家,曾建立法国第一棉织厂。
② 指阿图瓦伯爵,路易十六之弟。
③ 法国画家大卫的作品。

人、若古夫人，以及瓦格拉姆和塔列朗两位亲王夫人，她们全都离开了法国。我们出现在这里，正好说明公爵夫人不在……城里，我认识她的一些朋友，她们对我说……"

他到底想说什么？原来是：王宫走廊里有传闻，说陛下不去马尔斯校场，是因为他想在大白天出逃……用维特罗尔夫人[1]的话说，太阳不需要看到这一幕……

法布维埃把大脑袋转向司令，发现他同差不多所有挤在楼梯上和前厅里的人一样，神情焦虑不安。他们都在忖度王权的气数。他们中有多少人准备高呼"皇帝万岁"呢？见鬼，1814年的时候，事情却要倒个儿看。"伯爵大人，"法布维埃用爵位称呼归制下的人士，方式独特，颇有点卖弄的意味，"我只能告诉您，再过半小时，或三刻钟，陛下将去马尔斯校场检阅红衣队和白衣队……"

听了这句话，这位前巴贝夫主义分子像是如释重负。他问上级是否已经用餐，哨所里有备用餐，可以请他过来吃一点……这里也一样，饭菜气味扑鼻。法布维埃谢过，说军校那边有人等他。

楼梯被堵得水泄不通，他挤出一条路下来，比上一次更加费劲。楼梯上聚集了一伙衣着怪诞的老头，他们前来向国王请命效力，来前还从箱子里翻出了那些老掉牙的军装。这位老朽不堪的副官，身着天蓝色衬里的白外套，佩一把按英国方式用两条丝带系着的长剑，不知他是哪次丰德努瓦[2]战役下来的。那位骑士又是从哪场滑稽骷髅舞会下来的，你看他脚蹬褶皱皮靴，露出尖尖的膝盖和苇护套的股骨，身上一件鲜红色上衣，外罩饰有黑十字的灰色斯宾塞[3]短上装。周围的人见状都大笑，毫不克制，而布尔里埃尔手下的警察互相碰碰胳膊肘，一边高声讲些让人不快的事情。法布维埃从这些人中间通过，像一艘大船驶进了被小艇堵塞的锚地。大多数人只到他的肩膀，满身的啤酒和大蒜味。原来有个女商贩钻了进来，在楼梯脚下兜售勃艮第蜗牛，弄得臭气冲天。几个要饭的也溜进了门厅，一个露着残肢，另一个是瞎子，由一只卷毛狗牵着……

天空骤然放晴，河岸上人很多，卫兵在花神宫门前艰难地维持一条通

---

① 维特罗尔（1774—1854），法国政治家，1814 年任临时议会国务秘书，极端保王派代表人物。
② 丰德努瓦，比利时市镇，历史上发生过多次重大战役。
③ 古时一种短上衣，包括男式、女式及骠骑兵穿的三种。

道。王室的车辆停在那里，让人既兴奋又不安：有人放出话来，说这些车辆等着送陛下及其他随从人员前往马尔斯校场检阅国王卫队，真是白费口舌，谁会相信！"他们要去哪里？""他们要去哪里呀？"街娼向车夫打听。有人提到了拉罗舍尔和布洛涅……大家已经不太关注天气了。天上又掉下几滴雨点，巴黎人仿佛已习见不鲜，没当一回事。春天将至，但因天气多变，妇女们尚未将收起来的草帽拿出来。不过，她们已经换上了以黄绿两色为主调的浅色裙子和大衣，风帽上的那不勒斯横棱绸也是嫩芽绿。有的是全家都出来了，家里的男人拉开妻子和女儿，不让她们走近那些太爱开玩笑的大兵；孩童在行人腿间钻来跑去，还能看到一些玩猜牌赌博的庄家，以及叫卖膏药或雪花膏的小贩。天气相当冷，有人还穿着裘皮衣服，但随处可见的有的小姐竟冒冒失失穿上了薄纱衣裙，鼻子冻得发紫，却同黄色连衣裙上入时的紫饰带十分协调。还有些年轻汉子，在丈夫们看来，简直同大兵一样可怕：有的脚蹬皮靴，有的穿着长袜和皮鞋，但都穿着年轻女子不敢多看一眼的针织短裤，特别是风雅人士喜爱的那种粉色小羊驼毛针织短裤，也有用开司米织的，但比不上前者。

　　法布维埃把马留在卡鲁塞尔广场对面的马厩里，穿过有骑兵驻守的拱顶狭廊，来到一处铺石大空地，空地一侧是凯旋门，另一侧是半成废墟的街区。外国人大为惊奇，这样一个街区居然就在历代法兰西君王的鼻子底下，区内有杜瓦耶内小教堂和没有了屋顶的朗格维尔旧居。始于王宫或王宫附近的几条街，斜里通达博物馆的大画廊，画廊把杜伊勒利宫同老卢浮宫隔开；老卢浮宫被木棚、货场和破旧肮脏的房屋挡着，看不清楚。8月10日对杜伊勒利宫的袭击[1]，就是从这些街道开始的。为给自己留下更多的后退余地，拿破仑叫人在那个无赖到达之前推倒了一些建筑，这样一来，在发生爆炸的圣尼凯斯街后面那个街区，被原封不动地保存了下来。这个街区，光怪陆离，旧货商、妓女和仆役云集。这天照例能听到放浪不羁的喧闹，因为那里有不少咖啡馆和旅店，喝得酩酊大醉的士兵，高唱贝朗热[2]的歌曲，"护佑帝国永福"！

　　正面平整、柱子成对的马厩，正对着圣父桥的拱顶狭廊，就像政府办公大楼的一部分，被遗弃在杂乱高大的私宅之中。因此，马厩看上去有点像舞台布景的撑架，正好紧挨着一对柱子延伸过去，形同一堵残垣断壁。马厩前面，孤零零地耸立着一栋四方七层大楼，像个出列的士兵，而在底层和二层之间还

---

① 指1792年8月10日法国资产阶级领导的巴黎起义者暴动。
② 贝朗热（1760—1857），法国歌谣诗人，其歌谣有强烈的反封建反复辟色彩。

有个咖啡馆，这更让人觉得凌乱无序。这就是南特旅馆，平时这里停着驿车，可是这一天，地上只有成堆的包裹，马匹没有了，都叫逃难的人抢走了；邮包和信件也没有人来取。这边的人群没有那么密集，咖啡馆传出音乐，外面的人往里张望。里面有一大块苍白的晴空，一个假的太阳。

夏尔·法布维埃猛地全身一颤。看到迎面走来一对很不相配的男女，他的心怦怦直跳。倒不是因为那个陌生男子。此人衣着讲究，拄着手杖，身着宽袖长外套，架着眼镜，头上似乎套了假发，还戴着一顶鼠灰毡帽，这身打扮让人摸不透他的来历。他手臂上靠着一位夫人，夫人一只手轻轻挽着他的手臂，另一只手牵着一个四五岁的小女孩。这不可能。上校弄错了吧？这个熟悉的身影让他着魔，他到处都以为见到她。夫人头上那顶灰色天鹅绒帽，他可是一点都认不出。帽子正面上卷，搭扣斜里扣住，上面饰有羽毛，一侧有个饰带结，正好连着帽带，帽檐上薄薄的花边呈管状褶裥。他也未曾见过这位夫人身上那件用淡紫色丝绸衬里的貂皮披肩、披肩下的美利奴羊皮长袍，而长袍同帽子一样，衬的是灰色天鹅绒。她的脸看不清楚，但那个穿着黑色斯宾塞上衣和白色小裙子的女孩是不会认错的。小女孩黑色的长发披在背后，大环卷发遮住了耳朵，这副轻丧在身的模样想必在5月23日之前是不会改变的了。她有点发胖，眼里透着悲伤。法布维埃朝小奥坦斯走去，心里却在想：天使玛丽①来这里做什么呢？忽地，上校无视她身边的男伴，抬眼看她。

"我的上帝！夫人，您在这里？这个时候？这难免有点冒失吧？"

夫人把戴着手套的手伸给他，同时感到她一直挎着的那只手臂悄然抽了回去。她的同伴退后几步，一声不响。夫人微微一笑，露出两排小巧整齐的牙齿。黑发从斜扣的帽子下出来，在额头上形成美丽的刘海。她十四岁嫁人，如今二十七岁，依然光艳照人，尽显女性风韵。她又对着面前的彪形大汉莞尔，说："夏尔……真不可思议，我的朋友，遇见您我是多么高兴……"

每次见面，他总觉得对她有新的发现。今天，他第一次注意到，她那鼻子是多么完美，鼻梁笔直，鼻翼微微翕动。她的嗓音，极富穿透力，悦耳动听，还带有在康邦夫人②学校没得到矫正的轻微西班牙口音。

法布维埃说："夫人，您实在太不谨慎，有人会把您认出来的……"她总像是晃动臂上的手镯似的摆了摆手臂，笑道："认出了又怎么样？"上校神情

① 即迪罗克夫人。
② 康邦夫人（1752—1822），法国教育家，曾任路易十五女儿的家庭教师。

严肃,又说:"今天,政治的狂热已被煽动起来,卢浮宫里布满了卑劣的警察,您设想一下,有人想出风头,声称撞见弗利乌尔公爵夫人,不知她在说些什么……在杜伊勒利宫里,围着亲王们转的狂热之徒太多,还不到三天吧,我就听到他们中有个人提到您的名字……"

"那位狂热之徒说了些什么?"公爵夫人问道。

"没什么要紧的,只是他把您的名字同圣勒夫人的名字相提并论……"

"多大一件事!谁都知道奥坦斯是我的朋友……我女儿的教母。"

"但是,夫人,眼下这个时候,人家会记起她曾经是王后……波拿巴还在枫丹白露的时候……"

"夏尔,您认为他只到枫丹白露吗?也正因为如此,我才渴望看到杜伊勒利宫发生的事。里尔①先生还坐在宝座上对大臣们讲些下流笑话吗?"

"夫人,陛下就要去检阅军队,我是军人……还是请您说话留点神,时下人心浮动……"

"夏尔,我无论如何不会错过这个机会的!您应该知道,为我自己,也为迪罗克,我都要看完这场戏。如果他活着,他不会在卡鲁塞尔。而是在那边,在通往枫丹白露的路上!……"

她所讲的,法布维埃都能接受。但当她说到"至于有失谨慎……"时,只见她微微转向留在后面的老人:"我有富歇先生保护……"

夫人所言,这个身穿宽袖长外套的人都听见了吧?富歇扶了扶眼镜,像是要把眼睛藏得更严实。富歇!这个外表清瘦、微驼,一副前朝遗老模样的人物,竟是富歇?他就是布尔里埃派人捉拿、却从警察手心里溜掉的人?天使玛丽疯啦?上校说:"对奥特朗托公爵大人②来说,我不认为杜伊勒利宫是一个很安全的地方……"

上校略微提高嗓门,对方欠了欠身子,走上前来说:"这就要看法布维埃男爵了,看他如何使用我的名字……"说着他就挺直身子,一看便知他那副老相完全是装出来的。1815年,富歇才五十二岁,身上还有某种年轻人的样子。

夏尔从头到脚把他打量了一番,稍带轻蔑地说:"您没有什么好担心的,阁下,因为这个名字,是我从夫人的嘴里得知的,对我就变得神圣不可侵犯……"

①　指路易十八。1794年大革命时期,就位前的路易十八用里尔伯爵这个名字逃往意大利维也纳。
②　指富歇,1809年被拿破仑封为奥特朗托公爵。

他向公爵夫人欠身行礼，耳朵里响起自己心跳突突的声音。他抱起迪罗克的孩子，高高举起。他说："孩子，在我心目中，你就是你父母结合的……愿你这一生无忧无虑！"这句话说得异乎寻常的庄重，夫人听了，赶紧拉过女孩，把她紧紧搂在怀里。公爵夫人第一胎是个儿子，夭折了，这个宝贝女儿体弱多病，总让她提心吊胆。"夏尔，我的朋友，不管你走哪条路，愿上帝保佑您！"她把声音压得很低，不让富歇听见。

当法布维埃从马厩出来时，天使玛丽已经不在广场了。他随即扬鞭策马，穿过拱顶狭廊，直奔圣父桥。

塔兰托公爵麦克唐纳元帅，遵照圣上旨意，换上了便服：深褐色无兜上衣、橄榄青裤子、手杖式雨伞、浅褐色长靴。这身装束，加上高顶黑礼帽，都无法改变他的军人风度。他已经发胖，那张瘦削的大脸上不久前还显示其果敢的那尊翘鼻子，如今配上年届五十长出的赘肉，则另当别论了。头上的金发，因年龄而略微变深，而且怎么梳也梳不服帖，变成了不甚浓密但依然硬直的几绺。至多也只会被人当做银行家；可是，假如人们注意到他的眼神，注意到他那双容易情绪化的棕褐色眼睛，谁还会把钱存放在他那里呢？

这是因为他的外貌是一个奇特的混合体。一方面，他具有冒险家的果断，大凡为帝国卖命的人都这样，他二十九岁就当上了将军。另一方面，他脸上还写着一种资产者的慵懒，这在有过如此经历的人身上是完全不可以理解的，再说他脚趾疼痛难忍，尤其是在这阴雨绵绵的日子里。"啊！雾月里的天气……"他望着窗外依然光秃的树木，喃喃自语。

他蓦地想起共和八年的一天早晨，那是在凡尔赛，他冒着滂沱大雨，跑去查封一家雅各宾俱乐部，而他的同僚却在圣克卢铤而走险，孤注一掷。他很早就是约瑟芬的朋友，是尚特雷纳大街的常客。这一切已是多么遥远！十六年……甚至不到……风里浪里，历尽艰险……眼下，法兰西国王召他前来……

是的，国王差人叫他步行来到王宫，不穿制服，免得引人注意。似乎陛下对他越是不了解，越是信任他。塔兰托公爵抵达巴黎不过六天，甚至还不到六天。去年，国王同公爵初次接触，双方并不愉快。路易十八起初不怎么喜欢元帅，因为对国王的自由主义，元帅有点过于较真。此外，雅克-艾蒂安①性格粗暴，这让新君主听到了不少关于元帅的坏话，这同他不久前在皇帝跟前的遭遇一样；而且，在他返回他的地方总督辖区之前，还没有任何迹象预示他会得宠。自从1814年夏以来，他住在布尔日②，他在那里的军事辖区已升格为地方督政府，有时就在他库塞尔的田庄，离布尔日也不远。3月初，他受命前往尼默上任，赴任途中接到奥尔良公爵指令，改道去了里昂。接下来，部队倒戈，他不得不赶在拿破仑到达之前逃离里昂。他在巴黎的房子空着，因为他的小西多尼同索菲姑妈一起留在了库塞尔，而在大女儿出嫁两年后，1813年，二女儿阿代尔嫁给了阿尔方斯·佩雷高。从此，大学街的宅第几乎一直由看门人夫妇居住，他们家有一大群孩子。雅克-艾蒂安在昏暗的弹球室里找到了他的小提琴，提琴装在一只蓝色平绒琴盒里，就像是一件纪念物。他已经很久没有摸提琴了。他不认为自己是个出色的提琴手，拉琴只是他的一种爱好，而这种爱好，连同他那双富有幻想的苏格兰人眼睛，都是父亲的遗传。父亲是个雅克派③，对恩德尔④如痴如醉，甚至还盲目地接近他。

去花神宫之前，他在空荡荡的大房子里拉了几支曲子。年轻的时候，小提琴是他个人魅力的一部分。当年在圣日耳曼昂莱，举行第一次婚姻的订婚仪式……那段时间，玛丽-康斯坦斯用羽管键琴替他伴奏。他坠入爱河，却没有考虑个人得失，这恐怕是他一生中仅有的一次。后来，他的第二任妻子，西多尼的母亲，一见他拿琴，就挖苦他，说他的琴是一把"吱嘎吱嘎琴"。过了两年，妻子去世，带着两个女儿，就没有想着再娶。当然，这不仅是因为小提琴！现在，麦克唐纳从小提琴中找到了一种解闷消遣的法子。可惜当年没有下功夫苦练……这个圣枝主日，他读起了海顿⑤的曲谱。海顿使他忘了身上的风湿痛。他思索自己离奇的身世，思索国王会突然信任他这样的怪事……他这一周非比寻常。

他是星期一晚间到达巴黎的，星期二就被任命为一支组建中部队的第一副司令，司令是贝里公爵。这支队伍将在默伦兵营完成组建，负责保护京城。组建军队是份美差，国王也为他说尽好话，但在星期六之前，他一直被排除在

---

① 即麦克唐纳元帅。
② 法国谢尔省省会。
③ 指英国1688年革命后英国国王雅克二世和雅克三世的拥护者。
④ 恩德尔（1685—1759），德国作曲家。
⑤ 海顿（1732—1809），奥地利作曲家，维也纳古典乐派代表。

外。他足足等了四天，被人打发来打发去，跑遍了王宫的角角落落，好像大难尚未临头。听听陛下星期四在两院会议上的那席话，就不难明白，显然他对迫在眉睫的灾难毫无察觉。星期六，麦克唐纳终于受到顶头上司贝里公爵接见。不料公爵比平常更加粗暴，让人难堪，这个扛着一颗丑陋大脑瓜的家伙，一定是昏了头，眼泪好像快要流出来了，可是，一旦发现别人有所察觉，他就大发脾气。元帅见状便向国王递了辞呈，但当天晚上又不得不收回来。那是头天发生的事，当时国王正在考虑撤退，去旺代还是去波尔多。麦克唐纳率先进言，说不如撤到弗兰德、里尔，或者敦刻尔克。陛下认为这个主意甚佳，但国王本人难道就没有充裕的时间这样考虑？终于，星期天早晨，就是今天，贝里公爵派人送信，召他七时到公爵府上，元帅从亲王嘴里得知内伊已经叛变。这个消息两天前京城已是家喻户晓。朝臣中有许多人不相信这是真的，但他们早已把妻室送往国外。只是昨天夜里，当那些从莫斯科瓦亲王那里跑出来的将军来到巴黎，朝廷才相信这条消息。克鲁埃男爵的讲述感人至深。可至少在昨天当着别人的面，大家还都假装不相信。大概这就是公爵夫人昨天焦躁不宁的原因吧。这次，麦克唐纳发现公爵态度大变，添了几分热情，仿佛是在为前一天发脾气赔个不是。忽地，他注意到公爵夫人眼睛中的天蓝色，这倒弥补了查理-费迪南的相貌缺陷。雅克-艾蒂安不想拉琴了……他听见花园里鸟儿啾唧。他心想："它唱得比我好！"

啊，内伊！我一生见过多少事情！迪穆里埃[1]、莫罗[2]、皮什格鲁[3]……想不到还有内伊！我怎么也不会相信！1814年，麦克唐纳对拿破仑忠心不渝。他的终身好友，如1814年临时政府阁员博浓维尔将军[4]，只不过投降得早了一点；或者性质更为严重的，如马尔蒙和苏阿姆，在军事上把拿破仑给害了。当时，内伊竟同波旁王室勾结……这一切并不妨碍塔兰托公爵前往枫丹白露，不妨碍他成为战败者的最后一张牌。皇帝并没有要求任何人继续无谓的战斗。塔兰托公爵后来还是归顺了波旁王朝，只是比别人晚了八天。这不是什么变节，而是一名军人很自然的行为。4月底，雅克-艾蒂安在贡比涅归顺国王。他陪国王前往圣杜昂王宫，路易十八在那里等待阅兵式结束。雅克-艾蒂安的出现不

[1] 迪穆里埃（1739—1823），法国将军，1793年3月败于奥地利人，后通敌，并把国民公会调查其变节行为的专员出卖给奥地利人。
[2] 莫罗（1763—1813），法国将军，参加雾月政变，后支持保王派，反对拿破仑。
[3] 皮什格鲁（1761—1804），法国将军，因1804年密谋反对拿破仑而被处死。
[4] 博浓维尔（1752—1821），法国元帅，1795年被迪穆里埃出卖给奥地利人。

见得不得体，因为所有的元帅几乎都在场。恐怕只有贝蒂埃……乌迪诺①也不在。不管怎么样，众亲王都已经尽了力。5月3日，保证国王安全的任务落在了乌迪诺元帅的头上，这确实让人莫名其妙，算是有点儿碰巧。起初，国王指定他的侄子贝利公爵担任城防司令，可是公爵急于去巴黎寻欢作乐，就把国王的命令转给了乌迪诺。这样一来，元帅们摇身一变，都成了王权的卫士。败局已定，战争的狂热还在毫无意义地延续，面对这一切，麦克唐纳没有责怪马尔蒙、苏阿姆或内伊，而是与他们会合。但是，1851年，内伊背信弃义，再次变节，国王令他堵截波拿巴，他却投向波拿巴。麦克唐纳不能容忍这样做。军人的荣誉不允许这样做。您可能会说，军人的荣誉同样不允许雾月政变，但是雾月政变，只是背叛平民百姓。而波拿巴代表军队。

"这琴我真的不能再拉了，"他想，"再说视力也差了……不用多久就得戴上眼镜看音符了……"

决定已经作出：凡能调动的军队全部调驻通往枫丹白露的两条公路。随后，元帅们陪同贝里公爵殿下去见国王。此时，陛下已拿定主意去里尔，但他不希望走漏风声。这样就编了一个去马尔斯校场阅兵的故事。统辖国王卫队的马尔蒙则百般推脱，阻止部队集结，因为他力主留守卢浮宫，坚持抵抗。异想天开！这样，整整一天就在命令和撤销命令中过去了。话说麦克唐纳奉命进宫，换上了深棕色上衣，橄榄青裤子。看门人当仆人，不顶用，好在他的妻子会熨衣服。天下着雨，雅克-艾蒂安打开手杖伞，伞套缠在手腕上，撑着灰色丝毛伞盖朝塞纳河岸慢慢走去。除了布尔里埃内的密探，谁也认不出他就是默伦大营的副帅。密探远远跟在后面，准备就元帅的乔装打扮来一份精彩的报告。这个密探野心勃勃，跟大家的看法一样，认为当元帅的必然会叛变，指望从中谋些好处，所以盯住元帅不放。他在设想这个即将被发现的阴谋，已经想好该向谁告发。同时还要找个理由报销一小笔花费……

雅克-艾蒂安在雨中走着，忘了今天是1815年圣枝主日，波拿巴已在枫丹白露。他戎马一生，曾目睹一些人气馁动摇，一些才干出众的军官出于仇恨和私利而发生内讧；他自己屡遭心胸狭隘的报复和充满敌意的倾轧。一生如此。但这丝毫没有改变他的处世之道。遭人怀疑，自己又是贵族出身，还被定为迪穆里埃的同党，受到国民公会多次威胁，被逮捕，后又释放……尽管如此，他

---

① 乌迪诺（1767—1847），法国将军，因在奥斯特里茨战役获胜而出名。

效力于大革命,忠诚不贰。1793年,不期而获的将军头衔,与其说是喜事,不如说是一个陷阱……作为雾月政变的参与者,他替波拿巴效命,之后,被弃之不用,整整五年……什么,他还年轻,血气方刚! 而勒克莱尔将军夫人①又是那么任性! 五年,还不算在哥本哈根任全权公使那三年,这叫什么事! 为了这份差使,他还得再婚,这才跟儒贝尔的遗孀达成婚约,这位夫人不喜欢小提琴。就连这桩婚姻都没有让皇帝放下心来……后来,后来么,既然人家怀疑,他就回到库塞尔隐居了。拿破仑来人多少次冷落他……波利娜的影子总是在他和皇帝之间徘徊。好了,现在麦克唐纳在为路易十八效劳,国王对他的宠信此时已满五天。但他并不赖以为生。他有自己的房产、田庄。在米拉②治下的那不勒斯国,他还保留着年俸……王朝复辟,年俸并没有变动……

　　要知道,这一切在他看来是那么自然。十九岁还在保莱学校读书的时候,他就雄心勃勃,以阿喀琉斯③自居……他于1791年当上中尉,1793年升为上校,同年夏天升任将军。然而,青云直上,升迁过快,青年时代的雄心壮志也随之烟消云散,他渴望过一种平静的生活。他多少次死里逃生。他想起上世纪末一个6月之夜,就在波伦涅和摩德纳④之间,一支迷路的奥地利枪骑兵分队,从一条低洼的路上突然冒出来,他没等看清楚就被撞下马来。他倒在那里,在意大利的酷热中,在泥路苦涩的尘土里,头部受了伤,站不起来,而受惊的战马掀下背上的骑兵,从他身上踏过,他已不省人事,那些没有了坐骑的士兵徒步逃跑……那时他并不怕死,因为他已经失去了玛丽-康斯坦斯、他的青春年华。他还记得,那次返回法国途中,躺在颠簸的马车里,路上每个土坎仿佛都在被撞伤的胸膛里,颠得他疼痛欲死。还有,在瓦格拉姆一仗打响的那个晚上,劳·德·洛里斯东,如今的灰披火枪队副统领,发起进攻,百门大炮齐鸣,部队快速机动,一举击溃了查理大公⑤的中路军;还记得那座房子,屋顶已被掀掉,火烧之后,余火未尽,还冒着烟,他被马踢了一脚,伤了膝盖,躺在地上的一捆干草上,疼痛难言……头上是7月的夜空,群星闪烁……啊,在那星斗满天之夜,他多么想有一把小提琴,也为忘了膝盖的疼痛! 在那个不寻常的夜晚,他脑海里闪过多少想法……有了荣誉,即使遭受痛苦和怀疑,事情也会变得

① 勒克莱尔将军夫人(1771—1802),拿破仑之妹波利娜·勒克莱尔。
② 米拉(1767—1815),法国将军,1808年被拿破仑封为那不勒斯国王。
③ 阿喀琉斯,希腊神话中人物,除脚踵外,浑身刀枪不入。
④ 意大利北部两城市。
⑤ 查理大公(1771—1847),奥地利将军,1799年在瓦格拉姆战役中统帅奥国军队。

容易些,他所设想的天下太平、意大利的美好事物、德国的古典艺术和音乐,都交织在一起,重新涌上心头;那不勒斯和维也纳,以及站在它们面前的贝多芬……早晨,皇帝来到废墟,向他致意,并说:"我任命您为法国元帅……"这只是一个最后的和弦,一个夜曲长句的和谐……

王宫周围,人声嘈杂,国王车驾边上聚集着围观的人群。天空初霁,只有丝雨飘落。军官们出出进进,人们感觉到了出发的气氛。走近窗户,可以看到屋内挤满了廷臣、神父、妇人,只见他们翻箱倒柜,打点行李,忙作一团。车驾已停了几个小时,众人更是焦躁不安。

"陛下在等您……"亲卫队总参谋长,杜伊勒利宫指挥官阿尔比捏对他说。这位先生脸色苍白,显得特别烦躁。雅克-艾蒂安心想,又是一个该听听小提琴曲的人。他看了看表,四点差一刻。

从国王居室出来一个人,闪身给麦克唐纳让道。麦克唐纳隐约认出他就是给路易十八摩包敷的埃利泽神父。元帅心里想,好歹我还不需要这位耶稣会会士的薄荷酒精。

同国王在一起的,除了如影随形的布拉卡,还有当年一起参加雾月十八政变的老伙计瓦格拉姆亲王①。贝蒂埃正咬着指甲,急不可耐。他又长胖了,人也老了不少,看上去有六十二三岁……重任在肩,此外还有三个年幼的孩子、一个年轻妻子和一个年老情妇,还有新嘉布遣会修女街的宅邸、尚波尔②城堡和格罗布瓦③的田庄,什么都不省心……看到他眼神忧虑,额头冒汗,麦克唐纳顿时想到自己还年轻,体态轻捷,精力充沛。海顿的一个乐句浮上脑际,浮上……后面是什么?啊,陛下说了什么?

"今年这个3月,"受人拥戴的路易说,"我这风湿痛不能再糟糕了……您想想,路上又会怎么样呢?元帅先生,您真的有个女婿在博韦④吗?"

马尔斯校场,从军事学校延伸到塞纳河畔,隔着雨帘看,活像一个大鸟笼。至少在轻骑兵队副统领塞扎尔·德·夏特吕眼里是这样,这大概因为鸟笼这个词总能唤起他对童年的回忆。他的童年是在贝尔维王宫⑤度过的,生活在

---

① 即贝蒂埃元帅。
② 法国村名,位于卢瓦尔河畔。
③ 法国村名,今属马恩省,建有十六世纪城堡,为贝蒂埃祖业。
④ 法国瓦兹省省会。
⑤ 位于巴黎西南,1748 年路易十五为其情妇蓬巴杜夫人而建,大革命时期被破坏。

路易十六的几位姑妈,即维克图瓦、阿德拉依德和索菲夫人的身边。那里有着田园诗一般的风光,五彩缤纷,有许许多多虎皮鹦鹉和南美大鹦鹉,犹如圣皮埃尔的小说描写的温室,长满了棕榈树和奇花异草,色彩斑斓的鸟儿飞来飞去。

校场上,三千余名将士和一千五六百匹红鞍战马,构成了一个颜色斑驳的场景,最醒目的是亲卫兵们白色的斗篷、色彩鲜艳的军装:头盔、皮军帽、两角帽、马鬃和羽饰、肩章、子弹盒、军衔条、穗子、流苏和纽扣、百合花、太阳徽和枪榴弹、背苇、军旗、领带、带扣、饰带、长剑和马刀、长枪和火枪……全部国王卫队处于戒备状态,在雨中待命已有两个小时。这些身着五颜六色军服、拿着五花八门武器的连队,形成了一座座花坛,因为这一大批人,除了在格勒内尔平原操练的部队,都是早点名后从现场直接召集起来的,有些人穿着军礼服,另有一些人不是驯马师装束,就是穿着便服;再加上没有坐骑的骑兵,乱哄哄的,排在骑兵队前面。塞扎尔·德·夏特吕在经过近卫骑兵队时,由他的表兄艾蒂安·德·迪尔福尔陪着,举刀向参谋部军官致敬,这位表兄是近卫骑兵队的副统领。

亲卫队中响起不耐烦的嗡嗡声,这声音倒不是要赶走对贝尔维王宫的回忆;亲卫队的军装最不整齐,又是预备队,徒步亲卫的人数那么多,就更让人觉得不如让他们退出阅兵好了。托尼·德·雷泽心里总是挂着内弟克鲁埃男爵讲述的里昂事件,他指挥的格拉蒙连队资格最老,装备最精良,但其五方杂处的特色也非其他连队可比。尽管如此,那么多世家子弟还是争先恐后投到他麾下,他们嫌瓦格拉姆或腊古扎的连队组建不久,在他们手下当兵有失颜面!金色双排扣蓝军装、配有金色铜饰和皮质扣件的黑色或红色羽翎头盔、被围在羽翎头盔中间的黑色两角帽、白色斗篷、缀有金黄色肋形胸饰的大袖红外套,置身其中,几乎连自己也认不出来了,但塞扎尔觉得这是一次令人伤感的家庭聚会。这里差不多到处都有夏特吕、达马斯、拉罗什雅克兰、诺阿耶、洛尔热等家族的姻亲……不同的辈分和军衔混杂,既有从波兰、意大利、英国或奥地利回来的流亡分子,又有很久以来一直盼望众亲王卷土重来的年轻一代,这些年轻人居住在偏远的外省,生活在鹰旗的阴影里,守着被分割的财产,那些森林和花园。这些贵族子弟曾在篡位者手下服役,因为他们除了服役没有别的生活,除了当兵没有别的职业。是的,这是一个无边无际的大鸟笼,里面关着许许多多火红羽毛的鸟儿,它们躁动不安,遍体淋湿,像拍动翅膀似的挥动着饰有拉丁文格言的花边军旗。据说内伊叛变的消息被否定了。太好了,我就说过……哦,托尼·德·雷泽的耳旁还回响着克鲁埃男爵的话……

塞扎尔·德·夏特吕返回自己的连队。他带回了马尔蒙元帅的命令。他把马尔蒙元帅和自己的岳父,即他作为副手的轻骑兵团统领夏尔·德·达马斯伯爵大人留在了军校。这样,一切都在这里结束。上校的目光从塞纳河对岸移向夏约高地。"向圣德尼进发……"整整一天,巴黎的驻军都被调走,有几支部队开往圣乔治新城或埃松,其余部队则被调往京城以北。国王卫队呢……难道陛下不打算驾临这次好不容易准备就绪的阅兵?为什么去圣德尼?留在那里,还是从那里再去别的什么地方?亲王们将怎么办?现在尚无必要去圣德尼,只需等待信号,做好向圣德尼开拔的准备……但这样一来,不就是放弃巴黎,丢下国王?轻骑兵团在最里边,靠塞纳河畔,夹在黑披火枪队和灰披火枪队之间。

夏特吕家的长子心里重复道:这下完了,这下完了……久远的印象又浮现在眼前:那是1789年10月,在庶民百姓的叫骂声中,他乘坐的王室轿式马车从凡尔赛回到巴黎,那时他还未满十岁;在出发前几小时,王室的孩子们,包括他和他的姐妹在内,还都在玩游戏;后来流亡,在那不勒斯,他入伍服役,直到米拉到来……后来返回帝国时期的法国,回到纪佐尔附近的祖居蒂尔庄园,大概就在那里,乔吉娜认识了夏尔……喔,那边出了什么事?塞扎尔勒马看去。那边,火枪手和轻骑兵像是在整顿队列,准备出发。说实在的,这个曾经拒绝替篡位者效劳的三十五岁上校,对这门亲事是有责任的。还不是他说服了家里人,催促总是犹豫不决、以种种借口不把小女儿嫁出去的父亲吗?当然,他也相信妹妹爱上了拉贝杜瓦耶,这从妹妹的眼神可以察知,而且他也希望妹妹得到幸福。也许还因为夏尔赢得了塞扎尔的好感,就像他赢得所有人的好感一样……乔吉娜……可怜的小妹……不错,他的连队开始行动了!他一夹马刺,冲着马尔歇骑士喊了一句话,对方似乎在跟着连队行动,只见他摆摆手表示否认。正在指挥的吕萨克伯爵掉头走向副官。怎么?你们要离开马尔斯校场?命令不只是给他们的,也是给大家的。可是夏特吕上校确实带来了马尔蒙元帅的命令:准备开赴圣德尼……"准备"意味着等待命令。可是命令已经下达。哪里来的命令?谁下达的命令?三天来,指挥国王卫队的是元帅,到底是不是?命令是有的,但不知道这命令来自何方。也许来自王宫。直接来自统辖杜伊勒利宫的亲卫队少将阿比尔涅克伯爵……或者来自负责第一军区即巴黎和巴黎市郊防务的中将司令梅宗伯爵，抑或是王室事务大臣布拉卡·多尔卑斯，也就是说，是国王本人下达的……要不就是负责京城保卫的贝里公爵大人下的命令，如果不是他的副手麦克唐纳元帅……也许是费尔特尔公爵……"克拉尔克是不会有命令给部队下达的，这还用说！什么时候部队在陆军大臣示意下调动过？"

这次行动来势太猛，想拦也拦不住。再说，这也许是宫廷总管，尊贵的孔代亲王殿下传达的命令……或者是波旁公爵大人……塞扎尔有点不耐烦。首先，波旁公爵已经去了旺代。人人都是指挥，还不是跟没有指挥一样。唉，算了吧！他走在吕萨克伯爵前面，指挥队伍快速移动。

这时候，整个大鸟笼里的鸟都躁动起来，就像从前的矮脚鹦鹉见到有人掰开糕点喂食时一样。成群的战马回转换向，鼓声四起，旌旗随风翻卷，而那些步行的，我很难称他们是步兵，也都像中学生似的排成队列。

塞扎尔·德·夏特吕嘴里喃喃自语："完了，完了……"他又想起泪流满面的小妹，感到非常内疚：不正是他违背了家人的意志，一手促成了这门亲事？不正是他去年把已经解甲的夏尔·德·拉贝杜瓦耶叫回来，靠奥尔良公爵帮忙，又让波利娜的丈夫罗热·德·达马斯担保，才让夏尔当上了第七线列步兵团的指挥？在这件事情上，昨天洛尔热说的话纯粹是一派胡言。他排除了这个想法：如果不是让妹夫为王室效命，夏尔无论如何不会在格勒诺布尔率部投向波拿巴……塞扎尔想起了家族里所有上断头台的人，想起了在旺代倒下的亲人……还是他，还有他弟弟，1814年把夏尔叫回来为国王效命。啊，家族里出了一个叛逆！词语不用害怕。塞扎尔却怕得要命。他无法想象，当合法君王回来时，拉贝杜瓦耶，夏特吕家的姻亲，却同他们分道扬镳。身负王室骑卫之责，塞扎尔就像今天一样，奉岳父达马斯伯爵之命，前往迎候王弟阿图瓦伯爵。他陪同伯爵去圣母院唱感恩赞美诗……种种能把他同夏尔分开的事情，即使在今天，都未能压倒他对妹夫的恩情。乔吉娜爱夏尔·德·拉贝杜瓦耶，那还用怀疑吗？夏尔是那么英俊，那么热烈，那么勇敢。是的，他曾经是帝国的一名军官，不过他说得多好："我不是为皇帝而战，而是为法兰西而战……"谁料到他任职不到三个星期，就把他的一团人马交给了篡位者……而这种有损名誉的事情就发生在你们家里！对塞扎尔·德·夏特吕来说，可怕的是，他虽然痛恨变节，但对妹夫就是恨不起来。昨天晚上，他还同乔吉娜在一起，妹妹再也没打开巴克街那房间的百叶窗。她穿一身黑，不是以泪洗面，就是望着与夏尔生的孩子，恐惧万分……还是泽菲里纳让默默无语的丈夫离开了房间。

　　队伍机械地移动。好在这些少不经事的年轻人生来就有这样的本事，这才不至于乱作一团。必须承认，头天从莫城来的瓦格拉姆连队军容整齐，颇有气势……塞扎尔透过雾霭，看着眼前的一切。夏尔，夏尔……"停下！"让掷弹兵先过。

　　就在这个时候，沿岸响起一片喧嚷，一个传令兵过去看个究竟。国王卫队像是自己停了下来，部队往后涌回。发生了什么事？发出的一道道命令似乎不起作用。雨又下起来，前面的马往后退，屁股对着后面的掷弹兵。那边有人挥动马刀。霎时间，整齐漂亮的队形化为乌有。谁也不知道该做什么，步兵挤撞徒步卫兵，不时传出叫喊声，马尔斯校场一下子就堵塞不通了。在一片混乱中，参谋部的一伙人骂骂咧咧地开出一条道，原来是马尔蒙元帅，由法布维埃上校陪着，从军事学校出来，向河边走去。

　　"您知道出了什么事，上校？"元帅对着夏特吕喊道。可他压根不听回答。他的腊古扎连队已经上桥，前哨刚进寡妇街。掷弹兵认出是元帅，就给他让路。夏特吕一直目送他到达对岸。

　　突然，传来一阵哄闹……他们在说什么？国王，国王……怎么啦？夏特吕向吕萨克伯爵做了一个手势，两人来到掷弹兵队伍前头，这支部队已重整队形，在马尔蒙通过后留下了一条通道。他们说国王怎么啦，两人一下子就明白了。他们走到河岸，看见一辆马车驶过。这辆马车从凯道赛那边驶来，是一辆六驾马车，看着眼熟，车前御马官的身影……部队在一片混乱中行进，陛下车驾从杜伊勒利宫飞速驶来，赶到部队前头。透过车窗，可以看到国王的大脑袋和灰白头发。路易十八对御马官大声说了些什么，只见国王的轿式马车不减速就驶进腊古扎连的马队，一拐弯跟在马尔蒙后面过了桥。腊古扎连的马群好不容易才让出道来……国王车驾出行，如入无人之境，历来如此，别人只得避让！

　　怎么办呢？继续前进，还是停下来？开赴圣德尼的命令下来了……国王要离开巴黎？四点多钟了。轿式马车驶入寡妇街。已经在那里集结完毕的亲卫队举枪致敬。马尔蒙元帅上前向国王行礼。人们看见陛下从车窗口同他大声说话。话音刚落，法布维埃上校就折回桥上。

　　上校带来了撤销原命令的谕旨：圣德尼不去了。国王回卢浮宫，我们开回兵营。阅兵呢？谁跟你们说要阅兵？

　　塞扎尔再也忍不住了。他向岳父请假：乔吉娜总是哭哭啼啼，泽菲里纳不能老一个人陪着她。"好吧，上校，去看看您的妻子吧，替我吻她，还有您的妹妹……"夏尔·德·达马斯说。

　　这位伯爵骑在马上，照样气度不凡！想不到他要大陛下三四岁……陛下喜欢坐上马车飞驰，仿佛这一爱好是对他残疾的一种抵偿！塞扎尔曾听说，埃利泽神父向陛下灌输，说让马车飞驶，会使他产生一种肌体反应，真不知道……

三、灯火辉煌的王宫

这天晚上，泰奥多尔什么也不再相信了。

从杜伊勒利宫高高的窗户往里望，他看见侍从们正忙忙碌碌准备晚宴。王宫膳食总管宴请的是西班牙国王的大使贝拉拉阁下。大使的马车停在院子里。屋里还有一些迷人的女子，正同一伙军官和王公显贵高深交谈，说说笑笑。灯光下，偌大的塔式蛋糕艰难地传来送去。外面，夜幕已经降临。各式各样的人靠上前去，像贼似的盯着大窗户，指望给他们送出点盛宴上的东西。

王宫由国民卫队守卫。派往花神宫的国王卫队把马留在卢浮宫的拱顶狭廊。阴雨时续时断，但公众仍然像被一块烂肉吸引的苍蝇，围着王宫不走。有人出个好主意，让车辆各自返回，这样，到七点钟的时候，人群才稍为安静下来。无论如何，九点钟之前，不会有什么事：一小队火枪手和亲卫留下站岗，其他人都到附近的饭店用餐。不要走远了，不管怎么说，今晚有调动。

这天晚上，泰奥多尔什么也不再相信了。西班牙式晚宴引起了轰动，像是在恣意张扬，告诉百姓：你们都看见了，一切如常，这像逃跑前的景象吗？可是国王在哪里？亲王们呢？若古、布尔里埃内、孟德斯鸠神父等大臣倒是都来了，但是他们并没有出席大使的宴席，而是三步并作两步往楼上跑了。

刚才明明有些箱子被搬到停在门口的马车上，但有人总说国王根本没有拿定主意。说什么的都有。人人都成了话痨。气氛狂热异常，嗓门提得太高，说得就未必真实。邦雅曼·康斯坦的文章，早上就已经过时，人们一提起就耸耸肩膀。

国家的命运在何处决定？是在士兵们纷纷扔掉白色帽徽[①]、归顺科西嘉人的大路上吗？有传闻说，驻扎在维勒瑞夫[②]的卫戍部队赶走了他们的军官，高喊："皇帝万岁！"一支先头部队可能已到了法学院学生占领的夏朗通桥。或者，在维也纳，塔列朗正施展浑身解数，在同欧洲各国全权公使大赌一把。在

---

① 拿破仑第一次退位后，波旁王朝把红、白、蓝三色国旗改为白色，士兵帽徽也改为白色。
② 维勒瑞夫，巴黎以南市镇。

王室的走廊里，人们毫不掩饰自己的想法，他们不再指望法国人民和竞相反叛的军队，而是期待外国的干涉。那还在等什么，赶快去向普鲁士人和俄国人求救，行动吧，有几个奥地利师团的兵力进军巴黎就行了，吃人恶魔成不了气候！

泰奥多尔已经不相信任何事，任何人。

他像一个立下誓言的士兵，前来保卫众亲王，这倒不是因为他热爱他们，而是为最基本的责任心所驱使，完成任务而已，再说，拿破仑，那个吃败仗的拿破仑，把法国军队拉到冰天雪地里，还在西班牙进行一场见不得人的肮脏战争……是那个要求格罗①把他嫉妒的将军从画中抹去、让自己成为画之中心的拿破仑。泰奥多尔敬仰格罗。在健在的法国画家中，他唯一喜欢的可能就是格罗。他简直不敢相信，一个叫德农的男爵，居然以皇帝的名义，向格罗这样的艺术家发号施令，而且就在那些表现了格罗的全部经验和天赋的著名画作面前……啊！格罗为创作《瘟疫患者》而画的素描！皇帝对荣誉向来贪得无厌，在举行加冕礼的时候，还派人用车载着他本人头戴桂冠的巨大裸身雕像在巴黎游行。因为皇帝也需要胴体的荣誉、肌肤和体形的完美。这个面色发黄的小个子，大权在手，人长胖了，肚子起来了……他名字的那个首字母"N"，就像个印章，盖在纪念碑上，盖在人身上，盖在历史上，举目可见。此人就是战争。据说，迪罗克，他的一名最忠实的副官，在临死那天早晨失望地预言："他会把我们统统整死的……我们中间谁都回不了家……"被他封为公爵的朱诺，后来被逼疯了，1813年，在意识清醒时，不也这样给他写信："我像野蛮人崇拜太阳那样崇拜您，但是，这场永无休止的仗是为您而打的，我再也不想打了！我再也不想打了！"这个传闻还是多比尼先生告诉他的，而多比尼的消息则是从圣让-当热利城一个叫勒尼奥的年轻人那里听来的。在普罗旺斯街勒尼奥的母亲府上，关于此类事情，大家消息都很灵通，因为无论什么事情，只要能抬高自己在女主人眼里的身价，朱诺夫人的情人贝兰古侯爵一讲起来，很少有他那样口无遮拦的。

是的，最近几天，格罗、热拉尔②和大卫画笔下的波拿巴……这个正在赶路的人，带着一小伙士兵，正急匆匆赶往巴黎，顷刻间受到一群民众的热情欢呼。我想象他们在山区客栈歇脚，穿过村庄，夜间举着火把入城的情景。他

---

① 格罗（1771—1835），法国画家，一度创作了许多歌颂拿破仑的油画，受拿破仑重用。
② 热拉尔（1770—1837），法国画家。

五十岁上下，身上是解开了扣子的灰色燕尾服、长靴和白色马裤……人们只记得旗帜、鹰徽、奥斯特里茨的阳光，他们欢迎这个几乎孤身前来的人，把他看成1814年以来降临他们头上的全部苦难的克星，把他看成是对这个流亡归来的群体的否定，是对从阴暗处出来、重抖威风前去围猎的领主的否定，是对那伙头发扑粉者无度寄生生活的否定，还把他看成是对愚蠢报复和无尽凌辱的否定。但他们忘记了帝国时期盛行的卖官鬻职，忘记了当时的年俸、红利和年金。泰奥多尔睁大眼睛，猜度行军的情形、种种谎言和幻想，远处的步伐声中，夹杂着军人乒乒封钉张着贪婪大口的新棺材。还是要路易十八不要拿破仑！其实并无别的选择余地：要不还有谁在觊觎宝座？建立什么共和国？

在泰奥多尔眼里，最真实的东西，是马的运动，是让人耗费精力、疲惫不堪的狂奔：在马厩昏暗的隔栏里看到的那匹马，却比它周围的阴影来得明亮，它躁动、刨地、发怒，把木板踢得噔噔直响！在他看来，一幅画的光泽从来就不够黑暗，生活就像被撞见的罪恶，他渴望把它画出来。面对强行军中的另一类人，那些一无所有的人，那些承蒙国王开恩而保住军阶爵位的变节元帅，仿佛一下子都陷入了同样的疯狂；国王这边，自然少不了布拉卡公爵、宫廷神父之流，以及巴拉斯①这类顾问。对啦，巴黎有传闻，说路易十八最近召回了巴拉斯。在这另一类人和国王之间，泰奥多尔就像是夹在两幅画之间的画家，但他只想扔下画笔，他毫无灵感、激情，只觉得喉咙塞满了受骗的苦涩。怎么，他就只能是这个时代的青年，他的满腔热情只能在帝国的灾难中燃尽，他正是他自己画中那个战败的胸甲骑兵，坐在中弹倒地的奄奄一息的战马上……在眼下这出悲喜剧中，一个朝廷赶走另一个朝廷，巴黎豪华的公馆更换住户，观众就要看到重新封官许职的一幕，这一幕混乱无序，不会依循任何理性的考虑，不会！明天，泰奥多尔不会去画按照皇帝特定的手势构图的《厄尔巴②归来》，不会！他不画这样的画，也不画占着杜伊勒利宫的那个败类。这天晚上，年轻的泰奥多尔把他这双光闪闪的褐色眼睛投向未来，感到怀里和内心都有一种无法填补的巨大空虚。

他信步来到蒙庞西埃街，街道左下方是透着灯光的咖啡馆，右边是王宫高大的建筑群，那里是欲望难平的中心、政治的中心、政治对手拍桌争吵的中

---

① 巴拉斯（1755—1829），法国政治家，热月党首领之一，曾任督政府执政官，拿破仑执政后下台。

② 拿破仑1814年被迫退位后被囚于地中海的厄尔巴岛，1815年2月逃离该岛，在法国登陆。

心,周遭都是密探和妓女。泰奥多尔受不了有同伴相随,便只身来到这里,肚子不饿,但很想喝点什么。一杯清咖啡,跟他的思绪一样黯黑。正好走到福瓦咖啡馆,咖啡馆的天花板上有奥拉斯·韦尔内①小时候画的一只鸟,至今依然可见。画家当时才七岁。泰奥多尔想坐在那里,抬头看鸟,一边思考。但这是一家领半饷军官和共和主义者光顾的店铺,穿这身红军装进去,太冒失了吧。他犹豫了一下,嘿,顾不了那么多!再胆怯的话,他会连自己都瞧不起的。一个人的生命,取决于进这家咖啡馆,还是那家咖啡馆,那还算生活!他又想起杜伊勒利宫被众人打死的那个人。想起火枪队的一名同伴,已经断了气,而帝国的一名上校却任其横尸王宫后面的一条小巷里,不管不问;还有那个用手帕揩拭佩剑的动作!如果有比较像样的模特儿,这些情景倒可以画一画。我跟您说,一幅画,色调黯黑,才吸引人。

　　说起模特儿……若不是当初有人出了个好主意,把罗贝尔·迪厄多内的军团调往贝蒂讷,他本人就会出现在这里,在泰奥多尔可能推门而入的这家咖啡馆……这家咖啡馆,或自一月份起他同火枪手伙伴一起光顾的任何一家咖啡馆,遭人侮辱的就可能是罗贝尔……或者是他从桌子后勃然而起……

　　咖啡馆里烟雾腾腾,座无虚席,桌子间都站满了人,几个妓女故意让头巾滑落在袒露的肩膀上,顾客也不同往常,分成几堆,议论纷纷,脸上都透着不安,说话心口不一,却挑衅似的佩戴上了三色徽章和三色堇束,毫无顾忌。一看见泰奥多尔那身军服,几个相貌丑陋的大汉立即互相碰了碰胳膊肘,周围的人也都提高嗓门,大声议论,分明是说给他听的。泰奥多尔已在一张独脚小圆桌旁落座,那是刚才一个老头随咖啡馆里两位小姐而去空出的座位。周围的人向他挑衅,他并不在乎。他掏出长长的烟斗,从容点燃。旁边坐着另一位孤单的年轻人,他穿一件黑领褐色上衣,戴着眼镜,正在成摞的纸上密密麻麻地写着。

　　然而,泰奥多尔脑子里想……如何选择呢?是必须为其无休止打仗的那个人,还是只会靠外国人的刺刀维持其统治的这个人呢?但这一选择在泰奥多尔的头脑里不完全是这样表达的:马克·安托万和罗贝尔·迪厄多内,究竟选谁,他迟疑不决。脑袋还是身体……这个思考远未结束。几个满嘴酒气的年轻人向他投来咄咄逼人的目光,这种用目光同他较量的方式……泰奥多尔已

---

① 奥拉斯·韦尔内(1789—1863),法国新古典主义画家,拿破仑的崇拜者,以描绘战争场面而出名。

经不知道是护送国王逃离巴黎,还是马上跟这个上下打量他、大声数落红衣火枪手的小伙子干一架。他有打架瘾。他自觉两腿有劲,他拱肩膀,鼓起两臂肌肉,差一点就要扑上去。再说,为什么不打呢?做了结也好……找个小巷子,那边,就像那天夜里,那个蠢东西,纵然活着也是个庸人,死得还算过得去……边上这位青年,约莫二十岁吧,看上去那么用功执着,在哪里见过?

忽然,有个人在他餐桌边坐下。来人留着一把灰胡子,头发蓬乱,身上的多层领外套已被扯破,一个很有风度的乞丐。他一个手势,就把那几个向火枪手逼近的年轻人给拦住了。

"你认不出我了吗?"那人说,"真渴……请我喝点什么?"

原来是模特儿卡达莫尔。啤酒送来了。他多大岁数啦?不过,光着身子,他也不怕同拿破仑比一比。凡是画里的战役,大卫画派的各种希腊场景,都有他的份。他为吉罗代①和普吕东②摆过姿势,有几代画家都费心劳神画过他的三角肌。他在埃劳墓地的尸堆中,在大卫暗地里画的《德摩比利》里。他一辈子都在出卖身体之美,却没有因此变得富有。

"让我跟先生说会儿话,"他对那几个汉子说,"他是画家,衣着丝毫改变不了这个事实……"

在这里,大家都认识卡达莫尔。他是共和派,有一回他与木腿迪布莱一起来这里,木腿迪布莱是细木匠的侄子,细木匠家里住过罗伯斯庇尔。在大家看来,卡达莫尔自己也认为,凭这一点就能下结论了。因为大家都不会知道迪布莱替警察做事。当然是富歇的人。但怎么说他也是警察。他告发过工人联合会的事。大家能看到的,就是他从瓦尔密③战场拖着回来的这条假腿。他还同一个在瓦尔密受伤的爱国者在王宫露过面,这就是证据。别人就不再打扰泰奥多尔和卡达莫尔了。何况有轻佻女子爬上一张桌子,唱起了《到叙利亚去》……这歌是奥坦斯王后写的,那还用说!

"至于我,"卡达莫尔说,"我不拥护波拿巴,因为他在圣罗克下令向人民开枪……"

这句话其实是个引子。今天晚上,除了要些烟草,他想的全是艺术。有什么办法呢?事情就是这样。波拿巴的名字使邻座镜片后面的眼睛抬了起来,停

---

① 吉罗代(1762—1824),法国画家,大卫的学生,其作品风格受蒲鲁东影响。
② 普吕东(1758—1823),法国画家,艺术上追求理想美,作品带有低沉的浪漫色彩。
③ 法国地名,位于马恩省。1792年迪穆埃和克勒里率领法国军队在此打败普鲁士军队,取得共和国的第一次胜利。

下了笔。卡达莫尔注意到了，只见他皱起鼻子，换了语气：

"热里科先生，您看……"

他把"你"改成"您"，接着又换过来，灵活得出人意料：

"……您穿这身红色军装，我不怪您。穿华美的服装，还是穿其他服装，其实是一码事。可我不明白的是，你竟然放弃了绘画，小伙子，你做了一件蠢事，再说也没有这个必要……"

卡达莫尔做过德德勒·多尔西的模特儿，充当伊巴密隆达[①]的替身，他的消息就是从画家那里来的。在他心目中，世界是雕塑家和画家的世界。其他的，诸如革命和战争，都是按他们的意思安排的。也许他内心是反对王朝复辟的，因为亨利四世肖像的风格没有给他的体形留下什么位置，他也没有"老风流"亨利四世的派头，而形象化的化装表现又哪里需要他呢？这番话从他那把胡子里抖落，像是随口说的，但在胡子之上，有一双沉思而天真的眼睛，脑子里还有许多他不善表达的想法。

"小伙子，你看，"他继续说，"我流转于画室之间……到东到西摆姿势，人家把我当动物看……要保持好姿势，坐好了别动，眼望前方……他们对你的了解就这些……他们用的是我的大腿，而不是我脑袋里的东西……这些先生说话，当着我的面，就像对着一件家具。什么话我都听他们说过。除了恶言恶语，我还知道他们对一个人的钦佩是怎么回事。当然，他们绝不会大肆宣扬！这关系到订货和竞争……"

他到底想说什么呢？挤满顾客的咖啡馆里，烟雾越来越浓，还混杂着啤酒味。泰奥多尔不禁又想起了盖兰画室，想起自己遭受的挫折，想起那些有时会让他觉得不如一死了之的事情，那些让他羞愧难当的评说……他跃身上马，发疯似的策马飞奔，越过殉难者街的关卡，穿过环城路，绕过蒙马特高地，驶过平野，奔向圣德尼或蒙莫朗西……天哪，归来时，他的心跳得多么厉害！胸膛都要炸开了。好在他已经忘了同伴的眼光、遮遮掩掩只说了半截的事情、指导画师轻蔑的评论。

"热里科先生，您不知道他们背后是怎么议论您的……您让他们安不下心来，您知道吗？您的那些画与众不同。与谁的都不像。这就是您的罪过……这也让他们不好受。相信我吧，他们絮絮叨叨，快四十年了。打年轻时我就听

---

① 伊巴密隆达（约前422—前362），古希腊底比斯统帅，曾打败斯巴达军，后在曼提尼亚战役中阵亡。

他们絮叨了。他们说话的调门，阴阳怪气的，我一听就知道是怎么回事。你却说不明白。你以为他们在评论你，瞧不起你。您真是个傻瓜，热里科先生，他们是钦佩您。这是他们佩服人的做法，就这些……"

今晚，泰奥多尔再也不相信任何事、任何人。单靠卡达莫尔一个人并不能让他振作精神。再说，事关他的画吗？今晚，花神宫里，历史这块织物已经撕裂，黑暗中响起这群臣民不和谐的声音，他们已被遗忘，似乎是最后一次排列在白旗下，排列在百合花徽下，冒雨站在街头，不时引吭高歌，街上弥漫着不安的气氛，令人感到沉闷，捉摸不透。今晚，画展关闭，《猎骑兵军官》已经取下，画上这位军官有着国王掷弹兵的躯干，共和分子的脑袋。

卡达莫尔说什么？他把一切都混淆了。他历来偏爱大卫先生。如果说他有什么要责怪泰奥多尔，可能是他的画被当作一架攻击大卫先生的战争机器。"1812年那次，他来看画展，我也在场。他站在您那幅大作前面，神气活现……周围站着一大群人，德罗林先生、热拉尔先生、希纳尔先生……还有好多别的人……可惜您没有听见他说：'这是什么啊？'这是什么，我知道，当有人掐住您的喉咙……拳打您的腹部……您会有什么感觉……他在那里，他以为知道，照常往前走，看下一幅画，带着从上一幅画获得的教益……这回可好，呸！来了一个你：一个淘气鬼，从哪儿钻出来的，没有人知道……一下子把什么都颠倒了……但又不能就这样从画前走过……耸耸肩。有人对他说了您的名字，他绝无印象。他走上前去，仔细看看画家的署名。接着往后退了退，说：'怪事，这幅画跟我知道的画派毫无关系！'不过，对面还有格罗的一幅画，有人拉了拉他的衣袖……您知道，那是一幅杰作，可他只是漫不经心地瞧了一眼……骑在马上的那位是那不勒斯王，您还记得吗？"

天哪！那边，杜伊勒利宫里那些人会做什么决定呢？等到西班牙大使离开，玻璃窗内灯光熄灭，肉食的香味散尽……雨还在下，风刮得时钟宫上的白旗哗哗地响。这个鬼天气！明天，后天，春天。

一个胖胖的褐发女郎，看来是这里的常客，隔着几张桌子，挥动挂着好几副镯子的手臂，招呼卡达莫尔。模特儿漂亮的脑袋微微点一下，转身对他说："对不起，热里科先生……那边也有人叫我！"

"好啊，卡达莫尔！但愿……"热里科先生微笑着说，"多漂亮的姐儿……别不好意思……"

"哦，您猜错了！那是跟她母亲，二十年前的事了，当时我还没有在你们那些画室里扮作高贵长者……泽利也许是我的女儿……不管怎样，真假我都乐意，她有时对我还真有点体贴……"

模特儿走开了，这时，泰奥多尔突然遇上他同桌投来的目光。一个毛头小伙子，竟这样目不转睛地盯着你，实在令国王火枪手感到不快。他正要说说这个不懂礼貌的年轻人，小伙子已微微起身，推开写得密密麻麻的纸张，摘下眼镜放在桌上，说道："热里科先生，您不记得我了吗？……"

不记得了，实话实说。他们两人好像是雅马尔介绍认识的。"您知道，去年……差不多就在……就在……"他想说就在国王进入巴黎之后，可又不好意思说，像是要说什么下流事开不了口似的。热里科先生记不起来了？那是在蒙莫朗西，去年，山楂花盛开的季节。他们是三个人，年纪都一般大，又都毕业于布卢瓦的一所中学；一个是雅马尔，另一个是图夏尔的儿子，他父亲主管邮政运输，您知道吗？还有就是他，蒂埃里。在迪托克太太的大鹿客栈……

是的，泰奥多尔记起来了。当时这几个年轻人正在客栈里吃三角奶酪饼，他骑着气喘吁吁、满口白沫的特里克不期而至，这可把雅马尔给乐坏了。他还想起了这三个老同学拉他参加那次政治对话的情景。不过，在这个领域，他拒绝跟他们走……那是雅马尔的一种癖好……泰奥多尔觉得，这三个人都醉心于共和政体。也许在程度上略有差异……

"对啦，我想起来了！"泰奥多尔喊道，"您是圣西门的学生！您那篇关于重组欧洲社会的论文，雅马尔给我看了，您主张法英联合，并从中找到了在我国避免第二次革命的途径！您的想法很有意思。不过，今天晚上，您不觉得这些想法有些过时吗？"

年轻人脸红了。他解释说，1813年，他的老师圣西门先生进言皇帝，恳请他推动必要的改革，促进人类进步；但是，到了1814年10月，他的论证，他邀请其学生参与撰写的论文，并不主张在波拿巴和波旁王朝之间作出选择……如果路易十八当时能听得进道理……早一个星期还好办，可今天晚上，显而易见，今天晚上，已不知道明天该同谁打交道，该请谁重组欧洲……最重要的是制度，而不是王权的形式，不是吗？

"您听，"蒂埃里又说，神情激奋，就像写文章时那样，"您听听，这些大声嚷嚷的人，他们个个倒向了'小平头'！我敢打赌，其中半数以上是真心实意的共和派。他们的偶像对共和政体只有蔑视，难道他们不知道？他效仿历朝国王，造就了一批新贵，还同奥地利皇帝结盟……至于英国人，瞧，两个世纪以

来，他们有一个比他们的克伦威尔^①还要共和的国王，他生活在一个只会令人
羡慕的宪章下⋯⋯"

"我有一点不明白，"泰奥多尔说，"您把什么都掺和在一起，蒂埃
里先生，对我来说，问题要简单得多。关键是我的马是否跑得下今晚要赶
的路⋯⋯"

奥古斯坦·蒂埃里急忙收起稿纸，有些激动。热里科先生的口气让他感到
不是滋味，何况他从雅马尔那里知道，这根本不是热里科先生的待人之道。画
家听别人说话，哪怕是比他入伍晚的人，向来都是聚精会神，几近恭敬，而且
说话也很谨慎，这也是大家公认的。今天晚上，一定是有什么异常情况。奥古
斯坦·蒂埃里收起眼镜，放进鲨鱼皮镜盒，还想弥补一下，自己刚才说话有失
分寸，闯入了邻座的思想，人家很可能只想一人独坐呢。

"天哪，热里科先生，我无意惹您生气⋯⋯也无意拿我的政见烦扰
您⋯⋯您一定要原谅我。我一直在写东西，刚放下，是的，我是有点把什么都搅
混了，我真笨⋯⋯"

见邻座那样慌乱，泰奥多尔忍不住笑了："我们不提这个了⋯⋯"他说，
"今天我可能没有控制住自己，一想到我会给您这么一个印象，那是最令我难
受的了⋯⋯"

两个年轻人顿时放心了，奥古斯坦用仰慕的眼光望着泰奥多尔。人人都
觉得泰奥多尔和蔼可亲，这种魅力，他怎么会感觉不到呢？

"我还是够笨的⋯⋯我本来想跟您说件事⋯⋯刚才⋯⋯请原谅我，我实
在忍不住，听了⋯⋯总之，我听了您同那位⋯⋯那位先生的谈话：您真的放弃
绘画了吗？"

泰奥多尔这才看清楚了小伙子：栗色头发，个头不高，就年龄而言显得有
些矮胖，长相平平，才二十岁的脸上线条有点粗重，也许是农家出身吧。一绺
卷发耷拉在左边鬓角，两道眉毛，或许是过早戴眼镜的缘故，一皱起来就抵近
他那双淡胡桃色眼睛。关于这个小伙子，当初雅马尔还说了些什么？有个歌剧
院舞女⋯⋯啊，不对，这同另一个小伙子有关，邮政运输局长的儿子，一个心
地善良的人⋯⋯

"您对我的画感兴趣？"

---

① 克伦威尔（1599—1658），十七世纪英国资产阶级新贵集团代表人物，1653 年建立军事独裁
　统治，自任"护国公"。

这份热情是雅马尔传染给他的吗？年轻的奥古斯坦侃侃而谈，兴奋不已。他不像艺术评论家，也不像在行的艺术爱好者。他真的明白自己在说什么吗？在他脑子里，一切都已重新改变，就像一场梦。泰奥多尔的画，他没有见过，都是他想象出来的。1812年的《精骑兵军官》、1814年的《受伤的胸甲骑兵》……

"先生，我十七岁就见过您画的《猎骑兵》，十七岁，您明白吗？我还在师范学校读书。那时候，我多么愿意相信一切都是真的。皇帝还在莫斯科，西班牙就传来了不祥的消息，可谁能知道呢？也许这一切会有什么价值……啊！要是拿破仑推翻了沙皇帝国，把土地分给农民，废除农奴制度，那该多好啊！可怕的是西班牙人……他们胡言乱语，说的话传到巴黎！他们对法国恨之入骨！难道革命就是招来各国人民的憎恨？或者让朱诺到里斯本去耀武扬威①，或者是马尔蒙……不过，这一切可能只是表面现象，是面上的矛盾……总而言之，我们的军队带来进步。令人怀疑的是那种宫廷生活，那种炫耀显摆，那些贪得无厌的男男女女！至于丰功伟业，官方的画无法滋养我们年轻人，要知道年轻人焦虑不安，心存怀疑和愤慨，等待他们的只是征兵！我看到了您画的那幅《猎骑兵》……那是个人，不是装模作样的角色，是在战场上，而不是摆个姿势，近景是一门被炸翻的大炮，周围硝烟弥漫，还有那匹马，特别是那匹马！您是从哪里弄到的，这匹马？"

"在圣克鲁。"泰奥多尔说。

"在圣克鲁？"

泰奥多尔再也没有回音。他又想起圣克鲁那条坡道、那辆满载小店主的四轮长马车，想起那匹灰斑马，那匹马同它自身的境遇，同星期天的溜达，同它那副阔气的挽具并不相称。它那鬃毛、前胸……是什么让这匹被车辕套着的马突然后肢直立，吓得车上的人叫声一片？是9月的雷雨，也可能是受压抑的力量在反抗，是牲畜对平庸的一种拒绝……一匹烈马，它的形象在他脑际久久萦绕。此时，他听见奥古斯坦似乎又谈起了另一件事。

"您知道我们对《胸甲骑兵》，对您1814年画的《胸甲骑兵》有什么看法么？我们……我是指所有像雅马尔和图夏尔这样的人，我们对帝国的悲剧不负任何责任，您明白吗？我们太年轻，手上没有沾染欧洲的鲜血，身上没有记录

① 指1807年10月拿破仑派朱诺将军带兵经西班牙去攻打葡萄牙，于11月30日进入里斯本。

荣誉的伤疤,但我们也已太老,不可能幼稚无知,我们被大炮震聋,我们在寻找这种生活和杀戮的含义,您明白吗?"

泰奥多尔完全明白那个胸甲骑兵来自何处,但绝非来自圣克卢或絮伦^①!那时候,他已不可能画一个勒马半旋转的英雄,哪怕是迪厄多内或多比尼那样的普通人!负伤的胸甲骑兵本可以倒在从俄国归来的途中,或像迪罗克和贝西埃那样倒在卢琴,不,他是倒在了法国的原野上,在尚博贝尔,是一次没有以他的名字封王授爵的胜利,或者就在巴黎北面的平原,哪里都行,在博蒙或诺阿耶一带,或者就在克里希门……就像神话一样,胸甲骑兵从马上下来。一手勒住缰绳,一手握着马刀。可这匹马不像圣克卢的灰斑马那样彪悍,仰身直立,而是败者的马,一匹很平常的枣红马。这位骑兵却是高个子,是个负伤的大汉。他已退出战斗,但在远处,硝烟弥漫,在徒劳守卫的一座桥上,战斗还在继续。

"最让人受不了的是眼神,"奥古斯坦说,"胸甲骑兵那双仰望的眼睛。在寻找天空的眼睛。那种茫然若失的眼神……热里科先生,要是您知道您在我们心中,在我这个年龄的人心中是什么样子,您还会失望,还会放弃绘画吗?老天爷啊!这是为什么?为什么?"

泰奥多尔听而不信。在这个圣枝主日之夜,他什么也不相信。对于他来说,画中的胸甲骑兵不是一个象征,而是一个人。是人。是人的悲惨命运。总之,只有失败。有些人想到鹰之归来,眼前又会浮现旗帜、礼炮和胜利织成的狂热场面。他却不然。拿破仑卷土重来,这只是一个陈旧的神话,一个穷途末路之人,还能往哪儿跑?跑向哪个新的深渊?对于泰奥多尔来说,今夜是预感中的国王出逃之夜,是这黑压压的车马行列,是盗贼们冒雨踏上吉凶未卜之路的启程。《受伤的胸甲骑兵》,在最初的小样中,曾被赋予米开朗琪罗^②的《思考者》姿态。世上全部光亮,被鲜血和狂热模糊了眼睛能看到的全部光亮,只剩下皮靴的光泽和铠甲钢鳞的反光……那无关紧要,这一切,让这一切统统见鬼去吧!

"想必您也知道,在刚刚闭幕的画展上,那两幅画受到了什么样的对待……明天,这两幅画将被送到我父亲家里,我父亲会把它们反挂在墙上……失败……"

---

① 位于巴黎以西、临近布洛涅森林的一个小镇。
② 米开朗琪罗(1476—1564),意大利文艺复兴时期雕塑家、画家、建筑师和诗人。

年轻的蒂埃里举起了双臂。他那副样子又感人又好笑。失败! 失败! 这个字眼令他伤心,他受不了。一个二十岁的青年,即便毕业于师范学校,而且还同自己的导师亨利·德·圣西门伯爵先生,在法兰西研究院共同签署了不少重要学术报告,怎能容忍失败这个想法呢?

"什么失败!"他说,"一个重组的社会,人员杂乱,有昨日的当选者,又有二十年前被赶下台的人,岂能指望这样一群人会容忍荣耀和失败并列这种可怕的双连画,容忍将《猎骑兵军官》和《受伤的胸甲骑兵》配对送交1814年画展一起展出呢? 看看罗格先生给这次画展送去的作品吧! 为什么您不画《迷人的加布里埃尔》或《炖鸡》呢? 这样,人家会把您捧上天的! 结果您成了反潮流的卡桑德拉①,不祥之鸟。那算什么失败? 您怎么不明白? 今晚是您获胜了。"

泰奥多尔摇摇头:"亲王们遭受不幸,战祸又起……没有什么胜利可言。这么说您是波拿巴分子了?"

奥古斯坦想讲的太多,反而结巴起来。"可是……可是……您明明知道不是这样的! 国王! 说的就是国王! 不过,是受宪章制约的国王。本质的东西,我捍卫的东西,是制度,而不是具体的人。不是一个家族事业,这项事业,眼下,就眼下而言,就是国家的事业。这是关系到我们的权利和自由的事业!"

"您听听他们在说些什么。"泰奥多尔说。

整个咖啡馆,女人、平民士兵,不知受了什么感染,一同唱起了《护佑帝国永福》。"啊,"泰奥多尔接着说,"瞧那个卡达莫尔,共和分子卡达莫尔!"老模特站在他那个被推定的女儿边上,敞着外套,动作夸张,扯着嗓门高歌。

"刚才我还听见他重弹老调,"奥古斯坦怯声怯气道,"说什么拿破仑在圣罗克下令向老百姓开枪。真想不到历史将会这样写! 下令开枪的是拉巴斯,不是波拿巴……再说,被打死的不是老百姓,而是一小撮保王派谋反分子……除了这一点,他倒是个波拿巴分子……"

"我们到外面去吧,"画家说,"这地方危险,对您对我都不好,老弟,拱廊里空气新鲜,可以清醒清醒脑子,还不用怕下雨……"

周边的长廊亮着坎凯先生发明的罐式煤油灯,潮湿的凉风阵阵吹过,似

---

① 希腊神话中的特洛伊公主,得阿波罗帮助,能预卜吉凶,但因拒绝阿波罗求爱,受到诅咒,从此无人相信她的诺言。

乎并没有让行人却步，但这天晚上，长廊里来了一群神色不安、军人模样的人，混在一些姑娘中间。这些姑娘身上的裙子，在这个时间这个地点，显得太过艳丽；她们头戴插着羽翎的帽子，丝绒服饰都绣了花，颜色古里古怪，有各种各样的绿色、淡黄色、石榴红。天气又潮又冷，她们却袒胸露臂，显摆那些真真假假的紫红色钻石首饰……这天晚上，来了那么多乞丐，与有钱人擦肩而过，还有外国人、喝得微醺的军人、推着小车卖墨水的小贩、前来找乐子的店主和伙计；一个头发梳成原始人模样的魔术师在表演吞火，边上有个女人，头戴桂冠，身披满是补丁的斗篷，正在一把朝天打开的雨伞里用纸牌替人算命；最后，还有那么一伙人，叫人讨厌，好开粗俗的玩笑，耍手腕，施威胁，还做皮肉生意，一些男子在你耳旁低声劝诱，替附近的妓院拉客，当地那些烟花女神大声嚷嚷："今天晚上，这些男人怎么啦！我上楼还没有三次，你想想看！"泰奥多尔对奥古斯坦说："我们还是去木廊吧……"

木廊这边的油灯比较稀疏，半明半暗的，更加适合男女调情的下一步，而人群就没有那么密集了；这木栅长廊的天顶是帆布做的，随处都有裂口，雨水透过这些口子，淌落到泥地上，脚一踩便陷进泥里。从福瓦咖啡馆出来，木廊这一头叫"烤炉"，那一头被亲切地称作"鞑靼人营地"。就这样，木廊把阴暗的花园隔成两部分，成了一座颤桥，桥上有摊档、商店、房屋，二楼是带家具的旅店、妓院，还有警察局的犯人暂押处。在这里，泰奥多尔的制服不怎么显眼了，遇到的街娼多数已有客人做伴，这两位年轻人经过时不再被人缠住不放，犹如进入无人之境，交谈继续。

这是很有趣的一对。火枪手身材颀长，体格健壮，戴着头盔，披着斗篷，而边上那位年轻伙伴却像布瓦卢①地区的农民，个子矮小，肩圆背厚，卷曲的发绺梳向左侧，从斜戴的毡帽下看去，这个才二十岁光景的青年，右侧的头发已有脱落的趋势。现在，泰奥多尔独自侃侃而谈。他从来没有像这样说话，从来没有像林中独行的流浪汉那样自言自语。即使在认识的人面前，在亲朋好友面前，就像在约瑟夫或奥拉斯，甚至小雅马尔面前，他都从来没有如此健谈。对这个如从天降的奥古斯坦，他并不相信，就像不相信水中倒影，但夜幕刚落，心扉突然打开，往事如诉。在漏水的木板和帆布下面，两个不期而遇的朋友在木廊里大步行走，既不留意擦肩而过的路人，也不像爱看热闹的闲人，隔

---

① 现法国巴黎大区南卢瓦尔－谢尔省首府。

着女帽制作工场的窗户往里看，女工们坐在高凳上，面对公众，这么晚还在赶制天亮要交付的几批急需的订货：巴黎的女士，无论国王出逃与否，总需要春天里戴的帽子。

泰奥多尔说啊，说啊，娓娓说来。

他在说些什么？小蒂埃里全神贯注地听着，但他不能肯定自己是否真正弄明白他的话，是否已把他的话前后联系起来，是否理解他的话对自己具有的全部意义。这有点像孩提时代第一次看戏。八年前，他父亲的朋友梅狄维埃先生带他们全家人去看戏，在他的包厢里观看流浪艺人演出的歌剧。梅狄维埃先生是布卢瓦剧院的老板，但没有固定的戏班子。那是在首席执政官时期，我们刚同英国分道扬镳。演出的剧目是《卡斯托尔与波吕刻斯①》，编导康泰伊才二十二岁，却愿意重新采用老拉摩写的几支歌剧曲子。太神奇了，戏台上有树林和岩石，有人高唱感人的故事，他们身着用裙环撑开的长袍，披着绣有太阳图案的肩带，头插羽毛，手持长矛。看着戏台上发生的事，孩子片刻都没有看不懂的感觉，灯光下，台上的一切都衔接得很紧凑。一位夫人来到台前，梅狄维埃先生说她堪比迪迦松②。那是什么意思呢？有个英俊男子，梅狄维埃先生奇怪地称他为"男声最高音"，为什么啊？是为了表明他眼里的埃勒维乌演得特别出色吗？奥古斯坦并不知道那几个头插羽毛、光着上身的大老爷中哪个是埃勒维乌。但这又有什么关系？孩子已经双颊通红，心情激动，温柔的泪水随着音乐流淌。小提琴确是一样奇妙的东西。

今晚，在"鞑靼人营地"，年轻的圣西门主义者觉得泰奥多尔的言语本身就充满了埃勒维乌和迪迦松。泰奥多尔像画家那样谈论绘画，他的话语展示的一幅幅画就像一出歌剧的各个场面，有的人抓不住脚本含义，听着一段段辉煌的乐曲却来不及弄清其中的联系，对于这样的听众，音乐就起到了逻辑的作用。在泰奥多尔的遐想中，奥古斯坦不时听到一些画家的名字，就如昔日他听梅狄维埃先生同他父亲蒂埃里先生欣然谈论阿尔努小姐或圣于贝尔夫人一样。他还记得，阿尔努小姐在巴黎一座教堂里给一位公主唱了《耶稣苦难纪念三日课》，一举成名。听着泰奥多尔娓娓道来，尽管还不理解他的本意，但他还是不由自主地觉得自己也在听一篇耶稣苦难三日课，仿佛看到诵唱人头部周围有个朦胧的光轮。

---

① 法国十八世纪作曲家拉摩（1683—1764）的代表剧作。
② 迪迦松（1755—1821），法国女歌唱家。

　　泰奥多尔说的是谁？是说他自己还是哪一位大师？他强迫自己不断临摹大师的作品，结果好像他长年累月从大师身上学到的东西，不出两个星期，就用自己的方法在一幅画中表现出来，尽管有人说他是粗制滥造。在他想来，拿破仑是个只爱自己的暴君，一手造成了那么多人死亡，但他对拿破仑的憎恨，同他对拿破仑建造卢浮宫画廊和从意大利带回名画的感激相比，就无足轻重了。就算这些画是抢来的，又有何妨！他谈论的那位画家倒像泰奥多尔自己，就如一个人的巨大影子，放大了此人的动作，同时也泄露出他的悲剧性思想。蒂埃里听着听着，突然觉得画家的言谈更加清晰，仿佛有人移动了灯光。

　　"评论家的话有什么好相信的呢？"泰奥多尔说，"我在诺曼底一个舅舅家的旧书刊中读到一位诗人的几首诗，这位诗人遭遇厄运，如今连他的作品都找不到了。他是玛丽–约瑟夫·谢尼埃的哥哥①。这个不幸之人被雅各宾派②送上了断头台，当然，他密谋反对雅各宾党人，这是不容怀疑的，但在诗歌神秘领域的研究上，我们中还没有人比他走得更远……从事艺术的人是怎么说的呢？人们本来以为，那些自以为是的预言家，为亲王们卷土重来百般粉饰，也总该对安德烈·谢尼埃有一个最起码的公正对待吧。一点也没有！因为那些代表传统而又得势的蹩脚诗人，一听到有人说起他，就惊恐万状，大呼小叫，因为写诗不讲格律，成何体统，而罪魁就是这个谢尼埃。尽管他们是保王派，却更喜欢玛丽–约瑟夫！可怜的安德烈，夹在断头台和极端评论家之间，走投无路。这些评论家对他百般挑剔，竟至在他进入坟墓后还指责他的诗放任随心，借以咏怀！对于我们这些画家，您听听他们是怎么说的！我们的画有严重错误，画工毛糙，透视粗劣，把我们热情洋溢创作的画贬作草图和速写……"

　　奥古斯坦明白这番话包含的辛酸。他曾经怀着愤怒读完1814年的《画展特刊》，当时就有人说《受伤的胸甲骑兵》不过是一幅草图，要求作者控制自己的感情，注意技巧。这时，泰奥多尔的心已经飞到意大利，见到了刚才谈到的那位画家。

　　"至于他，"泰奥多尔说，"人家指责他缺乏技巧，浮躁呆板，平淡，这还不够吗？说他的作品顶多不过是草图，这还没有说够吗？说这位天才，不承认他是天才不行，但说这位天才的作品缺乏正确性，这话说得还不够吗？别人

---

① 指安德烈·谢尼埃（1762—1794），法国诗人，赞同法国 1789 年大革命，后成为怀疑主义者，1794 年被处决。其诗歌在题材和格律方面受希腊文学的影响。
② 18 世纪法国大革命时期最大的政治组织，资产阶级民主派中心，热月政变后解散。

还指责他秉性忧郁，据说是这种秉性促使他用阴影增加人和物的重压感，人和物受光微弱，还是顶光，而他又爱用对比，致使背景一片阴暗，人物没有色调差别，缺乏层次，就像处在同一平面，映在暗淡的屏幕上。朗齐教士①说他画中的人物住在牢里，他的画没有构思的正确性，也没有对美的选择……啊，因为对他来说，真实已经足够，他无心再用褶裥，或用哪尊希腊雕像的技巧去美化真实！有人说，这实在太黑了，生活并非如此……卢浮宫里有这位大师的一幅杰作，叫作《圣母之死》，您见过吗？为了表现圣母的死，他没有选择画一个躺在华盖床上的公主，没有帷幔的优美波状皱褶，没有侍女们骗人的服饰，而是画了一个寻常百姓家的妇女，从她身上可以看到临终的始末：没有揩去的汗水、颜色难看的鼻孔、苍白的肌肤、疼痛留下的痕迹、被疾病折磨得不成样的胴体，人们始终没有原谅画家这样做。圣母肚腹肿大，神父们拒绝把卡拉瓦齐②这幅画挂在阶梯圣母教堂③祭坛的圣体龛上方，祭坛最后是由弗朗西斯科·曼西尼④装饰的，而圣体龛是用宝石做的，上面饰有东方碧玉柱。神父们说，肚子肿大，表明患了水肿，但不知道画家是在哪里临摹来的！我倒可以告诉您，是在医院里，大多数人都在那里终其一生；或者在停尸间，因为只有在停尸间，才能了解人的真实，而不是在体面人寿终正寝的灵台上。太黑啦！有人就这样形容褐色的背景，那黑色的夜晚！不过，我倒要问，如果没有这夜色的黑暗，哪里还有什么色彩和光亮，绘画如此，绘画以外只要是画的东西，都是如此。因为神父们希望，圣母死去，其死亡本身应包含变容的观念，尸体也应给人一种即将升天的轻扬飞升之感。这就是他们对我们画家的期待。他们指责我们，因为我们什么都没有给他们。我们必须是变容者。圣母和拿破仑的变容者。啊，但愿有那么一天，人们将在集市上，在人群中，在低等咖啡馆里看到人的真实，市井生活的真实，并因此而感激我们！到那时候，强烈的情感、丰富的形式、赤裸裸的激情、轻礼数重人性的表达方式，将不会被赶出教堂或替代教堂的场所！到那时候，面对受苦和流血的人类，人们不再要求我们描绘垂死者眼里的天堂、上帝的天堂、特里亚农宫⑤的田园风光，以及拿破仑法典

---

① 朗齐教士（1732—1810），意大利考古学者，耶稣会会士，1775 年任佛罗伦萨博物馆馆长。
② 卡拉瓦齐（1573—1610），意大利画家，受威尼斯画派影响，擅于运用强光黑影突出人物，对十七世纪欧美现实主义绘画有较大影响。
③ 意大利锡耶纳古教堂，1778 年后改为剧院。
④ 弗朗西斯科·曼西尼（1679—1739），意大利作曲家，擅长戏曲、圣歌创作。
⑤ 法国凡尔赛宫花园里的著名别墅。

里的世界!"

奥古斯坦听着这一切,就像在卢浮宫里漫步,怀着对艺术,对所有这些荷兰或意大利大师的无限敬佩,但又不很明白这些一样光鲜、一样装在华丽而沉重的框子里的画有何区别。他记不起《圣母之死》那幅画了,连卡拉瓦齐这个名字也是第一次听到。他想知道得更多,于是把自己的想法告诉了同伴。

泰奥多尔继续往下讲。王宫半明半暗,他们周围的一切粗俗不堪,竟至丑陋可笑,并非人人都能从中找到美好的东西。奥古斯坦看到了破旧的衣着、伪装的表情、在表情和相貌上留下变容印记的缺陷和恶习、肥胖或干枯的身躯、平庸的生活刻在行人外表上的痕迹、狭小憋闷的住房、每日的劳累、缺水、昂贵的物价。他看到了各种社会效应在此交织并存:一面是效仿失势贵族言谈举止的逐利小人,另一面是对一桩只剩下伤口和鲜亮礼服的丰功伟业不抱幻想的士兵。两人来到了亲王宫,倒数第二位亲王[1]就在奥尔良家族从前的马厩这个地方,投票赞成处死国王,也就是他的表兄;这里就是木廊的诺亚方舟,起自王宫的蒙庞西埃街一侧,横穿花园,延伸到瓦卢瓦街,雨夜里,方舟聚集了盗贼、警察、受辱的荣誉、革命和淫荡,还有1815年3月这个疯狂夜晚里被引入歧途的思想。

泰奥多尔说到卡拉瓦齐,他的身世。这位画家出身贫寒,早期绘画顺应当时的审美趣味,阿尔藩骑士给他活干,雇他当画工,在由这位骑士署名的作品上画些边饰和花草。在阶梯圣母教堂的祭坛中央,有一幅骑士画的圣母壁画像,此画具有的特征是卡拉瓦齐的圣母像所都没有的。卡拉瓦齐后来被逐出这座教堂,但谁能知道卡拉瓦齐就根本没有替他的雇主画过这幅画呢?当他为自己作画时,他自豪地称自己是"自然主义者",而这是一个新词,饱含激情,又极富挑战性,他抛弃了初期作品里那种威尼斯派[2]热情,仅仅保留了乔尔乔内[3]对明暗层次的处理技巧。他酷爱对比,认为对比是艺术的基本原则,是绘画的肌肉。

"大约在1811年,我临摹了他的作品《基督之葬》,"泰奥多尔说,"由此我进入了他的心灵。但我还不知道,从他那里获得的教益,哪一点更让我心驰神往:是对比法则,还是题材选择?他的画与那些以把胭脂涂在两颊为理想的

---

① 指路易·菲利浦·约瑟夫·奥尔良公爵。
② 意大利文艺复兴时期主要画派之一,十六世纪成为欧洲油画制作中心。其画色彩明丽,形象丰满,构图新颖,但大多取材于统治阶级的生活。
③ 乔尔乔内(1477—1510),意大利威尼斯派画家、抒情诗人。

女子迥然不同。美是含蓄的，绝不炫耀。他画过凶杀、夜幕下的背信弃义、酒醉、小酒店、街角所见的混混，在这些画中，他丝毫没有改变平民的服饰，把他们画成天仙或王后。他的生活，如同他的画，令人眼花缭乱。他表现社会底层，并为此混迹其中，历尽艰险。别人说什么的都有！在他描绘的黑夜里，他那些胆大包天的伙伴突然出现，露着獠牙，肌肤在火把下闪亮，人们不禁要问，在他那些充满了人情味的夜晚，他究竟同哪些团伙厮混呢？这个浪荡子创作的可诅咒的形象，罗马留存的不多。他厌恶作弊弄假，一次打网球，盛怒之下打死了一个同伴，只好离开罗马。在那不勒斯，他遇到了还是孩子的里贝拉[1]，把他收在门下。当时希腊人贝利泽尔·科朗齐奥[2]的绘画在那里占上风，据说阿尔潘骑士年青时代起就效法于他。卡拉瓦齐还得离开这座西班牙人统治下的城市，因为那里时兴俏丽的画风，而且连里贝拉也背叛了他，转向拉斐尔[3]画风。太黑暗了，太黑暗了，可怜的卡拉瓦齐！走吧，乘船上海岛吧！那里的人观望大海，海面上帆船寥寥，感到无聊，呵欠连天，见到来了一位画家，如获至宝！他定居下来的这个国度十分奇特……我能想象十六世纪末游侠骑士[4]统治下的马耳他；游侠骑士来到这个地方，夹在西班牙人和土耳其人之间，但最终还是定居下来，意外成了岛民的主人。岛上居民不怎么喜欢他们，但宁愿要他们，也不要奥托曼帝国入侵者[5]。卡拉瓦齐上岛的时候，骑士们无所事事，因为土耳其已有三十多年没有来犯。结果这些骑士就更不讨人喜欢了。起初，骑士们对这位背井离乡的人颇有好感，还给他送去几个穆斯林奴隶。这一回，不知是什么比赛，卡拉瓦齐同一位圣殿骑士团[6]骑士争吵起来。如果说他喜欢的光线是牢房的光线，那么这次他有机会亲身体验了一下。1600年那会儿，他从马耳他的一座监狱里逃了出来，那才叫了不起呢！据说卡拉瓦齐力大无比，胡子和头发像他的画一样黑。他是怎么来到西西里的呢？他一定不喜欢这个地方，岛上哪里都见不到他的画。罗马近在咫尺，让他终日郁郁，无论是巴勒莫、

---

[1] 里贝拉（1591—1652），西班牙画家，任西班牙总督宫廷画师，其风格受卡拉瓦齐影响。

[2] 贝利泽尔·科朗齐奥（1560—1643），希腊籍意大利画家，反对改革，主张以通俗艺术为天主教会服务。

[3] 拉斐尔（1483—1520），意大利文艺复兴时期画家、建筑师，用世俗手法处理宗教题材，对所画人物加以理想化。

[4] 指十六世纪末到马耳他的圣让修士，又称马耳他骑士。

[5] 又名奥斯曼帝国入侵者，十六世纪奥斯曼帝国臻于强盛，疆土横跨欧、亚、非三洲。

[6] 1118年为保护圣墓及朝拜圣地而在耶路撒冷成立的宗教军事组织。

墨西拿，还是叙拉古①都留不住他。不料，在埃尔科尔港附近，他正从一条两
桅小帆船上下来，西班牙警卫队认错了人，把他抓了起来。他又一次只能看到
牢房高高的格子窗透进来的一线光亮。被释放的时候，他几乎全身赤裸，来
到海岸边寻找存着他行李衣物的小船，但此时他已染上那不勒斯王国一直流
行的热病。海边没有一处遮阳的地方，一个孤单绝望之人，衣不蔽体，顶着似
火的太阳，无处可躲。无人照料，全身滚烫，倒在了沙滩上，神志不清，周围的
世界，终于一片光明，就像那些风雅人士希望他画的那样。他被拉走后不久便
死了……"

这雨仿佛是老天故意下的。王宫里乱哄哄的，这情景包含了某种更可笑
和更夸张的东西，因为在拱顶下和长廊里奔跑的人，多半都已淋湿，湿发贴
脸，衣衫起皱，心中交织着明天的恐怖和希望。听得出来，人们的交谈是一
个大杂烩，混杂着空中楼阁和对清算报复的担心。有的人不完全相信改弦
更张的时刻已经到来，还有的人害怕做不到换营易帜。有浑水摸鱼的，有伺
机报复的，有喝醉酒的，还有大众观看打倒权贵这个永恒的木偶游戏发出的
哄笑……

"不过，"奥古斯坦说，"那您怎么办呢？热里科先生，如果国王出逃，您
会跟他一起走吗？"

花园里，夜色变幻，一阵阵的风吹得拱廊的油灯来回晃荡。再过一会儿，
《猎骑兵军官》和《受伤的胸甲骑兵》就要从画展上摘下来，明天早上送回新
雅典街。雨一停，因科西嘉之神归来而扬扬得意的奥拉斯·韦尔内可能会到他
同学家里来，当然也想听听他谈论绘画。说不定在送奥拉斯出来时，那边小
路上，在希腊小神庙门口，会有一个外出散步的克里奥尔少妇望着他们。卡罗
利娜……

"不，"泰奥多尔说，"路易十八可以走。我，我留下。"

---

① 三地均为意大利西西里城市。

四、午夜话别

　　仆人进来，剪去水晶坠大吊灯和牌桌上彩罩灯的烛花。这并没有打断这些先生玩牌。大家都知道有布约特①纸牌瘾的人是怎么回事。夫人们在一边窃笑，她们发现同她们在一起的只有一个男性，戈斯兰小姐的朋友。此人沉默不语，身着漂亮的橄榄青晚礼服，戈斯兰小姐去哪儿都带着他。卷曲的头发，卷曲的络腮胡，管状襟饰规规矩矩掖在白色凸纹布坎肩里。他看了一下会发出悦耳声音的怀表，叹道："唉，十一点半了。"他的本领是二十五岁就供养女舞蹈演员，就像六十岁的人做的那样！

　　维吉妮②小姐感到身体有点不适。可怜的维吉妮，她该上楼睡觉了！她的举止带着几分娇态，穿着在安产感谢礼③上穿的衣服，显得妩媚动人，只是奶水涨得难受。再说天色也晚了。她的父母奥雷耶夫妇已习惯替她接待客人：在自己家里招待客人，多有面子。维吉妮在芭蕾舞团出演的角色不管多么的不起眼，但她毕竟是个艺术家，同她在歌剧院当了二十年正式发型师的父亲一样。据说，她不到十六岁的时候，贝西埃尔就看上了她。后来这个慷慨大方的情人在卢岑战死，维吉妮为他服丧，父母也搬到了女儿家住下了。元帅做事仗义，他留给维吉妮的房子算得上是巴黎最漂亮的。房子就在蒙梭山坡上的苜蓿地旁边，离康巴塞雷斯④大花园只有几步。这座大花园的保养费用过于昂贵，康巴塞雷斯就把它还了皇帝，而国王最近又把它归还给了奥尔良公爵。

　　玩牌的客厅多么雅致！牌桌用香木镶边，非常漂亮，它是查理－费迪南⑤派人直接从凡尔赛宫搬来给维吉妮的，就像为了维吉妮，他还摘来了马尔桑宫里的画，用自己的马车运来了杜伊勒利宫的银器！墙上装了前朝风格的彩绘

---

① 法国一种牌戏，盛行于十八九世纪。
② 贝里公爵情妇。
③ 产妇产后进教堂接受祝福的仪式。
④ 康巴塞雷斯（1753—1821），法国政治家，大革命时期任国民公会委员，拿破仑执政时任第二执政官。
⑤ 贝里公爵名。

细木护板，帷幔到处可见，一直挂到打褶的黄色针织天顶，环绕客厅还有一条漂亮的浅蓝色绸带，门框用同样的绸子镶边，加蓝色衬里的淡黄色窗帘轻柔下垂，落在织花地毯上。

客厅里，只有埃利泽神父这个黑点，他不是这家的常客，这么晚了还待在一个歌剧院女舞蹈演员家中，别人见了也许会感到奇怪。不过，一切都可以解释。那是在1792年，维吉妮未来的母亲玛丽-路易斯还几乎是个孩子，埃利泽神父正在凑钱远赴英国，维吉妮的外祖母不是把他藏在圣罗克街家中吗？当时大家叫他托尔拉松公民，他跟慈善堂的教士学过外科，1789年后还俗，暗地干了不少非法勾当，那时候他远不如现在这样显赫；亲王们的回来，加上国王回国后以及还在哈特威尔宫①时对陛下的精心护理，这才使他身价百倍。有那么两三年，他生活放浪，公开同一些不正经的女人鬼混，这像是要表明他拥护新思想。他挥金如土，可这些钱是从哪里来的呢？恐怖时期，他不得不躲起来，后来又流亡国外。

"肉体是脆弱的！"尊敬的神父叹息道，一边从可敬的奥雷耶先生的烟盒里捏了一撮鼻烟。他狡黠的脸上油光可鉴，那种猥亵的神情配他那身长袍，十分契合。

夜已深，但赌徒毕竟是赌徒。这些人中间有主人家逢场必到的朋友亚历山大弟兄俩，有在圣勒夫人的子女家当仆役的阿希尔大叔，他们同奥雷耶先生一起打牌。奥雷耶先生身穿淡蓝色紧身礼服，头上的旧款灰色假发有点歪斜，耶稣会会士坐在他背后，跟主人高大的身材、耸起的肩膀形成鲜明的对照。这个假圣人，一边看牌，一边发表议论，亚历山大家的长兄莫邦先生受够了他的卖弄，似乎并不总是欣赏他言谈的机敏，包括他的荤话。

客厅里有一只精美的白瓷炉子，上面有一尊跪着的爱神塑像，女士们围着炉子坐：布吉尼翁外婆在编结婴儿长袖羊毛内衣，她的女儿，玛丽·路易斯·奥雷耶，四十来岁，已经开始发福，但风韵犹存。她一边同戈斯兰聊天，一边从远处关注着牌局，发现他们根本不是小赌，心里老大不高兴。戈斯兰小姐和她姐姐一样，也是歌剧舞蹈演员。今晚，她头上戴着那只玫瑰红和淡紫色相间、饰有一只天堂鸟的苏格兰呢缠头巾式帽子，穿一条白色密织薄纱裙，下摆还镶了一圈小朵玫瑰花饰带，显得格外迷人。她必须转身回答佩尔絮夫人的问话，佩

---

① 英国王宫，1809 年路易十八流亡英国时居住于此。

尔絮夫人说话带有很重的沃克吕兹①口音，她对自己头上那顶饰有灰色小花束的黄帽子尤感满意，连下巴颏下的帽带也不愿解开。在她对面的是波德万小姐，坐在一只凳脚交叉的小圆凳上，她与维吉妮同龄，也在芭蕾舞团当演员，此时她只顾耍小孩子气，这边那边地听着大人们说话。

佩尔絮夫人跟奥雷耶夫人是同辈人，或者说差不多是同辈人，但总脱不了外省人那种习气。按说她对元帅送给维吉妮的这幢小宅邸的华丽也已常见不鲜，但还是禁不住要对它的建筑和装饰赞美一番。"啊! 这个贝朗热②，没有比他更时髦的建筑师了! 鲁尔区可能偏远了一点……但同巴黎比起来，那是多么安宁，多么幽静啊!"

"是的"，玛丽–路易斯说，"这个角落富有乡村气息……"

她把这幢宅邸叫作"我们的游乐园"，这是她选定的字眼，无疑是因为边上有夏尔特尔游乐园吧，而一说到餐桌上的吃食，什么鸡蛋、牛奶、家禽，她都喜欢说："这都是从庄园来的。"好像蒙梭庄园是她的，而不是奥尔良家族的产业。

"我在想，如果元帅还活着的话，维吉妮会是什么样呢……"戈斯兰小姐若有所思地说。

布吉尼翁夫人耳朵不太灵，但她还是猜到大家在谈论贝西埃尔元帅。她很为这位军人惋惜。她让人把那句话重复了一遍。她的女儿不喜欢这类谈话，竭力把话题引向尊敬的神父，小声对佩尔絮夫人说，"您知道，如果没有神父，陛下就不可能在星期四出席两院会议……"佩尔絮夫人不清楚耶稣会会士在杜伊勒利宫的职务，睁大了眼睛……但这不能让外祖母丢下她的回忆。她说：

"我，我一直不明白出了什么事……一位元帅就这样被打死了，真不像话!"

"算了，妈妈，"奥雷耶夫人打断说，"什么元帅不元帅的，炮弹就是炮弹!"

"那颗炮弹，就我们之间说说，"佩尔絮夫人带着动听的阿维尼翁口音道，"也许真的给维吉妮带来了幸福!"

这很可能是波德万小姐的看法，因为说到底，帝国的一位元帅哪能同亲

---

① 法国东南部一省份。

② 贝朗热（1745—1818），法国建筑师，创立了帝国时期的建筑风格。

王殿下相提并论？戈斯兰小姐轻咳一声，她觉得这个小波德万太庸俗了。佩尔絮夫人有那么好一个话头，别人休想阻止，她继续说："他死得像个英雄……但我要问，如果联军进城时，我们亲爱的维吉妮不是孀居，那她会怎么办？噢，我敢肯定，元帅也会当上亲王们的忠仆！随篡位者上岛的也不会是他……"

　　戈斯兰小姐过来替奥雷耶夫人解围。她谈起了戏剧。波德万没有揭穿她的用意，维吉妮能有现在这样的处境对在座的各位小姐都是一件幸事。她谦虚，没有任何奢望……并不想谋求同她新的地位相称的角色……不，她老替别人着想，是一个好伙伴。"不是吗？佩尔絮夫人，您的丈夫是会打拍子……不过，倘若没有亲王殿下的保护，我们这些跳舞的该怎么办呢？我是说那些年轻人：比戈蒂妮跳舞，人人钦佩，天才终究是天才。但是，现在决定角色的是加尔德尔，只有他妻子拉米莱有份，还有拉乌尔弗勒卢瓦，就仗她是布瓦勒迪厄的妻子……我敢肯定她那身上的香水会把您的鼻子给熏坏的……佩尔絮先生要排练《乡村的苦难》，下个月就要上演，却无权引进他想要的演员，人家逼着他把原先答应让我演的马顿这个角色让给加尔德尔夫人，最后只好给了比戈蒂妮才算了事……噢，《卡斯托与吕丢刻斯》要重演，人家至少让我在起曲时亮个相……可那些有点年纪的演员妒忌心十足！您见过拉米莱跳双人舞吗？我真替他难受！"

　　"维吉妮最后那次上剧院……"波德万小姐冒冒失失地说，"她的身子够大的了，她在包厢里站起来向观众致意……"

　　这比谈论元帅更糟糕：全巴黎都在尖声嘲笑，因为王室在歌剧院露面，维吉妮还以为观众是鼓掌欢迎包厢里的她，便挺着七个月的肚子，起身致谢……戈斯兰小姐滔滔不绝，数落舞蹈演员加尔德尔，还保票说，拉乌尔弗勒卢瓦身上洒那么多香水，谁都知道是要掩盖她天生的狐臭。佩尔絮夫人还是对耶稣会会士感兴趣：

　　"对了，陛下他……神父怎么替他治的病？风湿痛可不是靠祈祷就能治好的……"

　　奥雷耶夫人莞尔而笑。大家都知道，神父这位高明的外科医生，还是一个无出其右的按摩师。"看到他瘦成这样，您恐怕不会相信，但他有双手……只要看看他的手！两只巨掌，亲爱的……他两只手把您按住，来回揉揉，替您翻个身，再拍一拍……杜伊勒利宫少不了他。这个人真有意思。什么事情都知道。他还胡诌瞎吹！粗话秽语，不堪入耳。"

亚历山大·隆普雷摊了牌。其他人惊叫。又是他吃通庄! 每次都这样。

"你又输了多少?"奥雷耶夫人大声问丈夫,并没有离开座位。

门开了,菲利浦·弗朗索瓦·图夏尔进来,他是来向夫人们献殷勤的。五十五岁了,这个邮政运输总局局长还是那么英俊。自从维吉妮的父亲不再担任歌剧院发型师,也就是从1814年秋以来,出于种种原因,图夏尔同奥雷耶先生一直有交往。那些爱嚼舌头的人说他的儿子像他,还不到五十五岁,还说很合维吉妮的意。有人说殿下……应当说公爵,在宫里也有艳遇……他看上了昂古莱姆夫人府上的一位女子,看来不只是在芭蕾舞团才有人喜欢公爵;不过,这位公爵好猜疑,竟想到派人暗地跟踪那个女子。结果,奉命跟踪的探子弄错了,叫他"查查殿下的情妇是否忠诚",他却去盯维吉妮的梢,因为殿下与维吉妮的关系尽人皆知。不过,正由于探警的差错,公爵在警方报告中看到了奥雷耶小姐对一名年纪相仿的男子有好感的证据,这个年轻男子长得像邮政运输总局的局长,就像弗朗索瓦像他父亲。这还了得,公爵大发雷霆! 可是维吉妮巧施手腕,使事情变得对自己有利: 安德烈先生手下的警察被辞退了。总之,所有这一切都是从小角色和跑龙套的女演员嘴里讲出来的。人心险恶! 再说,皇家音乐学院也有波拿巴分子! 不对,主要还是因为奥雷耶先生用全部积蓄购置了马匹和车辆。哦! 不是用来做买卖! 而是借给朋友,收点钱。好比某人突然有什么奇遇,却没有轻便双轮马车送一个女子去河边……或者需要一辆不引人注目的轿式马车,偷闲去一次诺曼底……奥雷耶家的车辆都停放在邮政运输总局的马厩里。

"这位子让给您,"赢家对新来的人说,"我去同女士们聊聊……"啊,这个亚历山大,没说实话! 赢了钱就要溜,是吗? 菲利浦-弗朗索瓦坐下,还向耶稣会会士打了个招呼。戈斯兰小姐的朋友看着他落座,神情绝望: 什么时候收场啊? 女舞蹈演员认为,只要主人不起身,出于礼貌,这些人就不能走。牌局散了,她也该困了。

"坏消息,"图夏尔先生说,"听说,就在今晚,亲王们……"

他压低声音,同男士们说完了后面半句话,看来他并不想让女士们担心。耶稣会会士没有听清楚,叫他重复一遍,当场反驳: 怎么,怎么会呢! 他几乎整整一天都在宫里……六点钟的时候,他给陛下包敷,八点钟的时候,还什么都没有定! 他们怎么会丢下他就走呢? 荒唐! "瞧,证据嘛,今天我还把我的马车,那辆舒适透顶的轿式马车,借给了一位主教大人……因为大主教不想看到他坐邮车走……这位主教大人绕道巴黎，去了我们在西班牙的一个机构。你们想啊，事情若有蹊跷，我会这样没有远见，连身边应急的东西都不要了？”奥雷耶夫人已经站了起来，墙上的挂钟刚敲响十二点，该喂奶了，得把孩子抱给维吉妮。啊！让我们看看！戈斯兰和波德万小姐双手合拢，做了一个可爱的恳求动作。这真像歌剧《沙漠商队》里的一个场面！埃利泽神父数着念珠做祷告，神色不安。这个图夏尔的蠢话还是让他心神不宁。不可能！这样做，陛下岂不背信弃义！陛下为何要甩掉他呢？路易十八喜欢听荤段子，神父在这方面的本事天下无双。

玛丽-路易斯抱来了孩子。婴儿裹在一团锦绣罗衫中，什么也看不见。两名女舞蹈演员和佩尔絮夫人又是叫又是笑。那么小！你们怎么不知道，生下来才几天，已经够大的了，几天？到今晚正好十五天，你们想啊……

佩尔絮夫人赞不绝口：“跟他的父亲一个模样！”耶稣会会士的袍子混在夫人们的浅色裙子中间，他叹道：“圣路易的子孙，登天吧！”这个世界的第八大奇迹被抱上二楼的房间，波德万和戈斯兰急忙跟着上楼。维吉妮头靠枕头躺着，半睡半醒……

佩尔絮夫人和布吉尼翁外祖母留了下来。佩尔絮夫人说：“您外孙女的儿子终究是王位继承人；想到这一点，您一定很高兴吧！王室唯一的男嗣……”

布吉尼翁夫人手贴耳背做喇叭状，侧耳细听，却什么也没听见。男主人走近乐队指挥的妻子，向她吐露实情：“是的，这是法兰西第一子嗣……不能指望昂古莱姆公爵！不是吗？我们私下说说，我那女婿……”私下里说起殿下时，他喜欢说“我那女婿”，“当然啰……生了个男孩，我那女婿喜出望外！您知道，这不是什么秘密，他在英国已有几个女儿……噢，您知道，对我来说，做人要豁达。况且亲王总是亲王！老实说，自10月底以来，我那女婿就一直为这事烦恼。他还经常挂在嘴边。他对我说：‘老丈人……’是的，他有时管我叫‘老丈人’！‘老丈人’，他对我说，‘我那堂弟妹生了个小内穆尔[①]，这还是有点麻烦……’您清楚，奥尔良家族，对，就是对面的邻居，10月25日添了个男孩，这事让他烦心，查理，我是说亲王殿下……这事让他烦心……这对长房是个威胁……”

“图夏尔先生对您说什么？”佩尔絮夫人问道，“他说话声音那么小……”

“嘿，邮政运输局头头尽说蠢话！他已经看见波拿巴到了巴黎！”

---

① 内穆尔，指路易·查理·菲利浦·奥尔良（1814—1896），即内穆尔公爵，路易·菲利浦一世之子。

"波拿巴，太可怕了！我们怎么办啊？"

"总之，您记住，最先得到通知的应该是我。埃利泽神父嘛，不足为信！不，这一切全是因为有人命令他不要把马匹借给要离开巴黎的个人……这种无端的恐惧完全是流言蜚语所致，必须制止！"

仆人皮卡尔进来，向男主人走去。有人求见。奥雷耶先生走出客厅。来人身材高大，身披棕色斗篷，脚上是一双浅黄褐色皮靴。全身都淋湿了。屋里能听到雨水敲打百叶窗的声响。此人是夏多布里昂夫人派来的。夫人有车，她需要马。

"行了，朋友，"奥雷耶先生傲慢地说，同时在前厅大烛台旁边的小镜子里看见了自己的样子，随即把假发移正……"您当我是什么人？我不是马贩子。当然，我有马，也把马借给别人，借给我的朋友。助人为乐嘛。夏多布里昂夫人这个名字，我倒听说过……"他欠了欠身子，"但在这个时候……"

夏多布里昂夫人立刻需要马。

奥雷耶先生一听就来了火。"我们一家人相聚……我女儿还在产后复原期……我的外孙……"

来人态度强硬，说一不二。竟有这样的人，真不可思议！

"就算我愿意替夏多布里昂夫人效劳，"前发型师说，"就算……但我的马寄放在邮政运输局，而局长图夏尔先生正好在这里，他是我的朋友……他告诉我……总之，这是国王的命令：马匹不许借给私人。"

来人对这番话不感兴趣："先生，您还有马，就在花园那边的马厩里……我并非不知道……"

"但是，"奥雷耶先生嚷道，"那是我女儿的马！"

"算了吧，"对方不耐烦地说，"您女儿有十二匹马，要多少钱？"

此人没有教养，同他多说无用，还是要个高价，把他打发走算了。来人立即同意。啊，还能怎样！皮卡尔！"皮卡尔走上前来。"带这位先生去马厩……他要四匹马……听清楚了吗？"从门口往外看，台阶上雨水飞溅。奥雷耶先生举了一会儿枝形大烛台，照着两个人走进花园深处。

雨夜，国王一出发，骑兵队伍就离开卢浮宫。御驾后面，隔着适当的距离，是国王的仆从，再下来是一开始还并驾齐行的亲王[1]和他的副官拉费罗内先

---

① 指贝里公爵。

生。副官总是嘟嘟囔囔：太不当一回事了，就这样离开，连火把都没有，巴黎又不太平，下雨还聚集了那么多可疑的人——圣奥诺雷大街那边，甚至有人唱起了《卡马尼奥拉》[①]——有人可能认出他们，暗杀亲王殿下。

"殿下应该明白……"

"给我安静点！"

殿下策马向前，把他的同伴甩在后面，不想跟他说话了。同波旁家族所有的人员一样，殿下个子矮小，肥胖，至少是粗壮。不过，他擅长骑术，一骑上马就没了那副猥琐相。他把斗篷拉好，盖住大腿。这混账天气，那么冷！贝里公爵百感交集，无心再听拉费罗内抱怨了。愤懑、痛苦、耻辱、悔恨、恐惧，一齐涌上心头。这一切是多么荒唐！他首先怨恨的就是国王。路易十八不喜欢他的父亲，也不喜欢他。这一点，查理-费迪南心里明白。再说这不是昨天才发生的事。他们争吵，大动肝火，殿下咆哮，从杜伊勒利宫到花园都能听到。他们，也就是说公爵和他的父亲阿图瓦伯爵，国王把他们安顿在马尔桑宫，而花神宫成了他制定政策的所在，他的荒唐政策，荒唐！他从不关心院子对面的人有什么想法。荒唐啊！这个患有痛风的胖路易，不到一年就把他们折腾到这般地步。他的宪章，那些光辉思想的一种，他在米塔瓦[②]宽恕了平等者菲利浦的儿子就是这种思想的体现。当兵的胆小如鼠，不动一刀一枪就溜之大吉，眼看波拿巴就要回家，他们就见鬼去吧。这个国王只关心自己的风湿病，公爵求过陛下让他指挥带兵，前去迎战吃人恶魔。啊，对对对！事情再明白不过：伯父嫉妒侄子，嫉妒这个可能的王位继承人，嫉妒波旁家族中唯一能成为国王先祖的人。他宁可把奥尔良公爵连同其父派往里昂……国王一直怀疑公爵图谋……他可不愿意看到侄儿在战场上树立威信，获得声望。另外，国王阳痿，一定忌恨他，因为对国王来说，女人……根据警察局的报告，每次得知他有了一个情妇，国王便给他制造麻烦，从中作梗！岂有此理，人又不是木头！瓦格拉姆亲王亚历山大·贝蒂埃，有人责备过他有情妇吗？他的妻子还是巴伐利亚的一位公主，为了摆脱她，竟打发她去了巴拉鲁克温泉。路易十八最让查理-费迪南感到恶心的，是国王还用轻浮的口气讲述上个世纪书本上找来的一些轶事，说那是他年轻时的风流韵事。骗子！再说，这个坐轮椅的国王算什么！要人家抬你，要人家推着你走。上下楼梯才好看哩！还有那个给他按摩的耶稣会会士，一个油

[①] 法国大革命时期流行的歌曲。

[②] 俄国古城，路易十八流亡期间曾在该城居住。

嘴滑舌的家伙。伯父对他可是百般迁就。花神宫27号就有他的住处，什么小型晚宴、娱乐性聚会，足以让那被供奉在上的伟大基督羞得满脸通红。卢浮宫里一直有一个十七岁上下的女子，但不总是同一个人，大家把她们称作埃利泽嬷嬷。此外，据安德烈所说，这还不是这个无赖的唯一嗜好。有人甚至暗示，这种显耀女人的做法，是叫国王不要太相信某些传闻。说来说去，路易十八就是没有一视同仁，他只要求侄子守规矩。而另一个人，那个无赖，知道国王对默东①本堂神父很感兴趣……查理–费迪南对神父都十分尊重，但这个耶稣会会士，首先他是犹太人！一个面目不清的人物，当年他借钱给亲王的军队，他还与亲王殿下②一起在耶岛③……查理–费迪南不会没看到他父亲厌恶这个外科医生，他们之间一定有过什么事情，那时候……不错，只要是与旺代战争④有关的事，都会使阿图瓦伯爵感到不自在，不过他还是忍了，有人说伯爵怕他。但神父在侍候国王之前不是也给伯爵治过病吗？当时，神父确实追随过英国摄政王，把这位摄政王当礼物送他的宝石鼻烟盒拿来炫耀，所以殿下很怀疑他在替詹姆士宫⑤刺探情报……再说，也很难想象蒙鲁日的先生们给陛下送来的外科医生没有一点儿密探、间谍的身份。不是有人在俄国使馆撞见他了吗？按照布尔里埃内的说法，人们并不知道布蒂阿金也需要按摩！埃利泽神父甚至在抵达哈特威尔王宫之前就已经钻进了伯父的亲信圈。究竟在什么时候？普罗旺斯伯爵⑥夫人的葬礼，他就在场。查理–费迪南仿佛又看见神父在金街小教堂里的身影，站在灵柩台前面，边上是仪表堂堂的达瓦雷公爵。伦敦还盛传有关这个可疑外科医生的一则奇闻：他不是同刚刚去世的戴翁骑士⑦相好多年吗？他不是到了最后一刻还装着把骑士当女人的吗？贝里公爵说什么也不能原谅的是，他去找伯父陛下，恳求让他和他父亲在月初赴里昂，岂料这个他称之为按摩师的人竟然在场。有人说公爵只会在歌剧院芭蕾舞团取得胜利，这话他都听腻了。顺便提一下，此话也有失公允，因为维吉妮身子不方便，他又跟法兰西剧院的拉布古安上床……但这丝毫不会改变他的感情。他对怀了

① 法国城市，位于巴黎西南方。
② 指阿图瓦伯爵。
③ 法国旺代以西海岛，法国大革命时期，阿图瓦伯爵曾在该岛支持旺代叛乱。
④ 指1793年法国西部旺代省保王党教士和绅士组织的叛乱，旨在反对革命时期国民公会的政治措施。
⑤ 英国王宫。
⑥ 指即位前的路易十八。
⑦ 戴翁骑士（1728—1810），法国间谍，因终身男扮女装而出名。

他孩子的女人总是满怀柔情。拉布古安快三十五岁了，那只是为了消磨时光，虽说她是貌若天仙。她那鸽子般浑圆的脖子，那双令人神魂颠倒的眼睛，那嗓子……得听听她在《巴雅泽》①里的演唱! 何况她还做过吕西安·波拿巴②的情妇，把这些人的女人都夺回来，就像夺回王宫一样。然而，一切都在垮塌，查理–费迪南雨夜骑马飞奔，他只有几分钟的时间，但要去的地方不是拉布古安的寓所……他甚至来不及去亲亲他那几个心爱的私生女，他没有时间拥抱她们的母亲布朗③夫人，只是在晚上派了拉费罗内从杜伊勒利宫赶到伏尔泰河畔大街，给她们送去赴英国所需的费用，还捎去口信，好像他在考虑去英国同她们母女会合，而这也只是他对阿米的一种体贴。此刻，他朝鲁尔街急奔，可能会赶上必要时在星形广场关卡歇脚的国王卫队。不管怎样，阿图瓦伯爵凌晨一点才出发。于是，查理–费迪南急忙赶往维吉妮的宅邸，这座宅邸是巴加德尔建筑师建造的，帝国的一位元帅把它送给了他的情妇。贝里公爵是个有真爱的情人，这是他一直给人的印象。今后再也见不到维吉妮这个想法，他无法忍受，他感到眼里涌上大颗泪珠，夺眶而出，这一点像先朝太后奥地利的安娜。那泪珠滚圆滚烫，犹如雨中之雨。

　　他猛地想起，那天在伯父那里，他也是这样热泪盈眶。那天，他是临时想着去的，国王居然当着耶稣会会士、他的外科医生的面羞辱了他。当时，那个虚伪的神父装着要退下，陛下向神父使了个眼色，要他留下，查理–费迪南却无意中撞见了这一幕。路易十八想要个证人，还是另有他图? "对我英俊的侄儿，我们没有什么秘密……继续吧，神父……" 不堪入目! 有人说他是故意让神父当众替他治病，故意展示他那满是伤疤、令人作呕的身体。神父给他抹药膏，给他的手臂做了包敷，腰里也做了包扎。由于老坐轮椅，国王身上长了褥疮。屋子里弥漫着药味、脓臭味，令人恶心……

　　穿过圣奥诺雷王府大街，进入市郊街。这里的官邸相隔较远，雨中的花园在幽暗处散发出春天的气息。大型旅行马车站的旧院和周围的景象看去有些忙乱。有几个马车夫也不避让，险些挡住了骑兵的去路，贝里公爵心情不好，忍不住扬起了马鞭，若不是有个举火把的人照见了满面怒容的殿下，认出了他，那就有好戏看了。门廊下面，一些男女要租公共马车，正大声讨价还价。

---

① 法国剧作家拉辛 1617 年写的悲剧。
② 吕西安·波拿巴（1775—1840），拿破仑之弟。
③ 安娜·布朗夫人，贝里公爵在英国娶的妻子，但未得到贝里公爵家族的承认。

这就像一场大拍卖："一百法郎！""再加一百！""好啦，先生们，一千也不行！"有人想发逃难财。这一小群人马重新组成一个小队，消失在黑夜里。拉费罗内关心亲王的安全，又唠叨开了，亲王没有理他。

　　看来，有人要把他同维吉妮分开了。其余的一切毫无意义。有人要把他同这个刚刚出生的婴儿，他的第一个男孩分开。当时，查理-费迪南执意要看着孩子出世。他第一次看这样的事情。布朗夫人为他生了几个女儿，他一次都没有在场。在维吉妮身上，他觉得分娩既可怕又美好。他心疼这个还是孩子的年轻妈妈。看到婴儿的头露出来，他大叫起来……可怕的羊水，还有别的什么，可是，天哪，维吉妮是多么娇媚，她那么疲乏，汗水淋漓，气喘吁吁，像只小动物！有人说殿下品位低俗，他自己也知道。但是，请问有哪位公爵的夫人，哪位王后，比得上歌剧院的这位姑娘，这位在歌舞团里演配角多于跳舞的小舞蹈演员呢？她的头发，那头浓密的黑发，亮丽天然，总是那么有光泽，裹住了小脑袋，戴什么帽子都拢不住，而在房间里，头发抖散开来，别有风致，犹如瀑布围泻，脸蛋在披散的秀发衬托下，是那么白皙！维吉妮腰肢纤细，他的两只大手就可盈盈一握，令人难以相信，画家的夸张之作！有人就要把他同维吉妮分开。永远分开。

　　到了圣菲利浦和圣雅克教堂，在苗圃尽头拐进库塞尔街，此时他回想起那第一个夜晚，大概也是最后一个夜晚。去年，世道大变，一切都沉醉在重返家园的狂喜中。查理-费迪南刚刚在圣杜昂城堡与国王会合，第二天才进入巴黎。白天，联军代表、俄国军官、奥地利密使和巴黎各方代表团进行了紧张的谈判。伯父指定他负责那天晚上的城堡安全！他从伦敦回来，就像在童话里那样，怀着一个失落青年的全部心愿，渴望发现巴黎这座他失去的、不认识的城市！啊，活见鬼！国王竟把指挥权交给了乌迪诺，这位刚刚归顺的元帅只好担起这份苦差事！备马，备马！他还记得有人给他牵来的那匹小马，一匹阿拉伯良驹，名副其实的王子坐骑，他就像刚才那样骑马直奔黎塞留大街，来到歌剧院。在德律里兰①的时候，他就向往歌剧院！凡是流亡国外的人，谈起歌剧院就像谈起失去的天堂。啊，歌剧院！仿佛亲王就是为歌剧院而活：失而复得的法兰西，首先就是歌剧院。他作为胜利者回到歌剧院，而这个胜利者得到的第一个酬报，就是一位美丽的姑娘，难道不是吗？整个剧场都是白色花徽。乐

---

① 伦敦古剧院，建于 1663 年。

队。包厢。观众。是谁把观剧镜借给他的呢? 是隔壁包厢陪同一个奥地利人的一位夫人。他一下子便在女舞蹈演员中发现了她,一头身上有白斑的牝鹿,那个在众演员中间做了几个含糊动作的女孩。那天晚上演什么剧?《迦玛斯的婚礼》,他之人生的芭蕾舞剧。维吉妮! 这是他的胜利,是流亡归来,是他家族的凯旋。1814年春天,多么美好的春天! 他的情妇从帝国一位元帅那里获赠的小房子就在她自家小花园边上,那一年,小花园里的库赛尔丁香开得格外俏丽! 他们俩合演了一出喜剧,那是《迦玛斯的婚礼》的继续;他们在健谈昔日的欢乐,继续童年时代被无套裤汉①剥夺的欢乐。在蒙梭,他们俩重玩玛丽-安托瓦内特②在特里亚农玩的游戏,维吉妮叫他"我的牧羊人";在气候宜人的季节里,在苜蓿地里,他们相互追逐,在露天做爱。

查理-费迪南把其余的一切,把宫廷、狩猎、政治,统统丢在脑后。眼下,他就要重新踏上流亡之路,在他心目中,维吉妮就是整个王权的胜利,是法兰西。他已经把其他人都忘记了,拉布吉安……还有周身疮疤的老国王,他趴在床上,撩起衬衣,屁股对着干瘦的耶稣会会士,后者的手指黏糊糊的,沾着灰白的药膏……

　　"听着,弗朗索瓦,你疯了,说什么都不该让你进来……你不知道月子里的女人是什么情况吧,别闹! 不行,你想,万一有人进来! "

她实在可爱,而且是妙龄生育,黑眼睛倦意未消,这使她显得愈发可爱。她那雪白的手臂、肩膀,颤动的小乳房……涨满奶水……她躺着,头发披散,枕头压皱了,房里半明半暗,黯黑的镜子边上几盏小油灯都已熄灭,只剩一支蜡烛亮着,把影子和肌肤染成金黄色……维吉妮还不到二十岁,7月份才满二十。弗朗索瓦这个傻大个是1795年12月生的。维吉妮一直把他当小弟弟……殿下那次对她大发雷霆,她满可以一脸无辜地回答:"什么,弗朗索瓦? 他还没有成年哩! "不过,那天她还是很害怕的。

她望着弗朗索瓦。他倒是长得挺漂亮。金黄色头发,透着青春活力,就像被人刚从学校里挑选出来,一个尚未认识自己力量的大男孩。啊,他与贝西埃尔毫无共同之处,同查理-费迪南也完全不一样! 孩提时代,维吉妮就认识他,只是没有太在意。不过她会非常想念他的,万一他……不,她没有把这当

---

① 十八世纪法国资产阶级大革命时期贵族对广大民众的称呼。

② 玛丽-安托瓦内特(1755—1793),路易十六的王后。

一回事。不用说，弗朗索瓦爱看她，但这会有什么结果呢？

　　直到那一天，人家告诉她，说有人在弗拉斯卡蒂咖啡馆看见弗朗索瓦和那姑娘在一起。奇怪，她听了心里却接受不了！为什么会做出这样的荒唐事呢？她已经怀孕，也许是这个原因，她才没有多想什么……就在花园里，马厩上面的平台上，她突然亲吻了他。那里树木很美丽，还能听见卖蛋卷小贩的叫卖声。

　　"弗朗索瓦……我告诉你，随时都可能有人进来……""你别管，"弗朗索瓦说，"我买通了皮卡尔，也送了利丝不少礼物……如果有人上楼，她就在走廊里咳嗽一声，我就来得及躲进盥洗室。"

　　是呀，弗朗索瓦长得非常漂亮，他不像贝西埃尔那样是个红颈背大兵，也不是公爵那样的金鱼眼矮胖子。男人就是怪，据说只要拉拉他们的手，他们就会大动肝火。弗朗索瓦却不一样。一个喜欢别人爱抚的小伙子。我就喜欢他上排两颗门牙之间的那条小缝。宝宝刚抱走，他就神出鬼没地上楼来了。他知道喂奶的时间！

　　"妮妮，这种日子不能再继续下去了……你应该属于我，只属于我……"

　　啊！天啊！还是这老调！他没有疯吧？家里这排场、全家的开销、衣裙服饰，这一切谁来负担？"一间茅屋和一颗爱心，这就是你给我的？特别是那间茅屋，我还不知道！你要我住进你父亲家里，圣德尼街那套房子？再说，你知道，我爱他，我的查理！好啦！不要哭丧着脸！你，我也爱你……但是，你明白，这不是一回事，啊，不要这样，不要哭鼻子！"

　　这种情况下，弗朗索瓦必须果断行事；他提出要同她结婚。他将承认孩子。他们还要生许多孩子，他们自己的……维吉妮熟悉这种老套子。大傻瓜，结婚！他还这么守旧！那些亲王，跟了他们……结婚不结婚都无所谓。就说蓬巴杜尔夫人①吧，路易十五最后还是娶了她。

　　"再说，我出生的时候，我爸爸也没有结婚……这有什么关系？生了孩子再说！"

　　弗朗索瓦开始大谈政治，对波旁王朝大张挞伐。他并不拥护拿破仑，因为拿破仑手下有元帅用花言巧语和房子勾引那些天真的少女！即使没有给她们留下要养活的孩子，就像迪罗克跟比戈蒂尼那样……不，还是要共和！必须

① 蓬巴杜尔夫人（1721—1764），原为路易十五的情妇，后成为国王宠妃。

把城堡交给人民,让歌剧院对穷人开放,到时候你将看到他们会如何热烈鼓掌叫好! 国亡意味着外国人闯进我们的国家,而拿破仑,他就是战争。我们需要的是和平,是共和国。我们将对所有的人说:"回家安享太平吧! 再也不会有人烧毁你们的城市,踩踏你们的田园了。西班牙人拥有西班牙,普鲁士人拥有普鲁士。贵族返回英国,他们喜欢那个地方。上帝保佑他们! 再也没有战争,再也没有皇帝! 再也没有国王! 你知道奥古斯坦是怎么说的……贵族、神父、军人的政权结束了,国家转入产业阶级手中的时候来到了……那些修筑道路、开凿运河、织造丝绸和冶炼钢铁的人……"

"你尽说傻话,弗朗索瓦,我要生气了! 先说你那个奥古斯坦,长得又丑又讨厌。你呢,你要害得我像迪巴里夫人那样被送上断头台吗? 你想想,这孩子可是波旁家族的……你这样说话,我就该把你赶出去! 不,别惹我不高兴! 笨蛋! 你把我的乳房弄疼了!"

她霍地坐起来,神色不安:外面有动静。一阵急促的脚步声,一个悄悄的音响,一声咳嗽。门外传来利丝的声音:"夫人,殿下上楼来了!"

殿下! 啊! 共和主义者[1]好景不长:他已经躲进同卧室相连的盥洗室,波旁王朝的人可以进来了。

"我亲爱的,"查理-费迪南说,"他们要把我们永远分开!"

维吉妮轻叫一声。她尚未明白过来。她见殿下穿着国王亲卫队制服,很是喜欢。红蓝搭配。扣眼下端饰有一个三角银牌。银肩章。三叶状肩头饰带。黑绒金盔。白色皮马裤。夏洛[2]毕竟与弗朗索瓦不一样……可是,殿下这句话悲怆揪心:"把我们分开? 谁? 我们的伯父?"

以往她这样称呼老国王时,殿下要笑上一阵。今天不一样,他又说:"要把我们永远分开,我可怜的心肝……"她叫了起来,显得有些激动,你快说说清楚,有谁能把你吓成这样! 她仰面倒在枕头上,却更显妩媚可爱。查理-费迪南的眼睛模糊了。那两只饱满却不是少女的乳房,鲜桃般浑圆的肩头……

"啊,夏洛,不要,不要! 你知道我身体不舒服……再说这对奶水也不好!"

殿下单膝跪在床沿,哭了起来。那不可思议的大颗泪珠从眼睛涌出来,从过去漫长的岁月流出。"我可怜的心肝……"这是他唯一想到要说的话。从

---

[1] 指弗朗索瓦。
[2] 查理-费迪南·贝里公爵昵称。

枕头上，透过漂亮的黑发，维吉妮不安地望着盥洗室没有关严的门。

大厅门一打开，夫人们压低声音惊叫一声。玩布约特牌的人抬起眼睛，从大圆眼镜上方张望。钱统统堆在了图夏尔先生的面前。

贝里公爵大人左臂挽着维吉妮。只见维吉妮脸色苍白，身穿蜂窝状大绉领白色便袍，公爵站得笔直，嘴唇毫无血色，大家见了惊愕不已。客厅里的人不知道他到达后，将拉费罗内留在门廊下，自己径直上楼进了维吉妮的房间。他讲的话，后来各人都按自己的方式去叙述，回忆很容易变得慷慨壮烈，但是，说实话，他开头几句话与时局根本无关。他大声说："今天这样一个夜晚，是谁给我把这个耶稣会会士找来的？他在替谁刺探情报？"在座的人惊讶地望着埃利泽神父。但是殿下没有时间耽误，有人在星形广场关卡等着他，再说他很可能毫不在乎别人会怎样回答。神父缩在男主人后面，而奥雷耶先生拉长的脸最能表现大家的惊讶，而不是随后的谈话。而且，亲王说的这番话足能说明为什么这位可敬的人物脸上直冒冷汗。

"今晚，我们将离开巴黎，再也不回来了。国王已经在路上。此时尚未到达圣德尼。到处有叛变发生。军队渴望独裁统治。忘恩负义的百姓就要去欢迎科西嘉强盗，转眼就忘了赋予王国的太平、整整一年的恩德……我把维吉妮和我的孩子托付给你们。不要忘记孩子身上流着亨利四世的血液。唉，唉，我可怜的心肝，我们再也不会相见了！"

众人大为惊愕，只听见玛丽-路易斯·奥雷耶自言自语，却不像是在提问，也不像是在对什么人讲话。"可是，每月一千五百法郎，这日子怎么过？"佩尔絮夫人号啕大哭，好像这是她唯一要做的事。戈斯兰和波德万两位小姐急忙朝维吉妮走去。奥雷耶先生站起来，高高的身躯挺直了，结果大家再也看不到躲在他身后的耶稣会会士；亚历山大兄弟俩，一个机械地不停洗牌，另一个在用拇指指甲剔牙；只有图夏尔先生没有离开桌子，两手按着钱；妹妹戈斯兰小姐的朋友，想找话说，恐怕要到第二天才能找到吧。维吉妮低声啜泣。什么都没有听明白的布吉尼翁外祖母大声问道："他说什么？殿下，他要去打猎？"

大家心情激动，谁也没有注意尊敬的神父是怎样弯腰蹑脚溜出去的。他见佩尔絮夫人、波德万和戈斯兰小姐走向年轻的产妇，围着那对情侣说话，便趁机溜到半开着的门口，进了门厅。他找到皮卡尔，在他耳边嘀咕了几句。皮卡尔起初摇头拒绝，但是耶稣会会士态度恳切，近乎奉承，他抓住仆人的臂膀，小声恳求，又从长袍的兜里掏出了一个沉甸甸的钱袋，对方终于下了决心：
"我的神父，这是叫我丢掉饭碗的事……好吧，如果您只要一辆双轮轻便马车和一匹马……"

　　耶稣会会士只好将就，不过得赶快，才能在圣德尼追上陛下。谁会相信，这个外表厚道的胖子君王，竟那么虚情假意？这样大的事情，居然瞒着神父！科西嘉人已到巴黎城下，在这个危急关头竟要抛弃他！路易是存心要把他甩掉吧？尽管他欠神父那么多人情！这些年的自我牺牲，对陛下的细心照料，有目共睹！且不说那些光借不还的钱财！再说，今晚他来瓦卢瓦–杜鲁尔街，还不是替国王效劳？他来看看玩布约特牌的剃头匠和这些小店主，同这个聋老太婆和玛丽–路易斯这个傻女人聊天，然后给花神宫打个小报告，说说我们英俊侄子的风流韵事。接受这样的差事，非有赤胆忠心不可，而如此忠心不是王宫里的一个房间和一万法郎年金可以酬报的，殊不知这位糊涂殿下给他那位舞娘的就有一万八千，外加公爵大人留着也没有用的那辆双驾马车，不过，今天他正好用得着！

五、圣德尼

　　这天晚上，圣德尼市长伯努瓦先生很早就睡了。接近午夜时，有人叫醒他，他满肚子不高兴，破口大骂。更何况通知来自国民卫队司令德佐布里先生。伯努瓦不大喜欢这个人，尽管两人合办企业，绑了一起。1811年前，德佐布里先生是这里的市长。去年，他硬要像他说的那样，抗击联军，保卫城市，结果差一点害得狄奥尼修斯人①死净灭绝。他是伯努瓦先生面粉厂的合伙人，两人合计在厂里装了一台英国产的新型蒸汽机，省了一大笔钱。这一次，他显然是幸灾乐祸，把他的保王派后任从床上拉起来，通知他国王就要经过圣德尼。这是麦克唐纳元帅的先行官北上为部队准备宿营地，给当地驻军下的通知，后来猎骑兵队上校又把这事通知了国民卫队司令。

　　在这座城市里，那天晚上仿佛只有市长睡觉了。现在伯努瓦先生冒雨前往兵营，过了兵营才是驿站，所以一路上只见车水马龙，奔流不息，他百思不解。除了车辆，还是车辆。小咖啡馆里座无虚席，人声鼎沸；行人争吵不休，军人多得令人难以置信：究竟是怎么回事？不是已经禁止他们离开兵营了吗？通往巴黎的街道和贡普瓦兹街被挤得水泄不通，各式各样的车辆从四面八方驶来，看样子巴黎在撤离，诺曼底的人也在涌进城里。

　　路灯昏暗，人、马、车轮，纷纷沓沓，杂乱无序。风吹雨斜，空气又冷又湿，黑暗中隐隐透着不安，居民被不寻常的嘈杂声惊醒，在百叶窗后张望……陛下真要逃离京城？市长到了兵营广场，那里有一台供驿马饮水用的自流井水泵，还有一个供家庭主妇用的长流泉。栅栏后面，官兵乱作一团，市长见了大为吃惊。莫非连军纪都不要了，还是怎么的？说实话，部队正在进城，从博韦大路那边开来的，是一些步兵，经过长途跋涉，一个个满身尘土，精疲力竭。与此同时，从通往巴黎的街道上来了亲卫队的先头骑兵，他们在兵营入口处缓步踏进，战马汗气腾腾，有几个骑兵一只脚已经着地。这场面引来了一些看热闹

---

① 狄奥尼修斯人，即圣德尼居民，取自殉教者（约250）Denis（德尼）的拉丁语名Dionysius（狄奥尼修斯）。

的人。

"马车夫"是一家酒店，在另一边，兵营对面。店里的客人似乎都已经知道发生了什么事。伯努瓦先生找了一个座位坐下，要了一杯朗姆酒、糖和热水。有个国民卫队的值班小队在场，把他的心情搅得更坏。这些士兵与他们的司令官频频碰杯，不分上下级，以示民主。德佐布里先生在那里高声谈论拉维奥莱特神父[1]和里尔伯爵[2]，这分明是在嘲笑他……听者不大明白他讲的事情，却为一些可疑人物的健康干杯，新兵、邻桌和柜台上的顾客不时发出放肆的笑声。司令这般作为不受任何惩罚；再说，他们之间有太多的共同利益，市长实难考虑告发他的合伙人，事情可不是这样？况且，向谁告发呢……又是现在这个时候。咖啡馆里还有些平民百姓在唱煽动反叛的歌曲，从大厅两头互相招呼。他们中有浑身皮革味、手上沾满鞣料色的皮革工；有染制军装呢，而如今却在嘲弄军服的染布工；有在为马德伦寺院做镶嵌画的彩釉工；有在为巴黎歌剧院装配机关布景的格拉费工场细木工；有采用尼古拉·勒布朗工艺的烧碱厂工人；还有形形色色的小市民、店员和小店主。除了女招待，没有妇女在场。

在这个星期天夜晚，这些人难道都忘了第二天是星期一吗？忘了他们该去上班吗？因为有载客的邮车到来，小酒店不关门，这很有必要。虽然根据最新规定……

外面，大雨倾盆，但有人已在准备替换的马匹。国王即将到达，这通知只是证实了流传整整一天的消息。国王亲卫队的一些徒步卫士开始到达。那是些年轻军官，还没有配备坐骑，最后一分钟才在奥尔塞兵营给他们配发了枪支。身上的斗篷已经湿透，又不惯行军和负重，但他们精神状态还不错。应该说明一下，他们此时才走了两古里多一点，但这里头也少不了自尊和荣誉感吧。那是瓦格拉姆亲王的部下，十一点被派作先头部队，由拉斯库尔男爵率领前来。男爵去了巴黎卫戍司令、塞纳省驻军总司令梅宗少将住处，梅宗晚上从参谋部原来的驻地维勒瑞夫赶来，在圣德尼等候愿意服从调动的部队。

谁愿意服从调动！梅宗已不抱幻想：巴黎南部传来不好的消息，整团整团的士兵竟然抗命不从。这种气氛他已习以为常。1814年，他在瓦朗西埃纳[3]和

---

① 指法王路易十八。

② 指尼古拉·勒布朗（1742—1806），法国化学家。

③ 法国北部城市。

里尔就目睹过这种情形。只不过当时拿破仑刚刚退位，只需把大炮对准大路，就能阻止临阵脱逃……命令嘛，只管下就是了。这就是他懒洋洋对瓦格拉姆连队副统领拉斯库尔男爵讲的一番话，后者前来询问是否有命令。谁的命令？

将帅有的是：王弟殿下、贝里公爵、麦克唐纳、马尔蒙……谁指挥呢？不要跟我提陆军大臣！哼，这个家伙！克拉尔克是他的眼中钉：梅宗一直耿耿于怀，当时费尔特尔公爵①是拿破仑的陆军大臣，他写信批评梅宗在法国撤退时的做法，要求他向安特卫普②发动有悖常识的进攻，而他正打算在里尔周围采取灵活的运动战来保卫边境。才过一年，这家伙又盯上他了，这一回克拉尔克可是路易十八的大臣！命令？克拉尔克的命令！

当亲王们除掉苏尔特，用克拉尔克换下他时，想不到梅宗也得意了一阵。再说，此事他也出力不小。自从苏尔特当上了大臣，他梅宗就没有安生过。为了减少巴黎卫戍司令手中的军队，这位大臣甚至犯了一个明显的错误，竟把国王猎骑兵团派往贝蒂讷，而这个星期天，在路易十五市场上，大家也都看到了这么做的后果……更不用说他们夫人之间还有过口角……这一切都让克拉尔克这样的小人得了便宜！克拉尔克的命令？他这种人，光说别人，自己不指挥。其实，梅宗心里还是替苏尔特惋惜，亲王们听信流言，把他撤换了。梅宗自己也曾推波助澜。

谁都心中无数。国王就要到了。他从这儿再去哪里？鲁昂、布洛涅，还是敦刻尔克？梅宗将军心中一阵酸楚。去年，也是他，早在其他元帅之前，第一个前来迎接亲王们归来。他在里尔领军，主动赶到布洛涅迎候陛下……"帮我一把，"他说，"遇上波拿巴，我凶多吉少！……元帅与您在一起吗？"竟问这个问题！瓦格拉姆亲王陪着国王，过会儿他就与陛下一起去同元帅们会合。梅宗对元帅们没有好感，亚历山大·贝蒂埃也好，其他元帅也罢，他都不喜欢。他漫不经心地询问维斯孔蒂夫人③的消息，对此男爵很是反感：这个时候还打听别人的私生活！瓦格拉姆亲王没有告诉他，但亲王夫人想必在格罗布瓦庄园。拉斯库尔解释说："他十一点左右离开了奥尔塞军营，他手下的军官看到不是率领他们去默伦，而是要他们渡过塞纳河，穿过卡鲁塞尔广场，取道黎塞留大街，全都慌了神……他们所经之处，群情激昂！他本人接到的命令极不明确，

---

① 即克拉尔克。
② 比利时港口城市。
③ 贝蒂埃的情妇。

但他毫无异议就服从了。怎么回事? 要撤出巴黎? ”

　　将军不想回答。瓦格拉姆部已到,只等国王驾临。他自己则已致函麦克唐纳元帅,在圣德尼听候调遣。麦克唐纳陪同陛下一起来吗?

　　“我一无所知。”拉斯库尔说。

　　梅宗心神不宁。去年他是否打错了算盘? 那时他只想保持军队的连续性……至少眼前的情况就是如此。正是为了保持军队的连续性,他才首先给瑞典国王①,他昔日的上司写信的吧? 抑或是因为他相信,贝尔纳多特一旦登上法国宝座,这对他的职业生涯不是一件坏事? 当时他正生皇帝的气,克拉尔克又惹他加倍恼怒。而且,总的来说,他对自由主义有着某种兴趣,故与这场持久、荒唐、绝望的战争格格不入,与拿破仑的专制统治也难兼容。开始时,他相信可用贝尔纳多特取代拿破仑,后来他又成了宪章派一员,路易十八正是为了他们并通过他们明白了宪章的必要性……陛下封他为伯爵、法兰西贵族院议员,授他少将军衔,任命他为巴黎卫戍司令、第一军区司令,负责保卫埃纳省、厄尔-卢瓦尔省、卢瓦雷省、瓦兹省、塞纳河省、塞纳-马恩省和塞纳-瓦兹省。然而,今天他最担心的正是军队。一个被军队反对的将军算什么呢? 我不是说士兵、军队……是说那些军官。拉斯库尔男爵离开不到十分钟,就有人前来报告,陛下的传令兵到了。他赶到兵营广场,正好看到圣上的六驾轿式马车跟在一小队骑兵后面驶来,驭手骑在左边最后一匹马上,两名仆人坐在车篷下,身穿制服,就像在杜伊勒利宫那样。他所辖军区的一名中尉手举火把,陪着他走上前去,车门一开,火把高举,大家看见路易十八边上坐着迪拉斯公爵,对面是布拉卡先生和普瓦亲王,后面跟着二十来辆马车,灰披火枪手顺着车队骑行护卫。瓦格拉姆亲王连队的一个分队上前迎候亲王,排成一道人墙。城门口那头,有人正竭力让民用车辆改道,向右拐向大教堂,或向左拐,退向盖尔德勒广场。甚至还听到几声“国王万岁! ”

　　在兵营前面,旅客们掀开毯子,借着一个傻大个猎骑兵举着的火把,看见了弯腰鞠躬的梅宗将军,还看见一个毕恭毕敬的亲卫队军官,手里拿着头盔,还不时摇晃脑袋,因为雨水从额头流到眼睛里了。在他们后面,有一个人正竭力惹人注目,却白费力气,亲卫兵们把他推开,不知道这是市长伯努瓦先生,看来他是白白起床过来一趟了。德佐布里先生没有离开同伴,也没有离开桌

---

① 指原法国元帅贝尔纳多特,1810 年成为瑞典国王。

子, 就从咖啡馆里面看着他的合伙人徒然装腔作势那副怪样, 心里乐不可支。国王不存在下车的问题, 本来就得有人抬①, 其他人出于敬重也只好放弃下车活动腿脚了。况且, 还下着雨……替换的马匹已经备好, 套车的马也换过了。梅宗只说了一句: "瓦格拉姆亲卫队没有接到命令……"

陛下不满地咳嗽一下, 普瓦亲王探身指着后面的车辆: "好吧, 将军, 您去告诉贝蒂埃吧! 他就在后面……"普瓦亲王从不说瓦格拉姆亲王, 也不说纳沙泰尔亲王②; 他永远不习惯这些大革命时期封的爵位, 贝蒂埃就叫贝蒂埃, 费尔特尔公爵就叫克拉尔克。

驭手们在国王车驾周围忙碌, 泰奥多尔催马走开, 寻找饮马的地方。赶了这两古里多的路也不算什么, 只是这一整天又漫长又繁忙, 把牲口和人都折腾坏了。泰奥多尔看见了大水泵, 便跳下马来。但无法靠近水泵, 已经有人在往一个个水桶里装水, 供那些不替换的马匹饮用。护卫队里其他骑兵告诉他去牲口饮水槽的路: 抓紧一点还来得及。十来个火枪手牵着坐骑, 试图沿车队逆向穿行, 前往贡普瓦兹街。在车灯的光照里, 一切都变得诡谲不测。雨突然停了片刻。天上, 月亮甚至从云间露出, 苍白、浮肿, 看似正梳着长发, 睡意朦胧。

决心下了, 但未必都能做到。当泰奥多尔离开小蒂埃里时, 他已下定决心不随国王卫队出发, 在黑夜掩护下返回新雅典街, 回顶楼睡觉。因为1810年的全部原由重上心头……还有别的理由。也许还有一个更重要的原因: 他忽地想到了绘画, 这想法又是那么强烈。他想象要创作的画, 这些画浮上脑际, 那么真切, 让他倍感痛苦。突然, 他想重蹈覆辙, 但不是听从人家给他的许多忠告, 也不是接受别人的评论; 相反, 他是要更有力地展示别人指责他的东西。有人向他讲过一个妇女扮成伙计的故事: 这位妇女从邮政运输总局大院附近把旅客接到旅馆, 又在杯子里下了催眠药, 再用榔头把他们打死, 最后将他们洗劫一空。他构思这个现代版犹滴③故事……火罗费涅斯是来自诺曼底的贵族子弟, 这样的人在他那位弑君者舅舅所在的地区并不少见。此人必须年轻, 也许有点粗壮, 但很英俊, 这样才使罪行更显残忍: 火罗费涅斯毕竟是个受人

---

① 路易十八患足痛风, 髋骨架有疾, 平日常坐轮椅。
② 贝蒂埃曾被拿破仑封为纳沙泰尔亲王 (1806—1814)。
③《圣经·旧约》虚构的犹太女英雄, 为救同胞而诱惑敌军将领火罗费涅斯, 将其灌醉, 把头砍下。

嘲笑的老头儿。旅店的房间能让他获得他所寻求的对比光,那个女杀人犯具有十足的女性魅力,她既体现了阴影的效果,又是一个真实的女人,一个今天的女人,也许是一个克里奥尔女人,具有卡罗利娜盯着红军装看时的那种眼神……整幅构图用两个明亮的形体组成,场景平淡无奇,一片黯黑。也许还有灰白的床单,半裸的被害人试图推开床单,从中脱身,但他已经浑身无力。那是旅店的床单,挺直,褶痕分明。一个骨节粗大、一头棕红头发的男子,长着两条骑兵的粗腿,脸上留着欲望落空后的迷茫。

这类想法萦绕在他脑际。他还设想几个手拿提灯的马夫在马厩里厮打,四周是后肢直立跃起的牲口,想着想着人已回到了杜伊勒利宫的院子里。渐渐地,他重新对周围的事物有了感觉,缠绕他的梦已经烟消云散。他听见周遭有人说话,开始意识到人群的存在,其中有士兵,有他们的言谈、咒骂;他看到一个国民卫队士兵把枪扔在地上,高喊口号,激起阵阵掌声,大家拥抱他,用手臂把他高高架起。他看见一些人上衣和罩衫上别着三色帽徽,另一些人则用三色堇花遮住了白色帽徽,而这群人离花神宫,离护卫国王的部队仅两米之遥。卡鲁塞尔广场上的部队看似焦躁不安,这恐怕不是因为有个平民爬上杜伊勒利宫的栅栏发表了什么演说。那人嚷嚷什么,泰奥多尔听不见。人们从未像现在这样对大雨无动于衷。人群密集,广场深处房屋拥挤,整个街区破败不堪,门窗后面,无数烛光闪烁不定。人来人往,有的模样凶恶,有的行踪诡秘,有的高声怪叫,还有一些喝醉酒的妓女。只见一队士兵,枪托朝天,来到圣尼凯斯街一家小酒店,大家见了纷纷鼓掌。他和他们之间有什么区别?泰奥多尔想,心里感到沮丧。他到这里来只想寻找留在拱顶狭廊的马。他朝这个方向快步走去……

他尽量只想绘画。色调的效果。肌肤即使用黄色也会具有的暖色调。合理的选题允准画家表现适当的内容……比如,疾病、死亡这样的主题,通过对解剖学的深入研究和分析,就能达及人们始终不让健康人了解的真实,允许画家偏离那种有关腐烂的希腊传统美,而这种传统美从未被触犯,从未被违背。在天与人之间,有些时候,猛烈的风景和激荡的情感相合,闪电撕裂大海,犹如划开肉体……解剖刀……

与卡鲁塞尔广场相比,圣德尼更容易让人沉醉于阴影与人的游戏:这里只需观察,不用想象。去饮水槽的路上,就像在举行一场盛大的丧仪,一幅不断修改的画作,有人群、火把和提灯、狭窄的房屋,有随着阴影的消失而浮上脸孔和服装的平庸，这一切塞满了泰奥多尔的内心。如果不是要牵特里克去饮水，他就会停下来看看贡普瓦兹街拐角处那个衣衫褴褛的汉子。他身旁似乎是一块界石，是一幅巨大构图的中心，而他一脸问号，对那天晚上发生的事感到茫然，仿佛他的那个夜晚被这些穿梭来往、四处游荡、稀奇古怪的人夺走了。他的脚边有一只黄白两色小狗，浑身发抖……

就这样，泰奥多尔来到卢浮宫的拱顶狭廊……他又回想起那件事，仿佛事情不是发生在四小时之前，而是发生在很久很久以前，发生在他的童年时代。可以说他是撞到了那两个亲卫身上的，这两个士兵是他几天前在马德伦寺院附近一次打斗中偶然遇见的。两人从河畔大街那边过来。他们身上什么武器都没有，连军刀或佩剑都没有带，泰奥多尔已经发现，但一开始并没有在意。他们举止慌乱，急急忙忙，一看见火枪手的军服就往边上躲闪。毫无疑问，这是两个开小差的。泰奥多尔跟他们搭话，问他们去哪里，就像什么都不知道似的。这两个人身材大不一样，一个又瘦又高，另一个步态笨重，显露出农村人的习惯。他们认出了泰奥多尔，再也装不下去了。他们求他放行，两人声音喑哑，眼里闪着泪花。什么，国王亲卫队的？当逃兵！他们各人拉住火枪手一条手臂，求他理解。两人抢着说话。理由也够让人可怜的。他们是朗多克地区的绅士，一个来自图卢兹，另一个是罗德兹附近的世家子弟。他们下不了决心丢下一切去追随国王，也许还要离开法国，漂洋过海。他们的家庭从未流亡，其中一人将丢下母亲和妹妹，任她们孤单无助，又没有钱；另一个将丢下未婚妻……当初贪图虚荣，进了国王卫队，如今后悔莫及。在巴黎，就已经是客居他乡了……还要把他们带往哪里？上一次流亡，一走就是二十多年！即便有一天能回家，那该有多大岁数？这一生就算完了。其中一个说起家乡，就像谈论女人，他还说起家乡的阳光，为了这阳光，他也不甘心去英国……泰奥多尔让他们走了。他们打算先去一个女人家里避一避，那女人不大正派，家里还开设赌局。

泰奥多尔穿过逃难的人和车马临时占用的阅兵广场，沿着荣誉军团大街走去，那边，在他前方，大概有百来个骑兵牵马饮水。特里克嘶叫起来。别急，别急，我的宝贝！泰奥抚摸它的脖颈。这群汉子骗过身旁的人，抢先一轮饮马，并不觉得不好意思。置身于这群人中间，泰奥清楚地回想起卢浮宫的门廊、广场上夜色的反衬、狭廊拱顶下苍白的火把、在阴影和耻辱的相交处与逃兵相遇。那天晚上的一切，在他眼里和记忆中，都是画。十一点左右，杜伊勒利宫屋顶上高耸的黑烟囱有一个突然喷出火苗, 溅出火星, 在王宫上空形成一个火红的光环; 顿时, 人群从四面八方跑向王宫。其实, 那是有人在焚烧文件信函。火花把众人招来, 犹如火红的手在呼救。七点钟派出去的车辆尚未回到河畔大街, 但在卡鲁塞尔广场那头的院子里, 有人正把装满银器和贵重物品的箱子搬上大篷车。亲卫中响起慌乱的命令, 应召而来的哨兵将车队围住: 大概是害怕善良的巴黎民众前来哄抢吧。在河畔大街上, 灰披火枪手组成一道墙, 将人群和王宫隔开。然而, 即使在这个时候, 泰奥多尔仍无意随圣上逃亡。绘画、艺术, 这可不同于妹妹或未婚妻。黑暗重新笼罩屋顶, 时间显得漫无尽头, 人们渐渐厌烦起来。宫殿周围重归寂静。终于, 时间和雨水驱散了人群。天很黑, 墨一样黑。塞纳河堤岸上, 大树随风摇摆。风声凄厉, 骑兵们继续守在花神宫四周。泰奥多尔骑在马上, 任凭大雨抽打, 脑子里还在构思一幅火灾图。不过, 将近半夜时, 驻守在花神宫前的火枪手看到有车辆驶来。人影和车马在王宫前聚集, 宫门突然开启, 国王, 真是国王吗? 在布拉卡先生和迪拉斯公爵搀扶下, 国王走下楼梯, 步履维艰, 仿佛每迈一步都会跌倒; 这是一个老人, 老态龙钟, 腰和呢绒靴里的双足疼痛难挨; 跟在后面的是元帅、大臣、亲王, 四下里是跑上前来的国民卫队、掷弹兵、轻骑兵和仆役。突然间, 泰奥多尔心中生出无限怜悯。恐怕就他一个人没有听见国王的讲话, 那些从此成为历史的谈话。他, 几乎没有留意到群情的激奋、亲卫的行动、官员和仆从对失势君主的感情冲动。他不可能再逃跑了, 任何盘算已没有意义。他加入了护卫国王轿式马车的行列。

决心下定。

在圣德尼牲口饮水槽, 特里克终于大口大口饮下来自克鲁尔特的地下水。大约就在这个时候, 在星形广场关卡, 腊古扎公爵在法布维埃男爵骑马跟随下, 向国王卫队的四支队伍发出了开拔的信号, 那四个连队从晚上十一点起已在那里。亲王殿下与马耶公爵、阿尔芒·波利尼亚克伯爵上了一辆驿车, 而贝里公爵和马尔蒙元帅则骑马走在队伍前头。黎塞留公爵已跟他们会合, 但他没有特别的安排。作为内廷首席侍从, 他已听到风声, 离开了他在圣奥诺雷王府大街的住所, 那是罗什舒阿伯爵向路易男爵租来的, 从去年10月底开始与公爵和他的副官合住。副官斯坦科夫斯基先生年轻有为, 很有才干, 十五岁起就跟随公爵, 他头天就跟公爵的仆人带着公爵的证券票据, 坐上公爵的马车去了法兰克福①，亚历山大一世②已在那里。这证明公爵并不想把自己的命运拴在亡命国君身上，也证明他一如既往，将扭转局面的希望寄托于沙皇的军队，而不是孔代亲王的队伍。最后，当天晚上九点光景，他从杜伊勒利宫回来，就劝二房主做好准备，正要分手，二房主接到了黑披火枪手到星形广场集合的通知。于是他们骑马一同前往，后面跟着莱昂·德·罗什舒阿的有篷双轮轻便马车，这辆马车要运送国王卫队的行李。这让莱昂觉得很奇怪，把他带回七年多前的敖德萨③，那时候斯坦科夫斯基尚未接替他为舅舅黎塞留效力。不管怎么说，他有点妒忌他的后任。

　　拉罗什雅克兰伯爵的掷弹兵开路，约四队人马顶着倾盆大雨在深夜出发了，等了几个小时，他们已被大雨淋得浑身湿透。这支队伍中，有亲卫队的大部分人马：格拉蒙旗下的作战分队，因公爵要陪同陛下，18日就把这支部队交由托尼·德·雷泽指挥；诺阿耶部的作战分队，普瓦亲王不在，就由富尔内尔先生率领；苏格兰队的作战分队，也因克鲁瓦·达弗雷公爵陪伴国王，指挥权交给了维利埃·拉菲先生；腊古扎部就由拉马尔托里斯先生替代马尔蒙指挥。骑兵部队主要包括：艾蒂安·德·迪尔福尔伯爵统领的近卫骑兵、夏尔·德·达马斯伯爵带领的轻骑兵、洛里斯东和拉格朗热统领的灰披火枪队和黑披火枪队。拖累队伍行军的是步兵，但不是职业步兵，而是那些临时步兵。职业步兵不多，只有莫特马尔先生指挥的瑞士百人团，他们拉着四门火枪从默伦回来，情况尚可。糟的是各支部队的临时步兵，尤其是没有及时配备坐骑的亲卫队士兵，以及没有到万森同好老头维奥梅尼尔先生会合的五百王室志愿兵，他们夹在国王卫队中间，跟在拉罗什雅克兰掷弹兵后面离开了路易十五广场。长长的队伍，一路颠簸，马匹和徒步士兵时不时走在了一起，担任后卫的是拉格朗热先生率领的黑披火枪手，他们比塞勒斯坦兵营其他部队晚到。大家几乎悄然无声地绕过了巴黎。这是黑夜里的黑夜，队伍超过了载着家眷的车辆，看这些家眷，一个个神色惊恐，吓坏了。脚步声、马蹄声、雨打积水地面的啪啪声，汇成一支忧郁、单调却又悦耳的交响乐，这一大群人的思绪随这支乐曲起伏，他们中的大部分人对局势的变化深感意外，不知底细，也不知道害怕。越过一道道城门，大家心里在数，就像计数惊险的跳鹅游戏中那些无声的中途站。我们

---

① 德国地名。
② 指沙皇亚历山大一世（1777—1825），他支持波旁王朝复辟。
③ 今乌克兰港口城市，黑海北岸第一大港。

将拐向何处? 几乎只有各路长官才知道要去圣德尼。

塞扎尔·德·夏特吕在知情人之列, 达马斯先生把终点站的名字"里尔"悄悄告诉了自己的女婿。国王又要回到里尔, 可怕的宿命, 他禁不住浑身打战, 圣上落难时就用"里尔"这个名字, 直到去年。他跟托尼·德·雷泽交谈了几句, 这个没头脑的家伙, 竟认为这是好兆头! 这个圣枝主日之夜, 却要反过来重蹈去年的荣耀之路, 重新经过圣德尼。去年, 就在圣德尼, 当着纳里希基纳伯爵和他的哥萨克骑兵的面, 有人把城市的金钥匙放在深红托垫上献给"受人拥戴"的路易; 国王的受难日就从这个圣枝主日之夜开始。耶稣受难的历程很快就是这整支军队的受难历程, 这支队伍今夜就得走一段极为艰险可怕的道路。这些贵族子弟护送老迈的国王, 会一直走到何处呢? 在他们背后, 在这座昏睡的、他们正沿其脊梁前行的巨大城市里, 正在发生什么呢? 一个名叫乌德托的灰披火枪手, 国王一离开王宫就赶来星形广场集合, 达马斯先生认识他, 是他一个老友的儿子, 火枪手对达马斯先生说: 王室车队刚启程, 一阵狂风刮来, 砰然拍击杜伊勒利宫大墙, 从地上, 从敞开的窗户卷起各种各样的文件纸张, 突然传来恐怖的一声响, 时钟宫上那面大白旗已掉落在地, 也省得有人来摘了。

刚才, 塞扎尔从马尔斯校场回来, 去巴克街吃晚饭, 把他不幸的妹妹和她五个月的儿子、他自己的妻子泽菲里纳和女儿都送上了马车, 让他们去布吉瓦尔, 到梅默夫人的城堡去, 未来几天时局不稳, 姑嫂俩和孩子还是离开巴黎好。舅舅洛尔热给他灌输的想法折磨着他: 奥尔良公爵轻易就把第七线列军团交给夏尔·德·拉贝杜瓦耶, 实在匪夷所思。他一再说, 这是他和罗热·德·达马斯的推荐起了作用, 可是再这么说也是枉然……人家没有必要对他说, 他妹夫带了这个团, 就是一心想投奔波拿巴的。他非常清楚, 如果说夏尔有什么政治谋算, 那也是更倾向共和而不是皇帝。路易-菲利普①会有什么打算呢? 他会物色一些有可能参加政变的人指挥他掌握的军团吗? 当他还是夏特勒公爵, 还在迪穆里埃将军的部队里时, 他不也是这位将军乃至吉伦特派②用来反对路易十六的人吗? 还有一则传闻, 也十分离奇, 说的是拉费尔叛变, 以及拉勒芒、勒费弗尔-德努埃特等将军的真实意图……国王恰恰已把诺尔省军队的指挥权交给了他的堂弟奥尔良公爵, 陛下眼看就要受这些

---

① 即奥尔良公爵 (1773—1850), 法国国王 (1830—1848)。
② 法国资产阶级革命时期代表大工商业利益的政治集团。

军队的摆布……奥尔良公爵真是拉勒芒男爵夫人的情人吗？老实说，惯家难避嫌……

他们踏上了荒凉的圣德尼平原，眼前树丛稀落，土路泥泞，夜色如墨，左边，蒙马特高地的轮廓隐没不见。塞扎尔·德·夏特吕被自己的想法搅得苦恼不已，他无法原谅自己在整个事件中的责任：他高估了夏尔的作用，这个想法一直纠缠着他。如果第七线列军团根本没有在格勒诺布尔带着武器和辎重投诚皇帝，谁知道内伊是否还会在里昂叛变呢？如果他妹夫是内伊投诚的诱因……此刻，塞扎尔满腹苦楚，这倒不是因为拿破仑次日就要回到杜伊勒利宫，而是因为拉贝杜瓦耶也将凯旋。

这片旷野发生过不少凶杀故事。国王卫队正在穿越，骑兵们心情烦躁，他们必须不时停下，等待徒步的骑兵跟上，重整队列，再出发时也好多少像个样。所有这些训练不良的年轻人，不堪负重，腰杆都压弯了，开始拖着步子走路。几小时后会是什么景象？雨在下，不停地下，下在无数像洛尔热、达马斯、莫特马尔、拉罗什雅克兰这样的人身上，他们都是我们家里的男丁，无论是长官还是新兵，都由血缘和女人，由几百年漫长却失败的历史联系在一起。塞扎尔催马沿队伍往后走。一名骑士赶上来，在黑暗中探询似的唤他的名字。原来是黎塞留公爵，他要给自己找个旅伴，今夜他很想有个人聊天："是塞扎尔吗？您想想看，亲爱的，刚才快十一点半时，我在香榭丽舍大街遇见夏多布里昂先生，他问我在那儿干什么。他正乖乖地回家，不知道他打哪儿来。他不打算离开巴黎。他说，他要回家睡觉了……况且，在花神宫，十点多钟时，迪拉斯和布拉卡都向他保证，陛下不会离开首都。我对他说，我得到的消息恰恰相反，是普瓦亲王在杜伊勒利宫向我透的口风。而且，罗什舒阿也接到了塞勒斯坦军营发来的命令，到星形广场集结。他听了就像疯子似的赌咒，说这根本说明不了什么，他还大声数落布拉卡的不是，不过他说的还不及我想的百分之一；后来他宣称回家等消息，决定在没有拿到圣上出发的证据之前不挪动一步。再说，他从何处来？他是从鲁夫街那边过来的，这不是从王宫去利沃里街那条路，可怜的塞勒斯特正在利沃里街等着他呢！"今天晚上，多少有妻室的男子要与情人道别！夏多布里昂夫人的夫妻生活多有不幸，塞扎尔对此很不在意；至于《从巴黎到耶路撒冷》①的作者，这个自命不凡的家伙，塞扎尔也不喜欢……

---

① 法国作家夏多布里昂的作品。

不过,黎塞留公爵,他呀,若是直接从夫妻住所赶来,那他非得是圣人不可!他妻子前鸡胸,后罗锅……不过,我确信,从1789年起她就不住在巴黎!出于礼貌,塞扎尔答道:"等那个吃人恶魔早晨来了,夏多布里昂先生可能会改变主意……"黎塞留沉默片刻,说:"应该说,他没有弄到马……"

接着,他换了一种口气:"我不明白出了什么事,亲爱的,但事实是我受伤了,我骑马从未这样受伤……大概是昨天晚上马鞍没弄对,总之是受伤了……"这的确很奇怪,因为公爵向来被认为是经验老到的骑手:在高加索,他战功赫赫,别人一说起来就没个完,要知道那边的人个个都是马上高手。

队伍到了圣德尼,这里的大路都铺了路石。越过运河,部队奉命停止前进,在路边双排梧桐树下重新整队。塞扎尔离开公爵,驱马来到达马斯伯爵边上。

国王卫队黑黝黝的影子从他们面前经过,塞扎尔忍不住向岳父坦陈自己的不安,而这种不安都是他舅舅洛尔热公爵就拉费尔叛变和路易-菲利普之间的关系说的一番话引起的。陛下知情吗?轻骑兵队长夏尔·德·达马斯伯爵中将又不是毛孩子,他了解自己手下的人。不过,他陪伴阿图瓦伯爵年深日久,追随王室支系,仇恨奥尔良家族。"您舅舅,我的孩子,"他说,"绝不是随便说说的,夏特勒公爵什么事都干得出来……"他曾在孔代军里指挥过米拉博军团,对他来说,路易-菲利普永远是夏特勒公爵,这是他穿着共和国军装时的称谓。敌军的一个军官。他沉吟片刻,补充道:"他的购画顾问基纳德勋爵把拉勒芒的妻子引见给陛下,这是事实,当时我在场……这件事吧,夏特勒也许可以自己做,既然有人说……不过,当这位夫人到巴黎时,陛下已把他派往里昂了。走门路这种不得体的事,也只有英国人干得出来!"孔代军队的人不喜欢英国。如果妹妹乔吉娜求他领着去恳求国王饶恕夏尔呢?他不寒而栗。"陛下给在里昂的亲王殿下送去了一个不好对付的人,一个热衷于阴谋的副手,让殿下有苦难言!您一定会发现,哪里有反叛,哪里就有夏特勒公爵……不难想象,我弟弟看到他会有多么高兴……"伯爵的弟弟,罗热·德·达马斯,是波利娜·夏特吕的丈夫,也就是乔吉娜和塞扎尔的姐夫。内伊背叛逼得众亲王逃跑之时,罗热·德·达马斯正在里昂指挥军队。但是达马斯伯爵心里想的,是内伊背叛路易十八,还是1793年夏特勒公爵与迪穆里埃投奔日耳曼帝国军队的事呢?今天背叛共和国,明天背叛自己的国王……伯爵一定还沉浸在过去的岁月里,他又说:"迪穆里埃搞阴谋,并非偶然，他密谋反对雅各宾派，但没有反对正统王位那么来劲：他早就是奥尔良派的成员，1789年前，菲利普出于谋反的目的，将他安插在瑟堡要塞的指挥岗位上……就像夏特勒公爵让这个可悲的夏尔统领他那个军团一样，这事八九不离十……我可怜的塞扎尔，您也好，罗热也好，什么都看不出来！前面出了什么事？"

原来有些老百姓想通过，但车马过城门被拦，喧嚷起来，乱作一团。"让国王卫队先过！"黑夜中，昏暗的车灯光里，一个军官大声喝道。夏尔·德·达马斯叹了一口气。这使他想起了瓦伦，他曾在那里陪伴路易十六，当时还有圣默纳乌尔驿站站长，那个名声在外的德鲁埃，他那张脸叫人永远忘不了。他对塞扎尔说："我的孩子，德鲁埃的胞弟卷进拉勒芒兄弟的阴谋，也非出于偶然，您相信吗？他得知篡位者登陆的消息就把部队召回来，就像几天后里翁将军放了勒费弗尔–德努埃特一样。对此您又怎么解释呢？"

"我不明白，"塞扎尔说，"有人告诉我，这是因为莫蒂埃元帅突然到了里尔……"

"您不明白？里翁和德鲁埃·戴尔隆一样，都是波拿巴的人……当他们明白自己在替奥尔良派做事……"

队形重新排好。人马开进圣德尼。

埃利泽神父根本没有在圣德尼赶上陛下。先是弄到了马匹和双轮轻便马车，真不赖，但还得有个赶车的才行。皮卡尔花了一个多小时才找到一个。运气还算好！一个壮汉，讨价还价了半天，还问神父有没有武器。因为他害怕走夜路，尤其在这个时候，什么事都可能发生，骑警又指望不上。接下来神父还去了一趟花神宫拿自己的用品。那景象真惨！宫门紧闭，漆黑一片，结果他咆哮如雷才把门叫开。国民卫队住在二楼房间，在元帅厅里打地铺，一个个衣冠不整，言谈放肆，几个军官在一个角落里低声交谈。拉博德先生建议神父去外交部找外交大臣，外交大臣等把文件焚毁了，天亮就赶去同国王会合。埃利泽神父对若古先生的陪伴实在不放心，还要等到天亮！万一再也见不到国王怎么办？

等到忙完，条条大路都已挤得水泄不通，雅斯曼——车夫叫雅斯曼——说不要尝试走直达线前往圣德尼，因为这条线全被国王卫队堵住了，只能跟在徒步行进的队伍后面一步步走。结果，他们被卷进了逃亡的人流，不得不向西拐，经过圣日耳曼。再从那里抵达蓬图瓦兹，然后经由梅鲁直达博韦。但这边也有人逆行的，这是些朝巴黎进发的部队。一些军官拦住他们，向他们打听消息。大部分部队朝默伦或维勒瑞夫进发。其他部队毫不掩饰自己的狂热或希望："小平头真到蒙鲁日了吗？"这个玩笑也许是冲着耶稣会会士来的……人群猛然冲向横行近道，躲避带着车辆的军团、辎重队。近道上也拥挤不堪，都是逃难的巴黎人。接下来就要过瓦兹河了。总而言之，本该等等若古先生……夜在滂沱大雨中渐渐退去，马车篷下，埃利泽神父紧紧抱着他那单薄的行李，看着车夫瑟瑟发抖的双肩。竟有那么漂亮的肩膀，这个无赖！不过，他们各有所惧，程度不一……他们被一群牛挡住了，不能动弹，几个大汉手拿鞭子把牛群赶往京城，送它们进屠宰场。这一段路树木繁茂，雅斯曼从车夫座上下来，站进矮树丛中……一开始他并没有猜出遇到了什么事。到了蓬图瓦兹，他拒绝再往前走。不知费了多少口舌，又百般讨好，还加了一大笔钱，总算说服他继续前往博韦。路不好走，但天已发白，雨也好像小了……可是他们又夹在了大炮运输队伍中。炮手们还拿着三色旗，他们一定在路上停了很久。不少人喝得烂醉，躺在了弹药车上睡觉。这一时刻实在难熬：这回埃利泽神父跟马车夫一样害怕了，他把手搁到车夫膝头上，问他喜不喜欢自己的怀表，这可是陛下送的！雅斯曼不明白这位顾客为何要送他表，他哪里想得到在此危急关头，神父会用这种办法笼络他。

确确实实，埃利泽神父每见一个人影，每遇到一个过路人，都会吓得发抖：他眼里到处都是凶手刺客，精神亢奋，时不时只求来个暴死。脑瓜里思绪纷杂：有可敬的神父不敢大声道出的祈祷和想法，还有魔鬼的种种诱惑，如果死神从轻便马车上将他带走，他可能因为这些诱惑而直接下地狱……他还想象有个农庄雇工，天没亮就起来，赶着马靠近他们，走近再开枪。神父看见了红黄火舌，就像在一幅幅图景上水平移动的小纺锤……

这个时候，夏多布里昂正穿过圣德尼，他的妻子最后还是让他下决心离开了巴黎。国王卫队最后几个中队正在出城。瓦格拉姆的部队等着来自星形广场关卡的亲卫兵重新集结。休息了两个小时，这支部队奉命在路边人行道上按出发位置列队。不料，国王卫队的主力到三点半光景才勉强集合完毕，引领队伍上路，却又遇上越来越严重的民用车辆堵塞，这么一折腾就四点多了。队伍出发的次序照旧。开路的还是拉罗什雅克兰的掷弹兵，但担任后卫的却是亲卫队的后备队。黑披火枪手骑马小跑，奉命先行，前往博韦，因为马尔蒙对那边先遣部队的工作不放心。一出圣布尼斯，卡齐米尔·德·莫特马尔的大炮就陷进了泥里，要靠人力拉出来，这样一来，整个队列就乱了。法布维埃忍不住，下马帮忙。这情景使他回想起波斯，回想起那些只能算是小径的大路，还有那些临时找来的副炮手，这些副炮手既怕大炮，又怕暴风大雨。在圣德尼排好的漂亮队形不复存在，各支部队混在一起，力气算是白费了，而要重新按部队排好，势必又要让整个队伍停下来。尤其是志愿兵，在壕沟里拖着步子走，这些小伙子都不惯走路。很快，他们趁着夜色扔掉身上的背囊，只听见亲卫队的士兵破口大骂，有人让地上的背囊绊了，这些笨蛋竟然不肯费点力气扔到路外。靴子沾满烂泥，还会陷进车辙，累死人。

　　此时，国王和他的车队，以及护卫国王的灰披火枪手在哪里？黑暗中，阿图瓦伯爵叫停他的轿式马车，等候国王卫队的主力，他的车驾不时超过他们，把他们丢弃在黑暗里。他在想，此时此刻他那王兄在哪里？离开杜伊勒利宫之前，他们俩大吵了一场，整个王宫都听得见，走廊和楼梯上的仆人都驻足偷听。他在哪里？这位懦弱多变、自以为权术高明的君王又起了什么怪念头？他谁也不相信，除了布拉卡，说不定连布拉卡也不相信！或者就相信他的告解神父罗歇先生……只要肚子饿了，什么地方都可以停，随便摁响贵族人家的门铃，唤醒主人、仆人，吩咐准备夜宵……或者，不管会不会出事，一个人骑着驿站的马飞奔，不带护卫，见路就闯……表面上他同意去里昂，命令也已下达到各位亲王、将军，但这丝毫不能证明什么。可能他又有了什么稀奇古怪的想法，去一个港口或者其他什么地方，比如勒阿弗尔、迪耶普或布洛涅。国王似乎同意了王弟的观点：反正什么都行，就是不要再受英国摄政王摆布……查理怨恨圣詹姆士宫①，一说起来言辞感人，历数在哈特威尔时期遭受的凌辱，他决不同意老死英国，决不！那还不如落在波拿巴手里……有些事情万难重新再来。二十四小时以来，什么计划、目的地、决定，国王不知变了多少次，阿图瓦伯爵不能肯定，王兄接受自己的建议不纯粹是疲惫所致。那晚的争吵，路易十八实在太过分。他大喊大叫，怒气冲天，连话都说不出来，一看理屈词穷，便恶语相加。有一句话特别伤人，表明他们俩的关系陷入了绝境。这些年来，这句话国王只说过两三次。那是最伤人的辱骂。他清楚地知道自己在做什么。为此他还专门挑选重大场合。查理每每想起，心头不由升起受辱的狂怒。夏特雷先

① 指英国宫廷。

生①……夏特雷先生的信！要说的都在这句话里！想到此，阿图瓦伯爵无可奈何地耸耸肩，对于他来说，这是狠狠的一记耳光。当初也不知是怎么想的，竟建议国王避难旺代，这正好给他留下了话柄，路易求之不得。无论是为王位，还是为一顿饭，路易不会放过这个机会羞辱他的弟弟："是您，王弟殿下，是您提议去找朱安党人的吧？您以为他们忘了夏特雷先生的信……"夏特雷先生已经去世，长眠地下，这个理由站不住脚。谁还记得这样一件区区小事呢？再说，这信是假的，是英国间谍伪造的。好吧。查理建议去佛兰德，路易因为得意，加上哮喘，胸闷透不过气来，见又来了一个建议，就再无气力反驳了。不过，这路上又会怎样呢？他那个宠臣②知道普罗旺斯伯爵想法的奥秘，他只消顺水推舟！鬼知道这个时候国王人在何处……万一遭遇不测？倒不是阿图瓦伯爵把自己的希望当成了担心，而是胖子路易万一身体弄垮了，心力衰竭，那确保王朝代代相传的责任不就落到了自己身上吗？但至少也要体现国王的意志……国王会在哪里呢？

　　国王的车驾一路向前。他早就在博蒙渡过了瓦兹河，此时离诺阿耶两古里。他像一个落难之人，睡着了，呼吸短促不畅，身子在靠垫上左右摇晃，撞在可怜的迪拉斯身上，而布拉卡正担心头天叫心腹送走的那些勋章，挂念已到英国的公爵夫人，此时他觉得普瓦亲王占了太多的位置，尤其还得当心自己的腿不要碰到陛下。陛下睡梦中还在呻吟，大概是风湿痛吧。玻璃窗不能放下，陛下怕冷。车里太闷，气味难闻……

　　路况极差，自联军入侵后，还来不及重修。陛下的车驾由六匹马拉着，边上，火枪手护卫队骑马小跑，身影高低起伏。路上已丢了一些车子，从花神宫出发时有二十辆，有多少辆能到达博韦呢？途中，路易十八突然放弃了去博韦的念头，可他的卫队，正向这座城市集结。车队冲上去克雷伊的大路。但在吕扎尔什换马时，车夫们说，去亚眠的路上，在克莱蒙附近，有部队反叛，换上了三色帽徽。这个消息足以让国王放弃取道克雷伊直奔亚眠的计划，转而经维亚尔默返回博蒙、诺阿耶。国王给卫队下命令，叫他们避开亚眠，取道博蒙、阿布维尔……布拉卡心想，阿图瓦伯爵不在，陛下会不会重拾去英国的计划。阿布维尔……这是去布洛涅的路，在克罗图瓦就可以上船……宠臣不像亲王殿下，对英国人没有积怨。他完全可以去英国，重返哈特威尔。再说，他的妻子和

_____

① 夏特雷（1763—1796），旺代军队首领。
② 指布拉卡，路易十八登基前为普罗旺斯伯爵，布拉卡当时是其谋士。

收藏的勋章……

　　第二辆车是亚历山大·贝蒂埃的，车上还有克鲁瓦·达弗雷公爵、格拉蒙公爵和卢森堡公爵。这些老兵不与他们的部队一起骑马走。在这一段路上，与这辆车并排齐驱的骑兵中有精疲力尽的乌德托，还有策马前行、沉浸在梦想中的泰奥多尔，雨水和寒冷让他欲睡不能。

　　与所有的同代法国青年一样，泰奥多尔不谙自己国家的地理，却熟悉欧洲的地理：不管胜利来得多么迅速，他们总能在地图上跟上胜利的步伐，在思想上走在胜利前面。年轻人热情高涨，渴望从地形的变化来理解和预见军队的行动，想象城市、森林、河流……泰奥多尔沉溺于绘画，背离战争，彬彬有礼，与人和睦相处，但内心却在无声地严厉否定一切煽动周围人狂热的东西。奥斯特里茨战役那年他十六岁，萨拉戈萨①战役那年他已二十岁，荣誉是具有感染力的。但在逆光中，失败犹如电闪雷鸣，先是令人目眩，闪电过后片刻才能听到雷鸣。这些年轻人没有从1814年入侵②中学到点什么，他们心神不定，受着希望和失望的共同折磨，内心深感屈辱，又让惨败搞得晕头转向，向往一种迥然不同的新生活；他们厌倦阿伽门农③、莱奥尼达④这样的人，也厌倦社会生活的戏剧性变化，同时厌恶这种生活背后众所周知的巨大金钱腐败，厌恶为英雄主义付出的高昂代价。联军不用三个月就从莱茵河推进到巴黎，而且莱茵河流域和比利时各省不过是几级阶梯，连退却也形同演习。然而，不论是像梅宗这样的将军还是帝国的中学生，不论是寺院大道上看热闹的过客还是交易所的投机者，不论是凡尔赛的马夫还是画家泰奥多尔，对所有的人来说，尽管有帝国的神话，有防区司令和地方驻军，从大家还认为是法国边界的地方，一直到这座入侵者用手卡住就能扼制法兰西血流循环的城市，从边境到巴黎，人们没有时间，也不可能保持可怕的冷静来思考什么；联军推进的消息仓促而又互相矛盾，报纸得意扬扬地宣布最新的胜利，迷茫的目光从香槟地区投向佛兰德尔，主要的冲击尚无法预料，平日里的高傲在突然逼问下崩溃。

　　在泰奥多尔生活的那个年代，那些在法国地图上仅有虚线勾画的省份，上面只有一些标示城市这一行政单位的小圆圈，在他看来，就好比是一片空

① 西班牙东北萨拉戈萨省首府，1808年至1809年英勇抗击拿破仑军队入侵。
② 指1814年欧洲反法联军入侵法国，攻陷巴黎。
③ 荷马史诗中的迈锡尼国王，曾召集各部族首领讨伐特洛伊人。
④ 古希腊奴隶制城邦斯巴达国王，曾率领斯巴达人抗击波斯军队，英勇战死。

旷的缓冲地带, 夹在说外国话的世界和他自己的生活之间。他自己的生活交织着不安和发现、惊叹和失望, 其中有1812年画《猎骑兵》时在商店后间抽的烟草, 有在圣克卢喝的白葡萄酒, 也有骑在口吐白沫的马上穿过法兰西岛这座大公园的狂奔——也不知道首先累垮的是坐骑还是骑手, 还有蒂沃利游乐场高低起伏的滑车道、卢浮宫达·芬奇的绘画《河沿散步场》和《弗兰科尼亚马戏场》、蒙马特采石场夜晚奇异的灯光、与奥拉斯·韦尔内或德德尔-多尔西就生命和艺术、颜色胜过言辞还是相反进行的无休止争论; 还有巴黎, 这个赤贫与高雅、宫殿与木棚、豪华与肮脏的混合体, 犹如一座巨大无比的歌剧院, 它有无数个后台, 望不见尽头, 壮观华丽的布景竖立在满是残疾人和破烂的垃圾场上; 杜伊勒利宫装饰得美轮美奂, 街道却阴暗拥挤, 集市喧扰, 黑魆魆的天井里住着驯狗耍熊的卖艺人。

瞧, 他把这一切都抛在身后, 在这巨大的虚无里前行, 作为一个士兵, 不担职责, 走别人给划下的路线——他们真有这闲暇! 黑夜沉沉, 他像一场可怕狩猎的骑手, 隐没在夜色里, 这身红色军装烤炙着他, 一路连续小跑, 胯下的坐骑累坏了, 他感觉到了它的痛苦, 听见它喘着粗气, 步子也变得踉跄起来, 绊到石头, 陷进泥里, 四下风雨阵阵, 尽管披着斗篷出着汗, 身上压着笨重的装束, 但早春的天气依然寒冷刺骨; 瞧, 泰奥多尔·泰奥多尔在那里, 怎么回事? 这辆四轮马车在上个驿站刚换过马, 还摇晃得那么厉害? 这列车队, 那边头一辆车上是患足痛风的国王, 在靠垫的百花丛中眯瞪, 他那波旁家族特有的突出厚下唇贴在迪拉斯公爵肩上。瞧, 泰奥多尔·泰奥多尔行进在队伍中, 火枪队这次骑行实在不可思议, 竟步子不变地行进了近十五古里, 个个疲惫不堪, 面容憔悴, 脚被靴子磨出了血, 屁股让"强皮"马裤蹭得发热, 每次歇脚, 不是停在叫不上名字的小镇的水洼里, 就是行军途中戛然停下, 前后险些撞在一起, 因为一辆轿式马车不知道是否要拐弯, 或者因为一些骑兵冲出来横在车队前面, 以为从乡村小道冒出来的旅客要挡住去路。泰奥多尔·泰奥多尔忽然一阵眩晕, 这是一个要跌倒的人感到的眩晕, 跌入虚空, 或跌入梦幻, 他不知道, 但他拼命感觉自己身体和心灵上一切微不足道的东西, 拼命感觉自己军服上每一个服饰、每一个皮带扣、马鞍和马镫, 以及出发前忘记做的每一件事, 回忆异常清晰, 且像一副扑克牌似的掺和在一起。他在追寻一种不可名状的焦虑, 一个阐述不完的独特想法, 这个想法重新形成、消失、重复、破碎、恢复, 他在追寻、快步小跑、小跑, 黑夜漫漫, 令人窒息, 寒冷彻骨, 踏在湿漉漉的地面上，蹄声啪啪，急促而重复，不断重复。路泡在水里不知有多少小时，变化莫测，实难想象踩在沙砾上的那种感觉，那厚厚的黏土、泡湿的淤泥、滚落的石子、深陷的车辙、沾满黏土的沉甸甸的马蹄，有时突然踩进水洼，仿佛踏进溪流。隐而不见的景物变幻不定，道路高低弯曲，黑影闪过，难以分辨，树木、斜坡犹如幽灵出现。穿过了漫长的荒凉，才见稀稀落落几间黝黑的小屋，有时借着下坡以为离开了大路，蓦地眼前一片灌木，车队喧阗，更觉周围寂静，各种想法纷至沓来，所有这些都有一种彼此视同陌路的感觉，大家都不是在经历同一件事，这是一场各奔前程的逃亡，是一次混乱鲁莽的行动……快跑，快跑，一个土崩瓦解的王朝，一个倒退逆行的世界。这是一个徒有虚名的名门望族的逃亡，穿着戏装，打着崭新的旗帜，带着埃皮纳勒[1]的荣誉，却害怕比较，只有小孩子的骄傲，在黑暗中大声说话给自己壮胆。一张轮椅权当宝座，祭台下放着克尔版伏尔泰全集。快跑，快跑，瓦格拉姆亲王的行李车压断了车轴，别管它，亲王自己一无所知，正坐在第二辆车里照常咬他的指甲，膝头上放着一只首饰盒，心里惦念着维斯孔蒂夫人。天哪，这下可乱套了，大车断了，快替我把那辆车从沟里拉出来，到底行还是不行？瞧那些马，都叠在一起了，停下！停下！现在重新上路了，镇静下来，依次前进。快跑，快跑！你们快跟不上陛下了，快要丢失历史的脉络了，快要错过这个壮烈而又滑稽的连载故事的下文了。蠢货，跟上，跟上，快跑！恐惧不可放松，害怕不可中断，逃亡不可歇息。跟上，跟上！我们只有这个共同点，就是这惨白的恐惧，它在这些高贵的旅者腹中咕噜作响，它使骑兵们在黎明第一道曙光中策马奔驰，背后的斗篷高高扬起。

　　在后面很远很远的地方，在瓦兹河那边，离圣德尼不到三古里的地方，国王卫队受步兵拖累，此时刚刚露面。在圣德尼耽误太久，这一夜犹如噩梦一场！脑袋里像有个万花筒，思绪纷繁。队伍喧闹，一片混乱。大家感到无能、愤懑。回忆与黑暗相伴，黑暗帮助回忆。被丢下的维吉妮、他的骨肉，还有那些在英国的私生女……屈辱与欢乐……沙皇拒绝与俄国联姻……国王对他的私生活大加斥责……不知为什么，一个春天的早晨，在德冯希尔狩猎，那头困兽的眼睛……还是回过头来说说那个耶稣会会士，他来瓦卢瓦-蒙索街干什么，这个托尔拉松？在有关哈特威尔的记忆中，他遍搜无果，不记得有什么不愉快的

---

[1] 法国孚日省首府。

事跟这个暧昧人物联系在一起，又能说明他与陛下的关系……他不是在亲王军队里当过医生吗？在基伯隆①发生过什么事与他有关？查理–费迪南可能会就此事问他父亲……在埃库昂附近，与掷弹兵同行的贝里公爵瞥见右面山岗上方晨光熹微。他勒住马。光秃秃灰蒙蒙的景色渐渐显露，大风呼号，刮散了乌云。东边的田野沐浴在淡淡的晨曦里，众人的双脚还在烂泥和夜色里跋涉。雨倒是歇了。真奇怪，这场该死的雨，大家一直在骂，现在反而习惯了。到了天亮，才发现雨已经不下了。亲王殿下破口大骂。岂有此理……这他妈的太阳就等着波拿巴回来！3月20日了，花园里那棵远近闻名的栗树怕是已经开花了，有人会拿来大讲特讲，让人听得心烦，那恶棍就爱听这些事，再说这天还是那狼崽子的生日②！维吉妮·奥雷耶的这位情人，像孩子赌气似的勃然大怒，盼望大雨继续。

　　然而，圣德尼仍然是部队逃亡和集结的中转站。天蒙蒙亮时，城里有七千多士兵。担心军队生事的情绪互相感染，所有的命令都要求各支部队彼此保持一定距离，那他们怎么会在这里集合的呢？谁也说不出个所以然，就连塔兰托公爵、总司令麦克唐纳也搞不清楚。他正绞尽脑汁，想弄明白圣絮尔皮斯将军的军官营，那些正等着被遣返回家的领半饷军官，怎么会全在这里。这个营昨天还在万森，同维奥梅尼尔阁下的志愿兵为邻。谁给他们下达了行动的命令？这同前一天国王卫队等在马尔斯校场一样，无法理解。必须把这些不安分的家伙打发走，鲁昂大路可不是为狗奴才修的，只是他们的将军已指挥不动这些人了。这些军官头戴橄榄帽，流窜全城，叫开小酒馆的门，那些伙计都吓坏了，半睡半醒，衣服都没有穿好，赶紧替他们倒酒。另外一些军官，在兵营附近与驻防士兵，即国民卫队攀谈。谁叫他们来这里的？

　　梅宗将军还是那副尊容，宽脸塌鼻，毛发黑密，矮矮胖胖，一身体操运动员的肌肉。他对天发誓，说自己与此事毫不相干，麦克唐纳听罢离去，照例是怒而不露。他从维勒瑞夫来到这里，已差不多有一个半小时了。自国王做了决定，巴黎一切安排停当，他不失天真地在维勒瑞夫开始找他那个影子参谋部，但在圣德尼找到的可能性不会更大，而他早先以为很快能在圣德尼找到的。他要安顿的只剩下他从巴黎带来的参谋长于洛将军，他把将军安排在旅店里，

① 位于法国洛里昂区基伯隆半岛一端，1795 年三个法国流亡军团在英国人的帮助下企图登陆。
② 指拿破仑一世与皇后玛丽－路易丝 1811 年 3 月 20 日生的儿子。

然后去看看圣德尼的情况。这个城市的状况很糟糕! 许多人连睡眠的习惯都忘了,而有的人却已睡醒,百叶窗砰砰作响,大清早传来高声交谈的声音……他梅宗爱怎么说就怎么说吧! 他昨晚就到了,城里乱成这样也不管。老百姓、逃难的,这是一回事。但军人呢? 早晨六点就聚在军营门口,谋反作乱的气氛那么浓厚,这又是怎么回事? 驻扎此地的猎骑兵差不多全上街了,军官和骑兵厮混一起,有的身穿短工作服,有的军装打扮。不少人已露醉态,起码是满身酒气。

麦克唐纳在一个士官和两个骑马护卫的陪同下,来到梅宗的住地探问消息,随后决定在这个他不了解的城市里转一圈。他来这里等候部队到来,他把圣德尼定为部队集结地。天晓得这里会出什么事! 这不过是个镇子,房子都面朝大街,花园在后面,还有田野、菜园,没盖房子的地带,残留的夜色令人不安。这座小城有许多神秘的水流经过,没有图纸,水流的网络很难弄清,有的突然潜入房舍、街道,没了踪迹,而后又在别处冒出来,也许是别的水流? 顺水而下,磨房、制革厂、染坊,依次排列。

大教堂有两座钟楼,像是竖起来祝福的手指;教堂边上是荣誉勋位团学校,听说学校还保留着皇帝的影响,校舍庄严朴素,围墙高耸,庭院后面还有一个工业烟囱,那是朱瓦尔先生的漆布厂,可见那里有水流过。这些带走颜料和废物的潜匿水流,部分隐而不显,最后从隐蔽的蓄水池流出。这在雅克-艾蒂安看来,恰似圣德尼城隐秘思想的曲折写照,这座城市危机四伏,充满了回忆,多少次见证君王的离世,又多少次目睹民众的亵渎行为。去年抵抗俄国人入侵,别人是怎么对他说的? 鲜血染红了一条条小河,河水在工厂溢流口被冲淡,与制革厂的洗涤液区分不开。在磨房那头,那条半环形街道,成了一个小小的荷兰国,污秽不堪,犹如一幅年久变暗的名家风景画。这一切都笼罩在灰蒙蒙的晨光里。日光泻出,云层鼓胀,下边,戈内斯那头……那个街区靠近市中心,就在巴黎街附近,静悄悄的,而巴黎街则车水马龙,挤满了从首都驶来的车辆;一家家人,提篮扛箱,被压得直不起腰,天亮出发,准备赶一天路;那些徒步逃难的人,蓬头垢面,衣衫肮脏,别是一番景象;仍有部队从四面八方赶来,炊事车和货车叮叮当当响成一片,男人还没有刮胡子,骑兵分队……步兵……贡普瓦兹街更是水泄不通,大家都从那里转到阅兵广场和大教堂。元帅选来安置司令部的旅店就在那里,广场前右首最后一家,于洛大概正大伤脑筋,制作行政文件、作战地图、行军队形。元帅手下各部门的人一个都不在,这些部门驻扎在别处，却又不知道在什么地方。正派人寻找。

塔兰托公爵回到旅店，心事重重。陛下凌晨一点左右经过这里：此时他在哪儿呢？他有驿站换马，一定跑得很快，谁能跟上他？元帅想象一路上国王卫队的情形，他的想象恐怕离实际情况甚远。何况又下了整整一夜的雨！旅店门口，围着一大群可疑的人，是来找他的吗？这群人骚动不安，其中有一些领半饷的帝国军官，他们认出了元帅，方才安静下来。这些人对他怀有什么样的感情呢？在他身上，他们敬重的是默伦大军的总司令，还是瓦格拉姆部的士兵……雅克-艾蒂安只当没有看见他们，匆匆走进旅店，仆役正在打开百叶窗。有人赶紧在底层给他收拾出一间办公室。他有些文件要签署，还要分梯队派出打前站的人员。部队需要调动，那些不会上阵打仗的部队，是别人做做样子交给他指挥的。于洛替他做好了准备工作。外面挤满了从巴黎来的人，他们把车马停在广场和大街，把妻儿老小留在敞篷四轮马车和轿式马车里，自己前来问路。他们发现了参谋部，就不顾阻拦，闯进门厅。去博韦的路安全吗？叛乱部队真的在追捕亲王吗？他们相信自己已被拿破仑的马穆鲁克兵①紧追不舍。昔日的流亡者，又恢复了被遗忘一年的惶恐神情和哀求口吻。从圣德尼开始，就是流亡了，就是卑躬屈膝，就是那些准备在候见厅久等的人所怀有的企盼，而这些人的生活只能是忍着屈辱，在候见厅里再等上二十年……雅克-艾蒂安在等他派去执行任务的中厨副官，等得坐不住了，冒冒失失把头探出办公室。众人一拥而上，被卫兵推开。其中一位夫人要接近元帅，也被拦住了，她是一个外国人，元帅突然认出她是维斯孔蒂夫人。只见她身穿旅行大衣，显得耸肩缩颈，头上一顶阔边遮阳软帽湿淋淋的，都看不出原来的颜色了。麦克唐纳赶紧上前，把这位意大利女人让进他的临时办公室，里面柴火正旺。元帅请她坐在炉火边上，又让她把帽子摘下烘干。吉斯帕整理一头乌黑的头发，就像剧院里去包厢头排之前做的那样。

瓦格拉姆亲王的心上人，被拿破仑称为"贝蒂埃薄荷香糖"的维斯孔蒂夫人，从上世纪末雅克-艾蒂安认识她以来变化很大。元帅在巴黎认识她时，她的正式情人出征埃及，不在巴黎。靠这位情人出力，维斯孔蒂出任内高卢共和国大使。当时，麦克唐纳因第一任妻子玛丽·康斯坦斯去世已鳏居一年半，他从意大利归来，伤口未愈，又受肺痨威胁，按照当时盛行的医治方法，服食

---

① 原为埃及封建割据势力，拿破仑远征埃及时收编，成为帝国卫队的一个连队，以勇武著称。

西米和乳制品。结果脸色变得异常苍白，引人注目，再配上一只翘鼻子，却讨得维斯孔蒂夫人的欢心，正好埃及来信又未能让她满足，信里除了悄悄话，还有亚历山大·贝蒂埃的那些春宫小画，但都无济于事。雅克-艾蒂安在她身边，正好可以忘了与勒克莱尔将军夫人波利娜·波拿巴那段令人不快的私情，这段私情后来还造成他长期失宠。吉斯帕已是个成熟女人，但并不比芳龄十九的波利娜逊色。维斯孔蒂不受重视。泰塞公馆位于伏尔泰河畔大街，对其使节的排场，内高卢共和国并不慷慨，但公馆宽敞漂亮，给她丈夫提供了一切可能的娱乐。勒克莱尔夫人的宅第在主教城街，很是迷人，夫人逍遥自在，丈夫镇守布列塔尼，不会碍她手脚，不过房子虽然漂亮，却透着小市民气息，这在博浓维尔①或莫罗身上可见一斑。这两位也在对她大献殷勤。但这差点酿成悲剧：那个莫罗，嘴不离那根短柄烟斗，宣传共和，野心勃勃，老实说，该他倒霉！可是，那个博浓维尔，麦克唐纳的一切多亏了他……再说，不正是这个人称英格兰军督察的他，把她丈夫派到那里去的吗？就凭这一点，他就有某些权利，甚至撒谎的权利……因此，维斯孔蒂夫人生出许多奇思异想。这一切不过是十六年前的事，但对人的容貌来说，十六年可不能小觑。岁月不饶人，年龄使吉斯帕身上那种罗马美变得笨重起来，头发乌黑如前，在前额分成两个大发卷，晨光里，她那张脸显出一种病态的苍白。不过，她的魅力丝毫不减，看来就是这种魅力让矮小的贝蒂埃终身为之倾倒。

她说话有点"之""思"不分，而她的脖颈肿起，初显甲状腺肥大的征兆，却唤起许多男人的欲望，也因其丰满而深得画家赞赏。快满五十五岁的人了，脸上却没有一条皱纹。这也许是轻微面瘫的缘故，那是去年一次小事故的后遗症。左手也有一点不灵便。医生说她胸衣束得太紧，不知道是怎么搞的。

她脱下湿透的长手套放在火上烘烤。如果她按自己最初的判断行事，她是断乎不会离开巴黎的。不过，瓦格拉姆亲王——她从来都是这样称呼贝蒂埃，两人私下相处时才叫他桑德罗，瓦格拉姆亲王——既然失去了纳沙泰尔公国，大家就不能再称尊贵的殿下了——瓦格拉姆亲王一阵风似的回到新嘉布遣会修女街，时间已过了晚上九点，但他没有马上前往邻街的维斯孔蒂夫人家里，因为他还有文件要整理，有自己的衣物要取。是的，上个星期二，他就把玛丽-伊丽莎白和孩子们送到班贝格去了，维斯孔蒂夫人总说玛丽-伊丽莎白，从

---

① 博浓维尔（1752—1821），共和国初期为将军，参加过瓦尔密战役，1793年出任陆军部长，路易十八时期被封为贵族院议员、元帅。麦克唐纳曾是其帐下参谋。

不称瓦格拉姆亲王夫人，或者巴伐利亚公主……这完全不是出于妒忌，啊，天哪！她倒乐意提到她与国王的侄女，她那老情人的年轻妻子之间的良好关系。对此有人说三道四吗？还因为她住在新嘉布遣会修女街，与元帅府为邻，元帅走花园深处一道小门过去看她。好啊，就让别人去说吧！拿破仑无法将他们俩拆开，即使元帅五十四岁了，还要他娶一位二十四岁的姑娘！对了，玛丽-伊丽莎白带着孩子和女管家，星期二坐驿车走的，一切顺利的话都该到了。您知道的，尽管那时一切未定，当默伦军大营建立时，瓦格拉姆亲王总不能让一个刚刚生了他第三个孩子的女人留在巴黎。是的，一个漂亮可爱的女人。伊丽莎白，随她母亲的名。男孩五岁，另一个女孩三岁。您想啊，他们住在她父母家当然好。

"像从前那样，我们一起度过了五个夜晚。您知道，我们关系很好，伊丽莎白和我。我们三人可以玩惠斯特牌……总之，五个漫漫长夜！外面天气很糟，花园里，风在树间呼号。我们像老夫老妻，安安静静待在屋里，我几乎忘记了我的巨大不幸……"

麦克唐纳欠欠身，仿佛要说我知道，我知道……一年多了，她失去了儿子路易，也就是索普朗西男爵，莱比锡一仗，他伤重不治，这恐怕比紧身衣更加……但医生们并不相信精神上的痛苦会影响心脏。

"如果您知道，"维斯孔蒂夫人又说，"过去的一年，我在新嘉布遣会修女街的寓所变得多么凄凉……我头上就是路易的单身房间，您是知道的。如果您了解他是什么样的孩子！对了，您了解他，作为军官，他是多么称职，他品行端正，没想到有不少坏心眼的人造谣生事，说什么是瓦格拉姆亲王在后面使的劲，否则就当不成将军。"

"啊，这样的话，"麦克唐纳说，"当时在奥斯特里茨的人是不会说的，他抓获了沙皇的副官！1809年参加乌克列斯战役的人也不会说的，那一仗，他给贝吕纳公爵带回七面缴获的军旗，外加五千多俘虏……"

"我跟您说，那些人……不错，他是崇拜亲王，把他当父亲，而对自己的父亲索普朗西先生，他并不了解。但是，在新嘉布遣会修女街我们家里，他那个小天地……您想，1812年，他在俄国受了伤……这是他写信告诉我的，说他想好了要改家里房间的布局，还有窗帘帐幔，都要换掉，他人在俄国，就把室内装饰换了……他请人将书籍按英国方式装订，还特地强调切口要黄色的，用漂亮的上光大理石花纹纸……啊，我可怜的朋友，现在当我回到他那空荡荡的房间，不由自主地打开一本书……您知道，他特别喜欢铅版书，是的……黄色的切口……"

于洛将军派人送来要签署的文件。

"除了这些，什么消息也没有？"

"没有，元帅阁下。"

他转向火堆，火光凄凉地照着来访的女客。

"那么，是亚历山大①让您走的吗？"

"咳，哪里，他连想都没有想过。他一向如此，就像去打仗，去远征，就像去俄国，跟随皇………"她一下咬住了舌头，"跟随波拿巴……天知道我有多担心。总之，玛丽-伊丽莎白和我，我们担心得要命，他得了严重的风湿病……您吃过这苦头，知道这病的厉害！"

"这是时代病，"麦克唐纳说，"国王他也得了这种病。不过他的病不是在别列津纳河……我们的也不是。我想这是意大利……或者荷兰留下的记忆。除此之外，贝蒂埃从不那么轻易离开您，哪怕是去征战。出征埃及那回，他是在别人三邀四请之下才去的，我还记得拿破仑那恼羞成怒的样子。"

"那时我们比较年轻……您也是……"她沉默片刻，又说，"不过，这一次他什么时候回来？他将怎样生活？就我们之间说说，我逼他带走了我的珠宝首饰，这些东西好歹能救急解难。当然，他可以去巴伐利亚避难，在玛丽-伊丽莎白父母家里，万一国王………您认为，您，国王……"

麦克唐纳做了一个含糊的手势，算是默认了。维斯孔蒂夫人说了一声："啊？"想了一想，又滔滔不绝地讲起来。关键是生活，生活下去！不是几天，是一生！十七年来已经习惯了……现在却让他孤身一人……是的，他们相好十七年了。昨天晚上亲王对她说：即使去了班贝格，他也不会留在那里。玛丽-伊丽莎白也不会，巴伐利亚这地方让人觉得憋闷，怎么也是外省！他们尽可能早些回来，回到格罗布瓦，或者尚波尔，回他们自家的田庄。不过，人家会让他们进去吗？问题就在这里！至于她自己，一开始她就没有想过，做梦都没想过要离开新嘉布遣会修女街！陛下半夜动身。在这之前，她该怎么办？箱子、裙子，总算整理好了！可也不能深更半夜上路，那不行。她这人天生不能缺觉，而且在车上，坐在椅子里睡觉，没有这本事！她让瓦格拉姆亲王带着她的首饰

---

① 即瓦格拉姆亲王，路易·亚历山大·贝蒂埃。

箱和整整一车行李上路，车子在宫门口加入王室车队……可是，亲王人一走，她便寻思开来，东想西想，想到将来……她不能对他这样，让他孤孤单单一人，不能让他们孤零零无依无靠……时局那么乱……她这才来到这里，追上亲王，不管他去了哪里……他总还没有到班贝格吧？夜里她突然拿定主意，等天亮，天一亮，她的决心更坚定了。不过，为什么去里尔？这座城市不讨人喜欢！陛下不会一口气赶到那儿吧！廷臣们在哪儿过的夜？

麦克唐纳想笑，但忍住了。廷臣！两个公爵，一个亲王，两个仆人……因为没有替换的马，其他车辆大概都在路上东分西散了。您还把这叫作廷臣？"我不知道，夫人，这取决于许多因素，路况、驿马……陛下开始时考虑在亚眠过夜，但他也许在路上改变了主意。索姆省省长拉梅特先生不太让人放心，您知道……如果我是您，我就马不停蹄，直奔里尔……到了里尔，就不难见到亚历山大……"

她有事相求，雅克-艾蒂安乐意效劳……什么事？原来夫人有个贴身女仆在车上，她要女仆也进来。那辆马车停在哪儿？麦克唐纳打开办公室的门，走廊里人声嘈杂，谁都想找元帅单独谈谈。元帅出去安抚他们，留下维斯孔蒂夫人独自一人。

其实元帅自己特别需要安抚。他的参谋部没了影踪，正怒火中烧。好吧，梅宗派人传话，要他在圣德尼与他的部队会合，因为贝里公爵跟他说过要把这些部队调到这座城市，但其他部队呢？反正亲王殿下也看不到！人家封他当总司令，但人人都在发号施令，人人都在调动部队，乘上一辆马车，爱上哪儿就上哪儿。默伦大军理应后撤，掩护国王转移，可是这命令何时下达，见鬼，这命令究竟何时下达！雅克-艾蒂安找过他的参谋部，他原初是把它设在维勒瑞夫的。可是，晚上十一点一过，维勒瑞夫就不见一个人影。说不见一个人影，这话有些夸张，因为还有阿克索和吕蒂两位将军，他们留在一幢大房子里，旁边草地上还有三门炮，附近酒吧尚有一队喝得酩酊大醉的工兵。他把吕蒂带到圣德尼，但跟在维勒瑞夫一样，也不见有什么参谋部。于洛只身一人，随行李赶来，跟他一样六神无主。不过有人说，参谋部各管理部门设在城里某处一座征用的大楼里，有个总管守着。根据这个消息，麦克唐纳赶紧派副官去打听情况。

副官回来，正好看见元帅在旅店门口被逃亡的人缠住不放，其中有一位喜剧歌剧院的男高音，他以为皇帝归来，怕得要命，还有六七位夫人和老先生，衣着打扮都是1801年间哈特威尔流行的，甚至还要早五年的米塔瓦款式，一家一家坐在行囊包裹上，孩子在啼哭，无知的年轻人大谈吃人恶魔，招来门外领半饷旧军官的阵阵呵斥。

"怎么样，"雅克-艾蒂安说，"中尉，那个总管对你说什么来着？"

副官不想当着这堆人汇报，走进了办公室。

"真荒唐，元帅阁下，"他开始说，"这些将军、上校……哟……都不见了……就像被人吹了一口气似的！还都……"副官突然住口，他看见壁炉旁有位夫人。

"但说无妨，这是维斯孔蒂夫人，"麦克唐纳说，突然发现夫人仰面倒在扶手椅里，手套掉进火里烧着了。"天哪！"他叫起来，"吉斯帕，您怎么啦？"他像过去那样称呼她。她没有听见。她失去了知觉，他们拍打她的手心，她一声呻吟，睁开眼睛，却像没有看见他们似的。"快，找医生！"元帅说，中尉跑了出去。这种时候，竟有一个妇人晕倒在他办公室里，太可笑，也非常不合适。病情可能变得严重，但他尽力不这样想：倒不是因为他对维斯孔蒂夫人，对亚历山大·贝蒂埃怀有强烈的好感……总之，总之，他们的故事没有人觉得好笑，但这段情缘始终不渝，在帝国显不多见……尽管吉斯帕的爱情无关大局，尽管也已结婚……那是皇帝钦定的……贝蒂埃迫于拿破仑之命，极不愿意娶了巴伐利亚公主，婚后才半个月，前大使维斯孔蒂先生离世——麦克唐纳一想起贝蒂埃当年那副窘迫无奈的样子，心中怜悯之情不减。爱情，总之爱情这东西，今天的人之所以不加珍惜，也许是因为他们已变得不会爱了，却一心追求金钱，以生意为重……而他们，耶马普①的军人，做什么都不忘荣誉……等了那么久，还不见部队踪影！留在这坐等？王弟、王子殿下和马尔蒙……他们此刻在哪儿？国王在哪儿？医生赶到，速度之快出人意料：原来他就在这家旅店里照料郡主的一个侍女，郡主要去里尔寻找其兄奥尔良公爵，天黑时把临盆开始阵痛的侍女丢在了这里。医生叫元帅放心。维斯孔蒂夫人只是心脏不适，暂无大碍。他叫人把夫人抬到二楼一个房间。"快去把维斯孔蒂夫人的女仆找来！"麦克唐纳命令道，"她应该在大门对面一辆马车里……"说完转向副官："中尉，您刚才说什么来着？您的话只说了半截……"

中尉脸红了。他觉得维斯孔蒂夫人很美。他喜欢成熟女人，喜欢那深陷

---

① 比利时地名，1791年迪穆里埃率法军在此打败奥地利人，导致比利时并入法国。

的眼眶。他还听说过贝蒂埃元帅对这位意大利女人的真爱，元帅把她带回巴黎，这是一个富于浪漫思想的女人。那昏迷的样子……那丰腴美丽的脖子……

"我刚才说什么？啊，对了，是这样的，那些将军和上校都已经来过这里，您想想看，元帅阁下。他们从这里经过，有他们的签字为证，我看了，是总管给我看的……"

"路过签字，您胡说什么？是不是夫人昏迷的神态让您变成这副样子？中尉，您看起来兴奋得出奇！"

副官捋了捋胡子：这不是维斯孔蒂夫人的缘故，而是给气坏了。19日晚上，在分开之前，全体参谋部人员都去办公室领了军饷，甚至……最过分的……还领了"参战津贴"！就是这样，一点没错。他们人呢？也许在路上，坐在马车里，正在赶往边境或港口，可他们都拿了参战津贴！

"好了，中尉，"麦克唐纳说，"对上级不可评头品足，要学会这一点，这些军官总有一天要把事情讲清楚的。给谁讲？那是另一回事。不过，我们要在这里待上一辈子吗？您要是相信我，您就先向于洛将军汇报一下情况，然后去睡觉，隔壁房里有一张长沙发……昨晚一夜未睡，好小子，今天还长着呢……我嘛，我还有一大堆文件要处理……"

剩下他一个人时，他突然觉得很累。白天像是唤醒了他的风湿痛。手臂和双腿都麻木了。他正要脱下靴子，可又忍住了：脱了就可能再也穿不上……说也是白说，两眼还是闭上了。坐在桌前的扶手椅里，刚签了几份文件，就觉得摇摇晃晃。一头栽到桌子上，浑身一颤，重新打起精神，接着签名。真丢人。他不想退缩。年纪不饶人，他也曾嘲笑过博浓维尔将军，说这位将军还不如他自己。博浓维尔……迪穆里埃……一张张老迈军人的面孔浮现在他和桌上的文件之间。迪穆里埃背叛了国民议会。他把博浓维尔交给了奥地利人。博浓维尔，亲爱的博浓维尔，1814年放走了皇帝……这也许是年龄在作怪。也许是人累了，脑袋总往下栽。不过，那件不愉快的事发生时，皮什格鲁和若米尼①一样，才三十四岁……莫罗四十岁时受皮什格鲁蒙骗……至于若米尼，那只是一个阴谋家，一个卑劣的野心家，竟为自己三十四岁才当上准将而恼羞成怒！……啊，见鬼！这样摇摇晃晃，真恼人！……去年，博浓维尔倒看得很准。只是早了些就是了。

---

① 若米尼（1779—1869），瑞士军人，拿破仑军中将领，后投向俄军。

他刚睡着,于洛就派人把他叫醒。若古先生刚刚到达。他从巴黎来,一路上只能坐在椅子里打盹。他这样说是因为他确信元帅无拘无束,逍遥自在。而他使命在身,通知各位大臣:陛下请他们前往里尔。接下来还要追赶各国大使,给他们带去同样的或几乎同样的口信,但要找到他们谈何容易!他给大使们送去一份通函,随后在部里忙了一个通宵,有两个帮手,一个写,一个销毁。就这样干到凌晨五点,他只有一个小时收拾自己的衣物……早上六点,他离开了瓦伦街。现在七点,国王在哪里?

麦克唐纳尽量做到礼貌待人。若古重新上路。麦克唐纳走出屋子,呼吸下新鲜空气。起码可以重振精神。他无法摆脱对迪穆里埃的回忆。一个叛徒?瓦尔密战役的胜利者?人们记述历史,总把此事记在克勒曼①的账上。不过,说到底……谁指挥的呢?麦克唐纳想起一位军队特派员的回答:"什么迪穆里埃……克勒曼,瓦尔密战役的胜利者是人民!"人民!当他们说是人民时,其余的自不必多讲!雅克–艾蒂安就看见人民逃跑了好几次,就像在贝泽耶海峡,士兵们突然扑向里尔,杀死了自己的将军……那是人民!什么人民!在通往比利时的路上,我接手指挥庇卡底军团,这个军团却掉转马头,一边大唱当时巴黎流行的雄壮歌曲!元帅在白日梦中把日子、脸孔搞混了……他在诺尔平原上游荡,那里是他的发迹地,瓦尔密战役后他升为少校,耶马普一仗后升为上校……他在耶马普第一次见到那个神采飞扬的二十岁小伙子,共和二年的志愿兵,只见他满身尘土污泥,血迹斑斑,刚从敌人手里夺回营旗……他叫尼古拉·梅宗……也是此人,但已当上了将军,昨晚在圣德尼接待他,却是一脸的惶恐……在耶马普,究竟谁是胜利者?是那个默默无闻的青年梅宗,还是迪穆里埃?抑或是夏特勒公爵?胜利很快被人遗忘,内尔温德②一仗就足以让人忘掉瓦尔密、耶马普。迪穆里埃把国民公会的特派员交给了日耳曼帝国军队,伙同年轻的夏特勒公爵反叛投敌,这差一点让庇卡底军团的这位上校后悔莫及。人家怀疑他是同谋,这事发生在里尔。至今多少年了?有二十二个年头了。好了,该回到现实,回到1815年。今天,人们对当时发生的事,无论是制度还是人物,都已无法理解。不错,但对今天的形势他会有什么看法呢?

不管怎样,街上的局面已难以控制!到处都是领半饷的旧朝军官、旅客、各种各样看热闹的人。啊,他本该像昨天觐见国王时那样穿上便服!回到旅

① 克勒曼(1755—1820),法国元帅,瓦尔密战役的胜利者。
② 比利时地名,迪穆里埃在此战败,被迫于1793年3月18日撤出比利时。

店，一坐上扶手椅他就睡着了，真像一个落难之人。

　　在一片污黑的水塘边上，坐落着几间粉刷过的房子，屋顶呈梯形，窗上挂着带绒球的白色小帘，一些男人背着装满木柴的篓子缓缓前行，远处，风流云散，绒鸭飞过，从桅杆上的旗子可猜出，灰色的船坞后面有一条船。梅宗少将的夫人几乎还是个小女孩，双腿柔嫩，体态轻盈，对自己刚刚隆起的乳房和两臂的金黄色肌肤感到十分诧异。她跟范·德·默伦家的表姐妹玩着木棒投环游戏。那些法国士兵，衣衫褴褛，手臂用挎带吊着，有的一瘸一拐，有的筋疲力竭，他们衬衣肩头上都有一颗血红的星饰。他们为什么非得从院子栅栏后面走呢？人们把佛兰德首饰藏在叠好的沉重褥单里，放进西班牙式柜子。夜幕降临，邻居们把包着石子的信件扔过墙，那是些谋反的信函或情书。男人们都是红棕色头发，女人们都戴着浆过的花边方巾。终日里挂心的事似乎烟消云散，写满数字的那本大部头书已被弃置一旁。人们再也不谈论预告要来的船只，仿佛海潮一退就永不复返……教堂也不去了，有什么用呢？上帝隔岸观望，人民怨声载道，门一定要关好，因为人都成了盗贼。

　　突然，景物像风磨似的旋转，身体的重量仿佛坠入吊床，或者就像个陷塌的麦秆垛，一个巨大的羽绒垫子……那个手臂金黄、腰身浑圆、带着肚腹秘密的小女孩不再是孤身一人了。睡梦中稍微一动，便碰到身边一只气息湿润的短鼻大黑狗，她知道已经不可能把它推开，这样做现在已无意义。这是一只浑身热烘烘、硬撅撅的狗，双臂像它上床时解下的皮项圈那么坚韧，一头畜生，一头畜生，现在姑娘已对这种与狗为邻的古怪关系有了兴趣。她在黑暗中摸索，寻找这只狗，用各种各样的爱称讨它喜欢，只是心头隐约有一种说不清楚的紧张……你在哪里？你在哪里？

　　"嘘！"将军说，他赤身裸体坐在床上，透过百叶窗格看到外面天已大亮。有人敲门——一个不安的嗓音，有什么事？梦还在继续？梅宗起床，找不到拖鞋，低声咒骂；穿衬衣，高举的手臂乱晃，撞倒一把椅子。"尼克，几点钟了？"床室里头一个声音问，而他还在骂骂咧咧，没有回答。他穿上裤子、靴子。还在敲门。敲了两三次。大狗吠了起来："你就不能等一等，见鬼！"

　　这是将军的勤务兵前来禀报，有些军官要马上见他，这些人不讲道理，说将军睡觉就把他叫醒。总之他们给卫兵的印象很坏，卫兵也不敢用枪阻拦，况且他们一行有十个人。"他们总该让我洗洗脸吧！"梅宗大为恼怒，照了照镜子，自己头发蓬乱，衬衣敞开，露出黑色胸毛，他瞧了一眼指甲，说道："告诉这些先生，我就来……"

他们是些领半饷的旧军官，在办公室，也就是套房门厅等候巴黎卫戍司令梅宗将军，他们不想站在楼下兵营的院子里干等……瞧他们那副样子，随随便便的，也没有了礼数，一个坐在窗台上，一个坐在桌沿上，手拿一根细软棍子敲打着文件，个个都戴橄榄帽，那个轻骑兵嘴上还叼着烟斗。看这架势便知他们为何而来。不过，他们照常行礼致意，也端正了姿势。

"你们有何要求，先生们？"

来人中有中尉、上尉、瞧，还有一位少校……他们身上的军服五花八门，颜色驳杂，一个人肩上搭了一件镶皮边的短上衣，第二个穿的是肋状胸饰军上装，满是饰品，却少了一颗银纽扣，还有一个披了一件骑兵斗篷……绿、蓝、黄、红……好似油漆剥落的铅制玩具兵样品，有几个连胡子都没有刮干净，一脸狂妄。那位少校开口了。他自我介绍："拉塔比少校……"

他们来请求梅宗少将命令驻军马上向首都进发，迎接皇帝兼国王陛下，说话间还特别强调"请求"两字。巴黎被波旁王朝丢弃，恐怕会发生动乱，而他们打算……

"我不明白您在说什么。您怕是忘乎所以了，少校……"梅宗看看窗外。雨已经停了，3月的阳光苍白无力，照在营房低矮的屋顶上。石板瓦熠熠发光。将军眨眨惺忪的睡眼。他的讲话简短、干脆，仿佛一声鞭响，却无济于事。少校话已开了头，其中一个上尉不管不顾，上前一步说道："将军，去年在里尔……"梅宗仔细一看，认出他来："啊，是您……阿布萨隆上尉……想不到我们又见面了！"他们面对面，互相打量。在这两个人之间已无所谓军阶高低了。去年，作为里尔要塞司令，将军向部队宣布承认临时省府，引起军队叛乱，阿布萨隆上尉是叛乱带头人之一。

"我的将军，去年在里尔，您对我们说……"

梅宗知道自己当时在里尔说了什么。反正见仁见智，各自请便，但意思只有一个：士兵和军官完全不应该搞什么政治，决定部队的行动，或判断该服从这个还是那个政府，这些都不是军人的事……军队就是军队：上级指挥部怎么命令，军队就怎么行动，如此而已。那轻骑兵拿下嘴上叼着的烟斗，嘿嘿冷笑一声。这是一名中尉，一个高高大大的年轻人。"军队，说得好听！"他说，语气傲慢而粗暴，"但是，法兰西呢，您可一点也不在乎，是吧，我的将军？"

梅宗被这伙军官紧紧围住。他感觉到了离他最近者的呼吸。他就像一头被围的鹿，但尚能用犄角顶撞一阵。这时门开了。大家一齐转过身去。

梅宗夫人不放心，前来看看发生了什么事。匆忙中，她把长长的金发挽起，随便拢在筒状褶裥布帽里，身上裹了一件苋红丝绒便袍。"对不起，尼克……""你来做什么？走，还不快走……"将军发火了。他不愿妻子在这么一场对话里让他分心，也不想让她看见自己处境不利。也许本该把她留在巴黎蒂鲁街，可是，万一国王离开法国呢……

阿布萨隆上尉向梅宗夫人致敬。他认识夫人，当时他在第一兵团，正参加1814年边境上的军事行动。夫人相当漂亮，但微微发胖，下巴有点肥厚，一双眼睛明亮如瓷。梅宗认识她的时候正值第一次占领比利时，当时的比利时，社会动荡，下层百姓反对法国人，加之生活贫困，就业无望，就秘密武装起来，制造动乱……少校接着说："我的将军，杜伊勒利宫向圣德尼发来电报，说皇帝率领原本被派去打他的部队回到了巴黎。电文说，民政部门和军事当局已接到通知，今后唯皇帝命令是从，马上升起三色旗……"

将军夫人看着自己的丈夫，惊慌不已。将军比任何时候都像一条大黑狗。她退了出去，在门后听见她丈夫说："少校，一切主张都应服从祖国的紧急呼唤。为了避免内战这场惨祸，全体法国人都应团结在国王和宪章周围……"她想："革命，这就是革命……我早就说过，这就是他们要的，他们，公爵夫人，这个讨厌的德国胖女人，跟她的叛徒丈夫苏尔特，就是这个肥婆唆使苏尔特反对我那可怜的尼克！"

麦克唐纳被人叫醒，时间已过中午十二点。他感到浑身酸痛，嘴里黏糊糊的。没有，什么动静都没有，原先决定从维勒瑞夫调头前往圣德尼的部队连个人影都没有。怎么，一个人都没有？克勒曼的儿子瓦尔密伯爵的军队去了哪里？没有吉拉尔的消息？他送来的报告提到了给圣夏芒上校的命令，叫他走科尔贝桥，取道圣乔治新城前往圣德尼……这是昨晚的事了，怎么一直没有来人？正在此时，有人报告元帅，从拉费尔来了一支炮兵部队。

这是几天前就开始的总调动，部队向默伦军营集结，集结机械地进行，也没有人出来叫停，一个个军团陆续南下巴黎，好像要给拿破仑提供兵力似的。一定要拦住这些在路上的炮兵，叫他们返回拉费尔。我敢肯定，当初拉勒芒兄弟被问罪下狱，就是因为他们做了今天王室竟在国王避难里尔之际，命令洛尔省各地驻军做的事! 多么荒唐! 吕蒂呢? 他在哪儿? 吕蒂将军进来。您去告诉炮兵大队的指挥官,队伍不要开进圣德尼,让他从哪儿来回哪儿去。

老实说,这有点太迟了,大家已听见大炮和弹药车行驶在巴黎街路石上发出的隆隆声。贡普瓦兹街拐角上聚集了领半饷军官,吕蒂将军从中穿过,他们试图阻止队伍行进,突然一阵骚乱,只见圣絮尔皮斯将军手下的军官蜂拥冲上巴黎街,抓住马嚼子,大声下达命令,跳上马车,吕蒂只好乘乱逃离了现场。当麦克唐纳带着他那有名无实的参谋部和几个手下赶到时,也只有眼睁睁看着炮兵继续开往京城了。他朝天举起双臂。怎么办? 所有的道路都挤满了人,车马士兵乱作一团,逃难的巴黎人,等着军队先过,极不耐烦。正在此时,又驶来贝里公爵的整整一队车马随从,真是乱上加乱。公爵的车队在维勒瑞夫等了很久,很晚才接到撤向诺尔省的命令,于是穿过圣德尼北上,车马喧阗,震耳欲聋。

有些人家的窗户开了,一些妇女吓坏了,急忙堵上门。有人来向麦克唐纳报告,就是元帅派去找行政总管的那个副官,他说梅宗将军从他的住所跑了,因为他所辖军区的人威胁要杀了他,天哪,幸亏国王早已过去! 正说着,那些领半饷的旧军官,一个个像恶鬼似的向贝里公爵的车队发起袭击,他们跳上马背,大叫大喊,抽打坐骑,还把车夫推下马车,夺了车队,在一片喧嚷声中,掉头奔向巴黎,行人尽力避让,咒骂声、嬉笑声、"嘚儿,驾"的吆喝声响成一片,不绝于耳! 这可是法兰西军官的马队,疯狂,不成体统,还穿着军装! 一名少校骑在一匹前蹄跃起的栗色马上指挥这场行动: 他就是在梅宗寓所露面的拉塔比少校。元帅在一旁观望,却无能为力。这伙人都喝醉啦! 而这种情况从早上就开始了。雅克–艾蒂安羞愧难当,两颊通红。他回到旅店,叫于洛收拾行李,并命令从里昂来的一个团的上校留守。这位上校极力解释,说他原先接到的任务是守卫夏朗通桥,但再说也白搭。元帅根本不听,召齐了自己那班人,跃身上马,向博韦疾驶而去。等走了一程路再用午饭吧。至于他,还是昨晚在圣德尼吃的夜宵! 责任内的事他都干完了,总不能留下来专等部队倒向波拿巴,不是吗? 他的职责就是迅速前进,部署据点: 参谋部下一个驻地是瓦兹河畔博蒙……午后一点,元帅从旅店出来,看见面前那伙领半饷旧军官,一时有些担心。不过,他们默默地让开一条道让他过去了。

元帅的马车正向瓦兹河畔博蒙飞驶,那些率领拉费尔炮队和贝里公爵车驾的军官,会同路上遇到的胸甲骑兵和一连步兵,朝着巴黎进发。他们穿过拉夏佩尔村，不期遇到一位身穿军礼服的将军，佩戴三色帽徽，领着一队骑兵，正从市郊奔来。拉塔比少校催动他的栗色坐骑迎上前去，戛然止步，举刀致敬。"是你吗，阿尔贝？你怎么在这儿？"将军惊呼道。这就是大名鼎鼎的埃格泽尔芒[①]，他想去圣德尼，为皇帝招安部队。差不多四个月前，这位将军因给那不勒斯国王写信而被解职，被苏尔特打发去了奥兰河畔巴尔，也吃起了半饷，他在巴黎的住所与警察对峙，还企图自杀。现在他又出现在前往圣德尼的大路上，但他无须再往前走了，示意拉塔比与他并排前行，领着反叛的部队，胜利而归，沿林荫大道走向路易十五广场和杜伊勒利宫，三色旗已在时钟楼顶上飘扬。

---

① 埃格泽尔芒（1775—1852），法国元帅，贵族院议员。1791 年加入革命军，拿破仑军中骑兵将军。

六、博韦·3月20日

　　1815年3月20日的博韦，如今或许很难想象，也很痛苦。作者大胆地请读者合作。因为经过上次战争的洗劫，这座城市，它的魅力和姿色，今天已荡然无存，或者说几乎荡然无存。大批仓促盖起来的楼宇、现代木板房，一片片空地，随处标有临时建筑的城建图上留出的空白，齐整划一的街道，已被摧毁的整个过去，千百年的人文积淀，思想和习俗的残迹，已逝生活的环境……凡此种种，欲看不忍。法兰西这段漫长岁月没有留下什么：人字山墙房舍和交叠式屋顶已难寻觅；大型织毯厂①已成过去，描绘牧羊人生活和山水风光的丝绸羊毛挂毯已不再编织，殊不知这些挂毯融合了工人手指的灵巧和博韦地区特有的恬静，盆地里蔓延的葡萄藤给人的恬静，而博韦城就懒洋洋偃卧在盆地的深处，轻雾缭绕，马里塞尔樱桃树枝繁叶茂，一行行飞鸟掠过田野……什么都没有留下：萨维尼的彩釉陶器、瓦赞利耶的缸瓷，以及庇卡底简朴的特产，什么衣橱、箱子、头饰、陶器、雅拙派画品，都已没了踪迹。食品杂货铺的招牌而今安在？当年刽子手用过的屠刀又在何处？往昔的梦已经烟消云散。世世代代积累的书籍已焚烧殆尽。就像一个在自家废墟上栖身的家庭，不知自己从何而来，没有人记得这节悬空的楼梯当年曾通往孩子们玩耍的顶楼，拆房人的这把十字镐把不问世事的石块砸碎，而正是这些石块曾经铺砌了情侣相会的街角。

　　1815年3月20日，从瓦尔吕斯河顺流而下，走过最前面的白垩地带，便可前往博韦城。水道狭窄、两岸陡峭的泰兰河在这片白垩地形成一个河湾，在布尔吉蒙山和隆山之间穿过，从南面和西面把博韦城紧紧围住。在深深的博韦盆地里，天上浮云朵朵，恰似悬挂着的一块块湿布，微弱的阳光极不情愿地照亮着公路、山丘和城市上空低低飘移的雾霭。只要到窗口张望一下，就会吓得两腿发软，因为从早晨开始，省政府，即现在的法院所在地，人进人出，惶恐不

---

① 指法国政治家科尔贝于1664年建的王室挂毯厂。

安, 办公室里一片慌乱, 仆役也不听使唤, 圣皮埃尔大教堂前聚集着惶恐的人群。圣巴泰尔那边, 车辆拥堵, 水泄不通。南希的丈夫出任省长已有两年了, 可是两年来她一直住不惯大教堂阴影里这幢有扶垛和锥顶塔楼的哥特式建筑; 他们的居所在一座狭小封闭的院子里, 属晚期火焰式房舍。这里环境潮湿, 简朴无华。年轻的马萨公爵夫人把自己二十一岁的年华关进了这座府邸, 当时她刚失去出世才二十二个月的头生儿; 在这幢屋子里, 她生下了第二个阿尔弗雷德, 她执意给第二个孩子起了夭折儿子的名字。去年, 当外国入侵的消息让人胆战心惊时, 其夫西尔韦斯特慷慨陈词, 鼓励效忠皇帝, 斥责那些异国的乌合之众……岂料波旁王朝一回来, 他态度大变。几周来, 在这座朴素的公馆里, 小纳内特①, 一个像她妈妈那样有个翘鼻子的女婴嘬着自己的拇指, 而今天上午, 马萨公爵在此已经接待了逃亡途中的路易十八陛下。公爵还在服丧, 他父亲在拿破仑垮台后不久终因忧伤羞愧而死。陛下逃亡何处, 谁都不知道, 据说去英国, 因为一出博韦, 他就上了加来大道, 结果大家白忙活了一阵, 为接待国王匆忙准备的那间挂壁毯大房间也没有派上用场。再说究竟出了什么事, 大家一无所知: 几天前才得知吃人恶魔已在戛纳登陆, 卷土重来, 让人不得安生, 但戛纳离这里还远着呢! 接下来, 国王途经博韦, 换了套车的马匹又上路了, 留下精疲力尽的护卫队: 那些年轻人都累坏了, 不等安排房间, 倒头便睡, 一些马匹也累倒在铺石路上, 或瘫倒在博韦马路中央的污水沟里。听说有些骑兵去年住在这里, 接受普瓦亲王的训练。大家对他们看法不一: 这是些贵族子弟, 上流社会乐意接受他们; 另一方面, 经商的资产者则认为他们傲慢、粗鲁, 常常酒醉如泥, 大街上挤撞名流显要。总之, 这里的人虽然忠于王朝, 但对国王卫队并无好感, 对此大家都心知肚明。在狭窄的, 应该说臭气冲天的街巷房舍里, 发生过许许多多不愉快的事。这些贵族子弟捂着鼻子, 向房主提出种种苛求, 还对他们横加指责。

　　箱子里该装些什么? 南希已是第三次打开箱子了。她不时被人打断, 已记不清自己到底带了什么, 忘了什么。马尔蒙元帅是要好好接待, 整整一夜他走在国王卫队前头, 在正午和一点之间抵达博韦, 公爵夫人把他安顿在上午为陛下准备的房间里, 想必现在他还在睡……至少我希望如此, 套间实在太大, 我呀, 我总觉得不自在, 总觉得从卧床到镜子得乘车……毛皮大衣带不带呢? 春

---

① 南希之女爱称。

天已经来临,可天气尚未转暖……说不定三两天内气候会变……公爵夫人脸上总透出十足的雅气。丈夫目随着她,发现妻子生了第三胎后比以往任何时候都更显水灵,头发也更金黄!

她待在那里,浅褐色的眼睛环视面前的一切感到十分困惑。她不知道什么该留下,什么该带走,尤其不知道将来会如何,是否还会回来,一家人是否会分开,上帝啊! 西尔韦斯特,西尔韦斯特,为什么你不和我一起走呢? 省长是不能丢下省府,带着妻儿逃走的。这不难理解。可是,假如他不知道该站在哪一边呢? 甚至不清楚老父①的决定……因为西尔韦斯特不可能自己在一个阵营,而老爸在另一个阵营! 就眼下而言,马萨公爵决心效忠国王。可明天呢? 不管怎样,他曾是帝国的伯爵,在别人追逐姑娘的年纪就已领取年金,当上了参议员……亲爱的,你实在太认真了! 是的,南希喜欢巴黎甚于博韦无数倍,但那是同西尔韦斯特在一起的巴黎,她无法想象自己独守巴黎的马萨公馆,否则就去乡下,投奔佩伐尔姐姐……西尔韦斯特说,无论如何南希不能留在博韦,因为圣上已退守诺尔省,不论圣上留在诺尔省,还是转去英国或比利时,庇卡底都可能成为效忠王室的部队和拿破仑军队之间的军事赌注,还可以预料,联军不会按兵不动……万一发生第二次入侵呢? 他倒不是希望这样,而是……这种可能性合乎逻辑。那么,合乎逻辑的结果是南希可能要独自生活,就这样吧。但她得带上两个婴儿! 别忘了带保暖衣服! 下面有人叫省长先生。我走了。

糟糕的是电报装置坏了。没法知道局势的变化。阿维斯男爵,统辖博韦军分区的旅长,已经好久没有接到顶头上司梅宗将军的指示,对此他颇感意外,不知该怎么办才好。部队有些人奉命驻扎在圣拉扎尔麻风病院,另一些则在大神学院和济贫院安营。在改作他用的教堂里,不论在圣玛格里特教堂,还是前年地毯厂关闭后腾出的马德伦寺院,士兵甚至直接睡在麦秸上。但骑兵仍源源不断开进博韦。上帝啊,瞧他们那副狼狈相! 倘若归附波拿巴的军团突然袭来,他们怎么办? 我们该怎么办? 从不断到来的旅客和邮件收集到的消息看,亚岷克莱蒙、佩龙等地驻军的情况并不让人放心。城里谣言四起。切不可认为,居民中那些最不安分的人不会受谣言影响,省长说,总有人浑水摸鱼。

老实说,皇帝回来的传言在博韦并不受欢迎。上层官员,也就是贵族,都

① 指南希之父,塔兰托公爵麦克唐纳元帅。

不欢迎，比如，克莱蒙-多内尔先生，他在马赛-昂-博韦附近有一座漂亮的城堡，他就来过省政府打听消息。而且，所有的作坊主都不欢迎，全城一万三千居民，作坊主和他们的家属就占了半数以上。全城居民热爱和平。波拿巴就是募兵买马，服役打仗。不要忘了，1812和1813那两年，家家户户的顶楼或地窖，几乎都藏过逃兵或躲避兵役的人。也许，1789年曾给这个劳工世界，给织毯厂和印花棉布厂，给麻布漂白场，给呢绒毛纺厂、花呢厂、莫列顿呢绒厂、长插销制造厂、韦斯波利娜呢织造厂、荷兰亚麻细布厂、乌德勒支丝绒厂，给制革厂、染坊、磨坊、绿矾工场带来过同样的幻想，让各地的法国人心驰神往。不过，这已经是久远的事情了。起初，他们也非常欢迎第一执政官①，把他看成恐怖时代一去不复返的保证。但他们忽视了战争的后果。战争抽调青年入伍，但更严重的是造成生产停滞，百业萧条。对于劳动大众来说，所谓帝国，主要就是企业倒闭，是每年不断蔓延的解雇潮，是失业者被慈善企业廉价雇用，三分之一以上的织布工人沦为乞丐，人数多达一千一百至一千二百……其实，人们还没有真正走出1811年危机。于是，当波旁王朝复辟时，大家长舒一口气，这并非因为他们有多么保王，而是因为秩序、君主制，只要能带来和平以及随之而来的正常生活、就业机会！那时候，大家都在说，产品要卖出去，就得和其他国家和睦相处。我们迫切需要销售市场。装饰马尔梅松城堡、圣克卢城堡和贡比涅宫时订购了几批织毯，除此之外，拿破仑给我们带来了什么？这不是地毯厂雇用了四十名工人就能永远消除"贫困工人"这个阶层的！更何况在帝国最后的日子里，连地毯厂也关闭了。这不是在宝石工场街开一家类似埃皮纳勒城那种木雕厂所能弥补的。最后，大家高呼："国王万岁！"甚至连那些不信教的人也非要参加欢迎国王的宗教游行，竟忘了这种列队仪式还是皇帝下令恢复的；到了七月节，姑娘们挥舞旗子，唱着歌，为纪念让娜·阿歇特②，大家纷纷给姑娘们让路，让她们先行，虽然她们都是贫苦人家出身。说实话，恢复君主制一年，商业没有任何起色，贫穷也没有丝毫改变；大陆封锁解除，市场开放，也引来了英国的竞争。其实，复辟首日，波旁王朝就一笔抹去了法国的羊毛业。原先在拿破仑不懈支持下，为提高羊群的存栏总数和建立人工牧场，法国人做了长期努力，而这一切结果都成了笑柄。因此，在那些陷入绝境的实业家府上，壁橱里都保存着皇帝的画像，同巴黎来客的交谈也极富煽动性。不过，帝国卷

---

① 指拿破仑。
② 让娜·阿歇特（1454—？），法国女英雄，曾率众侍卫守卫博韦城，击退"大胆查理"的围攻。

土重来，大家还是心有余悸，对征兵，对帝国的奢侈骄横感到恐惧。在城里和在乡下不一样，倒感觉不到那是流亡贵族的天下：城里街道狭窄，臭气弥漫，污水沟里，说得文雅些，污水沟里映照出蓝蓝的天空，对于这一切贵族老爷毫无兴趣。不过，斜挎蓝肩带的诺阿耶部亲卫兵算是例外。

　　国王卫队也有好人。庇卡底近郊圣马丁大街有一片零食杂货店，老板娘杜朗太太有个女儿，母女俩就很怀念一个卫士。应该说，这个叫普拉·德·什么什么的先生，相貌英俊，身材好，口才也好，一戴上头盔胸甲就更显威武之气；他一头金发，就不知道为什么他总爱说自己是萨拉赞人①后裔。他品行端正，从不晚归，也不涉足有妓女光顾的"卫兵咖啡馆"。杜朗太太心存歉意，她能提供的也只有那间不像样的房间。那是店铺楼上的一间小阁楼，杜朗夫妇成家时就住在上面，杜朗太太和女儿现在居住的隔壁这间房子当年还没有买下。麻烦的是这些屋子年久失修，因为怕它们倒塌，约瑟夫·杜朗在世时，就一直不敢打通住房和小屋之间那堵大墙。直到现在，倘若杜朗太太要上柜台，还得出门从街上绕，先把毡绒厚底鞋脱在家里锃亮的打蜡花砖地上，在门口换上农夫穿的木屐。至于普拉先生住的阁楼，得爬店里的楼梯，推开翻板才能上去。杜朗太太同年轻的亲卫说好，每天四十个苏，管饭，普拉先生应该并不富有，生活相当俭朴。还要说的是，德尼丝这丫头每天都给他送饭，还陪他聊天。普拉先生给她朗诵诗，还说诗是他自己写的。说真的，从天窗可以看到田野，这里地处博韦城的尽头，加上通向马塞尔的这一片开阔地，因此较之城里其他地方，还能看见更多的天空。

　　一听说国王卫队的人马到了博韦，德尼丝就进城了，她暗暗盼望能见到普拉先生。她刚满十六岁，七个月以来一直在思念这位曾在她家寄宿的亲卫兵，那会儿普拉先生总把她当小孩。她还梦到普拉先生看见自己模样大变，少女的乳房让胸衣束得隆起，竟是一脸惊讶。德尼丝是一个金发少女，肤色奇好，动不动就脸红，长长的睫毛宛如立经丝绒，身材又苗条，可就是这身衣服实在惨不忍睹，原来她母亲是要让她穿成端庄妇人模样，哪里知道这套行头能让二十岁的美人儿变成一个丑婆子，但穿在德尼丝身上，倒像是从妈妈衣柜里悄悄拿出来的化装服饰。一顶粗布无边软帽，圆溜溜的还打了褶裥，束了一条褪色黑带，端端正正扣在头上，把那么纯美的额头、那么轻柔的秀发遮

―――――――
① 西方人对伊斯兰教徒的旧称。

住了，但这样一打扮，反而更显得楚楚可怜、青春动人，况且身上那件短上衣又极不贴身，宽宽大大的却衬托出她的纤弱身姿；她还因穿上了胸衣而神气十足，肩上披着带流苏的羊毛方巾，在她初隆的胸前相叠；身上那条棕色厚呢褶裙，不知打了多少褶，简直能将细针变成塔，系上围裙，那就更不得了啦。这条裙子又重又笨，垂至脚面，德尼丝穿不惯这种摇来晃去形似钟罩的裙子，遇到博韦的水沟，还得两手提起裙子才能跳过去。两个多月前，她母亲觉得女儿到了该这样打扮的年龄了。二十多年来，杜朗太太一直是这样穿戴的，所以她觉得女儿没有理由另换装束；她把自己那些还不算太旧的衣服拿出来，按德尼丝的身材好歹改了改，裙子就足足收窄了一米，正好把破旧的地方裁去，女儿穿着能护住她稚嫩的身段。就这样，德尼丝尽量提起裙子，冒雨走在满是士兵的马路上，士兵们心不在焉，没有注意到她的美貌，而她却走近他们，一个个地瞧，见到身高超过五尺六的士兵，她就以为是普拉先生。但是没过多久，眼前的景象使她放弃了希望，因为这些英俊的骑兵不是来参加检阅的，他们有的已经下马，牵着疲惫不堪的坐骑；有的则刚刚赶到，还在马上，但已累得趴在马脖子上了；还有的士兵是走来的，坐骑累垮累死，都丢弃在了途中。最后，那些有钱的骑兵，从瓦兹博蒙开始，就盘算开了，碰上这种鬼天气，还要走八古里夜路，哪里受得了，便纷纷租了带篷的轮车和简陋的公共马车，能带的东西都带上，有的膝头上搁着一个不大的绒绣包，有的裹在毯子里，还有的靠着车夫肩头朐朐大睡，已看不出他们还是军人，就这样他们成群结伙进了城。队伍怎么整顿？怎么继续往前？怎么让他们恢复人样呢？有些士兵都成了泥团。不知在哪里滚成这副模样，遍体淋湿，一副可怜相，拖着步子，苦苦求人让他们留宿。目睹这一切，德尼丝忘记了普拉先生，动了恻隐之心，把一个长着红棕色头发的高个子青年领回了家，这个青年叫泰奥多尔，说自己是灰披火枪手，还真看不出来。现在已是上午十点，他还在上面大睡，他的衣物又湿又脏，扔了一地，那双鞋子就像两块土疙瘩，好不容易才脱了下来，人累坏了，也没有擦洗一下，光着身子就钻进了被单和红色鸭绒被，在梯子顶上的阁楼里呼呼睡去。此时，杜朗太太就像招牌上说的，在下面卖芥末和食盐，走路踮起脚尖，嘴里还"嘘嘘"地示意顾客别喧嚷，其实，天黑之前即使打雷，也别想把洛里斯东先生的火枪兵惊醒！按照军人住房分类，这个阁楼属第四级，正常情况下只能给寡妇增加些微薄的收入。现在可好，前来为军官求宿的，一天不下十人，有一个军官就在储藏室的货箱上安顿下来，谁也没法让他改变主意。这是一个国王掷弹兵，到店里来的人没有不去看他睡觉的，只见他身边放着毛皮高帽，睡觉的姿势很特别，真是可怜又可笑。德尼丝看了觉得有点尴尬，赶忙移开视线。

城外的士兵源源而来，源源而来！

有些士兵就在水泵边上洗刷。有些在院子里光着上身，花五个苏向送洗澡水的工人买来热水，让人往自己身上泼着冲澡。真是英雄啊！有的在刮脸，有的瘫倒在圣马丁大街的公共马车站前，两腿间夹着褡裢和马刀，四下里响起庇卡底人生硬的嗓音。还有的没完没了地打着喷嚏。总之，见到这般光景，大家不禁会想，究竟是什么赶着他们在风雨中奔波，可是知道了又有何用，实难将他们当成一支部队，一支正规的骑兵队，一支军队。这是翻倒的蜂箱，四下散开的寄宿生，一群不听话却在山林或沼泽找不到路的顽童。他们确是被人带领，受人指挥，遵照命令来到这座城市，但这让人无法相信，因为他们像逃兵，像是溜号的。然而，博韦对他们很热情，开小差的，博韦见得多了！寻常百姓家的妇女慈母般照顾这些侯爵和子爵①，必须说一下，他们这般潦倒，别人很容易当他们是工人，是同她们一样的平民百姓。把他们拉到家里，给他们吃喝，安排他们住下。为此很多士兵激动得热泪盈眶，连声赞叹，啊，多好的城市，市民忠于王朝，忠于国王，忠于贵族！士兵们处境如此，很难作什么解释，事实上也没有人想到要这么做，也没有人说得清楚，甚至没有什么……只知道当兵的开了小差，这太让人高兴了，没了士兵就打不成仗，这才是他们最关心的，千万，千万别在博韦打仗！

这想法不算太笨。

南希·德·马萨带着她的孩子和女仆，乘车从两座锥顶塔楼之间驶出省政府，来到笼罩在大教堂浓重阴影里的圣皮埃尔广场，此时正巧有一辆敞篷四轮马车从世善教堂前驶过，车上有几位贵族，公爵夫人认出了坐在软垫长椅上的图斯坦先生。图斯坦先生是亲卫队的，公爵夫人上个月与他在莫城相识，那时她刚出月子，去西尔韦斯特的一位姑妈家做客，让这位姑妈看看孩子。

在莫城，瓦格拉姆部的亲卫兵百无聊赖，图斯坦先生便向马萨公爵夫人献起了殷勤，当时南希并不感兴趣，不过，在这样一瞬间，如此突然地再次见

---

① 当时宫内侍卫、卫队成员多为贵族或贵族子弟。

到曾经追求自己的人，心中难免有一种世事沧桑的感觉。但她还不至于让车子停下，而是从后面的小窗瞥见敞篷四轮马车驶进她刚离开的省政府。她揉了揉翘起的小鼻子，开始想象图斯坦侯爵和西尔韦斯特的谈话。上帝啊，世界真小！世事变迁，犹如演戏：所有的人物都事先写在节目单上，一个都不可能增加。蓦地，她拍了拍脑门。"夫人，您忘了什么东西吗？"女仆问，抱紧了怀里嘬着拇指的纳内特……

"没有，什么也没有忘记，我的孩子……相反，我倒记起来了……那高个子，图斯坦先生对面那位，快碰到顶篷……"

"什么？"女仆问，一边从车门往外张望，寻找那位图斯坦先生。

"啊，肯定是他，黎塞留公爵[①]！可我没法接待他了！听说这人和蔼可亲……他讲的俄罗斯故事特别精彩！"

那人确实是黎塞留公爵，他歪着身子坐在那里！屁股上有多处挫伤。头天晚上，他随身带着一万法郎金路易匆匆离开了圣奥诺雷王府大街，这笔钱是勃朗峰街的拉菲特先生和佩雷高先生星期六兑付给他的。他把金币塞进腰带，不幸的是他把腰带系颠倒了，金路易从一只只小夹袋掉了出来，一离开巴黎，便雇马小跑或策马疾驰，结果金币掉进衬裤、长裤乃至靴子，一开始并没有意识到是怎么回事，等明白过来时，已无法停下来冒着倾盆大雨脱掉衣服，黑夜里把金币拿出来。不过，这样也好，他这副狼狈相，夫人们也不用怕他了！他不能随便找个地方过夜，必须请外科医生替他包扎，所以他来请省长帮忙找一位医生，乘此机会把同车的旅伴也带来了。幸好在博蒙找到了这辆破车，便和图斯坦侯爵、莱昂·德·罗什舒阿和罗什舒阿的副官同车前来。罗什舒阿是公爵的内侄，眼下是黑披火枪手，当年在敖德萨，他是公爵的膳食总管。此时大约是下午两点半。

这个时候，麦克唐纳元帅正在他熟悉的这段路上，从这儿往左拐就能去勒尼奥·德·圣让–当热利的乡间宅邸，这一带几乎到处都有这样的住宅，它们是一个稳固社会的见证，塔兰托公爵以前属于这个世界，现在他可能正在弃它而去。跟随国王逃亡，逃亡何地？真的该离开法国吗？他下不了决心。一路上，元帅默然不语，既不理会于洛，也不搭理副官。副官不时把脑袋探出车门，议

---

① 黎塞留公爵（1766—1822），法国政治家，大革命时流亡沙俄，1803—1814 年出任敖德萨州总督。波旁王朝复辟后返回法国，出任外交大臣。

论沿途景色，或者冒出一句："我在想，这位意大利夫人怎么样了……"而雅克-艾蒂安的心病是不知道圣上此刻到底在哪里，他担心陛下途中已经变卦，不是直奔里尔……还有从亚眠传来的坏消息，不过这消息极不可靠……再说，一个省长有什么能耐？袭击国王卫队？那些军官会对他们曾经宣誓效忠的君主下手吗？传闻站不住脚。然而，倘若路易十八继续走加来公路，那里有吸引人的海岸和大海，那么，即使他不想流亡，大家也会觉得他要去英国……投诚拿破仑的部队需要准备多久才会来追击他们呢？这天晚上，皇帝肯定在卢浮宫安歇。

公路陡地扎入一个险要的山谷，两侧是高大的乔木林，还有一些娱乐场馆。元帅一行到了普雷斯勒村，村子延伸约四分之一古里，有一座山丘俯瞰全村。元帅想了一下，要不要在他的经纪人拉纳维尔府上停一下，他本来就有些证券委托书要交给他，因为即使他非离开法国不可，留下的资金也不该闲置。拉纳维尔可以同阿道夫，即他的女婿，阿代尔的丈夫佩雷高联系。最后一分钟，马车该右拐了，拉纳维尔先生的城堡离公路约三分之一古里，在诺安泰尔，那地方美不胜收，花园里树丛葱茏，溪水淙淙，景色如画，超出人们的想象，加上卡内尔森林脚下那片开阔地，向着瓦兹河谷展开……总之，拉纳维尔在诺安泰尔吗？元帅没有下令让马车拐弯。说真的，维斯孔蒂夫人怎么样了？不管怎么说，这病已是她第二次犯了……只听见他大声说："现在这个时候，她已回到嘉布遣会修女大街啦……"副官吃惊地看了看他，因为他是二十分钟前提起这位夫人的，早已忘了这话头。再说，副官根本不知道这位意大利夫人住在嘉布遣会修女大街。不过，他明白，现在不要冒昧向元帅提问：雅克-艾蒂安又陷入沉思，心里隐隐担忧。

由于想到了拉纳维尔和阿道夫·佩雷高，麦克唐纳元帅马上想到了阿道夫的姐姐，即阿代尔的大姑子腊古扎公爵夫人，自然又想到了马尔蒙元帅。马尔蒙在哪里？亲王们在哪里？他们肯定没有跟在国王的车队后面。假如不相信，只要看看这公路，看看那些被超过的掉队士兵，看看落在最后的国王卫队人马就明白了。他们有的坐在沟里，手捧脱了鞋的双脚；有的把大衣铺地而睡，到处都是遗弃的马匹、扔掉的行囊包裹、酒瓶乃至武器。越临近博蒙，掉队的就越多，他们成群结队，蹒跚而行；麦克唐纳一行超过一辆又一辆二轮运货马车，看到车上身穿亨利四世时代服饰的志愿兵躺在干草堆里酣睡；又赶上了那些可怜的士兵，只见他们累得要死，还在竭力举步前行，而周围的伙伴,有的机械地挪动步子,有的神情迷惘地望着你,有的显然放弃了。有人扔掉了皮靴,光着脚在泥里跋涉。还有的把火枪当拐棍。那些下了马的骑兵,任他怎么吆喝,累坏的牲口只是后退,不肯向前⋯⋯

博蒙-德瓦兹约有两千人口。小城坐落在山岗上,层层叠叠,俯瞰着瓦兹河,在高耸的教堂和古堡倒塌的塔楼之间,一个平台式散步场伸展开去。此地的居民以经营谷物和面粉为生,加来公路上来往旅客也是当地人的财路。驿站替元帅乘坐的马车换马时,意外地发现一根辕木快要断了,险些酿成车祸。没时间修车了,驿车马上就要出发。麦克唐纳留下随从,吩咐于洛等车修好再走,又给准备好宿营地并在此等候他的先行官们下了指示,随后与副官一起上了驿车。没有军队,宿营地又有何用?国王卫队行动,竟没有军队随从,连一团人马,一个后勤组都没有。麦克唐纳本来指望被领半饷军官赶走的吕蒂将军会从圣德尼直奔博蒙,并把各部门人员收容集中起来向博韦进发。结果连吕蒂的影子都没有见到!吕蒂对国王的忠诚终结于圣德尼,他被半饷军官吓破了胆。算了,还是像在圣德尼那样,设个据点,留下命令,以备有哪个军团赶来。

这样的冒险举动,历史上恐无先例:一个军队司令,不带一兵一卒,身边只有副官,按事先用红笔在作战地图上划定的路线赶路,坐的还是一辆公共驿车。而要做的只有一件事,赶去同亲王们会合,至于默伦兵营的部队,谁也不放在心上,默伦大军已经没有了,有的只是王弟殿下掌管而由马尔蒙统领的国王卫队、稍远最前头的“教会长子”[①]和同车的普瓦亲王、布拉卡;如果陛下运气好,他后面还跟着贝蒂埃的四轮大篷车,大篷车里,贝蒂埃咬着指甲,膝头上放着维斯孔蒂夫人的首饰箱。还有博浓维尔的轿式马车跟驿站车夫⋯⋯博浓维尔,此刻他到底在想什么?

至于瓦格拉姆亲王,看来他对格拉蒙公爵和卢森堡公爵的谈话不感兴趣,这纯粹是两个聋子的对话,谁也不听谁的。卢森堡公爵讲述孔代军的逸事趣闻,格拉蒙公爵就等着他停下来喘口气的当儿,赶紧插进他对葡萄牙的回忆。克鲁瓦-达弗雷公爵的心思片刻没有离开凡尔赛,他头发扑了粉,在脑后束成马尾,两鬓梳成鸽翼,我敢打赌,他正沉浸在对过去的回忆中。

在麦克唐纳乘坐的那辆驿车里,有一个马贩子、两个推销员、一位由女管家陪同的失明老妇,还有来自巴黎的一家子、一个怀抱一只猫的小女孩,以

---

① 指国王路易十八。

及一个不时在小本子上记些什么的英国人。大家挤在一起,看到军人上车,都有点惊慌。他是谁,这位将军?反正是将军。大家看着他,默默无语。从巴黎出发,一路所见,尽是军官,这倒不假,可他们并不乘坐公共驿车,现在连将军也同百姓一样,乘驿车赶路了?渐渐地,大家镇定下来。两位推销员小声说着话。车内的气氛不适宜众人开怀畅谈。首先,沿途的景致没有提供太多的谈资,尚普莱一带,除了高耸的教堂,就是一望无边的平野,随后马车爬上山丘,驶向泰尔地区,此时高原上风雨交加。

快五点的时候,驿车驶进了戈贝特山谷,下了高原便朝皮瑟–勒奥贝尔热进发。到了那里要换驿马。马贩子指着左边一座上世纪的城堡让大家看,还说出了城堡主人的名字,元帅心不在焉地听着。这地方生产扇子,至少生产扇骨。当地人靠这玩意儿谋生,有意思!靠的是纨扇轻摇,卖俏传情,而不是生活必需……雅克–艾蒂安想起送过波利娜·勒克莱尔一把扇子,有人对他说:"这是布律昂太太的作坊制作的扇子……"布律昂,这不正是刚才马贩子指着城堡说的那个名字吗?波利娜玉手纤纤,世上少有,扇子仿佛是她完美手指的延续……奇怪,今天怎么会想起这事?这个村子尚不到一百户人家,瓦格拉姆部的一支小分队夹在疲乏的骑兵中间,徒步从村里经过,他们都翻起了领子,恼怒地看着越来越昏暗的天空。那个人[1]今天就要回到卢浮宫,他会像从前那样反剪双手穿过元帅厅,突然驻足对一个士兵说,你,我在哪里见过你……装模作样,真会演戏!当他走进和平厅时,谁会在那儿迎接他呢?他的那些老伙计……去年还宣誓效忠国王的人,他们中会有谁……麦克唐纳想象几张熟悉的面孔,看到他们别扭的姿态、相似的礼节、女子屈膝礼仪式……奥斯坦王后、勒尼奥·德·圣让–当热利夫人、弗利乌尔公爵夫人……突然他心头一紧,波利娜也在厄尔巴岛……她和他一起回来了吗?他打起精神。见鬼,别人还以为他一辈子都爱她似的!可他早已忘了勒克莱尔将军夫人,这位夫人还和她的要好朋友一起嘲笑过他!博盖塞王妃[2]同他有何相干?他一点也不在乎。

细雨蒙蒙,让人心烦。烂泥,看不到头的烂泥。路经一片房舍,这些房舍沿路修建,说不上是村落。几个士兵停在一户人家门前乞求歇脚之处。后面拖拖拉拉还有其他士兵,步行的、骑马的,今晚睡在哪里?国王卫队的人马犹如

---

[1] 指拿破仑。
[2] 波利娜,拿破仑之妹,其夫勒克莱尔将军于1802年死后,1803年嫁给意大利亲王卡米略·博盖塞,故称博盖塞王妃。

一绞乱丝，近卫骑兵、亲卫兵、轻骑兵、掷弹兵……他们身上的军礼服从未经受战火的洗礼，但在雨水的考验下颜色变浑了……斗篷、无袖上衣、皮马裤，啊，民众还管他们叫红衣兵，真不乏讽刺意味！总之，他们能派什么用场，这些火枪手，这些瑞士卫兵？一共不到五千人！散落在没有尽头的大路上，乱不成军，人困马乏，至少也与色诺芬①撤下的万人军不相上下。整整一支军队。整个世界在逃亡。世界濒临末日。各种荣誉观混淆不清。忠诚不贰和英雄气概被丑化歪曲。传奇已经破产。没有血气的末流贵族和欧洲征服者难以置信地同流合污。洛里斯东、拉格朗热、马尔蒙、麦克唐纳，以及拉格蒙家族、诺阿耶家族、达马斯家族，还有东皮杜·德·克律塞家族、勒拉尔热·德·卢尔杜尼埃克斯家族、波旁-比塞家族、加利·德·默尼尔格朗家族、福尔邦·代伊萨尔家族、戈尔蒂埃·德·拉克洛佩里家族……整整一窝主教代理官和近卫军老兵，他们扛着绣有拉丁铭文的旗帜，在泥浆中跋涉，绣金镶银的衣饰堆在被丢弃的货车里任人抢劫，新旧誓言或遭背弃，或被拼死信守，满眼是稀疏的庄稼和漂亮的房舍；这些房舍几易其主，从武装领主转到获得爵位的商贾手里，他们用甲胄换取扇子或贝壳纽扣、呢绒、差价、工场……在皮瑟的马蹄铁匠铺里，一个脸色忧郁、身穿长矛轻骑兵制服的高个子青年等人给他的马换蹄铁，可他自己已累得站立不住……

元帅下了驿车，站在细雨里活动一下麻木的腿脚，这时一辆从博韦方向驶来的四驾马车停在他面前。突然他听见喊声，是南希的声音："爸爸！爸爸！"他看见了女儿上翘的小鼻子和浅褐色的眼睛，女儿酷似父亲，犹如雌猫像老虎。不过，她的嗓音却同圣日耳曼-安莱的玛丽-康斯坦斯一模一样。玛丽-康斯坦斯，他唯一的心上人，他的青春……

"你来这里做什么？我的公爵夫人？"他亲切地拥抱女儿，"长途跋涉，怎么不同你的省长一起走？还带着这一车人……"

他指着他那些外孙和外孙女，两个孩子口水淋漓，在襁褓里啼哭，指头弯拢的小手朝着灰蒙蒙的天空摇动，穿着黑羊毛裙的女仆给孩子擦掉嘴巴四周的唾沫……南希解释道，是她丈夫叫他们去巴黎的。

"去巴黎？哎，夫人，还是陪父亲回博韦吧！"

西尔韦斯特准是对外面发生的事一无所知！外面发生了什么他确实一点

---

① 色诺芬（前434—前355），古希腊将军、史学家。公元前401年助波斯王子居鲁士争夺波斯王位未遂，居鲁士被杀，后率希腊万人军撤退，其著作《远征记》有相关记载。

不明白……庇卡底要打仗? 他还以为是在路易十四治下! 可是, 离开博韦去巴黎, 这岂不是避开卡律布狄斯又遇上斯库拉[①], 甚至更糟! 就是去巴黎, 也总不能一步就到吧, 何况这些天, 路上……我在圣德尼亲眼所见! 不, 不, 我的孩子, 改变方向! 还有, 你知道国王去了哪里? 你们在博韦见到国王了吗?

她在博韦见过陛下了。陛下已离开博韦, 踏上了通往加来的公路。至于其他……怎么, 去了加来? 不是去亚眠? 不是去亚眠。啊, 这还没完。请注意, 他完全可能在途中改变方向: 路易十八, 他的主意十分钟一变。在普瓦, 就有一条直插亚眠的小路……麻烦的是, 大家都以为陛下要去英国了。

"那他为什么不去?"南希问。

噢, 他不会去! 他不会去英国。不过, 走这条路, 即使只是在阿布维掉头向北, 也会使人觉得, 喏, 也会使人觉得……就连王朝的铁杆支持者也会泄气的, 在庇卡底和阿图瓦, 这类支持者不在少数。起来抵抗, 投入战斗, 如果国王逃跑的话!"你认识他吧, 这傻大个!"这句话是向女儿介绍他的副官, 副官鞠躬致意……"你哪里想得到, 他居然爱上了一位年近六旬的意大利女人!"副官一再否认, 脸涨得通红, 倒让人觉得真有其事似的。说话间, 驿车又要出发了。

下午六时整, 他们抵达众亲王所在的诺阿耶。塔兰托公爵撇下继续驶往博韦的驿车, 把女儿和外孙安顿在路边一幢有钱人房子里, 有人告诉他, 那里住着一户对国王忠心耿耿的人家。等安排好了女儿和外孙, 他乘坐主人家的马车前往不到一古里外的莫希城堡: 王弟殿下、王子殿下, 他们的随行人员和卫队各路统领想必要在那里过夜。马尔蒙比他们先出发, 已去博韦。莫希公爵夫妇是白天回到城堡的, 昨晚夏多布里昂先生在他们府上作客, 等他一走, 他们便听从公爵的父亲普瓦亲王的劝告离开了巴黎。公爵夫人娜塔莉是亚历山大·德·拉博德的姐姐, 从路易十八出走到拿破仑归来这段时间, 拉博德受命看守杜伊勒利宫。麦克唐纳元帅赶到时, 大家正准备入席。厨房菜肴飘香, 让你魂不守舍, 食欲大振。波旁家族的人都一个样, 在他们眼里, 吃喝是国家大事。城堡饲养场经历了一场大屠杀, 用晚餐者约三十人之多, 娜塔莉公爵夫人倒一点也不吝啬。晚餐会有铁扦烤珠鸡。公爵夫人先介绍了烤珠鸡的调味

[①] 希腊神话中的六头巨怪, 把守一片礁岩。卡律布狄斯扼守墨西拿海峡, 每天吞吐海水三次, 形成大漩涡。航船避开漩涡, 就有撞上礁石之险。

汁,用的是梅莱维尔的配方,亦即拉博德家的秘传。麦克唐纳饥肠辘辘,他在圣德尼随便吃了点什么,一直饿到现在,不过他不能入席,因为他的女儿还在诺阿耶……大家嚷开了,莫希公爵说他这就派人给马萨夫人……不叫她雷尼埃夫人还真有点别扭……给马萨夫人送半只烤珠鸡,还有甜食,马上,马上送去……她爱喝勃艮第葡萄酒对吧? ……总之,盛情难却,元帅终于入座,面对一道一道端上餐桌的美味佳肴,他心怀感激,狼吞虎咽起来。马尔蒙不在,他稍感不安。从军事角度看,同马尔蒙在一起,他就能更有把握地审察形势。因为同轻骑兵统领夏尔·德·达马斯和长矛轻骑兵队统领韦尔热纳伯爵是讨论不成时局变化的。他俩都在孔代军里待过,此时又都饶有兴趣且不失礼貌地向元帅讨教,但他们谁也没有真正的军事头脑。艾蒂安·德·迪尔福尔怎么没有同他们在一起? 好在亲王们是那么热诚,公爵夫人又是那么殷勤好客,二十年过去了,娜塔莉风姿依然……当年麦克唐纳见到她时,她还是个年轻姑娘,在大卫画室里学习绘画,难怪夏多布里昂先生……经过了这个不是路就是雨的讨厌黑夜,眼前这一切就算是人声喧哗了。还没有到品尝烤珠鸡的时候。莫希公爵有一口无与伦比的鱼塘,他派人捕捞了几条鳟鱼,但不是用梅莱维尔的法子烹饪的……只有诺阿耶人才这样烧鳟鱼,而且吃完鱼后照例要一杯西班牙酒……这酒的名字元帅闻所未闻。他观赏着四周墙上的画、水晶杯……内心猛地感到自己不过是一名新贵。他想起了在桑塞尔的童年生活,当时他父母打算让他在教堂里谋个教职,发现那里食品便宜,酒的质量又好,便和其他苏格兰人一起在那里住了下来。想到此,元帅觉得耳热脸红,赶紧向阿图瓦伯爵转过身,边吃边向亲王殿下汇报了夜里发生的事以及王室军队溃散的情况。

　　严格地说,贝里公爵殿下是塔兰托公爵的顶头上司,就像王弟殿下是腊古扎公爵的顶头上司一样,也就是说,名义上他是全国军队的统帅,塔兰托公爵麦克唐纳是他的下属。此刻,贝里公爵殿下情绪低落,因为麦克唐纳元帅正向他的父亲汇报,而他的父亲阿图瓦伯爵只统辖由马尔蒙率领的国王卫队。可他又有什么法子呢? 圣上不在,圣上的弟弟便代表王朝。再说他自己的军队,他自己的军队又在哪里? 想到此,他就觉得眼眶里涌上了奥地利安娜特有的大泪珠。

　　马尔蒙在一张华丽的床上醒来。昏暗的房间十分宽敞,四周的墙上饰有挂毯,这些挂毯都是向一个叫布瓦塞尔的先生压价买来的,因为共和七年,吕西安·波拿巴不同意博韦的省长让织毯厂无偿装饰官邸。挂毯上已有少许虫蛀，这是一组挂毯，经常被复制，图案是布歇①的作品《高雅的田园牧歌》，共六件，但屋里只有四件。继任省长贝尔德比什生性好挥霍，为了同挂毯的风格相协调，他下令添置了一张蓝白底花束图案的长沙发、六把款色各异的扶手椅，还给床柱、窗户配了阿拉伯风格的帷幔。马尔蒙脱下的衣物散落一地。他拉开沉重的窗帘，从透进来的光线判断，想必他没有睡多久。啊，他有衣服替换了，因为他睡觉时有人把他的箱子送进了房间。这是一只有大号钉头饰的西班牙皮箱，见过风雨，历尽沧桑。他漫不经心看了一眼《爱笛》和《诱鸟笛》，觉得这两幅图案已经过时。床头有一条很粗的拉铃绳。仆人把热水端来了，元帅开始梳洗。他照着镜子，以挑剔的目光打量自己的胳膊大腿。肌肉松弛了。还有鼻孔边上，左边，这些小黑点是怎么回事？他仍觉得很疲乏，这倒不是因为一夜鞍马劳顿，并且只睡了三四个小时，而是因为近日巴黎发生的一切：国王优柔寡断、种种权宜之计、来自南方的消息……他很快就获悉波拿巴在夏纳登陆时发表的声明。皇帝对自己的指责……他挥之不去。

　　主人请来理发师替他刮脸，使他得到片刻宁静。腊古扎公爵抚摸着刮得光光的面颊，并不在意理发师的唠叨，不在意对他相貌的恭维。他哪有这心思！这次征战，如果能把逃亡称作征战的话……这可不像在西班牙，在西班牙，最好的休息是做爱……对他来说，博韦并非驻军重镇，而只是一个歇脚地，待一会儿，明天，敌人就将兵临城下。在他眼里，有些法国人比伊比利亚半岛的游击士兵要恶劣。他本人一旦落入法国人之手，当甘公爵②的下场便是他的归宿。难道就是因为考虑到这一点，考虑到战争无常，分开多年的妻子才要求星期六同他会面？每想到腊古扎公爵夫人……想到佩雷高小姐③，他的内心就充满了痛苦……1814年事件④发生后，她宣布不愿意再从他的姓了，从此他就叫她奥唐斯。其实，从1810年以来他们就没有了夫妻名分，当他在欧洲战场纵横驰骋时，她甚至不顾起码的颜面，公开炫耀自己的情人。马尔蒙从伊比利亚回来，便把她赶出了天堂大街；然后，从发生的一切看，公爵夫人离弃他，似

① 布歇（1703—1770），法国洛可可艺术代表画家、版画家和设计师。
② 当甘公爵（1722—1804），波旁王朝亲王。大革命时流亡国外，拿破仑怀疑他谋反，于1804年3月将他绑架回国，经军事法庭审判处死。
③ 即奥唐斯·佩雷高，马尔蒙之妻，腊古扎公爵夫人。
④ 1814年初，欧洲反法同盟威胁巴黎，经约瑟夫·波拿巴同意，马尔蒙同沙皇亚历山大谈判巴黎投降事宜，后因未去枫丹白露保护拿破仑而被指责背叛皇帝。

乎因为他背叛了拿破仑。不管怎样，既然她想见面……他去了她在塞吕蒂路的府邸，同她见了面。

正当宫廷上下踌躇不定之时，佩雷高小姐的这一举动比什么都更能使他正确地评估形势。她建议马尔蒙在启程之前，立一份对她有利的遗嘱。鉴于他们的关系，她的建议所蕴含的不单单是傲慢，而是对他最终命运的确信无疑。他本可以拒绝，当面把她嘲笑一番。可是，他突然间仿佛闻到了新婚宴尔的馨香，仿佛听到了一支中断的旋律，一支让你激情澎湃、却永远只是开头的曲子。不管怎样，即使他死了，难道就不该有个腊古扎公爵夫人吗？当时离婚也颇为流行，拿破仑也曾劝他离婚，但他们没有这样做。不管他是死是活，既然不曾离婚，她总是他的妻子。他觉得宽容大度是对这个女人，对皇帝，对生活的唯一可能的回报。再说，这一回报，他用自己的全部产业、他的名誉、他的府邸、他的财富为代价，换来了头等重要的情报：佩雷高夫人的行动证明，她的弟弟及其合伙人，即银行家拉菲特，已经确信事态的发展将有利于波拿巴。谁比他们消息更灵通？有其父必有其子，拉菲特先生和佩雷高先生善下赌注，向来万无一失。如果这几天他们摇身一变，拥护波拿巴，那他们一定知道自己在做什么。人们不会忘记，1814年临时政府成立时，正是拉菲特先生的话促使塔列朗先生拿定主意，把赌注押在波旁王朝的复辟上……

马尔蒙脸上清爽，心情沉重。他从理发师嘴里知道，在他睡觉时，黎塞留公爵到了省政府，他决定前去问候这位他不甚熟悉的贵族：公爵从俄罗斯回国大约有十个月了，但他故意不问朝政，一再谢绝路易十八向他推荐的职务。元帅相当好奇，特别想了解这位经历奇特的爵爷。公爵才四十九岁，却为俄国皇帝陛下效劳将近四分之一世纪。他不是一个普普通通的流亡贵族，而是经制宪议会特许于1791年离开法国的，所以马尔桑宫里的人都恨他，他自愿流亡还有一个尽人皆知的原因：他少年时期，家里硬要他娶罗什舒阿家族的一位女子，但此女奇丑无比，超出了可接受的界限。马尔蒙觉得他们两人的婚姻大不一样，但他和黎塞留公爵的处境有某种相似之处，因为两人几乎终身远离传统意义上的妻室。此外，有些道德上的丑行堪比驼背鸡胸……老实说，对于女人，元帅不同于在上帝见证下成婚的黎塞留先生，没有那种近乎神圣的持重。而且，他管辖伊利里亚，历时太过短暂，连皇帝都耻笑他是"马尔蒙一世"，他没有黎塞留在敖德萨行使长达十一年之久的那种权力。他的好奇，除了比较两人的私生活，更多的是对总督职位的惋惜，他只是初尝甜头，习惯了连政府财力都供不起的大肆挥霍……

马尔蒙看到了新俄罗斯前总督，他正让人包扎不幸被从腰带漏落的金路易磨破的伤口。圣上的外科医生埃利泽神父差不多和他同时到达博韦，神父一到博韦便直奔马萨公爵府上，打听御驾及其随从人员走的路线，马萨公爵对他说："您来得正巧！"随即把贵族院首席侍从官交给了医术高明的耶稣会会士。

埃利泽神父赶紧替黎塞留公爵治疗，也好重新启程前往阿布维尔，如果路易十八真的去了那里。不料马车夫把他扔在博韦不管了，车夫什么都不怕，说话高声大气，冷嘲热讽，将马车掉了头，说自己有"未婚妻"在巴黎，当然少不了让旅客付了一大笔钱，旅客不乐意，却又无可奈何。没了马车，神父请马萨先生帮忙，在一辆临时安排给国王送急件的驿车里找了一个座位。急件不能用信号传送了，因为路易十八已下令拆除了电报机，尽管有些晚。眼下，说实话，消息都是靠信使骑马传递的，信使把信件送到亚眠，亚眠的电报机还在运转。但消息并不令人高兴，杜伊勒利宫恭候拿破仑随时驾到；巴黎实际已落入波拿巴分子手里，拉瓦莱特先生已取代费朗伯爵，重新出任让–雅克·卢梭大街帝国驿站管理总局局长之职。

如今，黎塞留公爵已没有了青春年华的魅力，没有了当年特里亚农宫王后龙骑兵军官的英俊，但他还保持了年轻骑士的体形，此刻，脱去了外面的服饰，轻衣薄衫，更显健美，虽然背有点儿驼。他本来就偏瘦，这使他保持了当年攻打伊兹梅尔要塞①时的颀长身材，那场战斗他与查理·德·利涅亲王②和朗热隆伯爵一起冲锋陷阵，指挥攻打要塞的是苏沃洛夫③。马尔蒙比他小八岁，但在他面前不免觉得自己有点臃肿，甚至有点妒忌他的相貌。公爵头发早白，但容光焕发，透着些许忧郁，这恐怕是他奉行苦行生活的结果，而这种气色竟出现在上世纪那位有名的放荡鬼的孙子身上，实在出人意外。黎塞留公爵的长相酷似他的祖父，在道德上却大相径庭。公爵同马尔蒙元帅一般高，但两人身体各部的比例完全不同。公爵脑袋显得较小，但实际并不小，主要是他胸脯宽厚，脖子又长，让人产生错觉。他的腿特别长，说不清楚有什么地方像舞蹈演员。他全身上下没有一寸多余的脂肪，唯见长条的肌肉。他白发浓密，垂

---

① 今俄罗斯的比萨拉比亚。

② 查理·德·利涅亲王（1735—1814），奥地利陆军元帅，曾代表德王约瑟夫二世出使俄国，深得卡特琳娜二世赏识。

③ 苏沃洛夫（1729—1800），俄国陆军元帅，以英勇善战著称。

落在前额和两耳，蓬松而卷曲，泛着青幽幽的光泽，这光泽正是他曾经的头发留下的唯一见证，且在很大程度上反衬出他的年轻态。不过他的鼻子较长，嘴巴偏大，脸庞线条优美，透着些许女人气，深褐色的皮肤几近茨冈人，且双眉显突，目光明澈，含有几分忧郁。是的，马尔蒙觉得公爵正体现了他自己渴望成为的那种类型，心中暗自嫉妒，而男人对与自己所属类型不同的男性，往往都有这种心情。此外，还有其他更深刻的原因，那些常常使他睡不能眠、折磨他心灵的原因……漫长的冒险生涯非同寻常：打仗、旅行、管辖从高加索到多瑙河地区长达十一年之久；在瘟疫肆虐的可怕日子里，在他业绩卓著的敖德萨和周围广袤无际的荒原上，他尽其所能，不遗余力……这种种艰难，黎塞留公爵都经历了，却没有在他身上留下任何痕迹，而四十一岁的马尔蒙，旁人说他魅力尚在，他却感受到帝国连年征战已让他不堪重负，感受到伊利里亚和西班牙的阳光、德意志和俄国的风雪；疲劳、怀疑、抱负、愤懑，在他身上留下了印记。在莱巴，在的里雅斯特[1]，他大权在握，但甜头初尝即止，唯有遗恨绵绵。

埃利泽神父收拾起药箱、油膏罐，叠好绷带，继续讲述他从蓬图瓦兹到博韦这一路上遇到的麻烦，这时马尔蒙突然注意到他刚才进屋时起立的那个年轻人。这位年轻人穿着火枪手制服，靠边坐着。马尔蒙没有立即认出国王卫队的普通中尉就是罗什舒阿族长。中尉身世奇特。他是黎塞留公爵的姻侄，和公爵一样，是俄国的军官，1814年联军进驻巴黎，他被沙皇任命为巴黎要塞司令。莱昂·德·罗什舒阿才二十七岁，长得小样，矮个儿，但有点肥胖，圆脸，模样很可爱，栗色的头发烫得卷卷曲曲。在敖德萨时，他给黎塞留当管家，帮公爵操持了七年家务，公爵原先想立他为继承人，至少让他继承他在俄罗斯的财产，后来却让斯坦科夫斯基先生取代了罗什舒阿。埃利泽神父要走，罗什舒阿先生起身送神父到门口。

"元帅先生，我准是太需要一位外科医生了，才让这讨厌的家伙靠近我，他那张脸透着乱世的淫欲，黑袍又是那么虚伪。我真不明白，一位确信要在法国恢复教权和王权的君主怎么会让大家看到，在他的朝臣里，竟有这样一张只配传播无神论的脸孔。这只会招来风言风语，说他们君臣之间有什么秘密，当然这种议论近乎诽谤，近乎亵渎君王……好吧，假如您想去见见您的表姐，亲爱的莱昂，您尽管去好了！我有这位可敬的朋友做伴！"后面这句话是对罗

---

[1] 巴尔干半岛西北部，1809—1814 年并入伊利里亚省，第二次世界大战后分别划入意大利和当时的南斯拉夫版图。

什舒阿先生讲的，他边说边指了指马尔蒙。黑披火枪手中尉鞠躬致意，并向元帅解释说，克里荣侯爵夫人，娘家姓莫特马尔，刚刚抵达博韦，现在正前往她公公的城堡，他很抱歉，得先走了，腊古扎公爵正……"我带上蒙佩扎……表姐特别喜欢他……"在攻陷巴黎前，莱昂·德·罗什舒阿把蒙佩扎提升为自己的副官，此后蒙佩扎就跟着他，寸步不离。在年轻的罗什舒阿将军身上，谄媚和放肆奇怪地掺和在一起。据说当年他母亲被迫逃离法国时，把弟兄俩寄养在别人家里，在他们七八岁时就被这家人送到卡昂，当了澡堂伙计。这段经历自然会在他身上留下点什么。

　　公爵目送他出门。接着转身对马尔蒙说："瞧，元帅阁下，大革命和帝国激发了青年人的才华，大家颇感意外……在战场上被擢升为将军者的年龄，令人惊叹不已。其实，这种现象并非某个营垒独有。我们来说说罗什舒阿伯爵这个孩子：他十二岁时，一点不假，我是说他十二岁时，已是葡萄牙英格兰军团的一名军官，十六岁时横穿整个欧洲大陆，来到敖德萨投奔我，那时他的弟弟已经在我身边。他十九岁那年，我目睹他在多瑙河的一座岛上，冒着土耳其人的炮火冲锋陷阵。同年，我把他留在身边，在我们深入切尔克斯地区的阿纳伯城时，城里一片火海，混乱中，我们的水兵和我们的哥萨克人互相开枪。那时候，哥萨克-扎波罗克一带的村庄常常受到高加索小领主的蹂躏和劫掠，而他自告奋勇，参与讨伐那些高加索小领主。他深入鞑靼人老巢，指挥搜查，施加惩罚，下令部下焚烧房屋，劫夺财物，您想，那时他还不到二十岁。二十刚出头，我让他去执行一项任务。当时新俄罗斯给皇帝陛下的信件是由专门的信使队押送的，不料发生了信件丢失事件。他的任务是从新俄罗斯到莫斯科挨村惩罚失职的哥萨克信使，在每人肚腹上鞭笞二十五下。您想，这位可怕的惩罚官，这位圣米迦勒大天使，还是那么孩子气，以致在1811年，纳里希基纳夫人[①]……联军进入巴黎时您大概见过她的丈夫……纳里希基纳夫人把他打扮成姑娘模样，带他去参观巴赫奇萨拉伊的一座后宫，也没有感到不安，倒是他自己，心中忐忑，那些夫人美艳动人，还毫无恶意地让他进入她们的私密空间！至于1811年他在库班河[②]战役中起的作用、1812年我们同瘟疫做斗争初期他表现出来的献身精神，这都不用我说了！当时我没有挽留他，因为拿破仑正进军莫斯科，与其让他面对瘟疫的威胁，还不如叫他去冒战争的危险……何况

----

① 俄罗斯贵族。
② 高加索西北流域。

他不在，我身边还有忠诚的小瓦尼亚·斯坦科夫斯基……与拿破仑的士兵不同，沙皇的士兵觉得征战俄国这场战争没有那么艰苦，您是这样认为的吗？你们大家，甚至包括陛下的忠实臣仆都有这种偏向，只看到法国军队中的英雄主义。法军中有一位罗什舒阿①，俄军中也有一位罗什舒阿，两人分别是两位皇帝帐下的副官。他们不是都遭受了同样的寒冷、同样的饥饿、同样的危险吗？你想，在别列津纳河以北，在朗热隆指挥的师团里，双方军队有某种默契，法国人焚烧村庄，但对亚历山大要来占领的拿破仑营地却丝毫不加破坏……莱昂·德·罗什舒阿常常住进刚刚弃下的房间，房门上还有用粉笔写着的他表弟卡齐米尔·德·莫特马尔的名字。莫特马尔，就是昨天夜里刚过圣德尼，他的炮队就陷进泥坑的那个莫特马尔……啊，法兰西贵族出现这种离奇的分裂，亲兄弟、表兄弟竟站在敌对阵营里，这究竟是何原因，人们还没有好好想过！您晋升为将军时有多大年纪？罗什舒阿，他，才二十六岁……"

　　说到这里，埃马纽埃尔·德·黎塞留做了一个难看的鬼脸：他侃侃而谈，全神贯注，忘记了腿上和臀部的伤痛，刚才在长沙发上转身，就把自己弄疼了。马尔蒙没有想到他会如此大发议论，也没有料到这番话和他的想法如出一辙，不啻是他思想的阐述。他用手指夹住下嘴唇，像是下意识地用拇指和无名指架着它，说道：

　　"您不认为，公爵阁下……总之，自从您回国以后，我常常在思考一个问题，今天可以向您请教了：究竟出于什么原因，您从来就不愿意参与法国人彼此和解这样的工作，而亲王们一回来就开始这样做了？……"

　　"亲王们？"黎塞留不无讥讽地问，随即补充道："这事说来话长，亲爱的。您睡得好吗？您的部队没有要您马上回去吧？好吧，我可以向您解释一下……"

　　说着，他点燃了烟斗。

---

① 指罗什舒阿的表弟卡齐米尔·德·莫特马尔。

七、最后的冬夜

黎塞留公爵向马尔蒙元帅解释，他为何对自己国家的事不管不问，讲述他生活了十一年之久的南俄罗斯。而在此时，元帅的副官夏尔·法布维埃男爵正在省政府顶楼呼呼大睡，有人在那里替他安置了一张床。他趴着睡，两臂交叉，巨大的身躯整个儿压在床上，睡梦里他回到了波斯，他曾用这只沿床单低垂的手，用现在这身一口气跑了十八古里后疲惫不堪的肌肉，为沙赫①铸造大炮，在类似伏尔甘②锻铁铺的工场深处，亲自把铁水浇入砂模，他那双鼓凸的大眼睛闭着，却看到自己在三名光头大汉的相助下，凭着这些大炮侵占了格鲁吉亚③，并向新俄罗斯总督阿尔芒-埃马纽埃尔·德·黎塞留指挥的军队开火……这位三十三岁的上校没有顾上拉拢天窗破旧的窗帘，此刻正躺卧在白昼的亮光里，身子微微一动，发出几声呻吟。他的嘴巴贴着肩膀，低声念叨一个被遗忘了的名字。在那儿，烈日当空。尘土飞扬，只有清泉和夜莺还有些诗情画意，他又见到了紧挨着他躺着的那个切尔克斯少女。这个少女是他从设拉子的市场买来的，皮肤雪白，头发乌黑，除了哭泣，不会讲任何已知的语言，法布维埃只教会她谈情说爱要用的几句话，这几句话从她年轻柔嫩的嘴唇说出来，狂热而又确切，迥然不同于至今还在博韦的睡梦中令他困惑的那种相像，地中海两头的西班牙女郎和高加索少女之间的相像……切尔克斯少女是他臂弯和欲望的奴隶，他用一个神秘的名字呼唤她，一个连少女都不解的神秘名字：魔鬼玛丽……

外面，雨下大了，像水帘漫卷，撒向博韦城，风吹得门扇咯咯作响。全城的人都在窥察探听，轻手轻脚地不出声响，因为流传的消息都靠不住，又有人刚刚赶到，居民家里尽量腾出房间或杂物间接待的客人也渐渐入睡。天空灰蒙蒙的，偶尔透出几缕苍白的阳光，与城里喁喁不绝的低语形成对照。当地人

---

① 波斯国王称号。
② 一译武尔坎努斯，罗马神话中的火神。
③ 十九世纪初，沙俄帝国曾从波斯人手中夺取格鲁吉亚。

像墓地的访客，在白昼酣睡者中间来来去去，从家里房门外都能听见他们的
呼吸。就拿剧院路那家化妆品商店来说吧，主人家就把自己的床铺让给了客
人。客人是瓦格拉姆部的亲卫兵，他没有被安排在省府住宿，他让老战友，在
葡萄牙英格兰军莫特马尔团服役的那个小字辈随黎塞留公爵住进了省政府。
他同莱昂·德·罗什舒阿久别重逢，使他在睡梦中回到了葡萄牙。当时，罗什舒
阿才十二岁，看起来有十六岁，在瓦尔德弗雷罗兵营任少尉，身穿卷边红上装，
上装缀有黑丝绒袖口和领子、白羊毛军衔条纹、银纽扣；头戴红色毡盔，上有
黑色毛皮羽冠、白色帽徽。而他，图斯坦，当时已有这个小年轻现在的年龄了。
二十七岁的年纪他就熬过了在孔代军里的苦难，经历了军中发生的内讧、争斗
和背信弃义，目睹了德国王公贵族对法国人的凌辱，还经历了与克罗地亚、塞
尔维亚和达尔马提亚红袍军为邻的可怕日子。红袍军这些冒险家，身高马大，
掠夺成性，竟当着你的面把法国俘虏活活烧死。后来他又奉维奥梅尼尔叔父
之命，流亡保罗一世①统治下的俄罗斯，保罗一世这个暴君，把他们送往西伯利
亚，来到因希姆河畔的彼得罗巴甫洛夫斯克要塞，要塞前面大草原一望无际，
时有鞑靼人部落出现，那景象犹如创世之初的大地……忽然间，眼前是那个
节庆和歌剧的王国，那个以帝国自居的卢西塔尼亚②：在这个国度里，当塔利
尼演唱《克莱奥帕特拉女王》③的时候，葡萄牙的文武大臣，若要同满身蓝宝
石和钻石首饰的君主、王妃说什么，就必须跪在地上，而且就在包厢里，演出
进行中。天顶和栏杆挂着大吊灯，多如观众肩头上的钻石，乐声漫进充斥着抢
劫、凶杀和垃圾的生活，昏暗的街头遍地污秽，成群的贵族跟着火把走向赌场
或酒馆；那条塔霍河④流经树林覆盖的山岗，俯视平原，弯道处水面宽阔，水
势缓慢，佩戴白色帽徽的莫特马尔团、卡斯特里团和忠诚的侨民团正从那片山
岗经过……塔霍河北面高地上什么地方，有一群人在村子的广场上跳舞，姑娘
们长得很漂亮，小伙子们憋着嗓子唱起"莫蒂哈斯"，歌声丝毫不像军队遍地
的德国土地上人们的哭泣，也不像亚洲边陲狼嗥声中弹着吉尔吉斯乐器诵唱
的诗篇歌。在里斯本，猫、狗、骡子等牲畜死了，尸横街头，光天化日之下，一大
群野狗跑来抢食……野狗，无数只野狗扑向爬满无数苍蝇的腐尸……啊！黑乎
乎的一大群苍蝇嗡嗡叫着，把我围住，碰到我了，弄脏我了，快轰走，快把它们

---

① 俄国皇帝，1796—1801 年在位。

② 今葡萄牙。

③ 克莱奥帕特拉（前 51—前 30），埃及女王，曾在恺撒帮助下夺取王位。

④ 伊比利亚半岛主要河流，发源于西班牙，经葡萄牙流入大西洋，全长 1006 公里。

轰走! 那人甩开膀子轰赶苍蝇, 却惹怒了野狗, 野狗扑到他大腿间, 咬他, 撕他, 无数只野狗……维克多·路易·德·图斯坦拼命挣扎, 要推开黑影, 用双手捂住黑影, 奇怪的是, 他觉得前面什么东西也没有。他睁开眼睛: 怎么回事, 这房间, 这张陌生的床, 这个壁炉, 这个摆满各种小摆设和托盘垫的柜子, 还有墙上那幅圣·约瑟夫肖像? 床前这块小地毯, 一块褪了色的萨伏纳里小地毯, 上面躺着两只长筒靴, 刚才脱靴子, 不得不用刀从上到下把他们划开了, 靴子算是遭了殃, 往后图斯坦侯爵大人还怎么继续赶路, 随王室大溃退呢?

　　整个博韦城, 从清晨起, 惊梦遍处, 胡乱落入昏暗的民居和窄街小巷, 因为这里已是乱无头绪, 无从安排: 进城的不是按行军队形开进的军团和连队, 而是先于国王卫队残部到达的散兵游勇。作为基本的护卫骑兵和各部人马的先遣队, 若要做到如此坚忍不拔, 就必须是军中最强壮、最训练有素者; 他们中的大多数, 在帝国的军队中, 或在流亡军里, 都学会了自我克制、吃苦耐劳、忍受肉体痛苦和恶劣天气的本事。他们三五成群而来, 那些暂时离队的军人也露面了。但是, 没有采取任何接待措施, 没有安排任何住所, 没有为他们准备任何营房。无论是在居民家里还是在梦中, 都没有。三月的天色渐渐暗了下来, 火车隆隆驶来, 各式大车开进城里, 随车还有贵族老爷家的仆人、从主人府上带出来的东西, 什么衣服、艺术品、私人武器、装满杂七杂八物件的箱子, 而仆人却不知道主人到了哪里, 不知道自己是否走到了他们前头, 不知道是否要继续赶路。近卫骑兵队副统领艾蒂安·德·迪尔福尔伯爵的车夫, 极不情愿离开安茹圣奥诺雷大街, 正用马厩里惯用的粗话破口大骂, 他在城郊只遇见近卫骑兵维尼, 可这位小伙子困得不行, 未能向他提供任何消息。迪尔福尔的车夫怎么可能找到他的主人家呢? 这位近卫骑兵队副统领已住进了前省长贝尔戴比什伯爵的府邸, 坠入了梦乡, 这位伯爵是地毯制造商, 但生意很不景气。进城时, 艾蒂安带着自己的侄子, 在他队里任中尉的阿尔芒-塞勒斯特·德·迪尔福尔, 不料又遇到了在诺阿耶亲卫队中任少尉的儿子。部队宿营情况一片混乱, 他们三人困乏已极, 少尉带他们到去年普瓦亲王的部队在此驻防时住过的房东家去。但是, 贝尔戴比什先生对一下子接待三位迪尔福尔先生感到为难, 连同平时备用的客房, 他只能或许只愿意提供一间与客房相连的小书房, 里面勉强能搁下一张沙发让副统领睡, 而堂兄弟俩就合睡一张床, 他怎么啦, 塞勒斯特? 他的同铺听见他连连叹息, 辗转反侧……这情景起初并不能阻止他坠入近乎死亡的虚无。然而, 有一两次, 透过刚刚袭来的睡意, 他听见有人呻吟,甚至喊叫……小迪尔福尔支起身子，从虚无中浮起，但什么都记不起来，地点、处境，这个裹着被单躺在身边的人又是谁……他解释不清，就像在梦里，只觉得困乏难支，重新倒下。至于塞勒斯特，他在噩梦中同挥之不去的梦魇搏斗，从1812年12月以来，黑夜里这梦魇无数次压得他喘不过气来。那是一间靠着草料仓的封闭小屋，砖墙刷了石灰，只靠一扇格子窗跟外面相通，窗上积满针状冰花，窗外是积雪的院子，一个清扫工正在劈柴，就在这间小屋里，他又发现自己困在一堆躯体中间，喘不过气来，伤口、粪便和血液散发出恶臭。小屋只有几尺见方，而夺回了维尔纽斯①的俄国人却在里面关了成百俘虏，而且半数以上已经咽气，其他人也已奄奄一息，脚冻僵了，衣衫破烂，多数被剥掉了大衣和上装，忍受着空气不足和寒冷的折磨，紧紧挤在一起，能听到旁边人的心跳或心跳消失，一倒下就被他人踩在脚下……没有一丝希望，有人已经疯了，三天多没有东西下肚……这时他终于永远明白人是牲口；而此刻他在重新感受那种厌恶，与他人身体的接触，他人的呼吸、皮肤、汗毛、唾液、尿……

在这座地狱里，在无以复加的厌恶和痛苦中，一个躯体倒在他身上，他拼命挣扎，那躯体压得他快要窒息，或者因为他塞勒斯特而憋死，突然，他认出了这个躯体，怎么？不可能，可就是他……"奥利维埃！"那人实在无法背过身去，但塞勒斯特感觉到这个躯体在挛缩，因为厌恶这种让人反感的全身接触而尽量躲开去……奥利维埃！他没有回答。我不会看错的，年轻的朋友，我的小兄弟，我还教过他击剑和骑马，奥利维埃，这孩子……你认不出我了吗？我是塞勒斯特……你聋了吗？你失去知觉了吗？奥利维埃，我的奥利维埃？而对方却说，我不认识您，我不是您的奥利维埃……我叫西蒙·里夏尔，我是西蒙·里夏尔上尉……地狱里的对话，多么离奇！我的神志已经模糊？是幻觉？不，是他，是奥利维埃……我叫西蒙·里夏尔……别这样，纵然你长了一把胡子，纵然岁月在你的嘴角刻下苦涩的印记，在你的额头留下一道道皱纹……奥利维埃，别这样与自己过不去，尤其是此时此刻，我相信是你，这话你信吗？瞧，你光着的手臂上的瘢痕，还是练习击剑时我给你留下的，当时你才十一岁……再瞧你衬衣裂开的地方，你左胸下侧那颗小小的血管痣……奥利维埃……他用奥利维埃惯有的眼神看我，可是目光中含着敌意……他勉强还能摇摇头……其他人在挤我们，我的嘴巴靠着他的耳朵……撒谎毫无用处，

---

① 今立陶宛首都。

你骗不了我，奥利维埃，没什么能……啊，上帝！在这座地狱里，在这座地狱里……难道我在说谵语？十年，他失踪十年了，大家都以为他死了……出了那桩悲剧性事件，他去什么地方寻了短见，也合乎情理，投河自尽，就像一件摘掉商标的衬衣。是你，还活着？我叫西蒙·里夏尔。他不会或不能说些别的什么。在俄国腹地，在这间可怖的棚屋里。西蒙·里夏尔上尉。哦，哦。十一年前发生的悲剧又浮现在塞勒斯特眼前。奥利维埃拥有人们梦寐以求的一切：祖上是古老法兰西的名门望族，父亲是皇帝的典礼官，而他自己，二十五岁就当上副省长，后应召入朝，意外担任要职，妻子和两个孩子随他赴京，妻子是他表妹，一位绝色佳人，这是一门从小订下的亲事，真是祸福难料！在维尔纽斯这座活人坑里，塞勒斯特回想起伯爵夫人的一双大眼睛，布朗什丝绒般柔美的睫毛……一天，奥利维埃收到一封匿名信。他什么都明白了。不忠的行为就发生在那座驻防城市，副省长大院已让布朗什厌倦，那个没有头脑的漂亮军官，那个名叫托尼·德·雷泽的笨蛋……奥利维埃本可以杀了他，也杀了她，然而他宁愿自己消失。十年，谁也不知道他去了哪里。喏，你就在这儿，既然你我都快死了，奥利维埃，至少在这最后的时刻，别再说假话……听我说，奥利维埃，你的两个孩子……奥利维埃……她么，她过着有尊严的生活，我向你担保，她孑然一身，在马尔梅松，同约瑟芬皇后在一起，孤独而又不幸……她一直爱你……爱你的孩子……可是他躺在我的怀里，像一段枯死的树干，什么也听不进去。他没法挣脱我的怀抱。他没有动一下的空间，没有恨的空间……我是里夏尔上尉……西蒙·里夏尔……我的眼睛模糊了。人的气味令人厌恶。这一切不过是噩梦一场。我没有再听见他重复我是里夏尔上尉……

兵营里，仆从在打听伯爵的下落，但是大家都无法告诉他迪尔福尔伯爵是否在博韦。谁也不知道他在哪里，也不知道他在一间陌生的房间里，蓦然惊醒，听到隔壁房里传来声响，正感到惊奇……是他的儿子还是塞勒斯特？哎，连睡觉也不老实！塞勒斯特究竟做了什么梦？维尔纽斯的俘虏在黑暗中叫喊。

"你听见了吗？"贝尔戴比什夫人问丈夫。嗯，隐隐约约听到一点，因为贝尔戴比什先生心里正犯愁，企业破产，地毯生意不景气……从1814年起，四十名工人和他们的全家老少一直在贫困中挣扎，玛德莱娜工厂关闭了。说到罪魁祸首，还不是这些溃逃经过这座城市的极端保王党人，可他还得为这些人安排住宿。说不定拿破仑一回来……年纪大了些，当省长怕是不行了，不过生意或许会有起色。

圣马丁大街, 在杜朗食品杂货店的顶楼房间里, 红色鸭绒被滑落在地, 光线因为房间朝北而已暗淡, 泰奥多尔睡死了, 这漫长的一天, 躺在德尼丝拿出来准备给普拉先生用的新床单里, 坠入了无知觉的深渊, 绝不会知道自己是不是做梦了。黄色的粗布床单硬得像纸板, 还没有因为夫妻惯有的睡眠、独睡者的惊跳和入水洗涤而变得柔软。任何东西都会在床单上留下痕迹, 随便翻个身都会弄出一片皱褶, 对于昏睡中的肉体, 这些皱褶犹如一把把刀子, 在肌肤上划出灰白的线条和淡紫色伤痕。他做梦了, 还是没有做梦。这个高大的光身小伙往上拽了拽床单, 身子陷在床绷的凹窝里, 这床绷硬邦邦的, 却被借宿的过客睡塌了。两腿痉挛发麻, 这突然的蜷缩, 还有那翻身的方式, 这一切意味着什么? 有时候, 睡者会流露出痛苦的表情, 这种表情或许在意识清醒时被掩盖了, 而在昏睡中会表露出来, 恰似水母浮上海面。这双紧闭的眼睛看见了什么, 这张失去控制的嘴巴还在喏喏什么? 毋庸置疑, 这些动作都发生在我们无法看到的情景中, 肩膀正在避开在森林或路上交错而过的游人, 或者是在监狱中, 在教堂里……这个在梦幻之墓中的生灵, 这个微微颤动的尸体, 当他重新从被单的泡沫中钻出来时, 当房间重新找到方向和位置时, 就在博韦的一座房子里, 在食品杂货店的阁楼上, 有人叫他泰奥多尔, 他会明白这声音就是指他; 可是眼下, 无论是他的姓名, 还是人类的任何语言, 都不可能把他从黑暗里深奥的对话中拉出来, 这场对话里有些陌生的东西刚刚让他颤抖。两条腿狂躁不安, 他把一条腿架在另一条腿上, 一只手伸到枕头下寻找庇护, 鼻孔翕动, 嘴巴大张, 可能是在借助肿胀的扁桃体来呼吸, 但也可能是哪个翁蒂娜[①]正把他拖向一条城寨林立的河流的深底, 或许他想在摩尔人进入隧道之前高声呼叫, 还可能他正向地狱呼唤欧律狄刻[②]归来, 他只看见她的面纱在沼泽之上飘荡……光线太暗, 看不清被单外胳膊上的青筋, 这不是凭空想象, 不是仿古形象, 而是一个有血有肉的人, 皮肤上的印记历历可见, 这般年纪却毛发浓重, 胸脯呈红褐色, 肌肉收缩不匀, 因为这身肌肉此时并不需要与什么操练或动作相协调, 却是出于无从了解的原因在颤动, 或在放松, 这种生理反射同某些看不见的东西有关, 就同在水草覆盖的水下一样, 鱼儿从年轻但又疲乏的皮肤下倏然而过, 皮肤上臭汗成珠。或许此刻他成了自己想画的火罗费涅斯, 落入了某个街头设下的圈套……或者很简单, 他醒着时曾经设想过一则社会

---

① 斯堪的纳维亚神话中的水神。
② 希腊神话中俄耳甫斯之妻。

杂闻的主题，他这样设想的缘由如今又来到了他自己的黑夜里，这已经不是一个流传的故事，而是一次忘却的遭遇，在旅店的客房里，那女人绝没有想过要杀人，而他吩咐把饭菜送到房里，饭菜留在桌布上，没有动过；但在最后时刻，当她身上只剩一头黑发和一双用蓝色束腰吊袜带吊着的白色长袜时，他突然觉得自己无能，要不了这位绝色美人，这个完美得乏味的女人……瞧他那只揪住床单的手：不用说，他已经把桌布扯了下来，玻璃酒杯、银质餐具，全都掉下来了，红色的苹果滚落在地，浅白的葡萄……

　　泰奥多尔听到声响，从昏暗的床上坐起来，他瞥见了一缕光亮不可思议地从地板升向房间中央。他自己身在哪里？这束来自地下的光是怎么回事？他意识到必须把刚才脱落的被单重新裹住身体，随后才发现亮着灯的杂货店顶上那块翻板被一只稚嫩的手臂轻轻托起，德尼丝登着梯子上来，把端着的托盘放在楼板上点亮的蜡烛边上。烛光里，天顶呈沥青色，泛着暗红的光泽，画面下方的主要素材只是一个金黄背景的血红色图案。

　　"您醒了，军官先生？我给您送晚餐来了……"一个清甜的声音说道，少女随之出现在这个颠覆了浓淡色度和阴影变化的奇异光线中。

　　军官背靠枕头，盖着被单，盘膝而坐，注视着眼前出现的奇迹。他结结巴巴地说了几句感谢的话，而姑娘则开始把吃食一样样摆在桌上。趁姑娘转过身去的时候，他赶紧理了理头发，把裸露的粗胳膊放进被单，抱住双腿。

　　"我给您盛了点韭葱浓汤，"德尼丝说，"希望您爱喝，你们今晚就吃这个……还有白汁小牛肉，这是妈妈的拿手菜，白汁牛肉！要是面包不够，您就告诉我……喏，还有一块干酪，这是庞卡底产的干酪，是农民拿到这里的市场上来卖的，说它好的只有我那可怜的爸爸，可我，那就不说了！我没拿啤酒，我偷偷给您倒了一大杯马里赛尔葡萄酒……普拉先生挺喜欢喝这种酒，我尽量像接待普拉先生那样接待您……"

　　"这位普拉先生是谁？"火枪手不无讥讽地问。

　　"是诺阿耶亲卫队的军官，去年夏天他住在我们家里。我给他送饭，送早餐……一个英俊的年轻小伙子！"

　　"哈，哈，一个英俊的小伙子！我的宝贝小姐，您当时也像现在这样，坐在床脚边上吗？想必他向您献殷勤了吧，普拉先生，嗯？"

　　"哦，哪里！"德尼丝边说边大笑起来，丝毫没有觉察到对方的嘲讽。"没那回事，去年我才十五岁！"

"也就是说,现在您十六了……那些普拉先生的后继者眼睛没有那么瞎……"

"普拉先生眼睛一点也不瞎。再说,他走后,谁也没有在这里住过。"

"这么说我是第一个见到您出落成这样,一个大姑娘……"

"别说蠢话……哦,对不起,我这模样嘛,谁都可以看,在街上,在圣皮埃尔教堂……"

烛光里,她头上的无边软帽显得不那么笨重了,因为没有被罩住的金发异常柔软,在逆光里变成了金黄色的薄雾。泰奥多尔注视着少女,暗自思忖,她是不识羞耻还是天真幼稚。她这身打扮多么难看!外省小店主家就是这样穿着。这里头有多少宗教成分?这条裙子,这块方巾,拼拼凑凑,穿在姑娘身上,一点也不合身。如果把这些衣服都脱了,她会是什么样子?他想起了另一个姑娘,那个腰里系着蓝色吊袜带的姑娘,不禁面红耳赤。眼前这个少女确非十全十美。

"那么,当您给普拉先生送早餐时,如果他没有向您求爱,那他会给您讲些什么?"

"讲意大利!"

这句话未经思索,脱口而出,泰奥多尔听了大笑,姑娘感到窘迫,低下了头。"当然还讲些别的……"她补充道。此时他已看不太清楚姑娘的模样,因为她完全站在了他和光亮之间,有时候从衣服的轮廓看,她不像是一个乔装的小女孩,倒真像一个有头有脸的妇人。比如杜朗太太,姑娘跟她一个样,就差没有吸鼻烟了。

"这么说,他就像这样跟您谈意大利,那位普拉先生,嗯?"泰奥多尔接着说,没有注意姑娘刚才的更正,"这个漂亮的年轻人就坐在床上同小姐们谈论意大利,真行!普拉先生,他给您谈了意大利的什么?他去过意大利吗?"

"当然去过!"德尼丝整了整肩上的方围巾,兴奋地说,"他在意大利待过。他讲得真好!蓝天、群山、大海。尤其是阳光,他说意大利的阳光格外……"

"尤其是阳光?好哇,算是开了眼界!不说普拉先生,先说您吧,您觉得意大利怎么样?"

"噢,您在取笑我吧,军官先生!您要我说什么呢?"

"不,不,我可没有笑话您,我想知道,在普拉先生同您谈起意大利之前，那边的事您听说过什么没有？"

"您的汤要凉了，先生，最好把它喝了，要我端给您吗？要不您就起床？"

他那高大的身躯在被单下稍一移动，被单就滑向一边，露出一个肩膀。"啊！"德尼丝叫道，"您光着身子睡觉！"她拍手大笑。"光着身子睡觉！"

"您最好把我的衬衣扔给我，喏，在矮椅上，还有，我穿衣服时您最好转过身去。好，谢谢……"

"我可以转过来了吗？"她问。

"还不行，我的好孩子。头再低一点……对……从来没有人告诉您，您的脖子很美吗？"

她直起身，转身对着泰奥多尔：

"其实您这人也挺蠢的，尽说这样的话！意大利嘛，就是那个出烟囱工和音乐家的国家。一个阳光明媚的国家，连夜晚也是那么明亮，露天座都亮着灯火。我们的士兵征服这个国家时，我还小，不记事，只听说那里的女人真不可思议，都来拥抱法国士兵，再也不愿意听人提到她们自己的丈夫啦。此外，还有罗马城，那里住着圣父教皇……"说着她在胸前划了个十字。

"可是，普拉先生到底讲了意大利什么呢？"

"蓝天，我已经说了，大海……还有女人，他也谈论女人，有的时候。谈起一个小姑娘……他说这个小姑娘给太阳晒得黑黝黝的，皮肤热乎乎滑溜溜的……别人还以为是陶瓷……对一个姑娘来说，我倒不觉得这有多美！"

"还有呢？"

"还有大海、蓝天、群山……他先游览了北方，他认为没有比北方更美的地方了。对了，它叫什么来着，那座城市？佛罗伦萨，没错……他要去罗马和那不勒斯，就得离开佛罗伦萨，可心里舍不得：在佛罗伦萨，在所有的其他北方城市里，要看的东西太多了。那儿的房子，同这里的可不一样，漂亮极了。另外，还有画、雕像。讲起绘画和雕像，普拉先生一讲就是几个小时……"

"真的？"泰奥多尔说，顿时对这位诺阿耶部的亲卫兵产生了兴趣。

"别人告诉他，罗马、那不勒斯没有什么可看的……他就信以为真，其实不是那么回事！"

"那是因为罗马，可还有那不勒斯？"

她没有再说什么，好像心不在焉。可能她还在听普拉先生讲罗马，讲那不勒斯……她只是说了一句:"一讲就没个完!"突然,泰奥多尔发现自己对那个饶舌的小伙子多了几分恼怒。他已经坐了起来,津津有味地喝完了浓汤。

"来点酒,"他说。仿佛做坏事被人撞见似的,她慌忙递上满满一杯红葡萄酒。马里基尔葡萄酒是一种普普通通的酒。

"您爱喝吗?"她不安地问。

"爱喝,当然爱喝。请把白汁牛肉递给我,我们接着谈意大利……"

"请原谅,"德尼丝说道,一面把忘在边上的餐刀递给他,"你们运气好,你们男人,当兵的。你们走南闯北。你们到过许多国家,见过许多城市……可我,永远去不了意大利!"

最后这句话,包含了多少失望!泰奥多尔顿时放弃了他一直在使用的嘲讽语气。他温和地问道:"您很想去意大利吗,小姐?"姑娘别过头去,垂下眼睛,一语不发。

也许她哭了。烛火昏暗,哪里看得清!

"您,您总是要走的吧!"她说,"今天在这里,明天到那里。您想,巴黎,就说巴黎吧……听说很美,很大!我有机会去看看巴黎吗?太远了。"

"哪里的话!"他说,"我们昨晚还在巴黎呢。乘驿站的车……"

"有十八古里吧。要花不少钱!再说,我去干什么呢?一个孤身女孩,去了那里,靠卖身度日。我连亚眠都没有去过。"

"啊,什么?除了博韦,您什么地方都没有去过?"

"哦,不!这里的郊区我都去过。我挺能走路。有一次,我一直走到圣热尔梅……还有,我父亲在世时,还用马车带我去过克莱蒙……可我多么想去意大利啊!"

还说什么呢?博韦的天空自有它的魅力……白汁牛肉确实不错。尝尝干酪……想必能与戈尔贡左拉的上等羊乳干酪媲美。德尼丝侃侃而谈,恍如梦中。做梦时总是一个人。不需要停下来让别人说话:

"您的运气太好了,啊,我真想变成一个男孩子!您没有去过意大利?没有?您会去的,哎,我确信您会去的!那里的人与任何地方的人都不一样。罗马狂欢节……可不简单,我提了上千个问题,得到上千个回答:嘿,我还是弄不明白那是怎么回事……他讲呀讲,讲个没完!那狂欢节像七月节里纪念让娜·阿歇特的游行吗?博韦当然不像罗马……有些话,真有意思,在谈论意大利时经常出现,可能是诗吧,普拉先生写过关于意大利的诗:葡萄藤……把葡萄嫁给了

小榆树……或者,还有什么来着?"只见她歪着脑袋,寻觅那些诗句,朗诵道:

壮美的海岸,如今是何模样?

第勒尼安海啊,避过风暴,

用波涛把那不勒斯环抱。

她沉默了一会儿,又急忙说:"他说过,山里的牧羊人穿黑色绒衣,头戴尖顶帽,多么古怪!有时候,当街上有人拉小提琴时,我就会想起意大利。您喜欢小提琴吗?听一辈子小提琴我都听不厌……我真糊涂!没给您拿饭后点心!您最想吃哪种甜食?"

泰奥多尔让她放心,他不大喜欢吃甜食。干酪的味道够美的了。姑娘讲起意大利,代替了饭后甜点,讲得又是那么好……"您取笑人!"她说,旋即又大声地继续她的遐想。其实,她什么都没有讲出来。词语对她竟有如此巨大的威力,如此巨大的新鲜感。对她来说,词语本身就已足够,用不着润色美化。比如,她一说到"大海",就流露出如痴如醉的神情。她从未见过海洋,也从未有人带她去过海边。可是"大海"这个普普通通的词语,从她嘴里说出来,却有着丰富的蕴含,或许同人们见到的大海毫无共同之处,而这正是她德尼丝看到的大海。而且几乎所有的词语都是如此,因为她所熟悉的世界,博韦、食品杂货店,只消几句话就能概括,而且总是这几句话,一旦有人越出了这个世界,用了一个陌生的,或者只是不甚确切却让人浮想联翩的词语……蓦地,泰奥多尔觉得自己完全老了,心头苦涩沮丧,对这种纯真清新,对这个羡慕自己的女孩充满了羡慕。

"我们过的是什么生活,我们这些女孩?一切都事先定好。什么都不会发生。我从这里走到那里,一成不变,不可能走远了。一辈子重复同样的事情。我去不了意大利,不说这个了,反正我心里很清楚。也去不了其他地方。每天同一时间起床,帮忙做家务,照管铺子……我看到的那些人,不等他们开口,我就知道他们要说什么……只有圣皮埃尔教堂一个去处……去做祷告……"

"您信教吗?"他问,说话的口气含着怀疑和傲慢,这习惯他也改不了。姑娘倒没有察觉,也许此刻她人已在大教堂里,在管风琴的乐声中焚香祝祷了。

"不知道为什么,"她喃喃地说,"普拉先生说圣皮埃尔教堂不是一座成功的建筑……看上去太大了,相比之下,城市却显得小了,而且工程半途中断,没有完工……我倒觉得它很美,我们的这座大教堂,很美,不过'美'这个词不贴切……'美'是用来说一个女人的,用来说一切……反正教堂比'美'还要好,是……我不知道该怎么说,它巨大无比,拔地而起,并无压倒之势;当你跪在祷告凳上,思想无拘无束,没有任何东西能阻止它飞升向天。教堂里什么都有,墙上的挂毯、彩绘大玻璃窗,您见过那些彩绘玻璃吗?它们绚丽多彩,各种颜色随时辰而异,变幻跳动,借着透过玻璃的阳光,那尘埃似的阳光,朝着你散落,红、蓝、橙,四周则一片黑色……我不明白为什么要说圣皮埃尔教堂的坏话……在教堂里,人们可以信仰圣徒、圣母……"

"您是信徒?"他问,而这一次姑娘可能察觉到了对方的嘲讽。她看了一眼在半明半暗的凹室①里的泰奥多尔。他不是普拉先生,红棕色头发,但长得不难看,两只大眼睛挺温柔的。她继续说:

"天晓得您明天会在哪儿……去看意大利,何止意大利……可我们这些人,祈祷,祈祷是我们的全部旅行……"

所有的男人都差不多。泰奥多尔坐在床上,碟子搁在一边,肩上披着衬衣,露出黄褐色胸毛,那件衬衣是他一路上穿过的,他睡觉时被拿出去吹了吹风。面对少女不幸的命运,他自觉身上担着什么说不清楚的使命。他已经忘记了疲劳,四肢不再酸痛,觉得身上有劲要使,稍稍伸了伸被单里的脚丫,撑了撑右脚的脚趾。

"不,亲爱的姑娘,"他说,"即使您永远去不了意大利,除了祈祷,在您的生活中还有其他东西……并非人人都像您的普拉先生那么傻……女孩子,她们总有一天会遇上一个男人,对,就这样,漫游世界,而不是只朗诵圣母经……"

姑娘打断说:"他们会把我嫁出去的,可以后呢?还不是老样子,除非我运气好,有个自己的家……"

诺曼底他那弑君者舅舅家各种各样的书籍、夏天在顶楼上看过的读物,此时又浮上他的脑海。泰奥多尔突然觉得,在眼前这个房间里,他躺在床上,天真的姑娘坐在床沿,这似乎是上世纪殷勤风流习尚的写照,他回想起读过的那些小说,小说里的主人公都是情场老手,而今他们为痛风和谢顶所苦,思想也变得虔诚起来。他感到遍体舒泰,好像体内强忍着一股绵长的力量。千万不能性急。全部乐趣尽在徐缓从容之中。

"会把您嫁出去的,姑娘,会把您嫁出去的……错不了!听我说……您喜

---

① 指旧时房间凹进墙里放床的地方,也称床室。

欢住在这儿，待在普拉先生边上，听他讲话，嗯？您喜欢这样。应该承认，他很能讲。他还是个英俊的小伙子，对吗？"

"对，"德尼丝说，"不能说他丑！"

"如果他不是那么漂亮，他可能讲得更好……这不是理由，他可能讲得不那么好，相信我！他跟您说话时，想必您听得很认真，眼睛还看着他吧？"

"对，"她答道，"好像是这么回事。"

"有朝一日，就像这样，一个漂亮的年轻人跟您讲些什么，您可能完全跟不上他的思路，这位年轻人也许还不如普拉先生长得俊呢……有这种可能……但是，您也不要难过！是啊，最吸引人的男子，并非总是最英俊的，反正不是十五岁的少女眼里最美的男子！普拉先生的这种美，对男人来说有点多余，但对姑娘倒挺合适，您懂吧……"

"这么说，您认识他？"姑娘惊讶地叫了起来。

"不，不，但这不难猜测，您也谈到了他……将来您会遇到另一种类型的小伙子，您等着吧……体格强壮，性情温柔……这是主要的……有的时候，某些可能被认为是丑陋的东西反而更具吸引力……"

"啊，我可不相信！"她说道。

"您用不着相信。别人在他身上发现的丑陋、平庸或者粗俗，您是不会看见的。您知道吗，甚至某种吓人的东西有时也吸引人……"

"您不是开玩笑吧！"她说。

"……有一点吓人，不是太吓人。普拉先生从来没有把您搂在怀里吗？噢，别生气，就这样，闹着玩，开个玩笑！没有吧？其他人也没有吧？终有一天，有个小伙子会把您搂在怀里……"

他略略压低声音，他讲的这些话，连他自己都不知道怎么会讲出口……生平第一次……这些话涌上心头，说不清楚为什么，待在那里，怎么也挣脱不开，脑子里冒出种种奇怪的念头，也不明白原因何在，这个年轻人，做事就是那么慢，他为什么抚摸您的头发？瞧他的眼神，他要的是别的东西，别的东西，他要什么？谁知道呢……

少女坐着，一动不动，宛如一只吓呆的鸟儿。她不再说什么。连呼吸也屏住了。她真的害怕了？软帽下金色的烟云、雾蒙蒙的烛光，把这张青春可爱的脸蛋染成金黄……这是一种原始的对比，它触动的是画家的感官，而不是他的画技。

突然，砰、砰、砰，脚下传来一片响声，怎么回事？啊，幻想打破了。原来楼下有人在敲天花板，一个声音高叫："喂，这对小情侣，人人都该轮到了吧！我在下面干等，快饿死啦！"德尼丝倏地站起来："上帝！我把这位贵人给忘了！"

此人正是睡储藏室的那位军官，刚才他就想顺手拦下泰奥多尔的晚餐，见德尼丝答应回头就侍候他，才让她端走了。

他是等急了，可以理解！

德尼丝已帮他把衣服和靴子都刷干净了。泰奥多尔梳洗完毕，皱着眉头穿上长筒靴，两只脚还肿着。他下了顶楼，想办法打听火枪队总部设在何处，是要开拔还是怎么的。经过店堂时，他看见杜朗家的女人正忙着搭出一张长沙发似的床，夜里让杂货店的住客睡。按理怎么也不能再让客人睡储藏室的货箱了。床就搭在店堂中央，德尼丝在给这张临时床位铺被褥，她的母亲正同阿尔蒂尔·德·H交谈。母亲上了年纪，脸上皮包骨头，更显她那臃肿的身材，可她也许还不到五十岁……阿尔蒂尔心情大好，似乎把母女俩吸引住了，这个掷弹兵，巴掌大的小脸透着狡黠，一副坏小子模样，黑发卷曲，形同一头小弹簧，上半身偏长，否则也算生得一副好身材，但他举止活泼，笑口常开，所以别人也就不怎么在意他相貌上的粗俗了。"哦，至于我，"他和泰奥多尔彼此自我介绍之后说，"今晚我就睡在这里！谁愿意跟着国王跑，谁就去跑！想打听情况，您就去吧，我的伙计，不过我劝您还是跟我学……"

到处亮着路灯的博韦，在一个早晨只是穿城而过且又困倦欲睡的人眼里，显得有点奇特。泰奥多尔走的是同进城时相反的方向，很快就在小巷子里迷了路。雨暂时歇了，天气随时会变。徒步骑兵、仆人、孩童、店员、神父或修士，偕同太太散步的资产者、农民、妓女、乞丐……乞丐多得惊人……只见人头攒动，摩肩接踵，闹闹嚷嚷，这种纷乱杂沓的景象令人难以理解。小巷子里的房屋大多是有山墙的木屋或柴泥木板房，彩色画、圣徒龛和木桩随处可见。不是所有的街巷都铺了路石，没有铺路石的街上尽是水洼和厚厚的烂泥，人就在泥泞里行走，真难以置信，可是大家宁肯蹚这泥浆路，也不愿走高低不平的卵石道，生怕扭伤踝关节，而且迟早会踩进中央的排水沟，沟里垃圾漂浮，还有从住户家直接扔进沟里的污物。最后，泰奥多尔不期又来到一个大广场，他认出来了，顿时感到自在了一些。眼前满是歪歪斜斜的木棚、破旧狭小的木山墙房子，这些房子奇形怪状，各不一样，有些店铺亮着灯火，广场中央黑魆魆的，而就在这片房子中间，正对着泰奥多尔，矗立着一座大楼。此楼不是上个世纪的风格，与中世纪的格调毫不相干，正面用漂亮的石料砌成，高大平整，楼顶的栏杆闪烁着落日的余晖，栏杆上有希腊风格的镂空加固柱，柱头镶有花叶边饰。

　　大楼前台阶上站着一些军官，还有正在下马的信使，人来人往的，参谋部肯定设在这里。这里本是市政厅，也就把国王卫队多少像个样的办事机构安置在里面。泰奥多尔进去打听消息，得知洛里斯东先生属下的火枪兵，至少是已经到达博韦的火枪兵，都驻扎在城西南的一座营房里……就那儿，喏，您走圣让街……不行，要不迷路的话，还是在那儿拐弯，再一直走，您就会看到一座剧院……嘿，或许您可以去散散心，今天晚上演……演什么？对，演《继承人米肖》，您看过？那就算了！这个嘛，我完全同意，确切地说，还是老一套，不过博韦尔萨利夫人演得很招人喜欢！哎，刚才说什么来着？……对，经过剧院，一直走到林荫大道……那里原先是古城墙，后来拆了，把那些军事艺术建筑改变成散步场，我觉得挺可惜，可您知道，本地人更喜欢在泰兰河沿岸种上树，安上长椅，好去坐坐，抽抽烟斗，看看报纸……最后，您向左拐，穿过一条街，就到兵营了，您不会走错的。听清楚了吧？嗯，向左，出了广场，稍靠边上，您的右边是剧院路，左边是林荫大道，又是一片房屋……不，不用客气，应该的，中尉……

　　到了兵营，听说今天傍晚，乃至夜里，部队不会有任何行动，最早也要在星期二白天集中和整编，大家都不知道何时开拔，去何地；然而，在待命期间，睡在城里的军官必须在早晨六时，也就是日出时返回兵营。

　　泰奥多尔没有从原路折回，他绕营房走，只见营房四周停满了各种各样的运货车，车夫们一个个精疲力尽，连马都让人欲看不忍。他在昏暗的街巷里转悠，左转右拐，信步来到一个街区，景象凄怆，触目惊心。房子又破又脏，窗户寥寥无几，又矮又窄，晾着衣服，从开着的门洞朝里望，人挤成堆，衣衫褴褛，孩童孱弱，女人未老先衰。这一切都淹没在垃圾堆里。恶臭阵阵，令人难以忍受。在这里栖身的，有织布工和制呢工、洗染工和鞣革工，还有皮革整理工，大多数是失业工人，他们家里的老人、残疾人和小孩去街上，或到城市中心广场乞讨。整个街区几乎见不到灯光。为了节省灯、油或蜡烛，大家都睡得很早。泰奥多尔努力辨认方向。城市不算太大，但布局杂乱无章，一走进破旧的小巷,夜色漆黑……还算运气好,碰上一群火枪手,他们打着火把,正在找酒馆喝两杯。遇到了同伴,这群无忧无虑的年轻人欢呼雀跃,拍着泰奥多尔的肩膀,非要他结伴同行不可。

其实,这种无忧无虑全是做出来的,待围着酒杯坐定,话语就会泄露他们的真心情。他们个个劳顿不堪,尽管跟泰奥多尔一样,下午都睡了一觉。但他们一个个都像断了腰似的,有人屁股上长了疖子,疼痛难忍,也有人不得已把靴子扔掉,换上便鞋行军……这还不是最糟糕的,最糟糕的是不知道第二天会发生什么。还得骑马行军?去哪里呢?去干什么?国王在什么地方?要把他们带往英国?传说他们有可能在加来或布洛涅登船去旺代,因为朱安党人已经在那里举事……啊,但愿如此……可此事并不可靠!巴黎出了什么事?听说麦克唐纳正在默伦组织一次大的战役……这话能信吗!麦克唐纳,就是不去投奔波拿巴,也会像其他人那样逃之夭夭!

到处都在说,叛军已在圣德尼重组,正向他们追来,这是他们最担心的。其实,一路上他们已同几股叛军错过。要不就是近卫猎骑兵,也就是里翁的部队,还有勒费弗尔–德努埃特的叛军,正向他们扑来,企图切断他们的去路……也许两路叛军一起追来……眼下国王卫队七零八落,人困马乏,还怎么抵抗?打什么仗?唉,但愿叛军不知底细,仍先按战略规则排兵布阵,这就要花上一天或一天半时间,我们就利用这个时间集结队伍,大炮和行李也能赶到……因为在这些年轻人眼里,行李和他们的性命一样重要。追兵到了哪里?大家一无所知,可能正向博蒙进逼或者正力图从西侧包抄,切断国王卫队出海的通道,也有人说追兵已经赶在了他们前面,经克雷伊到了亚眠,目的是把国王和国王卫队分割开来,同诺尔省的叛军会师……总之,大家什么都不知道,最好是趁还能睡的时候睡一觉。我们还能……可是马匹呢!这些火枪手不像亲卫队士兵和掷弹兵,没有把自己的坐骑丢弃在路上。他们的马差不多是用膝盖走到博韦的。先让马休息!其他就听上帝安排吧!为了载运伤病员和那些事故受伤者,整整一个上午,大家忙着征调或购置大车,寻找勉强能用的马车。据说国王卫队的钱全填了进去,还买了要带走的干草,却不知道前面会发生什么事,因为有些地方的驻军声明倒戈,听说还把草料都烧了,叫王室军队到达时没有草料喂牲口……那我们呢?我们的军饷呢?我们还没有落到这般地步,各人还都有些私房钱,再说吃住靠地方,只要坚持到同驻扎在比利时的俄国人和普鲁士人会合……

突然，泰奥多尔被吓出一身冷汗：普鲁士人，普鲁士人，怎么把他们给忘了，这些普鲁士人……还有他的马，可怜的特里克，他把特里克托付给庞卡底郊区驿站的站长了。他得赶紧去拜访他。他把自己那份酒钱扔在桌上，向伙伴们告辞。

"贵族行事的反复无常，特别是对骑士时代值得重视的种种预见采取了轻视态度，这不但使自己丧失了尊严和威望，还招致我们有可能目睹的可怕灾难。十八世纪的伟大徒有虚名……"

烟气中混有一种香水味。公爵喜欢定时往身上喷洒香水，这是他唯一的奢华享受，他还嗜好手套，总请人定做。他们一起聊了几个小时，马尔蒙饶有兴趣地望着他，只见公爵不时拿起一只大瓶，往手和头发上洒一种香水，有时还解开衬衣，往身上擦，往腋下抹，出发时，他还要在马鞍上洒点香水，就像有人洒朗姆酒一样。

"我们丢掉了祖先的纯朴风尚，"黎塞留说，"一种邪恶的哲学使那些本应是宗教卫士的人背离了宗教。为了使迷路的民众重新获得往昔的美德，唯有重建信仰，恢复基督的使者①为确保信仰得到尊重而必须拥有的荣耀和尊严，舍此没有别的途径。假如贵族自己不能以身作则，做到虔诚笃信，那么还有什么法律，不管它多么贤明和威严，能保证我们免蹈覆辙，重犯致命的恶习？我听到有些杰出的贵族谴责小民百姓，把那场可诅咒的革命犯下的全部罪行归咎于他们，不错，这些小民百姓是群亡民，但他们造反暴动是世风日下、道德沦丧造成的；我们的贵族老爷难道就丝毫没有意识到，那些企图破坏君主政体的人，一开始并不重视在愚昧无知的阶层中，在大城市的最底层散布导致君主制垮台的哲学原理？这些哲学原理针对贵族，而首先应该受到谴责的正是贵族，贵族忽视了宗教思想的纯洁性，离开自己的土地，进京入宫，过起了合乎新潮哲学的糜烂生活，并用自甘堕落的场景酿成了那些可悲的日子，我们的青年成了这些日子的见证人，他们惊恐不已，却无能为力……"

这种深奥抽象的谈吐，对公爵来说极为自然。虽然这不是他日常谈话的风格，但当谈话深入展开，尤其是当新俄罗斯州总督面对的是自己的同胞，而且后者只想聆听一位声誉显赫的传奇人物的谈论，而不是表达自己的见解，在

---

① 指神父、牧师。

这种场合,黎塞留先生自然更愿意使用书面语而不是口语。在公爵管辖的省份里,往往没有人能听懂优美的法兰西语言,或者公爵不得不求助他远非熟练掌握的俄语。他的书面法语大大有助于提高他在亚历山大皇帝心中的地位,而他向自己高贵的主子呈交的报告也用这种法语。他谈吐高雅,口才出众,家庭教师拉布当神父功不可没,这位可敬的神父是费奈隆①的狂热崇拜者,他认为费奈隆的文笔是让-雅克·卢梭的散文必不可少的解毒剂,在他眼里,卢梭散文的优美本身诱人堕落。此外,人们已习惯把黎塞留公爵在黑海之滨开创的事业,比作费奈隆在《泰雷马克历险记》中描绘的伊多墨纽斯王国。马尔蒙曾多次听到别人对公爵的非凡口才大加赞扬。但他总不由自主地觉得他的雄辩略嫌刻板做作,也许由此可见他和黎塞留公爵之间不同的生活经历。无论在西班牙,还是他曾短期任职的伊利里亚,要处理的事情刻不容缓,从来就没有时间思考,虽然他的职务同埃马纽埃尔·德·黎塞留公爵在新俄罗斯担任的职务相似;此后,跟随一位贪得无厌的皇帝,在欧洲战场上征东战西,那就更没有时间思考了……而在伊斯兰和亚洲大陆边陲,黎塞留身为行省总督,时间和权力不受限制,是那片广袤土地的绝对主人,是敌对的原始部族的仲裁,其所作所为只向君主奏报,而这位君主居所遥远,对他信任有加,且自己也在忙于建设,而不是走到哪里就把破坏和死亡带到哪里……

马尔蒙一边聆听公爵的宏论,一边想到自己的经历,心里暗笑,他嘲笑自己的思维不知不觉中接受了对方说话的节奏和措辞、句子的匀称协调。元帅深知自己易受他人影响,也许在与拿破仑打交道时这种倾向尤为明显,也正是在这一点上他不能原谅当年的主子。这次与黎塞留相处,他又感觉到了这种智力上的从属地位,并因此有点不快,但他却能从中衡量这个人物的威望和毅力,他与国王周围的人是那么不一样。甚至不同于皇帝周围的人……

"嘿!"他心里想,"我想起了皇帝……"

黎塞留谈兴正浓,说起第三等级文人学者的作用,言辞有力,激情洋溢,说他们对贵族的态度普遍地奸诈,不讲信义,是贵族的最凶残的敌人……正在此时,仆人按照公爵的吩咐,把点心送到房间。公爵饮食节制,这点深得马尔蒙赞赏。元帅难以忍受杜伊勒利宫的丰盛饭菜和波旁王朝的暴饮暴食。再说,马萨夫人已经离开省府,按礼仪不用正式设宴接待,而马尔蒙也接到了博

---

① 费奈隆(1651—1715),法国作家、教育家、十八世纪启蒙运动先驱之一。

韦要塞的报告，说部队已经进城，等明天早上点名便可了解国王卫队各支人马集结所需要的时间，再决定何时启程。

他俩谈了一整天，但什么都没有讲透，甚至什么都没有讲。在此历史危急关头，把他们俩连在一起的事业本身，在他们看来似乎已无前途可言，尽管嘴上唱的是另一套：两人觉得自己在一处黑暗的领地里转来转去，说不定有一句什么话会突然给他们照亮一条意想不到的出路。显然，黎塞留只是自己有话要说，根本不指望元帅有什么高见，而元帅在场，这或许是一种兴奋剂，促使他说说孤独中想不到的事情。马尔蒙则希望从这位皮肤晒得黝黑、身材瘦削的伟人身上获得某种启迪，使自己的生活变得可以忍受。因为他从心底里感到，现今的生活叫人受不了。这也许因为他只是表面上向前迈了一步，以脱离他的过去，但事实上他依然是各种思想的奴隶，这些思想自他成年以来一直盛行于他曾生活的世界。对方的一些论断使他感到震惊，但同时他又在估量需要跨越多大的距离才能与这些思想，与他所选择的这个社会的思想站在一起。比如，黎塞留就指责教育是国难的罪魁祸首，还抨击马尔蒙常常听到的人称"启蒙"的思想。

"第三等级在革命中表现得不够格，"他边说边注视前方，仿佛整个第三等级都在那里，被带上了法庭，而他成了这场诉讼的检察官，"第三等级的不够格足以证明，让他们发财致富，又允许他们掌握知识，这种做法是何等愚蠢，因为知识只会被他用来颠覆国家……为了阻止他们压榨贵族，防止他们在商业才干和学识上胜过贵族，必须使第三等级保持适度的无知，必须将其奢望限制于合理的富裕。所谓人类进步这种伪宗教必须结束……"

马尔蒙听他娓娓道来，他接受这种思想，赞同这种观点，他很清楚，如果不接受，他替自己规划的命运会陷入绝境。但同时他又隐隐感到内心有一种阻力，这种阻力或许来自纯粹的习惯，来自那些成见，而这些成见存在脑子里，从未被真正审视过，大家沉溺其中，犹如沐浴在空气里，而今突然看到它们被断然否定……

"我想对您说，元帅阁下，"黎塞留继续说道，一边往耳朵后面和颈背上洒些香水，"君主政体犯下的一个最严重的错误，是允许乃至有时鼓励贵族同第三等级杂处。更糟糕的是……对不起，思想争论不应该加进个人的考虑，可是就我要说的话而言，我不能阻止您在我的话同您本人的生活之间建立某种联系，这种联系并不重要，请相信我……"

他到底想说什么？马尔蒙感到全身像是一颤。他不希望这些话在影射近来萦绕在他脑际的那件事。

"……我知道，您在私生活方面深为等级关系问题苦恼，其实这个问题已不足为奇，在这方面，国王路易十六已走在了波拿巴的前面，他准许，甚至还提倡与社会地位低下者联姻……"

啊，原来他说的是这事，马尔蒙松了一口气。但愿此事只涉及佩雷高小姐[①]！

"一位君主看重先定之见并借以治理国家，那么，就维护贵族的地位并使第三等级保持必要的谦逊而言，除了出身有贵贱之分，还有什么先定之见更加必不可少呢？第三等级保持谦逊，就不会想着要与那些因有据可查的高贵先祖而高人一等者平起平坐。庶民借助经商，利用国家不看出身、而以奖掖贤能为由提供的肥缺美差，毫无节制地敛财致富，最终强过贵族，生出了其后果不可估量的邪恶野心。积聚财富，毫无节制，这种做法几乎不可抗拒地导致日趋贫困的贵族和野心勃勃的资产阶级联姻。我完全清楚这类恶习往往会酿成什么悲剧，您懂我的意思，我知道……"

是的，岂止是腊古扎公爵夫人……马尔蒙结婚那时，更需要别人原谅他的贵族身世，而不是希望恢复这一荣耀。况且在他之前，他的父亲就娶了一位金融家的千金为妻……银行家佩雷高之女嫁的是波拿巴麾下的一位将军，而不是某个其纹章只是指券[②]的外省小贵族。相反，今天黎塞留公爵是跟一个社会等级相仿的人交谈，后者感到荣幸的是公爵忘记了他年轻时犯的过失。总之，在众亲王帐下，难道就未曾有过今天还在效命于这个或那个国王的冒险家？比如纳索，当黎塞留在伊慈梅尔立功扬名时，纳索是那里的军事指挥官，这位叶捷琳娜二世的情夫在当上俄罗斯海军上将之前，曾是西班牙的将军，德国的上校，波兰的亲王，他的母亲是法国人，父亲是荷兰人……他甚至还为法国效劳……黎塞留的经历比较简单，就在俄国军队中生活，但他不会不理解其他用刀剑报效共和国和帝国，总之是报效法国的冒险家。他岂会不理解那些贵族青年的想法：他们与自己的长辈和逃亡中的国王失去了联系，在不到三十岁就能当上将军的军队里，面对他们有可能平步青云的军人生涯，亲身感受到了"骑士"的魅力？

① 指奥唐斯·佩雷高，即马尔蒙之妻腊古扎公爵夫人。
② 指1789—1797年间法国流通的一种用国家财产担保的证券，后作通货使用。

"我不责怪任何人，"公爵说，"无论是流亡的还是没有流亡的：我本人离开了法国，那是国王和制宪会议允准的……可能各方面都不满我的做法，我丧失了我祖上留下的财产，波旁王朝回来了，但情况没有丝毫的改变。路易十八没有还我一寸土地。我的那些雕像、画，我家族的全部珍藏，根据篡位者颁布的法律，统统进了卢浮宫，而且按照新王朝的法令，还得留在那里。我们家住在朱米拉克和蒙卡罗的姐姐妹妹生活贫苦，若不是为了她们，我也不会对这些财物感到丝毫惋惜。如果想看到在国王的贤明治理下国内和平安宁，就必须将一定数量的事情视为既定事实……我一无所求，我还能靠敖德萨的那一点收入维持生活；万一法国还得在一段时间内蒙受新的耻辱，我可以重新为亚历山大皇帝效劳……这些话无非是告诉您，我不赞成贵族中极端派的看法，他们一心想着报复，总之他们要对内伊的反叛负责，不管此人如何不堪。在杜伊勒利宫，您见到他们怎样对待莫斯科瓦王妃了吗？这样显赫的头衔，从我这样一个俄罗斯王朝的仆从嘴里说出来，您就不认为失之不敬？不过，如果他们不是玩弄花样羞辱内伊夫人，没有让她哭着离开宫廷招待会，说不定这些日子她丈夫的做法会全然不同……您会觉得这些话与我前面说的互相矛盾：移风易俗以保护贵族的前途，这是一回事，而对以往的错误采取盲目的严惩态度，结果只会加固不符合王朝利益的联姻，避免这种严厉做法是另一回事……贵族就像布里丹驴子，无所适从，一边是替它准备好的切碎的草料，一边是喝了不长膘的清水。可是贵族为什么自己不设法发财致富呢？这样做可以使其免遭衰败的厄运。请注意，我倒不认为贵族堕落是最糟糕的事。我刚才谈到的那些人蠢不可及，他们自以为把纹章重新漆一下就能弥补一切，居然还说不义之财我不贪！就拿陪伴陛下在我们前面赶路的人来说吧。我说的是达弗雷公爵。我从小就认识他，达弗雷公爵大人。他是个好人，谁会怀疑？就说他的父亲，说说那位和我同名的埃马纽埃尔元帅吧。噢，他可真是一位伟大的贵族！克鲁瓦·达弗雷家族是诺尔省人。这位日耳曼帝国的亲王，曾在波希米亚和巴伐利亚效命，是丰德努瓦战役的胜利者之一，还在布洛涅、敦刻尔克以及整个沿海地区构筑防线……不过，在我看来，他之真正的伟大并不在这里，不在于他参加了围攻安特卫普或马斯特里赫特①的战役，也不在于他在拉米伊②或劳费

———————
① 荷兰城市。
② 比利时村庄。

尔德①表现出来的勇武精神。您知道吗，正是由于他的努力，昂赞公司才能克服种种成见、畏怯害怕和陈规旧习，矗立在斯卡尔普河和埃斯考河沿岸②，开采煤矿，使法国觉得不用再依赖海瑙③的煤炭，不用每年再从那里进口燃料。四千名工人、六百匹马、三十七口木架矿井、十二台消防水泵……每年花在病人、寡妇、孤儿身上的钱高达十万多利物尔……这里的一切都掌握在资产阶级手里，公司进展并不顺利，直到埃马纽埃尔·德·克鲁瓦利用他对孔代和布鲁埃的田产拥有的领主课税权，建立一种新的协作形式，就是股份有限公司，他本人出任公司董事长，而且慷慨大度，不排斥第三等级人士加入，这样一来，旧的领主产业在起变化，但第三等级的主动性仍然受到限制……1794年，我亲眼见证了元帅的宏伟事业。当时，奥地利军队围攻敦刻尔克、瓦朗西埃纳和孔代，我有机会得以关注这场不幸的战事。我没有参观过煤矿，难以想象与煤矿相关的投资、机器，以及频繁的工伤事故……我们就驻扎在另一场战役发生的地方，因为开矿也是战争。联军中有些人与沙勒罗瓦煤矿的经营者关系密切，企图破坏昂赞公司的设备。共和派回来，阻止了他们的行动，这对法国经济无疑是件好事……我不知道有朝一日是否会给埃马纽埃尔·德·克鲁瓦塑一座雕像，表彰他兴办工业的才智，颂扬他在捍卫贵族地位方面表现出来的胆略……现在来看看他的儿子。他的儿子正是离开外省前往凡尔赛生活的贵族的代表。元帅离世时，他差不多三十岁吧。他从未过问父亲的事业；他是佛兰德团的上校，大革命时该团归圣克唐纳指挥。在全国三级会议中，他是亚眠贵族的代表，他去过科布伦茨④，后来被亲王们派往马德里，出任一个流亡政府的大使。他试图让人把自己的名字从流亡人士名单上划掉，我无意指责这种做法，我也这样做过，当然那是出于其他原因，我的姐姐妹妹……但是，在帝国建立之初，他竟然同意政府赎买埃马纽埃尔的全部产业，以换取小小一笔年金，这就是他的全部抱负！煤矿全部落入资产阶级之手，经验老到的康巴塞雷斯，加上格勒诺布尔的银行家佩里埃，就此取代了克鲁瓦·达弗雷家族。贵族对新世界缺乏了解，就这样让位于人，又怎能统治天下。我们的可怜国君此番远行，车驾里就带着这样的人：您总该明白，与其指望他们，我还不如指望俄罗斯或普鲁士的军队……"

---

① 比利时村庄。
② 埃斯考河全长 430 公里，流经法国北部、比利时和荷兰。
③ 旧指法国、比利时边境地区，盛产煤。
④ 今德意志联邦共和国城市，1793 年法国流亡者在此组成孔代军。

　　马尔蒙不禁暗自思忖，海璐煤矿的矿主们在这些军队里或许还有朋友，这对克鲁瓦元帅的事业大为不利。可是，在外国军队和拿破仑之间难道不该作出选择？拿破仑能煽动底层百姓和领半饷的军官，重开流放和在万森城堡壕沟里枪杀王党的时代。想到这里，他不寒而栗，昂赞煤矿在他的天平上已经无足轻重。再说，亚历山大宽宏大量，对黎塞留又信任有加……也许，公爵事先派出去的年轻副官斯坦科夫斯基，已请求俄罗斯皇帝帮助波旁王朝……别无选择，一切都已选定。马尔蒙注视着他面前的对话人。

　　雨夜里，烛火下，在博韦这间哥特式房子里，想象阳光、灰沙、从黑海吹来的阵阵海风，以及挨着阿吉贝要塞兴建的这座讨厌的区府，这实在有点奇怪。这座城市只有二十年历史，黎塞留派人规划街道，栽种树木，建造剧院……城里居住着德国人和鞑靼人，有切尔斯俘虏，也有带着成群的农奴从内地迁来的俄罗斯地主，这些地主是受到了烧酒酿造权和出售自由的诱惑才来的，而沙皇的官吏总是想方设法剥夺他们的这种权利和自由；此外，诱惑还来自经营转口商品带来的利润，黎塞留竭尽努力，不让中央政府征收关税，免税优惠是他好不容易才争取来的……这个世界还面临种种威胁：高加索诸侯的侵扰、土耳其人的入侵，有沙皇灾难性敕令护身的军事警察、地方总督之间的争权夺利、瘟疫和商人的阴谋诡计。卷发早白的黎塞留，全身散着香水味，看来他不图个人安逸，一心只顾建设，下令建造了一座座花园。在对残酷的战争、焚毁的城市、强奸和掠夺的描述中，他不忘加进了类似梦幻剧里的场景，展示的仿佛只是诱人的舞会、假面舞和郊游。当他讲到那座兀立荒漠的别墅时，激情澎湃，达到了顶点；别墅坐落在前不久还是沙丘的冈峦上，四下栽上了金合欢、小榆树和意大利杨树；那里还有一座带柱廊的庙宇和一间仿照小特里亚农宫建造的茅屋，消失在弯弯曲曲爬上山岗的荫蔽山路间。起初，这座别墅是留给小罗什舒阿的，可是小罗什舒阿回法国了，决定不再为俄国皇帝效劳，事情来得有些突然，公爵最终把它作为遗产送给了他的副官伊凡·亚历山德罗维茨·斯坦科夫斯基。这位副官是敖德萨驻军司令，英国将军科布莱的外甥。公爵的叙述穿插种种轶闻趣事：亚历山大的温柔女友纳里希基纳夫人的旅行以及为她举行的宴会、1812年的瘟疫、没有查实村里病人死活就把他们连同房屋一起烧掉的惨状……总之，在公爵的言谈中，很难看清楚占上风的是他讲述悲惨故事时表现出来的轻松随便，还是随口一句话突然揭示的真实：这位人物相貌猥琐，却具有卓越的见识、理政的才干和出人意料的奉献精神，说到底，在这身朝服下跳动着的，是一颗仁慈之心。

"不幸的是，"公爵说，"这一切都不为皇帝所理解，却任凭彼得堡的一位宠臣摆布……皇帝固然圣明，但他的警惕性又难免受到蒙蔽，比如，那位彼得·多尔戈鲁基公爵①的过失给皇帝和他最好臣仆的关系造成了多大的损害！此外，俄罗斯的国家机器庞大臃肿，人们无法想象，就是操纵这台机器的人，在它面前也是无能为力……假如我跟您说……"

这时，一位副官送来几份文件，请元帅签署。

房间里半明半暗，公爵眯起一双近视眼，看不分明，或许就是视而不见，以为来者是法布维埃，便说："晚安，上校，您休息过了吗？"为使这位军官摆脱窘境，马尔蒙急忙纠正：他不是法布维埃，他是一名掌旗官，非常年轻……黎塞留替自己辩解，说不要紧，因为法布维埃上校是个精力充沛的汉子，恐怕他自己也乐意夫人们这样看他呢……他又对这位年岁不大却发育甚好的小伙子评头品足了几句，就像在评论眼前的一匹马。掌旗官涨红了脸，低声说了句什么，一边把文件推到元帅面前。元帅审阅文件，黎塞留在一旁笑了起来。

"瞧，"他说，"这些劳什子文件无处不在……您手下才三千人马，还散落在十古里长的路上，走累了就停下，即便如此，您还得在逃跑人员名册和混乱状况报告上签名……"

当房里只剩下他俩时，公爵问："他部队里的情形也是这样吗？"这个常挂在嘴边的名字，碍于马尔蒙，公爵不便明说，但元帅心领神会，点了点头。

"也一样。您知道，大人，您带过兵。战争，这首先是办公室的事……流了血，也省不下墨水。我记得，在萨拉曼②……"

他讲述了自己经历的事情，这段经历十分离奇，但他知道黎塞留并没有听他讲。公爵的心思去了何处？马尔蒙讲完了自己的故事，房里竟出现片刻寂静，而长谈结束后出现的意外寂静丝毫解释不了前敖德萨总督突如其来的沉思。马尔蒙元帅没有打断他的默想，直到见他重新拿起桌上的香水瓶，往手上洒香水，才开口道：

"我想，西班牙给我留下的记忆打断了您的话……您刚才说……"

黎塞留浑身一颤，犹如梦中惊醒，他环顾四周，说："我刚才谈到……"接着他确实讲了些什么，但至少同他刚才最后说的毫不相干：

---

① 沙皇亚历山大的侍从武官。
② 西班牙城市。

"是时候了，是该丢掉冒险精神了。结束冒险。秩序……法兰西需要的是秩序。让米拉之流回他们的马厩吧！我们中有些人从直布罗陀到撒马尔罕，热衷于追求陶醉，从而偏离我们面临的共同问题，全身心投入个人冒险，但愿他们重返被离弃的道路上来，重返古老的荣誉之路……是时候了……是时候了……"

他几乎是在悄声自语。蓦地，他提高嗓门，就像才开始同马尔蒙谈话似的补充说："您说什么来着，元帅阁下……您在夏蒂荣有一处房产，您打算改建一下，开办新的产业……太有意思了。给我讲讲您的计划……"

贵族和第三等级之间的关系，并不总是像黎塞留公爵谈及这种关系的危险性时看到的那样。泰奥多尔若能早些回来，他就会见证这一点。但他错过了这个机会：他的爱马癖将他留在了马厩里，等确信他的特里克被侍候周到后才离开。大家一定会责备作者没有催促泰奥多尔及早返回杜朗食品店，哪怕这有损于年轻人的性格，弱化了他对自己坐骑的关心。倘若早点回来，那他一推开店门，站在门口就能见到所有当代小说里被详尽描绘的一幕。不过，有必要说清楚，本作者厌恶这样做，虽说在二十世纪中叶，较之描绘一座毁于战火的城市，描写一名拉罗什雅克兰掷弹兵正在食品杂货店强暴一个十六岁少女要容易得多。这一幕发生在临时安置的床上，这张床还是一位有眼无珠的母亲自己帮着为这个掷弹兵搭的；或者就发生在地板上，少女拼命挣扎，两人滚作一团……因为，一百四十三年以来，这样的事没有多大的变化……啊，不！如果小说在此情节上丧失了文笔的统一性，故事脉络犹如中断，有始无终，简化成一个笨拙的梗概，或者就像一帧巨幅画作的构图，有个场景已经勾勒，却尚未着色，留下缺陷，顿现艺术手法上的弱点，一旦如此，读者就不会在此处折个角，把小说转给一位认识的夫人，让她一下子就能找到那个值得她跳过上文或弃读下文的章节。从德尼丝和泰奥多尔的交谈中，读者诸君已有足够的了解，自能明白火枪手的话对这个天真头脑起的作用，明白促成阿尔蒂兰·德·H获胜的种种想法的来龙去脉……当时泰奥多尔并没有想到这个掷弹兵。可怜的德尼丝，她渴望远游，而杂货店的这位住客既吸引她又让她害怕……不，不，我不想重提旧事。的确，她可以怪罪泰奥多尔，因为她想体验泰奥多尔同她说的那种陌生而又美妙的快乐、另一个不一样的意大利，但她青春年少，没有受过教育，不知道男人是绝不满足把她这样的女孩搂在怀里。事情就是这样。

现在，她走了，走进了茫茫雨夜，一个疯了的女子，再也不敢回母亲家里，她会在何处游荡？换个优秀一点的剧作家，就会让泰奥多尔回来时遇上她，在某个街角，要不就在她走出杂货店时。然而生活往往是另一个样子，再说，即使他们交臂而过，黑夜里彼此也认不出来。在博韦，城里的照明帮不了我们什么忙。德尼丝后来怎么样，那就不属于本故事叙述的范围了。总之，第二天早晨她没有回家，知道这一点也就够了。她投了泰兰河吗？泰兰河水太浅，并不适合绝望之举；另外，夜里也不允许绝望的姑娘登上圣皮埃尔教堂的钟楼。必须放弃创作什么情节剧。

由于没有灯光，泰奥多尔穿过店堂时甚至没有发觉店里一片凌乱，他蹑手蹑脚爬上阁楼的梯子，免得吵醒掷弹兵，后者怀着使命已经完成的满足感，正在沙发上酣睡哩……他永远不会知道曾经发生的事，因为天一亮，他又要穿过已经空荡荡的店铺赶往兵营，火枪队要集合点名。可以设想，他不愿意唤醒主人，至于比他早起的阿尔蒂尔·德·H，就更不想惊动主人了……

读到这里，读者恐怕会感到惊讶。因为本书中其他次要角色，作者毫不犹豫地用了历史姓氏称呼，唯独掷弹兵这个配角，仅用一个首字母指称，读者自然有权要求在这方面稍加说明。叫不叫阿尔蒂尔，德·H先生始终是德·H先生，尽管这个在当时还鲜为人知的姓氏可以用全部字母写出来。可是，这个家族后来从他，从他的兄弟、堂兄弟开始有了很大的发展；如今还出了几位议员，作者虽无义务非予以重视不可，但还是考虑到了他们的存在。其实，德·H先生几乎不属于这部小说，在小说中他只是做了一件坏事的过客。也许，有关他的社会经历，作为例外，在此说上几句，恐怕并无不当，因为他的经历与这个故事绝无关系。

德·H家族姓氏的起首字母，我已做了改动。这个家族是小贵族，但非常古老，在路易十五时代，与贵族院一位贵族联姻；在路易十六治下，又同一位包税官结亲。在恐怖时期，我们这位少尉的父亲躲在诺曼底的田庄，他的儿子生于1790年，当我们遇到他时，显然他和泰奥多尔·泰奥多尔年纪相仿。他曾为帝国效劳，他的一位兄长还娶了当时一位大银行家的女儿为妻。1813年莱比锡战役前不久，少尉接受了战火的洗礼；1814年，他自然而然跟随他的上司博浓维尔将军归顺了波旁王朝。这位将军是他父亲的老朋友，当少尉还是孩子时，将军就认识他了，因为1797年将军出任海防驻军监督官，在德·H家住过。第一次王朝复辟时，少尉加入拉罗什雅克兰掷弹兵部队，后来王室军队解散，拿破仑百日政变，他又摇身一变，伙同一些人加入了波拿巴军队，借口是他们的部队指挥把经费当作战争给养金带往比利时，而没有效法长矛轻骑兵队统领尔热纳先生的高尚做法，将经费分发给部下，使他们得以养活自己，不用卖命投靠波拿巴。说实话，德·H少尉很快得到宽恕……从1816年起，他又在王室军队里效力，西班牙战争时还十分体面地同一位军火商的女儿结了婚，查理十世时期被封为侯爵。其时，1830年事变①发生，他及时想起他的老上司博浓维尔将军在帝国垮台时拉他加入了象征大共济会②。博浓维尔元帅和麦克唐纳，还有约瑟芬·德·博阿尔内都是这个社团的支柱。还有富歇。所以，在凡尔赛宫的一幅画上，能认出德·H……此画描绘的是亚历山大·德·拉博德同其他几位1830年起义人士一起，在巴黎市政厅前迎接路易-菲利浦·德·奥尔良的情景。在七月王朝时期，他是下塞纳省中庸政府③的众议员。德·H侯爵还指挥过国民卫队的一个分队，协同其他分队帮助卡韦尼亚克将军镇压1848年6月起义④，后来第二帝国擢升他为参议员。八十岁那年，他还在自己的花园迎接向鲁昂进军的普鲁士人，并不失尊严地提起1814年其家族同这些普鲁士人先辈的良好关系的性质，还向他们打听他的堂妹德·M公爵夫人的消息，这位夫人是奥古斯塔王后的侍应女官，因为两国交战，后来就断了联系。

在于勒·格雷维⑤执政期间，他长辞人世，也受了临终圣事，终年九十四岁。诚如大家所见，阿尔蒂尔·德·H寿元绵长，一生并无大的波折，叙述起来也不费时，经历的事都是近代史上发生的，不是他个人的遭遇。阿尔蒂尔已不属于冒险贵族时代，而是新旧贵族之间的一环。在联姻问题上，新贵族不完全同意埃马纽埃尔·德·黎塞留的看法，但归根结底，他们似乎已经理解敖德萨缔造者的思想中注重实际的本质，即不可把财富的新源泉让给他人。社会变革就这样发生了，但与伟大的预言家最初想象的不尽相同，这些预言家看待社会变革的方式总带点乌托邦色彩，而最后还得让现实来纠正。

的确，德·H家族大大增加和扩大联姻网，时至今日，在共和国的军队里，在国内几乎所有的大企业里，都有这个家族的代表。最近，这个家族的某些成员不得不离开他们定居的摩洛哥，有些则移居美国，因为国内某些可悲的事件

---

① 指 1830 年法国革命。这次革命结束了查理十世的统治，为七月王朝铺平了道路。
② 当时法国具有互助和慈善性质的半秘密社团。
③ 指法王路易－菲利浦的中庸政府。
④ 1848 年 6 月 23 至 26 日，巴黎民众高呼"要工作，要面包"，走上街头，举行起义。
⑤ 于勒·格雷维（1807—1891），1879 至 1887 年任法兰西第三共和国总统。

再次造成了有教养人士的分裂。但是，总的说来，这个家族一直兴盛无恙，这尤应归功于族中缔结的基于利害关系的理智婚姻，无论哪个时期，这种婚姻关系都能用来消解遇到的政治灾祸和命运坎坷。自十八世纪以来，这个家族始终遵奉此婚姻传统，而我们的侯爵大人也绝不会任其衰竭。必须承认，H家族的成员都有这方面的天分，而且多少年来，他们几乎人人都保持了这个多血质少尉的体格。1815年3月的一个夜晚，我们在博韦见过少尉，他满面红光，身材可能略显矮小，但非常健壮。这个家族里的人都有一副好牙，而且毛发粗硬卷曲，生性爱好骑马和激烈运动，在椭圆形油画肖像、达盖尔[①]相片以及新近的照片上，我们不难认出他们，他们都有一些基本不变的特征，不用查看身份证件便能确定他们的家系。我这样说就像谈论狗的种谱，其实也有这个意思。如此，这个家族替工业巨头、国际金融家培养了不少乘龙快婿。在赛马骑师俱乐部、土豆业联合会，都有H家族的成员；甚至还有一人进了法兰西学院，尽管他没有任何著述。只是到了近代，此家族才在这里那里显露出衰落迹象。尤其是在20世纪初，家族里的一位侯爵，要说明的是其母有一半犹太人血统，这位侯爵竟心生浪漫之念，向往超乎理智的婚姻，结果拐走了一个年轻女子，而这个女子与一个并无多少财产的王族有姻亲关系。这也许能解释他们的儿子日后的遭遇。在专门的著述中，能找到好几处H，边上都有表示"战死沙场"的相同记号，其中有的成了自由法兰西力量，有的加入了反布尔什维克军团；可是，刚才提到的那个儿子没有服兵役，只有"死于德国达豪集中营"这样的记载。还有一个叫于布里克·德·H的，也让这个家族无从感到骄傲，当时他太爱自我表现，最后不得不流亡阿根廷，成了银行家。

　　政府变换不定，但这个大家族有好几位成员一直在政府各议事会中，在外交界、冶金工业或化学工业界担任要职。是的，如果将这位拉罗什雅克兰掷弹兵的大名公之于众，我担心该家族的成员一旦看到他们的先祖或叔伯（阿尔蒂尔还有个侄子，一位德·H先生，战争期间我还在佛兰德见过，当时他六十五岁，重返公职，后当上法兰西国[②]议员，不知为何被剥夺公民权，如今已有七十八九岁了吧，小时候还在老侯爵的膝头上蹦蹦跳跳）……我刚才说到，这个家族的成员一旦看到自己的一位先辈做了背德之事而令人不齿，一定会深

---

① 达盖尔（1788—1857），一译达格雷，法国发明家，1835—1837年间发现显影和定影方法，1838年发明达盖尔相片。
② 法兰西国（1940—1944），即二战时期与德国合作的维希政权。

感不安，为此还禁止他们的夫人、姐妹、女儿和侄女阅读这部书，鉴于他们人数可观，此书的流通量就有受限之虞……不过，由于这段往事会引起截然不一的看法，我就更担心他们中有些人会从中汲取男性自豪感；就我而言，无论现在还是过去，我都谴责这种自豪感！总而言之，若在体质方面，在这个家族的元气方面，我助长或者已经助长了这种自豪感，我将深感痛心。如果1815年3月20日，在博韦城圣马丁大街发生的不幸事件尚未载入这个家族的大事记，那么也别指望我做这件事。

因此，对于这个姓氏，我坚持只写一个字母，对掷弹兵和他家人的历史，我也坚持只勾画其概貌，让事情的始末处在笼统和不确定状态，很多我们的同代人都能从中辨认出他们的先辈并引以自夸，任何人都不能完全肯定这是其家事，任何人都无法从中找到遗传的原因来为自己的放纵行为开脱。

因为人非禽兽。

八、春天

　　在省政府里，大家几乎彻夜未眠。在十一点到午夜之间，麦克唐纳送女儿回家，马尔蒙从他们那里得知军队哗变的确实消息。塔兰托公爵打算去阿布维尔与圣上会合，启程前，京城有最新消息传到博韦，消息是由原塞纳省驻军司令格伦德莱将军的副官送来的，在克拉尔克取代苏尔特出任陆军大臣时，这位将军被任命为陆军部秘书长。巴黎成了变节和非常事件的中心，三色旗触目皆是，人们随时随刻恭候拿破仑驾临。在由副官呈送给麦克唐纳的信中，格伦德莱抱怨没有陆军大臣的消息。他的主人不再在陆军部露面，格伦德莱派了一名军官前去王府大街克拉尔克的府邸。

　　克拉尔克渺无踪影。这是何道理？难道这个比苏尔特更加可靠而被选中的克拉尔克……也投顺了敌营？不会，怕只是找不到吧……什么，失踪！路上，格伦德莱的副官与法律学院的志愿兵交错而过，这些可怜的年轻人看上去疲惫不堪，军官们更掩饰不住内心的忧虑，因为他们正在反水的部队间穿行，在圣德尼还险些同叛军遭遇。再说，波拿巴分子的行动实在古怪，眼下他们似乎无意同撤退中的忠于王室的部队交战……格伦德莱正在请示。好吧，但在命令下达之前，他能干什么？

　　将近凌晨四点，有人叫醒省长，原来于洛将军到了。他是乘麦克唐纳那辆修好的马车来的，带来了波拿巴的密探在博蒙散布的消息。马萨急忙把他带到马尔蒙住处，听他简要讲述了拿破仑进入杜伊勒利宫的情形。昨晚九时许，皇帝重新入主卢浮宫。邮报上充斥着令人绝望的消息……整整一夜，狂风大作。风儿钻进壁炉烟道，阵阵急雨叩击百叶窗。凄风苦雨。不时仿佛有货车驶过铺石马路，声音越来越大，犹如大自然在发泄对世事的愤懑。睡觉……在这片喧哗声中，怎么睡得着？风声骤停，随之而来的寂静愈加令人惶恐，人们等待着狂风再起。风雨前的宁静从来不会持久。

　　终于，窗户上泛起苍白的晨曦。博韦的春天在低低荡漾的晨雾中降临了，巡逻队走过街头，在这寂静的清晨，他们的声音显得特别古怪。

风歇了。雨停了。阳光畏畏葸葸地透过晨雾。

传令兵已在传达命令。在兵营和供国王卫队住宿的房舍门口，卫兵已经下岗，正在城里转悠。工人们六点开始干活，在这个季节里，每天只干十二小时，一分钟都不能耽误，他们看着喷水池边上站在风里洗漱的士兵，不禁耸耸肩膀。这些家伙都在想些什么呢？实难想象。

刚过六点，亲王们像龙卷风似的赶到省府，他们天亮前从诺阿耶出发，同时到达的有王爷的先遣队，是达马斯手下的轻骑兵，由塞扎尔·夏特吕统辖，还有托尼·德·雷泽指挥的德格拉蒙亲卫队。在临时军事会议上，马尔蒙元帅介绍了博韦的部队状况，阿图瓦伯爵听了十分沮丧；尽管贝里公爵还抱有种种幻想，但王弟阿图瓦伯爵却掩饰不住内心的懊丧，因为他很清楚，把拖在后面的队伍集合起来要花多少时间，他也很清楚目前整班人马面临的处境。国王在哪里？他又改变计划了吗？他要去迪耶普①上船渡海吗？会去敦刻尔克固守吗？或者他的目的地仍是里尔……谁说得准呢！如果是这样，要同国王会合，就可抄近路，走亚眠，免得士兵遭受不必要的劳累，只是不知道通往亚眠的路是否畅通？庇卡底驻军的真实思想是什么？于是决定派一名侦察兵，由雷泽先生负责指派一名机灵的亲卫兵去摸摸情况，这样的人应该找得着，他得当天赶回来报告……从博韦到亚眠有多远？十五古里……如果有一匹好马，至多六小时便能赶到；再给他一些金币，让他在亚眠买一匹养足力气的壮马，在天黑前赶回来……雷泽先生离开会场。

不用说，这种安排纯属荒谬，去程十五古里，需要六个小时，加上在偌大一座城市里察访的时间，遇到反叛部队还得绕道（否则干吗要派侦察兵呢？），回来再六个小时，出发时已是早晨六点半，而晚上七点天就差不多黑了……可谁也没有提醒阿图瓦伯爵这一点，说到底，当伯爵派遣这名亲卫兵独自去见拉梅特先生时他自己心里有没有底呢？在这个决定中，焦躁的成分显然多于军人的明智。也许他已拿定主意不等这名骑兵回来，而是决定走海路了……

因为，老实说，尽管阿图瓦伯爵在巴黎时曾竭力反对渡海去英国，可是只要通往亚眠的道路被封锁，那么除了率领国王卫队所剩人员去迪耶普上船外已别无可能。可是，不经陛下允准，这项计划当然不能实施，可陛下人在哪里，

---

① 法国港口城市，濒临英吉利海峡。

唉，需要他时，他总是不在！眼下得赶快把那笔战争给养金用了，再留着简直是荒唐！当务之急是用重金收购本地所有闲散的马匹和车辆，此事说办就办，骑兵的军马需要补充，步兵凡不能像头天那样连续行军几天的统统除名。

兵营里，灰披火枪队集合完毕，购买马匹的命令已经传达，由指挥官洛里斯东先生执行，时间尚未到八点。命令传达神速，试想不到一小时，命令誊写了三次，一式三份，从一个办公室到另一个办公室，每次都换一人签字，从省政府下达到兵营，从马尔蒙元帅传至洛里斯东副统领。将近八点一刻，一支由二十名火枪手组成的小分队，在乌德托中尉率领下离开了兵营。据报离博韦不远，在圣朱斯特沼泽地对面的牧场有大群马匹。泰奥多尔也在征马队里，雨已经停了，天寒风冷，阳光时不时泻入透人衣衫的薄雾，骑兵小队经西北郊默默前行，没有走右边通往加来的大路，而是踏上一条铺石路，路标指向鲁昂。泰奥多尔用手抚摩坐骑的颈背。喂，我的特里克，你在驿站站长家里睡得好吗？他的燕麦怎么样？那么壮，真是一匹好马！特里克似乎已经忘了头天的长途奔涉，忘了那漫长的疲劳，两天前，在庞泰蒙兵营，从早晨五点起来，只在新雅典街老爸家休息了那一会儿，等了整整一天，跺足刨地，急不可耐，从星期天夜里到星期一，一路奔命……人则脆弱多了，动不动就腰酸背痛。早晨喝了咖啡和劣质烧酒，那也只能让他兴奋一阵子。出了城，泰兰河绕过最后几幢房屋，分出几支汊流，形成一些长满芦苇的小岛，人到了那里，如入迷宫。荒草遮不住白垩地，泥土拦住了缓缓向前、艰难流动的河水。河谷里房屋稀疏，沟壑纵横，谷地在光秃的林子间渐渐远去。一百年来，每逢三月新芽出土，在冬季麦秆下显出嫩绿，这里的人就开始给沼泽地排水，有的地方靠人力，有的地方借助自然的沟渠。圣朱斯特村就坐落在一条渠道的拐弯处。火枪手们在那里小憩，一群破衣烂衫、肮脏不堪的孩子像一群苍蝇似的把他们团团围住，发出阵阵惊叹。一个小酒馆老板自告奋勇带火枪手去马场，大家骑马慢步跟着略微跛足的酒馆掌柜，转向向北，来到一座陡峭的山岗下，眼前的景色顿时面目一新。山岗上有一个村庄，还有一座灰色的教堂，教堂破败，没有窗户，而上山的路崎岖难行。为了消耗体力排除平川旷野带给他的无穷烦闷，泰奥多尔真想顺山路而上，但这不是时候。要去的地方在他们右边，在牧场上，那里有马群。老远就能看见。

牧马人已看见火枪手朝他们走来。猛地，火枪手们明白过来，赶紧丢下圣朱斯特的酒馆老板，快步小跑，朝牧场奔去。放牧着一百多头牲口的三个骑马农民，突然开始赶拢马匹，只见他们头戴宽檐帽，身穿土色破衣，挥舞鞭子，大声吆喝，把马儿赶往一处。马群挤成一团，光溜的马屁股乱蹿乱动。蓦然间，灰黑相间、杂有枣红斑点的马群开始乱冲乱撞，在牧马人的马刺和鞭子下开始奔逃。事情很清楚，牧马人意识到这队士兵来者不善，本能地驱赶马群逃跑，似乎这样做真有什么用，最起码可以逃过征马。

马儿奔驰，越过田野，马蹄踏在浸透雨水的地里，发出啪啪的声响，火枪手分成两队，从两翼包抄奔逃的马群。牧马人骂声不绝，骑兵的威吓声此起彼落，嚷成一片。三个农民被围住了，其中一个汉子一头金发，唇髭垂落嘴唇，两只蓝眼睛流露出走投无路的神情，他猛地勒住喘着粗气的坐骑。泰奥多尔已抓住他的马嚼子。大汉身上满是五颜六色的补丁，一脸惊恐。他向同伴嚷了几句听不懂的话。他们究竟说了些什么？远远望见那两个牧马人踌躇不决，按说他们似乎明白反抗也没有用，因为离他们最近的火枪手已经拔出了马鞍手枪。

泰奥多尔现在只顾看马，只见马儿皮毛光滑湿润，有些马驹子还太小，不宜征用。可以肯定，他们都是骑乘马，虽然也有一些马像役畜那样有点粗笨。这股被驯服的力量在颤动，马鬃飘然起伏……泰奥多尔在构思他的画。

这几个乡下佬终于放下心来，因为乌德托刚才对他们说了，我们是来买马的。可是，对他们说这有什么用，马不是他们的，他们不过是雇工，雇主是那种半是农民半是小贵族的大土豪，大家只得在牧场上等候。这时天又下起雨来，细雨点点，如沙粒一阵阵轻轻飘落，而每当大家以为雨就要停歇时，却下得更大了。天哪，被雨淋透了，就为了同庇卡底的马贩子讨价还价！此人阿谀奉承，目空一切。他身穿披肩翻领衫，脚蹬长筒皮靴，差不多能讲一口法语，不经意间土语讲过了头，倒会立即改口。然而，说到"马"时他总是用土话。他似乎挺乐意把马卖给国王的士兵，他自己就是忠诚的保王派，刚才还担心这些士兵是叛贼，因为各种谣言满天飞，再说那个该死的科西嘉人，把他们的马抢走了，让它们去俄国送死，我倒要问问……不过，这一次，不能全给你们，我给你们每人弄一匹，他扬着马鞭说：这是我的买卖，这些马，我真舍不得……说着把他不愿意卖的马牵到一边，一看便知那都是最好的，他很想把那些老马劣马塞给我们。这样不行，非得发一通火，再掏出金币给他看，厉声吓唬。那匹，还有那匹，怎么样？这样下去恐怕没个完。好吧，那匹，黑的那匹，为什么不给？那么健壮……

　　"我的上尉，"他拿不准对方的军衔，"这匹马还没有阉割，我要用它配种，而你们，你们当兵的要它有什么用? 它的性子可烈啦……没法骑……"

　　"真的是这样吗?"乌德托吼道，"等着瞧!"

　　他在马上扭转身，似乎在用眼睛找什么人。突然，他瞥见了泰奥多尔："喂，火枪手，让马贩子见识见识，这匹马到底能骑不能骑!"他边说边用手指了指那匹没有去势的黑马。泰奥多尔跳下坐骑，朝黑马走去，黑马长嘶，前肢腾空。马贩子用马鞭蹭着靴子，嘿嘿冷笑。"等等……"上来两个人才给马套上轻便笼头。

　　泰奥多尔已把外套扔在地上，揪住马鬃，跃上马背。他示意帮手松开笼头。马儿一冲往前，连蹦带跳，撒腿飞奔。骑手一挺腰，坐稳了。他抓住缰绳，抬高手腕，迫使牲口慢步前行。见黑马走来，马群后退，黑马不停摇晃，企图掀下骑手，只见骑手突然俯身趴在马背上，强壮有力的双腿夹住马身。马儿原地转圈，一次次仰起。猛地，黑马箭一般向前奔去，大家看见人骑在马上，在潮湿的牧场上打转，马儿拼命蹦跶。忽然，众人看到骑手和马回来了。泰奥多尔嘴角上挂着微笑，身子微微后仰，只用两腿夹着马儿，挑战似的松开了缰绳，晃着胳膊……马头低垂，显露出额上一个白色星形斑。黑马转身时，人们发现，除了额头上那块白斑，它右后脚上还有一块白斑。这就是西班牙人所说的阿尔赛尔马，一名在伊比利亚半岛①打过仗的火枪手说，对这种马可得多留点神。乌德托脸露不快，冲着泰奥多尔嚷道："拉住缰绳，见鬼! 耍什么马戏? 这里不是弗兰科尼亚马戏团!"接着又对马贩子说："你看清楚了吧!"

　　"好吧，"马贩子说，"如果是他要这匹马! 可我把话说在头里，这马暴烈，用不了多久，它会把你腰摔断的!"

　　买卖做成了，一共七十匹。没有拿破仑的份了! 听说那些大兵……马儿排成纵队前进，火枪手们把它们送回博韦。

　　博韦城已变了模样。不只是天色明朗，出了太阳，蓝天白云。国王卫队正在结集，和王爷们一起在诺阿耶过夜的部队也赶过来同先期进城的部队会合。到处都乱哄哄地挤满了人、马和车辆。莫特马尔先生的大炮排列在圣皮埃尔大教堂前面，大广场上的情景不知像个什么集市。上午余下的时间是在争夺马匹中度过的: 亲卫兵、轻骑兵、掷弹兵、近卫骑兵、火枪手，你争我夺，各不

---

　　① 指西班牙和葡萄牙。

相让。为了换下脚上破烂的靴子，一些军官跑商店，把皮靴抢购一空。皮靴没有了，大家便争买毡鞋。

这场面混乱不堪，却又驶来形形色色的车辆：运货大车、有篷马车、破旧载客邮车、敞篷轿式马车、有凳载人马车，真可谓乱上添乱，活像一座外省的劳什子陈列馆。突然间，马队开来，闯入车辆中，马屁股后面还跟着军马供需官，他们要求把马匹分给自己队里的士兵，他们愤愤不平，大声叫嚷，说马都给了亲卫队，真他妈的岂有此理！谁不是爹娘生的！掷弹兵有权同其他人一样不受徒步奔命之苦……蓦地，泰奥多尔看见了马克-安托万·多比尼。

多比尼在人堆里左冲右突，拼命挣扎，只见他头顶毛皮高帽，手里拖着一副马鞍，满是雀斑的脸上怒气冲冲，正大声叫骂，脏话连连，不堪入耳。泰奥多尔暗自发笑，他不由得想起了沃邦公馆，想起了他的父亲大人，想起了在拉斯卡蒂追逐女人的马克-安托万，于是他上前招呼朋友。多比尼用陌生的眼光打量他，但随即就认出来了，说道："啊！是你！你还留着你的特里克，真不简单！"原来他那匹骏马，那匹无与伦比善跨障碍的战马，他骑上一口气能从殉难者关卡跑到凡尔赛，而泰奥多尔骑着特里克只能勉强跟上……是的，那就是他的马……然而，他迫不得已把它丢弃在路上，丢弃在诺阿耶到博蒙的途中，总之，丢弃在半路上了！掷弹兵的眼里噙着大颗泪珠，小孩子的大颗泪珠，竟伤心地啜泣起来。起初，泰奥多尔还想取笑他几句，但这个念头转瞬即逝，因为掷弹兵对他说："你从来没有打死过马吧？你自己的马，你明白吗，打死你自己的马！……"那是一匹漂亮的阿尔赛尔马，一匹纯种马，真正的英国种。途中，它跌倒在烂泥里，一条腿断了……这下完了！打死它，只能打死它了。说起来容易。可是当你必须拿起手枪，走近它，而它正用信赖的目光望着你……

"听我说，"泰奥多尔突然心生一念，开口道，"我有一匹马送给你，这马性子烈，却是一匹宝马！谁也不想要，别人都怕它，说它是匹阿尔赛尔马……"

他已经想到，在圣朱斯特沼泽那边牧场上降伏的黑马完全中他朋友的意。首先，马克-安托万同他一样，爱骑没有去势的马。其次，这匹黑马同马克-安托万不得已亲手杀死的马没什么两样。不错，这样他就不会再想这事了。事情就这样定了。他们毫不费力就找到了那匹额头和脚上各有一块白斑的种马，乌德托吩咐把马给了掷弹兵，虽说这匹马是要给拉格朗热手下的火枪手的。起初，有人建议莱昂·德·罗什舒阿把马留下，但他又开两根手指①说：一匹阿尔赛尔马，休想！因为这种迷信说法从西班牙流传到葡萄牙。多比尼喜出望外，脸上挂着笑容，忘了近来的悲伤。黑马套上嚼子，架好坐鞍，新主人骑在马上原地转跳，吓坏了周围看热闹的人，这情景就像1812年那幅画。泰奥多尔怀着近乎温柔的真挚之情目送他远去。啊，这才叫骑士！

　　在博韦市政府广场上，泰奥多尔看着多比尼胯下的黑马腾跳起仰，不禁想起蒙马特大街那家商店的后间，那是1812年秋，他把年轻的多比尼子爵约到那里，请他当《猎骑兵》的身体模特，因为画中骑兵的肖像原型罗贝尔·迪厄多内休假结束，随精骑兵重返在俄国的帝国大军，泰奥多尔只画了他的头像……1815年3月21日中午，在巴黎，他的头像模特罗贝尔，如今是第一猎骑兵团中尉，出现在他所在中队的行列中，坐骑不是画上那匹灰色花斑马，而是一匹枣红马，在洒满阳光的卢浮宫中央广场上接受皇帝检阅，才片刻功夫，这支骑兵队就不再是国王的了。

　　太阳出来了，阳光还是湿的，清晨一阵阵大风并没有吹干城市的水汽。身着红绿两色的猎骑兵，坐在黑白相间的马鞍上，马鞍都铺着茜红色呢毯垫，战马前蹄踢蹬，对面是卡鲁塞尔凯旋门和杜伊勒利宫。广场尽头聚集着一群巴黎市民，那里还驻扎着强行军赶来的拉贝杜瓦耶军团，广场四周的窗口挤满了人。罗贝尔·迪厄多内中尉望着皇帝走远，厄尔巴岛的阳光把皇帝晒黑了，他骑一匹白马，显得比以前矮小，也许是长胖了的缘故吧……三色旗在时钟宫上迎风飘扬，乐曲跟头天奏的一样：何处还比家里好？卢浮宫上空，片片云朵随风飘移，像是手臂挥舞。上校骑一匹浓栗色马，先向皇帝致敬，然后掉转马头指挥操演。上校刚刚上任，他的前任是当天早晨辞职的，检阅一开始，皇帝解除了原上校替自己指定的接班人勒努里少校，改由埃格泽尔芒的副官西蒙诺男爵接任，西蒙诺男爵第一次指挥四个猎骑兵中队，并无十分把握：成一列纵队，前进……但他发现小队的基准兵没有按规定注视左侧基准兵上装的胸襟，也许他们太过激动，因为这次检阅气氛隆重，非同寻常……成密集纵队，快跑，前进……还必须说下，男爵很长时间没有指挥这样的操练；他没有带过兵，作为埃格泽尔芒的副官，他的命运也一直随埃格泽尔芒沉浮。真不可思

――――――
① 喻头上长角的魔鬼。

议！现在他竟成了第一猎骑兵团上校，正巧十七年前，1798年，也是3月21日这天上午，他进入这个猎骑兵团，当了一名普通骑兵……向第三中队看齐……太阳晒着湿乎乎的军服，鞍辔上的金属和马刀在阳光下闪闪发光，听说那边花园里，那棵有名的栗树开花了，向罗马王①表示敬意呢！可惜他没有时间去看一看。想起他的前任，昨天在路上遇到的那个可怜的圣夏芒，新上校就喉咙发痒，有一个大笑话要讲；当时埃格泽尔芒派他去催促猎骑兵团全速前进，拿破仑正在维勒瑞夫等着他们前去护驾。要说心里纠结，莫过于圣夏芒：二十四小时以前，他被手下的军官弄得心烦意乱，他想了整整一夜才拿定主意离职。有人告诉西蒙诺，圣夏芒为了表示自己决定已下，绝不反悔，做的第一件事就是叫来一名上尉，委托他卖掉自己的所有坐骑。可这是一位身经帝国历次战争的军官！拿破仑回来了，而他却要卖掉自己的战马，他究竟是怎么想的！至于西蒙诺，他倒很想买下前任骑的那匹臀部有花斑的枣红马，但又怕招人闲话，且不说价钱如何。再说，那匹马也稍嫌纤瘦，还是骑自己的栗色马好，虽然长得粗笨，但有耐力。新上校可能不及前任上校有风度，但他强壮、魁梧，像他的坐骑，讲话带埃罗地方口音，十分动听。

猎骑兵第一、第六团和三个龙骑兵团组成了骑兵第二军第一师，从头天夜里皇帝抵达卢浮宫起交由埃格泽尔芒将军指挥，皇帝令他一俟检阅结束，即率骑兵追击路易十八的国王卫队。他们不用再返回猎骑兵团昨晚过夜的庞泰蒙兵营。辎重队和勤务人员已先行，部队必须在圣德尼同他们会合。在杜伊勒利宫的花园前，沿塞纳河岸，骑兵纵队按行军队形重新站队，此时男爵西蒙诺上校看见本团司库，军需官格雷尼埃正向自己走来，此人刚才已有人向他介绍过……也就是说，检阅正要开始，被其前任授予指挥权的勒努里少校介绍过此人，说他有急事，当时西蒙诺没有太在意：待检阅结束后再谈，他说……这不，现在检阅完毕，只见格雷尼埃军需官已经骑马上前，向他敬礼。西蒙诺不大喜欢军需官骑的那种马，对于猎骑兵军官来说，那马显得过分单薄，坐骑要强壮，打仗可不比去布洛涅森林散步，啊！算了吧，我可没有时间听您报账，我的朋友！我们要出发去亚眠……什么？什么事这么急？圣夏芒先生？圣夏芒先生怎么啦，您到底想说什么？圣夏芒上校以健康为由，请求留在巴黎……

当然。不过事情就出在这里。军需官手里拿着一份圣夏芒先生的账

---

① 即拿破仑二世，拿破仑一世和玛丽·路易丝之子，1811年生于巴黎，出生后即被封为罗马王，1832年死于结核病。

单……什么? 一份账单? 怎么回事, 一份账单? 因为昨天晚上, 在猎骑兵团护送皇帝陛下安全回到杜伊勒利宫后, 上校……哎, 什么, 我的朋友, 说明白些! 事情是这样的, 根据埃格泽尔芒将军的命令, 部队到达格勒内尔大街的兵营后, 军需官发给部下每人两个法郎……这倒不失为明智之举, 因为骑兵们已有好几个小时没吃没喝, 鉴于时局和当晚的狂热气氛, 要是没有那两个法郎, 他们说不定会抢劫街区的商店, 这不难理解。

军需官唠叨了半天, 叫人不耐烦。既然是命令, 执行就是, 还啰唆什么? 问题是部队的银箱空空如也, 一个苏也没有, 是圣夏芒上校自己掏腰包把钱垫付了……垫付? 每人四十苏? 四百五十名骑兵, 总共九百法郎, 不多不少。因此, 上校, 我是说圣夏芒先生, 今天早晨……

西蒙诺哈哈大笑。辞了职的前任要讨还他的九百法郎! 让他去找达武元帅[①]要吧! 是把钱还给他, 还是把他送交军事法庭, 告他在皇帝陛下回来之时竟放弃职守, 这该由陆军部定夺。感谢上帝! 阳光好得出奇, 还以为太阳不会出来呢! 巴黎春光融融, 人们不时高呼: 皇帝万岁! 向身穿红绿两色军装的猎骑兵欢呼致意。猎骑兵佩戴三色徽标, 走在晒干的铺石路上, 铁蹄发出清脆的"哒、哒"声。

军需官策马朝圣德尼疾驶而去, 他本该已经到了那里, 同先遣队在一起。他带着新上校的部署, 赶在大部队之前到达圣德尼, 在城外安排宿营: 他将在师参谋部拿到明码行军序列, 涉及保密的沿途地名……

在队伍里, 在朗托内少校指挥的猎骑兵三中队, 罗贝尔·迪厄多内中尉走在他所在的连队前面, 这个连队没有头领, 因为原来的上尉连长布埃克西·德·吉尚头天已辞职了。罗贝尔·迪厄多内有一张诺曼底人的脸, 小胡子下垂, 又硬又直, 人骑在马上, 似睡却醒, 缓缓而行。这些猎骑兵此番离开巴黎却毫无怨言, 还是这些猎骑兵, 当苏尔特把他们调往贝蒂讷时, 他们差点儿反了, 而这才过去几个月, 你说怪不怪? 没有提出任何异议。大家都知道这是去追击逃亡中的王爷。骑兵中家在巴黎的, 甚至没有一人请求回家看看。他们一个个笑逐颜开。他们觉得自己成了世界的主人。成了巴黎的主人! 一切重新开始, 看啊, 春回大地, 一切重新开始, 说不定还要重新征服欧洲, 尤其是要消灭这伙该死的贵族……

---

① 达武 (1770—1823), 法国元帅, 百日王朝时出任陆军大臣。

　　两天过去了……自从部队停在路易十五广场，圣夏芒上校不得不向里凯上尉和布瓦尔上尉让步以后……一切由此开始，而且这以后各人都像换了一个人似的；阿尔纳冯、施马尔兹、罗歇特、德拉埃、罗斯唐、圣荣、谢克罗、杜尔，在这些中尉和少尉看来，军阶已不太重要。在科尔贝和埃松，时间真他妈难熬！在埃松河右岸的村庄里，各连分梯队摆开，整个傍晚，甚至整个夜里，阿尔纳冯、施马尔兹、德拉埃、罗斯唐，都在等待消息。这该死的雨，被大风裹挟，酿成了暴风狂雨。大家不声不响，眼睛盯着上校和他的朋友们：丰德尼上尉、梅隆内少校、勒努里少校、布埃克西·德·吉尚上尉……不用说还有上校的堂弟路易·德·圣夏芒。路易同他的堂兄一样，都是从第七猎骑兵团调来的，于1812年当上少尉，1813年与堂兄一起被俘，后在莱比锡行医，1814年起仰仗靠山而升为这个团的少校副官，而过了这三年，像迪厄多内这样的，原地踏步，依然是个小中尉。这些人都感到无聊透顶。一看便知。一路上，这儿那儿，只要遇见上校军衔的人，某某侯爵，某某伯爵……罗斯唐、圣荣、阿尔纳冯、施马尔兹这伙人就上前攀谈，拿来开涮……

　　星期一上午，天气稍有好转，只是有些地方还下了一两场阵雨。他们过来了，正是阿尔纳冯，稍后跟着施马尔兹、罗歇特、迪厄多内……他们来找圣夏芒，找的是上校，因为少校副官路易这个人不懂开玩笑。他们骗上校说，国王拿着行李，逃之夭夭，亲王们跟随其后，都往加来去了，而……得了，得了！上校说，看他那模样，下巴总是圆圆的，中不溜儿的鼻子，中不溜儿的嘴巴，同他证件上记载的体貌特征一模一样，还有两只蓝眼睛，装满了无辜。离开上校，这个阿尔纳冯可乐坏了，瞧他那高兴劲儿，这个老冤家，乐坏了。这时太阳已经露脸，但仍像围着围巾的康复中的病人，显得苍白无力。上校把我们召集在一起，他刚刚接到往圣德尼撤退的命令。圣德尼，正是通往加来的必经之地。大家都见到了那个替吉拉尔丹中将送信的胸甲骑兵，他七点半抵达驻地，旋即被带到上校那里，带他去的是阿尔纳冯、施马尔兹……他们想从来人嘴里套些实情。信使显得局促不安，确信军官们已经知道他本该昨天夜里，甚至傍晚就到的……他在维勒瑞夫和埃松之间迷路了，倒不是因为路况太复杂，而是由于他单身一人，加上天黑、下雨、道路泥泞。瞧这个胸甲骑兵，眼神慌乱，想必他在什么地方滞留过，睡了一觉，或者做了什么说不出口的事。上校住的房子在路边，他在屋里穿得很单薄，走近上校的住处，倒不是他们有门后偷听的习惯，而是以防万一，说不定有什么喊声。德拉埃、施马尔兹、阿尔纳冯、罗斯唐,怎么回事,全来了! 这个小集团。然而,屋里并没有传出叫喊声。上校拿着信出来了。圆圆的下巴颏,中不溜儿的嘴巴。他把手下的人都集合起来,包括军需官格雷尼埃和掌旗官戈达尔–德马雷,这时雨已停了。布瓦尔上尉大声说,巴黎卫戍部队已经离京投奔皇帝。上校连连摇手否定,可是当里凯上尉、佩尔西上尉、吉拉尔上尉,当然也包括阿尔纳冯、德拉埃、罗歇特、罗斯唐、施马尔兹……当众人开始大叫大嚷要向枫丹白露进发时,上校下令上马,去科尔贝大桥集合。这道命令还不算太矛盾,因为从大桥出发,可去枫丹白露,又能前往圣德尼。接着,上校沐浴着早上的阳光,撅着圆圆的下巴颏儿,去摸摸情况。他去找头天在路易十五广场给他们作过一次简短而精彩演讲的将军。将军好像是奥地利人,在埃斯林①还同我们打过仗,从1811年起才替法国效劳。大家远远瞥见上校晃着圆嘟嘟的下巴往回走。随行的同伴和他一个样。从远处就能看出他们俩一副垂头丧气的样子,而我们这伙人,阿尔纳冯、施马尔兹等,已在科尔贝大桥上,个个喜形于色。不幸的是桥边一家小酒馆来了一大批二等骑兵。因此还得去瞧圣夏芒(阿尔弗雷德–阿尔芒–罗贝尔)那双天蓝色眼睛。瞧他那张中不溜儿的嘴巴。特别是酒馆里来了不少巴黎的老百姓,他们做东请你喝酒,冲着你大喊皇帝万岁! 上校自然听不见这些,因为他的小耳朵卡在颈甲和小扣环之间。不过,他立马桥上,军装笔挺,如同在驻地巡视,周围簇拥着一群军官,还挺有气派,他问各路指挥官,他们的部下是否会服从命令,取道维尔纳夫–圣乔治开往圣德尼? 您总不愿意他们回答说不。但是问这样的事情,说话可不能细声细气,充满焦虑,天蓝色的眼睛也不可以充满恐惧。在上校背后,在他那中不溜儿的背脊后面,您知道的,一伙军官挥舞马刀,站在马镫上,屁股离开鞍褥,一副气吞山河的架势,所有的人都一个样,布里叶、布拉希、达维、罗歇特、伊曼阿、塞纳蒙、里凯、布瓦尔,当然还有施马尔兹、阿尔纳冯……上校环顾四下,大惊失色,发现几乎再也没人佩戴白色帽徽。

　　此时,阳光还没有像早晨那么明朗。如我所说,这时病后初愈。好天气,真正的好天气留给了三色堇之父②。总而言之,今天去圣德尼,听不到一句牢骚! 昨天……

　　昨天,那就难说了。军官们高呼:皇帝万岁! 去枫丹白露! 圣夏芒感到有点意外。但他决心不去理会前面那句口号,因为此事性质严重,他说在去哪里的

──────────
① 奥地利村庄,位于维也纳附近,1809 年 5 月法、奥军队曾在该地血战。
② 指拿破仑和三色国旗。

问题上搞错了，不是去枫丹白露，命令上写得明明白白，经维尔纳夫–圣乔治去圣德尼，他转身吩咐营长助理德吕，让他当一名向导，前去维尔纳夫–圣乔治。话音刚落，所有的人，可能除了丰德尼、勒努里、布埃西克·德·吉尚和上校的堂弟路易，所有的人齐声吼叫：去枫丹白露！去枫丹白露！不过，他们很有分寸，没有再喊皇帝万岁。请注意，当时气氛十分友好，军官们把上校围在中间，像对一个大孩子似的同他说话，拉着他坐骑的马嚼子，看上去像个队形密集的士官小队。所有的人，阿尔纳冯、施马尔兹、里凯、圣荣、德拉埃、罗歇特、谢克罗，把阿尔弗雷德–阿尔芒–罗贝尔围住，连同他那尊中不溜儿的鼻子，他身上中不溜儿的一切。

唯独布埃克西·德·吉尚上尉突然离开了我们：他同上校交头接耳，说的事几乎只与他们两人有关，不过，布埃克西走得很急，像是屁股着了火，也就是说，骑马飞驰而去。之后，圣夏芒说，吉尚先生郑重其事向他提交了辞呈，理由是大家都不服从吉拉尔丹将军的命令。历史就是这样写的。结果迪厄多内中尉负责指挥三中队二连。

军号终于吹响，还真有些戏剧效果，马队通过大桥，不是往那儿走！喂，不是往那走！可是，队伍偏偏从那儿拐了，这回没法再硬说走错了路，把去枫丹白露的路当作维尔纳夫–圣乔治的路。不管有没有向导。驱马小跑了一古里，迎面遇上第四猎骑兵团，那是王弟阿图瓦伯爵的猎骑兵，绿军装配淡黄衣领和袖饰，显得格外漂亮。我们，阿尔纳冯、施马尔兹、罗歇特，我们真想把消息告诉他们，因为他们看上去正在背离舞台，而让这些兄弟糊里糊涂走入歧途，这可不好。可是，上校开始哀求、悲叹，只见他骑在马上，掉转他那中不溜儿的脑袋，目光从阿尔纳冯移向施马尔兹，又从布瓦尔移向圣荣，仿佛他们都是上校。"别鼓励他们开小差，求你们了，孩子们，别鼓动他们开小差！"听了这番话，大家对这个可怜人动了恻隐之心。反正，其他人，他们明白的……他们的上校过来，陪圣夏芒走了一段路。两人谦虚礼让，场面感人至深，我听不见他俩说了什么，看样子跟我们的故事毫不相干。当他返回自己的队伍时，我们举刀向他致敬，都以为是在伟大的世纪[①]，而他离开的时候对我们非常满意。过了不到五分钟，我们又遇上了一个什么将军，将军穿一件镶有金线饰带的猩红色制服，腰里系一条白色武装皮带，陪同他的是第一枪骑兵团的上校，圣夏芒走

---

① 指 17 世纪。

到一边同他们说话，他大概在向他们大吐苦水，因为那两个人"喔唷""哎呀"地感慨不已，之后彼此道别，就像参加葬礼后的那些亲朋好友。

正在此时，就像在修女安娜①的故事中那样，又来了一群身着黄绿两色军装的骑兵，远远就看见他们奔驰而来，一路尘土飞扬，在与我们交错而过时扔下了什么东西？一些纸张，骑兵们把它们捡了起来。

要说渴，大家真的渴了。也真的饿了。离了大路，有个村庄，我没有注意这村庄的名字，上校让我们去那儿弄点什么解解渴。他自己却走得更远，难道想溜走？没有的事。大家后来才明白。我们看到边上有好几支人马在向巴黎进发，有匈牙利骑兵、龙骑兵、枪骑兵……大家不知道是怎么回事。那些骑兵把我们围住，提出各种问题，而我们呢，我们只知道摆谱拿大。枫丹白露，还有多远？有意思的是，那些赶往巴黎的骑兵撒的纸片都是一些公告，公告的署名：皇帝兼国王：拿破仑一世。骑兵们你抢我夺，我没有看清，好像都是些法令、法规、缉拿所有波旁家族成员的命令，以及一份包括马尔蒙在内的嫌疑犯名单。如果他们开往巴黎，那么我们坚持去枫丹白露怕是坚持错了。喂，上校溜了吗？谁知道呢？这时，大家又是休息又是吃喝，足足过了一个小时，村街上鸡鸭成群，农人们嬉笑打闹，此时来了一个赶大车的，嘴里喊着什么，一点也听不懂。原来在大路上，远处离此四分之一古里的地方，皇帝，对，是皇帝，在检阅从巴黎赶来迎接他的两个步兵团。我们怎么办？上马，上马！啊，这还用请！顿时，士兵军官乱成一团……上路前大家还是想到了军容，嗯？于是重整队形，个个都像是刚刚闹了一场恶作剧的孩子，可是当我们赶到时，连个人影都没有见着！拿破仑已乘坐他那辆破旧不堪的马车走了，只有圣夏芒孤零零带着勤务兵还在那里，他骑着那匹驽马，一脸哀伤，不时摸摸他那圆圆的下巴颏儿。

不用考虑去枫丹白露了。就去巴黎。就像是服从吉拉尔丹的命令。不过，圣夏芒利用这次机会。他迫使众人就位，动不动就喝令：停止前进！大家莫名其妙。看来部队要在里斯-奥朗西斯宿营了。德吕和上校的堂弟路易随先遣人员走了。我们呢，我们为什么还留在原地？部队重新上路了，此时，西蒙诺男爵才第一次露面，里斯已经不远。不知男爵对中不溜儿的鼻子说什么，只听见他一口南方口音，南方葡萄产区的口音。听着！全速前进！皇帝陛下……

① 路易十四的母亲安娜王后的雅号。

　　细节多说何用? 我们随西蒙诺上校到了阳光明媚的圣德尼。居民手捧三色堇花束。他们向我们欢呼。资产者、工人,我们和龙骑兵及其他猎骑兵合并成一个师。他们聚集在绿树掩映的营房前。猎骑兵是贝里军团的,身着绿制服,配有天蓝色衣领和袖饰;龙骑兵则头戴黑缨铜盔,身穿绿色呢上装,配黄色扁平纽扣,白色的军裤掖在长筒靴里,而领子、衣袖、卷边和翻边都因所属军团而异。在重新出发前,我们在兵营前原地待命,等了三刻钟。好在还能唱歌! 我们要去追击王朝的亲王和他们的全部红白打手,把庇卡底和佛兰德的贵族扫除干净。追啊,追啊! 哈,世道真的变了。

　　黄昏降临,他们在维勒瑞夫追上了皇帝。家家户户打开了窗户,点亮了蜡烛,俨然是一个盛大的节日。可惜没有时间看个仔细,他被一群将军簇拥着,这些将军是从铺路石头缝里钻出来的,真的,我发誓。众人欢呼:皇帝万岁! 他上了一辆车,好像是一辆驿车,一辆古怪而又蹩脚的公共马车,他就是乘这辆车来的,第一猎骑兵团分成两部分,车前两个中队,车后两个中队,罗贝尔·迪厄多内在后面两个中队里,车队奔驰,皇帝车驾的门扇两侧有白马骑兵护卫。当车队到达地狱关时,密密麻麻的人群高呼:皇帝万岁! 还喊打倒贵族! 丰德尼、梅鲁内和朱涅这班先生听了一定很高兴,且不说圣夏芒兄弟俩了……其他的人都是平民,大家眉开眼笑……真的,他回来了,这一次我们再也不需要什么公爵,什么男爵了,皇帝将是人民的皇帝!

　　经过一座有工业的城市,受到热情的欢迎,这无疑表明,皇帝所能依靠的,是那些最贫困的庶民,至于其他人,只有他们的钱才至关重要。在1814年的时候,大家看得很清楚……即便是那些从他那里捞取钱财的人,不只是钱,还有其他一切,他们的房子、封号、勋章……再说,为了支持新生的帝国,少不了要找一些准备牺牲一切的人。那些一无所有的人更不怕死。此外,就是在军队里,也有不少官兵,他们从拿破仑身上看到了波旁王朝的对头,共和政体的延续……啊! 不过,这个小平头,要是他这个皇帝突然宣布要成立共和国,那该多好啊! 把那些从我们的胜利中谋取好处的人团结在周围……卡尔诺、格雷古瓦神父、勒瓦瑟……他们名不见经传,可人民信任他们……

　　其实,在我们后面,并无人马跟随,公路上就我们这支队伍,怎么回事? 迪厄多内高声提醒大家警惕,朗格雷骑卫回答说,龙骑兵出了圣德尼,没多久就拐上了通往加来的路,很可能我们这个师要作钳形移动,夹击国王卫队的后部吧……

　　我说不准，再往前天气可能变坏。可是这里，在埃库安高原上，阳光普照，时不时看到农民在田里劳作，有的焚烧枯草，有的用长柄叉抛撒厩肥。我们从大路上经过，阿尔纳冯、施马尔兹、德拉埃、罗斯唐，反正就是我们这一伙！大家并不觉得累，夜里还要纵马疾驰。昨晚是十点半睡的觉，我们重新修的林荫大道进入巴黎，经过残老军人院、路易十六大桥，最后抵达杜伊勒利宫。拿破仑如何穿过狂热的人群，从花神宫大门进去，我一点也没有看见，因为我们跟在车驾前的两个中队后头，面向王宫，就好比护着皇上同一支军队对阵。还拉来几门大炮对准了各个入口……

　　在前往格雷伊途中，罗贝尔·迪厄多内回忆着这一切。他回想起庞泰蒙兵营。他在那里过的夜，不知道他的朋友泰奥多尔头天也住同一寝室，睡在靠门口那张床上。他还在遐思幻想，就像昨晚他在火枪手们留下的一片狼藉中异想天开一样。他睁大眼睛前行，但脑子里满是荣华梦。太阳暗淡下来，天空浓云低垂。

　　离开参谋部所在的纵队前列，布瓦尔上尉调转马头，回到跟在迪厄多内连队后面的二中队，他顺路告诉迪厄多内，今天夜里将不按计划在克莱蒙宿营，因为刚才接到命令，要求部队加速前进。在途经的那些村镇里，老百姓热爱国家，他们想起了哥萨克人，往事并不遥远！这是什么地方，吕扎尔什[①]？部队在这儿歇过脚，见姑娘们送来喝的，骑兵们从马上俯下身子，说几句荤话，她们脸涨得通红，但没有垂下眼睛，哎！要是留下来同她们共度良宵该多好哇！是的，迪厄多内喜好电光石火一样的浪漫……还有尚普拉特先生的城堡似乎也值得一看。在尚蒂伊，走上街头欢迎他们的人群中，有瓷器厂和花边厂的工人，卫夏尔·勒努瓦先生的棉纺厂和漆布厂工人，起码还有去年金融崩溃后剩下的工人。出了城门，采石场工人也跑来欢迎，队伍穿过树林，但没有注意天空已是乌云密布。这个地方草木葱茏，河汉纵横。部队登上了俯视瓦兹河的山岗。这时，第一场大雨倾盆而下，但队伍没有停下。他们过了瓦兹河，穿过诺让镇，爬上一道斜坡，往前走了不足一古里，前面传来命令：停下前进！有意思的是，命令依次往下传，排尾兵一重复，整个队伍停下不动。啊，不管怎么说，这骑兵，只要遵规守纪，就是一支行动一致的部队，不知该怎么说，反正让你感到自豪，让你感到浑身舒服！罗贝尔用手抚摸胯下枣红马的后臀。

----

① 法国市镇，今属瓦兹省。

我们来到一个交叉路口，就在一座山岗脚下，山岗在我们左侧，轮廓依稀，一条小路伸进山里，路标指向穆维。小路横穿公路，穿过右边的平原，直抵一座山丘，山丘深处有一座小镇，层层叠叠坐落在山坡上，离大路也许不到四分之一古里，四周是庄稼和美丽的树林。迪厄多尔跳下马来，面前是一幢有三扇窗户的方形小楼，二楼正中那扇窗户呈圆形，非常漂亮，上方还有一行字："留宿徒步骑马过客。"原来这里是驿站，底层还有咖啡馆，中尉打听到了这个地方叫"朗蒂尼"，那边的镇子叫"利昂库"。

正巧传来前往利昂库的命令，因为乌云压顶，天气不允许在路上久留，那边的镇子或许有花园、城堡、草料，可让全队人马宿营。大家重新上马，踏上通往利昂库的小道。穿过栽有大片果树的种植园，一畦畦地里，农民直起腰，看着骑兵经过，迪厄多尔不无惊奇地发现，对面山坡上有一座葡萄园，看来这里的气候同庇卡底不一样。

越过了一条被当地人称为"贝罗内尔"的溪流，队伍突然停在一座朝向右侧的花园门口。花园里，树木亭亭如盖，大树参天，少说也有十图瓦兹①高，树间距离较大，树枝尚无新叶，林中空气流通无阻，这片树林把种满庄稼的平原和房舍隔开，走近了看，房屋已相当破败，但依旧保持着原初的布局。

其实，这些房屋是一座被毁城堡的附属建筑，分左右两幢楼阁，从两幢楼阁之间往里是一座漂亮的庭院，庭院两边，尽头和左侧，是住宅，而在另一边，靠花园那头，是一条有栏杆的长廊。这些房屋至少是城堡的残存部分，最后一位主人拉罗什富科先生流亡归来，对这些房屋做了修葺，而城堡本身在大革命时期遭到彻底破坏。城堡的主建筑是路易十三时期的风格，用精美方石砌成，石板瓦屋顶开有圆形天窗，长廊好像是最近修建的。

众人忙着下马，大雨骤然而至。不过，这场雨显然下不长，西南边出现了一抹蓝天，正在扩展开来。

有人出来欢迎骑兵。迪厄多内向走在最前面的人打听什么地方可以饮马。此人是个手艺人，衣着整齐，浅黄头发，蓄着长髯，唇须刮得光光的，双目炯炯有神，回话时带有浓重的英国口音。当居民们明白是和谁打交道时，便纷纷回到屋子里。外头只剩下一个胖老头，看样子像个仆人，也可能比仆人的地位高些。刚才看到的边上那幢住宅就在右侧的花园里，挨着断垣残壁，却相当

---

① 法国旧长度单位，1图瓦兹约为1.949米。

雅致，拉罗什富科先生是否就在里边呢？大家一无所知。不管怎么说，他并不觉得自己有必要露面。接待气氛有点冷淡。

虽然如此，我们还是有了一个挡风躲雨的地方，如果他们不乐意，那就请便吧！天色几乎已黑，从巴黎到这里大家奔波了大约十四古里，现在歇歇脚，等头上那一大片下着瓢泼大雨的乌云过去再说，嘿，说真的，这里至少可以安排两个骑兵中队……果然，雨势减弱了。不少猎骑兵不顾水滴淅沥，分散躲在树下，陪着他们的坐骑。其他人待在院子里。罗贝尔·迪厄多内在花园里信步前行，花匠在大树脚下焚烧枯枝干叶，只见夜色中，火龙跳跃，爆声噼啪，轻烟似波，仿佛在挑战这倾盆大雨，具有某种迷惑人的力量。

从这里看去，附属建筑的边侧长廊仍然挺有气派，虽然地上有掉落的雕花石头，周围有贝状的大石块。高处，长达四十米的栏杆把楼阁同主楼连在一起。窗户又矮又宽，每两扇窗户隔了一个稍高的砌死的圆洞。从平房底层的那些厅堂里传来一种奇怪的声音，猎骑兵们走近窗户，迪厄多内也凑上前去。

玻璃窗里面，谁这样看我们？室内已经昏暗，一群孩子挤在窗台边上。他们脸色苍白，大眼睛透着严肃和郁悒，我趋身向前，向孩子们打手势，可是他们毫无反应。这是怎么回事？这地方是学校还是收容所？这时，屋里响起严厉的说话声，孩子们顿时回到自己的位子上，刚才中断的声音重新响起，那是机器开动时发出的咔嚓声。大家得知拉罗什富科先生是位大慈善家，就像人们说的那样，他"给"五百个穷孩子活干。这是一片纱厂，来自英国的专家在厂里安装了几台工艺先进的纺机，两个孩子和一个大人，要干十来个工人的活，付给童工的工资每天十至十二个苏，大人领取三十至四十个苏。听人讲述这些事情，施马尔兹禁不住对这样的行善挖苦了几句，可是同我们说话的那位先生，模样像管家的秃头胖子气得满脸通红，因为拉罗什富科先生是个大善人，他的善举远不止于此！在农业方面，他学识渊博，对先进的技术了如指掌，多亏了他，这里的一切才变了模样，乡村变成了真正的天堂，还有什么长不出来呢？油菜、亚麻、啤酒花、各类蔬菜、大麻、果树……还有葡萄吧，迪厄多内彬彬有礼地说。对，还有葡萄，而有了这一切，居民就有活干了，他们当然知道这一切都是拉罗什富科先生的功劳！说到这些孩子，如果放他们东游西逛，不让人省心不说，还保不定变成一帮无赖！在昼长夜短的日子里，孩子们一天干十三个小时，哪怕干十四个小时，这也算是他们的福气，这样才能把他们培养成人。也许诸位军官先生不知底细……否则他们对本宅的主人会更加敬重，拉罗什富科先生可没有等革命爆发才行善积德，他早就腾出这些房子收容那些贫困军人的孩子，还自己出钱让这些孩子受教育……还是这位拉罗什富科先生，为了医治天花，从1800年他回国后就率先把杰纳①博士发明的免疫法引进了法国。还不算这个伟人在此创办了一所工艺美术学校，直到1806年，而今已迁到夏龙。评价一个人不难，再说……啊，这个小老头，他也来教训我们！"你喜欢慈善家吗？"施马尔兹问，但见阿尔纳冯轻轻地吹起了口哨。

大家利用休息时间照料马匹，给它们饮水，喂燕麦……燕麦稍嫌不足……不过，即使像拉罗什富科这样的大户，马厩也不会储备一个骑兵中队的草料。除此之外，大家还得饿肚子。本来完全可以在这里做一顿饭，谁想炊事员已随其他后勤人员提前开拔了。雨已停，孩子们出来了，到处乱跑，有的可能七岁，不然就是发育不良。最大的孩子还不满十四岁。他们挤挤攘攘，争看战马和骑兵。不论女孩男孩，个个衣衫褴褛，爬满了补丁，多半只穿没有染过的纯毛呢外套。他们轻声嘀咕什么。想必有人给他们讲过，这些士兵正在追击法兰西国王……一位神父把他们集合起来，让他们排队走上了大路。夜幕完全降临，长长的火龙在花园里跳跃，左右摇晃，红红的火光映在树干上。住宅里没有一点光亮。

你说什么，圣朱斯特–恩肖塞②？见鬼，天都黑了，从这里去圣朱斯特有多远？至少十古里吧！怎么？要在十点左右赶到那里，到了再吃饭，然后……你问问大伙儿吧，看他们是怎么想的！第三中队第二连的骑兵，他们的想法明摆着：马队，问个屁！要说想法，大概就是这些，上马，上马！休息过后，大家都忘了已经赶了十四五古里路程。克莱蒙、菲茨–雅姆……简直能把他们带往天涯海角，即便淋着这场牛毛细雨。现在队伍已经过了克莱蒙。这场细雨是在穿越白垩地时重新下起来的。罗贝尔·迪厄多内中尉替自己部下感到自豪，他本人既是他们的统领，又是他们中的一员，他也为此感到自豪。无论如何，他也不会在他们面前显露出半点疲惫。他有过这种感受：这是战友的情谊，当别人奋勇前进时，自己却放慢步子，这不仅让自己感到羞耻，而且觉得这是背叛。人们谈论英雄主义，讲述各种英雄故事。那完全是另一回事。因为我们不是孤单一人，因为谁都不愿退却，大家都在一起，谁都不遗余力，谁都争先恐后，超过那么一点儿，超过自己能力所及，只超过一点儿，就像行军途中，你对自己

---

① 杰纳（1749—1823），英国医生，1799年发明天花免疫法。
② 法国市镇，今属瓦兹省克莱蒙专区。

说, 啊, 走不动了, 只能走一古里了! 走完这一古里, 看见别人还在奋勇向前, 心想再走一古里, 就这样一步一步……打仗也是如此, 赴死也是如此。

他很清楚士兵喜爱他这个中尉。这首先是因为他的外表, 他和士兵并无什么两样, 头发火红平直, 披在额头上; 金黄色的唇髭又硬又直, 两端上翘, 形如箭尾; 皮肤被风吹得通红, 而且生就一副惯于骑马驭牛的诺曼底人的身架……在士兵面前, 他不想有失体面, 不愿意表现出孱弱无能, 就像有时候参谋部下来的虚有其表的军官。他和部下一起到过德国和俄国, 至少有些人……幸亏布埃克西·德·吉尚这个屎包溜了, 现在他成了他们的长官……按照骑兵部队的现行体制, 大多数骑兵不了解或者根本不了解他们的长官, 因为军官少而作战分队人多, 有些分队就由士官指挥, 而军官都被统分到各中队, 完全不考虑他们在队伍里的位置。当队伍以纵队行进时, 军官不是同自己的连队、分队在一起, 而是根据参谋部策划的队形变换, 碰上哪队就在哪队, 下一站又会同其他士兵在一起。士兵不了解军官, 正如军官不了解士兵……罗贝尔·迪厄多内觉得这个缺陷必须予以弥补, 他甚至设计了一整套办法, 常常挂在嘴上, 成了一种癖好, 招来战友, 那些中尉、上尉的嘲笑。老实说, 他是团里资格最老的中尉, 而且在第一猎骑兵团组建前, 不少士兵同他一样都来自精骑兵队, 所以不论走到哪里, 都有骑兵认识他。茫茫黑夜中, 他只是又一个士兵而已, 平坦的道路渐渐消失, 树木黢黑, 村庄稀疏, 从肩膀的晃动、军队的饰片、无数熟悉的细节, 辨认着前面和边上融合了自己身影的所有熟悉的人影。无论是迪富尔、莱热、朗格雷、潘樊、博蒂、朗贝尔, 还是阿尔纳冯、施马尔兹、罗斯唐、德拉埃……这些军官和士兵, 他们到底有什么共同之处呢? 是什么让迪厄多内感到自己属于这支行进中的队伍, 就像海水属于波涛? 奇怪, 他从未这样问过自己。对他来说, 这从来就不是什么问题, 而在昨天, 这在圣夏芒兄弟、布埃克西·德·吉尚、梅罗内、丰德尼他们看来是一个问题……这是极自然的事。这种想法来自他的全部生活经历。他父母来鲁昂定居前, 他在乡下度过了童年时代, 他和小泰奥多尔以及其他孩子, 在学校的院子里玩耍, 在塞纳河沿岸的田野上乘骑与他们同龄的马驹, 在广阔的牧场上……聆听在佛兰德战役中失去一条腿的叔父讲述迪穆里埃的背叛和军事专员的介入, 听他谈论他非常了解的那个勒瓦瑟尔。他父亲在芽月事件①中被捕, 结果被流放卡宴②……直到

---

① 指 1795 年 4 月 12—13 日雅各宾党人发动的反对国民公会的起义。
② 法属圭亚那首府。19 世纪 50 年代至 20 世纪 40 年代是法国政治犯和囚犯流放地。

1808年适龄青年提前应征入伍那一天。世事纷繁，造就了他健壮的体魄和坚强的意志，把他磨炼成人，成为一名战士，一名骑兵……他和大家一样也不一样，他不同于阿尔纳冯、罗斯唐、施马尔兹，但暗地里他更接近朗格雷、波蒂、莱热、潘樊……他们都留长发，扎个马尾，低低地拢在后脑勺，这是他们的时尚。有的人，像格隆达或马里翁，还扑粉呢……泰奥多尔怎么样了？他突然想起了他，该死的泰奥多尔，在巴黎见过一面，那是在1812年，泰奥多尔还替他画了一幅肖像……说是你的肖像，却只有脸庞和胡子是你的，因为给迪厄多内安上了一个叫多比尼的男爵或子爵的身躯和大腿，这个花花公子算是谁呀？亲爱的泰奥多尔……碰上他，事情往往变得复杂起来……小伙子爱马成癖，迪厄多内算是白费口舌，怎么劝就是不肯当骑兵。他本可以成为一名出色的猎骑兵！好啦，皇帝回来了，很可能他会接到订单画骑马的肖像！一个新政府，总会给画家先生们带来意外的好处！

九、相约普瓦

　　当贝尔纳在博韦的圣马丁大街跳下马车时，大约还不到三点一刻。他摘下高筒帽片刻，环顾四周。轻雾似纱，阳光迷蒙，这是从巴黎来的驿车到达时常见的景象。

　　年轻人，因为在刚到的人眼里，三十岁的男子是年轻人，只见他长着一头褐发，留着提图斯式①发型，在庇卡底郊区的驿站前来回走动，看上去倒像那么一种人，这种人自称闲来无事，只是出来逛街，并不在等人。让人觉得有点好笑的是他这身打扮，他衣着相当寒酸，却透着对优雅的刻意追求，这一定是受了报纸上时尚广告的启发。报上介绍说：如果您大腿粗壮而膝盖瘦小，您可以大胆试试灰色的、小羊毛驼色或赭色的针织长裤，不过这种裤子要配黑色长筒靴才相宜。这个年轻人穿一条灰色针织长裤，显然他也曾犹豫过，由于职业方面的原因，他终于没有按巴黎的时尚穿粉红小羊驼毛紧身裤，这种颜色的紧身裤会招人闲话。他穿一件英国式丝绒领粗棱纹黑上衣，纽扣扣得很高，打一条白色领带。这套行头已经不新了，磨得有点发亮，头上那顶灰色帽子是仿鼹鼠皮的。胳膊上搭着一件大衣，回头重登那辆黑色货车时，这件大衣让他看起来更像外省人。运货车套着两匹佩尔什马，车顶还有车夫用的绿色雨篷，刚才他将车停在一边，跳下车来。可是，此刻总有什么事情让人觉得有点古怪，这个衣服已经穿旧却又很讲究的年轻人，同他驾驭的这辆马车很不相称：奇怪的车夫，奇怪的车子。

　　从邮车下来的老人，一眼看出那边的陌生人正是他要约见的，但他故意让陌生人等着，让他在他和其他两三位旅客之间犹豫不决。然后，他就像突然赶到似的靠近年轻人，讲了一句很诙谐的话，这是事先说好的接头暗语。为什么总要用这种听起来不那么自然的暗语呢？对方一惊，打量这位旅客，只见他手里拿着一只浅黄褐色旧皮包，身穿暗绿色双排扣礼服，脚蹬一双翻口长筒软

---

① 指前后一样短的一种发式，仿自罗马皇帝提图斯的雕像。

靴，花白的长发垂落在磨破的丝绒领上，头戴一顶毡帽，倒有几分富兰克林[①]老先生的古典派头。

"啊，是您，先生！"年轻人低声说，听他说话的语气就知道他没有搞错，他认出了旅行者。但这使后者略感不快。他不认为自己有这么大名气。尤其是在现今的青年人中间。他说话时略带普罗旺斯口音："鉴于目前的形势，公民，请您记住，我是儒贝尔先生，是卡尔维尔总行的针织品采购员，住在巴黎开罗大街……我想您的记忆力一定不错……"

没有理由再耽搁了，天气怕靠不住，年轻人伸手把儒贝尔先生扶上货车，让他在雨篷下就座。他把一条用皮子滚边的毛毯盖在客人膝盖上，自己则套上一件已穿得颜色难辨的外套，然后绕过车子，坐在客人边上，用手摸了摸座位底下，确信那两把大号手枪还在，便抓住缰绳，苍白的厚嘴唇一声吆喝，这声吆喝比响鞭更灵验。

"请您原谅，先生。"马车出城时他说，嗓音深沉而生硬，鼻音透着庇卡底人的踌躇，"这辆马车是不舒适。赶这种马车是职业所迫，不是我的爱好。我用这辆车把在阿尔维尔整经的棉纱和经纱运往各村，让各家各户在家里织布，然后再把织好的布匹运回博韦上色。现在这趟车就跑空了。"

"噢，我明白了，"老人用说教的口吻说，"您在帮助他人剥削农村人，公民，又帮助他人雇用农村人损害纺织城织工的利益……"

他特地重复了"公民"这个称呼。他的同伴脸微微发红，答道："公民？我不过是送货的伙计，在埃尔伯夫镇的格朗丹先生那儿混口饭吃，格朗丹先生买下了范罗贝总公司在阿尔维尔城的拉幅机厂，我可不是什么商人。也许因为职业关系，看到的事情多了，便有了自己的信念，促使我今天来博韦等候您……"讲话时，他努力避免他那明显的庇卡底口音，但说到"混口饭吃"时露了馅。"在您面前，我也用不着替自己辩白。您从巴黎来，请理解我的好奇……那里发生了什么事？"

儒贝尔先生知道的情况，同今天早晨省长和马尔蒙了解的没有什么两样，只是讲述的语气不同。一种好指摘的语气，这种语气或许会引起拿破仑拥护者的反感，如果事先不知道此人不可能是个保王党人。儒贝尔先生的叙述只

[①] 富兰克林（1706—1790），美国资产阶级革命时期的民主主义者、科学家，1776—1785年出使法国，缔结法美同盟。

多了一条消息, 不知他是从哪儿得来的? 消息说拿破仑传召卡尔诺①, 还说召见就在当天晚上举行……也许皇帝意欲笼络这位 "胜利的组织者" 吧。儒贝尔先生本人也问了一些情况: 博韦的景观、街上乱哄哄的国王卫队、各式车辆、成堆的行李、好奇的看客、乞丐、失业工……他还询问当地民众的精神状态。他们是否知道王室军队即将驻扎本城, 或者索姆河②畔? 因为这种危险确实存在, 至少巴黎有人对此感到担忧……儒贝尔先生加重了 "有人" 这个词的语气, 就像他刚才强调 "公民" 一样。马尔蒙构筑了前沿阵地, 这就说明波旁王室已得到外国政府支持的保证, 万一德国兵和哥萨克兵真再次涌向巴黎……

关于路易十八的战略意图, 泰兰河畔的洗染工们当然无法向呢绒商的伙计提供什么情况。这位伙计一卸下货物就赶车赴约, 他所看到的差不多就是儒贝尔先生从公共马车上看见的。可是, 如果没有外国军队, 就有被轻骑兵或掷弹兵追上的危险, 得赶在他们前面到达普瓦。

"普瓦?" 巴黎人惊呼, "这是选定的地点吗? 这明摆着是走军队走的路! 嘿, 这可不是个好办法……"

"是的, 或许是不好, 可是当初计划的时候, 谁都没料到国王会取道加来, 不是吗? 总不能在最后一刻改变部署吧, 要通知的人太多。"

"人太多? 那我们究竟有多少人?"

年轻人耸耸肩, 他无法提供确切的数字, 但这是他同 "朋友" 交谈时领会到的 (他像旅客强调 "公民" 那样强调 "朋友" 这个词)。关键是要联络社会各阶层的人, 尤其是要联络那些最贫苦的人……

"听我说, 贝尔纳……" 儒贝尔先生说道。

年轻人吓了一跳, 看了一眼邻座。他怎么会知道自己的真实姓名呢? 显然, 这严守秘密是单向的。不过, 说实话, 他不是也认出了儒贝尔先生吗? 当然, 这不能相提并论。

"听我说, 贝尔纳。" 儒贝尔先生说道, "您要在普瓦过夜, 这自有您个人方面的原因, 我并非不知道……至少……"

这话太生硬。贝尔纳无从回答。首先, 地点的选择同他毫不相干。再则, 如果他实话实说, 儒贝尔先生也不会相信, 因为他知道。至于儒贝尔先生知道

---

① 卡尔诺 (1753—1823), 法国数学家、军事技术专家、政治家。大革命时期任国民公会议员、公安委员会成员, 创建共和国军队, 以 "胜利的组织者" 著称。曾先后被拿破仑任命为陆军大臣、内政府大臣。
② 庇卡底沿海河流, 全长 245 公里, 流经圣康坦、佩龙、亚眠和阿布维尔等地。

什么，贝尔纳也不好说。谁把情况告诉他的？否认吧，同样没有用。能做的只有一件事，就是话不要说出来，因为这样一来，贝尔纳就是赞同了别的什么事也无妨。

"因此，"儒贝尔先生补充说，"您要我去铁匠铺过夜是吗？"

"没错，"贝尔纳回答，一边催马赶路，"您一定知道，公民，米勒尔铁匠人很可靠……"

"据说是这样的。"儒贝尔嘟囔一句，随即陷入沉默。

贝尔纳两颊泛红。是旷野的风吹的？这个秘密已经不再是他的秘密了。他对儒贝尔先生满怀敬意，但让老人分享这个秘密，贝尔纳总是觉得让人受不了。当然，事情本不该扯在一起……可是，请问，在普瓦，把客人安顿在何处才比铁匠铺更安全呢？蓦地他想起了索菲，他看见了索菲的脸庞，此时他心里除了索菲，已装不下任何别的东西。

在平时，这条道恐怕不算难走，可是近来下了几场雨，砾石铺的路不少地方都被冲毁了，马车在垫石上颠簸，那是燧石，附近的田野里随处可见，当地的居民半辈子都在黏土地里清除这种石块，田野里一堆堆金字塔般的红棕色燧石。再说，他们坐的是运货马车，一阵阵剧烈的震动实在不是滋味，加上空载，车子颠得愈加厉害。老人蹙紧眉头，当他脱下帽子擦拭额头时，贝尔纳发现，自从在画像上认识他至今，他的头顶全秃了。儒贝尔先生朝车夫转过脸，依然用那种突然的语气说："首先，我很了解你的父亲，孩子……"

只有对父亲的回忆才能赶走索菲在他脑海里的形象。就在此时，一队骑兵从马车边上疾奔而过，贝尔纳收紧缰绳，让马靠边停下。这是火枪手先头部队，胯下都是灰色坐骑，贝尔纳看着他们过去，心中感到一种莫名的羞愧。儒贝尔先生显然是对的。年轻人心头又响起老人刚才讲的话。"我父亲？"他自语道，心里就像每每想起父亲时一样，感到有一种爱恨交织的痛苦。很明显，老人是特意这样说的，他想以此消除先前关于铁匠铺和米勒尔的暗示。

"你的父亲，贝尔纳，你长得像他，我一眼就认出了你。我们没能救出他，想到这一点我就感到无比悲痛……"他喟然长叹，默然片刻，接着说，"像他这样的人……他们的不幸在于过分相信军事手段……在军中策动兵变……很多人有这种荒唐的念头，你瞧，我也曾赞同这种想法，因为我们在军政权下生活得太久了。其实，我们看待事物的方式正是拿破仑所希望的……"沉默。他接着说："可你……运送纺好的羊毛，跑遍了本地每个角落，了解最贫苦民众的真实状况，痛他们之痛，同情妇女和儿童遭受的苦难……告诉我，我们能把农村和城市联合起来吗？你知道，法国的问题就在这里……法兰西还是一个农民国家……在城市，劳动者把农民看成竞争对手，他们造反，但反对的是机器；他们斗争，却自相争斗……"又是一阵沉默。"波拿巴回来了，农民会怎么样？"

话语就像路面的沙砾，四下散开。他们感觉到了车轮下路石的坚硬，感觉到了心中忧虑重重。贝尔纳没有回答。何必回答呢？儒贝尔先生比他更清楚。"你明白吗？"儒贝尔先生说，"我们也不应该被表面现象迷惑：或许拿破仑会占上风，同沙皇媾和，或许……或许不出三个月，外国就会入侵，法国将被打垮。不幸的是，这两者之间我们无从选择。然而，这仅仅是事情的军事方面，是外表。我们只是关心胜仗、败仗，因此变得耳聋眼瞎。自攻陷巴士底狱以来，时间过去了四分之一世纪，这段历史不只是连续不断的战役。在这二十五年中，还发生了其他许多战斗，只是世人没有予以足够的重视，而且以后很长时间内，学校也不会讲授这段历史。那是另一场革命。它发生在你鼻子底下，你却熟视无睹。这就是工业的兴起。各种关系发生了改变，这种改变不仅是由法律、暴力促成的，而且是由机器，由大量增加的机器带来的。这场革命才刚刚开始。明白吗？当一支军队被另一支军队打败，人们变换帽徽，改换军装，但改来换去，军装还是军装，帽徽还是帽徽。这位将军与那位将军，看上去又是何其相似！噢，还是去年，有一天我在剧院见到施瓦岑贝格亲王[①]……你瞧，他不用作多大改变就能变成布律纳或内伊这样的人物！你可以掉转枪口，这只是恐惧变了方向。人嘛，还是以前那些人。可是机器……索姆省有多少台勒尼纺纱机？这不只关乎呢绒或棉花……还涉及煤、焦炭、蒸汽……人们了解在矿山和冶炼厂发生的变革吗？机器带来了什么？机器改变了人与人之间的关系，并进而改变了自身……从前我们怕是犯了一个错误，那就是对人关心不够。要决定未来，不能只懂得驾驭军队。一切盘算都可能因为这种意想不到的变化而落空，而这种变化都是一台没有灵魂的小小机器造成的。机器就在那里，在工厂，在车间，就像一头需要喂养的牲口，而为了喂养这头牲口，就需要改种大片大片的作物，顿时，科学在全国狂热发展，全力增加牲口的头数，法律必须修改，警察常备不怠，组织间谍网，在国外诱骗收买专家，在无数奇特的冒险

---

① 施瓦岑贝格亲王（1771—1820），奥地利陆军元帅，同拿破仑数度联合，数度交恶，1814 率军入侵法国。

中，背叛和利益造就了进步，有人抛弃祖国、家庭和孩子……而战争，很简单，是这一切的必然结果，各种各样的思想和挥舞的旗帜是在掩饰着这一切，掩饰我们这个时代的秘密……你真以为拿破仑是败在战场上的吗？他是被1811年的工业危机、被失业、被劳动力的混乱打败的……"这时他想起自己向贝尔纳提过一个问题，还没有让他回答。对，城市和农村的关系又当如何？

这个问题很难回答。问题虽小，但包含的内容太庞杂，即使是长篇大论也只能触及问题的枝节。从哪个方面说起呢？他自觉有些模糊的想法，又如何理出个头绪呢？贝尔纳，尤其是他脑子还想着儒贝尔先生刚说的那番话。

"嗒，"他开始说，"干我这一行……我赶车经过的地方，从阿布维尔到亚眠，到博韦，会遇到些什么问题呢？村子里的织布工，使用的是雇主提供的机器，那些纺纱工使用脚踏或手柄纺车，还有些梳理工，无论是合作还是个体经营，都得经过中间商，或者直属工厂，所有这些打工的都不属于城市司法权限管辖。在他们居住的小镇，有一名镇长。镇长关心什么呢？他要这些打工的缴纳营业税，好像他们都是商人。您想，公民，这些人多么可怜！无论是性别还是年龄，都不能为他们提供保护，他们要种田，又受工厂奴役，晚上干到十一点，早晨天不亮就起床……世上难道有这样的商人？没有机器他们就干不成活，但机器不是他们的。加工用的原材料也不是他们的。再看看他们的住所，简陋肮脏，一户挨着一户，隔墙是用干草、泥坯和木头垒起来的，火灾不时发生，茅草屋顶火烧起来还真好看，屋里是夯实的泥地，潮湿，积水排不出去，房前屋后都是水洼、粪尿，墙上没有窗户，把自己关在臭气和煤烟里保暖御冷……唉，哪有如此的商人！我是工厂的人，他们希望我能救助他们，请求我保护他们不受镇政府的欺负。您知道他们的希望，那把魔力无比的钥匙，从业证。公民，城里的工人把这个可怕的小本子视为他们的枷锁，它是帝国的可憎发明，它使工厂的奴役变本加厉，使大革命时期颁布的1791年《勒夏普利法》①更趋完善，因此很难让他们明白，对他们更怀敌意的不是共和政体，甚至不是拿破仑，而是波旁王朝！一些人身上的桎梏，在另一些人看来正是他们的解放。镇长们没有从业证可发，说不知道有什么工厂法……既然如此，那就设法让他们统一看法，给他们确定一个共同的目标。而与城里的九行八业打交道，那完全是另一回事：桑泰尔的制糖工、维默的制锁工、格朗维里埃或克

---

① 十八世纪法国资产阶级革命时期制宪会议根据议员勒夏普利的提议，于1791年6月通过的反劳工法律，它剥夺工人罢工、结社的权利。

雷弗科尔的哔叽织造工、加马什的麻纺工、佛隆的陶瓷工……还有玻璃装配工、细木工、木匠、石匠、制帽工、印染工、刀剪匠、马具皮件工，还有什么，反正各行各业，四分五裂，互相歧视……"

老人望着贝尔纳。他心里想，不幸的是问题比他所说的更加复杂。这时他无意中发现坐在边上的贝尔纳堪称美男子。他想："我理解他，索菲……"他回想起还是孩子时的索菲，那是牧月暴动①以后，罗默②、迪罗瓦③、苏布拉尼④、古戎等人遭难，他还算幸运，躲了起来，躲在因贫困而抛弃了基督信仰的庇卡底，躲在这块爆发过扎克雷起义⑤的古老土地上，住在克絮斯·巴贝夫的一位朋友家里，这位朋友住在阿布维尔和亚眠之间。幼时的索菲，一头金发，常被他抱在膝头上又蹦又跳，孩子亲昵地叫他"苏苏"（叔叔）……蓦地，索菲的形象不见了，因为刚才罗默的名字掠过他的脑际。罗默，他青年时代的老朋友，事隔二十年，在这片辽阔的不毛地区，没有人还记得他。假如他活着，他该是六十五岁吧。说不定会去奥弗涅或其他什么地方，就像他现在来到庇卡底一样，今天他或许正坐在一辆蹩脚马车里，同另一个贝尔纳闲聊……时间过得真快，但二十个年头并不短暂。如今人事多变，不复当年! 二十年过去，小索菲会是什么模样? 她还认得出他这个"苏苏"吗? 她可曾向英俊的贝尔纳说起过他?

路上遇见一些粗壮的农民，他们牵着马从田里回来。有一块地里还留着一把小小的手扶犁。别处，有人在耙地。

贝尔纳继续往下说。他说起感化院里的劳动力，说起工厂主从济贫院廉价招募的织布工。他还谈到亚眠城门口奥托瓦散步场附近的乞丐收容所，那里住着流浪汉、疯子，还住着那些划不动船的苦役犯、那些受过示众柱刑罚的女人，以及省级法庭判处的各色因犯。那是几幢紧挨着的建筑，隔成八个狭窄的院子。有些院子传出精神病患者的呻吟和叫喊，几乎从不间断。男人和女人分区活动，各有各的纺纱工场，每个工场配备三十六部纺车。有人研究过安装勒尼纺纱机的可能性，但终因场地不够而作罢。他们拿的是所谓的工人

① 此指共和三年牧月1—3日，即公历1795年5月10—22日，雅各宾党人和巴黎民众举行暴动，反对热月党人控制的国民公会。
② 法国大革命时期山岳派议员，因支持牧月暴动被判处死刑。
③ 法国大革命时期山岳派议员，因支持牧月暴动被判处死刑。
④ 法国大革命时期山岳派议员，因支持牧月暴动被判处死刑。
⑤ 1358年爆发的法国农民起义。

待遇，但要扣除收容费，干的又是计件活，所以谁也说不准他们到底领多少工资。织布机有好多架，但都是上个世纪的东西。囚犯、乞丐、疯子需要用自己的劳动来支付工具费……"您想，这座人间地狱，从天蒙蒙亮到天黑，嘈杂声不绝于耳，精神病人的嚷嚷声、纺车的吱嘎声、织布机的呱嗒声，视野里只有把男女工场分开的小教堂……做祈祷，喝菜糊……就这些人，您还会问我是否能让他们同农民或工人联合起来吗？我听一位工厂主说过，他希望收容所的活计也让苦役犯来做，把善事做到家，出面反对死刑，因为死刑会夺走不少纺织工……"

老人在听他说吗？粗笨的役畜有节奏的碎步、路上的颠簸、如梦一般的往事，这一切使他的脸变得像雕塑那样庄严，从侧面望去，他那又大又长的鼻子显得格外碍眼。老人说话了，但他的话同亚眠乞丐收容所毫无关系。他说："贝尔纳，你父亲从没同你讲起过罗默吗？我是说吉尔贝①……因为他还有个弟弟，叫夏尔，夏尔是研究潮汐的，他活下来了……可是吉尔贝……我家里留着他在共和三年出版的一部独特的著作，叫《共和三年农耕者年鉴》，该书出版时，作者不在，你想，印刷工又疏忽了，竟漏印了整个牧月……仿佛书中就没有提到牧月，而这部书的作者正是在这个牧月断送了性命……"

"他确实死了吗？"贝尔纳问，"有人说他曾用匕首自杀未遂，在把他抬上断头台之前，他逃跑了。雾月18日，据说有人见到他在圣克卢呼吁人民反对政变……"

"唉，"儒贝尔先生说，"有人编出这样的故事，只是为了表达自己的希望……在他的书里，今天是芽月②的第一天，这一天没有用圣人的名字命名，而是取名'报春花'……我还记得罗默的历本中有对这个词的注释：叶可煮食，花可调制葡萄酒香，根可调配啤酒香味，茎枝绵羊可食……从前我住在这一带，就住在索菲父亲家，记得你跟那些在织布机旁当帮工的孩子一般年龄，春天我赶着羊群去放青，那群羊是索菲她父亲用西班牙美利奴种羊同庇卡底母羊交配，辛辛苦苦培育出来的……我就看见羊儿在树林里吃报春花……罗默不会瞎说的……"

"您住在索菲父亲家里？"贝尔纳惊叫，"住在圣里基埃……"

"对，住在圣里基埃，我的孩子。令尊和索菲的父亲为祖国的独立所作的

---

① 罗默的名字。

② 法兰西共和历第七月，相当于公历3月21日或22日至4月18日或19日。

贡献，要比人们想象的大得多，他们研究如何大量增加羊的存栏数，因为当时摆脱英国的贸易垄断是全民族的责任。你知道，我是受另一位爱国者的派遣去那里的，他的观点使你的父亲他们的想法更趋完善。他是普瓦人，一个可怜的封建法律专家，他研究庇卡底的地主收藏的各类地契文书，找到了无地农民贫困的根源……而且，为了饲养日益增多的羊群，他建议开辟人工牧场，引进轮作制，当时谁都不懂……"

"巴贝夫！"贝尔纳说，老人点头肯定。接着，两人陷入沉思，一语不发，久久地回忆着新近和久远的往事。共同的遐想超越了四十载年龄差距，把年轻的羊毛运输工和老迈的国民公会议员联结在一起，尽管两人对制呢工业、产羊毛、牧场，对法国利益之所在不乏远见卓识的爱国者，对此类事物之间的内在联系或许有不同的感知。

天近傍晚，太阳像一轮蒙上薄纱的圆盘，跟在他们后面，隔着雾霭看去，有时候整个儿不见了踪影。道路穿过一个个村庄，翻越高原上的凸形斜坡，低处，小泰兰河谷向西延伸；晚霞血色，染红了河水，待落日隐没了，河水仍像一条玫瑰红的漆带。红棕色的土地上，一直有农民弯腰捡石块，把它们聚拢成堆。

儒贝尔先生继续往下说，像是自言自语："拿破仑……自己多行不义，又把流亡贵族召回重用，凡此种种，最后导致他垮台……虽说如此，你瞧，拿破仑，应该承认，在这个领域，他在为实现我们古老的梦想而努力，当然这是说他的封锁政策……他知道该做什么，他保护了制呢业，引进西班牙良种公羊，支持农民改良土壤，发展养羊业，鼓励发明机器，并为英国工人入境提供方便……但是，我们也有理由密谋反对他，反对战争，反对专制……你的父亲……当年，还有巴贝夫，他起初反对罗伯斯庇尔……后来面对热月党人[1]……他明确表态，公开承认他为捍卫1793年宪法，为捍卫罗伯斯庇尔的事业而斗争……今天，我们……波拿巴推翻了波旁王朝，他已不再是原来的波拿巴了，你明白我的意思吗？我们要求人民……"

"你可不能这样想！"贝尔纳大声道。

"不，我的孩子。就像巴贝夫……"

"可是罗伯斯庇尔当时已经死啦！他只是一面旗帜，而拿破仑还

---

[1] 指共和二年热月9日（1794年7月27日）政变的参与者。

活着……"

"正因为他活着，才比死人更有用。他拥有军队，一支摆脱了贵族控制的军队。我们必须把它改造成人民的军队，让人民和军队结合起来……别这样看我，我没有疯。你知道吗？一个星期以前，盟国在维也纳宣布废黜拿破仑，并正式将他置于法律保护之外。这个消息与小头头同时到达巴黎。你知道这意味着什么吗？我们又面临92年的形势，祖国处于危险之中，外国的军队正威胁我国的边境。同那时一样，胜利取决于人民，或者打一场人民战争，或者背叛。大革命又开始了，你看不出来吗？马克西米安·罗伯斯庇尔在哪里丢下的革命，我们就在哪里继续下去……"

"这么说，"贝尔纳问，"这就是今天晚上您要同他们讲的？"

两人沉默不语。下雨了，雨点滴滴答答打在篷布上。贝尔纳脑袋发热，两脚冰凉。他瞎扯些什么呀，这老头？拿破仑居然成了罗默和巴贝夫的继承人！儒贝尔先生和巴贝夫，两人观点相去甚远，对此他完全清楚。当初他们之间的联合是那种打造出来的联合。因为在所有制这个根本性问题上，他们的看法截然不同。看来儒贝尔先生知道巴贝夫的名字在庇卡底享有多大威望！而他面前这个小伙子，他父亲……那么，人民的利益在哪里？"同人民联合"，这不过是"组织"提的口号。人民……贝尔纳一想到"人民"，眼前就会涌现各种景象，那是庇卡底的悲惨场面、济贫院里劳累过度像苍蝇一样死去的男女、村口成群的乞丐、索姆河沿岸平底船上的泥炭工……在城里，各种离奇古怪的帮派打架斗殴，什么雅克师傅的徒弟，苏比士大爷的弟子，都是些泼皮、恶少、贪得无厌之辈……

儒贝尔先生的声音突然变得亲切温和："告诉我，孩子，告诉我……索菲……她真的出落得很漂亮吗，索菲？"

贝尔纳打了个激灵。听到两次提到索菲，他这才发现刚才儒贝尔先生已说了索菲的名字，虽然不是真正谈论她，但这个名字从他嘴里说出来显得那样自然，贝尔纳起初并没有在意……老人又重复道："她真的很漂亮吗，索菲？"

"是的，"贝尔纳说，"要说漂亮，公民，她确实很漂亮……"

大路右侧简易栅栏内圈着两头黑白相间的奶牛。远处，大地布满了一块块斑秃似的石灰质地，景色单调，浅灰色的草丛和灰褐色的垄沟交替映入眼帘。格朗维里埃就要到了。

军事情报的传递有时很奇怪，速度之快既合乎情理又无法解释。那是星期一夜里，皇帝一到杜伊勒利宫，就决定把第二军团第一师交给埃格泽尔芒指挥。第二天在卡鲁塞尔广场举行阅兵，中午约十二点半阅兵结束。此前，调遣该师追击国王卫队的命令一直没有宣布。但是这并不妨碍这条消息在下午四点到达十七古里外的博韦城，谁送来的呢？原来这消息是法律学院的志愿兵带来的。他们前天出发；走得精疲力尽，先到哨所报到，那里驻有佩戴绿色玫瑰花形徽章的格拉蒙亲卫兵和长矛轻骑兵。接着他们中有三四个人被带去见雷泽伯爵，伯爵是个瘦高个，说话唠叨……真是些好孩子！伯爵请他们各报姓名，并故意做出一副屈尊恭听的样子。好孩子报告了埃格泽尔芒的骑兵就要追来的消息，他们了解的情况甚至连埃格泽尔芒的骑兵自己都不知道。而这个时候，西蒙诺的猎骑兵至多才到尚蒂伊，而福多兹上校的猎骑兵还没有到博韦。这消息会不会是某驿站的马车夫或邮车的旅客传播的马路新闻？或者只是凭空想象，是这些走投无路、累得站不稳的学生兵受惊害怕的产物，也与埃格泽尔芒这位骑兵督察身上的传奇色彩不无关系，在最近那起与他有关的惊动全巴黎的事件发生后，他成了传奇人物。说是凭空想象，这很难让人相信，因为追击国王卫队的确实是埃格泽尔芒的骑兵队；不过，这也并非不可能。在这支名不副实忙着逃亡的军队中，而不光是在身着制服的法学院学生队伍里，有些人的名字会让人魂飞魄散，惊恐万状。比如内伊元帅、拉贝杜瓦耶、勒费弗尔-德努埃特、埃格泽尔芒，他们都是叛逆的化身。前天晚上，泰奥多尔遇到的那些火枪手竭力设想面临的危险，他们首先想到的是近在咫尺的勒费弗尔-德努埃特的部队，他们中有一人不由得提到了埃格泽尔芒的名字，但没有把这个危险视为确凿无疑，而是视其为可能。危险在酝酿之中。恰如谁都不怀疑的"阴谋"。所有的保王党人，哪怕被剁成肉酱也都确信，拿破仑从厄尔巴岛归来的阴谋，从头至尾都是在巴黎奥坦斯王后的沙龙里策划的，密谋者是谁，绝非今天才提到他们的名字，而是点名道姓说了几个月了。内伊是个可怕的意外，除了他，这些密谋者不都成了反叛首领，或者转身投到皇帝那头，奥坦斯倚在杜伊勒利宫的窗口，夏尔·德·弗拉奥立马宫门前，富歇守在候见厅里？其实，所有的人，或者几乎所有的人，都不曾想到皇帝会在昂蒂布登陆，他们中间不少人希望所系，不是拿破仑卷土重来，而是国家体制一定程度的自由化，或是让奥尔良家族登上王位，所以这次冒险远在他们计划之外，一开始就让他们感到恐惧，他们不相信此举会获得成功，他们先得为自己打算，一旦失败，他们注定是镇压的牺牲品。然而，只几天功夫，一切都变了，有些人甚至自吹自夸，说自己策划了这次颠覆。皇帝会相信吗？至多是做做相信的样子。

　　再回来说说博韦。这些小伙子累坏了，话反而多了，不只是当着托尼·德·雷泽的面，还对初次见面的军官信口开河，大家同情他们，也被这些年轻人的忠诚所感动；的确，他们不受任何誓约和职业的约束，不为任何义务所迫，却不要命地投入一项无望的事业，大家欢迎他们，请他们吃，给他们喝，争着接待他们，他们一说起来唠叨个没完，无形中加剧了城市的军事混乱。他们大讲在圣莫尔大桥保卫马恩河的经过，其实此桥没有受到任何攻击，他们在桥上插了一面缀有金色流苏的白旗，这面白旗是替路易十六充当人质的贵妇们送给法学院学生营的礼物。他们侃侃而谈，仿佛都是从德摩比利战役中死里逃生的伊巴密浓达，其实他们撤离时同投降也没多大差别，因为归顺波拿巴的士兵可怜这些孩子和他们身上的行头。他们说，从万森前往圣德尼，为了避免遭遇敌军，他们走的都是土路，这次出征简直成了史诗般的壮举；在圣德尼市郊，叛军的一个猎骑兵团发现了他们，离开大路向他们扑来，学生兵一边高呼"国王万岁"一边沿着一堵墙排开，不留退路（可见缺乏自信），准备决战到最后一人。攻上来的猎骑兵发现对方是一群学生，便放他们一马；学生兵讲述事情的始末，却没有意识到猎骑兵的这种宽宏大度稍稍改变了这一壮举的性质。学生对"人质夫人"所赠旗帜的忠诚同样打了折扣，而且在军官的鼓动下，有许多学生从圣德尼起就离开了这面旗帜，这样才不至于丢下父母和学业，才能为未来的法国保存忠于君主和教会的律师、法学家。但那些继续赶路的学生兵，双脚磨出血泡，走在圣布里斯的铺石路上，累得腰酸背痛，当街休息了两个小时，甚至不到两个小时，最后带着昨夜的恐惧和狂热挨到博韦，在他们嘴里，惊恐不安成了英雄气概；在这条不幸之路上，与他们相随为伴的还有不期而遇的幽灵、幻想和惊慌，沿途随处可见掉队的士兵、累死的马匹、丢弃的武器，满眼都是王国破败悲凉的景象。没有人伤害他们，这些不务正业的大学生，虽然不像那些跟随国王卫队的同学，怪模怪样的一身亨利四世时代的服装，但在星期天夜里，他们在万森换上了步兵制服，什么针织长裤、军大衣、白翎高筒帽、背包，还扛上一支他们不会用的步枪。一路上，夜色如墨，他们与南下巴黎的黑衣骑兵交错而过，他们声称认出那是些枪骑兵无疑，是归附了篡位者的枪骑兵，人数之多，出人意料。枪骑兵默默地前进，无意知道这支北上的军队是何来头。他们犹如皮影戏，只见人影幢幢，在没有月光的夜色里悄然移动，蹄声踏踏，令人悚然，长枪如列，络绎不绝，这番景象恰似噩梦漫漫。3月20日到21日夜里出现的这队枪骑兵是从哪里来的？因为瓦兹省北部的驻军在很多天以前就根据王室参谋部的命令调回京城了，可是谁都没有想过这支枪骑兵队是何来路。这事如此，其他什么事也都是如此。人们信奉的神明正在垮塌，却没有想过头脑里的幽灵是怎么回事。

　　不管怎么说，在博韦，帝国的骑兵从四面八方奋起追击国王卫队，埃格泽尔芒随时可能亲临城下，博韦城不得不在极端恶劣的条件下迎敌。局势混乱，士兵溜号，部队大多七零八落，那些军人、年轻人和重新服役的老人，一个个劳累过度，亲王们身陷罗网，国王逃之夭夭，众叛亲离！霎时间，恐慌的情绪传染给了居民：什么，真的要在博韦开战？这可不是闹着玩，埃格泽尔芒的骑兵骁勇善战，不好对付，又在欧洲各个战场安过营，流过血，都是大革命的老兵、别列津纳河战役的幸存者、领半饷的军官，他们对国王卫队恨之入骨，一个个咬牙切齿誓同那些将他们逐出军队的家伙算总账，屠城在所难免，博韦成了决斗场……那些显贵人家已挤在自家的马车里；街上，马萨先生说的"不可控分子"寻衅闹事，有些女人哭眼擦泪，巡逻队莫名其妙地来来回回，诸连队各行其是，彼此不通声气……大家等着大难临头。

　　是谁把消息告诉阿图瓦伯爵的？消息不是先到王子殿下那里的吗？这已无关紧要。可以肯定的是，谁也不怀疑埃格泽尔芒攻打博韦已迫在眉睫。还可以肯定，没有人核实过消息的来源，也没有人核实过消息是否可靠。亲王们视之为军事情报，并据以作出各项决定。命令传向四面八方，火枪队比其他连队更容易调遣，因此被派去侦察，在通往加来的大路上，在前面为国王卫队开路，托尼·德·雷泽指挥的格拉蒙亲卫队殿后，掩护徒步士兵、所有能收容的掉队士兵和大车。大车里匆匆塞满了装备、精疲力竭的士兵、伤员和病号。运送法学院志愿兵的车有三十来辆，都是上午集中起来的大篷货车，车上还插了那面"人质夫人"赠送的白旗，车上的人很可能因为这面白旗而送掉性命。此外，这些大篷车要由车主们自己来赶，还得答应租金走一站就付一站，否则，恕不奉陪，上路回家吧。啊！法国人对王权的忠诚已难得一遇！

　　忙乱中，阿图瓦伯爵殿下难不成忘了当天早晨派往亚眠打听亚眠方向的道路是否安全的亲卫兵？这是黎塞留公爵向法布维埃上校提的问题。公爵刚从马尔蒙元帅住所出来，正巧在省府院子里遇到上校。上校看了看黎塞留，禁不住问他穿的是什么制服，倘若换个时候，这话近乎失礼。埃马纽埃尔·德·黎塞留毫不在乎，回答说这是俄国军队的将军服，他原先穿的衣服被雨淋湿了，只得换了。他真的想离开法国？或者他相信驻扎在比利时的亚历山大的军队就要越过边境？不过，法布维埃没有问。

"可您还没有回答我的问题呢，上校……"黎塞留提醒道。

就马尔蒙的副官所知，殿下决定不再等候派往亚眠的探子。再说，他们当真考虑过要等他吗？假如埃格泽尔芒挥师直下博韦，他只要走小路，在普瓦或格朗维里埃赶上国王卫队就行了。总不该为了等一名亲卫而置部队和亲王们的安全于不顾吧！至于是否有必要派这名亲卫去亚眠，那是早上应该考虑的事。普瓦或格朗维里埃的情形怎样？从博韦到格朗维里埃有多远？七古里多，到普瓦是十一古里。哎，远近岂能这样算！不能，不过还有别的选择吗？总得有个地方宿营，部队已累得不行。但愿埃格泽尔芒不要来得太快，只能如此了。尤其还要安排众亲王在格朗维里埃住下，因为在普瓦几乎找不到适合他们住宿的房屋，所以他们将同后卫部队、徒步骑兵、累坏了的士兵一起留宿格朗维里埃，伴同他们的还有达马斯先生的部队、格拉蒙部，以及莫特马尔的炮兵，而行动最快捷的部队将在普瓦过夜，以便次日清晨同杳无音讯的国王取得联系。此外，在学生志愿兵抵达博韦之前，王弟从早上起就显得焦躁不安，下午三点半，就派了大约五十名火枪手先行。正是他们在途中超越了贝尔纳和儒贝尔先生乘坐的马车。

做决定，下命令，派出由灰披火枪队主力组成的先头部队，前后不到一个小时。泰奥多尔朝圣皮埃尔大教堂的钟楼瞥了一眼，五点整。全程十一古里，一路小跑，晚上八九点钟可抵普瓦。护送众亲王的部队主力奉命六点出发，他们少走四古里，但随行的有众多徒步者，要走六个小时，行军要在午夜才能结束。病号正在上车，泰奥多尔看见法学院学生也在等候上车。这群年轻人异常兴奋，身上的服装不合身，看着很别扭，从这个情绪激昂的人群前经过，泰奥多尔突然心生怜悯和恼怒。这些小伙子，高矮不一，身板瘦削，稚气尚未脱尽，每当在拉丁区见到他们同姑娘厮混，总觉得不大对劲，似乎他们还没到那年纪。头发蓬乱，刀枪拖地，看似纪律松垮，实为无知，这一切让人觉得，他们的在场既幼稚，又可悲。他们看上去说说笑笑，可是人们会突然发现他们的眼睛满含疑虑。其实他们并不比小蒙科尔更显孩子气，泰奥多尔见蒙科尔骑马走在前面，腰挎短筒火枪，也是瘦筋巴骨，神情也像是个误入歧途的年轻神灵。他的年龄同大多数志愿兵相仿，但肩膀要比他们更壮实。泰奥多尔印象至深的是，这帮学生兵高的高、矮的矮，参差不齐，而且都没有刮脸，有人的胡子是毛茸茸的金黄色细毛，有人像是涂了一层黑脂，没有一点正经样儿。这群乱哄哄的小伙子几乎来自法国各地，一个个肩膀下溜，与周围大部分骑兵形成对照，周遭这些军爷骑马、狩猎、东征西战，练就一身好体格，仿佛来自另一个民族。当然，国王卫队的卫士在很多方面也各不相同，但从整体看，他们身材齐整，体格魁梧。夹在老兵中间，这帮新来的人显得很不协调，他们或成堆、或分散，坐在卸下的背包上，肩膀被背带勒得又红又肿，同骑兵说着话，激动万分，像是见到了自己的兄长。看他们身上的衣服，就知道最近两天的行军把一些人累垮了，衣服皱巴巴的，沾满了泥浆，有些人倚着身边同伴的肩膀睡觉，另一些人则坐立不安，看上去他们像是被不算太吝啬的马贩子堆在一起的人货，而这一切让泰奥多尔感觉到了一种愚蠢和不公正的做法：难道非得把这些小傻瓜拉扯进这场同他们无关、也不可能同他们有任何关系的冒险之中？在这次较量中，他们荒谬地以崇尚荣誉和忠诚骑士自居，而事实上，这只是世族军官和行伍出身的军官之间的对峙，只是帝国的受俸者和王朝的受俸者之间的争斗。他忽然想到，别人也可能指责他参与了一场与他无关的冲突。想到这里，他耸了耸肩膀。他已经不是小孩了，自己做什么，他不抱任何幻想，他用不着捍卫"人质夫人"赠送的白旗，他听从命运的安排，不认为自己在完成什么改革社会的使命，他心里明白，自己纯粹是偶然卷入一个集团反对另一个集团的斗争。他的荣誉所在，不是百合花徽①，不是缀有金色流苏的破烂白旗，而是改换门庭的羞耻。

　　火枪兵排成纵队。洛里斯东副统领，佩剑出鞘，从排头位置走来，后面跟着几个军官。太阳西斜，西边鲁昂方向，灰蒙蒙的天空下，晚霞像一条条宽大的橘黄色彩带在燃烧。城门口，一群乌鸦在还光秃着的树木上空盘旋，像是在监视行进中的骑兵队，有如盯着一顿准备中的美餐。一阵狂风刮过，雨又下了起来。

　　路易·米勒尔，阿尔萨斯上奥特罗人，七岁那年，他那当采石工的父亲在一次事故中丧生，一辆满载石头的大车翻倒在他身上。母亲拖着五个子女，日

---

① 波旁王朝的标志。

子艰难，便把他送到下奥特罗，在开马蹄铁匠铺的叔父家当学徒。十岁时他的个子就高得惊人，他拉人称"奶牛"的风箱，钉马掌时他按马脚，还能抡大锤打蹄铁。十三岁那年，叔父的儿子到了顶替他的年龄，他便进了克林根塔尔①的一家工场，工场离拉默山谷他居住的村子半古里。那儿，人们从事各种手艺，他都学一点，还加入了雅克师徒工会②，他正准备去法国各地卖艺，却逢大革命爆发，计划化为泡影，行会里的伙伴也各奔东西。在克林根塔尔，人们熔钟取铜，为共和国锻造马刀和刺刀。但他见不到叔父那里的马儿，心里惆怅不已，他已喜欢上了那些马，观察过它们的脚，发现彼此差别很大，日后要是当不成马蹄铁匠，做个兽医也好。当人们宣告祖国处于危险中时，他十九岁，加入了轻骑兵队。佛兰德、荷兰、意大利军团、埃及、奥地利……转战千里，终于梦想成真，当上了骑兵团的马蹄铁匠，但这份差使并没有保他免遭多次负伤和热病染身的噩运。返回法国后，他被派到索姆省的一个军马补给站，不料被一匹烈马踢了一脚，一个膝盖伤得动弹不了。战争终于结束了！这时他已在阿布维尔治过伤，而且，1810年冬的一天，一个偶然的机会，他来到普瓦，由于怀念过去从事过的职业，他走进了市镇上的马蹄铁匠铺，恰逢有人牵来一匹患蹄皮炎的马，他请求店主人让他给这头牲口钉蹄铁。店主人见他技艺高超，尤加赞叹，恳求瘸子留下，因为铺子里的伙计不久前应征入伍了，就剩下一个叫菲尔曼的学徒，还是阿布维尔铁匠行业的荐头，也就是职业介绍人要他招募的。当然，瘸子米勒尔已经过了当伙计的年龄，只不过马蹄铁匠体力不济，又终日沉浸在悲郁中不能自拔：儿子命捐帝国海军，女儿死于肺痨。铁匠贪杯，毫无节制，正巧路易·米勒尔也是海量，喝什么烧酒都不在话下，说法语带乡音，还带有军营色彩。此外，他爱吃猪血香肠，像个本地人。

　　马蹄铁匠这次私雇帮工，招来了麻烦，因为他这样做违反了行规，铁匠铺正等着受罚，幸亏米勒尔及时想起自己曾在克林塔尔加入了手工业行会，并能证明这一点，尽管他的那张"包票"不合规定。行会里的人把从业许可证叫作"包票"，没有它就不能雇工。战争、马蹄铁匠入伍当兵，这就造成了一种特殊情况。总之，只要给克林根塔尔所属斯特拉斯堡手艺人会馆写信调查一下就行了，这事看起来挺简单，但在阿布维尔，事情却闹大了，这里必须说明一下，这完全是一个可恶的大车匠一手造成的。在当时，车匠也属铁匠行会，而

① 今德国城市。
② 手工业行会。

我们说的这个大车匠自有其个人目的，大家很快知道老板的第二任妻子丢下丈夫，跟这个无赖私奔了。不久，人们便得知这个女人在亚眠附近一座村子的火灾中身亡。那时候，此类事件在该地区并不少见。之后，状告米勒尔干尽坏事的大车匠自己溜走了，还欠了大娘之家①一屁股债没有还，行会里的人把这种人叫做"赖酒公"，可见这事引起的笑话颇耐人寻味。大车匠一走，事情最终还是解决了，马蹄铁匠铺给了荐头五十法郎，与手工业行会达成和解，最后又到大娘之家在阿布维尔的普雷耶勒大街开的酒馆办了一场丰盛的酒席，那天还来了一些西班牙俘虏，给宴席平添了不少欢乐。这些西班牙人在开挖圣瓦勒里运河，就住在附近的营房里。这是1812年1月的事。

那位马蹄铁匠照样喝酒，越喝越厉害，妻子跟人私奔，他从此一蹶不振，几天后有人发现他上吊身亡，纽扣孔上别着一封信，信里请求皇帝宽宥，因为他结束了自己的生命，还说把全部财产，包括马蹄铁匠铺和他的住宅统统留给他的伙计，来自奥特罗的路易·米勒尔。

这样一来，路易和手工行业联合会的关系破裂了，这倒不是因为他当上师傅的方式不合章程，而是因为在本地区，几乎和其他地方一样，马蹄铁匠都得不到其他行会的承认，被排除在手工行业联合会之外。马蹄铁匠在上世纪末才加入手工行业联合会，这不是因为有人背叛，向他们泄漏了伙计出师的秘密，就是像米勒尔那样当上铁匠铺主人，一句话，都不合行规。

路易快三十八岁了，但精力旺盛，无论是疾病、烈酒，还是弹片，都没有把他搞垮。看他抡锤打铁，就知道他胳膊是多么强壮！那时候，战争旷日持久，不满的情绪在庇卡底蔓延，米勒尔也有同感，何况他再无可能直接参战。他一到普瓦，很快便与城里及四乡的共和主义者建立了联系。转眼间他的马蹄铁匠铺就远近闻名，因为从巴黎到加来，沿途像他这样善于对付烈马或蹄形异常马的马蹄匠还找不到第二个。消息传开了，他的名声仿佛随风播扬。路易·米勒尔钉蹄铁的本事无与伦比，即使碰上磨得不像样的马掌，他都有办法对付。老板死后，他继承了他的产业，并且不顾行规，让菲尔曼当他的伙计，虽说这伙计年轻了一些。让手工行业联合会的繁琐章程见鬼去吧！这倒是痛快，只不过行会里的人不再认菲尔曼这个乡里，对他另眼相看，说他只是一个打铁的，不配当马蹄匠。他们勒令小伙子离开铁匠铺，但遭到他拒绝，为此把

---

① 指当时妇女为手工业行会会员开设的旅馆。

他毒打了一顿,打断了他的鼻梁,叫他终身破相,还说他是密探,是马尔加雅人[①]……这是用来骂人的最恶毒字眼,因为在有些行会里,新入会者还必须发誓要咬烂马尔加雅人的心。

米勒尔心头火起,来到大娘之家,往钱柜上扔了五十法郎,说这种做法站不住脚:要么承认他这个升为师傅的老伙计,要么就别再找他伙计的麻烦。五十法郎起了作用,这倒不是因为他们贪财,而是因为这表明了米勒尔的诚意,况且这么做也合情合理。但他们提醒马蹄铁匠要提防这个马尔加雅人,他赖着不走,违背了自己的誓言:今天他背叛我们,看起来是为了你,明天他将背叛的就是你。米勒尔耸耸肩。活儿多,他得雇一个徒工,邻居便把他们的儿子送来,管他是不是马尔加雅人。他还缺个老婆。

老婆找到了,是圣里基埃的一个十八岁姑娘,那年复活节,姑娘来到普瓦探望表姐。老马蹄铁匠在世时,表姐的兄长是铺里的常客,一边看米勒尔打蹄铁,一边谈论政治。

别看路易是个瘸子,拖着一个僵直的腿,但有关女孩子的事他并不笨拙。那姑娘那样年轻,金发那样诱人(使他想起家乡的姑娘),他一时昏了头,做了蠢事。索菲失身了,第一次倒在男人怀里,终于非结婚不可了。同拥护共和的家庭结亲,使马蹄铁匠更深地卷入了政治。在这个家庭里,不只是妻舅兄有政治信仰,索菲的父亲是绵羊饲养主,国民公会时期也是个人物。拿破仑深陷俄国战场时,这伙人做着好梦,打算扭转时势,因为马莱的谋反突显帝制的脆弱,而此时人们又读到大军惨败的不幸战报,惊恐难言。1813年新年伊始,索菲生下一个男孩。然而,马蹄铁匠铺里的清谈变成了真正的密谋。庇卡底有一个组织,它与首都有联系。昔日的传统关系得以恢复,密谋的首领们来路各异。密谋二十年,屡遭失败,幸好逃脱了警察的罗网,也终于懂得联合民众中各派力量的必要性。这并非易事,需要进行许多次秘密谈判,联络员要以各种理由往返于小镇之间。米勒尔按照住在圣里基埃的岳父的指示,同一个名叫贝尔纳的运输工取得了联系,此人的职业尤其适合搞联络,他为阿布维尔城的范罗贝厂运送一车车纱线,来来往往而不会引起怀疑。这个小伙子,为人热情,刚刚受到了不小的打击,因为加来海峡省的军事密谋败露,他父亲受到牵连。他习惯在普瓦过夜,住在米勒尔家里。米勒尔家的住宅很宽敞,住着他和妻儿,

---

[①] 巴西接近印第安人种的土著。

还有菲尔曼，就是那个塌了鼻梁快满十八岁的伙计，再有就是女仆了。米勒尔年届四十，却爱上一个年纪比他小一半还多的女子，行事有点古怪，并不在乎街坊邻居的闲言碎语，雇了这个女仆，因为他觉得索菲身子纤弱，一个人要持家，要做饭，还要照料孩子，委实力不从心。即使留贝尔纳住下，顶楼菲尔曼的房间旁边还空着一间，这宅子真够大的。

　　在"组织"内部，贝尔纳深受大家信任，其父在罗伯斯庇尔时期，在老家出任市镇检察官，在几乎所有为争取自由的密谋中都能见到他的身影，后来因他同康布雷军团的关系而不幸被人告发。但凡武装兵变，总会混进破坏分子，大家还记得那个格里塞尔吧？有人硬把这事同马莱谋反扯在一起，结果很不幸，贝尔纳的父亲被枪杀在阿拉斯城堡的壕沟里。此事倒没有令儿子心灰意冷，贝尔纳还是眼里有人，心有所系。不可避免的事情终于发生了：他赶着大车辗转于庇卡底，在漫长的路途中，他始终忘不了索菲，一见到她，神色就有些慌乱，这逃不过索菲的眼睛；对于这个未脱孩子气的少妇来说，米勒尔几乎只是一阵刮过的狂风。突然间，她开始盼望这位来去不定的客人，只要许久不见他来普瓦，索菲就显得烦躁不宁。少妇毫不知道自己使他痛苦，只是高兴他来，就像见到哪个表姐妹来家做客一样。

　　那时候，在佛兰德平原和阿图瓦省，藏匿的逃兵走出树林和沼泽，窜犯村庄，制造恐怖。这类事件在庇卡底引起了强烈反响，当地一旦发生一连串武装袭击过往客商的事，索菲就替羊毛运输工担心，还有理有据反复地说贝尔纳怎么也得能保护自己，说得她丈夫终于决定把他从轻骑兵团带回来的两只马鞍手枪送给贝尔纳。在年轻人把枪取走以前，索菲不知擦了多少遍。

　　为了避免别人说长道短，米勒尔决意把贝尔纳说成他妻子的表哥，正好这个年轻人出生的村子离圣里基埃不算太远。从此大家就称贝尔纳是"表哥"，表哥快来了，表哥来晚了。这样一来，街坊邻居有心眼坏的，压根不怀疑米勒尔太太犯了自以为是的错误，殊不知大家都明白，这类表哥是怎么回事。

　　不过，贝尔纳过了很长时间才敢向索菲表白。正待表白时，却逢联军入侵，而在这个严峻时刻谈情说爱，几乎与渎圣无异。直到外国军队撤离，他才有了坦露心迹的胆量。他觉得自己是个恶人，因为他与索菲的丈夫有着图谋反叛的共谋关系，况且人家接待他是出于对他父亲的怀念，而他自己对父亲也是无限崇拜。刚听贝尔纳说了几句，索菲心就乱了，她明白过来，这么长时间了，一直是她的错，再说还能有什么别的结果吗？这是她生平第一次闲里梦见一位男子，一位年轻英俊的男子，他那厚厚的嘴唇似乎总在索求亲吻，而她却不能给予。他们的全部罪过只是偷偷摸摸地交谈，后来她突然中断了这种私下谈话，并要贝尔纳发誓不要再同她说话。其实，他俩几乎从未单独相处，总觉得受人监视，监视他们的倒不是米勒尔本人，而是菲尔曼，那个断了鼻梁的小伙计对女主人存有爱慕之心。贝尔纳读过塞弗兰热翻译的《少年维特之烦恼》，书中有一幅出自布瓦利之手的肖像画，歌德书中的那个主人公，范罗贝厂的羊毛运输工觉得自己很像这位主人公，可能这要归因于他那头天生蓬乱的头发，但决非维特的那种小嘴，因为主人公的小嘴忧郁痛苦，完全没有贝尔纳的嘴唇显露的性感，而在运输工身上，这种性感是那么引人注目。贝尔纳在遐想中称米勒尔为"阿尔伯特"，就像称夏绿蒂①的丈夫……初次见面时，夏绿蒂不正是指着年轻的维特对自己的弟弟说，"路易，快跟你的表哥握握手！"就这样，贝尔纳的大车上总带着那两把手枪，晚上，在桑泰尔的偏僻客栈里久久抚摸。他俩的秘密逃不过众人的眼睛，而人们想象中的秘密远不止四目相对。只有路易·米勒尔毫无察觉。贝尔纳从米勒尔这位朋友那里拿到信件，再送到各处。最后，闲言碎语还是传到米勒尔那里，米勒尔大怒，要找殷勤过头的信使说个明白，但他忍住了。此人老谋深算，仔细一想，他的共和主义道德观还是让位于如下考虑：必要时，风流韵事可成为他那位联络员令人信服的托词。

　　1814年3月21日黄昏，范罗贝工厂的运货车抵达普瓦，火枪队早到半个小时，已经在为国王卫队安排宿营。一名打前站的士兵来到马蹄铁匠家，在房间上做记号，索菲见了心里七上八下，特别是这个时候，贝尔纳还带了一位老先生，事先也没有打招呼。不，她已经认不出这位老人了。什么？年轻人在她耳旁说了老人的姓名，索菲重复："让·弗朗索瓦？"她瞪大了眼睛，真的！她已把"苏苏"给忘了。唔，总有办法解决的！如果红衣卫发现床有人占了，他们就该到别处去睡。我的晚餐，唔？不着急……还有一匹马要钉掌子，是圣罗曼的一个车老板，你们先聊吧。准备猪血香肠得用一个多小时……猪血香肠？嘿，太太设宴啦！"招待客人……"好吧，那就八点开饭，行吗，菲菲？

　　小伙计回他母亲那里了，就剩两个人干活，大车夫帮忙按住马脚，这个菲尔曼不知怎么了，好多天他就像丢了魂似的。什么都丢下不管！谁给弄来的，这个不中用的东西？一个败事有余的主……手笨得要命，有个鸟用！每当诸事

---

① 《少年维特之烦恼》中的女主人公，维特热恋她时，她已与阿尔伯特订婚。

不顺，庇卡底话又不够用时，米勒尔脱口就来个阿尔萨斯粗口。白长了两条胳膊，就没有再往炉里添木炭，火势弱了，此时门口来了一位军人，牵着一匹步履艰难的马，后面跟着一个骑兵军士。

十、灌木丛之夜

事情发生在刚进普瓦城之际，还算泰奥多尔运气好，才踏上铺石路他就发现了。喔，这特里克怎么了，走路一瘸一拐，磕磕绊绊的？人走路，鞋不合脚，脚疼，一般都不愿意将就：对骑兵来说，马身上出了什么事，这比他自己腿疼更难受。蒙科尔转身嚷道："出了什么事？"泰奥多尔淋着雨，站在泥泞中，他已经下马，一切都清楚了，马的蹄铁掉了，牲口屈着腿……还算走运，假如你这样再走上几古里，特里克就报废了。一匹掉了蹄铁的马，不能让它用蹄底走，否则蹄子会磨得不像样，那才糟呢！用什么东西包住马蹄？听说有人做过皮蹄套，相当于手套吧！外出旅行时把它放在包里，以备马儿掉了蹄铁时使用……当然这法子军中行不通。遇到这种情况，只有在脚掌下系一块纸板，最好垫上一块毛毡，用布缠住。这些主意听起来不错，可是在野外，大路上去哪儿找纸板，至于毛毡，哪里有毡帽让你撕了用！幸好他们离马蹄铁匠铺不过两百米之遥，哨所的军官告诉泰奥多尔，马蹄铁匠家正巧有两间空房，回头把军人投宿证给他和他的同伴，也就是蒙科尔。可是马蹄铁匠并不买账：要钉蹄铁，没有话说，助人为乐，答应当晚就把掌子钉好，不过得先让我吃完晚饭，家里来了几位朋友，我老婆做了猪血香肠。至于住宿，那是另外一回事。两张床要留给客人……蒙科尔不禁叫嚷起来，以证明他是个男子汉，还要一抖国王火枪手的威风。马蹄铁匠看着他，脸上眉开眼笑，似乎只要举起拳头就能……而他泰奥多尔则主张来软的，他解释说，怎么也得把牲口留下，如果可能的话，当然，他和同伴已累坏了……说话这个时候，锻铁炉的火光逐渐暗淡，大块大块就要熄灭的火炭掉落地上，断鼻梁小伙在清扫大车夫的马刚才拉的粪便。这一切，泰奥多尔都看在眼里，几只风箱用链条和跷板吊着，一个接着左侧高出的通风罩，对面一个探进砖里，直接与煅炉齐平，加上铁砧、锤子和夹钳，这一大堆工具唤醒了他对鲁昂城门附近那位铁匠的回忆，他曾为这家铁匠铺画过一块招牌。双方争来争去，泰奥多尔有些惊奇：面前这位留着小胡子的阿尔萨斯泰坦①，一头长发，虽然没有扑粉，但仍按骑兵的习惯，绾成马尾束；他没穿衬衣，贴身套上皮围裙，宽阔的肩膀和粗壮的胳膊袒露着，露出浅黄色腋毛，那样子让人望而生畏；他的一条腿僵直不便，一张脸饱经沧桑，印着欧洲风雨的痕迹，正汗水涔涔。不过，给泰奥多尔留下强烈印象的还不是马蹄铁匠，而是那个黑发棕肤断了鼻梁的高个儿小伙，别看他年纪不大，但毛发异常浓密，正围着他们转来转去，清扫地面，收拾工具，一边偷偷打量国王的军官，他神情阴沉，犹如一尊脸似米开朗琪罗的冒牌多那太罗②雕像……泰奥多尔又说他们实在太累，尽管他明知这位"火神"根本不会听他的，而火枪手的这份耐心，常常被人当作温文尔雅，其实多半是一种固执。

"我可以睡在楼下大厅里，师傅……"突然，伙计用庇卡底方言说，脸上像做了蠢事似的露出阿谀逢迎的神态，见他脸上那笑容，米勒尔恨不得扇他一记耳光。可是要他不说已经不行。"……假如我的床睡不下两个人，他们可以把草垫铺在地上……我无所谓，厅里也挺暖和。这种鬼天气，总不能把人家撵走吧！"

泰奥多尔虽然不习惯庇卡底方言，但他觉得这伙计透着奸猾，说话放肆。马蹄铁匠倒像个帝国士兵，他的伙计可能是拥护国王的，看上去他怎么也要留下火枪手住下。不管怎么说，泰坦巨神低声抱怨，骂骂咧咧的，也听不懂骂的什么话，泰奥多尔只听懂几个德文词。马蹄铁匠自己把特里克和蒙科尔的马拴在一根桩木上，又打发断鼻梁伙计去马厩取些燕麦——这么说他家还有个马厩？伙计走后，他解释说谷仓里有一匹马，水嘛，铺子里有……趁吃晚饭这段时间，他们的牲口可以歇一歇。马蹄铁匠打算让两位先生看看家里确实住不下了。喂，菲尔曼，还不赶紧？他们把饲料袋系在马嘴下，马蹄铁匠在菲尔曼肩上推了一把，既像表示友好，也可以是惩罚。小伙计嘿嘿几声傻笑。"火神"解下皮围裙，露出毛茸茸的肌肉发达的胳膊，抓起一块布巾揩了揩，从钉子上取下衬衣穿上，再把搭在胳膊上的外套罩在外面。随后四人不约而同朝住宅走去。啊，雨停了。客厅低矮，亮着灯光，围着一张桌子坐着三个人，似乎在等他们，桌子两头各有一截蜡烛，但没有烛台，靠烧熔的蜡立在桌上，炉膛里木柴和泥煤烧得正旺，炉上坐着锅。空气中弥漫着烟味。

见到军人，一个头发蓬乱的年轻人霍地站了起来。仿佛是做好准备，以

---

① 希腊神话中的巨神族。
② 多那太罗（1386—1466），意大利文艺复兴初期雕塑家。

防万一，或者是出于对军人的尊敬。他们进来的时候，他正俯身对着那只摇篮，摇篮里睡着一个大约两岁的男孩，年轻人的手放在摇篮边沿；离开像是年轻母亲的手不远。这位年轻母亲坐在桌子后面的长凳上，轻轻摇着高高的吊篮。到了这里，马蹄铁匠比在铺子里更像"火神"，他以主人的姿态，伸出大手顺便在少妇的颈背上掐了一把，泰奥多尔看见烛光在年轻人脸上跳动，恰似一脸不悦。少妇身穿白色紧身短上衣，烛光把她的脸颊染成金黄，秀发从无边软帽下泻出：她还是一个少女，身体因第一次生育而刚刚发育充分，只见她顺从地耸耸肩膀，但她的目光透着不安，仿佛在请求站在一旁的小伙子原谅这种夫妻间的过分随便。泰奥多尔一下子发现了这一点，顿时明白过来，就像某人从外面进来，事情一目了然。他转过身子，注视着蹲在炉灶边上的女佣，炉灶硕大，却配了一个不成比例的通风罩。女佣拿长勺搅动炖锅里的浓汤，不时停下来往炉膛里扔一块泥炭砖。浓雾弥漫，屋里的人都已习惯，似乎并不觉得有什么不适，少妇只留意或者说似乎只留意脚边装着各色毛线的针线筐，小伙子眼里只有少妇，女佣的眼睛则盯着炉火。泰奥多尔目随瘸腿火神来到客厅深处，从一件铜器、一件釉陶器、一张脸、一个动作的反光中，猜度着整个深藏的画面、封存的历史、潜在的悲剧：可言说的、讳莫如深的，啊，这一切有谁能画出来呢？法国再也找不到勒南①那样的画家了，而罗马大奖②的得主，所有的人，从火神铁匠开始，都可能将这场面归结为田园牧歌、古代戏剧，归结为大卫画风。然而，这个或许是不忠的妻子，不是维纳斯③，甚至不是佛兰德的女神，不是鲁本斯④画中人物，总之，不是某种被认为可以充当绘画题材的东西……再说，在这里，这种无意中听到的情侣对话，对泰奥多尔这位画家来说，也不可能成为绘画的主题，描绘的对象；不，他要画的是沉沉黑夜，是从这里或那里伸出来的一只手，是面颊的一角、斟满啤酒的杯子、一个餐碟，更确切地说，是它们中每样东西对其所依存的一切事物的暗示：一个人、另一个人、摆满食物的桌子、餐具柜、长凳……还有那边，客厅深处，木楼梯的起步，以及天花板下粗大阴暗的木梁。

　　"火神"在向先生们解释，他们也都看见了，他、他的妻子、女仆、菲尔曼、这个来自阿布维尔的青年，他们的表兄……还有这位刚从巴黎来的先生，

① 指 17 世纪法国著名画家勒南三兄弟，作品常表现贫苦的农民生活。
② 罗马大奖，指法王路易十四于 1663 年设立的艺术奖，资助有才华的艺术家。
③ 此处指勒南三兄弟的作品《火神铁匠铺里的维纳斯》。
④ 鲁本斯（1577—1640），佛兰德尔画家，以创作神话、历史、宗教、肖像、风景和风俗画著称。

为开罗大街的一位商人收购针织品……泰奥多尔刚才只是瞥了他一眼，现在又把他仔细打量了一番，老先生面向炉灶坐在长凳末端，头顶全秃了，周围的头发垂落在丝绒领上。蒙科尔重复伙计的建议，"火神"耸了耸肩，年轻男子和少妇显然也不同意，这时秃顶先生没有离开他的位子，提高了嗓门，泰奥多尔大感意外，在一片庇卡底方言嗓音中，竟然冒出南方语言的轻快旋律，仿佛听到了他那年迈老师卡尔勒·韦尔内①的普罗旺斯回声。

"当然，"老先生说，"当然，我们不会把国王卫队的两位军官赶走的，天下着雨，何况两位还没有吃点东西！是不是，索菲？"

说话的语气有点重，近乎下达命令。三个男人交换商榷的目光：年轻男子显然不同意，可是，面对客人的坚持，主人家做了一个手势，意思是说，想必您有您的道理……索菲接上话头："那我尽量安排……但两位先生应该理解，用我们这里的话说，有啥吃啥！"年轻男人脸露不快，绕桌子转悠，背朝火炉坐下，拿起一大杯金黄色啤酒一饮而尽。

索菲叫女佣帮两位先生卸下行装，因为他们还带着从马鞍上取下的行囊、马刀和火枪。在他们解下淋湿的斗篷、无袖上衣和胸甲的当儿，米勒尔走近老人，老人低声对他和年轻人说："瞧，千万不可出事，这两个火枪手累得要死，马上就会乖乖入睡，不碍事的，如果不让他们住下，这幢房子就有可能引人注意，而行动一旦受到监视，过一会儿怎么出去呢？"

贝尔纳瞧着两位不速之客的红上衣，瞧着这些逃亡者炫耀军装的神色，心中充满了厌恶和恼怒……哼，还得跟他们同桌用餐……蒙科尔的马刀哐当一声掉到地上，把摇篮里的孩子惊醒了。马蹄铁匠捡起马刀，拔刀出鞘端详。"啊，"他说，"时代真是变了……你们使的是什么武器，先生们？我打造各种各样的刀剑，猎骑兵的、掷弹兵的、炮兵的、龙骑兵的、轻骑兵的……倒还没有见过这玩意……"他一脸不屑，把马刀和刀鞘扔在一只箱子上。

这时儒贝尔先生以极其自然的口吻道："您看不出来，这两位先生是火枪手，他们只用火枪？"

"我们那个时候，"马蹄铁匠说，"既没有火枪，也没有火枪手。在克林根塔尔，我们自己锻造兵器，用来守卫边疆……"

假如只有蒙科尔在场，事情就会闹大，非吵起来不可。幸好泰奥多尔坐在

---

① 卡尔勒·韦尔内（1758—1836），法国最早的石版画家之一，泰奥多尔·泰奥多尔的老师。

女主人边上，只见他微微欠了欠身，对替他斟啤酒的人表示感谢，又故意询问马蹄铁匠，骑兵用的刀剑有哪些差别。此时，女佣端上浓汤，大家喝起汤来，主人背朝炉火，火光显现出他那高大的身影，他像是背水一战，详细讲述骑兵刀剑的锻造技术，从拿到锻工按尺寸拉制的条形坯体，直到刀身淬火和开刃：如何用型钢煅烧成条形坯体，也就是刀身，而用型钢制成的柄舌，用V字体固定于刀柄内；如何给条形坯体倒角，又如何焊接条形坯体和V字体，如何通过拉制V字体来制作柄舌，如何在刀身基部制作凸肩，如此等等。听得泰奥多尔一头雾水，想了半天才明白，原来马蹄铁匠说的"预热"，就是热处理，相当于刚才讲的那两三次操作，而等讲完第二次热处理时，猪血香肠上了餐桌。

猪血香肠的确好吃，尤其是在雨里骑行了一天后吃起来格外香，可是，不论是蒙科尔还是泰奥多尔都难下咽。这种香肠，我们的庇卡底人吃惯了，连范罗贝工厂的"少年维特"也不例外，爱情并没有降低他的食欲。泰奥多尔无意中遇上儒贝尔老先生投向这顿丰盛晚餐的喜悦目光，瞬间，他们之间达成了巴黎人特有的默契。这时米勒尔照例讲到刀身中线两边的材质、分类，手里挥舞着尖头锤和他认为大家都熟悉的工具，还比画着解释怎样使凹面成型……又讲到开刃和制作弓形……嗳，这就是不同武器的差别所在，因为龙骑兵的马刀，或者短来复枪骑兵的马刀是不弯的，这和猎骑兵，尤其是轻骑兵不同，他们使用的马刀是各类军刀中弯度最大的。

蓦地，泰奥多尔发现马蹄铁匠决非话痨，而是狡猾，处境艰难却假装若无其事。断鼻梁伙计在一旁窃笑，这更坚定了他的想法。开罗大街的儒贝尔先生也假模假式提些问题，比如："切削棱角用的冲压模叫什么？"或者，"锻制柄舌需要加热到白热状态多少次？"老先生像个串通好的托儿，有意引导对方回答，让米勒尔讲得更加起劲。蒙科尔瞪大了眼睛，可能是为了不让自己睡着吧，而泰奥多尔却假装对别的事情感兴趣，心里则想，他们是把他当傻瓜还是想对他隐瞒什么。

他留意断鼻梁多那太罗的一举一动，突然悟到了可能的谜底。这个菲尔曼只是假装对骑兵马刀的弯度感兴趣，其实眼睛却窥看别处。他的目光偷偷地从女主人身上移向那个叫贝尔纳的青年，用不着多在行便能看出这种暗中监视的动机。伙计没有想到火枪手会如此容易就识破他的意图，当两个情人天真地相顾而笑时，他的两眼竟闪出一道满含杀机的凶光。泰奥多尔心头一惊，竟至没有听清楚只在第二猎骑兵团使用的所谓蒙莫朗西马刀。至少1792

年前后还在使用。就这样,正当善与恶、生活的意义、祖国的性质等等价值受到怀疑之时,法兰西的命运同国王的骑兵一起面临转折的关头,在这里,在庇卡底的一座小镇,在这幢房子里,正继续一场名符其实的悲剧,一场交织着青春和嫉妒的悲剧,而这场悲剧与时局绝无关系。在这场悲剧中,马蹄铁匠、他的妻子、贝尔纳和菲尔曼各据一方,可这位具有长者风度的旅客,衣领油腻,头发灰白,他究竟是个什么角色呢?毫无疑问,主人的滔滔不绝,实是一种伪装,是在掩盖一场即将爆发的危机,而这场危机正在每个参与者的脑海里酝酿。奶酪很一般,面包倒是新鲜的。主人为此中断了演说,提醒妻子说这简直是乱花钱,新鲜面包吃起来要比吃干面包多!听了这话,贝尔纳眨了眨眼睛,背书似的朗诵道:一个年轻娘们,烧受潮的木柴,吃新鲜的面包,把家败得精光。众人听罢大笑。这多半是个古老的笑话,泰奥多尔想必错把米勒尔当成吝啬鬼了。

女佣收拾好了房间,就是菲尔曼隔壁那间大屋子,贝尔纳先生就住伙计的房间。蒙科尔被领到那间大屋,也不顾什么脸面,求泰奥多尔照料下他的马。米勒尔请小个子中尉放心,保证他高枕无忧,至于马,回头就牵到马厩,他亲自办这事,他喜欢马,而菲尔曼则去店铺拨旺火炉。见泰奥多尔跟着他,断鼻梁生硬地说那儿用不着他,他可以待在厅里,或者去睡觉。但泰奥多尔没有在意他的话,至少表面上是这样:他完全明白,如果待在那位太太和她的情人边上,就能平息伙计的这种妒火,但他对此不以为然,因为他天性赞同两情相悦的爱情。

特里克轻声嘶鸣,迎接自己的主人,只见它迎上前去,转动黑色的嘴巴,像个害病的孩子,目光聪慧而又不安。主人用手抚摸它的颈背。刚才他已卸下马的全副装备;铁匠铺里挺暖和,特里克腿上黑斑点点,栗、灰、白三色相间的皮毛已干,泛着光亮。菲尔曼拉着风箱,一边朝火枪手嚷嚷,也许……可他讲的是庇卡底方言,风箱又呼哧呼哧地响,火枪手听不明白。他把手放在耳朵后面,而伙计仰起断鼻梁,一脸狡黠,他尽力解释,就像当地百姓对外乡人说话那样扯大嗓门慢慢说道:把那个贝尔纳叫过来帮忙。这时他们背后有个声音怒吼,原来主人家正从马厩回来:"坏东西,就不能让贝尔纳消停些!他在乡下奔波了三天……中尉应该也能帮忙按住他那匹马的蹄子吧?"后面这句话是说给泰奥多尔中尉听的,中尉同意了。米勒尔已经甩掉外套,脱去衬衣,泰奥多尔看着赞叹不已，好一个模特儿！比卡达莫尔健美多了。马蹄铁匠弯身弓背，把脑袋伸进皮围裙的吊带，借着炉火跳跃造成的明暗，可以看到他两肋肌肉壮如锯齿，凹凸分明，犹如爪状根块一般。马蹄铁匠宽阔的背脊宛如一棵大树，相形之下，那个拉着风箱跷板链的伙计却像个侏儒，虽然他的个子不算矮。特里克神情忧郁，把头靠在主人肩上。

伙计大汗淋漓，为了尽快烧红搁在小水槽上方木炭上的铁块，师傅接过一条跷动链，加速鼓风。为了不让木炭太快燃尽，菲尔曼不时用洒水勺从煅炉旁的大石槽里取水浇在木炭上，米勒尔则用右手拿一把有窟窿的铲子托起木炭，让水淌进小水槽，左手继续拉着当地人说的"奶牛"，也就是风箱，风箱的平衡锤一上一下，发出哼哧哼哧的声音。

泰奥多尔注视着该场景的每一个细节，似乎要把这一切铭刻在记忆里：支在铁脚上的加高的炉膛、通风罩、炉火、烧红的铁块、往复运行的风箱和两个人，以及炉壁边上伸手可及的各种工具，洒水勺、煤铲，还有炉钩，那是米勒尔待菲尔曼洒水后用来拨火的。特里克站在主人旁边，悄然无声。它知道这一切同它有关吗？知道，肯定知道。

现在，马蹄铁匠右手拿着铁锤，左手用大锤子夹住烧红的铁块，顺势一挪，把这轮黑夜中的红日夹到了铁砧上，伙计操起一把长锤敲打起来。师傅的小锤和伙计的长锤轮番落下，叮叮当当响彻店铺……泰奥多尔看得很仔细，什么都不放过，他为打击的声响和力量所攫，他看着铁块快扁了，成型了，他细细观察人类战胜白炽金属的每一个细节，这过程既缓慢又迅速，两柄铁锤轮流锤打，坯体开始弯曲，形状逐渐显现。突然，伙计的长锤移开了，马蹄铁匠独自用钳子夹住锻体在铁砧上翻动，把它锤打成圆形，动作连贯准确，两臂动作精准自如，不出丝毫差错，粗大的左手紧握铁钳，仿佛随时体现他的决心，右手握锤击打铁砧的尖角；蹄铁变圆，内侧形成凸缘，就像一块肌肉，外侧边缘每次受到锤打，肌肉都会疼痛肿胀。"火神"连续锤打不甘屈服的锻体，然后放下钳子，拿起小切锤切去多余的边料，他把切削锤平平稳稳放在要切削的坯体上，左手稳住锤背，右手毫不耽搁，举锤击打，蹄铁边切齐了……伙计递过冲孔器给蹄铁打孔，切削锤滚落地上。钉孔共八个，蹄铁尖端两侧，左右各击四锤，形成孔眼，从而腾出蹄铁前端圆弧。但此时还只是一个个小坑，把蹄铁翻过来，可看到八个小凸起，再用冲孔器捶击八下，从反面穿孔……"我把钉孔打得比较小……"米勒尔对顾客大声道，后者似乎明白为什么。泰奥多尔只知道靠近蹄铁内侧边缘的钉孔要大些，外侧的要小些，刚才他看见马蹄铁匠仔细看过特里克的蹄子了。

铁匠铺又安静下来。米勒尔把两只皮口袋系在腰里，皮口袋里装了四五件小工具：一把小铁锤、几把短钳、一样怪里怪气的东西、一些钉子、一把粗齿锉……泰奥多尔没法什么都看清楚：出人意料的是，他选用这几样工具，几乎不假思索，动作一气呵成，分秒必争，必须趁热加工。现在该他出手了。他牵来特里克，抬起它的后蹄……

"不是这样！"马蹄铁匠不耐烦地喝道。断鼻梁菲尔曼那张嘴嘟嘟囔囔，说什么本该把那个贝尔纳叫来……不过，他还是走到泰奥多尔跟前，把马蹄搁在他手里："喏，这样拿，马肢的球节和腿靠紧您的大腿，一只胳膊压住马的膝弯……"泰奥多尔懂了，但靠的是菲尔曼的示范动作，而不是他那该死的庇卡底方言，说什么都塞在鼻孔里。

米勒尔清除掉蹄上的泥土，泰奥多尔看到裸露的蹄底，心里很不好受，仿佛那是他自己身上的肉，而当米勒尔用修整刀修剪角质和蹄叉处理掌面时，颤抖的不是特里克而是他自己。"好了，可以装啦！"马蹄铁匠说，接过菲尔曼递上的蹄铁，试了试。"行，还不赖……您得摁住哦，我的中尉？"

忽然，泰奥多尔感到，在干活过程中，他和这个阴沉巨人的关系变了，他不再是刚才接待他时的那个家伙，充满敌意，心怀鬼胎，其实他只是冷淡罢了。米勒尔从左边皮口袋取出锤子，啪啪两下，把两枚细长的大头钉子一左一右钉入紧挨脚跟的角质，此时他甚至向这个临时拉来的马夫投以同谋的目光，说："放下，我的好中尉，放下吧……看看位置正不正！"

泰奥多尔轻轻放下马脚，马蹄一着地，米勒尔就低下头，来回细看新钉的马掌，那样子就像裁缝给人试衣服。真是无可挑剔，每次都适合……泰奥多尔又得抬马脚了，他想起伙计的忠告，把马肢的球节和腿紧靠自己的大腿，一条胳膊压住膝弯……米勒尔右手握铁锤，左手一枚一枚从皮口袋里摸出掌钉，不用右手帮忙，把钉子在菲尔曼端来的油脂中浸一浸，把它们直直地插入钉孔，仍用左手稳住，拿锤子轻轻敲打，把钉子缓缓钉入马掌，等钉子穿过角质层，再果断大胆地猛击一锤，啊，钉尖穿过马蹄，伸出蹄甲，即用锤子把突出的钉尖向下弯折，八枚钉子各就各位，铁锤就落进了他的右侧皮口袋，米勒尔自言自语说："铁钳……"说着便从左侧皮口袋里取出泰奥多尔刚才见他放进去的几把短小钳子，把八枚钉子的尖头夹断。

　　泰奥多尔从马蹄铁匠脸上的表情，看出一道道工序的复杂程度，铁匠脸部肌肉的收缩，既表露了他的思想活动，又显示了他的肌体的专注。此时，马蹄铁匠取出一把有凸边的削蹄刀，又拿起小铁锤敲击刀背，节奏短促地削去蹄铁周围露出的蹄甲边屑……掌钉尖头处裂开的蹄甲毛刺……转眼间他仿佛成了一名首饰雕镂匠……他左手用短钳顶住蹄底铁钉的圆头，用铁锤将钉穿的掌钉敲弯……

　　这时，特里克晃动了一下，泰奥多尔把马脚夹得更紧，喃喃地说："好了，好了……你受苦了，我的特里克，你受苦了。""把马脚放下！"米勒尔说，拿起粗齿锉，看了看蹄铁，开始锉蹄甲上的铆钉。

　　沉默片刻，马蹄铁匠开始向他交代几句。通常马在打掌的第二天是不应该奔跑的，可是没办法，中尉明天就要骑……假如马瘸了，您不用担心。没有别的原因。钉了马掌，第一天总是这样，这是马的主意：它们假装……对，它们装出来的。第二天就会好的。不过，最好不要让马劳累过度。您要骑它去哪儿，阿布维尔还是亚眠？要是去阿布维尔，那还可以……那条路不太硬……也不太松软，因为钉掌后第一天，走路陷深了，容易疲劳。

　　泰奥多尔看着伙计收拾工具：短钳、小锤、修整刀、没用过的钉子、大铁锤、削蹄刀……都收好了。中尉看着他来回忙，先把炉膛里的炭火拨开，又扫清角质边屑和蹄铁碎料，默默无语，犹如一架没有思想的机器。菲尔曼替师傅取下衣服，一转身的当儿，泰奥多尔瞥见伙计那张被炉火映红的脸上印着激情的折磨，这张断了鼻梁的脸孔都走了样，变得庄严起来。"对，对！"画家想，"正是这样子，要捕捉的正是现在这个形象！"接着，他陷入沉思，一个十九岁的奥赛罗①，简直非同一般。

　　泰奥多尔怎么也睡不着。这倒不是因为铺在地上的草褥太硬，一块木板对他已经足够。离开店铺上了顶楼，他发现小蒙科尔的鼻子紧贴着一个长枕，他进房间时，床上的蒙科尔甚至没有动一下。泰奥多尔没有把衣服全脱掉，脚上留着靴子，马刀放在伸手可及的地方。这座房子里有一种说不清楚的令人不安的气氛，让人越来越感到不自在，因为白天也没有察看周围的环境，不了解房屋内部的布局，不知道下面楼层的情况，等等。而且，从一扇朝天的老虎窗，

---

① 莎士比亚的五幕悲剧，最早于1604年上演。摩尔人统帅奥赛罗误中了伊阿古奸计，以为妻子苔丝狄蒙娜不贞，将其杀死。在证实妻子清白后，自刎而死。

可以感觉到远方的月光，因为这月光没有照亮这幢宅子，而是照着远处，照着一排排屋顶，照亮了山谷。

此刻，在泰奥多尔的脑海里，索菲的形象同博韦那个给他送饭的女孩混淆在一起：无边软帽下，同样是金发环绕，脸上同样透着胆怯和天真，或许索菲的胸脯更丰满些。他尽量不往下多想。一个妙龄女子身上总有一种娇柔之态，这是对男性力量的诱惑，让男人顿时想用自己的手臂搂住那柔软的身躯……他竭力不去多想，何况另一个回忆浮上脑际，同这两个浅色皮肤的姑娘相混；那个倩影更活泼，更倔强，但她们都是一样的洒脱率性，而泰奥多尔仿佛又看见了殉难者街的门廊、门廊周围的一群孩子、交给看门人照料的特里克、一个意识到被人抱着并在其怀里依偎片刻的身体，那个过早清醒的卡罗利娜。他竭力辨别这三个形象，他带着某种负罪感将她们三人混在一起，一会儿又将她们彼此分开，犹如拨开树枝寻找一张脸孔，找回的却是另外一张，他体会到了对卡罗利娜的这种背叛，心里感到有一种超乎自己所能的快感，流连忘返，摆弄一个扣带，轻轻抚摸一条手臂，突然他绝望地陷入一种被人遗忘的境地，留下他孤独一人，她不见了，卡罗利娜不见了……唯有臆想中的金黄色干草在夜空中飘浮。

房子里有声响。这声响轻微，被压低了，又很短促。但这足以使这个容易警觉的年轻人保持戒备，准备应对害他休息不成的解释。从哪儿传来的这一声轻咳？不，还算不上是咳嗽，而是清嗓子时呼出的气息。这时又传来咔吱的声响，像是这寂静中的一点奇怪的光亮。很远的地方，透过窗户，传来了一两声压低的嗓音，这更让人感到黑夜的荒芜。沉寂在延续，但随时会被打破，这时泰奥多尔身子动了一下，弄皱了草褥，一个声音重新响起，他顿时不动……徒然合上的眼睛又瞪大了，注视着黑暗。

马蹄铁匠和晚餐时的一幕幕场景又浮现在无眠人眼前。这些场景很模糊。它们依次闪过，最后又回到头一幕。醒着的睡者并不特别在意这个或那个情节，他几乎只留意光线的安排、阴影和脸部的对比。这并非因为泰奥多尔想重建这些场景，再现各种态度的含义、个性特征……最让他牵挂的并非像他开始时坚信的那样，是画面的某种气氛，他当时那样想也许是为了骗骗自己，为了掩盖他的思路。他最牵挂的是目光的交换，更确切地说，是这个或那个人物的目光的压力。那位身份不明的老者，那个醋意十足的年轻伙计，还有……然而，所有这一切都聚向在黑夜深处移动的那一抹温柔的白色。他没法不让自己想象：索菲取下软帽，脱掉白色紧身上衣……那只乳房在喂养了她同这个长着浅褐色头发的男子生的孩子后依然丰满；他无法不去想象此时他们俩待在一起，待在下面不知哪个房间里，或许黑暗中那隐隐的喘息就是从那儿传出来的……肌肤的那种雪白、对男人的那种顺从、绝不想被拒绝的本能举止，啊，女人。泰奥多尔一下子以惊人的准确回想起涌上心头的历历往事，他生平第一次看着一个女人委身于他，向他展露女人所有，向他敞开整个身心……他激情满怀地倾听那寂静，他听见自己的心在怦怦跳动，他多么想把"火神"的巨大身影推到一边，泰奥多尔想象这个无法回避的"火神"，他那粗重的喘息，压在雪白胴体上的重负。蓦地，教堂的钟声犹如清脆响亮的歌声，像鸟儿飞过，从天窗飘了进来……钟声响了几下？泰奥多尔一开始没有数，十一下，或者十二下吧，好了，该睡了。能睡着就好了。泰奥多尔翻了个身，伸了个懒腰。他自信能做很多事情，就是无法让自己入睡。如果他起来，去窗口抽抽烟斗，看看远处月夜的景色……我可不知道。

　　这回是什么声音？声音没有持续，但很真切，你无法排除，无法否认。而且这声音还在重复。它是从哪儿传来的？来自楼梯平台，还是楼梯？泰奥多尔转过身，不容怀疑，房门下齐楼板的地方确有一线光亮。毫无疑问，门后有人，屏住了呼吸，楼板被踩得微微颤动。泰奥多尔在黑暗中摸索寻找：马刀找不到了，马刀，啊，找到了……他反应快，缩回手，装睡，因为他看到房门正慢慢地，慢慢地……启开的门缝里，亮光从楼板上升，沿着一个人的身体升到一只拿着烛台的手的下方。透过睫毛他认出来人是贝尔纳。后者衣着整齐。烛光从下方照着他的脸庞，脸的轮廓完全变了样，嘴唇肥厚，头发蓬乱……要捕捉这颠倒的脸部表情确实很难，但有一样东西赫然在目，那是他右手拿着的马鞍手枪。泰奥多尔蜷缩在地板上，一动不动。随时准备跳将起来，请设想一下当时的场景，他的处境十分不利，他能够做的就是突然张开双臂，抱住来人的双脚，除此还能怎样？此时烛光照亮了对方脸上的微笑，这微笑加重了他眼睛下面的阴影，而房门跟开启时一样，慢慢地合上，擅入者只剩一个模糊的轮廓，越来越小，变成一个新月形的人影。黑暗弥漫，门关上了，亮光只照着地面，减弱，熄灭……脚步声远。声音渐渐消失，看来是下楼了，一个台阶……停住了。他大概吹灭了蜡烛。接着，楼梯木板被一个声音压弯了，这声音多半是猜到的，而不是听到的……黑暗中，手重新拿住马刀，抚摸它，出鞘的刀寒气逼人。

　　我不敢肯定楼下有人在窃窃私语。这声音不再来自咔吱作响的物体，不再来自碰触的东西，那还有别的什么解释呢？对，是有一个回答，比问话更清晰。假设这是有问有答，那究竟出了什么事？他要去哪儿，这个贝尔纳？手里还有枪？自己有事，还是要去杀人？可这又是与谁低声交谈？与女仆还是老头？……现在耳朵能听到难以觉察的声音。我保证，他们下楼了，去杀害那个断了鼻梁的小伙子？有关悲剧的种种说法可以调换，就像纸牌的各种组合。如果这是针对那位丈夫的大阴谋呢？"火神"在睡梦中遭到袭击……可我敢说，他们出去了，刚才大门还吱嘎吱嘎响过。泰奥多尔手握马刀站起身来，走到天窗下，奋力爬出。窗外，万籁俱寂，月光如水，天空唯见墨黑和银白色云朵飘浮，屋檐挡住视线，看不见街上的情形。脚步声远去，一缕缕白色蓝色的月光把陌生的景色、附近的田野、山丘隔开。猛地，泰奥多尔觉得身后有人，虽然他什么也没看见，什么也没听到，可他感到受人袭击的危险，倏地转身，半举马刀。"嘘！"一个声音说，一只手抓住他的手腕。

　　他没有再搏斗下去，他认出来人正是菲尔曼。菲尔曼凑上前来，用难懂的方言说话，泰奥多尔把他推开："你想干什么，小子？"黑发棕肤的伙计竖起一个手指放在嘴前，拉着他的袖口就往外走，来到楼梯平台，地上放着一支蜡烛，人在阁楼是看不到烛光的。对话十分吃力，说话声音太低，小伙计一直在用手示意：小声点，再小声点！伙计操的是土话，"思""希"不分，鼻音又重，泰奥多尔听得一头雾水，不知所云。不过有一点是清楚的：伙计不愿意吵醒蒙科尔，让他知道秘密，他叫中尉穿好衣服，带上武器跟他走……怎么，还要带武器？带上火枪下楼！有马刀就够了。不过，到底是怎么回事？伙计对他摆摆手，声音压得更低，"嘘！"泰奥多尔费了九牛二虎之力才从他叽里咕噜一堆话中听出"国王"这个字眼……嘿！什么？国王？国王跟这事有什么相干？

　　菲尔曼想让他看些什么，看看这个贝尔纳，但这个名字从他嘴里说出来，即使声音很低，怎么也能听出其中蕴含的嫉恨……什么，贝尔纳？还有从巴黎来的那位先生……噢，明白了！伙计想领他去跟踪刚才出门的两个人，让他看看他们在搞什么名堂……就这个时候？这一切都是为了国王，小子？你当我是傻瓜？国王，你不是开玩笑吧，你这些谎话骗得了谁？泰奥多尔抓住菲尔曼的手腕，菲尔曼"嘘"声连连，竭力表示自己诚实可信，说的话似乎都是从他那尊断了鼻梁的歪鼻子里挤出来的。

　　"你在耍花招，别以为我看不出来，"泰奥多尔凑近他的耳朵说，"你在饭桌上看女主人的那副样子，我都看见了！嫉妒了吧，嗯？用不着把国王搬出来……"

火枪手拿起蜡烛，高高举起，想看清楚撒谎者的脸。伙计痛苦万状，为情念所折磨，可能还害怕，害怕火枪手，更确切地说，怕吵醒楼下的主人和主妇，这一切都在脸上，一目了然，即使烛光昏暗……菲尔曼停止了无谓的辩解，他明白过来，要让军官下楼跟他走，"为了国王"不是一个充分的理由，于是他只好妥协，放弃了原来的念头：是的，就因为他跟那个贝尔纳，想出卖他，才请军官先生随他走一趟……"我干吗要去侦查那个小伙子的行踪？这不是我干的活！"伙计的脸上顿时露出失望和愤怒的神情，他紧紧握住军官的衣袖，说来也怪，火枪手一下子被这张丑陋的脸争取了过去，被它打动了。他想："我说什么来着？奥赛罗！不，是伊阿古①，他就是伊阿古……"

他跟着"伊阿古"，小心翼翼地下楼，这楼梯只有伙计最熟悉，走过二楼平台时，他用手挡着烛光，从那儿走过一条走廊才能找到通往底层的梯子。此前在炉灶的火光中看到的就是这些台阶。炉灶里余火未熄，但大厅里到处都是碍手绊脚的东西，一不小心就碰出声响来。"你找不到他们的，他们早走远了……"中尉低声说。"他们跑不了……我知道他们在哪里！"菲尔曼回答。

外边的空气让泰奥多尔感到意外。天气几近温煦，这使人感觉到周围有着各式各样神秘而不可见的东西。他们俩隐没在冈峦的黑影中，远处是月牙形山谷，土地潮湿，眼前是一座座茅草顶或石板瓦砖房，房前挖有粪水坑，泰奥多尔紧跟着这个机敏的、在黑夜里眼亮如猫的向导。突然，菲尔曼碰了碰他的胳膊，也不用开口，因为他们听到了脚步声，有人朝他们走来，他们急忙躲进一座房屋的阴影，藏在一个角落里。小街上出现了一支巡逻队，走在前面的是一个手持拳形火炬的火枪手。泰奥多尔干吗要躲避自己人？伙计预感到会发生什么，抢先抓住他的胳膊不放。巡逻队士兵边走边聊。其中一个人道："他们说快死之人的那些事，你信吗？""为什么不信呢？"另一个人回答，"还有人会死的，因为国王跑了，我们跟着跑了，但这不是理由……""你认为他们这些人会去找本堂神父吗，像这样，就去两个人，那么晚了？"另一个人的答话听不见了，巡逻队走远，黑暗恢复。菲尔曼一声不吭，继续赶路，他们在房舍间穿行，脚下是一条斜向的坡路，坡路的高处，有一座教堂，塔楼的轮廓隐约可

---

① 莎士比亚悲剧《奥赛罗》中的旗官，阴谋家。

见。起初他们隐没在房屋的阴影里，走在砖砌的路上，后来便同左边的屋脊并行了，右边则是一堵高耸的巨大石墙。泰奥多尔没有再提什么问题。他们俩来到了村庄的高处，脚下是一排排屋脊。突然，月亮与他们照面，将他们照亮，左侧，月光泻满屋舍后面小院里的水井。这里没有人看见他们。他们已抵达教堂脚下，右侧老墙之间形成一条梯道，好似一座楼梯，他们登上梯道……听晨经还太早……教堂坐落在高地之顶，看去像是出了本乡地界，拾级而上，越过一个又一个平台才到那里，而在这个时候潜入教堂，不啻一种罪过。这是一座灰色的高大建筑，同一般的教堂毫无共同之处，它倒像一座苍白色城堡，一张通向月宫的雅各之梯①。教堂看样子随时会砸落在你身上。他们从教堂前经过，又上了几级石阶，菲尔曼推开一扇小门，进入一座公墓。

　　伙计熟悉墓地里的小径，在盖墓石板和栅栏间穿行，朝墓地深处走去。在他们头上，乱云飞渡，月亮隐退了，只有低处山谷里散落着斑斑点点的亮光。墓地后面有一大片白色，令人不解，看上去像是一个悬垂的庞然大物。月亮钻出云层，让泰奥多尔看见了一座古要塞的废墟。伙计把他拉向右边沿墙前行，他们贴着墙往前走，像是躲着后面什么人似的。菲尔曼示意他多加小心。他们绕过一个圆亭似的建筑，靠边一直走到一个断墙处，地上到处是塌落的石块。菲尔曼收住脚步，走到前面，转身把手伸给火枪手。突然，一块碎石从伙计脚下滚落，泰奥多尔感觉到他的向导害怕了。究竟是什么事，这样神秘？他们费了些劲才从那儿钻了过去，翻过墙头，这样做怕是为了不走人们惯常走的路径，菲尔曼小声告诉他，那条路径在下面，要从教堂右边一片大树下过，一直延伸到俯瞰古堡的小树林。现在他们钻进了盘绕交错的枝杈和藤蔓间，避开了变幻无常的月亮和云朵，周围这片矮树林，蹊径不长，却纵横交错，有时意外分叉，就像走在一座人工设置了许多急转弯的公园。二人脚下小心，不要踩得枝条发出格格声响，枝条下的地面似乎爬满了蔓生的常青藤……眼前的一切都在渐渐爬高，树木也升高了。这是些什么树？有橡树，可不是小榆林，还有山茱萸树，树枝很像扫帚柄，还留着寒冬黑色的裂纹。这些树木或许是人工栽种的，后来变成野生，树身上缠裹的攀援植物已有新叶冒尖，长出了嫩芽，这是榛树还是别的什么树？泰奥多尔认识这些灰色的幼芽，它们开花早，开的是黄花，这叫什么来着？所有这一切，揣测、摸索、触觉到的一切，这潮湿

_____
① 指犹太人祖先雅各梦见的一张天使用的梯子。

的气味……又是一片灌木丛，落满了干枯易碎的树叶，一听到窸窣声，手赶紧缩回，这一切到底意味着什么？他们面前的小径，现在变直了，似乎都在向一个圆形空地汇合，高大的松树张牙舞爪，投下长长的侧影，一点暗淡的亮光闪烁其间。在菲尔曼身上，手比嘴更善于表达，他伸出手指：注意，我们到了，他们就在那儿，可不能让那些人听见我们在这里。接着他从斜里把嫌马刀碍事的火枪手拉到左边，他们走的是一条下坡路。停，走这儿……他们钻进矮树林，那里有一条部分被枝柯覆盖的古道。他们往下走了一段路，又返身折回，在树丛中上坡，来到那块空地的下边，而高处的松树下，似乎聚集了一些人，地上插着几支火把，火光中隐隐约约有人影晃动……他们俩悄悄爬上了一个黏土坡，已经靠得很近了，那些人的脚、靴子、大衣的下摆都能看见。菲尔曼紧贴着他带来的人，拉他停下，踮起脚把嘴凑到火枪手耳边低语几句。泰奥多尔感觉到了他那没有刮干净的脸颊、他的气息。他说，至少是火枪手猜出他的意思：现在得让中尉独自待在这儿，而他，要是他们发现他在这儿……说完伙计悄无声响地往边上一跃，抽身钻进了矮树丛。火枪手本能地伸出胳膊想把他拦住，可这又有什么用呢？追不得，也喊不得：那群密谋分子——还会是谁呢？——近在咫尺，而告密者却溜了。为了看个明白，泰奥多尔尽量往前靠，只要有矮树林作掩护，只要他觉得自己不会被发现：就在那儿，在他前面，在他上方，就像从沟底往上看，看不分明，在奇幻光照里的圆形空地上，在歪斜的大树下，乍一看，至少有十二个人，已经在激烈争论，他们各持己见，互不相让，只见人影晃动，连说带比。有些人穿着考究，另一些人衣衫破旧……不可思议的一群……不会是强盗吧？泰奥多尔拨开树枝，才明白这个交叉路口连着五条林中小道，这些小道同他刚才走过的一样，从不规则的星形空地通向各处，那些人就是从各条小道来到这里，当然是分头赶来的，至于来自哪些组织，他很难辨别。

　　也许没有哪种思维活动，一开始就会像看戏迟到时那样茫然失措，比如看喜剧，错过了剧情的展开、人物之间的关系、故事发生的时间和地点，而这一切得由观众本人根据一句台词、一个姿态、一个对照，通过逆向推测来重建。不过，戏剧还好办，有套路可循，观众可借类推追溯来了解剧情。眼前的这出戏，泰奥多尔仿佛是在剧院的乐池里观看，没有任何路子可遵，他被带进了国王火枪手无从想象的世界，这个世界里的人物关系神秘莫测，他们说的每句话所蕴含的知识，无论在中学还是在画室，都无法获得。除此之外，景色神奇多变, 火光烟雾缭绕, 他自知身处险境, 担心被人发现, 无法就近看清他们的脸孔, 而他所处的位置造成一个奇特的视角, 眼前这些人的表情十分古怪, 使用的语汇陌生难懂, 但困难不只缘于庇卡底方言……

　　仔细数下来, 他们有十五个人, 似乎是从星形路口的几条岔道来到火光闪烁的路口中央, 一些人在火光中前行, 另一些人走在后面, 可能人数比头一眼看到的要多, 从枯枝折裂声和灌木窸窣声判断, 该有二十人吧, 谁说得准呢! 树木高大, 穿冠突兀, 脚下松针满地, 火光把人脸和看似灰色的叶簇照得虚幻迷离, 火把青烟升腾……一开始泰奥多尔很难理清这团乱麻, 很难弄明白这绝非对手邂逅要在此一比高低, 而是一次有组织的会议, 看来会议是经众人商定。由那个开罗大街的老头主持和协调, 或者是他自担这个角色; 而此时, 火光里, 老头的双下巴更加明显, 脸上也添了几分庄严, 只见他手里拿着帽子, 一根手指指向他邀请发言的人。有些话消失无痕, 有些话犹如风起阵阵。不难看出, 他们中有些人意见不合, 互不相让, 说着就冲动起来, 扑向对方, 边上的人赶紧劝开。这些人境遇和举止各异, 有的身穿阔气的大衣, 头戴城里人的帽子, 有的像是换了便服的军人, 有的好似商人或法律界人士; 另一些人衣着寒碜, 破衣烂衫, 穿什么的都有: 农民穿戴和工人打扮的混在一块, 有戴护耳鸭舌帽的, 有戴无样式毡帽的, 也有戴流苏便帽的, 各种各样的工作罩衫……最后还能看见灰浆斑斑的瓦工上衣, 旁边是印染工的皮围裙、牧羊人或马车夫的宽袖长褂; 有个看似打短工的, 只穿衬衣和坎肩, 脚上套一双木屐, 外套搭在手臂上不穿, 这个时候还怕穿坏了衣服。那些是什么人? 可能是织布工, 他们身材高矮不一, 年龄大小各异, 服饰破旧, 有人肩上披着一块羊毛织物当大衣, 其他人也是破衣烂衫, 跟农田里的稻草人并无两样……这时一个脚蹬长筒靴的大汉讲话了, 泰奥多尔听出他代表了船工, 那些驾着平底船往阿布维尔运送泥煤或用驳船在运河上运输砖石的水上工人, 他们失业好几个月了。谁能给他们温饱, 拿破仑还是胖路易? 这时, 一个矮小清瘦的先生出来说话了, 只见他身披斗篷, 上衣缀着襟饰, 头戴喇叭形高帽, 怒冲冲挥舞着胳膊嚷道: 哎呀, 怎么啦, 你就知道吃! 他不该插嘴, 儒贝尔先生不失礼貌地提醒他, 作为律师, 应该懂得不能随便打断别人说话……民众有权……那律师激动不已: "民众! 在阿拉斯, 民众就等着皇帝回来!" 船工当即用庇卡底话反唇相讥, 泰奥多尔没有听明白, 但已有好几个人纵声大笑, 一边直拍大腿。阿拉斯来的律师想必是听懂了的, 看他忿然作色的样子便能知道。突然另一边争论又起,讲话人声音低沉，且模糊不清，泰奥多尔听不见。

"得动动脑子，"在靠近火枪手的地方有人嚷嚷，背光里看不清此人的模样，"如果农民都去织布了，那你上哪儿找活干？"

显然，要维持讨论的秩序不容易。这时，儒贝尔先生请一位看不出年龄的人发言，此人骨瘦如柴，精力衰竭，就像他与之较量了一辈子的土地。他身上只剩皮包骨头，在全体与会者中间，穿得最寒酸的大概非他莫属了。

"国王也罢，拿破仑也罢，"他说，嗓音忧郁而嘶哑，"还不是在玩打屁股九柱戏①……"

贝尔纳想必认识他，他已站在说话人边上，当此人的话连阿拉斯人和贝蒂讷人都听不懂时，就帮忙为儒贝尔先生翻译成法语。说话人是逢蒂耶村的短工，穷困潦倒，四十三岁还……怎么，他才四十三岁？……还是个小伙子。他没有时间当织布工，也没有老婆孩子往麻纺厂送，可是，无论是拿破仑执政，还是国王当权，有一件事他很清楚：让你累死累活的是那些有土地的人。所以早在二十或二十三年前，那些可爱的先生，亚眠或阿拉斯的律师，跑来跟你说要把土地分给大家，他村里的农民就联合起来了。因为我们知道，一旦有了一小块土地，就得忙这忙那，万一病了呢？谁来买种子？久而久之，你就债台高筑，那些大户就让你替他们打工……土地应该公有，镇上的财产属于大家，谁都无法从你手里夺走。

阿拉斯的律师想解释说，这种观念落后了，大革命和帝国……对了！可此刻不该他发言。该发言的是个纺麻工，一个情绪激昂的高个子，说话总要重复每句话的结尾。他拥护拿破仑，但有一个条件，即民众可重组社团。若要同时听农民、织布工、泥瓦工、律师、驿站站长、短工的看法，那就永远不可能取得一致意见。不过，主要的问题是驱逐贵族，始终是驱逐贵族……"那是谁把他们召回国的？"一个愤怒的声音吼道，"除了你那个皇帝还能是谁？"纺麻工继续说他的，拿破仑回来了，我们只管看，说着用手指了指普瓦方向……贵族在大逃亡，民众呢，他们谁都不信，只相信自己，要像过去那样联合起来，组织社团，监督办事，大声疾呼，揭露时弊……大多数听众太年轻，不了解所谓民众社团是怎么回事，所以有人打断纺麻工的话，提了一些问题。这些社团派什么用？哪些人参加？纺麻工说起他镇上的社团，里面有木匠、治安官、短工、

① 玩九柱戏时，赢家用小木柱打输家屁股。

小酒店老板、牛羊贩子、小学教员、磨坊主、天花板装修工、茅草屋顶工、土地丈量员、箍桶匠、大车匠、两个裁缝、门窗玻璃装配工、马蹄铁匠、农民和帮工、石匠、泥瓦匠、鞋匠，还有宪兵、大革命时期的神职人员、织袜工、盐仓监督员、护林人、客栈老板、一个啤酒酿造商、税收员、制帽工、假发师……众人大笑不已，纺麻工只得收住：怎么，大家都进去了！不是大家，是爱国者！阿拉斯的律师管这些民众社团叫俱乐部，他似乎同意纺麻工的观点，但对在场的大多数人来说，二十或二十多年来，"爱国者"这个词已失去了原有的价值，至少含义变了，因为在衣衫最破的人群中，有两三人喊道，问题就在这里，什么爱国者……关键是要弄明白，领了这张倒霉的"从业证"，是否就永远被工厂主捆住了手脚，如果没有还清最后一个苏的债，还清老板的垫款就离开工厂，会不会被当成游民……他们中有人大叫："拿破仑，就是面包涨到三十个苏，跟1812年一样！"这时，大家看见，火光中有个身穿长礼服、蓄着灰色唇髭、手拄拐杖的人走上前来，儒贝尔先生请大家肃静。"公民们……"他说，声音沙哑，显得有些激动，他咳了一声："公民们……"

此人大约五十五岁，共和时期的旧军官，靠共和政体获得军职。早先在王后军团当骑兵，1786年在第45线列兵团当兵，攻占巴士底狱那年，他已二十九岁。1792年结婚时他获上士军衔……

有人嚷道："瞧他说的，向我们介绍他的生平呢！"儒贝尔先生摆手平息众人的埋怨，请军官继续讲下去。

"1793年，我的大女儿出生，当时我不在家。前后七年，我参加了共和国的历次战役，从弗勒鲁斯①转战韦茨拉尔②，我晋升为上尉……在第2线列步兵团服役……后在桑布尔-默兹军和拉扎尔·奥什③统率的旺代军中效力。作为奥什将军麾下的军官，我们像他一样，始终拒绝充任宪兵角色，去监视别人，我们当中不管是谁，只要反对政府，我们就会把他招死。我妻子离开她娘家所在的贝蒂讷，来到威斯特伐利亚④和我团聚，1797年还在那里生了个男孩。这一年奥什死在韦茨拉尔，死因至今不明，我们和奥什一样，把统率意大利方面军的青年将军⑤当作共和主义者，他的节节胜利使我们激情澎湃……"

---

① 比利时小镇。
② 德国城市。
③ 拉扎尔·奥什（1766—1797），法国将军。
④ 德国西北部历史地区。
⑤ 指拿破仑。1796 年被任命为意大利方面军总司令，年仅 26 岁。

有些话泰奥多尔没有听清楚，因为在他正前方有几个人把脑袋凑近了用庇卡底话谈论什么，嗡嗡的声响淹没了演讲人的声音。听到有人提请注意秩序，他们各自分开，不说话了。

"雾月政变，"那人继续说，"那是一次无法想象的事变，自由转眼就失去了保障。那时军队也投票，我是投票反对执政府①的，到了那个时候，一切都清楚了。何为爱国者，你们恐怕没有想过。我在贝蒂讷娶阿尔德贡特时，敌人近在咫尺……我的岳父马许是约瑟夫·勒邦和达尔泰的朋友。今天，那些否认自己当时想法的人，把当地发生的事情的责任都推到他们头上……达尔泰，我认识他。他倒是一个爱国者，在给他定罪的公堂上，他用匕首自杀身亡。当时我在威斯特伐利亚……我的弗雷德里克就是那时候出生的……"

这位可敬的先生说话颠三倒四：已经讲到两年后的事了，怎么又往回讲？简言之，这位共和主义者尽管反对波拿巴，但他还是留在军队里，直到拿破仑加冕称帝；这时他再次投票反对帝国，可这次他不得不带着少校军衔退役，就此经商：总得养家糊口吧，1805年又添了一个儿子。一个偶然的机会，他来到意大利定居，当然那是法属意大利，马伦哥省，这名字令人想起青年时代的波拿巴，想起他背叛共和之前的梦想。当时他就住在亚历山大里亚-德拉柏格里亚，我们就叫它亚历山大。起初买卖还不错，他向军队供货。可是，1811年的危机以后……总之他被时代的不幸所累，失去了军队这个大主顾……破产……其时面包涨到三十苏，他带着一家人回到他妻子的家乡贝蒂讷……国家仿佛正在证实它自身的破产，皇帝把法兰西拖入其中的冒险。

"公民们，1812年面包卖三十苏，这对民众来说不啻是可怕的灾难，然而，1813年，当我们看到士兵从俄罗斯回来……当德国方面的消息使我们确信军事形势出现了逆转，当我们遇见那些为自由而战的老战友，他们让我们确信失败已成定局，外国重又威胁到我们的边界……"

"怎么，"有人冲他问，"你又入伍了？"

他摇摇头，说道："比我自己入伍更糟糕，莱比锡战役时我儿子十六岁，我就把他交给了皇帝！他加入了第2线列兵团，当年我就是不愿为背叛共和的波拿巴卖命才离开这个兵团的。我儿子十七岁任中士，那时联军越过了我国的边界。他在贝桑松表现出色，像个英雄，同匈牙利掷弹兵展开肉搏，但法兰西被出卖了，还怎么在军队里待下去？秋天，他请求休假，回到贝蒂讷同我们住在一

---

① 指 1799—1804 年间以拿破仑为首的执政府。

起，六个月的假期未满，传来了皇帝从厄尔巴岛回来的消息，星期天就离开了
我们。想必他已到了巴黎，去杜伊勒利宫看拿破仑去了。他没有犹豫，我的想
法同他一样：拿破仑回来了，必须重新拿起武器……这话是我对你们说的，是
我，过去十年里，我拒绝拿起武器，这好似我身上十年不愈的伤口，因为那时
候武器已不再属于人民！请注意，我并不反对这位行会会员刚才提到的民众社
团。可是公民们，如果没有武器，民众社团能有什么作为呢？拿破仑回来了。他
将以民众的意志为尊。只要民众有了武器……"

这时，众人嚷成一片："武器，武器！还要打仗！同谁打啊？英国佬，德国
佬，俄国佬！"有人喊道："民众要的不是打仗，是填饱肚子！"他们中有很多人
不相信当兵的。他们以各种方式表达自己的疑虑。不管怎么样，他们厌倦了无
休止的战争。

讨论乱无头绪，泰奥多尔一头雾水，他蹲在跟前的灌木丛后面，姿势怎
么都不舒服，便把一个膝头跪在地上，弄得落叶窸窣作响，急忙稳住不动。他
的手揪着宽大的新叶，新叶挨着泥土，柔软、鲜嫩，他感觉到了手指下新叶包
着的花朵：这是些什么花？是报春花吧，也只能是报春花。他想象淡紫色的
花瓣、黄色的花蕊，攥在手里，捏着、揉着，突然，什么东西刺了他一下，噢，荨
麻，这个季节就有这玩意儿了……与会者说的，他连一半都没有听清楚，很多
东西需要还原，庇卡底方言又碍事，还有不少技术词语、工业行话，令他大伤
脑筋。比如鞋匠的事，说来话长，有一个时期，军队需要大批军鞋和靴子，结
果连鞋钉都不够用，鞋匠没活干了，又根本无权接私活……又比如关于裤子价
格问题的争论，涉及黑色窄型隆德裤和白色比斯考裤，看来是阿布维尔人在
争论，他们中有人还责怪贝尔纳，认出他是拉幅机纺织厂的雇员……密谋者
中还有一位神父，虽然他曾是制宪会议成员，但他的在场和发言引起了人们的
争议……

然而，非同寻常的是泰奥多尔身上发生了一种深刻的、无法解释的变化，
而与会者的言辞、他们所列论据的价值、某种思想的阐述，都不是这一变化
的缘由。这只是一次不知不觉的方向选择，就像幽灵悄悄溜进了他的身体，起
初他并不在意，任凭驱使，后来察觉到自己已被驱使，但尚未对这一事实作出
判断。这如同置身剧院，泰奥多尔就像在看戏，无论是看到悲剧还是喜剧，事
先也未曾选择素材，就被纳入作者的构思，任他带着你走，你也不知道走向何
处。或许这是因为你花钱买了戏票，但你接受别人向你展现的东西，以便跟上

剧情的发展,尽管你有自己独立的见解,在生活中可能站在吝啬鬼一边指责浪荡子,支持理性的家庭反对疯狂的恋人。在此,为了弄清楚这个"故事",泰奥多尔必须以这种或那种方式表明自己的态度,支持这些角色,反对另一些角色。这就是在这个国王火枪手,在这个逃亡中的旧世界的堂·吉诃德身上发生的奇特变化。听着这些断断续续的对话,似乎他已拿定主意拥护拿破仑了,似乎他渴望这些小民百姓,这些穷苦人,这位神父,这些有产者,这些短工都能明白皇帝将扮演新的角色……他担心这出戏不会有他希冀的结局,他就像顶层楼座的观众,这些观众总想对台上的主人公大喊叛徒就在他身后,他们因为看到一位王后拒绝一个爱慕者而痛不欲生,他们还想改变历史的进程,让提塔斯娶贝蕾妮丝①为妻……不,拿破仑未必就是战争,但他一定意味着这个荒诞世界的溃散,而把他同这个世界联系在一起的正是身上的红制服,不过他随时都可以把它扒下来,这身为小老百姓,为卡罗利娜憎恨的军装……总之,皇帝归来,这是被催生的必然,是强者的秩序,是一种不同生活的开始,这种生活已在这里的穷苦人中间颤动,而他们的悲惨生活,泰奥多尔从未真正目睹,也难以想象这些命途无望的芸芸众生!他们住在哪里,他们的妻子怎么样了,他们要出多高的价才能买到面包?他们谈论面包时的焦虑,他从未见过。他担心这些不幸的人不善审时度势,放过眼前的机会……蓦地,他觉得自己满脑子都是戏剧,自己身在剧场,他的同情取决于灯光效果、编导的匠心、演员的技巧,他像孩子那样生怕这奇妙的景物倏然而逝,生怕片刻之后幕布落下,他又将回到以前的想法中去,找回平时的信仰,总之,一切照旧,仿佛就未曾有过这场景,未曾因为一个动作、一句台词、一个慷慨的句子而激动万分……他担心这一切仅仅是一场戏;他竭力希望能继续相信这一切是真的,竭力希望不再离开这个奇幻的世界;在庇卡底谷地的弯道口,就在一座古堡和一片墓地之上,有一片松树林,树身高耸、枝干盘曲,树下有一些低矮的火把,照着这幻景般的世界;而此时此刻,那些王爷、亲卫和火枪手,在远处的黑暗和疲惫中睡去,就像一群没有思想的粗人,没有意识到悲剧迫在眉睫;在牲畜棚、马厩、工具房里,他们的坐骑睡在褥草上微微晃动,它们已疲乏不堪,还得忍受次日旅途的劳顿。

---

① 提塔斯,罗马皇帝(79—81),与犹太公主贝蕾妮丝私通,欲娶她为王后。法国古典主义剧作家拉辛据此创作悲剧《贝蕾妮丝》。

天哪，我又要做不该做的事了，可是怎样才能抵制这种诱惑呢？我知道作者不该横插一杠，更不该唠叨他自己生活中的那些往事，可又有什么办法呢？诱惑太强烈。除了这段回忆，我又能做什么，正是因为看到泰奥多尔·泰奥多尔躲在低处的矮树丛里窥视普瓦的密谋分子，有一件事从我记忆的模糊一角浮现，这件事甚至在当时，事后第二天，我都没有对人讲过。其实也算不上什么事件，只是一个画面，一种稍纵即逝的感觉。那年，我二十二岁，实际上不到二十二岁，因为事情发生在1919年春季或冬末，地点在萨尔布吕肯①附近。邻近的矿区发生罢工，我所在的那个营的猎骑兵在那儿设岗警卫②。一天晚上，几个要去巡查的军官把我带到山里，如果我没有记错，应该是在弗尔克林根一带。我仿佛又看见了矿井的入口、矿井、罐笼、升降机。天已经黑了。哨所的警卫我都认识，出诊时见过，其中一位我还给他治过肺炎。士兵和军官都是些无忧无虑的青年，对战争都感到厌倦，可是战争因为要占领这个乏味无趣的地方而延长了。天气相当冷，是普瓦城下那种夜寒；大家无所不谈，毫无拘束，生活的要旨就是能说蓝樱桃或青醋栗，而不说红樱桃和红醋栗，是能把喧笑当作音乐。但我心里明白，这种无拘无束本身隐藏着某种忧虑。这时有人在叫我们。当然这里的"我们"是一种说法而已。夜班工人拒绝下矿井，刚从井下上来的工人报告，坑道支架那头出了什么事，或许是透水……总之，这些矿工聚集在矿井前，正从井下上来的矿工浑身沾满了深渊的黑尘，其他的人已穿好衣服，抄着手；工头在那里呼幺喝六，德国的工程师正设法解决问题，至少表面上是这样，而法国兵约莫三十来人，持枪立正，阵势吓人……我在那儿干什么呢？这里的事我不懂，我从未见过矿山，哪怕是在法国。工人……之前我还从未替他们担心，工人在那里交谈，工人代表回答上尉的问话，语气蛮横，这个上尉我也认识，我们常在一起玩桥牌，一名少尉低声对我说："大夫，您瞧，这些德国煤黑子！"他们讲的话我一点听不懂，首先，矿工讲的德语和我在学校里学的迥然不同，甚至同萨尔布吕肯的小姐们说的也不一样……那个矿工代表，头戴矿工帽，脸色阴沉，语句短促，尖牙利齿怒冲冲一连讲了足足三分钟，但从上尉的翻译嘴里出来，只剩下"他说井下危险……"上尉摆弄着他的细软手杖，拿它敲打自己的皮鞋，很不耐烦。（"各位去夫人们家里做客，千万别忘了带手杖，"萨尔布吕肯要塞司令布里素·德马耶将军说，他还读过尼采的著

---

① 今德国境内，素以产煤业著称。
② 作者在第一次世界大战中应征入伍，任军医。

作呢。)上尉人不坏,就是讨厌别人找他麻烦。什么?我们是胜利者不是?法兰西需要煤炭。我,我就知道这个……

细节我就不说了。

矿工们一个紧挨一个挤成一堆,摩肩擦背,胳膊裸露,这些血肉之躯,这堵怒吼的墙垣,眼睛圆睁,抗议声声;这一切随时都可能酿成悲剧。万一我们的人不得不开枪……因为此事不容商量,我站在这一方,不站在另一方。没有选择的余地。当时我突然有一种好似惊惶的感觉,而在普瓦的公墓后面,在那片荆棘丛生的树林里,涌上火枪手泰奥多尔·泰奥多尔心头的,相比正是这种感觉;我突然觉得这些气势汹汹的陌生人,这些德国佬,他们是对的,他们的反抗体现了人类最伟大最崇高的本质……那么,我们呢?我们!

那天晚上幸好没有发生什么意外,也没有出什么大事。矿工们没有下井,这一次我们方面也没有坚持。"还不是雷声大雨点小,"回来的路上,小个子少尉对我说,还让我看了一个比斯克维埃①姑娘的照片,比斯克维埃城在阿尔萨斯,当初我们就是从那儿移防萨尔河②流域的。照片上的姑娘穿一件有毛皮领子和毛皮袖口的外套,还抱着一只小猫贴在脸上。如果再这样让步下去,他们很快就会不把我们放在眼里的。谁?哦,您是说矿工吗?我回到住所,看起书来,记得书名叫《泥人像》,一部当时流行的德国小说,是经朋友推荐在萨尔布吕肯最好的书店买的。后来我再也没有想起此事。也没有必要想起。没有什么可讲的。

说来也怪。很久很久以后,我觉得那个夜晚对我的命运有很大的影响。也许是吧。可我一点也没有表现出来。这就是我们的浪漫主义,我们,就是那个时代的青年。我们不能把它表现出来。请想一想:当时我正好收到从苏黎世寄来的《达达3》③,这让军情二处的军官对你有所了解,这期杂志登了我应约写的一首诗,总共一百句,结尾是……不,不是这首,是另一首,是我在萨尔布吕肯一个叫比尔巴尔什的小镇上写的,边上有一家冶金厂……诗的结尾是:

美,这唯一的德行

依旧伸出她纯洁的双手……

———————

① 下莱茵省市镇。
② 摩泽尔河支流,流经法国和德国西部地区。
③ 达达主义刊物。达达主义,20世纪初流行于苏黎世、纽约等地旨在反对社会和文艺传统的文艺思潮。

可是，这一插曲与正题有何相干？绕了一个弯子，中断了1815年3月这场讨论会的线索，错过了一部分讨论内容，现在重续话头，我比国王火枪手泰奥多尔·泰奥多尔更加迷惘。

有人，可能就是方才发言的纺麻工，刚刚悲怆地说出了法兰西的名字，指出外族再度入侵的预兆，祖国又一次处于危险之中。接下来，一个家住阿布维尔附近村子里的农民，叫苏古尔，开始大谈普鲁士人和几百份用豌豆、小蚕豆和巢菜拌和的饲料，还有摊派的干草和燕麦，都由各家各户向占领军预交，而由镇上筹办。除此之外，村民还得管士兵和军官的口粮，按士兵二十苏，军官一百苏算，但这钱照样没有人还你，这些王八蛋，他们吃的可不是十四苏一份的小蚕豆饲料……还有拉车的马……这一切谁来偿还？话音刚落，响起泥瓦工的一阵大笑。他愤然说道，他的马别人牵不走，他的燕麦别人拿不走，因为他的全部家当只是一把镘刀加上一屁股债，同苏古尔镇一样……活该那些业主倒霉！你一无所有，人家什么也拿不到。

儒贝尔先生试图向他解释，说这样看问题未免目光短浅：因为普鲁士人欠小业主的钱，最终还得由镇上替他们偿还，也就是说由大家来偿还，包括短工、瓦工……可是泥瓦工只淡淡地回答说他看不出其中原因，还说镇上的做法毫无道理，在他住的地方，要还入侵债，要交拿破仑最后日子里征收的钱，最后使镇上为国王征收的捐税翻了一番，这帮家伙，简直是强盗。不过，他本人也不相信纺麻工所说，依靠民众社团，不论是有武装还是没有武装，只要让法官、业主、作坊师傅和穷光蛋常来常往，就能摆脱困境。瓦工们需要的是瓦工协会，短工们需要的是短工协会，织布工们需要的是织布工协会……这时维默的一个锁匠大声表示赞同，说他反对政治，因为那是体面人的事。显然，其他人也同意他们的观点。

阿拉斯的律师说，这不违反帝国的法律，但有悖于共和政体。共和制赞成劳动自由，但禁止联合，无论是伙计还是师傅。此人讲话好用漂亮字眼，"自由"一词在他嘴里滚来滚去，宛如海滩上风暴中的一块卵石。听到这里，人人都觉得事情与己有关：律师的话触到了大多数人尚未愈合的伤口，虽然原因各不相同。泰奥多尔如堕五里雾中，不知所以。什么从业证，什么劳资调解委员会，什么职业介绍所，他一无所知。他也不明白律师为什么大声疾呼，说有人要成立慈善团体、互助组织，而不要俱乐部，那不过是旨在绕过法律的虚伪手段。他也不明白"联合"这个词到底是什么意思,这个词老是被提到,似乎是在指责那些不听话的工人。"我们这些人,"瓦工嚷道,"想阻止我们联合,那就请吧!"有个木工随声附和。"当然,"阿拉斯的律师说,"你们这些人,瓦工、木匠,人家没法把你们分开,你们在同一个工地上干活,你们就地联合……可是……"

在一个问题上,纺织工、锁匠、瓦工、短工这些人取得了一致意见,但与其他人看法不一,他们主张远离政治,这就动摇了律师和纺麻工赞同成立民众社团的主张。他们关心的是薪水,不是国王或皇帝。他们与很大一部分密谋者的意见不同,这还有一个原因,那就是仇恨机器,双方争论不下,加上一大堆技术用语、行话,泰奥多尔更是摸不着头脑,而儒贝尔先生正竭力劝说纺织工人们理智些。

说到联合,这个词好像烫他们的嘴似的,而且拿联合当控罪似乎令他们都很反感,联合,联合,哎,不管怎么说,他们谁都要求有联合的权利。在这一点上,纺麻工反对律师。怎么回事,这两人吵了起来。贝尔纳极力劝和,却被他们一口拒绝:大家都认识贝尔纳,知道他是拉幅机厂新厂主格朗丹的伙计,纺织工们怎么会听他呢?就在1月份,格朗丹派人包围了一幢房子,里面聚集了几个纺织工人。可他怎么知道的呢?有人告密。那时还谈不上什么联合,但对于厂主和警察来说,四五个纺织工聚在一起就足以给他们定罪了。他们把工人羁押起来,罪名是企图联合结社,结果两人蹲了五天班房,一人至今还在牢里,可能会被遣送回原籍……嘿!说不定"小平头"回来会有什么变化!政府更迭,厂主还是厂主;即使是意向性结社者,也要受到高等警署和省政府的严密监视,两年、三年、五年……哪怕半道换成普鲁士人或省总督。而且,连换个地方都不行:因为从业证上记着主人定的薪资,没有你说话的份儿,还记着主人欠你多少或你欠主人多少,记着你预支了多少,主人弄虚作假,你也拿不出证据!

"主人和伙计的关系,"阿拉斯的律师大声说,"必须以诚信为基础!从法律上讲,应该相信主人在工资数额、年终支付和本年度预付款上作出的保证……"

"相信他?"阿布维尔的一名纺织工人吼道,"我,如果我说是他窃取了我的劳动成果,别人会相信我吗?"

就在这个时候,泰奥多尔想起了什么事。这事挥之不去,意味深长,犹如一次打击、一个伤口。这些人彼此并不疏远，才一起赶来，或者说如约聚首，赶赴这深夜聚会，甘冒风险，前来实现他们一定有过的希望：大家聚在一起，总会想个好办法，有所行动；他们争论激烈……这在泰奥多尔看来，首先是误入歧途，就同他当初错投国王卫队一样，他当下不为人知的在场更显这场争论的失策。他泰奥多尔只是一个不解内情的局外人，一个多余的看客，听他们发言，他觉察到他们各自的局限。各人应该把该说的都说出来，这出戏才算构思合理，至少也能演个主要角色，但他们没有做到言无不尽。他们唇枪舌剑，互不信任，但这似乎表达了大家共同寻求某样东西的意志。到底寻求什么，大家都不知道，反正是一种真理，是每个人都极为宝贵但又一直缺少的真理。或许事实并非如此，泰奥多尔觉得他们中有人并不完全相信自己认定的真理，不完全相信那天晚上带给别人的内心想法。他们身上无一没有打上生活的烙印，形形色色的生活烙印，他们无法摆脱各自曾经所是，寻找合理的出路、下一步行动，寻找他们之经历、屈从、厌倦和苦难的合乎逻辑的结论，结束这漫长的苦难。泰奥多尔生平第一次面对人类这种不加掩饰的真情表露，这种命运的必然，面对这样一些人，这些人使他感到自己正在一条漏水的船上，在这条船上，没有什么比堵塞裂缝迸发出来的不懈热情更重要了，而且只有在情感、精神和身体的牺牲中，才能看到美、高尚和道德的价值……泰奥多尔生平第一次面对他自己以外的其他东西。但是，这些人讲的事情，他听懂的还不到三分之一，在他们面前他几乎只感到自己毫无用处：他该做些什么帮助他们呢？他能为他们做些什么呢？怎样才能把他的力量、他的灵感、他的心灵同他们的热情结合在一起呢？他们是另一类人。这是他第一次见到另一类人，而这另一类人是精神的苦难、肉体的痛苦……在庞泰蒙兵营的寝室里，在弗拉斯卡蒂咖啡馆，或者在这逃亡的人群中，就没有这另一类人，这就像在一片树林中的动物眼里，其他动物不是他类。在他所属的社会阶层，在学校，在画室，在火枪手中间，人与人之间只有军装、衣饰和帽子的差别。而在这里，作为人，作为有血有肉的人，他们之间的异同取决于泰奥多尔至此从未思考过的境况，悲惨的境况。是的……他刚刚走进了一个悲剧的世界。

他刚刚走进这个世界……或者说他正在跨越门槛，卷入太深，已不可能后退，然而他毕竟不属于这个世界，无法再向前迈一步，因为这一步可能将他投入烈火。他在那里，既在场又不在场。他不能加入这场讨论，一旦被发现了，别人怎能不把他当成罪犯，当成密探，当成卑劣小人呢？极度的惧怕袭上心头，倒不是惧怕可能落到他头上的惩罚，惧怕死亡的痛苦，因为他们会处死他的，一定会的，该他倒霉……不，他惧怕的是一种完全不同且难以忍受的痛苦，惧怕无法消除的误解，惧怕被误会，成为该误会的牺牲品，而自己还来不及向这些人一吐内心的想法，原来他并不明白，现在他明白了，真的，真的明白了，原来他是他们的人。

在弗尔克林根时，我担心这另一类人被人杀死，且当着我的面，以我的名义，我还不能对他们说说我对自己都没有说过的话……

泰奥多尔真能明白造成他们彼此不和的原因吗？这些人大谈国家，鼓动爱国主义，而他就不愿意去打仗，还听凭父亲安排，雇了一个像他们那样的人替他卖命……不过，他原本也曾希望他们能说服这样一些人，这些人还在琢磨那些崇高的词语有什么用，而且跟他当初一样，总之……不为牺牲精神所动，但求活命。他们说的"吃饱肚子"。他怎能听懂他们呢，自己不知道他们的生存状况，也不了解他们的思想，他不明白，为了不泄露自己弟兄们的秘密，为了信守在里尔或鲁昂某地一个行会立下的奇特誓言，就是那个只想吃饱肚子的人会随时准备献出自己的生命，这是他的博大胸怀，也是他们的博大胸怀……关于手工业行会的成员，泰奥多尔一点也不了解，其实，在这次集会中，想必有好几个人属于地下社团，至少刚才发言反对俱乐部的维默镇的锁匠就是其中一位，他是"自由协会"的成员；还有来自亚眠的这个木匠，在升为师傅或"模范伙计"的学徒中，他是"全城第一"；还有杜朗城的这位石匠，这天夜里，他没有佩挂蓝绿彩带束，这彩带束原本挂在他所穿套头服的翻边右下方，来回摆动，方便辨认。泰奥多尔并不知道，为了把他们召集起来，秘密组织的"革命探子"使出了多少外交手腕……因为巴黎的口号是争取手工业行会的成员。他们这些人奉行以惩恶扬善为法律的道德观，各手工业行会又彼此争斗，比如，山区农民向过路人寻衅，面包商和鞋匠遭人咒骂，行会之间还吵架斗殴，凡此种种，他一无所知，将来也不会知道，那天，就在阿布维尔，所罗门学徒会和苏比士老爹学徒会的人大打出手，还死了一个木匠，是被人用包铁的手杖打死的……今天夜里来到此地的人没有讲他们的古怪语言，没有使用他们选定的用城市名加花卉名拼合的名字，也不想知道谁是谁，他们夹在密谋者中间，即使明天当着警察的面，他们也是这样，不管别人问起是否常去大娘之家，是否认识那个流动工，或者是否知道马赛克地砖或锯齿状冠缨暗示什么。他们以旁观者、观察员的身份参加这次聚会，别人没有打算让他们相信什么，真要说服他们相信什么，那就得花上一百年，外加三次革命。谁也没有那么大能耐，连最后发言的巴黎人儒贝尔先生也无能为力。泰奥多尔听这位先生讲话，所处的位置正好对着演讲人的后背，在他上方，在火把的光亮里，显现出演讲人的姿势，拿着帽子的手臂动作十分清晰。

　　儒贝尔先生所讲，无非就是他昨天坐在范罗贝厂的货车里，从博韦到普瓦这一路上断断续续对年轻车夫说的那些事。只是今夜他讲得更有条理罢了。他还是用了一些有点过时的老词、有关古希腊古罗马的典故。但并非所有的人都能听懂，这里人人都讲庇卡底话……其实，他讲的话，泰奥多尔能理解，即使用词带有大卫风格，惹他不快；反正他听在耳里，心存尊重。这些话也是他所期望的，使他想起了他那弑君者舅舅的多次谈话，还使他想起了父亲的种种生活痕迹，是迪厄多内小时候说给他听的，那是在塞纳河畔的牧场上，马儿自由地奔跑，狂风呼号，在河面上卷起层层白色的波浪。如今这个时代，见风使舵之风永盛不衰，而在这篇讲话中，泰奥多尔听得最清楚的是有一个声音在呼吁忠诚不渝；对他来说，关键不在于弄清楚儒贝尔先生在各个细节问题上是否都有道理，而在于他对讲话的感受，是演讲人表达的这份忠诚。在他看来，忠诚是荣誉，哪怕是对不相信的事物保持的忠诚。儒贝尔先生跟刚才那个贝蒂纳人一样，讲到了达尔泰，他还讲到了巴贝夫，说他的信念是在阿布维尔和亚眠一带，是在眼前这些人中的最贫苦者或他们的同类人中间树立起来的……他还提到贝尔纳的父亲在阿拉斯惨遭枪杀……泰奥多尔一阵战栗，脑海里各种模糊的想法具体化了，上个星期天早晨，格勒内尔草原留给他的最近记忆，原来那里是马莱将军和拉奥里将军的死难地……中国浴室……王宫咖啡馆里的人群……这一切并不是遥远的故事，也不是已经了结的事件，泰奥多尔的老爸坐在火炉边，一想起这些事就有点后怕……这一切都是事实，这一切还在延续，这是一些生者的理由，我们能遇到他们，他们有自己的生活，他们经历了督政府、执政府和帝国，心里抱有一些固执的信念，怀着一连串想法……他们在胜利大街或圣奥诺雷大街没有府邸，他们没有要保护的地产，没有勋章或爵位……现在他们中有人断言，拿破仑，卷土重来的拿破仑，会把贵族、王爷、国王统统赶走……拿破仑已经不是原来的拿破仑；已经不是金光灿灿的拿破仑，已经不是发放俸禄的拿破仑，而是另一个人，只要我们愿意，只要我们知道怎样做，只要我们支持他，只要我们为此团结一致。

　　"谁？我们是谁？"一个声音大声问，演讲人有些窘迫。因为大声发问者

不是阿布维尔的织布工，不是亚眠的"好伙计"，也不是蓬蒂耶的短工，而是
贝尔纳，身穿英格兰服装的青年贝尔纳，是阿拉斯被枪杀者的儿子。喧哗声又
起，泰奥多尔胸膛紧贴土坡，他不想再听什么了，不想再知道什么了。他已经听
到了他认为的要点。其他东西同他有什么关系？这一切会有什么结果，这同他
有什么关系：他们会形同陌路，各奔东西，或者会达成某些共同的决议，而这
可能是这次集会的实际成果。他无意弄个明白，因为这与他无关，否则他会觉
得自己成了奸细……而明天，他还将追随被驱逐的国王，继续狂奔。

　　该走了，趁他们还在争论哄吵，他慢慢起身走开，脱离接触，返回茂密的
树林、城堡、墓地。泰奥多尔心突突地跳。现在，他不想被人撞见，被人抓
住……身后细微的枝叶窸窣声……吉凶难料……什么动静都让他紧张慌神。
我害怕了？不，不是的。我没有害怕。我只是不想被他们抓住。因为我之所想，
因为他们不可能相信我之所想。必须机灵点。为了他们，也为了我自己。我救
的是他们……我与这些人想到了一起……挂在腰际的马刀碍事，他不得不把
它拿在手里，免得在树干、灌木上磕碰。在月光和阴影交织的林子里重新找
到路径，现在远处火把的光亮已经不见了，出了这片树林，再往哪儿走？他恐
怕是从那儿来的……向左拐……天气突然变冷了。哗啦一声，一块碎石从他
脚下滑落。他驻足细听，四周一片寂静，他轻轻地穿过废墟……走在加固的墙
边上……他走错了，他本该走下面那条路。这里距地面不足三米，他本想跳下
去，但又怕惊动别人。他沿墙走进树林深处，四下尽是树杈、尖刺，脚下满是
灌木的老根蘖……一进墓地，他便觉得自己得救了。他深深地舒了一口气，看了
一眼面前的坟墓和高耸的教堂，穿过栅栏，刚下几级台阶……蓦地，梯道上闪
出一个黑影，随着一声低语，一个人挡住了去路。他抽出马刀，举起胳膊。来人
朝后一跃："别砍……是我，菲尔曼！"泰奥多尔放下马刀，小伙子凑上前来，
月光下探过那张断了鼻梁的丑脸。只见他弓肩弯腰，两眼闪光。泰奥多尔左手
抓住他粗壮的胳膊，有力的手指下感觉到肌肉的惊跳和菲尔曼的不安。他拉着
伙计，别说话，走。来到中世纪的高墙脚下，拐上平台，从护墙上方望去，石板
瓦在月光下闪烁，房舍间的院落有如片片黑影。他们走下梯道，下到路上，来到
屋舍，走过屋顶，消失在屋后昏暗的小巷里。

　　菲尔曼让火枪手拉着，一直很顺从。这时他突然挣脱开，像是要逃跑似
的，谁知恰恰相反，嘴里咕哝着庇卡底话，往前紧挨火枪手，又用身体挡住他，
嘴巴凑近他耳朵。泰奥多尔一把将他推开，贴那么近，不像话，实在让人讨

厌……"你说什么? 大声点, 说清楚些。"这回他听明白了: "得去叫警察……"
泰奥多尔猛地一把将他逮住, 虽然这感觉像是摸到一条游蛇似的叫人厌恶,
但他还是拽着告密者朝马蹄铁匠家走去。

伙计一边挣扎一边小声解释, 他的意思很明白, 不用听懂也能知道。虽
然, 他把火枪手带上高地, 决不是让他看演出, 而是要报告警卫, 叫来士兵,
包围树林, 用马刀和火枪把密谋分子, 国王的叛徒, 还有那个贝尔纳一举拿
获……现在, 在下面的街道上, 月光把它那静静的乳白色光华凌空倾泻在房
舍之间, 映现出一辆被丢弃的大车和硕大的轮子, 还有家家门前的粪水坑。在
这片寂静的乳白中, 一切都显得浩大和优美。教堂传来一声钟响。

泰奥多尔没有回答, 冷不防把菲尔曼拉到跟前, 猛地把他推进边上一座
谷仓的阴影里, 将他逼到墙根, 朝他那张丑脸上狠击两下。伙计压低嗓门喊
道: "找死鬼!"意思是凶手, 泰奥多尔也不需要弄懂。也来不及细想。因为这
野小子狠命扑上前来, 脑袋前伸, 找准肚腹, 前臂收拢, 挥拳出击。可是他打
偏了, 两人顿时都打了个跟跄。火枪手本能地把手伸向马刀护手, 但是一碰到
金属刀把就缩了回来, 放弃了抽刀出鞘的念头: 他已转过身子, 等着第二次猛
扑, 但对方再次扑空, 因为泰奥多尔后仰时飞起一脚正中菲尔曼胸膛, 把他踢
得滚落路边。菲尔曼气疯了, 不待站稳, 他起来就扑向火枪手。火枪手占有技
术优势, 但这一次却看见疯子手里有一样明晃晃的铁家伙, 或许是马蹄铁匠用
的削刀吧。他用右臂挡开, 左手就是一拳。法国拳的滋味你还没有尝够吧, 小
子? 那好, 再请尝尝英国拳术。现在, 火枪手为一种无声的愤怒所驱, 连连猛
击, 菲尔曼抬起臂肘抵挡, 又不甘示弱, 用握刀的拳头还击, 却一刀刺空, 旋即
转身反扑……猛不防下巴挨了一拳, 顿时瘫软不支, 仰面倒地。

伙计已经动弹不了了。一顿拳脚过后, 泰奥多尔顿时觉得平静了许多,
但又隐隐感到不安。他朝败者弯下身子, 刀鞘横在他们中间, 马刀探出……腰
里挂着马刀, 拳击时实在不方便……他还隐隐约约担心这个倒地的小混蛋使
诈……但他看见菲尔曼的手已经松开, 削刀滚到一洼月光里。泰奥多尔捡起
削刀, 用嘴吹了吹, 说: 好刀, 懦夫用的。这时菲尔曼呻吟起来, 火枪手俯身道:
"好啦, 快起来, 你这是罪有应得……起来, 我说了, 该回去了, 听见没有!"
失败者转过脑袋, 试图靠墙坐起来……他被打得实在不轻。泰奥多尔扶他腋
下, 帮他站起来, 让他背靠谷仓的墙。他看见了那张丑恶的脸孔, 嘴上沾满了
湿乎乎的东西, 是血……火枪手已把削蹄刀放进裤袋, 隔着毛呢仍然感觉到

它的存在。他笑了笑，声音不大："行了，拿出男子汉的样子……"菲尔曼脑袋弯在肩头，还在呻吟，他用手抹了抹嘴巴，想知道流了些什么……"哦，怎么啦？流血了，小伙子！挨这两下，死不了……走吧，来……"火枪手抓住他的左臂，让它搂住自己的脖子，架起这个瘫子，拖着他走……菲尔曼任凭摆布，尽力站住了，怀着莽汉对实力的信任，靠在这个把他打倒的人身上……他说："谢谢……"鼻子使劲一吸，连血带泪都吸了进去。他低声啜泣。就这样他们回到马蹄铁匠家门口。小心，别出声……要不，看你怎么跟你的索菲解释你那点蠢事，嗯？进了客厅，他像扔包裹似的把小叛徒扔在了搭在炉边的床铺上。

菲尔曼倒在床上，在炉火的余光中，只见他双肩还在因为失望和羞愧而抖动，拳头按着嘴唇和疼痛的下颌，目光躲闪……"听我说，小混蛋，记住：从现在起到天亮，听见没有，一直到天亮，如果你敢动一动，我就敢开你的膛，割你的耳朵，齐根割，到时就跟你那鼻子一样塌，听见没有小畜生？"

泰奥多尔轻手轻脚上了楼，停下脚步。灵敏的耳朵听出从沉沉黑暗处传来菲尔曼强忍的抽噎。在二楼走廊里，抽噎声消失了……楼顶上，蒙科尔睡得正酣，不论是房门的吱嘎声，还是同伴小心翼翼的脚步声，都没有搅乱他无忧无虑的睡眠。泰奥多尔摸黑坐在草褥上，久久地倾听这深沉却又骗人的平静，竭力透过黑暗里的响动，揣测这幢静悄悄的住宅里呼吸着的身体。他费了很长时间才从裤兜里取出削蹄刀，马蹄铁匠正是用这把刀替特里克修蹄甲的。他把刀放在地上。刀光闪闪。他看着刀。他看了很久，很久。尽全力击打的双拳有些疼，却又让他满意。仿佛这疼痛的程度可用来衡量打击的效果。出鞘的马刀就在边上，在他身边，他不时碰它一下。此时天窗满是月光，正对着睁着眼睛沉思的人。火枪手觉得自己是一座森林，里面人声喧嚷，满是陌生的字眼和突然轰响的话语。一切都已今非昔比。世界……世界远比人们知道的丰富、可怕……世界充满了转折和亮光，到处是深渊、生活……他心里反复叨念：生活，世间万物似乎都蕴含在这个醉人的小小词语中，却又从中漫溢出来，今夜非比寻常，有些景象出人意料，那乳白色的月光在屋顶上流淌……那边楼下，那个卑劣的可怜虫正咽涕抹泪，默默地啜泣。

突然，睡意沉沉地袭来，抓住泰奥多尔的双肩，像给小孩翻身似的，将他翻了个个儿，隔着草褥子，他已感觉不到地板了。

火枪手没有听见开门声，没有听见两人回来的脚步声。没有听见他们在二楼低语，之后贝尔纳回到他睡的房间。他没有听见少年维特像笼子里的狮子，不甘睡下，而在隔壁房间里来回踱步。火枪手没有听见他连声叹息。他没有去弄懂衣服怎么掉落在一把椅子上。他没有听见恢复如前的寂静。

总之，楼下发生什么，他一无所知。更不用说外面的事了。他没有看到绮丽的月色正悄然隐去。他没有看到乌云奔腾。他没有感到雨的气息：雨又下了起来，犹如无数食指在不停地敲打屋顶。此时的蒙科尔正在童年的梦里，他一个翻身，惊叫起来，就像小拇指①在树林深处遇见了吃人妖魔，但泰奥多尔没有被这叫声唤醒。他不知道钟声在敲几点。钟声回荡。

刚才，儒贝尔先生和他的同伴偷偷出门，他徒然尝试从天窗目随他们走过小巷，竟没有听见身后开门的声音，没有听见铁匠铺伙计怀着无声的仇恨在黑暗中走近……现在的情形也一样，他没有听见发生的事：脚步声、喘息声，菲尔曼进了黑洞洞的顶楼，心跳突突，耳旁响起救命的喊声，他移步前行，没有想到已经没了可以照明的月光，在床和草铺之间，在两个酣睡人之间犹豫不决。

他紧紧握在手里的，已经不是削蹄刀，而是一把尖刀，一把杀猪刀。他会杀猪，那是在乡下跟他父亲学的。他知道猪会发疯似的挣扎，有时他要用双臂将猪抱住，他哥哥揪住猪的耳朵将猪头摁住，举起刀……而他自己的耳朵里总响起猪的嚎叫，畜生也知道自己的命运，它骨子里也害怕，五脏六腑也会颤抖……菲尔曼紧握尖刀，一把坚韧的好刀，怎么捅也不会弯曲……木制的短柄，又厚又圆……用这把刀，万无一失。不过也得看捅在哪儿。如果割断喉咙边上的动脉，对方会醒过来，在血泊里挣扎。与杀一个人相比，宰一头猪容易多了。

伤人性命，当伤其心脏。在人的身上，一切皆由心生。心是那个跳动着的、在女人面前慌乱失常的东西，菲尔曼在其内心深处毫不相信人是用头脑思维的，他隐约觉得人的荒唐行为和重大决定都是在心里形成的。要一个人流血畅快，就要让其心脏流血，让其心脏在人体内流血，人被人的内脏吸干，只在衬衣和赤裸的胸脯上留下一个几乎看不出的可怕伤口，挂着一条涓细的血流。那年他就见过一个人是被这样杀死的。一个被诱入埋伏的普鲁士人……他们是三人对付他一人。那是一条汉子。

---

① 法国作家贝洛（1628—1703）创作的童话故事《小拇指》中的人物。

不过得看准心在哪儿跳动，找到下刀的位置，不至于一刀捅在胸廓的骨头上折断刀子，而是从肋骨间插入，直抵心脏，人的脆弱部位。菲尔曼，在凉风呼呼的顶楼，却出了一身冷汗。万万没有想到他就站在两个供他选择的受死者之间，两个熟睡之人。他左手捂住嘴，像是不让自己喊出声来。

床上，小个子青年翻了个身。又翻了个身。我恨的不是他，可是，如果我对另一个下手，刀子扎进他的胸膛，扎得很深，卡在里面，我转动刀子，造成更大伤害，如果他被疼醒，大声呼救，或者拼命挣扎，这小个子兵一定会听见，从背后向我扑来，可我的刀子卡在肋骨间拔不出来……即使我转过身子，我肯定比他强壮，两条腿就能夹得他动弹不得，两条胳膊就能将他扼死，还能咬断他的喉咙，弄瞎他的眼睛……哦，这血啊，流我一身……这下完了，声音太大，在楼板上滚打喊叫，屋子里的人都醒了，贝尔纳会拿着枪，一脚踢开房门，闯进房里，楼下那些人……还有索菲，索菲……我什么都不是了，只是一个杀人凶手，他们会将我处死的，就在亚眠，在广场上……

为什么不去我那房间，找另外一个人，找贝尔纳算账呢？为什么不去？我恨的是他，而不是国王的这个兵痞。这把刀就是为他准备的，那个老惦记着索菲的家伙，给他开膛剖肚……不对，我是应该来这里，他们是两个。如果我先拿这小年轻开刀，还不是一回事！把两个都杀了，活干得麻利些，不等他们醒来，对，就该这么干……

菲尔曼心里明白，自己为什么进这屋，而不去找贝尔纳。因为仇恨可以滋生，可以带在身上，可以让人陶醉，可以强忍不宣，可以藏在心底，可以与人共处，报仇雪恨不是什么天大的难事，开膛挖心也只是无伤大雅的游戏，他要的是某种持久的伤痛、无休止的可怕折磨。仇恨，这算不了什么。可是，耻辱，那种愤恨，那种羞耻，叫人欲忍不能。是耻辱把他从楼下炉旁的床铺上拉起来，驱使他来到这间黑得无法下手的顶楼小屋，他站着，举起手，没有月光，只能估量刀的落点。万一捅偏了怎么办？他可以俯临酣睡者，举刀在黑暗中待上几个小时。他听见了睡者的呼吸声，并据此确定位置。他感到害怕，一种难以忍受的害怕，他害怕捅偏了。

可是这个人，怎能让他继续活下去呢？这均匀连续的呼吸声无疑是不能容忍的挑战。怎能让他活到明天，活到天亮，还让他醒来，现在他在黑暗中，在你的手心里，而他曾对你拳打脚踢，把你打昏在地，像扔包裹一样把你扔在路边，他看见你因疼痛和屈辱而哭泣，之后居然还像兄长那样搀扶你，体贴地把你扶回家，一种饱含轻蔑的体贴……怎么能容忍他活下去？自己又怎么活下去？总是挨打；挨他打，挨行会伙计的打，脸上落下伤疤，这次还掉了一颗牙，还威胁我，还要惩罚我，说到做到，听了浑身颤抖："割掉你的耳朵，齐耳根割，听见了吗？畜生……跟你的鼻子一样塌……"宰了他。只有宰了他才能抹掉这句话。就像宰猪那样。放他的血。让他喊叫吧！我豁出去了！吊死我好了，处死我好了，但我已经听到他的叫喊声了，因为疼痛，因为害怕，因为恐惧，因为不想死，因为就要死了……过后就听天由命吧！他握紧举起的刀，刀把又短又圆，在黑夜里寻找、瞄准心脏的位置……什么也看不见，又不能出半点差错，一个睡着的影子（他睡得多死），鼻子和喉咙发出嘘嘘的声音，这条狗的嘴巴一定微微张着，呼吸不畅，还叹了一口气……一定要做到万无一失。捅吧，倒是捅呀，胆小鬼！你难道不知道，你这是在找不动手的理由吗？

　　行凶者近在咫尺，泰奥多尔却浑然不知。凶手疯狂的目光落在他身上，左手伸进他敞开的衬衣，随意触摸裸露的身体，用手指摸索着计数他的肋骨，寻找致命的部位，这一切，泰奥多尔都没有看到……他睡着了，他在梦里。或许这一切都是他梦里所见，因为有什么迹象可以说明这个菲尔曼在不被人听到的情况下进入这房间，且逗留了这么长时间，沉浸在残忍的遐想中，而且，即使杀人，他为何不去楼梯平台那一头杀他的情敌呢？在这个问题提出以前，他为自己找的或旁人替他找的理由，都缘自一场噩梦，没有丝毫真实性。同样，这不合常理的整整一夜，这月光下的前后历险、公墓和灌木林，这场在诡谲的火把照亮下的怪诞集会，臆造出来的与会者讲的那些前所未闻的话语，均属子虚乌有。他们为何聚集在那里，在露天，顶着黑夜……万一下雨呢？算了，这都站不住脚。

　　这一切都没有发生。或许这都是泰奥多尔的一场梦，是听见了两个人出门，却根本没有从草铺上起来的泰奥多尔，他在梦中分身，就在这场梦里，庞卡底的伊阿古令人难以置信地第一次出现在顶楼。火枪手没有看到墓地遭遇，没有痛打马蹄铁匠的伙计，他手指的关节没有沾上伙计的血，他在睡觉，仅此而已，他在睡觉。

　　即使他梦见了所有这一切，那恐怕是因犹狄特和火罗费涅斯的故事而起。不过，犹狄特是光身裸体的呀，她只穿一双长袜，系着蓝色吊袜带……这可不是一个大汗淋漓、身心备受侮辱的马蹄铁匠铺的断鼻梁伙计……不是……我想起来了！那不是泰奥多尔，不是那个实实在在躺在那儿酣睡的泰奥多尔，他累得要死，睡死做不成梦，那么谁在做梦，谁梦到了这一切……也许是别的人吧，这甚至不是泰奥多尔的梦，是别人的梦，谁的？比如是小蒙科尔的梦。这是中学生的梦。他是在伊克斯寄宿学校学会这样做梦的，同他在一起的还有阿尔弗雷德……这些孩子的脑袋里充满了文学想象。这一切都是蒙科尔的离奇之梦，他读过拉德克里芙①夫人的小说或类似作品。整幢房子很安静，房间里空空荡荡，贝尔纳睡着了，盖一条厚厚的红色鸭绒被，他的房间下面，马蹄铁匠紧紧搂着索菲，去了一个永远不允许我们窥看的世界……楼下炉子边上，菲尔曼哭累了，跟大家一样，睡着了，他没有上楼，手里也没有刀，瞧，刀不就在抽屉里。他也做了个梦，梦见自己强壮、魁梧、幸福，有人爱，还有一个好端端的鼻子。

除非……当然，是那回事，是我，是我在做梦。我的脑袋晃了好几次，最后连鼻子也磕在稿纸上，蓬乱的头发同蓝色的墨迹混在一起。我睡着了，头沉重地压在手腕上，面颊贴在纸上，左臂顺着桌腿悬落，右臂屈着，手里紧握着笔，因为脑袋压着手腕，竟把笔尖压坏了，戳破了稿纸。我睡着了。我做梦了。这一切都是我梦里见到的。当然。因为，这一切说到底不是泰奥多尔的生活，而是我的生活，难道您没有看出来？您看，在那些事当中，哪一件都不可能发生在1815年。这些素材的来源显而易见。我的生活，都是我的生活。不仅仅是1919年在弗尔克林根的那些经历，不仅仅是。我的一生。我一生的经历。这种游历世界的方式：详细了解那些陌生的行业，比如怎样打马掌，怎样锻造刀剑，或者展现1934年的出租车司机，给他们穿上1911年汽车司机的服装进入我的小说，或者了解帕西一家汽车修理厂当洗车工的卡比尔人②，展现朗斯和卡尔凡两地的矿工，在战争蔓延到矿区废石场期间在井下的生活细节，法国军队的撤退……政治会议……这个陷入不和及分裂的人民，最贫苦的人不知所措竟至反对明显的自身利益。缺少一种思想。而所有这些问题的最终解决或看似解决尚需时间……你还记得1935年9月27日的工会联合大会上你热情满满的样子吗？

然而，万物总是周而复始。流沙堆起的城堡，潮水一来就一扫而光。二十年过去了……当我写贝尔纳，写这个"阿拉斯受难者之子"的时候，我脑子里在想些什么？……哦，一切又重新开始了，大炮轰鸣，尸横壕沟！这个时代的

① 拉德克里芙（1794—1823），英国浪漫主义小说家。
② 阿尔及利亚的柏柏尔人。

绝望……会不会只是我有生之年的绝望？啊，我并不那么认为，这一切值得经历，可是，还没有看到事情走上正轨，机器开动，高速运转，就撒手尘寰，何以心甘！我说过，泰奥多尔只对马感兴趣，只对绘画的明暗和对比手法感兴趣。你们明白了吧，做梦的是我。在这20世纪，人们从幻灭走向幻灭，这流洒的血，不是……难道拿破仑就一定要下令杀害共和党人？这流洒的血，我的战友们，我的战友们。多少不证自明的事情，总是重新受到质疑。过去搞错，将来还要搞错。相互厮杀，同室操戈，骨肉相残。心脏在哪儿？从哪儿捅进去？因为有仇恨，有耻辱。啊，我把什么都搅在一起了，但做梦的确实是我，我在20世纪中叶，在四分五裂的人民中间做着梦，而不是小蒙科尔，或者……

证据。我有证据。这个心脏部位的故事。这个深夜举刀的故事。凶手下手前令人难以置信地犹豫了几个小时，寻找下刀的位置，只需开一个小口，一次刺穿，就足以置人于死地，仅在胸口一侧渗出一大滴污血，痕迹最小，收效最大……好了，好了，您尽可反复阅读拉德克里芙的全部作品，将它们好好抖搂一下，一页一页地翻阅，正面背面，将幽灵抖落下来，即使这样，您也不可能找到这样的故事；当年在伊克斯寄宿学校自修课上，少年蒙科尔的小伙伴维尼悄悄从书桌下传给他的任何一册书里，也找不到这样的故事。不过，我们知道这个故事的出处，您不知道吧？这故事来自一部英国小说，这不假，但要过上三十年、四十年才写出来，确切日期我记不得了，没关系，您可以替我查查词典，当然，重要的是，在狄更斯创作《马丁·朱述尔维特》前三十或四十年，不论菲尔曼还是泰奥多尔，或者蒙科尔，是绝对没有读过这部小说的……至于我，我从童年时代就知道这个故事，每天晚上，为了哄我睡觉，我母亲就给我念狄更斯的作品，那是阿歇特出版社的二十苏丛书，红色的封面，而且，不止一次，而是无数次，我一入睡就会看到这场面，看到那个人进了房间，久久地寻找心脏的位置……我已做了三百多页的梦，其中没有什么是存在过的，更确切地说，这一切于我是存在的，连同铁路、无线电、雷达，而从巴黎到加来的公路上，再也没有马蹄铁匠铺了，取而代之的是道达尔加油站，是奔驰在3月的田野里的大型拖拉机，拖拉机是红色的，如同狄更斯小说的红色封面，如同鲜血，而在公路两侧的人行道上，黑烟弥漫，农家正在熏烧用来肥田的泥土杂草。

十一、逃亡路上

终于结束了，从星期一至星期二这个漫漫长夜。天将破晓，普瓦上空大雨倾盆，黑披火枪手和灰披火枪手都醒了。昨夜，国王接受了麦克唐纳从早晨起就提出的恳求，决定抄近路从阿布维尔前往里尔，而他的打算是沿海岸走加来、敦刻尔克，仿佛一旦埃格泽尔芒的骑兵追来，他随时都能登船出海。还因为御库和王室珠宝已赶在他前面，走的也是这条路。这批财宝由于埃先生护送，装在一辆马车里，用一大块柩衣罩着，外人还以为是运送路易十六和玛丽-安托万内特王后的遗骸呢！马车驶过，行人纷纷脱帽致哀。路易十八也许还没有放弃渡海去英伦的计划，虽然遭到王弟阿图瓦伯爵的激烈反对。就在昨天夜里，伯爵躺在格朗维里埃的床榻上，辗转反侧，相信在迪耶普或特雷堡①登船是上策，便要写信说服"受人拥戴的"路易，如何遣词造句，他在脑子里来回改了无数次。

晚上九时许，路易-菲利普·德·奥尔良同特雷维佐公爵莫蒂埃元帅一起，从瓦朗西埃纳回到里尔，他们在那里检阅了部队，看到了驻守里尔的几个军团长期没有监督，难免忧心忡忡。直至星期二上午，他们才从波拿巴部下的一份电报中得知王室逃亡的消息，出发去瓦朗西埃纳时，他们竭力向大家保密。岂料消息不胫而走，陛下杳无音信，两人心急如焚：陛下在哪里？关键是不能让士兵和百姓知道发生了什么。应该关闭里尔的各道城门，不让篡位者的密使潜入城内。麻烦来了，因为这样一来农民就没法进城赶星期三的集市了。他们作出决定，城门轮流开启，因为警力不足，无法同时监控多座城门。奥尔良公爵回城后大约一小时，他的妹妹大郡主到了，向他讲述了巴黎最近遭受的苦难。兄妹俩正说着话，信使送来了布拉卡从阿布维尔寄来的一封信，信中告诉路易-菲利普，陛下到了阿布维尔，等国王卫队集结完毕，再决定下一步行动。这个时候，在里尔剧院，今夜的演出同三天来的情形一样，大家热烈鼓掌祝贺

---

① 法国港口城市，濒临英吉利海峡。

《亨利四世狩猎记》演出成功，接下来同台演出斯克里布和尼科若·伊苏阿两位先生合作的《若孔德或冒险家》，而没等第一幕落下帷幕，终曲响起：

> 十字军宣布东征！
>
> 一场殊死的战争！
>
> 我们将奋勇摘取，
>
> 不朽的荣誉勋章，
>
> 同异教一决胜负！

在"国王万岁！"和"赶走敌人！"的呼喊声中，全场起立，群情之激愤，非笔墨所能形容。看到这一情景，奥尔良公爵料定驻地的军官们不会来看戏，他派出去的"观察员"刚向他报告了这一情况，军官们的思想状况让他放心不下。不错，上星期天晚上，公爵的堂兄①从巴黎出逃，当时公爵正在看这台戏，他亲耳听到有人高喊："奥尔良万岁！"……并注意到喊声来自一群身穿军装的人……这促使他好好思考自己能做些什么，万一路易十八乘船去英国，而他本人就可以凭借驻守佛兰德和庇卡底的军队，成为王室中有力量抗御篡位者的唯一代表……他又一次，又一次感到王位唾手可得。难道要他一生就这样度过，一生忍受这种诱惑，抱着这个幻想？重要的是不能露出任何蛛丝马迹，不能走错一步，不能轻举妄动。他担心露出破绽，在这位亲王身上，这种担心比权力欲更强烈。啊！像这样用尽心机还要多久？就寝之前，他同特雷维佐公爵讨论了第二天的安排：少不了要检阅卫戍部队，发表讲话，激发他们的爱国热情。

城门安全措施的第一个效果，是阻止了布尔里埃内进城，此人是3月13日被路易十八任命的巴黎警察局局长。星期一上午，他离开巴黎，他不想看到拿破仑回来，拿破仑在戛纳就将他列入流放名单。所有的城门都关闭了？天这么晚了，只得在城郊找个安顿之处。他也不清楚守城的是谁，是国王，布尔里埃内以为国王已到了里尔，还是令他畏惧的拿破仑的军队？要不就是奥尔良公爵，他可不是等闲之辈……乘坐驿车，赶了一站又一站，穿过一座座歌声飞扬、满眼都是三色旗的城市，还提心吊胆地生怕被人认出，如此这般，最后落到这间没有炉火的破烂房间，浪费了他宝贵的一夜！

然而，在阿布维尔，事情与布拉卡先生在信中让大家看到的截然不同。

---

① 指法王路易十八。

傍晚，一名信使飞马赶到阿布维尔，重复了关于皇帝骑兵行进状况的传闻，难道是这个原因促使国王最终采纳了元帅塔兰托公爵的意见？城里的军人高呼"皇帝万岁"，也可能是这口号声影响了国王的决定。这座城市里有一个胸甲骑兵站，那里的骑兵就公开宣扬犯上作乱的思想。总之，直到最后一刻，大家还蒙在鼓里，而专区区长凡尔维勒先生对陛下的镇定佩服之至，大家催促国王提早启程（尤其是贝蒂埃，腋下夹着维斯孔蒂夫人的首饰盒，在那里踱来踱去，自从麦克唐纳匆匆告诉他圣德尼城贡普瓦兹街旅馆里发生的事后，他再也坐不住了），但陛下只答应提早一小时在专区公馆用晚餐，他头天就在那里下榻，饮食起居还照搬杜伊勒利宫的礼仪，阿布维尔当地政府也只好倾力照办，瞧啊，国王胃口好得出奇！菜谱上的七道菜相继上桌，国王嘴里荤段子连连，还都以为在凡尔赛宫呢！因此，为了让国王放心，不为其他，就派麦克唐纳先去摸摸情况，再说也没有其他人可派，没有亲卫，也没有信使。能调遣的只有十名骑兵，哪怕抽调一名传令兵也会削弱御驾的护卫！法兰西的元帅总该派上用场吧！于洛将军陪同前往，这几乎是一支先遣队的阵容了。其余的人会赶上他们的。贝蒂埃心里不踏实：他本想待晚餐后再仔细问问麦克唐纳。我们会追上他们的……说得倒轻松。

反正追他们还太早。不如让我好好尝尝这……这是尚贝尔丹葡萄酒还是别的什么酒？哦，陛下真有眼力，一猜就中！尚贝尔丹葡萄酒，当然是尚贝尔丹葡萄酒。嗯……哪年产的？1811年，嗯？还没有酿熟，酸一点……我敢打赌，是1813年！专区区长惊讶不已。麦克唐纳的马车在埃丹换马，或者就没有换：因为贝尔维勒先生觉得有责任禀告，他轻咳两声，说埃丹城里人心浮动，国王护卫绕过埃丹，直奔位于坡顶的马尔科纳街区，找到了客栈老板库罗内①先生，此人的姓氏本身就是以表明他忠于王权；老板已接到麦克唐纳的通知，派人在圣勒驿站备妥供一行六辆马车替换的马匹。贝蒂埃仍无机会找麦克唐纳说话，国王的车队一到，元帅又出发传令去了。车队从马尔科纳出发前往圣波尔。

皓月当空，国王乘坐一辆六驾轿式马车抵达圣波尔，前座上是两名贴身侍从，他们还像在巴黎时一样，身着宫廷制服，可怜的人儿！他们双臂抱胸，身上也不见热，这可不是埃利泽神父向陛下建议的风湿病理疗，绕京城跑马！另

---

① 原文为 Couronné，含"王冠""加冕"等意义。

外五辆车紧跟在轿式马车后面，护卫总共十人，埃利泽神父身穿兔皮大衣坐最后一辆车，挤在仆人中间。这里换驿马也是在城市的另一头，在贝蒂讷门，麦克唐纳在那里停留过，已引起城里显贵们的注意。他们便请圣驾进路边第一幢房子休息。这儿是一个贫困区，居民都是手艺人，以纺麻或用织机织袜为生，区内还有一座石灰窑和几家制陶作坊。大家费了很大的劲才把陛下扶下车。差不多是把他抬下来的。国王不期驾临一间同路面齐平的房子，房子里堆满了家用物品，地上铺着方砖，主人是个寡妇，一人度日，屋内取暖不好。老妇半睡半醒，衣衫不整，惶恐、惊奇：国王来她家了！这是她生平的重大奇遇，突如其来，她毫无准备，眼看就要错失良机……她环顾四周，想做点与这次机遇相称的事。几位衣着华丽的先生正忙着侍候国王在她家仅有的一张椅子里坐下。这么晚了，火炉里的泥煤已经熄灭，屋子里滞留着寒冷的烟雾，女主人想在屋子里找一样最漂亮的东西。她看到了她的骄傲和安慰，那面用来堵缝挡风又重又破还褪了色的带流苏大窗帘，只见她拉住下摆，一把扯下窗帘，从上面撕开，铺在国王脚下当地毯，她听见国王说："哦，我的脚，我的脚……"原来在阿布维尔，大家发现，那只临行匆匆装满国王全部衣服的旅行箱，在途中一次休息时被偷了。衬衣倒也算了，糟糕的是陛下的拖鞋没了，而城里没有一个鞋匠能提供这双畸形大脚穿的拖鞋。

　　尽管时间已晚，地方偏僻，如果没有在门口设岗，还会有人前来打扰陛下。设岗？好是好，可哪儿去找士兵站岗？就拿车队来说，前后左右，城市方向上都要警卫，护卫队已是捉襟见肘，穷于应付。必须在随行人员中找人在门口站岗，也就是贝蒂埃和布拉卡本人。只见贝蒂埃咬着手指甲，不时朝那只珍贵的首饰盒瞟一眼，极不情愿地把它搁在寡妇屋内的五斗橱上。两人把出鞘的剑架在肩上，那副样子真让人发笑。因为充当哨兵，贝蒂埃大失所望，又错过了同麦克唐纳说话的机会。圣波尔专区区长戈多·德·恩特雷格先生来到此地，向途经本城的陛下致敬，见这二人交叉利剑，禁止他进入这间陋屋，他一时目瞪口呆，认出了这两个模样大相径庭的轻歌剧里的卫兵，那个黑发棕肤的胖子竟是瓦格拉姆亲王，另一个披着亚麻色头发的红鼻子高个儿却是掌管国王卫队的大臣！布拉卡没有睡意，心里惦记着他收藏的那批勋章，这批收藏早就提前运往英国了，只是连同他那年轻的妻子，都如泥牛入海，全无消息。噢，他妻子倒一点不用担心！她熟悉英国，英语也讲得很流利……至于贝蒂埃，麦克唐纳在阿布维尔匆匆告诉他在圣德尼巧遇维斯孔蒂夫人的事，说夫人"身体突然不适"，不得不返回京城，这事可把他的睡意一赶而尽。他本不该走的……他本不该走……是否还会重见格罗布瓦庄园，重见他在嘉布遣会修女街的府邸? 要是把热拉尔画的吉斯帕的肖像带在身边那该多好! 吉斯帕……但愿情况没那么严重。

换上圣波尔的好马，国王车队一路奔驰，在贝蒂讷大广场又停下准备换驿马，此时才凌晨五点，甚至还不到。这里不像普瓦，没有下雨。驿站设在钟楼对面一家旅店内，钟楼矗立在广场中央，四周是房舍和棚铺。这些棚铺是一个世纪以来商贩不顾当局警告搭建起来的，而这个星期，就在这些建筑和广场周边房舍之间的空地上，搭满了木棚和帐篷，因为有集市，不是十月里那种遍及全城的大集，而是仅在场上举行两三天的小集，有定点摊位，也有流动商贩，结果连警察都出动了，以防盗贼抢劫或窝藏其间。谁知道这些波希米亚人会做出什么事来。说的正是那两个在北方旅馆里的驿站打瞌睡的男子……当车队到达时，他们醒了，车队停在大头街的街角上。可他们一时还弄不清楚对手是谁。

有人给马卸套，天色还很暗，人来人往，喧扰声吵醒了耍熊艺人，他睡在有篷小货车里，为了取暖他光身躺在两头上了嘴套的狗熊中间，透过马车后窗，看着驿站伙计忙活的情景，只见他们手持火把，牵过马来，卸下鞍辔。最先明白眼前这一切的是一个头戴黑色风帽的老妪，她原是圣让医院的修女，叫费利西泰，大革命时期，经主教批准还俗。这个时候她在这里干什么? 您忘了这是圣周了吗? 可能她在圣瓦阿斯特教堂为圣体守完灵，正往家走。其实她刚从家里出来，要去做白昼弥撒，也就是一般人说的晨经。好奇心驱使她上前看看这位鼻子贴在轿式马车门窗上的胖老爷。这时有个火把晃过，正巧照亮这位老爷的脸，她蓦地认出是国王，倒不是因为她见过陛下的肖像，而是因为1814年她在加来亲眼见过国王本人，当时她在英格兰照顾完一位分娩的侄女，刚好回国。国王，啊，仁慈的耶稣! 这是怎么回事? 她忍不住走上前去，国王的目光落在她身上。她结结巴巴地说道:"陛下……"此时路易十八想起了瓦伦镇[①]，想起了他已故的兄长也是逃亡途中在驿站被人认出来的……他含糊地点点头，向这位貌似死神的老妪致意。

费利西泰修女见国王点头，便大着胆子走近车门，边鞠躬边不安地说:

[①] 1791 年 6 月 20 日夜间，法王路易十六从巴黎出逃，途中被人认出，21 日在瓦伦镇被抓获。

"陛下，圣驾光临小城，发生了什么不幸的事？"善于撒谎是国王的职业。为了让老妇放心，"受人拥戴的"路易抬起沉重的眼皮，稍稍转动他那可怜的受了伤的腰，无力地摆摆手，说："放心吧，一切都会好起来的……"这些话总不该藏在心里只让自己知道吧，可是大清早讲给谁听呢？修女走进北方旅馆，遇到了铁器商的妻子布拉萨尔太太，她身穿便袍，满头卷发夹，是来打听情况的，因为她打开了百叶窗，广场上人声嘈杂，不知是怎么回事。费利西泰修女以为自己说话声音很低，便尖声重复："……一切都会好起来的，一切都会好起来的！"这话让在长凳上打盹的一位警察听见了，他抬起了头。"国王！"修女又说。布拉萨尔太太明白过来，激动得涨红了脸："国王！国王到了我们这里！我们该做些什么？送点什么吃的东西，让他暖和暖和？"这个主意太好了，修女说送一杯可可茶吧。布拉萨尔太太赶紧跑回家，告诉丈夫："国王来了，里凯！国王来了！"布拉萨尔太太的丈夫是热月末从贝蒂讷解往巴黎的一车死囚之一，幸好罗伯斯庇尔垮台才捡回一命。刚才那位听见费利西泰修女叫喊的警察急忙跑去向他的上司于埃中尉报告。这样一来，国王就在本城的消息传播开了，顷刻间，人们纷纷从家里跑出来，向国王致敬。市长的府邸就在广场上，最先出来的是市长德拉洛先生，他边出门边穿衣服，又挂好绶带，嘴里不停地高喊：国王万岁！国王万岁！这样谁也不会怀疑他是第一个高呼国王万岁的人，这时帐篷里的人都出来了，不仅有耍狗熊艺人和他的熊，还有一群波希米亚人、一个巨人和三个侏儒、异常清醒的梦游女、身穿玫瑰色紧身衣的走钢丝演员、平常几近赤裸而此时才从头到脚裹得严严实实的举重艺人，还有形形色色的居民，他们从家里出来，身后跟着他们的妻子，天气还寒，可几乎所有的人都衣着单薄，只穿衬衣或便袍，至少只穿了一半，靴子一只套在脚上，一只抓在手里，一边拼命扣着纽扣。其中就有韦尔米纳营长（他夫人顶着一头卷发纸），他是广场守备，身边却没有一兵一卒，当地驻军心存不满，他知道他们想些什么，所以连通知都没有通知。于格中尉，隶属于王室宪兵部队第20军团加来海峡连，他让卫戍司令莫尔德伯爵先行，因为他要花些时间把手下的人集合起来，包括站岗的两名宪兵在内总共五人，现在唯有他在此还有自己的部属，而跟在他后面的工兵上尉贝洛内只剩一个传令兵，而这个传令兵也不见了踪影，大概带着贝蒂讷的那个妓女找地方睡觉去了。说实话，负责招募王室志愿兵的营长助理布瓦隆·德·阿基埃上尉今夜不在贝蒂讷，他去了拉勒地区（城里实在征不到多少兵），他打算从帝国时期历次战争的逃兵中，从弗吕沙尔的党徒中募集兵员。弗吕沙尔是一个保王党集团的头目，人称路易十七，从政做官前曾作恶一方，制造恐怖。

路易十八接见莫尔德伯爵和其他军人，态度冷淡，而布拉卡接待他们的方式使这种冷淡愈加明显。但陛下还是心存感激地喝着布拉萨尔太太奉上的可可茶，喃喃地说："善良的臣民！"刚才，这位太太一边搅着滚烫饮料里的方糖，一边向国王讲述了最后一辆囚车的故事。亨利·布拉萨尔离断头台那么近，却能死里逃生，大家明白像他这样的人岂会不忠于陛下！结果，四十天后，他进入了由皇帝任命的市政府。可可茶又烫又甜。"善良的臣民！"国王重复道。贝蒂埃却不甚放心，见到广场上的街头艺人，他把首饰盒夹得更紧了。刚到的时候，他只能同塔兰托公爵交谈几句，但这足以使他心烦意乱……

军界要人到场，凸显士兵的敌意。军方人士刚退下，文职官员便蜂拥而上；初审法院全体法官尽数前来，还有代理检察长和书记官，陛下只记得其中一位法官的名字，德克雷比蒂特①先生，陛下让他重复了三遍，自己被逗笑了，笑出了眼泪，忘了鞍马劳顿。接着是初审法院的六名诉讼代理人，还有治安法官。随后便轮到征收直接税和间接税的监督官、税务官，他们一个个衣冠不整，过于随便，那个房地产抵押登记官连头都没有梳，诚惶诚恐的样子，就像是当场被人捉了奸似的。这些人都在匆忙中穿戴打扮，在夫人小姐陪同下前来朝贺，还让身穿短上衣的保姆抱来孩子，祈求陛下为孩子祝福，至少这能成为他们一生的回忆。

晨光熹微。在御驾车门前进行的接见仪式不免有些滑稽可笑，国王注视着这一切，心里又感动又轻蔑。大广场上晨雾荡漾，远近闻名的钟楼耸立在广场正中央，四周是鳞次栉比的四层楼房，在陡峭的板岩屋顶下，人们无视市政当局的法令，又偷盖了两排顶楼，钟楼俨然像个巨大的灰装宪兵，俯视全城，窥探着尚未褪尽的春色；钟楼顶盖呈金字塔形，构架复杂。突然，尖顶下排钟齐鸣，三十六只小铃铛在晨风中丁零丁零作响……钟声在搭满搁架和集市木棚的广场上空掠过，拍打着广场周边的建筑，这些建筑确实稍稍高过傍着钟楼而盖的房舍，它们都很狭窄，所以看起来更高，而且排得挤挤的，非常挤，屋顶是佛兰德式斜坡，非常陡峭，三角楣呈锯齿状，石砌的烟筒两个一对三个一排，有如观察群鸟空战的守望哨，无数的守望哨。

---

① 字面意义为"老朽"。

　　这时来了一个趿拉着拖鞋的迟来者，使临时聚集的朝臣们的滑稽可笑达到了顶点。来者是个矮小瘦弱的男子，五十开外，只穿上了一条裤管，边跑边手忙脚乱地把另一条裤管往腿上套，身上的衣服都是急忙中一件套一件，汗衫、衬衣、背心，活像一块千层酥，连纽扣都来不及扣上，头戴羽翎帽，外套夹在腋下，一只手拿着领带，另一只手提着一柄剑，左右为难，决定不了是先把剑佩在腰带上，还是先把领带套在脖子上，结果到了国王面前，竟腾不出手，无法脱帽致敬。此人正是迪普拉凯先生，贝蒂讷专区区长，自执政府以来，政体几经变换，可他一直稳居此职，这样的好运全靠了眼前这座车驾。他走过来，一条腿光着或几乎光着，又一不留神，剑掉在地上，弯腰去捡，又掉了领带，这回完了，他确信刚才的笨拙害他永远地断送了自己的前程。一个脏兮兮的十岁男孩随母亲出来，见他这副窘态，说要帮他提着长裤，让他穿好。可是，专区区长拒不领情，因为他认出了孩子的母亲，这位太太还有一个儿子，一个热爱冒险的狂热分子，警察局里挂了号的，十六岁就当了步兵，还自认为前程可期，不料去年在贝桑松负了伤，有拥护共和的嫌疑，作为预备役军人回到贝蒂讷，明摆着要串通本地驻军图谋不轨。国王车驾启动，方向里尔。这位专区区长刚刚在国王面前出了丑，如果再让这个黄口小儿帮着提裤子，受到连累，那就晦气到家了。到时候就差一份报告，说你是可疑分子！这种事，他凭经验就知道。可他不知道这孩子的父亲，一名旧军官，昨天夜里也在普瓦参加了一个地下会议……

　　天色破晓……赶去唱晨经的慈善会的善男信女看到广场上，在大头街，圣瓦阿斯特教堂一带人群拥挤，吃惊不小……清晨的空气开始变得湿润、温暖，天气没有昨天早晨冷了，甚至谈不上冷，显然要下雨……

　　在格朗维里埃和普瓦，雨已经下开了，飘落在国王卫队和王爷们身上。大家还以为国王在阿布维尔，他们没有接到国王已经出发的通知，因为国王似乎不懂得使唤信差，或者至少他觉得国王卫队不能紧随其后，至于那些亲王，他也很少拖累他们，所以完全没有必要差信使给他们送信；亲王们正在格朗维里埃开会，起草阿图瓦伯爵困倦中反复琢磨的信件，准备启奏国王：总而言之，眼下国王卫队已陷入混乱，队伍绵延十古里，行动缓慢，人已疲惫不堪，气喘吁吁，还带着伤残病弱，只得按步兵的速度前进，因此除了在迪耶普上船，没有其他可能的目的地；当然，迪耶普还很远，但国王可以从阿布维尔出发前往，这样至少可以在武装护送下抵达英国，而不至于总像从前那样被上帝和民众抛弃，沦为可怜的乞讨者。亲卫队的主力已经开拔，等会议一结束，雷泽先生的亲卫兵和达马斯先生的轻骑兵也簇拥着诸亲王出发了，这支护卫队为车队殿后，走在车队前面的是乘车的阿图瓦伯爵、骑马行进的王太子贝里公爵、马尔蒙及其随从，大家看见贝里公爵身披浅灰色黑领防水斗篷，在雨里来回骑行。当塞扎尔·德·夏特吕举剑向他致敬时，发现他眼眶里噙着纹丝不动的祖传大泪珠①。原来查理-费迪南心怀恐惧地想到有人永远不会让他的维吉妮进入英国，他还想到，如果与他深爱的两个小女儿重逢，就一定会见到他无法忍受的布朗夫人，但在摄政王②看来，在上帝面前，他仍是布朗夫人的丈夫。这些新教徒都是伪君子！布朗夫人是英国人，没错。

　　后面，大路上，徒步的士兵、颠簸超载的大车、动不动就陷进泥里的莫特马尔先生的炮队，始终乱糟糟地拖得很长，走走歇歇……道路坑洼泥泞，到处都淹没在大雨前的蒙蒙晨光里。星期二的天气不算太坏，但星期三就补回来，早晨天就不好，尽管还有些暖和。这才是真正的圣周星期三，连天空也预先穿上孝服，十字路口的耶稣受难像都挂上了圣枝。

　　在普瓦，分别由洛里斯东将军和拉格朗热将军指挥的火枪队，正在等候国王卫队主力，准备开拔。大家在天亮前就已起来，接到命令，持枪立正恭候诸亲王驾临。最先到达的是一辆轻便两轮马车，那架势就像去河边兜风！莱昂·德·罗什舒阿大感兴趣：坐在这辆黄轮黑色轻便马车里的怪家伙是谁？他的副官蒙佩扎认出来了，那是里卡尔将军，两腿裹在一条双色毯子里，他带着阿图瓦伯爵给陛下的信前往阿布维尔，总以为能在那里见到国王。1809年，当苏尔特设法让人拥戴他登上葡萄牙王位时，这个里卡尔是同谋。里卡尔在这里换了马，赶快，他只来得及向两位火枪队副统领证实亲王的命令。他同时向他们确认，卡斯特里先生受阿图瓦伯爵派遣，已取道奥尔马公路离开了格朗维里埃，前往迪耶普集中所有能够找到的船只。什么？要改变去向？不管怎么样，至少还有一个半小时闲着；骑兵们周围有不少随军炊车，伙夫正在分发一种热饮料，称它是咖啡实在太夸张。罗什舒阿伯爵的马车，载着他本人和黎塞留公爵的物品，因而像公爵一样，留在亲王队列里。此时，伯爵羡慕地望着一辆敞篷四轮马车，马车的主人是他的远房亲戚，在黑披火枪队的伙伴拉斯蒂亚克先生。马车车身修长，一看便知，这是一辆新车，尽管这次跑了那么长的

---

① 贝里公爵患遗传眼疾。
② 指英国摄政王。

路，车夫刚用水冲洗过。多漂亮的绿色四轮马车，有些地方用上了铜制件，轮子漆成黑色，还是最新款式；再看车内，用绿色摩洛哥皮革全包，宛如一个全皮精装书面，一只漂亮的手提箱。拉斯蒂亚克的行李具有同样的风格。乘车继续赶路当然比步行舒服，但这不可能，因为上面做出了样子，必须照着做。在凄苦的逃亡路上，能让这辆可爱的玩具车跟在后面已经不错了……"您认为，亲爱的，"拉斯蒂亚克问，"我们真的要去英国吗？他们肯定不会让我的四轮马车上船的……"

"唔，"罗什舒阿反驳道，"事情未定。就说黎塞留先生吧，倘若国王要渡海，他就打算继续走陆路，投奔他的旧主人俄罗斯皇帝……那个斯坦科夫斯基先生，我们亲爱的瓦尼亚①，他自己知道何去何从。我呢，您知道，我倒更想去荷兰，那儿的烹调可是第一流的……"

此刻，泰奥多尔冒雨观看这座他只是在黑夜里见过的小城，趁机也核实一下挂在心上的事。他把特里克交给蒙科尔照看，自己踏上了去教堂的上坡路，现在他觉得这段坡路短多了。坡路下方是一片带小院的房舍，它的上方则是花园和通往教堂右侧平台的石砌梯道。他踏上了想必他在梦中走过的路，他已记不清楚发生过的事情，他竭力辨别梦中的境遇。夜里的幻象是从哪儿开始的呢？重走来过的地方，当时的景象渐渐浮上脑海，他需要找到这景象的踪迹，如果有踪迹的话。他推开墓地的小门，察看面前的坟墓，就像昨夜在树林里感觉到的那样，墓间开满了报春花，浅绿色的叶子，叶脉粗壮，犹如生菜一般。他弯腰摘了几朵花，淡紫色花瓣，黄黄的花蕊，同他想象的一模一样。他用手指把花揉碎，溜着城堡墙根儿走去，像要躲开远处某人的视线。绕过圆亭，他远远看见了倒塌的残垣……他往上爬，一块石头从脚下滚落，周围荆棘丛生，来到一条小道，两侧缠着老荆棘，地上爬满常春藤，这样看来，他没有做梦，这就是记忆中的地方，这些小径转来拐去却汇聚一处，那边上方是树干盘曲的巨松，更近处，那是一簇簇灰色黄色的嫩芽、枝杈上残留的枯叶、一株小灌木上包在胚茎外的一束束新叶，那是什么，没长叶子，挂着一长串一长串的籽粒……噢，这是下行的路，可现在不用走这条弯路了，走那笔直的小径就通到交叉路口。

他正要去那里。此刻这个地方空寂无人，但地上还留着最近被践踏的明

---

① 斯坦科夫斯基的昵称。

显痕迹，有二十来个人在这里逗留过；而且邻近矮树丛里有些折断的细枝，这证明有些与会者的激动和烦躁，这些人没有发言，一直待在离火把较远的地方。开罗大街的先生待过的地方边上，有一支熄灭了的、几乎完全燃尽的火把，这为模糊的记忆提供了佐证。退后几步，陡坡突然下倾，伸出矮树丛，矮树丛形成一道黏土坎，上面留着一个身体的印迹，一个窥探者留在断枝间的踪迹：就是这里，泰奥多尔合上眼睛，以便更好地重现和回忆。他要追寻的是那些消逝的话语。在他头脑里，这些话艰难地重现，它们乱无头绪，七拼八凑，模糊不清。他记不清这些话是谁讲的，他重建这场景，就像重建用陌生语言写的一篇文章，把铅字组合在一起，却不识单词。教堂的钟敲响七点。此处也一样，在灌木丛下，在地毯似的常青藤间，开满了报春花，这里那里，随处可见，而在隔年的草秸下，冒出了一簇簇新绿。火枪手不假思索就折断了一根黄花初绽的枝丫，像摆弄手杖那样漫不经心地挥来挥去。瞧，我的泰奥多尔来到了林中小径的交会处，这白色的灰烬是怎么回事？在高耸的树林下，在小径的会合处，举目望去，一边是山峦迤逦，在低低的雾霭里往南伸进山谷。另一边，加来公路几乎就在脚下，从普瓦尔侧经此北上。

一切都清楚了。没有必要再耽搁。泰奥多尔经小径交会处的一条岔道直达墓地下方，绕向教堂，前往平台上的榆树林，用不着在城堡的围墙上往下冲了。大家应该相信，这一切都发生过。绝非虚幻。

下面传来军号声。得赶快下去，那是备鞍上马的号声。倏地，泰奥多尔觉得很遗憾，今天早晨他没有再跟索菲见上一面，她还在睡。菲尔曼不见了，这家伙……是有点奇怪，不过，这次转了一圈回来，火枪手现在很想同贝尔纳聊一聊。聊什么呢？政治还是爱情？或许两者都聊一聊……下雨了，人们感到了春天的气息。树林犹如蓬头的孩子，光秃的细枝就像这头乱发，树冠轻轻倚着嫩灰色的天空。下面是金黄色的土地、去年的麦秸和新耕的田垄。

其实，部队并没有出发。亲王们到了，但国王卫队似乎还没有跟上，这里距格朗维里埃仅三古里，即使按步兵行军的速度，卫队主力也该在八点前后到达，最多八点一刻吧……火枪手列队迎候阿图瓦伯爵和王子殿下的车队通过，然后原地待命，只见战马的腿站麻了，蹄子不停地刨着铺石马路。浪费了一个小时……一小时一刻……泰奥多尔看见一辆黑色货车，由几匹白马拉着朝阿布维尔方向驰去，他觉得绿色顶篷下座位上的那个人是贝尔纳。糟糕，最后一次机会白白丢掉了，真笨。

　　他要同这个多情的小伙子聊聊，究竟能得到什么？还是赶快给各村的织布工运纱去，小伙子，顺便密谋些什么，再好好想念你的索菲吧！我们属于两个不同的世界，我们走的道路永远不会交会。

　　拉罗什雅克兰的掷弹兵终于到了，接着是步行的亲卫兵，在一个骑兵连，或者说在至少是一个连的骑马人的夹护下赶到。不用问，一看就知道为什么三古里的路这些人竟走了三个多小时。情况日益恶化，战马累垮了，越来越多的骑兵下马，牵着坐骑步行。此外，军方车队还受到大批临时增加的车辆阻塞，这些车辆要运送伤病员、穿制服的老人、弃学出走的中学生；增堵添乱的还有不期而至的民用车辆，不论是敞篷四轮马车还是轿式马车，都挤得满满的，女眷们带着仆人、爱犬和孩子们一起逃难，一路上事故频发，有些贵妇身体不适，便让一些军官，他们的朋友上车同行……仆人每人牵着两三匹马步行，他们的主人则端坐车里；而且，国王卫队各部人马，亲卫兵队、轻骑兵、近卫骑兵、长矛轻骑兵、瑞士百人队等，都有各自的装备车辆，光瑞士百人队就有二十多辆行李车！这些车辆杂乱无序，车夫竭力紧随主人，却又根本不知道主人在前面还是在后面，是同亲王在一起，还是在前卫队，或者落在后面；步行的士兵淋在讨厌的雨里，走走停停。每经一座村镇，总有一半人需要点什么，看见鞋铺，老板还在睡觉，把门叫开，把店里所有的靴子、鞋子都试了一遍。有的并不需要什么，只想避避雨。还有的人出发时什么都没有带，一路上把那些小咖啡馆扫荡一空，还到老百姓家要吃要喝，问有没有肉食，至少弄些不太硬的面包。

　　大家终于明白，阿图瓦伯爵为什么决心横渡海峡：必须在阿布维尔赶上国王，再从阿布维尔突然向迪耶普运动，这有可能迷惑追兵，从而赢得上船的时间。

　　九点刚过，这个乱哄哄的庞大人群终于从普瓦出发了，沿着绕过墓地的坡道，下临山谷，穿过树林，突然来到一个完全不同的世界，面前是一片光秃无垠的高原。策马小跑已无可能：国王卫队必须集结，等候徒步士兵，把他们夹在中间，护着他们前进。队伍绝望地慢慢走在这景色单调的地区，冒着风雨，踩着烂泥……

　　像这样在路上磨蹭，头上淋着大雨，胯下的马甚至还没有从前几天的疲惫中恢复过来，真要把人急疯了！有人提醒泰奥多尔，他也不时觉得特里克畏缩不前，也知道这是装出来的，但知道了又有什么用，再说该采取的预防措施都采取了，马蹄上沾满了黏土，这让特里克烦躁不已。歇脚时大家终于被一些人的话说得紧张起来了，没办法不跟着歇斯底里。没办法……

那是第二天，大家在议论埃格泽尔芒的骑兵部队，仿佛都亲眼见过似的。其实谁也没有见过，可是，自有人说他们正尾随而来；还说他们走得慢，还老是歇脚，加上大雨滂沱，雨水流入眼睛，说得这一切开始变成真的了。有人站在马镫上朝后看……看看出了什么事……没什么事，更确切地说，什么都发生了……大路空前壅塞，纵队七零八落，车辆混杂，步兵怨声不绝，国王卫队的队伍拖得很长，望不到尽头……如果他们尾随而来，我们的尾巴那么长，吉凶难卜。

经拉格朗热副统领批准，罗什舒阿先生在忠实的蒙佩扎陪同下，正尽其所能催马由前向后小跑，去找黎塞留公爵，至少这是他的借口。他看到了拉斯蒂亚克的四轮马车，特别想知道他自己那辆有篷双轮轻便马车是否跟在后面。当然啰，他的仆人在车上，护送公爵的旅行箱和莱昂·德·罗什舒阿的全部财富，少说也是他的全部现金：放在一只旅行用品包里的八千金法郎和替换衣服，包括一套朝服。可是罗什舒阿对车夫贝尔坦不放心，因为是新近才雇来的，还不了解他的底细，总之时局混乱，泼皮无赖难免见财起意。他穿过乱哄哄的格兰蒙亲卫队，大车和主人家的马车阻塞道路……不见那辆有篷双轮轻便马车……雷泽先生正拼力疏导车流，显然，此人应付女人的本领要强过指挥一列军用车队。这把罗什舒阿拉回到1813年末的巴登，其时莱比锡战役结束，他们在那里吃喝玩乐，尽情享受。他忍不住向蒙佩扎讲起了往事：他在巴登邂逅几位德国女子，早在1807年，这几位女子，就在波茨坦认识了托尼·德·雷泽。时过六年，她们没有忘记雷泽先生，用扇子半遮着脸说起往事，有些细节很少有法国女人会拿来说的，但都是在夸奖托尼。

塞扎尔·德·夏特吕勒住坐骑，与达马斯伯爵的马并肩而立，罗什舒阿从旁边经过，朝他们举刀致意，作为回礼，夏特吕喊道："您去哪儿，罗什舒阿先生？"黑披火枪手勒马停下，向达马斯先生和他的女婿致敬。必须承认，在这群人马中，轻骑兵的军容最整齐。罗什舒阿如此恭维达马斯伯爵和他的副官。

罗什舒阿从他们那里知道了今天早晨亲王总部举棋不定的一个原因。头天从博韦派往亚眠的亲卫夜里返回格朗维里埃。他从亚眠带回的消息说，当地驻军已佩戴三色帽徽，但赫赫有名的埃格泽尔芒的骑兵尚无影踪，至少他昨天离开索姆省府时还没有出现，省长亚历山大·德·拉梅特先生接见他时态度也很诡异，猜不透他到底站在哪一边。然而，国王卫队开拔后三小时，那个亲卫返回博韦，皇帝的传令兵正在那里为一个团的轻骑兵安排宿营地。他还捎来了两封信，一封是马萨先生给马尔蒙元帅的，另一封是麦克唐纳的女儿写给她父亲的。博韦的省长①证实，皇帝的军队正源源不断开来，还提到一个多星期前，诸盟国的君主在维也纳发表了一个声明，但没有附上声明的文本，那还不是白忙活！不过，迷人的南希她丈夫报告说，国王下令拆除的光电报机已恢复运转，而且像爸爸妈妈一样运转得很正常，杜伊勒利宫来电说，埃格泽尔芒指挥的四万好汉正在追击国王和他的卫队。

四万精兵强将！是我们的四倍！不管怎样，埃格泽尔芒的故事并非虚构。因此，谁愿意谁就谴责王弟阿图瓦伯爵好啦！是他突然改变主意，采纳了他曾激烈反对的计划，决定把忠于国王的部队带过英吉利海峡！"说要紧的，亲爱的，这么说您去那边找黎塞留公爵吗？"夏尔·德·达马斯微微一笑，问道。"他和殿下一起往前面去啦。乘车去的。我想骑马这份罪他一定受够了，埃利泽神父的治疗又不是很见效……那边，后面，只有辎重车辆、掉队的士兵、那些害怕马穆鲁克骑兵②归来的夫人！"

再往前走就难了。莱昂·德·罗什舒阿骑在马上，身子挺得笔直，个儿矮，每一寸都不能埋没，他再次向轻骑兵副统领致礼告辞，随后示意蒙佩扎跟上，掉转马头朝队伍前列走去。那辆轻便马车肯定混在后面的车队里了，他暗暗打消了寻找的念头，心里不无遗憾。不停地超越行进中的纵队，也是够麻烦的……英国！嘿，他对英国毫无兴趣。还不如陪伴黎塞留公爵呢。总之，沙皇会原谅他的吧。当初他离开沙皇，投奔路易十八陛下，不免有点操之过急，可谁会知道呢？沙皇爱记恨。不管怎样，如果一定要去北部边境，那么，等到了阿布维尔，就得同公爵拿个主意……怎么说也不可能在迪耶普把五千人都弄上船，去哪儿找那么多船只？路上到处堵得水泄不通，算了，必须离开大路，越过路坡，走湿漉漉的农田。

从普瓦到埃雷纳不过五古里，骑兵一般最多用两个小时，而且不时还能换成正常步子。可是按现在这个走法，走走停停，还要等着密使前后往返传达命令和上报情况，加上道路泥泞，雨水滂沱，而且这雨越下越大，烂泥越踩越

---

① 即瓦兹省省长马萨。
② 埃及苏丹卫兵，1804年远征埃及时被拿破仑部分收编为皇家卫队。

厚，不花三个小时怎么也到不了，我说的是前卫部队，而其余的人拖着步子，落在后面，队伍出现了空当。说实话，在驿站客栈里，众亲王已入座进餐；各连队用餐就安排在埃雷纳的谷仓里，在一家船帆织造厂和一家包装袋厂的附属建筑里。马萨先生给马尔蒙的信上写的内容就从这里传播开来：没有任何秘密能保密两小时以上，真不可思议！而且从司令到伙夫，从参谋到马夫，他们之间似乎会相互渗透，这倒不是嘴巴不严，而是一种生理现象，谁都无能为力！

泰奥多尔去了马蹄铁匠铺，给特里克的蹄底包敷了一块胶泥，因而他是最后听到这些传闻的，但他压根不信。四万人？至少这个数目听上去就很牵强……瞧，小咖啡馆门前停着一辆绿篷黑色货车，还有那几匹白马，他认出是前不久在普瓦瞥见的那辆，没错……店堂里，贝尔纳臂肘撑在柜台上，喝着苹果酒，一边比画着同女招待说话……泰奥多尔不由自主跨进了咖啡馆。但他马上感到有点尴尬。怎么跟他攀谈？何况此人也喝醉了，一看便知。

再说，对拉幅机纺织厂的这个运输工，泰奥多尔能期待什么呢？这不可能的谈话会给他带来什么呢？他无法指望对方会推心置腹，也不能诱使他说出什么隐秘。只要自己身上还穿着王朝的号衣，从他那里得到的只能是羞辱，或者是跟你玩心眼。他不能直截了当把话挑明，说自己也出席了灌木林中的聚会，听到的发言引起他内心极大的震动。也不能告诉他，自己是一名火枪手，却难以置信地突然把希望寄托在卷土重来的皇帝身上。想着想着，直到贝尔纳的嗓门高了起来，直言不讳地给他上了一课（谁？我们？），令他清醒，以致现在该泰奥多尔向他提几个问题了，几天来，这些问题一直折磨着他，而且在国王卫队逃亡途中，在满目乱象和一个世界的溃败中，它们无数次撞击他的心灵。

是的，他在圣周中追随国君受难，可他并不相信圣路易子孙的使命。是的，对他来说，换一枚帽徽并不意味着变换理想，而只是变换幻想。而这位年轻人，头发没有梳齐，满是褶皱的衣服表露了他追求外省人时尚的可怜愿望，但他那声急刹车似的喝问（谁？我们？），给泰奥多尔的震动最为强烈。是啊，谁，我们是谁？

他踌躇起来，没有立即回答，没有立刻给"我们"安上一张张脸孔，那一张张他隐约看到的穷苦人的脸孔；他有权——不仅作为国王火枪手——将自己包括在这个"我们"中吗？他觉得自己对"我们"这个不起眼的人称代词很陌生,对它所能包括的对象很陌生,他为此感到痛苦。在这个"我们"面前,他甚至自觉有点儿卑微,他准备要求、乞讨自己在"我们"中的位置。他的位置并不在那些今天高呼"国王万岁"、明天就戴上三色堇的人群里,不在乱哄哄的半饷军官圈子里,不在那些自认为受挫失意而追名逐利、钩心斗角的人当中,而是在为权贵们争权夺利付出自己的劳动、鲜血和生命的千千万万无名大众之列。他们会接受他吗?他有一丁点儿资格自荐吗?如果他只是对自己喜爱的艺术充满自信,如果他能依靠自己在艺术上的声誉……可是这些穷苦人,他们对一个画家会有什么看法呢?

现在人家总怀疑他,因为他身上这套军服,因为他加入了国王逃亡的行列,人家会怎么说呢?迪耶普、英国……他能离开这个国家,这个自己的国家吗?最奇怪的是,面对这个毫不美丽诱人的、单调而空荡的庇卡底高原,"国家"这个词竟同"我们"一样,突然卡住他的脖子,卡得他喘不过气来。正是在这里,走在这个贫困的世界里,在雨中,他感到脚下一步比一步沉重,一步比一步更依恋这块土地。他不能离开这个地方。他开始懂得其中的道理。于是……仿佛他和其他人的关系——那些没有徒步或骑马逃亡的人,那些没有扛着流亡旗帜的人,啊,真好笑,什么"冲锋陷阵,视死如归"!那些不用为渡海或去荷兰而犯愁的人——仿佛他和其他人的关系彻底改变了,不能再像往常那样生活在他们中间了,他得向他们请示汇报,结束了,那种琐碎无聊的生活,比如为做军装在缝纫铺待上好几个小时,又如在布洛涅森林、凡尔赛炫耀马术,在弗拉斯卡蒂咖啡馆……他还有重操旧业的权利吗?半年来他就一直不承认自己是画家,就连这一点也成了一个问题……他还能不能闭门索居,不问世事?他思忖着这一切,画下一个个问号,心里有一种孩子的担心,弄不清楚自己希望今后做什么。他害怕生活的这种变化,还是渴望投身其中?或许两者兼而有之。他觉得前途好似一场非比寻常的大火。他还对自己说,这场大火是前所未有的美,他觉得要做好准备去理解这种美,而他最怕的就是做不到这一点。人类能跟上历史的进程吗?他回想起阿尔让特伊大街的饭馆老板,目光迷茫的兵役顶替人、自己的父亲……可这一切又有何用!他思绪纷乱,心里苦涩;埃雷纳的小咖啡馆里人声喧嚷,挤满了前来喝酒的骑兵,柜台前,这个贝尔纳呵呵傻笑,指手画脚地大声嚷嚷,又咕噜咕噜灌下一杯酒。哎呀!醉成这个样子!还是白天这个时候,这样一个时刻。漂亮的情郎,愚蠢的谋反分子。

或许因为爱情,或许因为时局动荡不测,他在此借酒浇愁,竟至举止失态……不管怎样，不能同这个失去理智的人交谈。还是走吧。

泰奥多尔解下拴在门口铁环上的特里克，这时正好有一群头戴熊皮高帽的掷弹兵经过。泰奥多尔瞅了他们一眼，看看马克-安托万是否在他们当中。没有……他们在谈论什么？他们这副模样也够寒碜的，军服已经褪色，好些人胡子没有刮净，已经不注重外表，说话嗓门忽高忽低，就像一伙遭到追捕的人，突然意识到不要让人看出来……埃格泽尔芒这个名字不时在他们嘴边响起，声音像打碎玻璃。埃格泽尔芒……这简直成了他们的一块心病，谁也不提拿破仑，只说埃格泽尔芒……说起时还装出一副满不在乎的样子，可这能骗谁呢？

其实，埃格泽尔芒这个名字给国王卫队的整个车队，给各级人员和掉队的人带来的惊慌，以及参谋部的部署和意图被大家知晓的惊人速度，都是完全可以理解的。当队伍从格朗维里埃出发时，后卫部队的指挥官得知信使送来的消息，并奉命保证这支庞杂队伍的安全，却又不可能把军人同杂乱的逃亡队伍，同平民和卫队军官先生们的私人行李车分开来，因此指挥官就想利用这些令人不安的消息催促落在后面的士兵加快步伐。无论哪次战争，无论哪次逃难，都会有这样一个时候，军中传统的指挥手段和纪律约束失效，士兵疲惫不堪，这时人们便求助于心理学。心理学，小说家手里的一件危险武器，而军人摆弄起来，就像孩童玩步枪。

卡齐米尔·德·莫特马尔的炮兵当然被编入后卫部队，但这样部署并不会方便其行动，因为一旦需要炮兵出马，那也只能向后开炮。众亲王在宿营地的护卫由达马斯麾下的各支轻骑兵组成，因此所有落在后面的部队归由雷泽先生指挥，大家知道雷泽先生还要指挥格拉蒙的亲卫兵，格拉蒙不在军中，他陪在国王身边。拉罗什雅克兰的掷弹兵走在他们前面，像是在开路。托尼·德·雷泽是个十足的绅士，他不在战场就在情场。他对待部下就像对待女人，为博得女人的欢心，撒个小谎也算不上什么罪过。因此他找来三四个年轻人，都是他那个队的，其中一个还是他的本家，其他人也都是他老战友的儿子，他叫他们把手放在百合花徽上起誓，绝不泄露消息的来源，随后令他们混入落在后面的卫队人员和杂乱的车队中散布流言，说埃格泽尔芒和他的骑兵正全速追来，甚至有人已经发现几条平行的道路上有皇帝的骑兵纵队，他们行踪隐蔽，随时准备在后面发起进攻，最后，大家都知道，篡位者诡计多端，他早已通过驿站派出了一批士兵，让他们换上便衣，把军装放在袋子里，到时候穿上，好让忠于国王的部队觉得他们要进驻的村庄已被占领。经允许，这些年轻士兵可以添油加醋，大肆渲染，他们也决不会放弃这种机会，因为他们瞧不起掉队的人，也瞧不起乘车跟在后面惊慌失措之辈，还因为这种做法有助于开拓想象力，再说，上行下效，撒谎也被视为对王国事业的忠诚。啊，千万别忘了说上面要我们改道前往迪耶普……这是为了往恐惧中加进一帖缓和剂，那就是下一个目的地，噩梦结束的希望，上船。怎么，迪耶普？那我们就该走奥马尔公路呀！不，不，我们必须走阿布维尔，陛下在那里等着我们，去那里重新集结，再井然有序地西进，下一站路程很短，而此举出乎追兵意料，他们已守着索姆河防线，准备与我们开战。

不难理解，在目前情况下，指挥部已无机密可言。此外，那几个年轻士兵沿队伍往回赶，听到女人们惶恐的呼叫声，看到那些因为赶时髦而步行的人的绝望、瘸腿的人、疲劳而焦躁的孩子、不想再充当小伙的老人，耳闻目睹这一切，这几个年轻骑兵不由得脑洞大开，以减轻他们的谣言造成的沮丧，而这些谣言本该像抽打在这些人腿肚子上的鞭子，催促他们脚下加快。于是，他们便胡编乱造，说敌人的埋伏被识破，双方交火，发生了小规模战斗，火枪手和掷弹兵突袭埃格泽尔芒的士兵，还抓了俘虏。不信可以问问掷弹兵……喏，他们就在我们前面。说到这里又顺便透露了从俘虏嘴里得到的情报，包括国内的形势，国王的军队夺回了格勒诺布尔和里昂，昂古莱姆公爵殿下在西南地区取得重大胜利，整个西南地区都起来反对波拿巴，现在公爵正向首都挺进，将和旺代省的部队会师京城，胜利仅一步之遥。眼下，我们要收拾埃格泽尔芒的猎骑兵和龙骑兵，他们尾随而来，抄近路，在矮树林里……喂，快，加把劲，孩子们，离阿布维尔不远啦，陛下在那里等着我们，给你们颁发十字勋章，给你们加官晋爵。

封官晋级的前景，这正是职业军人的向往，可是对于那些临时士兵，比如法学院的志愿兵，这办法根本不灵，甚至适得其反，因为这些老实巴交的孩子，虽筋疲力尽却硬撑着挪步向前，我是说那些从博韦起就没有乘车的学生兵，那些从博韦开始一直坚持下来的孩子。对他们来说，封赏嘉奖这个主意，用"胡萝卜"在鼻子前摇晃来引诱他们前进的主意，实是对他们的侮辱，是造成他们士气低落的一个更深层的原因。

在埃雷纳歇脚时，学生兵中有五人挺不住了：一个是脸色苍白的瘦高个，一个是嗓音像女孩的棕发小个子，一个长着灰色卷发，不幸有个嘴唇抽搐的毛病，其余两人无甚特别，可眼里噙着泪花。他们拒绝与同学一起爬上大车，带头坚持步行到此。他们在一家小咖啡馆门口看见这辆黑色货车，车夫座上方张着绿色篷布，货车套了两匹白色佩尔什马，要不就是布洛内马。他们停下来商量了一阵，决定进去，想必车夫就在店里。

车夫有些怪，圆筒帽搁在柜台上，人长得挺英俊，可能是在野外过的夜吧，身上的衣服皱皱巴巴，细看相当破旧，而且头发蓬乱，苍白的厚嘴唇不停地颤动。他好像喝醉了。反正他的眼神有点不对劲，说话似乎不入调，侍候他的姑娘正拿他取笑，因为他那两片没有血色的嘴唇吐出来的话实在没劲。店里有坐着的顾客，有军人，有农民。

这几个志愿兵问贝尔纳能否搭他的车，贝尔纳把他们打量了一番：棕发小个子说话声音像小姐，瘦高个脸色苍白，卷发小伙一副可怜相，另外两个倒没有什么特别之处，只是其中一个有点跛足。他突然嘻嘻地一笑，这笑声挥之不去，让你难受，刹那间叫你泪眼盈盈。要他把这些学生捎走！啊，真有意思，他随即竭力解释，说他那两匹马，菲利多尔和内波米塞娜，也都跑累了。可是，学生兵苦苦恳求。这几个小傻瓜，有点儿爱诉苦，没了英雄气概，不再逞能，把雨水和疲劳同"人质夫人"的荣誉和旗帜搅在一起，总之什么招数都用上了，贝尔纳见了乐得直拍大腿。贝尔纳是大腿粗壮，膝盖瘦小，因此他按巴黎时尚穿一条紧身针织裤。

"来吧，"他说，"我请你们喝一杯。请每个人！"

"您带我们走啦？"

"先喝酒，回头再说……"

他，贝尔纳，用货车拉这些法学院的志愿兵，实在荒唐、恶心！可他们还是孩子，累得都站不住了，手指上似乎还沾着墨水呢。离开法学院，徒步跟着一个逃亡中国王的骑兵队，只有傻瓜才这么做！丢下妈妈，告别街区上的女友，嗯？请问图什么？烂泥、雨水，长无尽头的路、一个树木和山峦都不能让你改变心境的地方……古迹屈指可数，又无多大价值……连人也郁郁寡欢，处境悲惨，就我们之间说说，相当悲惨……说什么国王就在前面……但愿真的在前面！可谁看见了？总不会是你们吧！傻瓜才……听说埃格泽尔芒的骑兵跟在屁股后面，嗯？啊，他们可不像国王！有人已经看见他们，只是看见他们，现在还只是看见他们，你们不觉得他们就在你们屁股后面吗，我的小宝贝？

"难道说，先生，"脸色苍白的瘦高个一本正经地问，"您归顺波拿巴了？"

哈，那位么，来，我请你喝一杯！为波——拿——巴——干杯……噢，你真逗，我喜欢你……我归顺波拿巴？嘿！别拿我当傻瓜……现在是整个国家，我的小侍童，整个国家都归顺了波拿巴！怎么，怎么，你们不信？你们的眼睛长哪儿去啦，我的小羊羔？因为在城市里，你们看到路上聚集了几个大资产者和官吏，他们仍把宝押在王权上，希望拉些关系，以保前程……来，来，你们去同那边的人聊聊，往左或往后，走上两三步，去农庄，到村子里走走……全体农民团结得像一个人，准备重栽"自由之树"，至少准备高呼："皇帝万岁！"你们不相信？你们太天真！你们是在一个敌对的地方，你们还要北上去诺尔省，可那里的驻军都已拉起了三色旗，把百合花徽这类玩意儿统统踩在脚下！你们就像走投无路的老鼠，孩子们，像老鼠，后面有猫儿，前面是捕鼠笼子！

看他们的样子也真可怜，他们谈到王位和祭坛，谈到亲王，谈到从母亲大人和教会学校那里继承的崇高思想，他们都是从教会学校出来的，只有卷发小伙是偶然加入他们一伙的……可是，先生，您究竟带不带我们走？我们都累得站不住了，况且雨又下得那么大！

贝尔纳向后一仰，两眼半闭。他真的醉了，不过，虽说醉意浓浓，但尚能走路，他心里明白，从一面墙走到另一面墙，他会突然摇晃起来，脚下趔趄。这种醉意会使你感到自己是个巨人，脑袋能顶破天花板，所向无敌，力大无穷，只是不知道如何使用这种力量。太遗憾了！他看着这五个笨蛋，五个小傻瓜，他一口就能把他们吞下，一口……他不禁动了恻隐之心，是怜悯，不是疼爱，说疼爱太过分了……虽然那卷发长了一张可爱的小脸蛋，另一个说话细声细气，可最讨人喜欢的还是这高个儿……白马就拴在门口，车里也是空的。小咖啡馆里一片嘈杂！这一切令人难以置信，我在这儿干什么？昨天夜里……贝尔纳记不清昨夜发生了什么事……或许这一切真的是他梦里所见：巨松、火把、儒贝尔先生，真名让-弗朗索瓦·里科尔，人称"儒贝尔先生"，巴黎开罗大街卡尔维尔先生派来的……我想你的记忆力一定不错？啊！啊！一出闹剧。黑夜里的一张张脸：维默的锁匠、纺麻工、贝蒂讷的军官……瞧，这会儿我又在这里，在这家下等咖啡馆里，同国王的志愿兵一起喝酒……为你们的健康干杯，为你们这个小圈子！他举起手里的苹果酒，一杯苦涩的苹果酒，用山茱萸果泡过，白色光线一照，色泽诱人，倒像马尿，不像吗？

可是，这一切都是表象。这一切都是伪装。这一切掩盖着什么事。贝尔纳却不愿意再去思索，这事在他心里骚动，却被他抑制，这是一个新近的记忆，是他迷糊的头脑里的痛苦，是他心儿狂跳的胸脯里的痛苦。双目传递的一句话，一只悄悄伸来却又缩回的冰凉的纤手，还有"别了"这个词语……但是，没有任何东西，不论是咖啡馆的嘈杂还是这几个冒失鬼的话，不论是苹果酒还是想些别的事情的意愿，没有任何东西，没有任何东西能从他眼中抹去这个舞动的形象、这离别的时刻，他耳朵里还回响着她目光旁顾下悄悄说的话，声音很低，但字字清晰……"永别了，贝尔纳，这次我们真的要永别了！"如果词语有某种意义，可词语并无意义，那她为何选择这些词语呢？噢，索菲，索菲，我的索菲……你一个人的时候，可笑的家伙，你尽可以说"我们"，哪怕她属于另一个男人。你可以不信，可她确实说了，"真的要永别了"。我们不能再见面了，这样不好，该结束了，再这样下去会有什么结果呢？我不能再撒谎了，我爱我的丈夫，是的，是的，我爱我的丈夫……也许爱得不一样……可他毕竟是我的丈夫……那能怎么样，那能怎么样？这样做未免太残酷了，可是说这些又有什么用？毫无用处。事情总是这样，书里头就是这么写的。阿尔伯特赢了……归根结底，夏绿蒂始终同阿尔伯特在一起，最多她会在维特墓前的大树下哭一场，维特没有葬在基督徒墓地，因为那里不接受自杀的人……

"先生，"那卷发说，"我求您了……我们求您了……"

贝尔纳笑了起来，笑声跟同时扔在柜台上的钱币一样清脆。

他们挤进了运货马车，贝尔纳带着瘦高个坐在驾驶座上。他的脸色很不好，外面的空气对他有好处。不管怎么样，雨能醒酒。

"是啊，戴孝服丧吧，大自然！你的儿子，你的朋友，你的情人正走向末日！……"

贝尔纳有点爱卖弄，或许是酒力所致，在他眼里，卖弄至少是证明自己比周围的人强。他带着一种黑色的喜悦说了这几句话，把一件多层领外套披在肩上，爬上座位，拉起缰绳，这时瘦高个已在他边上就座。贝尔纳听到邻座用年轻而腼腆的声音嚷道："哦！先生，您也喜欢维特！"他顿时有一种光身裸体被人撞见的感觉，气呼呼地说："我不认识那位先生……"这个法学院学生听了一时愣住，也不敢回答说："您不是开玩笑吧？"这时他听见几个同学也在车里说话，只是隔着车篷听不清楚，不禁问自己这个车夫会是何方怪人。

　　贝尔纳有了想法，一直放不下。夏绿蒂，至少，她之所以说"我们不能再这样下去了"，那是要她的朋友圣诞节前不要再来找她……也就是说要他圣诞节再来。她并没有说"永别了"这个可怕的字眼，只是在读了奥西昂①的诗以后，当维特无法控制自己，失去了夏绿蒂的尊重时，这个词才从她嘴里说出来……可是，普瓦这一夜到底出了什么事，让索菲这样跟他告别？贝尔纳突然相信索菲爱着她的丈夫，夜里她的丈夫……那才糟糕透顶！他愿意再也不去见她，倒不是因为她和别人在一起很幸福，而是因为他把这种幸福变幻成一幅幅残酷的、真切的、令他难以忍受的图像。

　　突然，他发现他的邻座已滔滔不绝说了好一会儿，可他却一点也没有在意。大学生向车夫讲述了自己的生活，太可笑了……车夫一个字也没有听进去。再说，一个二十岁的小青年，法学院二年级学生，渴望在夏尔特尔或诺让谋一份差事，他的生活会有什么名堂，可他有一个表妹……跟大家一样，嗯？而且他也给表妹念奥西昂的诗。跟大家一样。

　　索菲，再也见不到索菲了。在这个世界上，就是摆脱了波旁王朝，还得落入拿破仑的掌心，没有别的出路。他算什么？他，范罗贝的可怜运输工！天好天坏，都在庞卡底的乡下奔波，满目悲惨，心头升起看不到任何生路的绝望，民众的绝望，他们做不到团结一致，又不懂得切身利益何在，却准备接受任何人的摆布，倾听诡诈之徒的空谈，背叛死去的同类，轻信他人煽动，做些没有结果的蠢事！能相信谁？……连这位前国民公会议员、贝巴夫的战友也不可信……连自己也不可信……

　　"她有多美，先生，您无法想象……"

　　蓦地，贝尔纳放声大笑。他知道自己笑什么：昨天，也是在这里，坐在货车的车夫座上，他向儒贝尔先生讲过类似的话，现在他觉得这些话很可笑。他十分认真地问：

　　"您相信，年轻人，将来你真能当上法官吗？……真能为您的表妹殉情吗？"大学生吓了一跳：谁也没说要去死呀！他感到这个问题在嘲弄人，他的心灵受到了侮辱，于是他非常笨拙地答道：

　　"您觉得两者不可调和吗？"

　　贝尔纳没有回答，扬起鞭子朝马儿抽去。沉默片刻，他自言自语似的说：

---
① 一译"莪相"。传说中三世纪古爱尔兰及苏格兰英雄及诗人。

"如果埃格泽尔芒的猎骑兵占领了索姆河岸，那么，那些用货车载运王室志愿兵的傻瓜将被禁止进入阿布维尔，可爱又可敬的年轻人，我也将丢掉在拉幅机厂的饭碗，这家工厂现在的主人是尊敬的格朗丹·德·埃尔伯夫先生……他在政治上非常圆滑，会把我一脚踢开，以博取新政权的青睐……"

"您认为，"可爱可敬的年轻人问道，"埃格泽尔芒的骑兵真会占领索姆河岸吗？"

"在埃雷纳的咖啡馆里，您听见那些人说什么了？没有？听见了？那好，现在是进退两难，无论是你们还是我。"

"既然如此。您干吗还让我们搭您的车呢？"

"我？因为我超脱了生活中遇到的小烦恼。因为我不会再做更蠢的事了。为了同自己开个玩笑，就像这样。为了换换脑子。为了让您跟我说说您的表妹……迷人的表妹，嗯？表妹……她还从未对您说'永别了'这话吧？"

大学生像赶苍蝇似的把手一挥。他感到不安。他不想同这个好嘲弄人的车夫争论。"您认为，"他说，"埃格泽尔芒的骑兵……"

"不是认为，是知道……"

这样说纯属恶意。但奇怪的是，一旦心生害怕，这个二十岁的恋人居然把爱情忘得一干二净。真想捉弄他一番。维特不见了，奥西昂也不见了！只有恐惧。"我知道此事……"贝尔纳重复道。

他怎么会知道？他毕竟没有亲眼看见，可我，您知道，我这个人就像多马①。像多马？人总有自己的信念。待会儿我让您用手碰碰我的肋旁的伤疤，您可以把整只手伸进去……

"当然，"贝尔纳说，"我当然看见他们了……"

看见了？什么意思？哪儿看见的？然而，这个见习公证人②已吓得脸色发青。这样的小伙子为什么长这么高？这对他永无好处，纯粹是浪费材料。贝尔纳感到对方在哆嗦："您冷？"他阴险地问。大学生答道："谢谢，我里面穿着毛衣。"笨蛋！这些毛头小伙子，吓唬吓唬他们倒是挺有意思，吓得他们尿裤子。

"噢，"大学生说，"陛下就在阿布维尔！"

---

① 耶稣十二门徒之一，耶稣复活，他不信，直到看见耶稣身上的钉痕，并用手探摸耶稣肋旁才相信。
② 指瘦高个，法学院学生。

"哎,是啊,年轻人,您看见了,我真替陛下的命运担心……真替我要去的阿布维尔城的命运担心,此刻它或许正在遭受战火蹂躏!"

"可是,先生,您从哪儿来,从哪儿得到这些消息的呢?"

在这个世界上,一切都是谎言。爱情、自由、民众。啊,索菲,索菲。难道我说谎不如别人?享受说谎的乐趣也不如别人?他们的国王在阿布维尔,还是在别的地方……我从哪里来,您问我从哪里来,小伙子……

"埃格泽尔芒将军的部队从巴黎直抵亚眠,在克雷伊避开国王骑兵的机动,而经过博韦的军团正在追击你们,现在可能已经到达普瓦,此外,从昨天开始,部署在索姆河沿岸的军队已封锁河道,一旦在从普瓦到亚眠的大路上同其他部队会合,在你们背后合围,依靠索姆河沿岸的阵地从侧翼发起攻击,战斗将在庞基尼到埃雷纳的近道与河谷的交会处,在蓬雷米附近打响……"

"什么,什么?我没有听明白。您讲的我跟不上,我没有地图。必须告诉我的同学,必须……您的消息是从哪儿来的?从哪儿来的?"

"您问我从哪里来:我刚才就从庞基尼来,走的是通往埃雷纳的公路,你们不就是在埃雷纳遇到我的吗?庞基尼是猎骑兵的行动中心,我去那儿给织布工运送纱线,所以我有机会在一家小客栈里听到拿破仑军官的谈话,他们异常兴奋,毫不掩瞒,扯着嗓子大谈战事的进展……他们也说起陛下的命运,这里我就不重复了,因为,不管怎么说,这些人完全能把自己的愿望当成现实……"

瘦高个再也坐不住了,但他必须补一堂地理课:手里驾着两匹挽马,没法画一张简图,这课可不好上。索姆河谷从亚眠朝阿布维尔延伸,差不多是东西走向,两城相距刚过十一古里。庞基尼离亚眠约四古里,蓬雷米到阿布维尔至多二古里。您听明白了吗,年轻人?亚眠—普瓦—蓬雷米这三个地方大体形成一个等腰三角形,三角形的底线长八古里,两条边线各长九古里,我们现在走的是西线。埃格泽尔芒占据了整条东线,还有底线,此刻他已经跟在我们后面……还不清楚吗?啊,上帝,学校里的老师教了你们什么?

"先生,"瘦高个边说边用力嗍着两腮,挪了挪没肉的屁股,"我觉得我是明白了,我来想象一下,一个等腰三角形……这么说,您见到他们了?在庞基尼?应该通知……通知……"

他摇晃车篷,想引起其他同学的注意。可是,雨下个不停,他们坐在车里,腿脚歇着,又来了青春活力,唱起歌来,但唱的不是感恩歌,这在圣周的星期三，很不合时宜。瘦高个坐立不安，抵住贝尔纳的粗胳膊，求他停车，可贝尔纳压根不听他的，什么命令，什么马尔蒙元帅，什么亲王，统统都不在他眼里，他一心想赶到阿布维尔，他说这几个志愿兵碍他的事，哪怕把他们扔在沟里也在所不惜……

　　终于爬上坡顶，下面就是蓬雷米，雨中，索姆河宽阔的河谷横卧在他们面前，谷地里散布着光秃秃的树木，只有柳枝吐出了嫩黄色的新芽。货车沿着塞扎尔部营地所在的山丘行驶，山丘俯瞰左侧的原野；突然，整个车队停了下来，贝尔纳不得不勒马停车，瘦高个从驾车座一跃而下，骑兵堵塞了道路，是亲卫兵。大学生走到后面与同学碰头，贝尔纳听到他们的叫喊声和急促的说话声，心里感到热乎乎的。志愿兵都跳下了车，比比画画，争论着要拿个主意。"现在他们会把多一点恐慌传布开去"，贝尔纳想，心里格外高兴。他把手伸到座位底下，看看他的好伙伴，那两把马鞍手枪是否还在。他反复默念歌德写的话：小马夫给维特送来了手枪；维特收到手枪，心情十分激动，得知这是夏绿蒂给他的……"手枪来自你的手，你替它们擦去了灰尘，我无数次地亲吻它们，因为你触摸过它们！"他看着志愿兵在路上奔跑，其中一个，是那卷发，对他嚷道：我们很快就会回来。仿佛是让马车夫放心，好像贝尔纳离开他们就活不下去似的！去吧，我的小宝贝。他看见他们同一个骑兵说话，骑兵俯身听他们说，又让他们重复一遍，然后指了指远处一个骑在马上的人。志愿兵旋风般一拥而去。

　　我有什么理由要等候这些先生？或者只是……全是谎言。我父亲为什么要献出自己的生命？为了让那些曾经的同志跟刽子手携起手来。可能是我错了，但我无法忍受这种背叛。可能是我错了，但我无法忍受。有人说我对整体利益这个道理一窍不通。也许是吧。也许是吧。可能我就是无法忍受，仅此而已。多年来我一直在为"组织"工作。盲目地。这难道是我的过错？可又有什么办法？我把自己最美好的东西……我不忍看到这里的人活得如此悲惨，他们像商品一样被人拿去交换，像牲口一样被人奴役，末了被送往屠宰场，被肢解……我的生活中就有这样的经历，对"组织"忠诚不贰……我心里想，父亲是不会白死的……大陆上，白马前蹄闪失……远处，部队在后退。

　　蠢货。你恨自己看上了自己人的妻子，后悔了。你的自己人……谁是你的自己人，我的父亲？谁是我的自己人？王政才一年，士兵已变得欲壑难填，另一方面，国王的人，若想保住田产、宅邸和生意，必须适时改变立场，如今，这两拨人即将搅在一起。蓝色绶带将被丢弃，红色绶带又要吃香了。我再也不想看到这种事情！这让我恶心。全都是假的，就连让这些人提心吊胆的害怕也是假的，您看……连害怕这种确确实实的东西也是假的……不过，也有真实的害怕，它阻止我想我所想，阻止我正视……它在我头脑里装了一些词语，让我谈论其他事情……这些词语害怕了，我也害怕……

的确，贝尔纳编出来的消息占得天时地利。由于部队中潜在的恐慌，志愿兵无论走到哪里，事情不用细说，听者就全明白了；他们推着瘦高个，挨个儿往前挤，终于来到坡道下头的指挥部，托尼·德·雷泽、达马斯伯爵和塞扎尔·德·夏特吕骑在马上，等着有人前来报告公路阻塞的原因，五分钟前众亲王经过此地，真担心那他们断了联系。路易·德·拉罗什雅克兰在蓬雷米镇，他的掷弹兵在否，从这里能瞥见士兵的熊皮高帽……终于到了！

雷泽先生认出了这个瘦高个，是那些志愿兵中的一个，那回他们赶到博韦，被带来见他，给他留下了很好的印象。当时有人还专门介绍了这个瘦高个，他真恨自己忘了他的姓名，倘若碰巧还记得，那就太妙了，他就能说："唉，亲爱的某某，有什么事啊？……"这一招效果可靠，拿破仑就凭他魔鬼般的记忆，这一手玩起来得心应手，这个恶棍！到底发生了什么事？这几个志愿兵七嘴八舌地争着解释，最后还是这笨手笨脚的瘦高个把事情讲清楚了。托尼·德·雷泽勒紧缰绳，转向达马斯先生。后者没有听明白，又让雷泽拣主要的重复了一遍。

哦，要点简单明了。必须火速追上众亲王，免得他们误入圈套。索姆河不渡了，如果埃格泽尔芒还没有抵达左岸，最好的办法是从左岸悄悄向阿布维尔移动，朝亚眠到蓬雷米的谷地机动……"情况你们都知道了，"夏尔·德·达马斯说，"这些情报看来是可靠的，不过……至少得派人去核实一下……"托尼对这些消息坚信不疑，他刚才叫人散布的那些谣言竟奇迹般地得到了印证，如果一开始他还以深谋远虑的心理家自居，此刻他觉得自己俨然像一位头脑清醒的天才战略家。

国王卫队的大部分人马就在他们面前，聚集在蓬雷米城外。命令下来，各队移至田野，架枪待命。冒这么大雨？不过，请相信我，宁可淋雨，也不要人的弹雨。无论如何，马上派遣传令兵，刻不容缓……传令兵？传令兵！一支小分队……一支加强小分队……塞扎尔·德·夏特吕建议把全部轻骑兵派往索姆河谷地，由他指挥，以阻缓埃格泽尔芒的骑兵主力，他通过信件让指挥部随时了解军情。

　　夏尔·德·达马斯却不以为然。他认为这一行动有点冒险。或许他不想同女婿分开。总之，轻骑兵不是要负责王爷们的护卫吗？他建议，当然此时此地他的建议就是命令，他建议派遣五十来名骑兵，但最好不要派轻骑兵，总之，派一支机动性强的小分队，看上去像一支前卫部队，给敌人造成国王卫队已向亚眠撤退的假象，万一敌人产生怀疑，小分队也比较容易后撤，迅速摆脱敌人，关键是避免开战，因为一旦交火，就有可能被击溃，致使敌方骑兵扑向阿布维尔，陛下驻跸之地。选谁担此重任？不是还有掷弹兵可用吗……

　　就这样，马克–安托万·多比尼受命率领这支护卫侧翼的小分队，他接到的指示是：同敌人一接触就撤。

　　这时，夏尔·德·达马斯提醒，说有必要直接询问拉幅机厂的运输工，是他向法学院的年轻志愿兵提供了情报。志愿兵的行动再次证明了他们的机智和对王室的忠诚。找到这些志愿兵并不难，只是运输工待在坡道高处，道路又空前壅滞，必须重新上坡。

　　卫队的一名副官陪志愿兵前往。"瞧，他在那儿！"

　　志愿兵中有人喊了一声。军官一抬头，见一辆套着两匹高大白马的黑色货车四周围了一群人，使得坡道上的交通变得更加困难。怎么回事？什么？出什么事了？

　　瘦高个挤进人群。别人冲他嚷了些难听的话，可他还是挤到离货车几步远的地方。首先映入他眼帘的是滚落在路上的那顶圆筒帽。绿色车篷下，驾车座上，车夫的身体仰靠在货车隔板上，脑袋被打开花了，脑袋开花了，那还是脑袋吗？一支手枪掉在尸体边上，左臂耷拉着，手里还握着一支枪，莫特马尔部的一个炮兵从地上拿起缰绳，白马咴咴长嘶。

　　贝尔纳的脸已不复存在。他用"她揩拭过灰尘"的那对马鞍手枪中的一支朝自己嘴里开了枪，这一枪没有打偏，不可思议。在这个世界上，有一样东西不会骗人，也开不得玩笑。为这个真理画押的是一个打碎的脑壳，写在溅满脑浆和鲜血的篷布上。有人喊："快叫医生！叫医生！"这有何用？现在，一切都像死亡一样清晰。没有必要再让一个有专门技术的人士用新的谎言来解释显而易见的事实。

　　当地的一个人，身穿肥大的灰色罩衣，已经拉着白马的笼头，随着"喔"这声响亮而凄惨的吆喝，黑色的货车开动了，人群闪开。志愿兵和副官跟在后面。马刚走几步,绿色篷布下的尸体歪向一侧。围观的人不寒而栗,车停了,牵马人略一迟疑,随即背一弓,继续赶路。路旁不断有人大声提问。他答道:"这个人么,他绝望了……"

必须把这位证人带到格拉蒙部的指挥官那里。一个死者的话怎么能怀疑呢?现在,贝尔纳的情报得到了"证实"。

前方,多比尼中尉骑着他的阿尔赛尔马,率领五十名轻骑兵,一个接一个小跑进了蓬雷米城。托尼·德·雷泽骑在马上,目送他们拐向右边,消失在他的视野中。立马良久,凝视着他们拐弯的地方,朦胧中好似看见顺着河谷展开的景色,在索姆河的一座小岛上,蓬雷米城堡隐现林间。

部队接到亲王们的命令,从索姆河左岸继续向阿布维尔前进;但在进城以前,亲卫队必须以战斗队形集结。雷泽先生把书面命令递给达马斯伯爵。两人面面相觑。

"天哪,国王呢?"托尼·德·雷泽说。

夏尔·德·达马斯做了一个含糊的手势。意思是说,谅他们不敢,况且,唔,算了!况且,国王还没有死哩……他甚至想起昂古莱姆公爵,他避居西南,安然无恙,那里的民众都拥护君主制;他甚至想到亲王夫人可能成为一位非凡的法兰西王后,这位夫人是苦难的象征,她独有的眼神始终透着隐修院的恐怖和悲苦。当然,昂古莱姆公爵尚在阿图瓦伯爵之下,可是,伯爵若有不测……但愿别发生这样的事!

十二、索姆河谷

从清晨开始，整个河谷便笼罩在蒙蒙雾霭里。到处是昨夜点燃的篝火，烟幕连绵，直到雨水淋灭了大部分火堆。但时不时还能瞥见雨烟袅袅，同晨雾混合在一起。泥炭工早就等急了，他们以为春天已经来临，可还得等些时日才能焚烧那些含土量高的泥炭，这些泥炭是去冬从泥炭沼里挖出来的废渣，不适合做炭砖，就分散堆放在镇上的公共土地上。天气适宜时就焚烧这些泥炭堆，3月底，河谷里到处升起一缕缕黄黄的轻烟，在树木和灯芯草丛间弥漫，末了，农民把白色的泥炭灰撒在牧场和晚麦地里，这是一种上好的肥料。

然而，雨并不能阻止人们采掘泥炭，对这些不在泥炭沼就在地里干农活的人来说，还能有别的活计可干吗？泥炭工埃卢瓦·卡隆，有时受雇在市镇工程上干些粗活，可眼下这季节实在是没有其他选择，虽说大多数人就等着过复活节；但他不是教徒，用不着挨到基督复活才开始干活。立春那天，他拿着大铲斗，来到泥炭沼边上挖好的狭长土台，那里已打了排桩，他用铲子割下一些草块根，供家里烧火取暖；他把让-巴蒂斯特也带来了，孩子今年十三岁，是替代他那又怀孕的母亲，任务是把泥炭切成小块。雾霭中还能看见另一些人，他们跟他一样，前往各自的晒场；晒场上一堆堆褐色的泥炭看似一块块病斑，分散在泥炭沼的草皮上。卡隆也有自己的晒场，就在他上个月用芦苇扎成的窝棚边上，那里很安静，但有些偏僻，埃卢瓦不喜欢人多热闹。再说，他和家人生活在索姆河沼泽的一个偏远角落，位于隆镇和隆普雷圣体镇之间，但在隆普雷圣体镇的地界上，同不少居住在这里的穷苦人一样，他坚持按共和时期说法，称此地为"无树隆普雷镇"。他家的房子最偏远，位于这块遍地水洼、长满灯芯草的荒地深处，那是一间低矮且没有窗户的茅屋，为了保暖，只开了一扇用来透气的门，柴泥垒成的墙用石灰粉刷，外面用木梁抵着，屋子的基座是涂了沥青的木板。他和卡特琳娜就住在这里。卡特琳娜才三十五岁，但已衰老，体形也变了，面容憔悴，结婚十九年，生了十三个孩子，六个夭折，老大跟流浪的吉普赛人跑了。家里现有一头母牛和几只鸡，三个儿子和三个女儿。埃卢瓦的父亲则以乞讨为生。在他们四周，沼泽一望无际，土地浸没水中，长满了灯芯草，在桦树、榆树等高耸的白色荷兰树木之间，齐着平静如镜的水面，青草依依，树木间还有大举砍伐留下的矮林，现在刚刚重新攀附而上。二十年来，人们成群结队锯伐市镇共有树木和原来的主人保护不了的国家财产，矮林不断遭到砍伐；若遇饥荒年代，人们狂砍乱伐，而景观的恢复恐怕要等上一百年。而且，这一百年间，这个地区还不能有革命或战争发生。

目光掠过几乎直下河谷的高坡，停在了隆普雷较远的地方；另一边，索姆河右岸，在隆镇和科克莱尔北面，坡面比较平缓，好走多了，可那个地方已经很遥远了。

埃卢瓦的家园就在这里，就是这片没入水中的草地。草地上，杨树挺立，沟渠纵横，水塘棋布；稍远，离此大约五百图瓦兹，河汊消失的地方，那里已不是他的家园；索姆河从远处流过，离左岸坡道不到半古里，那是河谷最宽阔之处，但好像已是另一个地区了。在这溪流交织、危机四伏的沼泽里，不算卡隆一家住的茅屋，几乎只有几间狩猎小屋，这地方就是一个荒滩。用竹篙撑着平底小船，只有熟悉水道才不会在高高的灯芯草丛中迷失方向。小船穿过草丛稀疏处，从一个水塘驶向另一个水塘，不走索姆河下游布莱附近的主河道，而是走汉河，装运泥炭砖的船顺流而下，直达鲁佛鲁瓦城郊或阿布维尔城门口，那里商人聚集，就燃料价格激烈地争吵，但出价还是比蓬雷米或拉肖塞-蒂郎库的二道贩子高。埃卢瓦的老家就是这片长长的泥泞而苦难的地方，它从亚眠一直延伸到阿布维尔，在这块土地上，居民要对付地主、商人、乡镇庄稼看守人，要对付天灾，要对付名目繁多的征调、路过的军人……埃卢瓦的家乡，就是这片雾岚，就是这低垂的烟霭，他在这块土地上过着衣不蔽体的生活，仅有的甘甜来自这头母牛的奶，而这头可怜的母牛瘦骨嶙峋、气喘吁吁，在水淹的牧场上啃着湿淋淋的草和沼泽里的野花。好不容易打整出一块菜地，青色的蚕豆苗，长势还不如索姆河沿岸见到的那些密密麻麻的小卷心菜。不过，这里是埃卢瓦的家乡，正如挖泥炭是他的谋生手段，卡特琳娜是他的妻子一样；他从未想过要离开这一切，他没有异议。这是他的家园，这是他的生活。他在这里长大，在这里看着冬去春来，消耗精力，忍饥挨冻，他同卡特琳娜相依为命，在这里过着避世的生活，年复一年，听她分娩时的叫喊。头上开始长出白发，可他还不到四十岁。然而他还是幸运的，因为他躲过了征兵，而他的几个兄弟，一个为共和国献身，另一个为帝国捐躯，他最喜欢的那个弟弟当了逃兵，从此再也没有见过，为了纪念他，他给眼前这个儿子起了个同他一样的名字，让-巴蒂斯特。他绝非忘了自己的童年，他从孩子们身上又看到了孩提时代的生活，但这一切已是那么遥远，就像阿布维尔那样遥远……只是没有重返童年的平底船可乘。时光不该虚度，人的一生都在学做此事，学习做事当其时：此刻他和儿子站在边线上已有几个小时；所谓边线，是一块用木栓固定在泥炭沼边缘的木板，他正在摆弄水下五六米处的铲斗，铲斗宛如一只没有盖的箱子，用薄铁片制成，深约二古尺①，连着一根长三图瓦兹半的长柄，泥炭工把铲斗沉入水下的泥炭层，让泥炭填满铲斗。您想这有多重！埃卢瓦竭尽全力，把铲斗摁进淤泥，然后左右摇动，以便起铲。这时最需要力气，但腰部的动作也至关重要，而这样的操作不断重复，连续数小时，当大团的泥炭再次被拼力挖出水面，水淋淋的，甩到岸上，即便是海格力斯②般的大力士，如果没有像割草工割草那样长期积累的经验，恐怕连一个小时都坚持不下来。

让-巴蒂斯特的活是切泥炭：用一把弯刀把每团泥炭切成三块，当刚刚喘过气来的父亲又把大铲斗沉入水下时，儿子从芦苇棚里推出独轮车，迅速装上三块泥炭，运到一边的晒场上，同其他分拣好的炭砖堆在一起，每堆二十一块，先摆成通风的灯笼式样，而后垒成截锥金字塔，每座金字塔由两立方米炭砖组成。余下的活就交给太阳和风儿了。

埃卢瓦没有歇手，泥炭团堆积起来。随着他一声喊，便见泥炭出水，铲斗一抖搂，他站稳了脚跟，身体后仰，一抡长柄，泥炭在空中划出一个半圆，被抛向"边线"那头。

让-巴蒂斯特必须赶紧，卖力干才能跟上父亲的速度，他明白，如果干活拖拉，父亲就会用铲斗的长柄敲他的脑袋和肩膀，叫人疼得受不了。他弓背推着独轮车，从又要下水的铲斗下急急通过，再回头看一眼父亲干到哪儿了。

出门干活以前，他们吃了灰面包，喝了一种用麸皮酿的酒。中午不歇工，俗话说，自己做主，祷告不做。只是到了日落时分，他们才吃一点腌肥肉、卷心菜或蚕豆，算是晚餐了。埃卢瓦早就习惯了这种生活，可近来开始拼命长身体的孩子总觉得肚子空空的。然而此刻他无暇顾及自己的肚子，因为忘了把那只罐子拿来了，罐子里装了父亲准备好的石灰水，是给泥炭砖堆做记号用的，写个起首字母或打个叉。挨打受骂，怎么说都够他受的了。

---

① 法国旧长度单位，一古尺相当于 325 毫米。
② 古希腊神话中的英雄，以非凡的力气和勇武的功绩著称。

雨下大了，淋湿了泥炭工的衣衫，脚下的木板和地面都变得滑溜溜的。欧椋鸟在他们周围飞翔，让-巴蒂斯特一走远，它们便成群地飞落在湿漉漉的泥炭砖上，觅食淤泥里的虫子，可男孩很快返回，大声吓走它们，推着独轮车，耸起肩倾卸车上的泥炭。

老卡隆身强力壮时，在疾病把他折磨得不成人样前，跟儿子埃卢瓦·卡隆一样，也干这一行，当时埃卢瓦当他的小工，切割泥炭。现在老卡隆只能靠公共救济度日，这已有很长一段时间了。那个本堂神父，就是在执政府时期回来的那位，想方设法让埃卢瓦明白这事很不光彩："哎，你父亲伸手乞讨，把攒下的钱都给你了吧？"可是，对他埃卢瓦来说，这有什么要紧呢？既然老头不能再干活，靠大家施舍与靠他周济还不是一样！难道还得让这个残疾老头吃孩子们的面包，他埃卢瓦的孩子？或许他本该听从另一位神父的劝告，这位神父曾宣誓遵守国民议会制定的《教士的公民组织法①》，是宣誓派的，记得这位神父嗜酒如命，人倒是好人。但这个人……总不能一辈子给我敷圣油②吧！他老是教训人，也不管人家正空着肚子，没有面包，他埃卢瓦不就有两个孩子没有奶喝才死的吗？好了，有人连同各处来的体面人，又在路上竖起了十字架，十字架在风中呼呼作响，那就来听听这位神父怎么说的吧！他说这一带的泥炭工、短工，都是些游手好闲之徒，叫他们也不来，宁肯守着几分地，累死累活地干；而且还像贼似的活着，因为他们那可怜的母牛，瘦骨伶仃的，总在不属于他们的牧场上吃草，而那些体面先生要求废除乡镇公产……那该死的母牛！害得他们睡不着觉，每次市镇会议还要拿来讨论。正因为这母牛，那些农业经营者，也就是那些靠雇工生活的人，不得不雇佣外乡人来耕种和收割。尤其是那些泥炭工和小农户，都没有可供放牧的田地，他们的母牛就在乡镇沼泽地里吃草，毁坏了牧场，母牛的主人还无须得到允许就挖了许许多多泥坑，把这个地方整得像一座挖开了的坟场，一个个墓穴黑洞洞空荡荡的，仿佛所有的死人都不待审判就下了地狱。而且，牲口的粪便都白白落进了水里，这些粪料本可以给真正的耕农，也就是给那些有土地又有土地证的农户的良田当肥料。收割时，三分之二的麦秸给了这帮懒人，似乎还不够，只好再用半月形小镰刀割麦茬，而对那些强令用长柄镰刀收割的地主，就课税惩罚，迫使他们把茬秆

---

① 法国大革命时期国民议会颁布的改革天主教会行政和财政体制的法令，1790年7月12日通过。部分教士反对该法令关于教会隶属国家和限制教皇管辖权的举措，因此法国教会分裂为宣誓拥护改革的"宣誓派教士"和反对此法令的"反宣誓派教士"。

② 宗教仪式，指用圣油敷身以治疗破碎的心灵，给穷苦人带来欢乐，坚定教徒的信仰。

留给贫苦农户，这样一来，那些拥有大片土地的农业经营者损失巨大……

这一切又回到埃卢瓦·卡隆的脑海，他正从水底提起铲斗，有钱人的道理引他一阵冷笑，气急不已，嘴里嘟嘟哝哝，突然，随着"嗨"的一声喝，铲斗离淤泥而起。忐忑不安的让-巴蒂斯特抬眼看他，心想父亲到底怎么了，而他已经感到肩头挨打的滋味，回头这顿打是躲不过的。

他们抱怨我们的母牛，抱怨给了我们麦秆，抱怨我们挖了泥炭。好像他们就没有把自家的牲畜赶到乡镇牧场，赶到沼泽地里吃草，而把自家的草料留着拿去卖钱，他们赶的何止一头母牛！还有成群成群的羊……我们只要多说一句，他们就不给我们活干，可我们需要工作！这些富人得罪不起，哪怕你恨得想咬他们一口，把他们赶走。请听听他们这一派胡言：农业要兴旺发达，只能靠农场主或富裕耕农，他们经营大农场，饲养大量牲口，为农田提供足够的肥料，而那些佃农因此破产，在这些富人眼里，佃农都是好逸恶劳之辈，只配犁田或养养家禽，这派胡言乱语同他们的荒唐偏见相比根本算不了什么。他们竟说穷人家的母牛是懒惰的根源，庇卡底所有像埃卢瓦·卡隆这样的人便是例证……什么话！简直是胡说八道，瞧我这两条胳膊，是不干活的吗？"你等着，看我不赏你一巴掌！"后面这句话是冲着让-巴蒂斯特讲的，而此刻孩子的脸正朝着隆普雷方向，惊奇地张大了嘴巴，两手已松开了独轮车的手把。孩子没有应答，只是伸出胳膊，指着远处公路上的什么东西。

原来公路上出现了一队头戴高顶皮军帽的骑兵，正从下游小跑而来，却又戛然停下，迎面有一支从亚眠来的人马，身着红绿相间的军装，出现在黄色灯芯草丛上方的树林间。

突然，传来一声枪响。

男爵西蒙诺上校一定要亲自向迪厄多内中尉下达命令。经过五个小时的颠簸，疾行十四古里，上午十时许，全团抵达亚眠，受到守城部队和三色旗的欢迎。亚眠城犹如一个巨大的旧货集市，关于巴黎的消息已尽人皆知，在当局的鼓励下，人群、姑娘、士兵，不顾下雨，把这一天变成了节日。真是非同寻常，在所有的小酒馆里，在所有的客栈里，居然冒出那么多巡回乐师，到处都有人起舞欢庆，这些临时凑起来的乐队被安在用桌子拼成的露天舞台上，所有帝国时期的乐曲交织融汇，找个随便什么理由就要求演奏"马赛曲"。西蒙诺的猎骑兵被安排在靠近亚眠西门的货棚里，拉奥托瓦散步场就在那里，但眼下依旧是光秃秃的一片，那些小树都是帝国时期栽下的，而所有的参天古树都被伐光了。那些二十五年前见过这散步场的人，肯定是认不出它来了，就像德努瓦医生，他在这里度过童年……阿尔纳冯、施马尔兹、罗歇特都去索姆河畔溜达了，这几位你别想管住他们……那里住着几户菜农，菜园不大，都泡在水里……他们把时鲜蔬菜运到城里……这几个骑卫在河边梳洗起来，他们早上五点从圣朱斯特-昂肖塞出发时就抹了一把脸；要是真像传闻所说，今晚留在亚眠……但愿可以离开营地，那就……

炊事房安置好了，第三骑兵中队第二连用过晚餐，照料好拴在树下的马匹。迪厄多内点燃烟斗。有人通知他去见上校，他立刻骂了起来，这用不着隐瞒。他的连简直成了杂役连，还不是因为连里少个上尉，他一个小中尉，什么事都扔给他干！这情形至少没有改变，跟在圣夏芒手下时一模一样，不是吗？可是，一旦接受了命令……反正，不管他是不是上尉，上面照样信任他，信任他带的兵。我知道，西蒙诺说，您的连队叫干什么就干什么。上校说话照例带着浓重的塔恩[1]口音。他这样说很可能是为了收买人心。很可能。收买人心。圣夏芒可不是这样。他只知道从颈甲托着的嘴巴发号施令。

迪厄多内受命巡行索姆河谷，直到阿布维尔一带，至少也要抵达能接触国王部队的地方。总之，不能越过蓬雷米，因此骑马行进不超过八古里。因为无论如何，万一他们需要改变方向，国王卫队的小分队追击他们的可能性不大，所以他们尽量挨近敌人。这次行动的目的是让马尔蒙感到皇帝的军队近在咫尺，逼他加速行进，压缩他周围的空间，在他周围制造一种不安全的气氛，意在把战场定在更远的地方，设下圈套把国王的红衣卫队困住；或者，更大的可能是让马尔蒙有种被逼无奈的感觉，不得不尽快带着部分人马离开法国，而这种情势将促使其余的人背叛王朝，归顺皇帝。法兰西不应再把路易十八视为合法君主，应该把里尔伯爵扔进联军阵营，让他再次成为外国支持的王位觊觎者。然而，那些被大肆渲染的文告，由光信号机和快马信使传向四面八方，文告里说命令已经下达，国王和波旁王室成员，无论身在何处，一经发现，当立即捉拿归案。此外，通缉名单上还列有大约十来人的姓名，罗贝尔·迪厄多内看见马尔蒙和布尔里埃内也在其中。但文告只字未提攻击国王卫队的事。西蒙诺再三强调这一点。因为过早开战可能加速外国在法兰西土地上的军

---

[1]　即第八章提到的埃罗口音。

事干涉，再说皇帝重整国家和军队也需要时间。

必要时可派通讯兵把中尉的报告送来亚眠。明白了吗，嗯？用不着马不停蹄地赶路。可以在庇基尼停一下，了解一下从庇基尼到埃雷纳的近道是否已被占领……然后不慌不忙向蓬雷米进发，别干蠢事，知道吗？露个面即可。就这些……或许你们就在隆普雷集结，只派几个骑兵前往蓬雷米就行了，命令他们一与敌人接触就撤，回来同你们会合，嗯？到时您就自己判断吧……您是个聪明的军官，我看过您的劳绩评定，却没有拿到第三条杠，真是岂有此理！另有一支部队将沿索姆河右岸展开，必要时你们可以会集。今晚我们将向杜朗镇机动。

傍中午时，他们出发了。在这个季节，索姆河谷刚刚开始泛绿，在左岸陡坡脚下的路上走了一个半小时，还没有看到索姆河。沿途的村落几乎都是坐落在交叉路口的茅屋群。骑兵们已经感觉到高处尚未苏醒的草木的力量，因为在山坡上，在地毯似的枯草上，树干和多节的灰色树杈朝他们伸展层层枝蔓和垂落的干藤。大自然就像一位已不再关心自己容颜的干瘪老妪，但看得出来，当她还是秀发如云的年纪，她一定美丽非凡，尽管她现在形容枯槁，体态变形。这片乔木林已有一二百年林龄，树木刺破这灰沉沉的天网，把无数衬着黑色绣饰的黄色和红棕色浆果举向雨蒙蒙的天空。队伍向前，迪厄多内走在里头，身后是给他配备的十来名手执长枪的精锐骑兵，他们是临时编制，不属任何连队，因此中尉根本不认识他们。一般来说，他反对这种做法，因这种做法会在武器装备和人员选择上造成差别，从而破坏作战协调和人际团结。过了德勒伊村，他们远远看见了雨中的索姆河。河水懒洋洋地流淌，穿过高大的杨树林和一片片牧场，牧场已经泛青，但到处是挖泥炭留下的黑窟窿，沿河有些支流已经枯竭，有些河汊望不到尽头。雨一直没停，但天气有点热，虽然不会超过二十二摄氏度，可同前一天相比，这种暖和，迪厄多内觉得受不了，湿热的天气有害健康。在埃里村，在布雷里村，居民站在家门口，看猎骑兵从他们面前经过，有人高呼："皇帝万岁！"过了布雷里村，索姆河拐向右岸的山冈，在伸向蒂朗库的河湾里，在大河和大路之间留下了一块长长的沼泽地，那里树林稀疏，水塘散布。迪厄多内思量起来，上校如此信任他，真有意思，上校的解释超过了基本的战略范围。可是他自己，他该向手下的人说些什么呢？他只要求他们服从命令，没有任何说明。走吧，到了庇基尼他们就可以歇歇脚，就得……

他们抵达庞基尼，时间几乎还不到一点。迪厄多内本以为这是一座城市，其实勉强算是个小镇，最多三百户人家，一千二百来口人。他们在此受到了热情的接待，有些人家的窗台上挂起了波旁王朝时期收藏起来的旗帜，当地居民大多非常贫苦，以挖泥煤和为亚眠或阿布维尔的工厂主织布为生，但都执意要请皇帝的骑兵喝酒。他们没有看见什么人。他们对国王卫队一无所知。中尉想为自己的烟斗买点烟丝，商店老板说什么也不肯收他的钱。一些拉肖塞–蒂朗库人从河对面过来，他们见过从亚眠开来、前往弗利克斯库的皇帝猎骑兵。气氛热烈，大家兴高采烈，可眼下不是交谈聊天的时候，迪厄多内集合部下，命令他们从一条非常难走的小路爬上城堡的平台，那是一座废墟，是夏多布里昂先生或英国诗人喜欢的那种废墟，但这位猎骑兵中尉却不感兴趣，他不太喜欢残破的东西。不过，站在古堡的平台上极目远眺，河谷尽收眼底：散布其间的水塘、高耸的荷兰白杨、晒场上的点点褐斑，还有那一条条泥炭沟，黑黢黢的仿佛正在等待一场大屠杀的死难者；天下着雨，但是田野里，牧场上，到处都有冒着烟的坨坨堆堆。不过，引起迪厄多内注意的，不是眼前的河谷，而是他们身后那塔楼和残垣断壁上方的高原。这片高原一望无际，光秃秃的，荒无人烟，白垩斑斑，播下的种子几乎没有破土而出的。通往埃雷纳的近道很不好走，斜着划过高原，隐没在一条通往庞基尼的沟谷中。迪厄多内看见远处有一辆马车正向他们驶来。他们等着马车驶近。车夫从埃雷纳来，车上装的是大麻籽油和包装袋；他见过国王的人马，并证实亲卫队和红衣卫队正由加来公路奔赴阿布维尔。这个庞卡底人不善辞令，胡子足有一个礼拜未刮，脖子上用鞭梢细绳挂着长长的马鞭。要说乱，那才叫乱……他们就像一伙骑马的乞丐，一群陷在车辙里动不了的奴仆……

正是在庞基尼城堡的平台上，对骑马围在四周的部下，迪厄多内中尉简单说了几句。西蒙诺对他说的话，也许他没有全部传达，因为有些事同他们无关，但他拣主要的说了说，免得他们成为这次行动的盲目执行者。他的话是专讲给骑兵听的，因为这些精锐骑兵不认识他，他想激发他们的责任感和团结精神。大家都明白了吧？上峰的命令是同敌人接触一下，亮个相……使对方产生一种感觉，好像全部皇家骑兵部队都在那里，即将赶到，马上投入战斗……但我们的任务不是攻击对方，不要接战，而是一接触就脱离，但不要撤得太远……仿佛只是在监视国王卫队的行动，监视其逃亡，仿佛是要包围他们……使逃亡者产生一种不安感……但不能有任何不合时宜的举动，而是听候命令,嗯? 不能以任何借口开枪……

迪厄多内觉得自己脸红了。刚才他说 "嗯?" 的时候,也像上校那样带着塔恩口音。

他们又踏上了从亚眠出发时走的公路,这条道勉强算得上是路,能不养护就不养护。雨越下越大,路面被雨水浸透,队伍陷进了泥里。过了庇基尼镇,景物几乎没有什么变化,左边始终是斜坡,坡上耸立着挂满槲寄生浆果的树木,老藤交织如网;不过,有一段时间,索姆河沿着右边的公路在杨树间流淌,片片沼泽就在河的右岸,但景色并无什么特别;过了这一段,索姆河稍稍改了方向,队伍跟着来到一个出人意料的所在,就连不喜欢废墟的迪厄多内中尉也惊叹不已:此处,树木高大挺拔,树木下,一幢很大的宅子留下的断壁颓垣隐约可见,这是什么所在? 雕花的门扉,使宅子看似宫殿又像庄园,犹如一座已成废墟的小城。一个农民赶着一群羊走来,这些羊脏兮兮的,头上的毛垂落额前,几乎遮住了眼睛,羊群边上,两只长毛犬来回奔跑。农夫回答一位少尉的问话,说这里就是 "迦尔",少尉听了摸不着头脑。这房子很久以前就毁坏了。修道士。据说这里住过修道士。这么说,是一座修道院啰。什么修道士,迪厄多内不在乎,他关心的是队伍的队形。三骑并排而行。这样有利于保持队形,行进有序。是圣贝尔纳派修士[1]吗? 唉,圣贝尔纳派修士,当年高墙大院,多气派,可现在,只剩下些幽灵了。"他们穿什么服饰,那些圣贝尔纳修士?" 少尉问中尉。您以为我会知道这等事! "我的中尉,您相信幽灵吗?" 听少尉这样问,迪厄多内大笑。真他妈的见鬼! 这该死的雨! 从横里抽打你的脸。

在克鲁瓦,公爵家族的古城堡几乎只是一个回忆,残存的东西还不如圣贝尔纳修道院。而正是这个公爵家族创办了昂赞[2]矿业公司,如今在里尔附近拥有一座漂亮的府第。在这一带,在所有这些自扎克雷起义[3]以来农民定期放火烧毁城堡的村庄里,大革命只是完成了一项持续几百年的工作。在昂热斯特,在孔代–福里……这一带,当年还是外国的属地,领主宅第受辖于匈牙利国王治下的神圣帝国,如今这些宅第已荡然无遗。山峦在此向左延伸,渐远渐低,谷地越来越宽,水塘、沼泽尽显,树木变得稀疏寥落,索姆河隐没在半古

① 指 12 世纪圣贝尔纳教派的修士。
② 法国市镇,位于埃斯考河畔,属今诺尔省。
③ 指 1358 年,法国北部反封建农民起义。

里远的地方。下午两点半他们抵达隆普雷。

　　这里也有一条通往埃雷纳的近道。也就是说,国王卫队走的加来公路离隆普雷还不到两古里。奇怪,迪厄多内想:上校跟他说,庞基尼有一条岔路,但不是这一条。作为安全措施,他打算在这里留下两名士兵,他们的任务是一旦发现埃雷纳的近道上出现敌军,立即向他报告。不管怎样,从隆普雷到蓬雷米还不到一古里半。他们按原来的队形重新上路,三骑并排,枪骑兵开路。树木丛生的陡坡复又伸向公路,他们正穿越一个水塘遍布的地带,索姆河消失在这一个个水塘中。迪厄多内陷入了沉思。这个讲究实际的人是个沉思者,他又想起了过去,想起了鲁昂城,想起了父亲、泰奥多尔和他的伙伴。说来奇怪,这几天,无论什么事都使他想起泰奥多尔,想起画家给他画的那幅肖像,肖像的上半身和两条腿却是那个傲慢贵族的,这使他十分恼火……他无法忍受这位子爵在谈到民众时的那种放肆口吻。为此他们还大吵了一架。

　　来到一个转弯处,突然,距他们不到二百米的地方,一队头戴高筒皮帽的骑兵鱼贯而来。停止前进!在枪骑兵后面,猎骑兵按传达的命令聚集。从那边过来的一伙人已走到一个岔路口,岔路穿过沼泽和路角上的几间房舍,伸向索姆河。像是玩游戏,那伙人仿佛在执行同样的命令,只是急急忙忙成一字形排开,其中十来人越出了阿布维尔公路,排在近道上,其他人则聚集在他们后面,此时,一个骑兵单独出列,走上前来。见鬼,怎么回事,又是一场丰德努瓦战役?迪厄多内也催马相迎。不管怎么说,他们不是德国佬!来人走到帝国第一猎骑兵团三中队二连指挥官罗贝尔·迪厄多内中尉面前,中尉突然发现此人已从他的沉思中出来,原来就是在巴黎林荫大道一家商店的后间,自己跟他大吵一架的家伙,那后间正是泰奥多尔完成他1812年那幅画的地方。他是马克-安托万·多比尼子爵,拉罗什雅克兰麾下的掷弹兵中尉,只见他举刀致敬,高喊:"先生们,国王万岁!"

　　作为回答,对面响起一片"皇帝万岁!"的欢呼声,声音刚落,一声枪响。在此以前,掷弹兵还从未迎面遭遇他们所说的叛军。此刻,他们没想到会手指扣着手枪扳机,与一支骑兵队迎面对峙,而三天前,在路易十五广场上,这支骑兵队还有国王猎骑兵这样的美称。掷弹兵中有一个服役才三个月的年轻人,他忍受不了这种不可想象的喊声,扣动了扳机……子弹没有击中任何人,猎骑兵也只是微微一惊,他们征战十至二十年,遇事沉着,又具有高度的纪律意识。可是多比尼中尉却大感意外，这声枪响有违他做事光明磊落的原则，只见他在马上猛地一转腰，想看看是谁开的枪。也在此时，他的坐骑突然后肢直立，前蹄扬起，狂蹦乱跳，看来是抓住了报复的机会，斜越过路坎，带着骑手奔向田野，骑手猝不及防，失去平衡，身子歪斜，只得松开缰绳，怕是原来就没有系好的马鞍也滑向一边，他试图单凭力大过人的双腿重新坐起来，但没有成功，只见他手里紧握的马刀在草丛间闪晃。

这就是埃卢瓦·卡隆和他的儿子远远瞥见的情景。他们站在泥炭沼边上，转过身子，注视着眼前这一幕：阿尔赛尔种马不可思议地狂奔，骑士为重蹬马鞍所做的努力一次次落空，这匹奇怪的黑马已窜进灯芯草丛，沿着水塘奔跑，一路直喷鼻息，嘿，反正到了这里，几乎只有下水洗个澡的份了。然而，出于本能，迪厄多内向狂怒的黑马追去，两名掷弹兵拍马跟上，他们是排在从卡特莱通向索姆河右岸的近道上的最后两名士兵；此时，怒不可遏的阿尔赛尔马将骑手摇来晃去，骑手一只脚悬空，另一条腿屈着挂在马肚下，无法从马镫上挣脱，这时黑马窜到小路下边的一条狭长地带，又从那儿疯狂跑进一片白杨树林。众人看到马克-安托万的头和肩膀撞在杨树上不下十次，他那魁梧的身躯也在树干间碰来撞去，随着一声哀号，他的身体突然抽搐起来，随即像一样没有意识的物件，任由脱缰的马儿拖在后面，突然，中尉不知为什么放开了他一直紧握在手的马刀，马儿嘶鸣，庆祝胜利。

埃卢瓦倚着长柄铲斗，让-巴蒂斯特站在丢下的独轮车前，父子俩一动不动，看着这股龙卷风径直扑向他们。追踪而来的骑兵陷入了灯芯草蔓生地，有一个骑兵还陷进了水塘，水没及马肚子，他们朝父子俩大声叫嚷，可是这两个泥炭工什么也没有听懂。卡隆父子看见被马拖在后面的人满身是血，终于明白随后赶来的猎骑兵军官在向他们大叫："拦住它，见鬼！"埃卢瓦心想，干这活，谁比他们强，再说这事本来就同他们无关，可孩子却傻呵呵地迎着黑马就上。为了保护儿子，父亲紧随其后，举起铲斗，挡住了溜缰黑马的去路。那马为躲避可怕的长柄，往边上闪了一下，把没有知觉的重负甩在了地上；卸下了这可恨的骑手，黑马纵身一跃，跳进泥炭和灯芯草丛中，终于平静下来，水声哗哗，走出十图瓦兹开外，阿尔赛尔马把黑额头上的白斑转向已经停止追来的人。

罗贝尔·迪厄多内下马，将手伸到马克-安托万腋下，试图将他稍稍扶起。马克-安托万身体沉重，身上沾满污泥和鲜血，不停地呻吟，此时他睁开双眼，黯淡无神的目光移向迪厄多内，蓦地发出一声嚎叫，这是非人、超人的叫声。

他那魁伟的竞技运动员躯体已筋疲力尽，重又倒在迪厄多内怀里。迪厄多内有些慌乱，他明白掷弹兵中尉的嚎叫是因他而起的，但他不知道是怎么回事，哪里疼痛，是这颗受伤的脑袋，还是这条看似折断的腿，这条在皮靴上方弯如连枷的腿。他把这疼痛难挨的沉重躯体放倒在湿淋淋的草地上，一膝跪地，用手擦了擦污脏的额头，这时马克–安托万的眼睛看着他，目光呆滞，充满了恐惧，仿佛看到了死亡。迪厄多内俯下身子，轻声对伤员说："别害怕……您不认得我了吗？我是泰奥多尔·泰奥多尔的朋友……"然而这话毫无作用，因为这对木然无声的眸子蕴含的不是对敌人、对士兵的害怕，而是对在内心看到的某种东西的恐惧。眼皮眨了一下，又合上了。两名掷弹兵赶到，把马留在路边，交给让–巴蒂斯特照看。两人中有一个就是刚才开枪的年轻人，这一不幸事件的元凶。他还是个大男孩，一头金黄色的卷发，脖颈粗壮，顶着一个极不相称的小脑袋。他眼泪汪汪，自己闯了祸，吓得直哆嗦，禁不住问猎骑兵中尉："他能活下来，我的中尉，是不是，我的中尉？"年轻人完全忘了对方就是他刚才开枪射击的军官。迪厄多内耸耸肩，没看他一眼就回答说："我怎么知道呢？"一边像慈母那样轻轻地放平多比尼高大的身躯，只见伤者的脑袋左右摆动，痛苦的哀号已经减弱，宛如一曲低沉的歌。

不能就这样把伤员丢在这儿。连埃卢瓦·卡隆在内，他们四人把伤员的腿稳定住，将人抬进芦苇棚，泥炭工刚才把工具拿到外面，腾出了地方。在里面至少能避避雨。可是他们抬的已经不是一个人，而仿佛是再次从他这具肉体，从这个多次折断的骨骼发出的可怕叫声，因为这叫声似乎也发自这骨架，可能断了一根肋骨吧……芦苇棚里昏暗无光，什么也看不清，老是碰到埃卢瓦来不及搬出去的用具，而疼痛一阵阵发作，变得很有节奏，神志不清的伤员已经不是掷弹兵中尉马克–安托万·多比尼，而只是一个受苦的、无理性的废人，只是一个断断续续的嘘嘘声，给人一种快要气绝身亡的感觉。伤者身体下面已塞了一张草席，四个抬他的人被这极度的痛苦给镇住了，被眼前的情景吓坏了，头一个走出窝棚的是埃卢瓦。他边走边说了至少这位军官淋不着雨之类的话。罗贝尔·迪厄多内终于回过神来。这一切并没有持续多久，但他觉得已过去了好几个小时。他说："我们不能把他一直丢在这里……"一个掷弹兵答道："可我们也不能把他抬到其他地方去，我的中尉，那样会把他折腾死的……"

雨越下越大，洒向水塘、牧场、杨树、泥炭块。阿尔赛尔马差一点陷进淤泥，好不容易挣脱出来，出现在芦苇丛中，引颈长嘶，欢呼自己的胜利。它拖着松脱的鞍子，若无其事地走到路边，一点也不把让-巴蒂斯特放在眼里，似乎要向它的两个受奴役的兄弟讲述自己不平凡的故事。

在卡特莱十字路口，皇帝的猎骑兵和国王的掷弹兵仍然相持不下，迪厄多内部下的一名少尉觉得自己应该负起指挥官的责任，便驱马上前，来到两支队伍中间，对方的一名骑兵，这里不妨说出来，他就是我们在博韦见过的阿尔蒂尔·德·H……他出列替代马克-安托万。他们立马相对，彼此用不着说什么，也用不着达成什么谅解，双方伫立不动，很自然地接受了一个类似休战的想法。众人的目光都顺着小路投向水塘，只见陡坡边上有几匹马，被一个年轻的农民牵着。大雨倾盆，罗贝尔·迪厄多内俯身看着痛苦呻吟的马克-安托万，他跟意外停下的骑兵们一样，觉得时间过得太慢了。

迪厄多内惊愕不已。因为这一切突如其来，当时他遐想联翩，正好想到那场激烈的争吵：大约三年前，在巴黎林荫大道一家商店的后间，也就是泰奥多尔的画室，他罗贝尔·迪厄多内和此刻地上这个深陷痛苦秘境的人。迪厄多内并不迷信，不打算把两件事联系起来看，也不习惯把巧合解释为超自然现象。但这次他的务实精神失灵了，他不知道做什么好，他觉得面前这个从泰奥多尔的马上摔下来而昏迷不醒的人就是他自己。啊，多么幼稚！他直起身子看了看两个掷弹兵和那个来自沼泽地的人，又看看外面的大雨、荒草和泥炭，像一个没有命令找命令下达的军官，不很自信地说："得去找个医生……"接着又想：他一定感到冷了，这个不幸的人！于是他解下自己的骑兵斗篷，轻轻地盖在伤员身上，遮住他的腿……突然他心头一紧，怕呢斗篷压着了骨折部位……

出乎意料的是，两个年轻的掷弹兵竟十分自然地把这位已归顺了吃人恶魔的军官看作他们的上司，他的话就是命令。他们敬了个礼，转身走向让-巴蒂斯特手里牵着的他们俩的马，而中尉的黑马已被埃卢瓦拴在灯芯草堆旁边一根木桩上，虽然谁也没有请他这样做。迪厄多内把两个掷弹兵叫回来，他也觉得他们已经不是国王的人，而是受他指挥的军人。他请他们转告勒盖少尉，他不在时由少尉负责指挥，他还请他们告诉掷弹兵队的军官，他本人要守在多比尼中尉身边，直到医生赶到。此外，他还要求双方军官下令后撤各自的部队，脱离接触，避免节外生枝。他压根没想到这两道命令有什么反常之处，那两个小乡绅也丝毫没有察觉。1815年5月22日星期三下午三时许，确切地说是下午三时一刻，在索姆河畔沼泽地边上的岔路口，帝国第一猎骑兵团的罗贝尔·迪厄多内中尉曾一度统一指挥了法兰西军队中分裂的两支部队,而这两支部队都是被派出来迎击对方的,但事实上各方接受的命令如出一辙:不交战,一接触就脱离。

　　有时候疼痛会压倒生存意识。这些残忍的家伙为什么要搬动他?突然,腿大声叫唤了,声音盖过脑袋的说话声。眼前火星飞舞。疼痛占据了全身,疼痛升到喉咙,叫声发自肚腹,传到折断的肋骨。巨大的黑影在所有的物体上晃动。睁开眼睛,只看到黑影摇荡。我在哪里?我还在吗?在这脑壳里,有一片铅的海洋,黑色的铅水,平面起伏摇晃,有时候过分倾向一侧,在万花筒中,或左或右,随着船儿在另一侧的波涛上一起一落,会闪现一道阴森森的光亮,显露出一个世界,这是现实还是梦幻?我不知道……啊,妈妈,妈妈……疼痛如刀割,似火焚……一个云遮雾罩、灰蒙蒙、黑沉沉、风雨交加的世界,我在哪儿?附近一定有水,土被水浸透了,而空气,对,是疼痛在大白天里让空气变成一片黑暗,万花筒里,在黑色背景上,在许多个太阳上方,在紫色羽翎、红色条纹、隐隐约约地漂移的绿色星星之间,还有一处灰白地带,上面有一张俯下的脸,这是谁?我在什么地方见过此人……熟悉的眼神……思绪万千,在周遭飘忽,我抓不住,无法将它们放到一起,将词语衔接起来……
　　好。万花筒,谁摇了万花筒?瞧,车轮、彩色纸条……疼,哎哟,啊,疼死啦,浑身都疼,啊,妈的,妈妈,啊,妈的……
　　我什么也看不见,除了我眼中的黑夜。我活着,因为我感觉到疼,我还活着。活着是什么?活着就是有两条腿,靠两条腿站起来,我还有腿吗?少说也有一条,因为它疼,像涂了荨麻、被火花灼烫似的……他们干吗要抬我?混蛋!放下我,放下我,混蛋……他们听不见我在说什么,因为我只能叫喊。我之所想都成了叫喊,无形无状、破碎散裂;他们知道火意味着什么吗?我的腿就是一截木柴,还有我这可怜的脑袋,我这该死的脑袋。我的妈呀!
　　想必是在梦里,这缭绕不散的气味,这半明半暗的光线,还有从两个人之间的空当飘进来的雨点。我那可怜的脑袋在旋转,铅水在翻动,那船,那黑夜……真实的世界是梦中的世界,各种变化的环境、人影、童年、大花园、田野、树林,还有我的爱犬梅多尔,大白天里,狗是黑色的,大白天,就像这会儿,眼皮外面只有浓雾遮着的阳光。
　　他们在说些什么?我多想听听,但愿他们说的话于我是连贯的,就像小环穿在细绳上……啊, 这条缠在我腿上的细绳, 它在割我的肉, 剥我的皮, 它勒进了我的肌肤……没有细绳, 没有腿, 也没听见什么话, 只有一阵喃喃自语, 一个男人在说话, 此人想干什么? 别碰我, 真是见鬼, 别碰我! 我不准他碰我。

腰下, 背下是什么, 真叫人受不了。我一直骑在马上。为什么让我躺下? 为什么硬要我躺着? 我不从, 我站起来, 我是说我想站起来。可是给这身体下的命令毫无作用, 疼痛不减, 叫声重又升上来, 犹如不谐调的笛音。我只是一副骨头, 乱成一堆的骨头, 没有灵魂的骨头, 我只是叫喊。

我骑着马。这是哪儿啊? 多么自由的天地, 多么美丽的春天, 我纵马飞奔, 欢畅快乐, 风儿吹拂我的胸膛和胳膊, 我力量无穷, 肉体充满了自信, 肌肉驾驭自如, 脑袋里满是故事和想法、昨天和明天之间要做的事情, 嘴唇上留着酒香, 拥在怀里的女人让你心醉……这个分手的女人是谁? 这个温柔的、呻吟着的、快活的东西, 这卡紧我脖颈的裸露的项圈……啊, 你弄疼我了, 疼死我啦, 陌生的女人, 婊子, 婊子……当心我的腿, 婊子!

又是一大片星星坠落; 螺旋样坠落, 黑夜吞噬了一切。我听见这个男人在说话。

"天哪, 您认为他快要死了吗? "

啊, 这话若能听懂, 还不是叫人嗤之以鼻。我的眼睛在我受伤的脑袋深处打转。缺少瞄准线, 声音对我已无意义。有人就要死去, 或是不会死, 这同他, 同这个敌人有何关系? 活着, 我明白, 活着就是受苦。可是死呢? 死意味着什么? 不可能。我死不了。也不会死, 即使痛得嗷嗷叫, 像狗一样……你还记得吗, 梅多尔……我踩了它的爪子。视网膜上有一条黑狗。失去意识, 失去自我意识, 这真是件趣事。我跌倒了。不能动弹。躺在地上。我跌倒了。不停地跌落, 因为我动弹不了。我, 我是什么? 您认为他快要死了吗? 那个说话的人, 或者是放在我身上的男人的手……啊, 把这只手挪开, 这只放在我身上的男人的手! 从噩梦中醒来, 这有多难? 可是我要醒来。竭尽全力。改变这一切。沥青。疼痛。雨。人。坚硬的土地。害怕别人碰我。被人绑住手脚睡觉。有人走进房间。真吓人, 真吓人。从童年时代起我就做这样的梦, 我总想着醒来。绝无可能! 因为我醒着。哎呀, 船翻了, 铅水, 黑夜……

有人在我额头上抹了什么东西。凉爽。不够凉爽。凉爽的感觉不够长久。一样湿漉漉的东西。谁这么随便摸我的额头? 又摸了。可能是汗吧。哎呀, 我疼。难道疼痛永远不会消失? 几个影子在交谈, 摇头。我会害怕的, 如果能害怕的话，如果能有什么事。是害怕吗？害怕，害怕是什么意思？是一种损伤人体内脏的辐射，它用黑色的光束在颅腔或腹腔内切割……刚才，我害怕了。也就是"他"害怕了，他只剩下"害怕"这个词，这词犹如一个飘浮的气球，小孩玩的气球……手松开了气球，也松开了感觉……剩下烟雾似的"害怕"这个词。他腿里那不动的东西痛吗？只有疼痛从远处升上来，加剧，爆发。妈妈！啊，多脏的东西，妈妈呀！

一个影子叫另一个影子"大夫"。奇怪。马又不叫大夫。谁是马？谁是大夫？我待在这儿有好多年了，一动不动。也就是说"他"待在这儿。他或者她。那东西。"大夫，您认为他能活吗？"他刚才可不是这么说的，最后一个词不一样。这个词找不着了，一定是掉了，滚到木板上，滚到床底下去了，光线太暗，看不见。一个黑影对另一个黑影说……大夫！也许"大夫"这个词意味着许多很长的句子，一种混合表达。左边的人对那个双腿站立的幽灵说，大夫，幽灵穿一身黑。不过，这里一切都是黑的。连这个坚硬、潮湿、不舒服的地方弥漫的气味也是黑的。

假如能向他伸出双手，我有手，可以用手言说、抗议、触摸、狠狠地打，啊，我再也不能打人了吗？用手。手会让他们明白。这太出格了，你愿意？啊，别动我的腿，别动我的腿，这碍事的腿，别动……

什么都不服从我的命令。无论是手、疼痛，还是黑暗。

这家伙呻吟、旋转、眩晕。有节奏地强调思绪或疼痛、愤怒和啜泣交替、抗议和羞愧轮换。这家伙呼吸中断。喃喃自语。急不耐烦。翻动身上熄灭的火星。忍住疼痛片刻，随之放弃。这家伙重陷惨境。断了。熄灭了。喘气。翻滚，在大洋深底翻滚，像拴住的船壳下面的一块石头，或像一条小船，或似一只没有抛好的锚，扎进肉里的鱼叉，啊，妈妈，妈妈，妈妈呀……

"眼下不能把他抬走。只要还没有确诊他的颅骨是否开裂……"

这话莫名其妙，究竟是什么意思？毫无意义。眼下。眼下把他抬走……那个不动的家伙发出痉挛性声响，一短一长，一短一长的喘息，出气急促，吸气缓长，这情形靠几句话改变不了，也靠不了这个离奇的问题："您没有两块木板把他的腿固定一下？"

做梦，就像是习惯昏暗。我从中辨别出一种说不清楚的光亮，仿佛有一层薄薄的白翳把我们同活动的东西分开。想必有个屋顶遮着，因为雨水落不到我们身上。或者，外面一阵风起，高高的灯芯草被风吹得弯向水面，这时雨点才会斜着飘进来。如果这是一间小屋，四周也该有墙。这不是小屋，而是一个顶棚，边上都是一堆堆黑黑的东西，散发出这股刺鼻的气味，一股污浊的、令人窒息的气味。腐烂的遗骸才有这种臭气。在某个地方，在非常遥远的记忆里。噢，记忆？想必这个词意味着某种恰似水中月亮的东西。我有一个记忆，它像手，或者像腿。我把我的记忆搁哪儿啦？我的孩子，有一天你会丢掉脑袋的，来，我替你整一整领带……嘿，这关系到……噢，我忘了这个词……这关系到记……记……记忆。见鬼，真是活见鬼了，别用石头砸我的头！黑暗笼罩一切，什么也看不见，到处插着匕首。被唤作记忆的石头。

他们费了这么多心血，我的母亲、学校、教我骑马的马夫，他们呕心沥血就为了把我带到这儿，就为了让我待在这儿，什么都记不得了，像在床底下寻找弹子似的寻找词语……我的脑袋，我可怜的脑袋！金黄色的面包、鲜红带血的肉、风雨操场上的赛跑、像是我的笑声、书、姑娘、恶作剧，还有什么？还有我、他们、我、她们、我……终于走到这一步，遭受这意外的痛苦，经历这残忍的失手，发出沉闷的叫声，陷入野蛮的黑暗，落进黑色的摇椅……啊，我的腿，我的腿！别动我的腿，你们这些无赖！别动我的腿呀！撕咬，灼烤，喀喀作响，要断啦，当心！要断啦……我害怕……我不能……我不能……

"这样腿就固定了。夹在两块木板之间。扎紧点……中尉……扎紧点……把结系紧点，不用担心……"

这人又一次飞快地往后跌落。跌入脑袋内眼底后方的虚空。他跌落。他不停地跌落，跌进一个无底的深渊。这是他的记忆在跌落。他的眼睛已经转向他内心的天空。

终于，担架终于来了。两个掷弹兵和罗贝尔·迪厄多内小心翼翼把断腿绑着临时固定托的伤员放在绷紧的帆布上，把担架抬出了泥炭棚。外面，雨带着暖意，透人衣衫；头上，乌云满天如盖，马克-安托万却看不见，高处，荷兰白杨树还没有长出新叶，树梢之上，云盖随风飘动……"替他盖好……"他们把斗篷盖住他的脸，就像盖住一个死人。

就像盖住一个死人。奇怪，这句话居然能渗入这封闭的世界，进入这脑袋。就像盖住一个死人……没有人说"像盖住一个死人"。是否有人这样想过，要不就是马克-安托万……猛地，他不想死了。他徒然假装不知底细。他不想死。我还年轻，我感到我的心在撞击伤痛的肋骨，感觉到我的力量。我要活下去。过上好日子。二十五岁的人不会死。不管怎样，像我这样的人不该死。不该是我。太阳还将出来，灿烂无比，万丈金光把绿茵茵的草地染成金黄。清晨，牧场上，可见长长的树影，一池活水，受惊的鸽子扑棱棱扇动翅膀，我，还是独自一人，站在院子里石砌地上，时间尚早，马厩里传来一匹马刨蹶子的声音，鸽子放心了，放肆地飞来看看有没有面包屑或糠麸，看它们那模样，圆滚滚，沉甸甸，小脑袋，红眼睛，走路一摇一摆，有灰紫相间的，有全白的，在一片石竹间觅食，这儿那儿啄食蚯蚓……有清晨就有黄昏。阳光犹如一把梳子，把桦树和山毛榉，把葛藤缠绕和挂满野花的低矮茂密的树丛梳理，这股芳香，这是什么香气？啊，至少一次，再过一个5月，然后我愿意死，死在令人心醉的山楂花香中！硕大的山楂花就像5月的白鼬。灯芯草带着浅褐色枝梢刚刚长出，看去一片浅绿。淡紫色的野花错落其间……林下灌木已是繁密茂盛，又见皮靴踩出的小径……一座大庭园，冒失的鸟儿和急忙逃开的小生灵让庭园生机依然。大地正经历一个新的青春期，露出它的身体，上面爬着率先忙碌开的蚂蚁。

"放下担架，"大夫说，"这儿，就放这儿……轻点，轻点！"

斗篷滑落，双眼睁开，额头暴露在雨中，阴郁的眼珠转动，偏斜，眼白布满血丝。人群拥挤，传来小孩的声音。又动了，担架起来，移动，看来抬进了一间屋子，一间没有窗户只有门的房子，一片浓重的黑暗，腋窝般的黑暗，酸腐味扑鼻，烟雾呛得迪厄多内和医生连连咳嗽……一股腐尿味，屋子深处一张什么床上，一个女人大声问："什么事？"一个婴儿在啼哭。

"您不会把他撂在这儿吧？"一个抬担架的士兵不安地问，此人就是刚才昏了头向猎骑兵中尉开枪的小伙子。"那您叫我把他放哪儿呢？从这里到隆普雷没有一户人家，把他抬那么远，等于要他的命……"大夫跪在伤员边上，他想脱掉伤员的衣服，至少脱掉一部分……看看他身上伤得怎样。这时，从烟雾弥漫的陋室深处响起男女吵架的声音，说的话听不懂，总像在擤鼻涕。

"必须想办法送医院……可是从这里到阿布维尔有两古里半路程，这简直是发疯，用大车送去……"

这是医生在说话。伤员觉得医生的声音像手指在自己身上游移。掷弹兵的声音又起：

"要是死在这里，那才叫惨……"

"我的年轻朋友，您不觉得，"医生说道，"活在这里更悲惨吗？"

疼痛重新袭来，胆战心惊，脑袋歪向一边，厚厚的烟幕变暗，越来越暗……大家都沉默了吗？只听得见疼痛，只听得见疼痛在跳动。

灰色的烟幕……我在哪儿见过这灰色的烟幕笼罩世上万物？那是10月的一个上午。是10月底吧。在格勒内尔平原。包税人公署的围墙。不过，那不是我。是他们。在树林前面。我们骑马押送他们。天上飘着蒙蒙细雨。巴黎，就在那后面。一些人，隔着相当距离，一些好奇的看客，或者是他们的朋友。马莱大声对他们说："请记住10月23日这个日子！"我认识拉奥里。我是在雨果夫人府上遇见他的。他把头转向我这边。他认出我了吗？即使看见我，但临死前有许多事要赶紧想，所以也认不出我。这个年轻人，是去年夏天在他情妇家里遇见的……绞刑队已经组成。幸好行刑的是步兵。不是我们。我们骑马在周围警戒。这些人就要死了。他们各有各的表现。大多数人考虑留下一句话。倘若走运，话会留下来的。他们起码也会因此而活在人们的记忆中。另一些人低着头，有一个人在哭泣。尽管如此，下令开枪的是他们自己。火枪齐射，我的马惊失前蹄。怪事，战马也怕枪……

突然间，疼痛发作，脑瓜里痛得要命，腿似乎麻木，去掉了尖角的火星儿，苍白犹如10月的清晨，黑底上镶白，就像阿尔赛尔马黑色额头上的白斑……我想抽烟，说不定一抽烟什么都好了。

"他说什么？您没有听见吗，大夫？"

医生没有听见。

我看见军官走近拉奥里将军，给他慈悲的一击。多么奇怪的说法！他还在动。他的眼睛转向军官。"他还看了看我！"这位军官返回队列，从马克-安托万的坐骑旁边经过，说了一句。慈悲的一击。

马克-安托万完全明白慈悲的一击是什么意思。啊，不！当时，一位被枪决的将军，倒在地上还在动，一名军官走上前去，拔枪补了一枪，其实这样做更人道。可是，还有一次，他，马克-安托万看见一只眼睛转向他，那是马的眼睛。马倒在地上，腿折断了，行走艰难，呻吟不断。眼睛。面颌转向他，漂亮的马头，多温顺，他的马。慈悲的一击。

一位将军之死解释不了的，打死一匹马就让人明白了。他自己的马。太大了，一匹马的眼睛。大而且鼓凸，炯炯有神。宛如一块缟玛瑙。一块光滑的大宝石。光彩熠熠，无懈可击，非常自信。可我呢？我也一样，腿断了，走不成路，又运送不了，阿布维尔的医院太远了，他们会打死我吗？

"请您理解，骑士，并将我的话转告给您的同伴们。您可以走了，既不用感到羞愧也不必为此感到遗憾。你们的中尉必须待在这里，我们把他看成伤员而不是俘虏。我们自己，我们不会留在这。大夫将照料……"

人声远了，人也远了。神志也已远去。唯有疼痛还在，盘踞在脑袋里。腿冰冷，没有感觉。突然，门口传进来一句话："大夫，我把他交给您了，他就像是我自己的身体……"这话是谁说的？是猎骑兵中尉？假如我是他的身体，那他为什么要走？他抛弃了我。我的脑袋抛弃了我！啊，如果这是真的，该死的脑袋！现在静多了，比较而言。屋里烟雾腾腾。门洞光线惨白。在晃动。不是很高。一群好奇的孩子。一个老人的声音在他们后面喊叫。苍蝇飞散。

我的面前只有时间了。时间不再流逝。不堪忍受。残酷的时间。他们会折回来打死我吗？

一般来说，这是什么战争？同谁打仗？为什么打仗？我觉得是一次武装远足。卷进去的人很多。不仅有军队，还有平民、妇女。他们都要去何处？我们要去何处？这一切我都记不起来了，仿佛已经延续了许多天。为什么接连几天都在散步？昨天夜里我睡在哪儿了？奇怪，我都忘了。不管怎样，想必那是一次轻松愉快的娱乐。有徒步行走的孩子。有满载的车辆。

我不知道在这儿干什么。不过，乌云在慢慢地散去。我开始看见我待的屋子里，孩子们已对我不感兴趣，坐在担架旁的老头看看我。噢，我想起来了。国王……我把国王给忘了。一想到国王的存在，我的脑袋疼痛欲裂。突然，仿佛要睡着，我觉得自己的脑袋在晃向一边，不，必须挺住，拼力保持清醒。国王。我已把国王忘得一干二净。国王。我们一直跟随国王。什么？国王逃跑了？一个逃跑的国王还是国王吗？我们，随国王逃跑，我们还是我们吗？天旋地转，让人感到难受，别人会怎样看我，这个老头，这些孩子？我全身一丝不挂，难道我在梦里？

老头双手拄着一根拐杖，下巴搁在手上。他很脏。像这里所有人一样。或许比他们更脏。因为外面有水，沼泽地里的水。但在家里，人们不会站成一排用水桶传递水的。这里的人几乎都不洗澡，脸上粘着干结的泥煤和淤泥。我白费力气，我无法不让眼睛闭上。疼痛就要袭来。来了。我还在跌落，再次跌落……

伤员昏了过去，或者睡着了，谁说得准呢？这老爷爷倚着拐棍，一身破衣，因为这褴褛的衣衫正是乞丐的工作服，但见老人注视着失去知觉的年轻人，抬起衰老的肩膀。他揣摩这伤员身上有钱，可钱放在哪里？怎样弄到手，又不能让这些脏孩子看到，否则他们会告诉他们的母亲，说爷爷偷了军官的钱。他倒不是有道德上的顾忌，而是少不了要分享。分享不是他的长处。他用拐棍的顶端悄悄挑起卧者身上的斗篷。伤员哼了一声。老头住手，偷偷环顾四周。碰上这种鬼天气，他这一天就白过了。下雨天没人施舍。星期天已经……儿子把他讨来的钱都拿走了，小咖啡馆喝啤酒，人家还不给赊账。

军官把钱藏哪儿啦？很可能是金币。在衣兜里还是在腰带里？腰带已解开，跟长裤的裤腰一样。难道医生……老乞丐暗自思忖，医生是否趁大家不注意的时候偷走了军官的金币。不过他很快就放心了。怎么会有这种念头？医生，偷窃！真不知落魄到了什么地步……老头俯下身子，掂了掂腰带……手透过衬衣触到了皮肤，伤员的眼睛睁开了。他看见了。

他看见的同刚才谵妄中所见迥然不同。俯向他的是一张毛茸茸的脸，满腮的胡子一直长到眼睛下面，灰白、肮脏，夹杂着黑髭和黄斑，两眼闪烁着狡猾和贪婪，眼角有无数细小的鱼尾纹，额头爬满皱纹，头上戴一顶不可名状的宽边大毡帽。他感到这只在他身上触摸的手有如对他的侮辱，这只苍老的手在寻找什么，迟疑而笨拙。恐惧袭来，他忘了自己被固定在那儿，不能动弹，四肢不听他的。蓦地，他看见自己的手抬了起来，似乎想把老头推开，这并非他的手听他指挥，而是抢在他前面，虽然虚弱无力，但仍把俯身的老头吓了一跳，只见老头往后退了退，停止了搜寻。得开口说点什么。思想能通过嘴巴说出来吗？马克-安托万·多比尼想说的话卡在了喉咙里，发出咕噜噜的声响，像牲口喘息，最后挣脱而出："水……"老头赶紧起身，走开去，他吓坏了，连拐棍也掉在了地上……"喝水……"伤员说，但这并不是他想说的，而是这话说过，他就感到渴得要命，不仅口干舌燥，而且整个身体都焦渴难耐，脑袋又歪向一边。上帝啊，我又要失去知觉了吗？疼痛拦下知觉，吸引和集中这可怜的脑袋的注意力。

不知为什么，屋子里出现一阵骚动，满屋的烟雾被撕裂。几个满脸污垢的孩子刚依稀可辨，就被一股大风刮散了，一个穿着破裙子的黑影，一个笨重难看的大布团突然出现在门扇、光亮和眼睛之间。一个女人刺耳而疲乏的声音，她在嚷什么，一点也听不懂；一个孩子挨了一记耳光，哭开了，他抬起胳膊肘遮挡，已经来不及了。那女人就像正义和惩罚的化身，雪崩似的扑向老头，见老头举起拐棍，便大声吼叫，拐棍落下，却偏向一边。

这女人很胖很老，一条深色的裙子已被撕破，内裤可见，上面沾满了污渍，肮脏不堪，还比裙子前摆长出一截。怕是为了呼吸，上衣敞着，露出堆在变形巨肚上的肥大乳房。如果她这年龄还能怀上孩子，别人会以为她怀孕了。这张憔悴的脸，汗水淋漓，有一个星期没洗了，头发又没有盘好，一侧鬓角垂着发绺，头上那顶旧草帽，有一股尿臭味，插着几片白色的刨花，难看得吓人。

她大声叱骂讨厌的老头，居然想偷军官的钱，真混！偷钱去喝酒。还想用拐棍殴打一个随时都会分娩的女人。脏话在她嘴里打转，她有点气喘，俯身弯腰。巨大的肚子使她不得不叉开双腿，两手撑在微屈的膝盖上。

现在，马克-安托万看仔细了，借着雨水的微光，他看得更清楚了。这不是一个老太太。她是一个精力衰竭、脸容憔悴的女人，不是一个老太婆。她喘着气，打量着伤员。表现出本能的莽撞。眼里闪烁着某种关切。她伸手摸摸伤者的额头。那儿有一只苍蝇在盘旋。那是一只积满污垢的变了形的手。她那灰白的嘴唇在颤抖，像是不由自主地说："多俊的小伙子……"马克-安托万觉得这比刚才那老头更可怕，因为身体的表达毫不含糊。他再次呻吟："水！"女人突然激动起来，身子缩成一团，大声嚷嚷，周围这些人活像一只只苍蝇，竟不给他一口水喝，不给这备受折磨的漂亮小伙水喝！人影散开，满脸胡子的老头不见了，手臂交接，一样东西传递过来，突然传到嘴边，马克-安托万觉得是一只碗，一样湿漉漉的东西，他张开嘴，吮吸起来……一种奇怪的饮料，淡而无味，不是啤酒，也不是苹果酒，是一种稠厚的水，女人对他说：喝吧，喝吧……说了些他听不懂的话。接着她往上稍稍托起伤者的颈背。啊，弄疼了。可是，水一定要喝……蓦地，随着一声尖厉的叫声，碗从递到伤员嘴边的手上滑落，那水洒在他脖子上，洒在他的衬衣上，流淌在他的胸脯上。出了什么事？

女人全身痉挛，脸色骤变，身体后仰，两手捂着肚子。她喊叫，头发散开，肩膀晃动，乳房颤动。她走进暗处，孩子们紧跟在她腿旁，也哭叫起来。她向屋子深处走去，马克-安托万无法调转脑袋，但他想象得出庞大的肉堆倒在龌龊的床上。怎么回事？他向折回的老头投去探询的目光，老头回来捡他那根掉在担架边上的拐棍。

"临盆的阵痛……"老头说，脸上透着乡下人特有的冷静。

阵痛缓和了。这只是临产前的第一次阵痛，晚些时候才生。孩子中的大姐姐拨旺炉火，天黑了。烟蒙蒙的火苗照亮了这番景象……马克-安托万·多比尼猛地知道自己会活下去的。

十三、未来的种子

　　时钟敲响六下，在里尔的省长^①西梅翁先生来赴国王的晚宴。也就是说来到市长布里戈得先生的官邸，国王及其随从都在那儿下榻。布里戈得官邸，宏伟、壮丽，通常被称为阿维兰公馆，坐落在里尔城最北端，这大概就是国王选中它的原因，如今卫戍部队人心浮动，国王可从这里直奔敦刻尔克，无须再穿越市区了。公馆由瓦纳凯尔上尉负责警卫，他指挥一支由线列掷弹兵和常驻炮兵组成的部队。要说的是掷弹兵不大可靠，而炮兵的思想状态一向令人放心。从省长接到的报告看，掷弹兵和炮兵有过一些摩擦，恐怕还会导致火并。元帅特雷维佐公爵正把此中情况奏禀国王。在座的有贝蒂埃、博浓维尔、麦克唐纳、所有的将军、赶到里尔的大臣，还有若古、布尔里埃内、路易神父、孟德斯鸠神父，加上全部随行人员，诸如布拉卡先生、普瓦亲王、迪拉斯公爵、克鲁瓦公爵、格拉蒙公爵、孔代亲王、奥尔良公爵，大约有五十来位宾客，当然包括布里戈得先生、本城各方面的知名人士，以及埃利泽神父。

　　透过大厅的窗户，可以看见院子里的卫兵，而陛下已走到大厅深处，正与莫蒂埃元帅说话，目光投向花园，看见早早返青的灌木在下午的暖雨中已绽开新芽。国王指给元帅看，可元帅同国王一样，不知道这是什么灌木，便说还得问问布里戈得先生。

　　格拉蒙公爵和普瓦亲王正严词评说当地驻军在国王驾到时的异样表现，围听的这拨人显得忧心忡忡，却又气愤不已。不知是谁，大概是个副官吧，竟大声嚷嚷："既然那些先生心存不满，那就派个信使去图尔内，传令放下吊桥，将二十个营的英国兵放进里尔城，这样一来他们就老实了！"副官的嗓门那么大，所有的人都听见了。

　　国王也听见了，转过身来。他向莫蒂埃投去探询的目光。元帅喃道："真是个冒失鬼！这种事只能做不能说……"

　　宾主入席。餐具豪华,仆役服饰华丽,各组宾客刚刚安静下来,但从大多数人阴沉的脸色看,叙谈并不鼓舞人心。奥尔良公爵坐在陛下右边,他们的交谈也不大热烈。

　　陛下是否装模作样特地要同坐在他左边的公馆主人说说话呢? 不管怎样,陛下低声对主人说了什么,但这些话的重要程度奥尔良公爵无从判断。说真的,路易十八的状态有些特别。在整个旅途中,他气色不错,但最后还是精力不济。况且他患有风湿病。他正在摆脱埃利泽神父那两只手,神父的按摩效果不大。他觉得自己像是走投无路:匆匆启程的时候,他没安好心,故意让弟弟和侄子落在后面,把王室托付给极端保王派,意在使阿图瓦伯爵一派陷入逃亡乱局之中,日后如有不测,自己不至于担上干系。万一弟弟落到拿破仑手里,他大概也不会懊丧:一年来,马尔桑宫的阴谋①令他无法安寝。所有的人都在觊觎他的王位。这个迫不及待的弟弟及其子嗣,还有这个坐在他右边的堂弟。一切昭然若揭。他们沆瀣一气,图谋犯上。富歇是奥尔良派的人。维特罗尔成了阿图瓦伯爵的警探。即使拿破仑不回来,也总有一派人试图推翻路易十八,这可是明摆着的事。眼下乱世,何不趁机谋划将来,到时携联军卷土重来,让那些觊觎王位的人身败名裂? 真没想到,在迪穆里埃事件之后,年轻的路易-菲利普脱离了共和国军队,跪在他路易十八脚下,是他首先伸出了援手! 当时路易十八正在寻求一种力量,以抗衡王弟阿图瓦伯爵的阴谋……路易十八心里想着这一切,嘴里却在谈论别的事,谈论他所经之处民众的热烈欢迎。突然,他蹙了一下眉头,腰痛又发作了! 唉,这个埃利泽神父! 神父替他效劳,也就那么一次:那是在哈特维尔,神父派人送来夏雷特先生指控阿图瓦伯爵的信,这信犹如一件武器,也许是英国情报机关打造的,但适逢其时,正好用来迫使自己的弟弟就范……这封信路易十八随时可以公布,信里指控国王的胞弟胆小懦弱,终致朱安党人失败。忽然,他听到孔代亲王正在桌子另一头大讲奇闻怪事,便请他重说一遍。孔代亲王午后才到,似乎不大了解驻防部队的思想状况,偏偏选择这个时候提起一件事,众人听了先是一愣,接着发出一阵难以掩饰的狂笑。"陛下。"亲王高声说道,"既然明天是圣周四濯足节②,假如我们仍留在此地的话,陛下是否还按惯例去给穷人施洗足礼呢? 去哪座教堂举

────────────

① 指1814年路易十八之弟阿图瓦伯爵先到巴黎,在马尔桑宫另立政府。
② 圣周四,复活节前的星期四,又称濯足节。根据耶稣在受难前夕最后晚餐是为十二门徒洗脚所作出的榜样而定为节日,以追随耶稣谦卑、仁爱之举,完成其授权的事业。

行呢?"刀叉盘碟的磕碰声,加上众人三三两两只顾交谈,并没有注意亲王在说什么,而亲王自己又耳背,且已到了膘厚肠肥、位高志满取代动脑子的年纪,以为别人没有听见,便想着压倒嘈杂声,便扯开嗓门又问了一遍:"陛下明天打算在哪座教堂为穷人施洗足礼?"大家顾念他是当甘公爵的不幸祖父,又是前流亡军的统帅,才没有当面嘲笑他。老实说,布里戈得先生了解的情况比省长多,他在省长耳边说,有人搜查了线列投弹兵的弹盒,发现了鹰徽和三色标志。

"嘿!"一位邻座无意中听到了他们的私下谈话,插嘴道:"我在城里看见有的士兵已把徽标佩在高筒军帽上了!"

卫戍部队的军心实在令人担忧。从早上开始就让人觉得不对头:路易十八到达时,赶集的人、小民百姓、乡下的农民,还都在高呼:"国王万岁!"但午后不久,在城里的街头上,集合起来欢迎和护送路易十八的部队却保持一种不祥的沉默。整个下午,军人骚动不安,大家都看在眼里。奥尔良公爵和莫蒂埃把卫戍部队调回了里尔,陛下大为不悦。这些军团原先已被调往佩龙营地,命令他们返回里尔,这将陷国王于尴尬境地,因为有人向陛下断言,如果国王卫队来里尔与国王会合,卫戍部队就会起事。如此,国王将身不由己,就地沦为这些叛逆的阶下囚,而唯一忠于他的部队势将被挡在一边,因为阿图瓦伯爵殿下已奉命在贝蒂讷集结国王卫队;再说本城和附近的忠义之士组成了志愿连,已被派往巴黎;那是一个星期前,这些狂热分子在贝里公爵手下的两名仪仗骑卫,也就是福尔米吉埃先生和在座的菲埃韦先生的儿子夏尔·菲埃韦先生带领下,要求布里戈得先生发给武器,同去的还有波雷尔上尉的炮兵,当时布里戈得先生正在剧院看戏,上演的是《若孔德》……次日,星期四,他们就出发了。星期五,第二个志愿连,带着两门大炮,在科斯特诺贝上尉率领下也启程了。现在城里已经没有炮兵,国民卫队势单力薄,连站岗都保证不了。如果国王卫队来了,将面对起码七千人的地方驻军,后者养精蓄锐,武器精良,而且斗志高涨。

这一切西梅翁先生了如指掌。出于对王室的忠诚,他希望国王远走高飞。应该承认,此人头脑敏锐,还要点儿笔杆子,正好这几天……

国王讲起贝蒂讷专区区长迪普拉凯先生连裤子都没有穿好就来迎驾的故事,引起哄堂大笑。于是大家尽量说东道西,不谈时局。有人说今晚剧院还会满座,一定能再次看到效忠国王的表示,每次演出《狩猎》都会出现这种场面。这时,西梅翁先生忍不住咳嗽两声,布尔里埃内先生看看他,心下明白省长的意思：所谓效忠国王的表示，都是下意识的反应。国王驾临的时候，警察大臣就在人群当中，所以他对事情有自己的看法。然而，元帅瓦格拉姆亲王似乎把事情说得漆黑一团，国王听了皱起眉头，此时，做过拿破仑近臣、深谙宫廷之道的布尔里埃内看在眼里，赶紧高声对贝蒂埃说，根据从维也纳传来的消息和他个人掌握的情报，他预言欧洲各国君主绝不会容忍波拿巴无所忌惮，任意妄为，陛下6月底就可重返杜伊勒利宫安寝。

这番话引起了极大轰动，大家都不说话了，把目光转向陛下。陛下大概把这话当成了餐桌上的逢迎，看来不大相信是真的。国王提出的问题表明，他对前途没有多大信心。但是，路易十八可能注意到自己的话弄得大家灰头土脸的，还使贝蒂埃的脸色更加阴沉，便对布尔里埃内说了几句恭维话，转移大家的注意力。

尽管还是大白天，大吊灯却都已点亮。不过，就宴请国王而言，家里的光线仍然不足，尤其是街道太狭窄。但是，布里戈得先生的酒倒是上品，肉食也比凡尔维勒夫人家的更胜一筹。本应该跟夫人们一道安排晚宴，气氛就会更加轻松愉快，只是那样一来人就不多了。您瞧贝蒂埃那副样子！亲爱的，真想不到他还是个性情中人！若古坐在布尔里埃内边上，问他知不知道维斯孔蒂夫人出了什么事……麦克唐纳说……不，警察大臣什么也不知道，他是因为其他事离开首都的。您瞧这贝蒂埃，他在那儿咬指甲，一旦亲吻不到他的意大利女人，他就会这样做……

若古伯爵向来说话尖刻。他继承了凡尔赛的传统。至于布尔里埃内，他与瓦格拉姆亲王是老相识。什么事都别想瞒过他：贝蒂埃内心深处对拿破仑还保留着一种可悲的眷恋。此时此地，在餐桌旁，贝蒂埃也不光在咬指甲，他内心痛苦纠结：忠于国王，保住名誉，还是赶去向皇帝献媚取宠……

是的，贝蒂埃不停地咬指甲……埃利泽神父与若古隔着两个座位，只见他探过身来，耸了耸他那尊汗津津的丑鼻子，故作低声地对伯爵说："大家还没有充分考虑孔代亲王关于濯足节的建议……我提议这回不是给穷人，还是给元帅们洗洗脚吧……"幸好这句微妙的戏言只有警察大臣听见。不过，说真的，莫蒂埃和麦克唐纳的脸色与贝蒂埃一样阴沉可怕。坐在若古对面的孟德斯鸠神父大概跟他想到一处去了，因为他说："对于一位法兰西元帅来说，改朝换代从来就是一个艰难的时刻……不，谢谢。我喝红葡萄酒不太好受，即使是波尔多酒这样的名酒……这怕是夏托酒吧，您是行家，我的神父？"

埃利泽神父脸色大变。大家都知道，品酒不是神父的长处：陛下还曾取笑过他一两回，因为他把博恩葡萄酒和别的什么酒搞混了……忽然一个副官跑进来，一下子吸引了大家的注意力，只见他行过礼，在国王边上弯下腰来，大概报告了什么重要事情，因为路易十八往后一让，连餐巾也掉落了，急忙说："快叫他进来……"蓦地，所有的人都觉得场景要变，要从餐桌喜剧转为户外悲剧了。

进来的是里卡尔将军，我们一大早就见他双腿裹着蓝绿相间的毯子，坐一辆黄轮黑色轻便马车穿过普瓦城。他给国王带来了阿图瓦伯爵的一封信，他原以为可以在阿布维尔见到陛下。但不得不快马加鞭驶过一个又一个驿站，将近七点才赶到里尔。国王安排里卡尔坐在边上，在自己左首腾出一个位子，让他挨着布里戈得先生坐下，这样国王就背对他的堂弟奥尔良公爵，直到散席也没有跟他说话。路易-菲利普脸上挂不住，只好同坐在对面的元帅特雷维佐公爵搭话。

国王听了里卡尔的简短叙述，知道了国王卫队的情况，当晚卫队要在阿布维尔宿营，阿图瓦伯爵本来希望在阿布维尔见到国王。里卡尔还讲了他本人途经圣波尔和贝蒂讷的情形……将军还说殿下将带着手下的人离开阿布维尔前往迪耶普，而他手下的人累得无法继续赶路……殿下将在迪耶普等候陛下……"把信给我……"路易十八不耐烦地说。他埋头看信，没注意里卡尔最后说了些什么。所有人的目光都转向国王。国王看上去忧心忡忡。他把信看了一遍，又从头再看，似乎看得更加仔细了。大家知道国王下午风湿痛已犯了，他连声叹息，一定是他那双可怜的脚又痛开了。

大家都在听他们俩说话，消息都在餐桌周围传开了，尤其是对国王卫队，不要再抱任何希望，他们已在迪耶普上船，派不上用场，这一切国王很快就明白了，何况格拉蒙自己耳朵有点聋，说话声音大。有些人议论说："不管怎样，还是让英国人和普鲁士人来，他们很快就帮您把这帮恶棍扫除干净！"路易十八朝这些蠢家伙看了一眼，其中有些里尔人，或许对他忠诚不贰，但就是守不住秘密……他没有注意到莫蒂埃听了这些冒失话，顿时沉下脸来，紧抿着嘴，上嘴唇都快不见了。

"将军，除了法语，您还讲别的语言吗？"国王转向左边的里卡尔将军。

"我还讲意大利语，陛下。"将军回答。路易十八说："那就讲意大利语吧……"陛下自己能说多种语言。路易-菲利普也懂意大利语，只是国王对他的左邻说话声音太低,他听不清楚在讲些什么。奥尔良公爵只有一桩心事,那就是把国王打发走。万一国王在城里久住不走,卫戍部队哗变,别人一定会说这是公爵的阴谋。说实话,国王倒随时准备离开里尔,他觉得此地不安全。晚宴前他已决定半夜动身前往敦刻尔克,声称是要巡视边境……好,就信他这假话吧,但他别想着再回来!麦克唐纳本希望他次日主持完已经宣布的阅兵式之后再走:他总觉得半夜出发如同逃跑。路易–菲利普准备了一大堆理由……还要准备应付西梅翁先生说的新情况,前往敦刻尔克的路上,卡塞尔一带很不安全,因为旺达姆将军就在卡塞尔,去年9月他从西伯利亚回来才二十四小时,国王就把他调离巴黎,他不能原谅陛下……对此陛下大为震惊。路易–菲利普记得清清楚楚,1792年,当祖国处于危险之中,旺达姆将军在家乡卡塞尔拉起了一支卡塞尔山猎步兵,旺达姆深得民众支持,这一切都是事实。但怎样才能使路易十八放心呢?

　　离席时,国王叫住三位元帅、他的堂弟奥尔良公爵,当然还有布拉卡·多尔卑斯,一起去听卡尔将军的汇报。大家站了起来,这一拨人就去了布里戈得公馆里为国王准备的房间。麦克唐纳像平常一样不拘礼仪。莫蒂埃的嘴巴从来没有咬得那么紧,那么小;瓦格拉姆亲王心里不安,旁人一眼就看出来了。晚宴上,从头至尾,贝蒂埃一言未发,里卡尔将军一来,他再也坐不住了。

　　"他老是咬指甲,就不能停一停吗?"若古问布尔里埃内。的确,这天晚上,贝蒂埃狠命地咬自己的指甲。

　　贝蒂埃……贝蒂埃……总之,他心里在想什么,他为何咬指甲,我们知道些什么?大家嘲笑他。他身材矮小,那又怎么样?如果他身材高大,这又能改变什么呢?他发胖了,可是,在他这种岁数的人中间,不是他一个人这样。不,大家嘲笑他,是因为他坠入了爱河,大家并不是等他到了六十三岁才嘲笑他的。比如,在埃及军里,其他将军甚至拿他来跟下级开玩笑。拿破仑的信徒不能饶恕他在1814年的所作所为,而国王的近臣、贵族不能原谅他的出身。啊,我并不认为自己客观公正,毕竟……军人瞧不起他,因为他不是驰骋疆场的战士。可是,倘若没有贝蒂埃,还会有拿破仑吗?如果没有贝蒂埃通宵达旦埋头编制地图和文件;如果没有他做了大量行政事务;如果没有他,没有他的广博学识,从护腿的环扣到大包,他样样都懂;如果没有他安排宿营,没有他在前方后方张罗,还会有拿破仑的大军吗?皇帝了解他做的一切,所以在瓦格拉姆，被拿破仑封为瓦格拉姆亲王的，不是指挥百门大炮发起决定性进攻的洛里斯东，也不是当天早上晋升为元帅的麦克唐纳，而是贝蒂埃……这个贝蒂埃喜欢名院大宅，还曾亲自把他情妇的儿子列入荣誉勋位授勋名单；据男爵古尔戈将军所说，马伦哥①战役过后不久，贝蒂埃在报告里五次提到索普朗西上尉的名字，使其沾上这次胜利的光泽，即使此说不实，但他从意大利运回掠夺的财宝总不是假的……是的，这一切或许……难怪有人说，在他眼里，离弃一个君主去投靠另一个君主，这是很正常的事，就像杜伊勒利宫的家具更换主人一样。

看待当时的一个人，要么用当时的眼光，要么用今天的眼光，也就是用另一种道德的眼光，但两者都是不公正的。我们应该用他自己的眼光去看，而不应该仅仅像当时的莱昂·德·罗什舒阿或埃格泽尔芒那样看他，或像后来的瑟诺博斯②、马莱那样看他。评价他这个人，不仅要根据我们遇到他的这一周，甚至根据他的过去，还应根据他的未来，他短暂的未来对他形象的最后加工。难就难在这里，也正是这一点使我对自己叙述的一切感到不满意，这不仅就贝蒂埃而言，而且包括圣周这出悲喜剧里的所有配角。我不满意我们只能看到仅这一周里的他们，而没有说及他们后来的命运，后来的变化。

不仅对贝蒂埃是如此，对所有的人都应如此。评价任何一人，都必须考虑其后来的变化。

好吧，就拿书中偶然提到的一个人名为例吧！一个没有见到、确实没有遇见的人物，一个叫拉罗什富科-利昂库尔的公爵。星期二晚上在公爵府上躲雨的第一猎骑兵团的军官们对他有何了解呢？难道该由我来判明孰是孰非：一方面，军官们看到那些孩童每天干活十二小时，只换来十二个苏，心里很是不平；而另一方面，公爵的一个下人却对主人万分敬重。一个慈善家，是不是，而我们都知道该如何看待行善积德。特别是今天。我们已拥有一个半世纪的经验。读过《巴黎的秘密》③或《悲惨世界》，了解可敬的布西科夫人④和贝当元帅，所以我们在评价父道主义方面占有绝对的优势……然而当时谁的看法有道理呢，是这位站在利昂库尔家下房前的这位好好先生，还是诸如阿尔纳冯、施马尔兹这样的年轻骑兵，他们如同今天的任何人，急于对这位贵族作出评价？

---

① 意大利地名，1800 年 7 月 14 日拿破仑在此战胜奥地利人。
② 瑟诺博斯（1854—1942），法国历史学家。
③ 法国作家欧仁·苏（1804—1857）的作品。
④ 法国第二帝国时期慈善家。

　　最重要的是，说实话，不仅是公爵把牛痘苗接种引进法国，也不是他本可以过另一种完全不同的生活，不必雇佣孩童在靳尼纺织机上劳作，而过上地位、家族、社会阶层同他一样的人那种生活，他根本不用住在房间仅高两公尺高的小屋，把全部家当用来发展新兴工业、购置设备、培训年轻工人，只为自己在破败的城堡里辟一间书房……而且，这位老板——他毕竟是老板——将成为法国新型工人联盟的倡导人，亲自创建、树立第一个互助会样板，借以绕开禁止工人结社的法令，也是这位公爵将向工人提供组织范例，促使他们在不到十五年的时间内在里昂起义，成为世界上最早为自己的阶级拿起武器的人。这一切千真万确，结果，在路易十八的议会里，作为瓦兹省议员，拉罗什富科-利昂库尔公爵属中间派，不是自由党人，而是共和派，很快就不得不退归乡里。在他下葬那天，就像不久以后全巴黎的人为贝朗热送葬一样，知道他的民众护送他的灵柩，不料国王近卫骑兵开来，冲散送葬行列，棺木从抬棺工人胳膊上掉落在地。

　　有时候，虽然没有这种清晰的阐述，但最近的将来也能赋予其他人另一副面孔，与我们在国王卫队一次歇脚时能见到的大不相同。这次说的也是一位公爵，说的是黎塞留。这又是个令人起疑的人物。极端保王党人一点也不喜欢他，他不是一个真正的流亡派，孔代军的一员；在波拿巴分子或共和党人眼里，他是其所是，一个反动分子，一个贵族。一点没错，他是一个贵族，一个反动分子，外国皇帝的奴仆，民众教育的敌人，怎么说都行。如果我心血来潮要为这个贵族，为这个反动派辩护的话，也许我只要说说他的过去，说说他在新俄罗斯州起的作用就够了。新俄罗斯从未把他遗忘，这个法国人改变了新兴的敖德萨，给那里带去了进步，推动了法国的贸易，事实上帮助马赛等地中海港口开拓了黑海市场。不过，光说这些还不够，是忘记了未来，忘记了黎塞留后来的作为：路易十八最终弃用自己的大臣和宠信，请他出山相助，而黎塞留凭借在沙皇亚历山大身边长期以来赢得的信任，促使沙皇不顾英国人、普鲁士人和奥地利皇帝的反对，将外国军队撤离法国领土。是的，黎塞留公爵在省府博韦对变节分子马尔蒙讲过一番话，他注重仪表，身上洒满香水，他生活过于严肃，不近女色，也许有点古怪，这一切都是事实。可是，怎能忘记当时还是孩子的儒尔·米什莱[1]后来对这个人的看法呢？对于米什莱，就像对于最后一个普

―――――――――
[1]　儒尔·米什莱（1798—1874），法国历史学家、作家。

鲁士枪骑兵、最后一个哥萨克骑兵、最后一个克罗地亚人、最后一个英国近卫骑兵撤离法国后所有松了一口气的人,在新的信念正在产生的这整个世纪里,黎塞留仍然是,也将永远是国土的解放者;正是这个黎塞留,在法兰西研究院,在中学高年级优等生会考后,把新生拉丁文作文第二名和法文作文第一名的桂冠戴在米什莱的头上:啊! 罗马人,你们向自己的祖国挺进! 你们要为皇帝复仇,这无可非议;我赞扬你们知恩必报……如此等等。

据我所知,在我国只有两部书谈到这个奇特的人物,一部是十九世纪末的专题著作,另一部是同一时期的作品,写他在亚琛会议①上的活动。从来没有一位教师想到对前来请教论文题目的学生说:你就写这个埃马纽埃尔—阿尔芒·黎塞留吧! 这可是一个不可思议的人物,我国还很少有人写他呢! 就像有人埋怨我为巴雷斯②和克洛代尔③辩护,或许也有人会怪我说了这么几句题外话,为这个脸色阴郁的卷发公爵说好话。可是,我必须如实报告,不写这几行字就睡不踏实。

不过,请别担心,我不至于当着您的面为腊古扎公爵马尔蒙正名,虽然"叛变"这个概念具体到他的名字也许并不完全适当。再说,难道他远比苏尔特或克拉尔克之流更可悲吗? 这不过是个人好恶问题。关于他叛变的具体事实,关于1814年腊古扎事件,我们应该相信在戛纳一登陆就再次严厉指控马尔蒙的拿破仑,还是相信直接证人,我们的老熟人,男爵夏尔·法布维埃上校呢? 法布维埃自认为有义务拿起笔替老上司辩护,大概他认为马尔蒙的背叛无关乎军事,与苏阿姆在埃松的撤退无关,不过,即使在这一点上上校是对的,但那也不是事情的全部……因为前一天在与奥地利人会谈时,马尔蒙已经叛变。在这里我对马尔蒙不感兴趣,但对法布维埃就不同了。

我写这本书,起初意在反对拿不可比时期进行比较的做法。根据现在来评价和解释过去,这种方法荒谬至极。没有什么比这种做法更错误,更危险的了。我不知道读者将如何阅读我写在这里的东西,然而我无法阻止读者采取我所谴责的做法,尽管这有违我的意愿。比如,我努力将当时的人物置于他们所处的环境,以免任由我们按照自己对背叛行为的认识,草率地判定他们背叛了拿破仑还是路易十八,而我就见过许多人从我的努力中得出服务于当

---

① 指 1818 年英国、俄国、奥地利、普鲁士等战胜国同法国讨论从法国撤出占领等问题的会议。
② 巴雷斯(1862—1923),法国作家、政治家。
③ 克洛代尔(1868—1955),法国外交家、作家。

今时代的结论，并从中找到不知什么借口，为在原子时代前夕，在闪电战时期的法国只能被视为叛徒的人开脱。啊，不，一个像法布维埃这样的人和……那些人，我正要举一个名字，但我还是放弃了，他们之间没有任何可比之处，即便是反面论证，我也不能拿法布维埃同那些人相提并论，不然就是在羞辱拿破仑战争和希腊独立战争中的一位英雄。一个1815年的士兵不是1940年的士兵，即使溃退时的局面和混乱大同小异。这是因为两者面临的矛盾各不相同，因为从一个时代到另一个时代，词语的内涵发生了变化，因为，比如在1815年，处决因犯前先用斧头砍下他的手还被视为理所当然，因为那时还没有可以与"民族"相抗衡的观念，因为一个爱国者不会想到他对别国人民负有责任这类问题，因为"人类"一词没有意义，因为一场战争只有失败才是罪过，等等。正因为如此，一个叫法布维埃的人从帝国阵营投向君主政体阵营，日后又密谋反对国王，从他身上我们可以看到当时的各种观念总体上向着现代思想倾斜，而这些现代思想只是过了很久以后，当它们被纳入一个系统，一个思想体系，失去经验性质而成为原则时才成形，具有价值和产生影响。这些思想就不再是某个人的探索，而是体现在人群之中，与新型的人，与新的历史弄潮儿合为一体，这种新人与当年的冒险家截然不同。法布维埃就是这样的冒险家。

　　难道真有必要让法布维埃出现在本书中，而他的出现只是为了给国王或在马尔斯校场等候检阅的国王卫队送去马尔蒙的信，为了在卡鲁塞尔凯旋门的一次邂逅和在博韦省府阁楼上做的一场梦？这种批评已在我想象之中：批评针对法布维埃或其他人，就算是针对法布维埃吧！有人会说作者笨拙，在一些多余的场景中，突然把次要人物置于首位，可我们有何必要闯进这位年轻上校的私生活，周旋于天使玛丽和魔鬼玛丽之间？读者别指望我在此为一本书辩护，如果依了这类批评，就非得把书中每一页、每一句话、每一句话的每一个字都拿掉不可。的确，这个人物对读者来说是次要的，但在作者看来却是主要的，而且，恰恰相反，作者还埋怨自己让这个人物在书中这样悄悄走过场呢！因为，如果说贝蒂埃对维斯孔蒂夫人的热恋令人发笑，那么对一个言情小说家而言，还能找到比夏尔·法布维埃更理想的主角吗？如果我没有记错，法布维埃大约在1805年初次见到天使玛丽，也就是弗利乌尔公爵夫人，其时她刚嫁给法布维埃的朋友迪罗克。从此，法布维埃就无望地爱着这位"完美女人"。1813年，迪罗克去世，似乎使这无望的爱情永远成了一种亵渎行为。从迪罗克离世到公爵夫人同意嫁给这个远远地爱她二十七年的男人，中间还有过整整九年离奇冒险的生活……

　　这里我缺少的恰恰是这段经历，以致无法全面展示这个来去匆匆的人物。这位帝国的军官，在国王流亡回来后，认为自己应义不容辞留在国王治下的法国军队里，还向国王宣誓要将其护送到边境；但是，如果知道了他后来经历的事，他还会是原来的他吗？他拒绝离开法国，也没有重返百日政变的军队，如果在滑铁卢战役后不久，人们看到他根本没有参加以自己祖国的失败为乐的丑恶大合唱，而是联合一些人在边境一带骚扰入侵者，成为自由射手，打击把他所效忠的路易十八护送回法国的外国军队，就在洛林①，在入侵军队经过的路上，埋伏在土坡后面，向普鲁士车队射击，就像拉塔比少校同时在佛兰德地区所干的一样。我们在圣德尼见过这位少校，当时他给梅宗将军带去军官们的最后通牒，然后从圣德尼把贝里公爵大人的旅行装备转运巴黎，又在京城门口遇见了埃格泽尔芒将军。1817年以后，这个夏尔·法布维埃在里昂反对多纳迪厄将军建立极端保王党人秩序，他还会是原来的他吗？当历史的逻辑促使他密谋反对他在1815年不愿背弃的国王时，当他屡涉阴谋而不得不离开他在1815年不愿越过其边境的国家时，当1823年您看见他与贝蒂讷的那位青年——其父曾参与普瓦墓地上方的聚会——并排出现在西班牙边境的贝奥比桥上，面对法国士兵，要求他们后退而不要侵犯西班牙共和国，并佩戴三色徽章时，您认为他还是原来的他吗？当他像拜伦那样成了希腊人民独立战争的英雄时，当他在1830年7月化名归来，在"光荣三天"②里与巴黎工人并肩战斗时，您认为他还是原来的他吗？啊！到那时候，您会原谅天使玛丽吗？她守寡十九年，最终放下了迪罗克公爵，随了这个当时已经五十岁的男人，而这个男人本可以轻轻松松像所有的人那样生活，像托尼·德·雷泽、年轻的拉斯蒂亚克或者马尔蒙元帅那样生活，有圣路易十字勋章，有农庄田产，还有一份王家年金；或者像莱昂·德·罗什舒阿或那个小个子德·H那样，娶一个军火商的千金；再或者，按照您的观念，爱情要有基础才会赢得尊重，是不是？不过如果没有莎士比亚和歌剧院的大肆宣扬，您又当如何看待罗密欧与朱丽叶呢？他们不过是十六区③随处可见的人物。

　　世上男男女女绝非只是他们自己的过去的承载者，一个世界的继承者，一

---

① 法国东北部旧省名，与德国接壤。
② 指 1830 年 7 月 27—29 日，即七月革命中巴黎人民举行武装起义到攻占杜伊勒利宫推翻查理十世的三天。
③ 巴黎富人区。

系列行为的责任人，而且是未来的种子。小说家不只是一个就过去向他们询问的评判者，还是他们当中的一员，一个渴望了解未来的人，他热切地探索这些个体的命运，寻求一个深远而重要的答案。只要有罪犯，无论多么丑恶，小说家都会在他身上寻找一缕沉睡的光亮。只要有先定的或看似先定的命运，我就有望看到该命运安排本身的矛盾得以消除。这一切恐怕已成历史，可就我这方面来说，我可以向您发誓，我随国王卫队一起到达佛兰德，但不知道路易十八是否真的会离开法兰西土地，也不知道拿破仑会遇到什么情况，而滑铁卢这个名字对我来说不过是地图上的几个字母，前途再次凶吉难卜……我又掷了骰子，却不知道掷得的点数。

贝蒂埃也一样。这个在里尔咬指甲的不幸的贝蒂埃，脸色发黄，体态笨重，大腹便便，个子矮小，周身关节格格作响，风湿痛，心脏不时狂跳。白天里一封信写了十遍，撕了十遍。显然，最简单的办法是什么也别写，跑回巴黎，或者，在最后一分钟说：不，我不想离开法兰西的土地……不过，玛丽-伊丽莎白，玛丽-伊丽莎白和孩子们在那边，在巴伐利亚，如果当初没把他们送走该多好！他们就在班贝格。去找他们，把他们带回来……带他回来，人家让吗？岳父大概没问题，但奥地利皇帝呢？写第十一封信。心里反感，又充满屈辱。天知道拿破仑会怎样看待此事！谁去送信？让莫蒂埃去，如果他留下来……

贝蒂埃思绪纷乱。想到法兰西，想到沦为流亡者所带来的耻辱。就他生活而言，"流亡者"这个字眼意味着离开自己的庄园，那种撕心裂肺的痛苦。他喜欢格罗布瓦田庄，喜欢高波尔城堡，喜欢他在嘉布遣会修女街的公馆。总而言之，这是他的生活。到了一定年纪，人就像狗，非常恋家。贝蒂埃竭力想些别的事，试图排遣心头最大的忧虑。吉斯帕……

麦克唐纳的三言两语、圣德尼发生的意外。他知道是怎么回事，去年就发生过一次，医生对他说的话……即使维斯孔蒂夫人脱了危险，还是向死亡进了一步。世上有一样东西叫他最害怕，那就是他孤身一人生活的世界，一个没有了吉斯帕的世界，他可以离开她，再也见不到她，他习惯了，这一场场战争。再说，他已不是当年在埃及时那样了，到了现在这个岁数，已不再沉湎肉体，为性所迷，日日荒唐。可是，如果从此再也见不到她，如果他们俩只剩下他一人活着，这是与全部过去的残酷决裂。唉，人可以失去父亲、母亲，那也只是在小时候才觉得难过！但是，吉斯帕……吉斯帕要是死了，有过的一切就都消失了。她是唯一不用听你细说就能明白你的人，因为小事大事，她都知道，无论是昔日的苦楚，还是令他陶醉的事，她都知道。天哪，天哪，我可不愿意一个人苟活下去。他感到胸口难受，他多么感激这颗如此跳动的心脏！这颗心脏会要了他的命，还不等他……不等他知道……不会的，我真傻。没什么，有一点难受罢了。去年犯病，她恢复得多好！气色还比先前好呢……脸上青春焕发，那么柔滑，那么柔滑……一时间他又想起了昔日的激情，那萦绕心头的一幕幕……啊，我知道，一个老男人，重温昔日床上的风流，大晒一般人隐而不说的事，回忆他自己的身体和这个女人的青春活力，详尽得似乎下流，还回忆起长期耽于其中的荒淫生活，从头几年的惊叹变成老练、娴熟和默契……除了自己，在别人眼里是多么恶心！因为这不是理想的爱情，不是能谱成优美旋律的崇高思想，而是一种性爱，您明白吗，一种名副其实的性爱，它以性欲和性欲的满足来维系自身，它是那个从疲乏中获得再生的凤凰，它是情欲，这种美妙绝伦的肉体欢爱，它一往无前，在大汗淋漓中清醒过来，最后在自身的力量和想象中消耗殆尽。这个老去的男人，在四分之一世纪里，他尽其所能，应该说用他的才干，帮助这个国家把战旗举到远方……如今在里尔，在极度不幸中，在这个国家的边境，在离妻子和情妇一样远的地方，他心神困惑，欲念烦心，周身不适，风湿痛起，痛苦、窘困……怎么会落魄至此，与这个患足痛风的逃亡国君，与这些老顽固，这群破落户在一起，他，他，贝蒂埃，瓦格拉姆亲王，曾经的纳沙泰尔亲王……怎么会这样？即便如此，每当回首遭遇的不幸和屈辱，他会忘记它们，因为那太阳不是奥斯特里茨，而是吉斯帕。这女人在他怀里颤抖求饶，又为快感所俘，禁不住任他摆布，在揉皱的床单下随他所欲，一场床帏之战，他感到手臂有些酸疼，大概是姿势不对，支撑时间久了，要承受妇人和自身的体重……啊，谁愿意笑就笑吧，笑死才好，忘不了的事怎会忘记？

可怜啊！可怜的贝蒂埃！天真的情人，那么多年过去了，还是像一个刚刚发现自己有本事让一个妇人浪叫的年轻人，总像那些从床室出来的男青年，对自己和生活惊叹不已，在荒如月亮表面的城市，在僻静街头，独自又唱又跳！此外，他还守不住秘密，不知道关门，免不了让人撞见……他生活在那些好嘲弄的窥淫癖中间。他视之为秘藏的宝贝每时每刻都暴露在众目睽睽之下。对他的嘲笑在继续。比如情书被偷那件事，就不断被人拿来耻笑。甚至今天，在里尔，在这绝望的里尔城。应该听听埃利泽神父待会儿是怎么说的，他那两片发亮的嘴唇出言下流，两只什么都干的手比比画画，绘声绘色，不时还加油添醋，当然这不是关键所在。在布里戈得公馆的一个客厅里，满堂都是快燃尽的蜡烛，突然有一支熄灭了，冒着青烟，听众是若古和布尔里埃内……情书被盗事件。请注意，这对谁都不是什么新鲜事……反正大家都知道……你们不难想象，自共和国以来，军中那些狂热的书信，上面还附有小插图，图的细节叫人难堪，满足装傻充愣的喃喃情话，描写十分露骨，一个连战争都累不垮的士兵的入微想象……这一切已广为人知。当然，军队有检察机关，书信检查处……可想而知！不过，这事在葡萄牙闹起来时……怎么，在葡萄牙？贝蒂埃可从未到过葡萄牙。请别打岔。就是在葡萄牙。这回已经不是书信检查处的公开秘密了，因为在检查处，事情由警察署呈报参谋部，再转给督政府，上报首席执政官左右亲近，但这回可不是这样，而是公诸于世。书信传来传去，报上也说开了，啊，那些信嘛，当然不可能转载，考虑到它们的性质……但这都是英国人策划的。大家都说英国人做了许多蠢事，但有一点该替他们说句公道话，要说组织间谍活动，他们可是无与伦比的。我知道自己在说什么！皮特和科堡的特工，就像无套裤汉这些笨蛋所说，哦，在基伯隆……算了，还是说葡萄牙吧！当然啦，那些信其实就不是在葡萄牙失窃的，而就是在巴泰，在伏尔泰河畔大街内高卢共和国前大使馆被偷的。维斯孔蒂夫人经常更换贴身女仆，她动不动就发火，领饰上有点污渍或者丢了一条手绢，她就会把仆人赶走……此外，屋里杂乱无章，什么东西都不上锁，又过于轻信别人，喜欢对侍女们讲与元帅的事……还是长话短说！这些令人瞠目的信件到达伦敦时，我正好在那里，英国人看得起我，常拿法国的事向我请教……见鬼！莱斯特街心花园所有的妓女都找上门来，要我把信拿给她们看……信里有细节描写！细节！在伦敦风月场中，贝蒂埃的做爱方式起码风靡了半年……具体做法么？喂，先生们，就我这身教士袍，我担任的圣职，你们总不至于问我吧！好吧，好吧……三个脑袋凑到一处，若古迷恋十八世纪风尚，布尔里埃内出于职业本能，神父居中……英国人的特点是善于等待……我自己也不清楚等了多久，五六年吧！终于有一天，苏尔特在里斯本，当时善良的葡萄牙人民渴望拥他为王，他也做好了随时被逼上宝座的准备……不料英国舰船开来，封锁了海岸，并向陆上投送……嘿，你们肯定想不到英国人是怎么干的！用瓶子，海水把瓶子冲上海滩……瓶子里就装上美丽的吉斯帕和她那小桑德罗来往书信的抄本，成千上万……那些农民、渔夫捡到了……送到当地警察局，局里的人法语水平不高，一些专用语搞不懂……便拼命查词典……结果白费心机。我亲爱的布尔里埃内，我想，换了您手下的人，鼻子灵，一上来就会去找妓女请教，这些娘们想必从帝国大兵那里学了一整套根本不见诸文字的词汇……最后，这些信件落到了一个双重密探手里，密探把书信交给了法国统帅部。当大家知道是怎么回事时，你们想象一下那通冷嘲热讽……但大家很快发现，掌握这个秘密的不光是他们，因为这些瓶子还被冲到塔霍河的沙滩上，今天在这儿捡到几个，明天在那儿捡到几个，这事成了葡萄牙的笑料……说真的，我不知道是否因为这件事，法国人在卢西塔尼亚共和国的声誉才一落千丈，据说波拿巴得知此事，震怒之下，真想把贡比涅的塞夫勒①瓷器全砸了……这个贝蒂埃，他还有什么没有听到！

可怜的贝蒂埃……大家取笑他，但这并不妨碍他获得连最出名的军人都得不到的那种嘉奖。这嘉奖不过是一个叫司汤达的人，在他的《论爱情》这本小册子中写的这段按语：有人说，人到老年，身体的器官发生改变，无法去爱；我本人对此丝毫不信。你的情妇成为你的知己，给予你另一种欢愉，老年的欢愉……在百花盛开的季节，清晨的一朵花是玫瑰，一旦过了时令，黄昏降临，这朵玫瑰便成了一枚佳果。

关于这一点，司汤达在手稿里这样写道："对于我来说，瓦格拉姆亲王的恋情……"这段话他删去了，因为他心思周全，考虑到1822年《论爱情》问世时，维斯孔蒂夫人还在世。

现在，亚历山大·贝蒂埃也好，吉斯帕也好，都已谢世。司汤达的这种感受压倒流言蜚语，更具说服力。吉斯帕·维斯孔蒂和瓦格拉姆亲王相爱，这个美丽的故事还在落日的余晖中流传。其余的不过是世人的污秽，连同海底的残骸、残破的贝壳、漂流物，以及远方海滩的碎片，一起被大西洋浪涛不停地卷上葡萄牙或别处的海滩。后人将记住有情人之间久长的忠贞、对爱情的坚持，而不会在意他们那些微不足道的负情事。维斯孔蒂夫人有一天就与歌唱家埃勒维乌上了床，大家也都知道这位歌手对女人并无多大兴趣；这位夫人同其他路过的相识也有过这样的事，一时心无所属的麦克唐纳就在其中；后来，皇帝赐婚，让一位年轻的巴伐利亚公主嫁给了他的陆军大臣，这样一来，维斯孔蒂夫人和贝蒂埃之间的事就迎刃而解，对此后人也不会感到惊讶；天真的贝蒂埃从莫斯科写信给维斯孔蒂夫人，明确表示他渴望回来同自己年轻的妻子团聚，

---

① 法国著名瓷器产地。

可当时他哪能料到书信会在白俄罗斯的森林里被不断骚扰帝国大军的游击队截获呢？他哪能料到在20世纪的某一天，这封信和其他被劫走的信函会被公诸于众呢？其中还有几封信是个叫亨利·贝尔的，但此人后来以其笔名司汤达而更为人知。往事如烟……时间洗净人类，污物无法存留，历史的强风就在这里刮过，荡涤一切，好比住宅的门窗敞开，一个多世纪来，任凭风儿穿堂而过，眼前只有被撕破的窗帘，久而久之，被风卷出窗外，隐隐地飘动，仿佛在挥手告别……这一切将荡然无存，只留下乐曲，那神圣而深远的爱情乐曲。

　　这就是遥远的未来，我们的未来。但贝蒂埃的未来，他最近的未来，而正是这最近的未来迫使我们修正一切，虽然他的名字已被收入《见风使舵者词典》。被收入该词典的还有那些吃帝国和王朝这两只槽的官吏。包括那些在一幅描绘大革命的画中，将百合添加在旗帜上的画家，以及那些在颂歌里用贝里公爵取代"小平头"的作家……两个月，差不多两个月。要弄懂贝蒂埃这个人，我们需要这两个月明白无误的启示。

　　贝蒂埃像个吝啬鬼，带着吉斯帕的首饰盒，走向自己的命运。在里尔的这个晚上，也就是在法国的最后一个夜晚，等到他独自一人待在布里戈得公馆为他安排的房间里时，他就打开首饰盒，把珍珠宝石撒在床上，用他那浮肿、多毛、粗短的手捧起这些珠宝，又让它们从手中滑落。微弱的烛光在宝石堆中闪烁变幻，就像手指在拨弄宝石。如果光看这个场景，人们会认为这位元帅在掂量、估价什么呢？说实话，在他看来，这是些卵石，是带着他往昔的生活一起退去的海潮留下的卵石。的确，如果这些首饰不再摩挲脖颈、肩膀，不再挂在胸前，那么对他来说有什么价值呢？如果这些手镯不再从手腕滑到雪白的小臂，不再戴在那棕发女人白得不可思议的小臂上的话，那对他又算得了什么呢？是的，这一切都要卖掉，他自己、玛丽·伊丽莎白和孩子要赖以为生……吉斯帕帮助他们，这也合乎情理……再说，他给吉斯帕留下了一张文据作为交换……一份年金确认后……他有可能失踪，死亡，维斯孔蒂夫人将来的生活就有着落。

　　一个逃亡的男子，在国家大动乱中丢下自己的国家，竟从自己遗弃的财产里，确认给情妇一份终身年金……我想她还能活二十年，年金将由一位银行家按时给她支付，而这样的事在今天实属匪夷所思。在我们这个已经完善的世界里，此类做法已不复可能。一个像贝蒂埃这样的人，只拥有他所能带走的东西，他留下的财富、土地、房屋、银行存款，都要被没收。他那老迈的情妇可能要靠教意大利语为生了，而且还得找到不怕受牵连的学生。要不就去帮佣。

总之，她肯定不会按月收到拉菲特–佩雷高银行寄来的支票。

这天晚上，瓦格拉姆亲王起码没有这方面的担忧。他只是在想，吉斯帕去看戏，她那美丽丰腴的脖子会戴什么首饰……她还是留下了那些不值钱的珊瑚首饰，留下了样式奇特的大胸针，胸针上镶着一条躺在棕榈树下的美人鱼，配一条有绿色金搭扣的浅玫瑰红长项链……哦，简直是胡闹！竟把蓝宝石给了我，可我跟她说了，让她自己留着……贝蒂埃翘起套在他粗胖小指头上的蓝宝石戒指，宝石蓝得几乎发黑，就像礁石间海水常有的那种深蓝……

首饰都摆在那里：四行式扁平小矩形项链、长耳坠、两只十字袖口状手镯、一对首饰别针和一顶钻石枝条带花半圈冠冕。这是纳沙泰尔公国的蓝宝石……谁也不会看错，这些蓝宝石正是皇帝给陆军大臣的封赏。吉斯帕第一次佩戴这些首饰前往歌剧院时，我还记得，她穿一件无袖鼬皮大衣，海军蓝丝绸里子上绣着白色蜜蜂……全巴黎的人都转过头来看她。她身旁的维斯孔蒂先生却无动于衷，拿着珠光鲜红色观剧镜，只管挨着包厢寻找他自己的一位女友……

他的全部生活都在其中，在这些撒在床上的宝石之中。最早在罗马送给她的宝石、米兰的礼物……从埃及归来……有些戒指代表战役的胜利，有些长项链表示和平条约的签订。它们也意味着枕席之欢、疯狂的夜晚、旅馆的房间以及官邸里的床榻……但维斯孔蒂夫人只留下了那些棱面钻石或经化学腐蚀的黄玉首饰，因为她了解桑德罗的心。宝石堆中还有他与玛丽–伊丽莎白结婚前夕带给她的独粒钻石。她全还了。在这堆闪闪发光的珠宝中，还发现有两三件珠宝他记不起是自己送的。他心生妒忌，犹如伤痛袭来。谁送的？在剧院里，在正式的晚会上，贝蒂埃几次看见她用扇子遮着朝一些走过的男人微笑。她脸上有一种心照不宣的神情，对方则彬彬有礼，太过客气，以至透着虚假……

贝蒂埃想到她有可能躺在其他男人怀里，顿觉痛苦万分，竟想用拇指抠出自己的双眼，砍掉一只手或者更糟……啊！现在已无必要为可能发生的事折磨自己了。两人有过激烈的争执。怄气。然后言归于好……借某个公共场合，在某人府上……在一个老女友家里……在一个晚会上，周围都是这些人，他渴望逃避，渴望重新与她单独在一起。

所有的宝石撒在凌乱的床上，瓦格拉姆亲王想休息，一边等待午夜来临，那是陛下定下的出发时间。他衣衫半解，在一片纷乱中蒙眬入睡，就在此时，他忘了关上的门开了，安托万进来，径直走向烟雾恼人的蜡烛。

　　这个马车夫是他的心腹，又是他的仆人，他目睹这奇特的场面，似乎并不惊奇，他等着主人从梦中醒来。睡梦中，玛丽-伊丽莎白刚刚在嘉布遣会修女街公馆的楼梯上，撞见他与一位宫廷贵妇在一起，而吉斯帕正以夫妻忠贞的名义斥责他。等到元帅完全清醒过来并问："安托万，是你吗？"车夫这才轻咳一声说道："尊贵的殿下……"马车夫始终不习惯别人这样称呼他的主人，尽管纳沙泰尔公国必须交还奥地利王室差不多已有一年了。

　　"什么事？"贝蒂埃咕噜了一句。他坐了起来，蓝宝石项链滑落地上，安托万什么也没有注意到。好了，已是十二点半了，陛下改了主意，不出发了。尊贵的殿下可以安心地宽衣睡觉。"怎么，不走了？""不走了，就这事。法兰西国王累得要死。请问他能做到半小时不改主意吗？

　　现在，安托万已悄悄退下，贝蒂埃小心地把珠宝放回首饰匣，再把一个个首饰匣装进长枕下的首饰盒里，钥匙用一条小金链挂在脖子上。熄了烛火，在床上翻了几次身就睡着了，我已经看不见他的脸孔，无法从他封闭的表情去探究他的梦境。我待在这漆黑的房间里，面对着这个睡者的未来。

　　我从未踏足班贝格。对我来说，这个隶属巴伐利亚的小城不过是一幅歌剧布景。田园诗般的德国。赫尔曼和多罗泰[①]的德国。树木葱茏，乐声悠扬，还有那写在靠垫上的道德箴言。阳光撕开庇卡底和佛兰德的轻雾，这一年又朝幸福迈进了一大步。丁香花已凋谢，外出游玩，像天空和树叶般轻快，人们有千般理由歌唱和欢笑。过了5月，裸露的手臂、大自然、坐在门槛上的居民、阅兵、凉快的裙子……天气温和，热得过早，人们开始寻找阴凉的地方。甚至连乞丐也会堕入情网。不过，有时候，夜晚寒意还浓。

　　我从未踏足班贝格。贝蒂埃和岳父——巴伐利亚的纪尧姆大公乘车兜风，大公坚持要带他去看看巴霍夫城堡新近完成的装修工程。城堡坐落在梅姆尔斯多夫附近，是一座迷人的巴洛克建筑，花园里的楼梯上立有雕像，还有大公引以为豪的柑橘园。贝蒂埃游玩回来，见妻子正在读书，便问读什么。这是去年当地出版的一本书，叫《唐璜》，作者是个年轻人，上星期的这个晚上，府上开音乐会，大公把这位青年介绍给他们认识，他是霍夫曼[②]先生，剧院的

---

① 德国诗人哥德长篇叙事诗《赫尔曼与多罗泰》中的人物。
② 霍夫曼(1776—1822)，德国作家、音乐家。

舞台监督。这样我就被夹在了几个班贝格之间：我想象中的班贝格和霍夫曼生活过的班贝格，一个被怪诞之翅膀轻拂过的班贝格。纪尧姆大公的宫廷后来就成了我们在《公猫摩尔》①里看到的太子的宫廷，而剧院就坐落在广场上，对面是一幢狭窄的三层房屋，顶层有阁楼和杂物间，公猫摩尔做梦幻想的好所在，霍夫曼就住在那里，他可以走旅店一间客房最里头的门直抵外国人包厢，包厢正对着演练莫扎特乐曲《唐璜》的大厅……这剧院却是霍夫曼的剧院，是他梦幻遐想的环境，而他也总是从住处径直前来剧院。我有一张1912年的剧院平面图，图上标明外国人包厢的票价，看喜剧是两马克五十芬尼，看歌剧是三马克五十芬尼。贝蒂埃不时去看戏，同去的还有瓦格拉姆亲王夫人、巴伐利亚大公夫人，也就是他的岳母，一个对音乐情有独钟的女人……当然不是在外国人包厢，而是在大公包厢。

　　我一直以为我从未踏足班贝格，但是玛丽–伊丽莎白膝头上的书告诉我，这就是班贝格，我看见了这座继霍夫曼的《唐璜》之后，从别的梦幻中重生的城市，因为我在爱尔莎②的眼睛里看见了一个神奇班贝格的重建，即从《废墟视察员》③中那个班贝格的重建：我不知道最近的这场战争是否摧毁了这座弗兰科尼亚④小城，它在1813年才归属巴伐利亚。但是，今天爱尔莎的梦将它重建于瓦砾之上。这个班贝格分两个部分：一部分是那个街区，依然保存了假想中的霍夫曼旅店和从客房床室里头进去的剧院外国人包厢；另一部分是被毁坏殆尽的区域，爱尔莎写了一个令霍夫曼难以想象的女人在那里四处游荡，这个叫若埃的女人是我们这个时代的残酷形象，无辜的疯女，她永远回不了故里，她来到这个象征虚假幸福的瓦砾堆寻找安托南·布隆投放的食物，她好像一只野猫，但比公猫摩尔安静许多。

　　我从未踏足班贝格，但我陷入了歌德式德国田园风光、霍夫曼的城市和爱尔莎看到的现代赫库兰尼姆⑤的包围。在这现代的赫库兰尼姆，毁坏的别墅只剩下可笑的卍标记和第三帝国的残破家具。我陷入了这三个德国的包围之中，而真正的旅游班贝格则建在雷格尼茨岛上，夹在以雷格尼茨命名的河流和

① 霍夫曼未完成的长篇小说，全名为《公猫穆尔的人生观，附乐队指挥约翰·克莱斯勒的传记片段》。
② 爱尔莎（1806—1870），作家、本书作者阿拉贡之妻。
③ 爱尔莎的作品。
④ 德国中南部地区，中世纪大公领地。
⑤ 意大利古城，公元79年被维苏威火山吞没。

美因河之间，岸上有卡普兹纳大街、中学、渔场、小威尼斯、在此拐弯流过的运河、风景如画的公园，还有泰雷齐安小树林，那里游荡着对疯子国王①的回忆；在岛子对面，市政厅上方，过两道桥，爬上左岸的教堂山，山上卡罗利楠广场立着老教堂、老主教府邸，这都是弗兰利尼亚中世纪和文艺复兴时期的遗迹；对面是新大公府第，圆柱肃穆，布局忧郁、单调，只有东楼给它带来一点生气，贝蒂埃一家就在那里栖身，这座楼俯临通向市政厅的斜坡。我有何必要知道更多呢？瓦格拉姆亲王很少进城游逛，尽管巴伐利亚与德国其他地区对立，长期以来一直是拿破仑的盟友。这里的情形也发生了变化：瓦格拉姆亲王都是坐车去的班贝格城外，来到田园诗般的德国，走访村落、走一条两旁长满椴树的小径，登上阿尔滕堡，或去长满美丽樱桃树的罗托夫，或来到米歇尔斯贝根森林……瓦格拉姆亲王心不在焉，目光投向这宁静的景色，却视而不见，只管咬指甲，心里想着别的事情，想念一个再也没有蓝宝石的女人，想着一个他被排除在外的世界，想着尚波尔城堡和静静流淌的罗瓦尔河……不过，如果偶尔与他忠实的安托万漫步田野，班贝格的警察局长就会隔着一段距离悄悄跟在后面，或派他手下的一名心腹军官跟着，以备万一这位大人物有什么要紧事情要办。贝蒂埃心脏不太好，但请来看病的齐格勒大夫保证不会有事。这些医生对心灵方面的事懂些什么呢？

圣周远去……

贝蒂埃最后在星期四早上托特雷维佐公爵元帅转交的那封信，是怎么到了拿破仑手中的呢？信真的转给他了吗？亚历山大老是觉得该写的、本该写的，他都没有写。这在他身上是悔恨的表现。悔恨的倒不是波旁王朝复辟后元帅的行为，而是这封信。这是真的悔恨，是耻辱。他身上一阵一阵冒汗。他四下张望。他暗自思量别人是否意识到他在想什么。他周围的人。当然不会。他们什么也没有发觉。自己的心事不可向他们表露。不可向任何人表露。甚至对玛丽–伊丽莎白也不可表露。尤其不能把他对玛丽–伊丽莎白的想法讲出来。因为这是一种奇特的混合：柔情和气恼的混合。过去他没有用这种批评的眼光去看她，甚至不觉得她很美丽。从某种意义上讲是如此。现在，尽管他知道吉斯帕和他的妻子都参与了此事，但是，人分开了，这使他容易把维斯孔蒂夫人理想化，而把事情的责任推到瓦格拉姆王妃身上。王妃曾怂恿丈夫与拿破仑

---

① 指巴伐利亚国王奥托一世（1848—1916），身患精神分裂症，在位 27 年（1886—1913）。

决裂，自己希望在路易十八宫廷里获得应有的地位。贝蒂埃也就顺水推舟，甚至仓促采纳了她们俩的决定。现在人家埋怨的也正是这种仓促：瞧人家麦克唐纳，他就没事，因为他是过了一个星期才归顺众亲王的。不过，当命运已露端倪，明白横竖都要冒险一试的话，还是赶早为好……这是他一年前的想法。但是，1815年不同于1814年。结果，这一切导致他远离自己的年轻妻子，妻子就全心照料孩子。这一切还使他远离巴伐利亚宫廷的流言蜚语。虽然他其实是同意重返格罗布瓦庄园，与维斯孔蒂夫人重开惠斯特牌局。可是他妻子回去的理由与丈夫不一样。问题就在这里。他们之间能谈些什么呢？如果跟她谈论法兰西，她就会投来茫然的目光。

还有那些首饰。它们正搁在卧室小壁橱底部的首饰盒里，橱门上了锁，钥匙他带在身上……玛丽-伊丽莎白想必发现钥匙不见了，但她什么也不说。不管怎么样，丈夫回来以前她是不用这个小壁橱的。看到壁橱锁上了，钥匙又被拿走了，她会怎么想呢？也许什么想法也没有。也许这里头装着国家文件。玛丽-伊丽莎白生性稳重。他呢，总觉得事情有点别扭，现在把首饰拿给玛丽-伊丽莎白看，实在有点尴尬，她熟悉这些首饰，无数次看见这些首饰戴在吉斯帕身上。他尚未告诉妻子，自己还有这个财源，因为他随身带走的现金眼下还够用。可是，到了该说实话的时候，他该怎么说好呢……他生怕妻子心血来潮，要戴钻石项链或蓝宝石首饰。这会使他十分难堪，十分难堪。再说这些首饰也体现了他本人的独立，原因就是它们不为人知。

岳父纪尧姆大公很善解人意，和女婿相处十分融洽。贝蒂埃的到来令他非常高兴。他可以拿女婿试试他从瓦格拉姆亲王常下的棋局上学来的妙招。再说他的外孙子女，现在已有三个了，他原本很想把他们留在身边。起码把男孩留下，老大，五岁。他要把这孩子培养成一个小巴伐利亚人，教他合唱、骑马、击剑。不过，如果小两口——他把女儿和亚历山大称为小两口——想回巴黎的话，他也不会阻拦：阻挡别人实现愿望对自己也不会有什么好处，这是他从生活，从他哥哥巴伐利亚国王马克西·约瑟夫一世身上学到的。但巴伐利亚国王的大臣蒙特热拉伯爵却不敢担这风险，便去征求维也纳的意见。不幸的是，维也纳方面，也就是皇帝陛下，弗朗兹表兄，却持不同看法。与出席维也纳会议①的同盟国代表一样，弗朗兹看来非常看重瓦格拉姆亲王的军事才干，不

① 欧洲各国为结束反拿破仑战争而于1814—1815年在维也纳召开的国际会议。

管怎么保证，他都傻乎乎担心把这个造成奥地利失败的人拱手让给波拿巴，最终下令拒绝向亚历山大及其家眷发放通行证。一直奉命保护瓦格拉姆亲王的班贝格警察局长，根据马克西一世约瑟夫的命令，摇身一变，成了亲王的看守。他终日守在警察局，神经高度紧张，随时准备跃身上马。他制定了苛刻的规章制度，从驿站站长到马车夫，所有人的生活都乱了套。任何出现在城门口的陌生人都是可疑分子，要搜身、盘问、关押……

尤其是据密探报告，元帅找过高利贷商人，试图用首饰做抵押，借贷五万法郎。

气候宜人的季节，屋子里摆满鲜花。玛丽-伊丽莎白亲自把鲜花插在花瓶里。她常说，在插花方面，宫廷贵妇的情趣也不见得比女佣高雅。她非常渴望跟亚历山大回巴黎或尚波尔，哪怕元帅说话行事处处小心，生活也像她常说的那样，多些"烟火气"，这词还是从吉斯帕那儿学来的。但他脸上的表情究竟为什么总让人捉摸不透呢？两三个月来，班贝格是有点烦人，但还可以忍受。安排他们居住官邸一翼……也足够了。

这是大公官邸的东翼。大公府位于大教堂对面，坐落在卡罗利楠广场一角。从那里可以俯瞰通往雷格尼茨河的下坡道。这座房子建了不到一百五十年，不算石板房顶的顶层，共有四层高，临空俯视老城区的瓦顶房屋。从大公府远望，大教堂后面，向南、向西，是绿色的田野、阿尔滕堡和米歇尔斯贝根森林一带起伏的山峦。后面，府邸街那头，还有一座花园，孩子们可真幸运。老实说，对于只带几口箱子、坐一辆普通马车来到这里的人来说，住进这样的房子是有点不配。这里有一间间相连的房间和沙龙，借以与府邸的主楼相通。跟他们住在一起的是几个德国侍从，还有就是安托万和加利安小姐。

加利安小姐是孩子们的法国保姆，随玛丽-伊丽莎白一道来到这里。她还经管亲王夫人的衣着用品，这样她在看管孩子或者当孩子睡觉时手脑都不会闲着。她总说这府邸最不方便的就是整天要跑上跑下。对于她来说，这一点尤为特出，因为孩子安置在三楼，而在这一头，底层房间比较高，又建在山坡上，三楼便等于四楼了。这个房间在角落上，一面朝广场，另一面，即广场出口那一面，正对着卡罗利楠大街的下段，那里一清早就有充足的阳光，空气也最流通。这对孩子们来说是再好不过了！而且，高一层楼似乎也不妨碍亚历山大有事没事上楼去孩子房里，即使心跳气喘也在所不惜。玛丽-伊丽莎白甚至一度怀疑他在打加利安小姐的主意，可是，必须承认这实在不大可能。总之，他是个好父亲。老来得子，这会改变一个人。

当然，他不喜欢喝啤酒，胃受不了，但老爸一如既往，对女婿关怀备至，派人给他送去一篮篮莱茵河酒和托卡酒。瓦格拉姆亲王德语讲得很糟糕，这是事实。可是，至少在家里，只要他在场，大家都讲法语。他有什么必要老板着这张脸呢？

不。对玛丽-伊丽莎白谈论法兰西，这是白费口舌。她会认为这是思乡病在作怪。当然，这是乡愁。思念格罗布瓦及留在那里的狗，亚历山大喜欢的猎犬。白费口舌，她是不会理解的。大家谈不到一起。

为什么元帅谁都不愿见呢？我不认为当地的贵族谈吐非常风趣，但跟他们来往毕竟可以打发时间。虽然这里有的是房间，有些客厅还不知派什么用场，但他们总不能像后来在巴黎那样分房而睡，这在巴伐利亚也不成体统。他们住二楼一间大房，两边有窗，一边朝花园，一边朝通往城里的下坡道：我一直很喜欢这样的房间，阳光两边通透，唯一让人不满意的是太靠近大教堂。钟声整点敲响。班贝格人很为他们的大钟自豪：尤其是他们称为海因里希和库妮贡德的那一对钟。这对钟是为纪念皇帝亨利二世和他的妻子铸造的，这两个人的石卧像是蒂尔曼·里门施奈德[①]雕刻的，躺在大教堂正中央。当这两口钟跟其他钟一起敲响时，睡在大公府里的人就会被吵醒。有时候，玛丽-伊丽莎白夜里被钟声惊醒，看见丈夫坐在床上，望着开着的窗户，目光有时朝向花园，有时移往城里，她低声跟丈夫说话，对方并不搭理。他在颤抖，玛丽-伊丽莎白搞不清楚到底是钟声还是她丈夫的颤抖惊醒了她。

有一次，黄昏时分，她上楼去孩子们的房间，听见亚历山大和加利安小姐说话的声音。她在门外停住了脚步，虽然她不喜欢这样做。他说："加利安小姐，您是图尔努人吗？多奇怪啊！图尔努这个地方我记得很清楚，整整一部分城区是一座设防的旧修道院，是吧？从意大利回来时，我在那儿逗留过……真奇怪！"玛丽-伊丽莎白推开门，加利安小姐在房间最里面，正在给最小的女孩换尿布，两个大孩子已经睡下。加利安小姐没有搭理元帅，元帅离她很远，站在敞开的窗户前，望着落日余晖中的窗外景色。他两手抓住扶手栏杆，双膝弯曲，好像在做柔软体操。"多么奇怪！"他又重复了一遍，一边转过身子，看见了妻子，便说："加利安小姐是图尔努人，您想想看……"说话的口气再自然

---

① 蒂尔曼·里门施奈德（1460—1531），文艺复兴前期德国雕刻大师。

不过。对于瓦格拉姆王妃来说,这话毫无意义,她生平头一回听说图尔努这个地方。亚历山大从她肩膀上方,用手指指着橘红带紫的天空对她说:"你们这里的色彩真强烈,天空……"

说真的,在班贝格,法国人并不受欢迎,这是因为他们镇压过这里的爱国主义浪潮。车夫安托万再也不想去酒吧了,那里年轻人用粗陶饰杯喝酒碰杯,嘴里喊着"干杯",并不加掩饰地议论尊贵的殿下。他们不能原谅1813年元帅下令在这里枪决了道德联盟的五个青年。这个组织与某个反对巴伐利亚王室的派系相勾连;王室不久前成了法国的盟友,而这个反对派看来受到普鲁士国王特工的秘密资助。有那么两三次,一些人在大公府前摇旗呐喊,挥舞拳头,却谈不上人多势众,都让巴伐利亚的宪兵给驱散了……此外,在情绪高涨的年轻人中间,正酝酿着反对法国的战争。没有人怀疑战争的结局,到处都在为复仇干杯,为拿破仑垮台干杯。拿破仑把巴伐利亚变成了一个王国,把纪尧姆大公的兄长马克西·约瑟夫封为国王。

这一切,如果没有忠仆安托万,元帅恐怕还是一无所知。安托万显然没有把什么都讲出来。不过,每天早上,当他来给主人刮胡子时,玛丽-伊丽莎白已不在房里,主仆两人就能单独相处好长一段时间。安托万把钥匙放进殿下嘴里,向主人绷紧的面颊俯下身子,牙齿咬住舌尖,暂停讲话……当他重新往剃胡刷上涂肥皂时,他就不由自主地唱起家乡的歌来。他是贝里人,唱歌带乡音,亚历山大过去听到他唱歌就恼火,现在却发现他的音色很美,唱得很准,还响亮。他甚至每天等着刮胡子,就是想听安托万唱歌。亚历山大会顿时感到自己未在异国他乡……

趁两步棋之间的空隙,贝蒂埃可与岳父说上许多。两人年龄相差不大。巴伐利亚大公是个很有分寸的人,他理解女婿的感情和他对祖国的担忧。他总是采用不会过深伤害贝蒂埃的说法把消息告诉他。亚历山大年轻时在摄政咖啡馆私下结识了几个著名棋手,大公对此颇感兴趣。更不用说那个拿破仑了,听说他能与职业棋手对垒……这种开局让棋,您想到了吗,亲爱的?这一切发生在花园那头一间迷人的洛可可风格小房间里。即使在这里,也躲不开海因里希和库妮贡德的钟声。

4月底,贝蒂埃只好同意把家人送回格罗布瓦。这一回蒙特热拉伯爵认为没有必要去请示,因为元帅本人还留在班贝格。玛丽-伊丽莎白带着加利安小姐和孩子坐上轿式马车,取道瑞士回法国了。马车到施托卡克,被霍亨索伦亲王将军下令拦下，因为没有联军司令部的签证。妻子只好返回，这使元帅感到了牢笼的坚固。他写信给巴伐利亚国王马克西伯父。白费力气。他的健康状况不好：他给在根特①的路易十八去信，以自己身体欠佳为由，恭请陛下不要再指望他效力王政……陛下偏偏希望贝蒂埃能率领一个小小的兵团，波旁王朝打算靠这个兵团代表法国与盟国站在一起，而盟国的军队已开始在比利时集结。战火即将重起。那是反对法国的战争。贝蒂埃写了一封恭敬有礼的信，再次拒绝为路易十八效命。

　　5月29日，俄军总司令巴克莱·德·托利伯爵在西霍夫城堡安顿下来，纪尧姆大公派人将这座漂亮的建筑装修一新，仿佛就是为了接待这位俄军司令似的。随他一起到的，还有进驻班贝格及其周围一带的萨肯军团。为欢迎他们，当地举办了不少庆祝活动。在霍夫曼剧院的大公包厢里，在剧院经理的一首乐曲声中，瓦格拉姆亲王会见了萨肯将军。谈话极为友好，俄国将军毫不费劲就使对方相信联军的计划必将成功。不出一个月，联军就会开进巴黎，元帅也就可以回家，重回他的庄园，去野外狩猎。第二天，不知为什么，元帅感到透不过气来，便再次请来齐格勒大夫，大夫说不要紧的，只是过于激动。

　　也许因为过于激动，在这个星期里，贝蒂埃需要以各种借口找萨肯说说话。星期三，他从将军嘴里获悉，帝俄胸甲骑兵翌日中午将在城里游行。城里人人都在谈论这件事。这也成了府里晚饭桌上的话题。玛丽－伊丽莎白心里清楚，有什么事情不合她丈夫的意。当他们两人进了卧室，她便试图跟丈夫谈谈下次回巴黎的事。元帅却一声不吭。妻子说："再见到吉斯帕，我会很高兴的……我担心她的身体……"他还是一言不发，他们便睡下了。玛丽－伊丽莎白整夜都觉得亚历山大在床上辗转反侧。她原想跟丈夫说说话，可又办不到，她累得要命。再说，跟他说些什么呢？这段时间，他什么都看不顺眼。出于好心说的话都适得其反。有一天晚上，正脱着衣服，她又一次看见挂在丈夫脖子上的两把钥匙，一把长一点，一把很小，穿在一条链子上，到班贝格以后他就一直戴着，她也从未问过丈夫，这倒不是怕此事唐突，而是生性如此，她不喜欢问这问那。突然，她问道："您脖子上挂的是什么钥匙，我的朋友？"其实，是什么钥匙，对此她并不感兴趣。再说她也知道，长的那把是开壁橱用的，根本没有必要问。这纯粹是为了找话说，为了打破这难堪的沉默，为了分散亚历山大的

---

① 比利时地名。

思绪,他是那么忧郁,内心的痛苦那么不堪忍受。可是,这个主意实在糟糕! 今天问这事是什么意思? 这两把钥匙,我一直挂在身上,您也看在眼里……我知道您在监视我……我每次上楼去孩子房里,都听见您上楼梯的脚步声! 如此等等。不过,他并没有回答。

于是,那天上午,即将开赴比利时攻打法国人的俄国皇家胸甲骑兵要在班贝格游行了,人们的情绪被玛丽-伊丽莎白说的"德国热"煽动起来。她要出门,但有人捎话给她,不要让她丈夫离开府邸。那天上午,元帅几次拿着望远镜上楼来到孩子们的房里,因为从那里可以望到在田野里演习的俄国军队。她怕丈夫误解她的劝告,不料,当她说起今天最好不要进城时,元帅没有发火,没有嚷嚷有人把他当小孩,也没有大喊这是不可忍受的。他什么也没有说。他神情黯然、沮丧。"不管怎么说,亲爱的,天气这么好,您有花园可以……"她本不该说这些话,她有些后悔。不过,元帅没有生气。这天早上他倒非常随和。也许有点忧伤,但非常随和。

他有花园。此外再无去处。像他妻子叮嘱的那样,早上他在花园里待了好大一会儿。安托万透过窗户看着尊贵的殿下。主人在花园里,关于殿下当时的情形,能说的确实就是这句话了。然后,孩子们,也就是两个大孩子从楼上下来了。加利安小姐屋里有活要干,把孩子们领了下来,跟元帅交谈了两三句,行过屈膝礼,就回屋去了。这些孩子在玩什么呢? 妹妹跟在哥哥后面跑,总追不上。又叫一只蝴蝶引开去。男孩大声嚷了几句,妹妹哭了起来。尊贵的殿下大概心不在焉,因为贝蒂埃没有像别人所料去安慰女孩,训斥男孩,而是突然转身朝台阶走去,就像一个人突然想起了什么,在台阶上犹豫了一会儿,然后疾步走进屋内。大教堂钟声齐鸣,但大家还是能听到军乐声越来越近。这大概就是那个军团开进了班贝格。

二楼卧房,朝花园的窗户大开,飘进阵阵清香,沁人心脾。元帅解开领扣,拉出金项链,让它连同两把钥匙在脖子上转了转,用指甲费劲地打开有点复杂的搭扣。他从壁橱里拿出首饰盒放在床上。房间刚收拾过,拉平的床罩被压得皱缩起来。亚历山大把小钥匙塞进首饰盒的锁孔,一时冲动之下,他突然想再看一眼这些首饰。但是,外面的钟声、铜管乐和鼓声又让他停了下来,他改变了主意,把这一切,首饰盒、钥匙、项链,一股脑儿丢在床罩上,自己猛地走到临街的窗户前,一只脚踏上窗台,就像登上一级踏步,想看看正在开进广场的队列,但还是让拐角挡住了视线。

贝蒂埃一脚悬空的样子，正巧被加利安小姐撞见，可能是他自觉尴尬，赶紧让脚踏在地上。加利安小姐来送亲王夫人的内衣。每次洗涤后，她都要把衣服检查一遍，在这儿再钉一个小贝壳纽扣，在那儿再缝上一条丝带。她没料到会在房里碰见元帅，结结巴巴说了一声对不起，虽然她两臂捧着衬衣，可免此一举。贝蒂埃看看她，她已经不是很年轻，也从来不是很漂亮，但他想到了索恩河畔那座老城里还是小姑娘的加利安；9世纪时，匈牙利人随圣艾蒂安①来到这座城市……为何偏偏在此时想到这些事呢？军乐越发响亮。"这里什么也看不见，"他说，"我想看看这个名声在外的军团……"

加利安小姐把衬衣放在床上首饰盒旁边。她有点纳闷。元帅明明知道，要上到四楼才能看到田野和从西霍夫到班贝格的路。刚才他不是带着望远镜去过了吗？不过，她还是回答道："如果阁下到孩子房间去……从那上面看，因为有屋角的那扇窗，所以什么都能看清楚……"元帅似乎听从了她的话，穿过房间，一边叫她快点给孩子们收拾一下，马车在下面等着带他们去兜风。下楼去花园里吧，加利安小姐……孩子们在那里……听他这么一说，加利安小姐又感到惊讶，因为除了要给孩子们戴上手套，并没有什么要准备的。接下来，瓦格拉姆亲王又做了一件完全出乎她意外的事：他走过时拉起加利安小姐的手吻了一下。外面，海因里希和库妮贡德尽情鸣响。

加利安小妮惊魂未定，贝蒂埃已经出去，她愣在那里，一时摸不着头脑，殿下吻过的那只手搁在另一只手里。不能说她心慌意乱，但能说她很是诧异，万分诧异……因而忘记了亲王夫人的内衣，也忘记了自己为何在那里。她也出了房间，来到楼道里。上面孩子房间的门想必还开着，穿堂风大得要命。加利安小姐上楼关门，钟声突然沉寂，她听到了沉重的叹息声，男人令人心碎的叹息声。她还听见元帅的声音清晰地说："我可怜的祖国！"加利安怕行为失当，便停住脚步。接着她听到有响动，像是椅子倒在地板上，她还是走进了孩子们的房间。

小伊丽莎白正在摇篮里酣睡，大拇指含在嘴里。那两个孩子一直在花园里。房间里空荡荡的：我的意思是说元帅不在房里，或者说已经不在房里了。一张扶手椅搬上了窗前的小台阶，望远镜留在旁边的地上。窗户敞开，外面传来看热闹人群的欢呼声、响亮的军乐声，以及海因里希和库妮贡德变本加厉、

---

① 指匈牙利国王圣艾蒂安一世。

震耳欲聋的钟声。

元帅的头跌在楼外的铺石路上碎裂了，把他的尸体抬进屋时，大家很自然地想到他一定是头昏才跌落的。安托万泪流不断，一再说早上给尊贵的殿下刮胡子，他看上去还是那么快乐，那么高兴！等到玛丽-伊丽莎白回来，问起加利安这床上放在内衣旁边的首饰盒是怎么回事，她们两人才明白发生了什么事。亲王夫人一下子搂住女佣，与她一起轻轻哭泣起来。她在女佣耳边轻轻地说，这事不要给任何人透露一星半点。

这一辈子，加利安小姐耳畔都会响起从孩子房间传出的叹息声，但当她走进房间时，里面已经空无一人。不知有多少次，有人问她这最后几分钟的事。尤其当事涉刺杀的荒唐说法在城里传开之后：有人说，这是德国的爱国者干的，那天早上，当帝国卫队在班贝格游行时，大概有四五个人潜入大公府，将贝蒂埃元帅从窗口推下，目的是替道德同盟的受害者复仇。怎么实施？从哪里进去，又不被人看见……不过，流言如此经久不散，必须同意反复地调查才能平息。自杀的想法自然也被研究过了。但是，一个当父亲的会选择自己孩子的房间去跳窗？最后还是回到最早的说法上来，是眩晕所致，大家知道，元帅心跳过速……尸体解剖还表明胃的情况很糟，这会引起眩晕。

这一辈子，加利安小姐都会听见男子的这种粗重叹息，还听见有个声音在说："我可怜的祖国！"不知为什么，每当有人跟她说起某些事情时，她总要用左手不停地抚摸右手背。也不知为什么，春天一到，屋里穿堂风起，她就会哭泣。

她毕生如此。

早上七点过一些，安托万端着热水和剃须盒走进房间，拉开窗帘，露出下着雨的天空。贝蒂埃没有完全睡醒，尚未摆脱那至少占据他后半截睡眠的离奇梦境。屋外，百叶窗噼啪响。

"该死的风，尊贵的殿下，"安托万边转身边说道。"好像里尔所有的屋顶都要被掀翻在行人身上……这响声没有吵着尊贵的殿下吧？"

贝蒂埃坐在床上，用手理了理头发，手下移时在小项链上停住，项链上挂着一把小钥匙，不是两把。

"尊贵的殿下，看来我们要待在里尔了，还没有派人给我们传什么话。不过，我从仆人口中得知陛下刚派人传召奥尔良公爵殿下和特雷维佐公爵大人，我想最好还是唤醒尊贵的殿下……"

　　过了一会儿，安托万把银匙放进殿下嘴里，接着唱起了家乡的小调，一面把剃刀往上移，以便去掉多余的肥皂，元帅不耐烦地动了一下，结果被划了一道小口。

　　"笨蛋！"他叫了起来，"你把我割破了，我们又没有明矾！蠢货，我跟你说了不知多少回，替我刮胡子时不要唱歌……真叫人受不了，你那些歌！"

十四、大风天

　　1815年的圣周四在上苍的震怒和正义中开始了。一股旋风从迪耶普袭来，途经海鸥乱噪的圣瓦莱里和国王卫队将在拂晓前离开的阿布维尔，从索姆河谷和那间胶泥茅草小屋上空刮过。在迪耶普，卡斯特里先生枉费心机，集中了一批没有用的船只。在那间小茅屋里，马克-安托万·多比尼已恢复了神志，埃卢瓦·卡隆一起床就去找接生婆，一直到边境。正巧遇上一个骑马的人刚从边境那头过来，此人神情阴郁，军装褴褛，破旧的皮大衣从撕开的口子露出肮脏的羊毛，显然这是一个从俄国回来的俘虏。树木弯得快要折断，屋顶格格作响，断枝落叶在空中飞旋，乌云撕裂，犹如那个骑兵身上的破羊皮袄，但阳光却透不过云层。慌乱的牲口在田野上狂奔，寻找避风的地方。教堂里，几个老妇匍匐在地，拉紧黑色的方围巾。在里尔，布拉卡·多尔卑斯先生关心的是派人扣压《箴言报》，因为那上头有帝国政府组成的消息。一下驿车，几个年轻的跑腿就拿着几捆并不在查封之列的报纸一溜烟地跑了。门廊下面，过路人已打开报纸，大声念道：富歇、科兰古、卡尔诺！报上还赶印了一则公告，是盟国的维也纳声明，十天前发表的，里尔才收到声明的文本。风吹门撞，百叶窗呼呼作响。大风压倒人的狂热，刮倒村子里的栅栏，掀掉干草车的顶层，吹散一堆堆草料。在蒙特勒伊那边，烈焰熊熊，警钟鸣响，整个村镇陷入火海，火随风转，左窜右突，向一座座房屋蔓延，大清早一片混乱，人们从床上爬起来……在杜朗，西蒙诺上校正在听取迪厄多内中尉的报告，他的办公室设在一家公证所里："你们不能把门关上吗？"穿堂风把销售契约和身份证件吹得一片狼藉。

　　那个在阿尔芒蒂耶尔那头过境的骑兵进了一家小客栈，他都快冻僵了。店里的人用怀疑的目光看他，这个乞丐是怎么回事，身上的大衣都没了颜色，多处地方都磨得发亮，又脏又破，衬里的羊毛一绺绺凸露在外。等他亮出了钱，才有人上前招呼他。此人看不出有多大年龄，饱经风雨，胡子黑白相间，一星期未刮，脸色更显阴郁……他回来了。在别人都离去的时候回来了。到底发生了什么事，他一无所知，一点也不明白。路经比利时的城市，那里的人无所不谈。他就是西蒙·里夏尔上尉，对于他来说，一切皆有可能。一切也都无所谓。那年，他也是过了好几个月才知道拿破仑倒台的。现在，大家又说皇帝要回来了，国王正在逃亡路上。西蒙没有详细打听。眼下要紧的是让身上这几个钱能维持长久一点，能有热汤喝，能有面包吃。这个人又高又大，神情忧郁，衣衫破旧，骑一匹报废的耕马，是他在普鲁士靠卖苦力挣的，他骑着就像骑一匹纯种马似的，毫不在意乡间道路上过往行人投来的目光。他从欧洲的腹地一步步走来，走向依然向他敞开的唯一归宿，索姆河畔的家，他家人的老宅；从前，在孩提时代，他就在那里跟大他七岁的哥哥塞勒斯特·德·迪尔福尔学剑术，而在维尔纽斯，在半死不活的人堆中，狠心地躲开他的哥哥……像他现在这副样子，就是说除了一个叫西蒙·里夏尔的人的身份证，再无其他证件，谁知道那里的农民是否愿意承认这位小领主，在大革命前的岁月里跟他们一道玩耍的奥利维埃。那些昔日的同伴怎么样了，他们今天也像他一样已走到了漫长人生的尽头……因为人到三十六岁就到了人生尽头，如果人生已经度过了这三十六年……当奥利维埃离开上流社会……皇帝的宫廷、贡比涅以及他不愿去想的一切……有十年了，十年多一点吧，他二十六岁，帝国的一名高级官吏，那时候，一个人三十岁就可以当将军……而他呢，他就像出家修行一样，化名为西蒙·里夏尔，投身军营，当个普通的线列兵，身上带着弹盒和烟斗。如同出家修行。有些人相信上帝，生活幸福。他们加入修会，削发出家，穿棕色粗呢僧侣服。奥利维埃原先多么愿意信仰上帝，他甚至试图相信自己是信仰上帝的。可是后来他从镜子前走过，看到自己的模样，不禁哑然失笑……还是当兵吧！级别低微。纪律有损尊严。如果光靠自己，他恐怕永远只能是受人欺凌的普通士兵。但幸运的是，在每个时期，他都会遇到一些人，这些人在他身上察觉到一些特异之处。于是，下士、中士……就这么升上去。因为他总是临危不惧，冲锋陷阵，就像在那些疯狂的战争里，不知有多少回，他的鲁莽被当作勇敢，他求死的欲望被视为英雄气概，所以他获得了十字勋章，也就是说，西蒙·里夏尔荣获十字勋章，被提升为军官，1810年当上了猎骑兵少尉。过了八年这样的生活，他在维尔纽斯落入俄国人之手，其时他是猎骑兵上尉。

　　他两次被认出来。在西班牙，他被不期而遇的弟弟认出来了：弟弟菲利普当时已是上校……在维尔纽斯，他被塞勒斯特认出来了。两回他都躲了过去，重新隐姓埋名。这后一次并不难。他当时被俘。跟一队俘虏一起被带到亚洲边缘地带。在皮鞭下修路。在那个泥泞、积雪的地方，没有可以下咽的东西，做苦役，做两年就衰老二十岁。不过，在那边，他有一个女人相伴，那是个可怜的农奴。开始时他把这女人当牲口收留下来。没有办法，男人终归是男人。后来，慢慢地，随着语言隔阂的消失，这个杜西娅变成了人，一种真实的存在，一个奇迹。他一点也不爱她，这方面他也无所冀求。他还能爱吗？可是他尊重她，是的，他尊重，这个出入因希姆河畔那些小木棚的随军妓女，已经跟他相处惯了，奇怪的是已开始对他保持忠诚。忠诚！有的字眼太具讽刺意味，听了就像鞭子抽身。就像现在他又置身其中的暴风骤雨。身上的这件羊皮袄就是临走杜西娅给他的，让他熬过这个冬天。眼下这季节，穿在身上太热，却又无衣可换……

　　早上十点光景，西蒙·里夏尔到了里尔。狂风未歇。

　　飘泊者观望四周不寻常的景色，这是他流亡多年后所到的第一个法国城市。如果不是这儿景物的颜色，也就是马格德莱娜城门前的那条大路的颜色，他真会把这里当成托斯卡纳①的一座城池呢。眼前这座城市狭长平坦，城里教堂高耸，古建筑林立，俯视着沿城墙修建的奇特棱堡和角面堡群，护城壕里水面平静如镜。朝右望去，西蒙瞥见了马格德莱娜教区教堂、教堂的圆顶及其意大利式建筑，还有高尚的双色方格瓦顶谷仓；再远一点便是圣安德烈街区和区教堂；左侧，圣彼得教堂建筑群和圣卡特琳教堂高高的方形钟楼映入眼帘，一层佛兰德庄重、严谨的风格。朝东看，城市延伸到很远的地方，可望到菲弗城门。这里风景的独特之处，在于城墙前缓缓的斜坡，这种布局就像沃邦②工事的石砌希腊回纹饰。田野一直延伸到城下，平展划一，接近城门时就被大路截断了。一块块翻耕过的农田，犁沟交错，看去就像一大块拼接而成的条绒织物，上面棱纹纵横，形成强烈的反差。马格德莱娜城门紧闭，城头上有个哨兵。西蒙大声解释，哨兵用枪比画了一下，大概是说："你走你的路吧！"他该怎么办？为什么不能进里尔城呢？算他走运，一个农民拉着驴车走来，告诉他城门是轮流开启的，哨兵的动作是说该走什么门，而现在开的是东门。西蒙便随农民前行，这农民不大健谈，只对他说国王在城里，才有警察局的这些措施。国王？他在这里干什么？他们走根特门也不行，便继续往下走，走过七拐八弯的田间小道，终于到了圣莫里斯门，门开着。农民一下就进去了，看来哨兵认得

---

① 意大利中部地区名。
② 沃邦（1633—1707），法国元帅，著名军事工程师。

他。西蒙怎么办，他那副行头，加之头上那顶古怪的窄边软帽，让哨兵觉得十分可疑。哨兵检查他的证件，他下了马，风吹来一张打开的报纸，在他面前打旋，这不就是遭查封的《箴言报》。管它呢，他捡起报纸，看了一下新闻。除了拉扎尔·卡尔诺伯爵被任命为内政大臣，他对别的消息兴趣不大。瞧，他心里想，这家伙，这个时候当上了伯爵……这时，哨兵把证件交还给他。

狂风窜进着火的村庄，扫过空旷无人的田野，越过挤满人、马、车辆的泥泞道路，掠过杜朗、贝蒂讷、圣波尔和埃丹。凡是能飞起来的东西，裙子、瓦片、烟雾，都飞舞旋转起来。风巡查了每座房子没有堵严的孔洞、人生的每一条缝隙、灵魂的每一样秘密、思想的每一个隐私。暴风漫天掩地，仿佛世界末日来临。在朝北走的这些人心里，几乎只有这场狂烈的北风，别无他想。狂风把他们刺透、包围、震聋，刮得他们被石头绊了，趔趔趄趄。他们被狂风卷裹，心中所有的问题都消失在大浪般的狂风里。皇帝、国王、祖国，所有的字眼都被拔除。他们觉得被狂风挟带着穿越一个自己一无所知的国度，置身于一群陌生的、神秘的、不可理解的民众之中，人们从堵严的房子的窗户后面看他们经过，不大清楚该怨谁，怨天还是怨他们？一支军队，他们还是军队吗？一支军队应该是某人的军队。他们已经不是民众的军队，他们抛弃了民众。他们什么也不再捍卫，他们只在抵御大风，风住进了他们的身体，在他们体内打转，就像在楼梯间里。从拂晓开始。从拂晓前开始。

从拂晓前开始，托尼·德·雷泽就一直焦躁不安，怪自己做了一件蠢事，因为在博韦时，他头脑发热，写信让妻子把她所能弄到的黄金都给他寄来。这些金子往哪儿寄？怎样才能到他手里？为了他，阿梅莉将一无所有……孩子们……从阿布维尔出发以来，他们就踏步缓进，滞留在路上，让重编的连队先过，格拉蒙卫队总是承担掩护后卫的任务。应该看看在晨曦里走过的这些庞大的车马辎重、杂乱无序的军民混杂行列。牵着马的仆人、老爷们的车辆，这一切受着风雨的折磨，摇摇晃晃，不时还莫名其妙地停下来，大家纷纷询问情由，忧虑万分；朝后张望的人恐慌不已，每当有骑兵急驰而过，泥水飞溅，他们就以为那是埃格泽尔芒的人。三天四夜的劳顿，加上这与日俱增的恐惧，让人心慌意乱，睁大眼睛，心儿怦怦乱跳。队伍顺着这片森林前行，但还隔着一些距离，有人说这就是克雷西森林[①]，这个名字一下子就在卫队里传开了，它

————————
① 百年战争之初，法王菲利普六世在此被英王爱德华三世打败。

使百年战争①的阴影像幽灵一样压在他们心头。他们从古老的杀戮场、著名的战败地经过，仿佛踩着外裹破碎盔甲的白骨、铸成王朝历史的高大尸骸，这些掷弹兵、火枪手的祖先，雇佣兵和王公贵胄，这一切都是那个患足痛风国王的巨大荫庇，而那个国王正在逃亡中，就在那里，跑在前面，不知到了何地。托尼·德·雷泽不记得有过这样大的风暴，自从……自从……那时候，克莱贝尔爱上了他的姐姐，而他自己一想到荣耀相随就心跳不已。1804年8月以来，他还从未感到这么累，这么精疲力尽，记得那会儿，从苏瓦松到普隆比埃尔，他用三十六小时跑了八十五古里，把那突如其来的不幸消息告诉了布朗什，就是那封匿名信的事，布朗什的丈夫知道了他们的私情，突然离开了巴黎，扬言要杀了她……部队开进了黑油油的犁过的地，好让因车祸而再次停下来的车队重新归位。大家陷在又烂又黏的黑泥浆里，一脚深一脚浅地走着，马匹留在沿路的斜坡边上。众人脸色苍白，身上寒冷难受，虽然天气已经转暖。有些人嘴里骂骂咧咧，一边跺脚取暖，但没有用。

那边，因为托尼而遭遇不幸的奥利维埃伯爵，就是现在这个西蒙·里夏尔，正在穿越里尔城，但见街上人山人海，军官、士兵、女人、老人，街道成了传播奇闻怪事、流言蜚语的地方，人群聚集，喧哗嘈杂。风刮个不停，压倒了雨势，起码这一阵子没有下雨。西蒙挤进了正在激烈争论的人群。他听不大明白，便向边上的人打听。国王卫队将同王弟一起来里尔，一些人说有三千士兵，另一些人说有五千，国王令他们前来里尔，这样便可向已经到达边界的外国军队求援。奥尔良公爵没跟我们讲真话，他曾向军队赌咒发誓，说国王决不向外求救，这话才说了两天……再说还有证据，昨天，城门口就有奥兰治亲王②的一个军官……来到贝蒂讷城门的农民也说贝里公爵率两千瑞士骑兵赶来，离里尔一两古里。西蒙停住脚步，向人打听，人家转过头盯着他看，对他这身装束感到惊奇。这事多么荒唐！从吉尔吉斯草原来到佛兰德地区的里尔，难道就是来看这些士兵聚众闹事，他们竟放出话来，国王卫兵胆敢进城，就割断他们的喉咙……街上纷纷攘攘，一片混乱。士兵们扯掉白色帽徽，戴上三色徽章。波旁王朝回来后，军服并没有改变：胸甲骑兵都戴有黑毛脸甲的尾羽头盔，上插红翎，绿色军装，配鹰饰银扣和玫瑰红滚条、大红肩章和翻边，加上武装带和白色皮手套，还是原来的行头。仿佛什么都没有发生过似的。西蒙

---

① 1337—1453 年英法两国封建主之间的战争。
② 荷兰王族。

脑海中闪过一个念头，自报家门，要求入伍。可是该找谁好呢？找那些等着拿破仑回来的人，还是找那些躲着拿破仑的人？选择哪一边冒险呢？重返帝国军队，也就是回到他逃离的这个社会；追随这位国王，就等于逃离这个国家，而为了回到这个国家，他月复一月地一路赶来，在农庄里出卖气力，随处待上几个星期挣出盘缠……他觉得一切都是一样的虚荣。"割断喉咙"这个词刚从第十二胸甲骑兵团一名军官口中愤怒地说出来，刹那间重新勾起了有时令他半夜惊醒的复仇念头，十一二年前，那个家伙闲着无聊而夺走了他的妻子，后来又把她抛弃，如今还恨他吗？这个妄自尊大的托尼。这个一无所能的家伙，他对布朗什的所谓真爱！才过了七个月，他就向一个外省姑娘，当地一个女城堡主的女儿求婚，他看上了这个姑娘已有一年有余！想必他已没有了当年的模样。

　　这不是星期三在大广场举行的大集，而是一个街区的集市，叽里呱啦，一片嘈杂。摊桌上摆满了蔬菜、各种时鲜。在被雨水淋透的布篷下，商贩大声叫卖，有的布篷被一阵狂风刮到空中，农民一片惊慌……这个穿着破烂、鞋子磨破的上尉从街市穿过，寻找一家旅店，要便宜的，他住得起的，这主要是替他那匹马着想，而不是为他自己……这匹笨重的红棕马眼下成了他唯一的伴侣，他的主要关切。他不得不长期做苦力，才换来了这匹马，这匹马花掉了他之所有，那是在普鲁士内地的事。自从去年7月中旬离开西伯利亚那个窝棚小镇，他就月复一月地走着。杜西娅多么有远见，多么体贴！如果没有这件羊皮袄，这冬天可怎么过呀！但是在泰加森林，阳光灼人，这件皮袄就显得特别古怪。他走呀，走呀。累坏了，需要恢复体力，就睡谷仓……夏天找工作容易……可是秋天一到，下起雪来……他为什么没有像孔代军的那个士兵，留在彼得罗巴甫洛夫斯克[①]呢？上世纪末，那个士兵随维奥梅尼尔先生去到那里，在当地结婚成家，他和他的孩子就靠为别人劳动养活。不。这不是什么好法子。他怎么也不可能当个移殖民，在亚洲边陲开荒。为什么走，又为什么留下？每一步都遇到同一个问题。他满可以留在波兰或德国。不过，那也只能是坐在地上等死……

　　他瞧瞧口袋里的钱，又看看面前那家旅店。这家那家都一样。他住得起吗？他要把红棕马安顿在店里，每回都这样。这里也许有人会告诉他哪儿可以

---

① 今俄罗斯远东区城市。

出卖劳力。他可以不要床，睡地板、马厩或者谷仓都行……

显然，旅店里的人对他动了悲悯之心。他打听什么地方可以找到活干。

你可以到集市上试试。有时农民需要人手。只要那些独轮车夫不赶你走就行，他们对外乡人特别妒忌！他睡稻草都可以。但总得干活谋生。一个又高又瘦的妇人，像是旅店打杂的，对他说："万一我听见旅客说起雇人什么的……"于是，他就开始穿街过巷找活谋生了。生存！生还是死，就像出发还是留下。他非常清楚自己一定会活下去的，就像走路一样。这是怯懦吗？有时他也想到这是苟且偷安。但是，如果自杀，这又能赋予生命多大意义呢？1804年他也没有自杀。他活着就像走路，下一步不知迈向何处。眼下他在里尔的大广场。人多拥挤。军人平民三五成堆。前哨旅馆有一座双重楼梯，通过阳台与二楼相连，这里成了胸甲骑兵和特雷维佐公爵参谋部的驻地。

西蒙闲着无事，顺便看看一张刚贴出来的布告。一个身材高大的汉子，庇卡底人说的"大高个"，在他身后冷笑："你呀，你相信布告上写的吗？"西蒙转身看看他，这人可能是个马车夫。又不完全是，他拉的是两轮车，人称轿式人力车，车就在那里，停在他身边，车把着地。我相不相信布告上说的？要相信就得弄懂言外之意。好吧。西蒙就强迫自己又把刚才不过脑子浏览过的文告又看了一遍：出席维也纳会议的巴黎协议签字国获悉，拿破仑·波拿巴潜逃并武装进入法国，为维护上述国家的尊严和社会秩序……，那又怎么样？那大高个指着公告说："这管什么用，他照样睡卢浮宫！"大概是吧。可他又说："再说，他们那公告，全是谎话！那是在吓唬我们！"西蒙耸耸肩，谁知道是不是呢？大高个生气了："怎么？看你这一身破衣烂衫，你还拥护那些王爷？拥护那个要叫普鲁士人向我们开枪、满身跳蚤的胖子？"西蒙被逗笑了。他拥护王爷吗？拥护哪些王爷？哪个满身跳蚤的胖子？他没有回答就走开了。那车夫重新套上他的两轮车，一个不知疲倦的基督徒，他嘴里在嘟囔什么？……剥夺拿破仑的公民身份和社会权利，他将作为世界的敌人和破坏者接受公诉……。如果说这张公告真要表达什么，那就是战争。也许到时候还得服兵役。尽管你那么疲惫，巨大的精神疲惫。军队又将在各地集结。又是军乐、阅兵、告别。然后，从一个城市向另一个城市进发，长长的满载粮食和武器的车队。在地图上调度各支部队。移动画有斜十字的矩形小块。直到大炮开口说话。大炮会开口的……

西蒙突然感到极度疲倦。前面有座教堂，他满可以进去。因为教堂里人人都坐着。可是他得找活干，这个时候集市上会有人雇他搬运东西。

　　现在吸引泰奥多尔的，是逃亡伙伴的言谈。比方说小蒙科尔那些天真的话。在前往圣波尔的路上，他不是唯一这样的人。有人说他们心里装的只是疲乏、酸痛、风雨、饥饿（什么时候歇脚？上哪儿吃饭？），仿佛这一切跟其他事情毫无关系，跟出发前考虑的问题毫无关系，跟新的消息引发的问题毫无关系。然而，要三千人都具有法律学院志愿兵那样的精神状态，甘心情愿地接受王朝的陈词滥调，那些纯粹用来装点门面的老生常谈，这可能吗？这三千人，在一片混乱中，面对亲王们的优柔寡断，从巴黎出发，前路茫茫，或者更糟，每走一步都要改变目标，为疑虑所困，被现实的阴影和想象中的幽灵所围，不知道敌人在前还是在后，不知道自己的同胞是友还是敌，夜里稍有风吹草动就惊醒，仿佛有人摸黑前来要他们的命，就这样走了大约五十古里……这可能吗？他们大谈各自的狩猎故事、兵营舞会，讨论家族的纹章、姻亲关系，他们各自的田产、军服和马匹。这漫无际边的闲聊隐藏了什么？因为他们说的没人会信。在他们的脑海中，思想和言语平行不相交，言语又尽量掩盖思想。就像他，泰奥多尔，他可不会把困扰自己的想法告诉他们，可不是吗？他对自己没多大信心。他继续前行，前方一无所有。他脑子里全是普瓦那个夜晚的回忆，一个陌生世界的发现，面对那个世界，他能做的，只是衡量自己的无知程度。在这些人中间，他能跟谁谈谈人民呢？这个问题只会招来别人耸耸肩而已。

　　对他来说，再也没有什么东西具有相同的模样。每间破旧的房子、地里的每个人、每个犁地的雇工、每顶女帽、士兵经过时躲开的每个姑娘，这好比他用手指触摸到了一个陌生而被发现的现实。对他来说，再也没有什么行人或者人群，因为任何一个人都有意义，都有自己独特的生活。他愤然想起某些画家画风景画，他们按惯例配上几个小人物，再找个随便什么人代画。一看人物的侧影，他就明白侧影所是，而那些造假者则浑然不察。那是一个像他一样有血有肉的人。这么简单的想法怎么没有早一点出现在他的脑海中？当然，早先他也知道这个道理，只是比较抽象。如果当时有人提出这个问题，他可能会这样回答：送水工和侯爵的身体都是由同样的物质构成的，他们的血液没有什么不同，并以同样的方式流遍全身。这样的例子不胜枚举。但这不能成为替自己开脱的理由。什么是"知"，他原先并不知道。这好比一篇课文，学过了，可念起来还结结巴巴，但已有了基本的感觉，一切由此而来。他从来没有想过人们怎样获取吃的和能吃的东西。既然他们活着,泰奥多尔就肯定他们有东西吃,当然也知道他们的食物是用劳动换来的。但这些事情没有被直接表现出来,就像人说地球是圆的,欧洲和美洲相隔多远一样。现在,每个男人,每个女人,他都以新的眼光,按他们的生存状况看待他们,根据衣着来估量贫穷和富有,看到一些人生活拮据,另一些人挥霍无度。请问,这些事情能拿来跟蒙科尔讲吗? 富裕像美丽的外表,使世上男女在一定程度上彼此相似,而能触动人性的破衣旧衫、补丁,或者营养不良造成的面黄肌瘦、破得不能再穿的鞋子,甚至愚昧无知,那些看什么都新奇的眼睛,那些听不懂我所用词语的耳朵,凡此种种,怎么能对蒙科尔讲呢? 蒙科尔只是一个例子。小伙子并不比别人更笨。就是有点天真。

可是,他们这些人都在想什么呢? 看不起别人,这不是泰奥多尔的天性。所以他想,在他的同伴中,即使是最肤浅、最迟钝的人,也都像他一样,在他们的眼睛后面,在他们的脑海里边,都藏着一些没有说出来的东西。他愿意深深地尊重他的同类。因为他们无疑是他的同类。就像他的同类,那些受苦人。说真的,关于这一点,他极需要在心中再一次予以证实,以至于他大声喊道:"他们是我的同类!"

"什么?"蒙科尔没有听清楚。这时他们停在大路拐角处,而在他们前面,卡齐米尔·德·莫特马尔的大炮又陷进了泥里,众人用马来拉,一边高声叫喊。蒙科尔又问了一遍:"你在说什么?"

"没什么,"泰奥多尔回答,"我在遐想……"

风平静了一会儿,又刮起来了。瞧那些骑在马上的人,斗篷领子紧贴脑袋,头盔上的饰鬃奇怪地摇摆、竖起……不,这些头戴熊皮帽的掷弹兵,这些戴着头盔或两角帽的火枪手,已不像圣枝主日拂晓,在庞泰蒙兵营里那样,一个个威似猛禽,而是被大风刮得七零八落,蓬头散发,犹如一群飞散的椋鸟。邻近一块地里,有一些树枝折断的老果树,那种养护不善、未经修剪的果树,那姿态就像表演者的手抽走后的木偶。

泰奥多尔在沉思,真的。他在沉思。尊重自己的同类。以小人之心揣度他人的行为,这种做法最让人反感。世上确有卑劣小人。但我们宁可错看他们,也不要因为他们的想法与我们不同,就用他们的理由解释别人的行为。比如,当他偷听普瓦的密谋者交谈时,他本可以认为这是些妒忌者、阴谋家、野心家,甚至可以把希望得到面包这样的卑微要求当作是对崇高思想的侮辱……

就说现在,他就不会把对逃亡君主的忠诚解释为个人利益的表现吗?对于某些人来说确实如此。然而,比方说,在忠于路易十八陛下的那些人当中,有些人,可能就是你看到的身披淋湿的斗篷、骑着步履不稳的马经过的那些人,他们由衷地相信保卫国王就是保卫宗教,难道不是吗?泰奥多尔本人并不信教,但他竭力想象那些信上帝的人在想写什么。这些人相信上帝,不是由于推理上的缺陷,不是因为无知,也不是基于利害得失,而是基于充分的理由,基于最崇高、最可嘉的动机。实际上,泰奥多尔虽然不赞同基督教的教义,但他仍然认为基督教的重要思想,其道德的世俗要义,与他的思想很接近,他不会反对或蔑视。他非常乐意接受一种没有宗教色彩的基督教理想。有没有上帝无关紧要。他甚至崇尚神话的美丽,只要神话还是神话,是古罗马的信仰。他不能同意伏尔泰主义者通常表现出来的那种轻率,比如,奥拉斯·韦尔内作品里的那种轻率就令他极为反感。韦尔内的轻率针对的不是宗教,而是宗教的具体内容。对于信徒,这些具体内容不是装模作样的仪式,而是一些可敬思想的体现。泰奥多尔不大喜欢神父,可是面对一位神父,一位有时候还是漫画式的人物,他想的却不是笼统的神职人员,而是站在他面前的这个人,这个人当上了神父,并为此深深地信仰这神圣的职业,相信忠诚,相信自我牺牲。每逢一位神父由于暴露出渺小的灵魂、狭隘的关切而使他失望时,他也只怨恨这个神父,却不怨恨其他神职人员。他认为,一定的宗教感情是崇高精神的标志,甚至在孩子身上,比如年轻的维尼。至于蒙科尔,在埃丹停留时,他看见这小个子兵急匆匆直奔教堂,他觉得很可笑,但在这方面他不会说一句令蒙科尔不高兴的话。骑马走了九古里……圣周四濯足节,对吧……最后的晚餐,这是大师们常常探讨的绘画题材。泰奥多尔感兴趣的是构图问题,但直到今天他或许还未曾考虑过这个包括犹大在内的众门徒的盛宴有什么含义……过一会儿,你们就看不见我了……再过一会儿,你们还将看见我[①]……基督就是路易十八,这种荒谬的观点使他心生不满。不满这个脚底抹了油的国王。他由此体会到基督在他心中已是崇高的象征,而且这与他的信仰无关。这可能会使他舅舅这个弑君者大感意外!更确切地说,他舅舅是个有神博爱教的信徒……他反对神的形象化。你怎么能要求一个画家同意这一点呢?虽然泰奥多尔并不热衷于表现基督以及诸如此类的东西,虽然他更喜欢如实地描绘人,比如士兵,描绘

---

① 引自耶稣对众门徒的讲话。

他们那种天真的眼神、对生活的简单认知。或者去描绘车夫、乞丐。与此同时，他还认为这些人要比资产者和王公贵族更像圣人。总之，这意味着他内心怀有对圣人的尊敬，并且接受了"神圣"这个概念。他发现了这一点，如同发现他对民众的那种感情。这是两棵同时在他心中萌生并交相辉映的幼苗。他对世界并没有总的看法，他甚至自鸣得意，觉得自己没有世界观却照样活得很好。路途景色单调，道路泥泞，一站接一站，还会长时间踏步徐行，等待无坐骑的人赶上来，夹护着他们行进，或许就在这一路上，他心中形成了一种新的、处于萌芽状态的事物观。把穷人和圣人联系在一起，这也许是第一步，一种促系统化的尝试……泰奥多尔对自己重复在王宫就卡拉瓦齐的作品同年轻的蒂埃里说的那番话。其实，那番话也没有什么新意：说的只是看待卡拉瓦齐作品的方式，他厌恶生硬的构图，厌恶衣褶、圆柱，厌恶一般意义上的漂亮、作为绘画和光线布局技巧的丝绒或丝绸。但是他突然明白，在卡拉瓦齐的作品中，那完全是另一码事，是人的问题。是用绘画手段记录人，但首先是人，是对他人的肯定，就像普瓦之夜他突然领悟到的一样。对比法则是艺术的秘诀，但那是什么对比呢？明暗对比不是目的，而只是手段……

　　思绪纷杂。那匹马也让人担心。俯首听命，跋涉到了第五天，怎么也累坏了。马也在圣者之列……泰奥多尔想起了马克-安托万前天在博韦跟他说他的马死了。这又使他想起在阿布维尔，他从跟马克-安托万在一起的那个掷弹兵嘴里获悉的事，那个掷弹兵好像叫阿尔蒂尔·德·H……他说他的朋友受伤了，从马上摔了下来，那匹马就是泰奥多尔给他弄来的……那匹阿尔赛尔马不像圣徒，更像魔鬼……那个西班牙长者说得好，这些牲口都不老实，会伤人。多比尼现在情况怎么样？他留在索姆省某地，生死未卜。与埃格泽尔芒的骑兵还有一次冲突。他有时想，自己与马克-安托万之间，除了马，其实并没有什么强烈的共同兴趣，他喜欢马克-安托万，只是因为他身材出众，像个模特儿……还是老话题。美。艺术至上。不过，画家现在想起他，已不再把他当作"替身"。人不只是绘画的素材。这个狂妄自大的子爵也不例外，他的生命似乎只是肉体的。一个人，会折损，会流血，会呻吟。灵魂就在这裂缝中显露。要谈论一个人，要画一个人，难道不该先描绘他能感受痛苦吗？

　　马也一样。尽管道路泥泞，泰奥多尔仍不时下马牵着特里克走上一段路。跟它说话，跟它说些连自己都感到意外的事情。因为马最是纯洁无邪。

　　人也一样。比如乌德托这个粗鲁的家伙。在埃丹歇息时，大雨滂沱，孔什河水势暴涨,房舍直接泡在水中,深暗的急流在房舍间奔泻,穿城而过,而在乌德托的眼神里,泰奥多尔发现了唯疲惫不堪的马儿才有的那种迷惘。那天的苦难还远未到头!当时刚刚十点钟。在巴黎时,所有的军官活像零件装配起来的,一个个穿戴打扮,齐整统一,正符合固有的贵族观念,但随着越来越远离巴黎,远离那个循规蹈矩的世界,远离公馆、沙龙、贵妇、咖啡馆,远离生活,不知怎么搞的,他们反而因为疲劳、焦虑和困惑而变得更有人情味了。恐怕这就是为什么泰奥多尔始终实现不了他那宏大的愿望:坐在路边的斜坡上,让车队、各路人马……然后顺着来路往回走,在农庄歇脚,重返岁月和事物的自然秩序。重返巴黎、工作、女人、艺术……这是不可能的了。比在卡鲁塞尔广场出发时更不可能。时光一刻一刻过去,可能性越来越小。当逃兵……他并不害怕这个字眼,也不害怕这样做:这要看逃离什么。可是,可是,随着他感到自己离战友越来越远,并准备从社会角度谴责他们时,他渐渐觉得对他们产生了一种休戚与共的感情,这种感情与国王、军队、誓言毫不相干……这是一种人与人之间的感情,正是这种感情使他不能抛弃伙伴,这些伙伴不是这骑兵部队,不是某种职责把他与之联系在一起、但他随时可以嗤之以鼻的部队,而是这些他什么都不欠却随时可以敌视的人,但这些人每多走一步,身心都会承受更多的不幸……

是的。乌德托。他怎么会用这种独特的方式来表达对泰奥多尔的尊重呢?是因为他的这位表亲会写诗?在乌德托那颗硕大的脑袋里,诗和画是一回事。所以在埃丹时,他对火枪手泰奥多尔·泰奥多尔表现出特别的信任,把一份偷偷从阿布维尔带出来的报纸塞给了他。《箴言报》。这份报纸的价值在于拿破仑的内阁大臣名单。还有一道谕旨,授予拉扎尔·卡尔诺伯爵爵位,表彰他在1814年安特卫普保卫战中立下的功劳。

泰奥多尔觉得这有点别出心裁,仅此而已。他没有看到事情的重要性。他所能说的,不外乎是卡尔诺的人品,而这位新内务大臣……再说为什么是内务部呢?令人费解……别人是怎么看待这位新内务大臣的呢?但是他不可能对乌德托解释他在普瓦的听闻,儒贝尔先生如何谈论卡尔诺……

“您不相信吗?”亲爱的,事情一目了然:两道命令,同一时期……拿破仑把这个弑君者安插在他的政府里,同时把他封为帝国贵族……

“然后呢?我不明白……”

“您真是个孩子。波拿巴回来,这有什么可害怕的呢?不过是下层百姓的大举报复罢了……老百姓自告奋勇地支持他。可他不稀罕，亲爱的……拿破仑不愿做下等人的皇帝……"

这位国王火枪手中尉的态度实在奇怪！他当过皇帝的年轻侍从，如今时局变化，或许他从中看到了归顺的可能性……不管怎么说，如果皇帝……

泰奥多尔对乌德托的天真打算并不在意，只是注意到这位军官有句话让他不寒而栗。拿破仑不愿做下等人的皇帝……这话对那个夜晚的那些可怜人，对其父辈枪杀的那个人，对那个纺织工，对那个短工，对其他人……对他们怀抱的希望，这话意味着什么，而他们的希望虽然还自相矛盾，但仍像是一轮令他们只信不疑的大太阳。泰奥多尔回想起他自己在灌木林那个土坑里的感觉：他多么害怕，怕这些人因为信不过拿破仑而放过了他认为对他们有利的机会，这并非因为泰奥多尔多多少少拥护拿破仑，而是因为他认为这合乎逻辑，理所当然……这些人传统、信仰各异，意见不合，但赶走贵族……却是他们的共同想法，看到伯爵侯爵纷纷逃跑都非常高兴。再说皇帝，他们的皇帝回来了，新朝做的第一件事，是在民众信赖的人的额头上写下：你将被封为伯爵……啊，乌德托和泰奥多尔有某种差别，他们不大可能互相理解。算了吧！

就在部队到达圣波尔的时候，还是这个乌德托沿队列返回，从泰奥多尔边上经过，说："您知道谁住在这里，听人说过没有？那恶煞的姐姐！"

他本以为是一位波拿巴公主，其实不然。这恶煞，是罗伯斯庇尔[1]。夏洛特[2]是否住在圣波尔，泰奥多尔并不关心。但是，圣波尔，这可是对恐怖时代记忆犹新的地区之一。乌德托可能很乐意见到恶煞的姐姐，他说起来就像说动物园的一头野兽，或者像谈论当地的什么奇珍异宝。但她很可能躲了起来，隐姓埋名……甚至这只是人们茶余饭后的谈资……因为，您想啊，这个女人怎敢生活在这些受马克西米利安的罪行所害且伤痛未愈的家庭中间！

不过，泰奥多尔对此没有半点兴趣。在圣波尔，他最需要的是一个像样的马厩，一捆干草，他就可以睡在特里克边上。哪怕睡上一个小时。因为大部队就要抵达，并在此地宿营。而他们呢，按照乌德托的说法，他们是精锐骑兵，体力稍有恢复，两点或两点半左右，又得奉命上马：他们要在贝蒂讷过夜。嘿，这算什么。还不到八古里！

好吧。可是，白天大概走多少古里呢？二十古里？二十一古里？大家还是

---

① 马克西米利安·德·罗伯斯庇尔（1758—1794），18世纪法国资产阶级革命时期雅各宾派领袖。
② 指夏洛特·波拿巴，拿破仑之弟吕西安的女儿。

习惯了走长路。跋涉十一小时，十二小时……在这个宿营地，还有国王近卫骑兵。艾蒂安·德·迪尔福尔伯爵曾来拜访洛里斯东阁下。蒙科尔又见到了他的朋友阿尔弗雷德，小维尼看上去相当累，但他不愿意显露出来。他很伤心，因为他肯定赶不上贝蒂讷圣周四的晚弥撒了。

阿尔弗雷德没想到自己会不幸而言中。刚出圣波尔城，他就掉队了。马掉了一块蹄铁。其他人策马小跑，奔着贝蒂讷去了，就他一人按辔徐行，落在后头。他唱歌掩饰自己的窘态。他花那么长时间给马钉上马掌的那个村子叫什么来着？过了那个村子，路上并不愉快。天下着雨。阿尔弗雷德仍唱着歌。那是《若孔德》中的一个曲子……他想催马快跑，却枉费心机，他明白得在途中住宿了……晚弥撒是赶不上了。正在此时，他开始思索一个极好的道德主题：论自我牺牲易行之道……

他不时回头，以为看见天边出现了波拿巴枪骑兵的三色燕尾小旗，这实在荒唐，因为从阿布维尔到圣波尔，队伍分梯队前进，除了与火枪队和近卫骑兵队一起走在前面的腊古扎部以外，还有全部亲卫兵和拉罗什雅克兰掷弹兵。而且，埃格泽尔芒的骑兵开往贝蒂讷，走的完全是另一条路。阿尔弗雷德·德·维尼真是不乏想象力。

国王已明令拆除里尔和别处的信号装置。但奥尔良公爵坚持要知道各方面的消息，于是在圣卡特琳钟楼顶上继续接收信号，1793年，共和国在这座钟楼上安装了第一套光电报机。收到的消息保密，首先呈送卫戍司令特雷维佐公爵元帅，由他转呈路易-菲利普。至少是元帅认为有价值的信息。

有些人特别在意卡尔诺出现在波拿巴的新政府里。还有一些人只关心富歇、巴萨诺、科兰古、莫利昂、康巴塞雷斯、达武，这一切并不出人意料。只是没想到卡尔诺进了内务部，富歇主管警察局！在路易-菲利普心中，有两种感情在翻腾：一是渴望追随国王，二是希求与富歇建立联系。警察局又一次掌握在奥尔良派手中，他迫不及待想跟麦克唐纳和博浓维尔谈谈这一切，也就是跟共济会的大佬谈谈，他们兴许会给他出出主意。要不要出走，追随国王？或者尝试留下来，与拿破仑和解？很难决定。显然，最好的做法大概是退步抽身，脱离王室长房，就让长房这一支出面求助盟国反对法国，从而惹火烧身。但退往何处？只有英国了，公爵夫人已在那里等他。然而，尽管与共济会关系密切，而且奥尔良派在共济会中势力强大，但面对两位元帅，路易-菲利普还是担心把事情说得太明白，加入共济会的动机各不一样，许多军人是雾月政变时加入的，首席执政官依靠这个团体，给予它很大的权利。但是，为了解一座城市的思想动向，或为监视那些想利用共济会搞颠覆的狂热分子而入会的将军也不乏其人。麦克唐纳和博浓维尔虽然受人尊敬，但这不能保证万无一失。然而，既要保住王位候选人的地位，又要不露声色，不显半点急躁……早上当他与莫蒂埃一起被国王召见时，他竟大失所望。早上八时许，路易十八做出了留在里尔的决定，这恐怕也不是最后的决定，因为他午夜已决定离开里尔，过半小时就变了主意。街上、广场上，气氛紧张，驻军以为贝里公爵要进城，发出抗命不从的威胁，这些因素难免不会打乱国王的计划。的确，中午被召到布里戈得公馆去的三位元帅和奥尔良公爵，都从国王嘴里得知，王室护从人员定于下午三点出发。路易十八没有说明去向，等路易-菲利普问起来，国王才承认他不得已才离开法国。为什么不按他一直计划的那样前往敦刻尔克呢？他怕半路上遭到埃格泽尔芒的手下或翻盘部队的拦截，并像头天夜里那样，又把旺达姆将军在卡塞尔当作理由。"而且，"他又说，"如果我觉得合适，无论走国境那边还是这边，我都可以抵达敦刻尔克……"最后，下一站定在奥斯坦德①。

就在此时，响起"咔嗒"一声。盒子关上时这"咔嗒"声总让人心头一惊，这一声表明盒子关好了。麦克唐纳回答路易十八说的短短几句话就是这"咔嗒"一声。他说他对路易十八忠诚不渝，犹如1814年他对拿破仑那样，只是请求陛下不要越过边境，因为三个月后陛下肯定还得跨回这条边境线。雅克-艾蒂安将在他的库塞尔庄园等候君王归来。难说这番话会讨路易十八喜欢：从陛下的脸色看，他心里极为不快，但这时候他能发作吗？不管怎么说，就当在法国留个内应……

路易-菲利普望着他的王兄，他得先看看国王怎样回答塔兰托公爵才能决定自己该讲什么，千万别冒险。但是，"咔嗒"声已经响过。

"元帅阁下，"路易十八说，脸上带着憨厚的微笑，就像他在宪章上签字时那样，"您说话直爽，对此我一直予以高度评价，而且在我看来，忠诚是您秉性的主要特征。我们允准您留在王国的土地上，还有什么更能证明我们对您赞赏有加呢？"

---

① 比利时地名，位于黑海海岸。

说完,他转向莫蒂埃,一脸探询的样子。元帅特雷维佐公爵,厚下巴,长鼻子,小嘴巴,厚嘴唇,一个真正的军人,身材匀称,无半点脂粉气,说话声音洪亮,犹如军中应答。莫蒂埃接过麦克唐纳的话茬。他已拿定主意归隐自家的田庄,就此向陛下辞职,但请求国王授命,在陛下离开后他能行使其指挥权。这还用说,万一——

这一回,路易十八几乎连眼睛都没有眨一下。在这位君主身上,思维敏捷与主意易变一样令人吃惊。就这事吗? 好吧,就按章程办! 关键是莫蒂埃以后做什么不会被视为谋逆。不用太聪明就能想到该怎么办: 最好事前支持他,以后就可以断言元帅是奉他之命行事的。难道不该为回来做些准备吗? 从这一意义上讲,有些历史学家说路易十八是一位伟大的君主,此话可不是凭空瞎说。

"如果形势迫使您……"陛下说道,特地强调"迫使"这个词,同时微微一笑,"……不得不换一种帽徽,您就换吧,不过您要把我的帽徽永远留存心中,时机一到就重新戴上,我对此深信不疑……"

路易十八看来只关心元帅们的态度,这一点值得注意。贝蒂埃心绪不宁,全挂在脸上,国王看在眼里,一时想问他:"您呢,亲王阁下,您也要离开我们吗? "其实,这并不很重要。最好不要流露这样的想法,即两位元帅变节必然引起第三位背叛,如果贝蒂埃真要离开他,那就到时候再看吧……于是,国王就任他按自己的怪癖咬指甲,自己准备结束接见了。他一次也没有朝他堂弟那边看,他对路易-菲利普的不满显而易见: 他怪公爵把本该在佩龙营地的驻军调进里尔,造成城里局势动荡,还怪他冒冒失失以他个人的名义向里尔居民保证,任何情况下都不求助于外国军队。他听到了什么风声?

于是,奥尔良公爵决意不顾礼仪,开口问道:"那么我呢,陛下? 陛下希望我做些什么呢? "

语气透着焦虑和谦恭,这一回该他"咔嗒"一声关上锁扣了。国王转向奥尔良公爵,用只对他或自己弟弟查理才用的至尊语气说:"说真的,您想干什么就干什么吧! "

国王这短短一句话影响到奥尔良家族的命运,哪知三位元帅各怀心事,没有谁能掂出这句话的分量。他们没有留意奥尔良公爵的回答。公爵表示,只要有望能为陛下的事业效劳,他就留在里尔,如果发现没有这种可能,他就前往英国找他的妻子……

啊, 不, 国王陛下, 莫蒂埃心想, 他顿时明白公爵要缠住他不放了。不, 不行! 不行, 别上那个当……他要把事情挑明。可是贝蒂埃他怎么啦? 只见他朝麦克唐纳走去。

说实话, 吉斯帕的相好要找雅克-艾蒂安说话, 而且, 一到隔壁客厅, 他就说了起来。他想让麦克唐纳在巴黎告诉……(在巴黎? 在巴黎告诉谁? 雅克-艾蒂安一脸惊讶地看着他……)原来他想拜托麦克唐纳说一下, 他贝蒂埃并不想流亡国外……作为亲卫队副指挥, 他不得不护送陛下……我是说, 国王……但是, 他一到荷兰就会辞职, 他将去班贝格寻找妻儿, 把他们带回法国……这口信明摆着是带给吉斯帕的, 务必要使维斯孔蒂夫人放心。天哪! 我希望她身体……起码我这样希望!

接着, 贝蒂埃犹豫一下。他环顾四周, 看看是否有人听他说话, 然后他双颊绯红, 急忙补充道: "再替我把这话转告您的女婿, 佩雷高先生, 我想这不难吧! 我想最好也让佩雷高先生知道……我的钱存在他的银行里, 您知道……"

麦克唐纳淡然一笑。他很清楚, 他二女儿阿代尔的丈夫佩雷高先生及其合伙人拉菲特先生, 这两人说话皇帝爱听, 贝蒂埃可不像他看上去那么傻。

于是, 三点光景出发。也就是说国王、贝蒂埃, 由莫蒂埃和第十二胸甲骑兵团的一个支队护送到边境, 只要还能找到足够多的戴白帽徽的骑兵; 此外便是随从人员, 大臣、公爵、亲王、将军和埃利泽神父……"这个可怜的博浓维尔……"莫蒂埃对路易-菲利普说, "他没有别的选择, 他呀, 已上了皇帝的流放名单……"

特雷维佐公爵第一次提到"皇帝"。路易-菲利普大为赞赏, 但声色不露, 他仿佛说梦话似的对莫蒂埃说: "……博浓维尔……等一等……您为什么不劝他写信给巴萨诺呢? 不过, 他自己也会想到的, 因为他们在奥地利一起被俘……我记得, 我们, 也就是我和迪穆里埃, 我们叫人逮捕他……用他们二人交换长公主①……还是督政府……这些事永远不会被完全遗忘……巴萨诺是皇帝的大臣, 他的话皇帝听得进去……"

莫蒂埃听到奥尔良公爵也说"皇帝", 心中一震。他想: "你等着, 我要让你看一出我编的大戏! "他不愿意把在里尔宣告帝国回归的差事让给任何人。

---

① 指玛丽·泰蕾丝(1778—1851), 法王路易十六之长女, 路易十八之侄女。

无论发生什么情况，他都不允许外国军队进入里尔。路易-菲利普可能会使出这个或那个招数，早在迪穆里埃军中，莫蒂埃就认识他了，这样的事多着呢!

　　西蒙·里夏尔从早晨起就在里尔城里游逛。他有充裕的时间欣赏房屋的建筑和巴洛克装饰风格：雕刻的壁柱、女像雕柱、人脸与装饰图案交织的石膏花饰、三角楣上的爱神、贝状饰、双翼小天使……这些建筑正面高大，但柱间跨度很窄，这一特点给他留下尤为深刻的印象。风格千姿百态，装饰稀奇古怪，但这只能表明，此地的建筑师仿佛被一种共同的精神所激励，至少有两百年是这样。但是上尉对建筑风格的评价也带有几分嘲讽。在集市上，他四处碰壁，因为活都让那些挂着号牌的独轮车夫拿了，他们都有营业执照。他唯一能找到的工作就是趁午饭后（他可没吃午饭）所有挂号牌的人都忙的时候，去圣马丁广场帮忙把卖不出去的谷物运往圣安德烈城门附近那座大货栈存放起来，就是他刚到时从城墙上方瞥见的那座雄伟建筑。这样做是一种习惯，目的是避免谷物囤积和投机。这搬运活累死人，可是雇他的农民才给他四个苏和一块粗面包，就是用刚磨出来还未筛过的低质面粉做的面包。他从货栈往回走，在街上闲逛。突然，他看见街上一大群人。人群围着一辆车，头一辆是六匹马拉的轿式马车，挡住了整个车队，原来是套具断了，正在修补。人群似乎惶惶不安。还听见有人在传国王的名字，语气惊慌。这的确是离城的路易十八，人们向他的随从打听国王去向，还回不回来。随从闭口不言，这更是增加了公众的不安。

　　西蒙没有这种感觉：陛下去敦刻尔克还是去奥斯坦德，这跟他有什么关系? 他慢慢地啃那块粗面包，尽量吃得慢一点，然后离去，迎着车队来的方向往上走，胸甲骑兵骑着步履沉重的马儿在车队两侧护卫。过了运河，他顺着一条又长又直、行人很少的街道向前走，往左拐。风还在刮，雨还在下。他感到极度疲劳，三次从口袋里掏出那四个苏，嘴里骂骂咧咧，用他在西班牙、奥地利、俄国学到的各种脏话把那个谷物贩子骂了一遍，接着抬头看见一座方形钟楼，想起早上已从远处见过。他无意识地绕过将他与教堂入口隔开的那些房子，再绕过教堂后部夹在两翼之间的半圆形后堂，后堂很小，石头也已风化。这就是圣卡特琳教堂，那部光通信装置就装在钟楼顶上。这一回他可是太累了，抵挡不住教堂的召唤。他从旁边的小门进去，这哥特式边门小得像个猫洞，与钟楼极不相称。他在心里嘀咕，这里面的椅子要付费吗?

　　圣卡特琳教堂并不很漂亮,十六世纪重建,一百年后又翻修。尽管教堂历史悠久,但最引人注目的,除了由巨大托梁支撑的深暗的木拱顶,就是西蒙驻足观看的这巨幅油画。光线不好,但他认出是鲁本斯的手笔。他想到自己这副模样就觉得很可笑:他竟成了一个滑稽的艺术爱好者。这些东西他从年轻时候起就喜欢,如今想来已是那么遥远。在因希姆,人们并不谈论绘画。可是,只有到过因希姆,才会明白画中那个一身横肉的刽子手用他有力的魔爪抓住获罪圣女的含义。他也不会心生怜悯,认定画中圣女是身穿美丽丝袍就要赴死的布朗什……

　　这幅《圣卡特琳殉难图》,他欣赏够了,突然发觉自己更喜欢边上那幅又高又窄的画,画中是双手被缚的基督,背景黑暗,一个光着膀子的狱卒倒退着把基督从黑暗中拉出来。西蒙来到教堂正殿,挨着一根柱子坐下,不禁被风琴奏出的一支大哀歌所吸引。教堂里半明半暗,一些红玻璃吊灯里,残烛光微。主祭台蒙着紫色的绒布,上方有两个翅膀刚露的凡间天使在飞翔,周围燃着蜡烛,火苗长短不一,在西蒙眼前晃动。他靠着柱子,咀嚼最后一口面包,觉得双眼正在闭上,倦意传遍全身。他解开皮袄,因为下午天气炎热,干活又出了汗,他感到透不过气来。透过眯缝的双眼,他看见一些影子似的妇女匍匐在祈祷凳上,其中一个瘦小单薄,为表示谦恭卑微,直接跪在了冰冷发黑的石板上,还看见身穿宽袖白色法衣的唱诗班孩子,另有几个老头边拨念珠边低声祷告。管风琴如泣如诉。西蒙惊奇地想到,更确切地说是奥利维埃记不清了,瞧,我还以为圣周四濯足节是不弹管风琴的……这一切就像《圣卡特琳殉难图》,把他带回青年时代,谁会认出这个衣衫褴褛、在教堂避难的人,就是年轻的奥利维埃伯爵,就是当年那个跟塞勒斯特·德·迪尔福尔学击剑的孩子呢?他重温那段幸福的时光,还想起了后来他和村里的孩子一起溜出去,吹诱鸟笛捕鸟的情形。他又回想起他们在索姆河谷沼泽地玩打仗游戏,借用泥炭工停在草丛稀疏处的平底船,躲进深深的灯芯草丛。那时,他和其他人一样,是一个小农民。他与一个泥炭工的儿子让-巴蒂斯特·卡隆和他的哥哥埃卢瓦建立了友情,有时还去帮助他们捡泥煤。秋天来了,野鸭从他们头上飞过。出人意料的是,那段幸福时光竟是人们谈之色变的岁月。说实话,奥利维埃和他家人,尽管门第显赫,田产又被没收,但还是平安度过了大革命时期。只是他父亲出任驻俄国大使,他才随父离开了法国。后来,路易十六把他父亲派往罗马,他就留在隆普雷,父母不在身边,他叔叔常来看望他。正是由于这个不信神的叔叔，他丢掉了母亲早先教给他的信仰。但是，从少年时代起，他就把对文学的兴趣看成优秀人才的标志。在这个家庭里，所有的人都写作，祖父写回忆录，叔叔写格调轻浮的通信体小说，父亲既写历史书又写剧本。他们拒绝流亡国外，当然也险些为此丢掉脑袋：共和元年因遭怀疑而被投入巴黎监狱，幸亏出事较晚，结果只是叔叔将此事写成一则故事，于共和三年发表。他父亲靠写书养活奥利维埃一家，他写喜剧，包括滑稽剧，还写歌剧，拿去给人演出，这种状况一直延续到执政府时期。那时，奥利维埃二十岁。他离开了隆普雷和当年的玩伴，以优异的成绩进入巴黎综合工科学校。当他重返索姆河谷时，他惊愕地发现他的同伴让-巴蒂斯特失踪了，有人说他应征入伍，后来当了逃兵。从此再也没人见过他，他能去哪儿呢？令人费解。埃卢瓦也因这事变得忧郁易怒，闷闷不乐。对于奥利维埃，生活是那么简单：他没有菲利普那种尚武从军的志向，他这个弟弟在共和八年应征投到麦克唐纳帐下。他自己呢，当然也在暗地里写了一些东西，不过他尤其禁不住英国风尚的影响，翻译了埃奇沃思小姐的小说、《植物学通信》……这一切使他在表妹布朗什眼中显得才华横溢。他用文学形式改写巴黎综合工科学校教授们的化学讲义那一年，他把布朗什娶进了门。当时他父亲已成了首席执政官的心腹，为了喜上加喜，他利用自己的地位，让儿子当上了苏瓦松专区区长。生活多么轻松，多么美好，而奥利维埃本人不也是一个可爱的年轻人，知书达理，长得也像他那位五十出头还受漂亮女人青睐的不信神的叔叔。可他的生活为何跟叔叔不同呢？我眼前就摆着一部人物传记词典，这部词典比衣衫褴褛的奥利维埃在圣卡特琳教堂聆听管风琴哀诉这一天晚了二十年。词典里说，奥利维埃似乎"只关注文学"，他死于1818年8月16日。他的全部真实人生，悲惨、动荡、远离亲人，改名更姓，转战欧洲，几度身陷俄国监狱，就像圣卡特琳教堂中菲利普·德·尚佩涅[1]画笔下的基督，之后流落西伯利亚，受尽磨难，而这一切有悖常理，词典小心翼翼地避之不提，包括布朗什的轻率行为；结果只剩下他的文学著作和两个日期：生辰和忌日。而且，关于他的死，词典只字未提……

　　奥利维埃沉醉在管风琴的乐曲和对往事的回忆中，不觉睡着了。他才三十六岁，但在战争、俘房生活、回国返乡途中遭遇的不幸和超长劳累的重压之下，显得那么苍老。此刻，他又被一个朦胧的少妇形象吸引住了，少妇眼神

---

① 菲利普·德·尚佩涅（1602—1674），法国画家。

妩媚，透着孩子气，不像来自鲁本斯的《圣卡特琳殉难图》，而是从一幅英格兰肖像画中下来，肌肤雪白，这似乎是她名字布朗什的由来[1]；她两颊绯红，稍一激动就涨得通红，须臾平复如常……这种柔弱的魅力，在头几次生育后变成了成熟的女性美，这个痴情的丈夫只要握住布朗什的手，就会颤抖不已……上帝啊！看她这身丝袍，但愿刽子手放过了她吧！啊，别再提布朗什了……还是说说眼前这个男人吧！他不久以后的归宿之光，让我看到了这场人类历险的真正色彩。词典记载，他死于1818年8月16日，享年约四十岁……他的身体久经磨炼，我似乎听见他的心脏在跳动，一名战士的心脏，心跳规则，完全正常，他可以在露天生活，除了记忆里那个隐秘的伤疤，没有任何疾病，这样一个人会在四十岁这个年纪撒手人寰？1818年8月16日……他为什么死在这个热烈、丰腴、犹如美丽姑娘怀抱的夏季？我看见了那一幕：在索姆河谷某处，水草稀疏，埃卢瓦·卡隆的小船从那里经过……埃卢瓦在儿子让-巴蒂斯特的帮助下，俯向那平坦的船舷，用铲斗把尸体捞上来……事发前一天，奥利维埃再次失踪……大前天还看见他在教堂参加圣母升天节弥撒。他的举动是有些奇怪。他家的人在乡里四处打听他的行踪……而埃卢瓦，尽管岁月流逝，三十年后，一个成了老爷，一个却是可怜的泥炭工，孩提时代的友谊也不能完全当真，但埃卢瓦还是一下子明白出事了，便马上去寻找这位头发灰白但仍被称作年轻伯爵的奥利维埃先生……自杀，这在埃卢瓦看来实在荒唐，不可理解。不过，奥利维埃不正是有点精神失常吗？因此，泥炭工隐约感到可能发生的事，他把平底船撑向这水草稀疏的水荡。大约在1790年，有个少女没法拿掉腹中的孩子，万念俱灰……当时，年轻的伯爵大为震惊……上个星期，他还对埃卢瓦说起这件事。你还记得那个跟拉肖塞-蒂朗库的一个小伙子相好而怀孕的姑娘吗……就在那边，她从水里被拉上来时，尸体都发胀了，头发缠着水草。现在，埃卢瓦·卡隆冲着让-巴蒂斯特喊道，喂，帮一把，懒虫！当他们往上拉尸体时，重量都压在一侧，小船险些翻了。

　　奥利维埃的生命大概就这样结束了。他从西伯利亚归来，心绪极度忧郁，对此隆普雷的人闲话不少。他的脸总是黑着，就像菲利普·德·尚佩涅画上的底色。他的一些思想并不是他那个地位的人该有的。过了三年，这种忧郁找到了合乎情理的归宿。这三年里，有个穿丝袍的金发妇人来看过他两次，还带着

---

① 布朗什，法语 Blanche，意为白色。

两个会思考的孩子，这三年只是加重了他思绪的忧伤。这三年里，对西伯利亚的回忆，慢慢地，不再是对地狱的回忆，而是在他心头唤起一种怀念，怀念他这个忧郁中人一生都记得的唯一富有人情味的经历。杜西娅……这个并不优雅的姑娘，一个自然纯朴的伴侣，怀念这个姑娘，并非因为那些同床共寝的夜晚，主要是因为杜西娅是那边他所遇到的善良正直的人之一，有些人卑微无闻，迷信，无知，举止粗鲁……还有一些人，像他一样的流放犯，一些俄国人，他们背着看守聚在一起，议论生活、未来、应该推翻的暴政……他们把一些模糊而又伟大的思想，一些有如灾难的希望传给了奥利维埃，这个西蒙·里夏尔。他悄悄地把这些梦想从西伯利亚带回法国，这些跟谁都不能讲的梦想。跟谁都不能讲。别人会嗤笑他的。这会有些许可能吗？一切都恢复原样，世界一如既往，一些人在上，一些人居下……即使是埃卢瓦，如果对他说起那边，在因希姆河畔，在泰加森林人们谈论的东西，他也会摇头叹息，满眼同情地看着年轻的伯爵。世事改变无望。建立在谎言之上的社会非常稳固。布朗什抚养他的孩子，感谢上帝，幸好她是遵循教义和上流社会的规矩教育他们。在巴黎，人们怜悯她，尊敬她。她从画面中央看着你，目光令人心碎。疯子、刽子手，就是这个男人，有一天，出于无论如何都不可饶恕的一时冲动，他离开了布朗什……当时他还有一个好职位。这是十四年前的事，整整十四年，他正好在1804年8月16日失踪。当时，大家也是找遍了当地各个角落，以为他回来了。埃卢瓦·卡隆用大铲斗探遍了水道、水荡。为什么大家无论如何都愿意他已淹死了呢？早先有传言说找到了他，但不是在索姆的沼泽地里，而是在巴黎附近默东森林的一口水塘里。他弟弟菲利普先生和他的父亲赶到那里。人家让他们看的溺水人不像奥利维埃……那是1804年8月的最后一天。他父亲不放弃任何希望：9月初，他向警察局报告，说听见一座房子夜里有声响，"里头好像关了什么人……"他希望有人绑架了他的儿子，把他囚禁起来。富歇手下的人在黑暗中包围了拉塞尔–圣克卢附近的这座房子：警察冲进去，发现是个面包店，那响声是揉面工人发出的。9月14日，有人又以为在普隆比耶尔见过失踪的人。那是因为在8月份的时候，布朗什陪伴皇后去过那里，可她离开已有一个月了，这种说法不能成立。在将近两年的时间里，每一具无名尸体都被当成奥利维埃。只要发现一个身份不详的溺死者，警察局就传唤他的家人认领。

　　为什么他家里人愿意他是投水自尽呢？现在，从发生的一切看，仿佛预见的归宿刚刚实现，只是晚了一点。奥利维埃躺在埃卢瓦的小船里，小巴蒂斯特看着溺死的人，惊恐万状……一个溺死的人，一点不假。

圣周四濯足节那一天，一个累垮的男子睡在教堂里，像一个溺死的人，加上一盏小红灯失真的光线和那暗绿的阴影，那就更像了。像被缚住了双手带走的基督。圣卡特琳教堂正准备最后晚餐的祭献，可他并不关心。本堂神父德东布先生是在拿破仑登上皇帝宝座时结束流亡归来的，正在圣器室里忙碌，圣器室左右两侧小祭坛边上，门半开着。而在这个时候，钟楼顶上，莫蒂埃元帅，也就是特雷维佐公爵，他的一位信使正在向电报员解释如何拟定电文，好让奥尔良公爵一看就批准元帅尽快离开这座城市……侍候上帝，还是侍候凡人，这一切都同这个沉睡的溺水人咫尺天涯。这人坐在草垫靠椅上，头后仰，脸颊抽搐，目光已去了深远莫测的地界。

在这人为的夜晚，在这坐着做的梦里，西蒙看到的事情，正是他要在白日梦里极力避免的。此时他通过禁门，进入阿尔米德①花园……阿尔米德还是卡特琳？你怎么称呼她呢？在教堂里不宜做这种梦，那是亵渎神明，可是奥利维埃有什么办法呢？我又有什么办法呢？她侧卧地上，一条腿伸直，一条腿弯曲，全身裸露，一头美丽的黑发，年轻的肩膀一摆，黑发甩到背后。美丽的丝袍已经脱去，倚着成熟少女那柔弱的手臂，眼睛望着走来的人，一对娇小的乳房正对着他。嘴唇苍白，一口雪白的牙齿，仿佛只为呼唤和微笑。从他的眼神可以看出她的期待，她是布朗什，还是卡特琳，还是你说的什么人？她的眉毛上扬，偌大的眉弓下，两眼透着自信的欲念……这是在哪儿？在苏瓦松还是在巴黎？在一间挂着丝绸和天鹅绒帷幔、铺着长羊毛地毯的房间里……谁教会了你这般自然随性，姑娘，有可能是我本人吗？柔软稚嫩的肉体，微微颤动，因青春而变得贞洁、诱人。难道有一天你也会以这样的姿态迎候另一个男人？扬着你那狂热的小脑袋，浓重的黑发散乱，被斜分的头路分开，宛如帐幕垂下，盖住了你少女的乳房。当你撑着浑圆无饰的双臂朝我探起身子时，你咬了咬嘴唇，双唇有了血色，之后将它们张成了一个小圆，呼唤我……天啊！为什么我不能伸手触摸你？我回想起我的手指抚摸过你，记得那个结实而又柔嫩的感觉。当你双臂搂住我的脖子时，你生怕挨得不够紧，就紧贴着我，你的双腿……你的双腿……突然间你又那样躲开我，闪到一边，这样的爱欲技巧你是从哪里学来的呢？你的欲火，还有我的……就连以此为业的女子也不像你

---

① 法国作曲家吕利的作品《阿尔米德》中的主人公。

那样，一开始就懂得这类奇特的技巧……

可是，时间快到下午五点了，在圣卡特琳教堂里，大家都在为晚弥撒做准备。执事已把三块亚麻桌布铺了祭坛上，再铺上圣体布；圣体布上安放装有祭献用圣体饼的圣体盒，盒上覆盖着圣周四纱罩，纱罩是用白绸做的，中央缝着一条带子，用来在仪式队列开始之前固定圣体盒。圣体龛开着，按规矩，举行象征最后晚餐的隆重弥撒，龛里应该是空的。龛门镀金，上面有摩西扭曲双臂站在燃烧的荆棘前的图案，但我们看不到这镀金的龛门。今天，主祭身边的辅礼人员不只是惯常看见的那些孩子，还有几位成年的神父和教士。在圣器室里，执事和副执事已穿上了垂至脚跟的白马长袍，腰间系了带子。走在前面的几位还在白长袍外面套上了袖子又宽又短、下摆过膝的白祭披。副执事们只能穿祭服。祭器室里，众人有些忙乱，还有人窃窃私语，因为本堂神父德东布先生身着象征禁欲苦修的紫色祭披，显得非常焦急不安，他对一位副执事说，"怎么样，找到他们了吗？"根本找不齐十二个，原先讲好要来的济贫院穷人在城里走散了，他们很可能出于好奇都想见见国王。德东布先生嘟囔说，还有一位国王，想必基督徒更渴望见的……大殿中央钉在十字架上的那位，挂在拱顶石上，悬在信友们头上……但是人找不齐，这不能算在我们账上。

仪式队列已经组成。主祭和辅礼人员捧着圣歌本，绕着教堂走，从大殿后堂走向祭坛，人人左臂上戴着手带。德东布先生远远看见，能找到的那几个穷人被推向唱诗班席位中央的十二张椅子，这些椅子六张一排，面对面成两行，可是还有一个座位空着。游行队列到达祭坛，响起入祭赞美圣母歌，德东布先生站在祭坛脚下，刚开始祈祷，忽然瞥见大殿左侧，唱诗班席位前，最后一根柱子旁边，有一个衣衫怪异而又破烂的人张着嘴在椅子上睡觉，就悄悄对一个杂务修士说了几句，修士欠了欠身，调头离去。

德东布先生佩上襟带，走上祭坛，弯身吻过祭坛，拿起香炉，让香气弥漫整个祭坛。

西蒙·里夏尔一点没有听见进堂咏，但他却在《求主垂怜》的感恩歌声中醒过来了。一个穿宽袖白色法衣的教士推了推他，他以为人家觉得他这样睡在这里不合礼仪，正想表示歉意。其实不是这么回事。他应该坐到自己的座位上去。什么座位？钟声大作，管风琴奏响《光荣颂》，西蒙压根不知所以，但他还是跟着副执事，被安置在穷人中间，坐在第十二张椅子上。西蒙瞧了瞧身旁的人，尽是些穿着济贫院衣服的老头，就像些老迈的困兽，这个拖着鼻涕，那个患麻痹症,脸孔扭曲……他们想叫他干什么呢? 为什么让他和这些人坐在一起?

钟声和管风琴声戛然而止,世界归于沉寂,复活节守夜之前,大钟和管风琴不会打破这寂静,耶稣受难的沉寂。这时响起主祭的声音:

"犹大把自己的痛苦归咎于上帝,上帝却因他的忏悔而嘉许于他……"

主啊! 对奥利维埃来说,主祭说的拉丁语[1]是多么遥远,不过,祷告词的开头使他想起他生活中的犹大……那个毁了他幸福的托尼·德·雷泽,他的罪过受到上帝的惩罚了吗? 他自己也在经历人生的苦难旅程,这个因信得报的悔改的强盗[2]? 西蒙一点不明白别人要他在这出神圣喜剧中充当什么角色,他也没有听懂圣保罗对哥林多人念的使徒书简。他突然恨从心来。这是一种未被遗忘的、年深日久却始终没有熄灭的仇恨……格里哥利圣咏在唱些什么?

"基督为我们得救而至死不渝……"

此恨在心,眼前发生的一切,他被人误认,都变得无关紧要了。神父在说什么? 这节福音说些什么,奥利维埃又一次听到了西门的儿子,加略人犹大的名字……

"彼得对他说:'你永远不可给我洗脚!'耶稣回答:'我若不洗你的脚,你就与我无分了。'西门彼得说……"

西蒙·里夏尔听不大懂西门彼得的故事。主祭和辅礼人员庄严地走下祭坛,来到唱诗班席位,朝穷人们走去,西蒙坐在第十二位,他顿时明白是怎么回事。他也很想像西门彼得那样抗议:"我永远不让你替我洗脚……"该怎么办呢? 在穷人席旁边的一张桌子上,执事们已放好了盥洗盆和水罐,主祭和辅礼人员解下手带,主祭已经脱掉祭披,他们跪在穷人们面前,替他们脱鞋……这时,西蒙·里夏尔感到了他一生中受的最大耻辱。他无法站起来一跑了之。他不想把事情闹大,也不想亵渎神明。他只能独自估量这谎言的无底洞,他掉入其中的深渊……

管风琴沉寂无声,格里哥利圣咏响了起来,男孩的童声,带有不可思议的女声音质。

"吾主从座位上站起来,把水倒在盆里……"

---

[1] 本章主祭的祷告原文为拉丁语。
[2] 据《圣经》(路加福音39:43),与耶稣同时被钉在十字架上的左右各有一个强盗,其中之一临死前悔改,另一个拒绝悔改。

替西蒙洗脚的执事禁不住低声抱怨起来，按传统做法，济贫院只送预先洗干净的穷人来。西蒙·里夏尔瞧了瞧自己肮脏的光脚，急忙低声说："请原谅，我的神父……"

"哪里有仁爱，哪里有天主……"

这时，歌声大响，整个合唱队、满教堂的信徒、正在结束使命的跪着的神父们，统统加入了合唱。主祭站起来了，洗手、擦干，什么话都没有说。然后各人重新拿起手带佩在左臂上。主祭重新穿上紫祭披，大家排成一列返回祭坛。

现在，穷人们自己动手穿上破烂的鞋子。西蒙自觉额头、两颊通红，那边有人低声吟诵《我们的天父》。接着响起应答的颂歌，声音响亮：

"主啊，倾听我的祈祷吧……

愿我的呼声传到你的耳边……"

突然，西蒙再也忍不住了，大家看到他站起来，朝教堂后头走去。教堂里出现一阵骚动，信徒们如遭雷击，执事们转过身来，教堂侍卫朝这个不守规矩的穷人走去，想让他回到自己的座位上。西蒙本该待在那里，老老实实地听完圣诗，在此之前还得领圣体，信徒列队经过圣餐桌，直到把圣体盆放回圣体布上，并由主祭施过净礼……这仪式还没有完，只要杂役修士没有取下手带，主祭没有脱下紫色祭披换上白色无袖长袍。即使到了这个时候，穷人们的角色还没有演完。他们还要加入仪式行列，跟随众人把装在已披上濯足节罩纱的圣体盒内的圣餐，连同香炉、弥撒曲歌本，一同放进一个选好的小圣堂；这时，除了主祭坛，所有的祭坛都撤掉了装饰品。在耶稣受难的寂静中，主祭坛显得孤单和空落，所有的人都进入圣器室，穷人们终于被打发回济贫院，心里装着美好的祈祷，双脚洗得干干净净。

西蒙推开教堂侍卫，回到街上，他身上只有一种感觉：饥火烧肠，晃动香炉散发出来的强烈香气极难消除这种饥饿感。

已经是傍晚六点了，教堂没有人敲钟报时。

这个受辱的人此刻想起了苏瓦松，他在那里当过专区区长，当地监狱一间牢房的墙上有几句诗。当时他还顺风顺水，花了一些功夫，用他二十四岁的眼睛辨认这些诗句：

唉！我痛苦难挨

与其忍受烙印

不如就此死去

别人对这个囚徒做了什么,他竟称之为烙印? 眼下,奥利维埃默念这墙上的诗句,心想自己吃了那么多苦,当初还不如死了的好。这个问题他还得思考漫长的三年又五个月,或差不多这么久!

这个多情的女人热情接待了从俄国归来的可怜俘虏(您知道,有个像您一样的人,刚从那里回来就率领一队志愿兵去巴黎了……真不知道这些可怜的年轻人现在在干什么)。她一看见西蒙回到客栈,就直接扑到他身上:她有话等着跟他说……有个陶器商人,他有两匹马,一匹出了事……他的货物离这儿十二古里半,要拉回来,如果您的马能套车……嗯? 好哇,为什么不呢? 往西南方向,这至少能换两顿饭。不过得马上出发,我可怜的人儿! 今晚休息不成了,幸好他在教堂里睡了一觉。

路易-菲利普的送行没有越过工事的前沿阵地,莫蒂埃也一样,他让麦克唐纳把陛下送到边防站,与陛下同行的有护卫陛下的胸甲骑兵,以及运送各部大臣、随行要人和埃利泽神父的车辆。入夜以后,大约六点钟,等麦克唐纳元帅回来,奥尔良公爵才去前哨旅馆同留在里尔的元帅、将级军官们讨论形势。其实,莫蒂埃已把他们召集在一起,他们主意已定。莫蒂埃建议他们在忠于国王和忠于祖国这两者之间作出选择。国王已走,没有什么可以阻止驻军归顺皇帝的脚步,这一点不容置疑。假定国王还在……

这时,当着路易-菲利普的面,特雷维佐公爵出示了那份按他的指示在卡特琳教堂精心炮制的文件。这是陆军大臣达武元帅的电文,命令逮捕国王和留在里尔的波旁家族人员。莫蒂埃仿佛根本不知道有这份电报似的,让公爵什么都不用担心,并请求他留在里尔,一边刻意说了一些细节,听起来电报更像是真的了。比如,他说电报是十五古里外发来的,这用不着有多大学问就能明白这是在说从阿拉斯……为了确保这个消息能产生效果,莫蒂埃元帅还说他有事实证明这份电报的真实性,因为陛下走后不久,达武的一名副官求见,副官出示达武下达的命令,逮捕国王,更确切地说,这回是要逮捕奥尔良公爵本人,莫蒂埃下令把这个副官抓了起来。莫蒂埃的确把电报拿了出来,但没有提议把副官从牢房里提出来,当着路易-菲利普的面审问他……

不管怎么说,路易-菲利普巴不得有人说服他非走不可,他妻子在英国……他抓紧时间去函莫蒂埃元帅和里尔地区要塞司令,解除他们的誓约,并巧妙地劝他们效命篡位者，但措辞圆滑，暗示此举的责任由他们自担，而且不管时局如何发展，这些信件绝不可能反过来害及签署人。对于他的侍从，他也要作出安排，一些人留下，另一些人随行……这是奥尔良派系的一贯做法。不过，他只能在夜深时与大郡主即她妹妹一起动身。他对特雷维佐公爵感谢不迭，说公爵忠诚可鉴，这已不是他第一回见证公爵的忠心……公爵两眼低垂，嘴角挂着轻蔑。

"陛下仁爱宽厚，"莫蒂埃抬起眼皮，露出诚实的目光，"陛下错把我性格中的天分当成了美德……"

莫蒂埃就属于这种人，说这样的话而不会觉得可笑。他年轻时，家里打算让他经商。若不是大革命使军人这个行当变得诱人的话，这个尊长敬老的儿子肯定走上父亲给他划定的人生道路，接过其父创立的仿皮漆布生意。他擅长利用收到的电文撒谎骗人，就像吹嘘一种衬布的质量一样。但他不知道在里尔的这天晚上，他费尽心机支走的这个人，二十年后会目睹他在一次针对这个人的爆炸中一命呜呼。那年7月14日早晨，国王出发前往寺院大道阅兵之前，谣传有人企图刺杀陛下，当时的莫蒂埃，身为路易-菲利普的陆军大臣，说："我身材高大，我将用我的身体掩护国王……"说话的声音、谦逊而忠诚的样子、正直的眼神，都跟在里尔时一样。不料，在土耳其公园，费耶斯凯①安置在一个窗口的炸弹爆炸，当场炸死了五十人和不知多少马匹；这一炸原本会要了路易-菲利普的性命，却正好击穿了莫蒂埃·特雷维佐公爵的心脏。莫蒂埃身材魁梧，用身体掩护了国王……他的眼睛一直睁得大大的，诚实的眼神让人难以忍受，有人在他身上盖了一块绿色的漆布，就像在卡托-康布里兹他父亲大人厂里制造的那种……

事实上，就在圣周四濯足节这一天，达武从巴黎给埃格泽尔芒将军写信说，如果他的骑士到达里尔时，国王还没有离开，那就放国王和诸亲王，以及愿意跟随他们的人去比利时。在同一封信里，他还写道：我确实知道莫蒂埃元帅已准备就绪，只等帝国军队出现，他就公开表态……

千真万确。莫蒂埃焦急地等着拿破仑的士兵到来。正当路易-菲利普元帅写信给下属军事人员，让他们自由行动时，特雷维佐公爵则在前哨旅馆他的办公室里给皇帝陛下写报告，正停在那里，羽笔悬空，小嘴抿紧，目光诚实。他要

---

① 费耶斯凯（1790—1836），科西嘉谋反者，密谋反对七月王朝，1835年7月28日。

在报告里表明，由于他态度坚定，措施有力，给皇帝完好地保存了里尔城。亲王们的计划是要让国王卫队开进里尔城，但是莫蒂埃元帅和里尔驻军出于爱国之心，决心不让任何不服从皇帝的部队进城……他又停下笔：他刚刚想起昨晚在布里戈得公馆餐桌上的谈话，那些极端保王党人准备敦请英国人和普鲁士人开进里尔。想到这里，他不禁打了个寒噤。报告里还是不提这事为好。麦克唐纳头天晚上只睡了五个多小时，这对他来说实在太少了，他想去睡觉，便向奥尔良公爵告辞，突然想问问公爵殿下，陛下要离开里尔，有没有告诉王弟。路易-菲利普自己压根儿没想到这个问题。至于国王自巴黎出发远行，这一路上自然想不到要通知各位亲王。这是他一贯的做法。公爵请元帅自己写信给王弟阿图瓦伯爵殿下，最后决定，信一式两份，从贝蒂讷和阿拉斯这两条路分头送出，因为国王卫队可能已走了其中一条。事情说好后，元帅就回布里戈得公馆睡觉，公馆现在空荡荡的，显得十分凄凉。莫蒂埃请麦克唐纳次日跟他一起留在里尔，还要请他吃午饭和晚饭，麦克唐纳很喜欢生活中的这种间歇，喜欢这种间奏曲，他这样想着，一边哼起莫扎特的一支小曲。第二天他将从容自在地与莫蒂埃商量一下，看怎样做才合适。雅克-艾蒂安感到万分庆幸，形势如此微妙复杂，他还能有个这么好的朋友相伴。他想着想着很快进入了梦乡。

　　其时，驻军士兵已全部佩戴上了三色帽徽，火把在风中摇曳，有时被风吹灭，但大家仍在街上跳舞欢庆。所有的酒馆照样营业，并不在乎什么管制条例！剧院广场上，四榔头地下酒吧里，人们大吃古克伯克糕点，一种荞麦鸡蛋小薄饼，还喝小瓶装啤酒。

　　莫蒂埃的参谋部前面，大广场上，已有人在放鞭炮了……鞭炮声把元帅吸引到窗前；当他弄清是怎么回事时，便微笑着喃喃自语："谁想得到，这些人今天早上还在喊'国王万岁'呢！"

　　如果说圣周四的大风吹息了里尔到贝蒂讷一带的雨，但在圣波尔这边并不是这样。拉格朗热先生的黑披火枪队留在这座城里，傍晚时分，格拉蒙、瓦格拉姆和诺阿耶的亲卫队赶到，在一片混乱中与他们会合，赶来的还有瑞士百人队和枪队。拉罗什雅克兰的掷弹兵、洛里斯东的火枪队，还有近卫骑兵队，都已推进到了贝蒂讷。众亲王在圣波尔住宿，四周由达马斯先生的轻骑兵负责守卫。马尔蒙率领的腊古扎部，是唯一保持了行进队列的卫队。克鲁瓦先生的苏格兰卫队好像走丢了，这还是一支赫赫有名的精锐部队呢！而卢森堡公爵的那支队伍，按最好的估计，很可能滞留在埃丹附近了。

　　说实话，那天晚上，国王卫队的队伍拖得很长，从埃丹城背后拉长到贝蒂讷，冒着持续大雨，在黄泥中缓慢行进。各式车辆陷进车辙，使整队整队的人马无法前进。除了腊古扎部，几乎整个卫队都已散乱。形同母猫认不出它的崽子，乱成一团了。这伙散兵游勇蹒跚前行，想停就停，杂乱无序。疲倦、阴郁的天空、事故、拥堵，把这三千人变成了蜂营蚁队，而不再是一支军队了。将近两千人，病号、伤员、开小差的，滞留在路上。走散的人在找各自的队，找累了就睡在一个谷仓、一个村子里，或就睡在被遗弃的大车下。那天晚上，徒步的人还走不到圣波尔。他们脑子里老是想到埃格泽尔芒的人会随时出现。自从过了阿布维尔，自从一个掷弹兵分队与帝国轻骑兵遭遇之后，埃格泽尔芒的人虽然没有踪影，但随时都会现身。大家总以为他们就在后面，其实那可能只是些掉队的国王卫兵。在这种惶惶不安的气氛中，一些骑兵队和车辆都涌向小道，走了不少冤枉路，自以为这样就能躲过帝国士兵的袭击。车轴断了，反认为是幸事。有些人走上一条土路，还以为只有他们走这条路，不料突然被几辆大车拦住去路，车上坐满青年、老人，由几匹临时找来的劣马拉着，慢腾腾地挪着步子。为了填饱肚子，大家各显神通。对于掉队的人来说，面包成了稀罕物，若能加上一小块奶酪，一杯浓烈的啤酒，那才叫喜出望外。村民们变得不那么好客了。况且，在这一带，村庄也不多，隔得也远。田地泥泞，大路望不到头，树木光秃，天空阴晴，这就是这次逃亡的整个背景，而对于这次逃亡，所有的人都莫名其妙。士兵不想打仗，那就不再是士兵，而是逃兵了。志愿兵停在圣波尔不走了，那些不幸的牲口已经精疲力尽，自己也快走不动了，还怎么拉车，但又没有可以替换的马匹。圣波尔人还在议论，陛下在他们城门下换马，那是他们的荣耀；这里的市民就是如此轻信，竟没有人想到国王会离开法兰西的土地。在他们狭隘的头脑中，他们如何想象即将发生的事，如何想象路易十八、众亲王、他们亲眼见证的这次混乱不堪的冒险行动面临的结局？老实说，他们什么想法都没有。君王和将军们拥有军队，他们与部队穿过我们的平原，有时打仗，有时只是行军，时间过去，传来胜利或失败的消息，接着又轮到外国的军队在大路上耀武扬威，驻扎在城里……有谁问过我们的意见？这一切又意味着什么呢？

不过，在圣波尔，对恐怖时代和"好人约瑟夫[①]"，有产阶层都保留着可怕的记忆，所以在他们看来，国王是保护神。要他们接受国王逃跑的想法，他们就必须考虑自己的命运。因此他们不寒而栗，不敢正视。况且，在里尔以南，不管是贝蒂讷还是圣波尔，没有人知道路易十八这天下午已在梅南越过了边境。也没有人知道他对阿图瓦伯爵的怒气是否正在消除。

泰奥多尔到达贝蒂讷时都快累垮了。天快黑，他们走过沼泽地带，穿过耸立着大隐修院的圣普里郊区。面前是巴洛克风格的城市，状同环形碉堡群，整座城市被防御工事紧紧围住，像是框在紧身裙里，而工事前沿的三角堡、门和垒障带有中世纪特色，城堡半塌，但从高大的主体部分看，这分明是不折不扣的沃邦建筑。这样，住着六千人的城区看起来像是缩小了似的，抬头可见高耸的钟楼和圣瓦阿斯特教堂。这地方的河道很复杂，部分绕城而过，很难弄清楚，河上有两座桥，他们刚才就是从桥上过的。突然间，他们觉得自己陷进了房屋的包围圈。铺石马路高低不平，煤油街灯寥寥可数，发出暗淡的光，马路两旁的小商铺这个时候大多已经关门，一切都显得不那么好客，尽管窗户上挂着的白旗还在潮湿的风中飘动。从那些临街的小院，可以看见窗口晾在绳子上的衣服，从院子里还飘来生活污水的味道，到处腐臭难闻。这部分最穷苦的居民被放进城的骑兵所吸引，领着孩子走出家门，孩子衣衫破旧，身子半裸。所有这些人静立不语，只是到了特雷伊街和大头街的十字路口，才开始听到喊声和欢呼声，听到从窗户传出的"国王万岁"！

"您认为，"蒙科尔说，"我们已经错过做弥撒了吗？"

泰奥多尔耸耸肩膀。什么弥撒，他需要的是一张舒舒服服的床。他们去哪里住宿呢？这里也一样，办法要自己想。大广场上，钟楼俯瞰周遭的房舍，骑兵们在钟楼前停下歇脚，四下散开去了。与陛下在此歇宿的那夜相比，今天地方有的是，因为流动商贩已经撤走，集市收场了。据说城郊出现了帝国的军队：城防司令莫尔德伯爵对老友布拉卡那天早晨委实冷淡的接待深感不满，但他还是下令关好城门；近卫骑兵和掷弹兵已是人困马乏，但仍得沿城墙巡逻，并在各垒障设哨警卫。泰奥多尔逃脱了这份苦差使，暗自庆幸。他牵过特里克，去找有马厩或谷仓的人家，走着走着，他突然心头一惊，收住了脚步。

前面这个男子，身穿便服，却难掩军人风度，他拄着拐杖，一手牵着一

---

① 指拿破仑的长兄。

个十来岁的男孩。男孩一定是做了什么蠢事，正在挨训。听那人的声音，泰奥多尔相信自己认出了他。他就是参加普瓦之夜聚会的那个少校，当时他留着灰白胡子，穿长礼服，发言要求武装民众，他的儿子加入了……泰奥多尔听凭一个荒唐的念头驱动：或许这位退休军官总有个地方让他安顿坐骑吧，不，主要还是他正处在人生这样一个时刻，他必须有个可以说话的人，比如这个男子……

"我的少校……"，他说。他随即明白，自己刚刚走进了死胡同。也罢，是火海也得跳！

那人停下脚步，转过身来。看到这身火枪手制服，他的感觉大概跟卡罗利娜·拉勒芒一样，只见他拉着孩子的手臂，准备走开，唇髭下发出几声嘟囔，眉头皱起，正在这时，泰奥多尔说出了能够留住他的话："我的少校，我必须跟您谈谈……别计较我的这身行头……我需要您，我想知道……"

少校再次停下脚步，迟疑了一下，但他望了望火枪手。"跟我谈谈？"他说，"为什么您想跟我谈谈，年轻人？我可不认识您。"

"可是，我认识您，"泰奥多尔说，"而且，我不相信拉扎尔·奥什的一位老战友今晚会拒绝出个主意帮帮我……"

"啊！是这样，"对方大声道，"先生您是在哪儿认识我的？"

"那天晚上，我的少校，在墓地上方的林子里，在普瓦……"

老军官大吃一惊，环顾四周，稍一沉吟，猛地说道："那好，跟我来吧，"他说，"上我家说话吧，方便些……"

他就住在不远处一条古怪的巷子里，就在火枪队来的那个方向。小巷子状如马蹄铁，中间是一座盖在圣尼古拉教堂废墟上的货棚，巷子叫窄街，名副其实。"您可以把马拴在对面，"少校解释道，"那边有个马蹄铁匠，托凯纳先生，您看见了吧？他有这么一大块地方，有百来个工人做工……这个人乐意助人：我们可以去问问他，他住在街的另一头，在慈善会旁边……提水饮马也不远，我们有个挺好的蓄水池……下了这么多雨！至于您嘛，我儿子星期天离开家了，他的床还空着，看来您更需要一张床，而不是找人谈话……"

少校除了这个叫让的十岁儿子和那个去了巴黎的儿子，还有个女儿叫卡特琳娜，就像鲁本斯一幅画的名字，二十二岁，长得更像母亲，而不像圣女卡特琳娜。母女俩都是一头金发，分两边紧贴鬓，梳得平顺光滑，身材娇小匀称，但说不上漂亮。女人们忙着准备客房和晚餐，少校刚把客人安顿在他称之为书房的房间里。这房间陈设简陋，天花板很低，但书架上有不少书，泰奥多尔瞥见其中有让–雅克·卢梭的著作。书房有一扇门，通向一间大屋子，大屋子里头的百叶窗都关上了，头一眼还看不出这是一间陶器铺，铺门在大头街。少校解释道："阿尔德贡特……我的妻子……，经营着小买卖……日子总得过吧。她从生产陶器的里莱进货……也从埃尔买进，您瞧这些彩绘碟子……可是，请您告诉我，是什么样的奇迹竟使一个国王火枪手成了'组织'的成员？"

　　"我应该如实相告，"泰奥多尔说，他觉得自己脸也红了，"我不是您说的那个'组织'的成员，但是，我的少校，请您千万别生气，最好先听我讲讲我的情况……"

　　屋外狂风阵阵，把门吹得砰砰作响。

十五、耶稣受难日

　　大雨随着钟声去了罗马。耶稣受难日①，天空灰蒙蒙的，黎明悄悄来临，晨光仿佛被橄榄园②的全部泪水模糊了。行人走在只有少数铺石马路的城市里，或者跋涉在阿图瓦和佛兰德交界处高低不平的石子路上，不相信雨会暂时停歇。不过，既然雨停了，大家觉得脚上的泥巴实在丢人。这个时候的圣波尔还只有几扇百叶窗开了一条小缝。在那些点着蜡烛还在营业的小酒店里，啤酒厂和皮革厂的工人不想浪费片刻的光亮，急匆匆地喝一杯用菊苣根粉冲的代咖啡。在浑浊的泰尔努瓦兹河的两条支流之间，坐落着卡尔默教堂，自从堂区大教堂在督政府时期被拆除后，它就成了当地最重要的教堂了。此刻，教堂里挤满了人，他们在此起彼伏的祈祷声中，在祭坛前数着念珠，那祭坛空荡荡的，没有十字架，没有烛台，也没有罩布。贝里公爵穿着灰色油布雨衣，在心腹拉费罗内和好友南图伊伯爵的陪同下，在广场上散步，焦急地等着他父亲准备停当。他给塞扎尔·德·夏特吕还礼，后者带着他的骑兵队分列客栈两侧，随时准备出发。

　　天还没有亮，王弟在房间里让人刮脸，脑子都沉浸在危险的遐想之中。下属给他送来的这里或那里与叛乱部队遭遇的报告、挥之不去的埃格泽尔芒、民众对国王卫队日益保留的态度，这一切与国王的沉默相比还算不了什么。阿图瓦伯爵不由得把这星期以来，也就是议会这次开会以来，他哥哥所作所为的异常之处联系起来看。在这次会议上，路易发誓要与巴黎共存亡；而伯爵本人，在当时的气氛下，情不自禁，突然以自己和自己儿子的名义起誓忠于国王和宪章……可他永远也忘不了路易的目光，他那轻蔑的微笑……一切由此而起……种种猜疑。后来，还有那场可怕的争吵。夏雷特先生……唉，那封该死的信，查理能背出来，每逢重要场合，陛下就拿这封信说事，当面指责他！那是1795年11月的一封信：当时夏雷特得知王弟殿下离开耶岛，为返回英国而

---

① 也称圣周五，复活节前的星期五，为耶稣基督被钉在十字架上遇害的周年纪念日。
② 在耶路撒冷以东，相传是耶稣被犹大出卖后的被捕地。

丢下旺代人，任他们由厄运摆布。这封信浮上他的记忆，一字不差，而仆人正好用剃须皂刷了他一脸肥皂沫，别人看不出查理的脸色是通红还是惨白："陛下，您弟弟的怯懦把一切都葬送了。他在海岸出现，这不是毁掉一切就是拯救一切。他重返英国，此举已决定了我们的命运：我只剩下一条路，不用多久，我将白白地为陛下而死……"不，这不可能：夏雷特没有写这样的东西，那是英国人，那些卑鄙的英国佬伪造的……宁死不回英国！但是，在出发之时，国王为何重提佛朗索瓦·夏雷特·德·拉孔特里的名字呢？陛下又在策划些什么呢？他那令人敬畏的脑袋又在盘算什么呢？把家族中的小房一支抹掉……当路易要昂古莱姆公爵迎娶长公主即他的侄女时，他完全明白这一支会后继无人，因为路易十六的女儿不能生育。至于贝里，所有旨在败坏他名誉的宣传活动的主谋就是国王，国王和他的警察机关：是谁在巴黎散布贝里要与布朗夫人结婚的谣言呢？这位夫人连天主教徒也不是，而这样做无非就是不让查理–费迪南成为王朝的希望。这个患足痛风的国王，他究竟想干什么？现在，这次逃亡，这种抛弃……把亲王们丢给埃格泽尔芒，借以掩护路易撤退……不，我的兄长，"我们不会为您白白送命，我们！"必须尽快追上国王，阻止他的图谋……

这次军事会议范围很小，参加者只有亲王父子和马尔蒙。元帅摸不着头脑。国王卫队的先头部队在贝蒂讷，没有别的选择，只有赶去与他们会合，再从那里取道拉巴塞前往里尔，这是最正常的路线，一看地图便知。然而，阿图瓦伯爵竟不顾事实，断言前往里尔的最短路线是走佩尔纳、里莱、罗伯克、梅尔维尔、埃斯泰尔、阿尔芒蒂耶尔……可是这都是些小路，还绕了一个大弯，而队伍一路跋涉，已是鞍马劳顿。贝里公爵担心的是他们手下的贝蒂讷人会怎样，而这一切亲王殿下并不放在心上。他答复儿子说，落在后面的队伍，那些没有坐骑的徒步卫兵、志愿兵，那些深夜到达的部队，比如苏格兰卫队，加上主要的行李，统统打发去贝蒂讷……而他们自己就以这次调遣为掩护，从西面前往里尔，与他们同行的是腊古扎部、拉格朗热的火枪队，以及格拉蒙、诺阿耶、瓦格拉姆的常备亲卫队，当然还有他们自己的护卫队，也就是达马斯的轻骑兵；万一陛下离开里尔城去敦刻尔克，就像离开巴黎前有些人想到的那样，你们一定还记得……我们就可以在半路与陛下会合……

"为什么陛下要离开里尔呢？"马尔蒙问，"那可是唯一可以固守并坚持到联军到来的要塞啊！"他突然想到，亲王殿下想去阿尔芒蒂耶尔，是因为那里靠近边境，而根本不是要去里尔，他这样想，但没有说出口。他又想到那些行李：如果阿图瓦伯爵要去国外，他是不会把行李运到贝蒂讷的……无论如何，这种做法从军事上说是愚蠢的，但在陛下不在的情况下，王弟自然就是王朝的代表，他的意愿便是命令。只有服从。

然而，贝里公爵还在看地图：如果要去埃斯泰尔，借道贝蒂讷就更近，从那儿顺着拉维运河……最后经过莱斯特朗姆直奔埃斯泰尔。唉，这孩子就是什么都搞不清！还得向他解释一番。

对于阿图瓦伯爵来说，最重要的是安全问题。关键是要避开那些可能驻有哗变部队的要塞，或者可能有叛乱部队调动的大路。"什么要塞？"贝里公爵问，"从这里到里尔？您在说什么，我的父亲？"亲王殿下不理会这些问题。取道佩尔纳、梅尔维尔，就等于穿越一些至诚拥戴王朝的地区。查理-费迪南难道忘了去年8月赴诺尔省巡视回来，自己对父亲讲述的当地那些动人事例？那些到处都在流传的93年佩尔纳暴动的英雄故事：即使在恐怖时代最黑暗的时期，不是照样有人高呼"国王万岁！处死革命党人！"吗？亲王殿下小心翼翼地避免说出那年主保瞻礼节暴动的名称，因为"小旺代"这个词难免使他尴尬……他话锋一转，说起了梅尔维尔：那里也是王朝的一个大本营……但他还是避而不说，梅尔维尔只是波拿巴深陷冰天雪地的俄罗斯之时诺尔省旺代的暴动中心之一，他更乐意把"诺尔省旺代"说成"拉勒地区"（以部分言整体）；昨天用晚餐时，就在此地，在圣波尔，不是有人向他们重提那个了不起的梅尔维尔青年路易·弗吕沙尔的故事吗？人们叫他路易十七，因为他在家里是第十七个儿子，他戴一个白纸帽徽，上面写着他的外号，身着一件马车夫的蓝罩衫，上面别着黄纸做的肩章，占领了圣波尔专区政府的所在地。事实上，梅尔维尔是起义的中心。弗吕沙尔在两个省里有近两万武装人员，1814年2月，他们得到了沙皇军队轻骑兵和哥萨克骑兵混编分队的支持，分队的指挥是上校热斯马尔男爵……

"好好看看地图，我的儿子，还有您，元帅阁下……您将看到，在方圆九古里范围内，没有一个村子的名字不在护王起义的光荣册上……我们就好比走进了一个效忠王朝的大森林……事实上，这也是一个森林覆盖的地区……"

"还是一个沼泽区！"贝里公爵咕哝了一句。

最后，阿图瓦伯爵明确表示，在这段时间里，国王卫队中机动性最差、人数又最多的部分，要走大路从南面掩护我们朝里尔进发，从而组成一个盾牌，必要时可以迷惑埃格泽尔芒的骑兵。

马尔蒙望了他一眼。看来亲王殿下为了确保自身的安全,打算抛弃其部队的主力,甚至行李?或许他就不在乎什么行李,反正他有自己的车,车上装了一些神秘的小木桶……马尔蒙无须开口。阿图瓦伯爵从他眼中就看出他在想什么。他说,庄严中透着几分傲慢:"元帅阁下,一个波旁家族的成员,首先应该想到未来,不管作出什么牺牲,甚至毁坏某些东西,首要的是拯救王朝……"他边说边把手搁在他儿子肩膀上,这个生孩子易如呼吸的儿子肩膀上。

于是,在圣波尔,部队集结,组成两个纵队。开往贝蒂讷的纵队接受了莫特马尔先生的大炮,因为这些大炮不适合迅速行动,也不适合另一支纵队要走的道路。这一带只有从贝蒂讷到拉巴塞的大路铺了石板。而且,万一贝蒂讷遭到围攻,这些大炮还能派上用场。说真的,行动的秘密保住了,各支部队的长官都以为走这两条路只是为了加快行军速度,两支纵队最终将会师贝蒂讷,不过,取道里莱的那支队伍将从里莱直接拐向贝蒂讷。

莫特马尔先生对他的表弟莱昂·德·罗什舒阿就是这么说的。他和他的大炮属于前往贝蒂讷的那个纵队。莱昂是拉格朗热手下的火枪兵,被编入了去里莱的纵队。他在街上遇到了图斯坦侯爵,他与这位瓦格拉姆亲卫一起乘车去的博韦,他还是在很年轻的时候就在葡萄牙认识了侯爵。由于侯爵跟他的部队与黑披火枪队同路,故莱昂绝无泄密之虞,就把自己信以为真的事情重复了一遍,即他们要取道里莱前往贝蒂讷。不料听到里莱这个名字,侯爵显得非常激动。巴尔塔扎尔就是在里莱退休住在他妻子的娘家!巴尔塔扎尔是他的内兄谢尔蒙,图斯坦夫人的兄弟。他灵机一动,想赶在纵队的前面,去向亲人问个好。于是,他说服了自己的一位朋友,瑞士百人队的中尉蒙布仑先生,请他作陪,正好蒙布仑有一辆带篷轻便马车,在阿布维尔又交上好运,套了一匹好马。侯爵确信去贝蒂讷,取道里莱是最近的一条道,但这里谁也没有地图,看不出莱昂·德·罗什舒阿的传话有多荒谬。马上出发,又有这匹好马,他们能比亲王殿下快一个小时,等部队上来时归队。

事实上,亲卫队和火枪队要集合,这就提前给了他们半小时,所以,尽管道路泥泞,马车把他们送到里莱时还不到七点半。巴尔塔扎尔大概去了里尔,谢尔蒙夫人从床上被叫起来,她正让传闻搅得心神不宁。传闻是一个陶器商人从里尔连夜赶车今天一早带回来的，仆人已向夫人重复了一遍。怎么回事？里尔的驻军起事了？拉起了三色旗？那么陛下呢？蒙布仑伯爵认为情况很严重，便让图斯坦留下畅叙亲情，自己去打听消息。陶器商人是找不到了，他赶了一夜的路，拉货走了十二古里半，一定是睡觉去了。不过他好像是跟一个马车夫一起到达里莱的，这个人现在大概在市政厅广场下边一个小酒馆里喝点什么凉快一下呢。好，赶紧去找吧！

　　这个时候，护送众亲王和马尔蒙的这部分国王卫队，正走在从圣波尔经佩尔纳前往里莱的路上。这一带与星期四走过的那段路大不相同，图斯坦和蒙布仑两位先生在马车里只顾谈话，没有注意到这一点。这条路两侧种了树，路面起伏不平，穿过树木围隔的田地，一座座小树林相距不远。沿路茅草屋随处可见，但与庇卡底的那些房子截然不同。在这个毗邻佛兰德的阿图瓦地区，已经看不到殿下前几天为之烦恼的那些臭水沟，那种混乱和肮脏。这一带的农舍都用石灰刷成白色，门朝内开，屋内的陈设让人联想起荷兰的绘画，厨房看上去整洁、锃亮，家具和泥砖也光亮照人，保养得很好。那些小村落隐没在树丛间……这一切都是真的，只可惜令阿图瓦伯爵选择这一路线的王朝盖世威望，在这个地方没有得到任何体现。居民事前一点也不知道国王部队要经过这里，所以任何地方都看不到白旗，农民也已下地干活了。曾为国王流过血的佩尔纳只是一个大村落，中央是一个白色房舍环绕的大草场，羊群正在吃草，大家看到的差不多就是这些了。生性容易激动的贝里公爵往常总要顺着纵队来回走动，今天却丢掉了这种小伍长[1]作派，跟谁都不说话。亲卫队的白斗篷在他眼中成了佩尔纳的羊群，他父亲终于把那种不安全感传染给他了，而在此之前，尽管几乎整个部队惶惶不安，他却奇迹般地未受感染。如果听到阿图瓦伯爵在他那辆笨重的、有王室徽章的绿色四轮马车里同阿尔芒·德·波利尼亚克和弗朗索瓦·德斯卡的谈话，不知会有什么感受！

　　圣波尔与里莱相距六古里，差不多只用了两个半小时，但到了这里该好好休息一下了。里莱城坐落在平原中央，到处是大片大片的树丛，就像谢尔蒙住宅周围一样；城市围绕两个方里见长的大广场布局，两个广场之间有一条又短又窄的街道。第一个广场是集市场，有一家看上去还不错的旅店，马尔蒙请殿下在此歇息。但不知是谁告诉殿下，第二个广场下方有一座救济会圣母堂，

① 拿破仑外号之一。

都说很灵验,于是殿下把自己的车驾交给轻骑兵照看,表示想去那里祈祷,正好又逢圣周五耶稣受难日。他内心忧愁不安,这种心情唤醒了他的宗教感情。总的来说,自从波拉斯特罗夫人在英国去世后,查理一直表现出强烈的虔诚。一想到埃格泽尔芒的骑兵,他早上的虔诚有增无减。好吧!马尔蒙想,他要祈祷,就让他祈祷吧!他走进旅店,要来煎鸡蛋和火腿。"今天可是耶稣受难日?"女招待叫了起来。元帅回答说,教皇免除出征军人吃斋,他还朝这个健壮的漂亮姑娘微微一笑,他喜欢这样的姑娘。

贝里公爵殿下陪父亲一直走到圣母堂,自己却不进去,目光被对面一幢奇特的白色砖石房子所吸引。房子建于1631年,这个日期刻在正面,每个数字隔得很开,横里占了整个门面,而且都被圈成花冠状。除此之外,底层是一家小酒馆,雕花的木山墙形成街角,公爵产生了喝啤酒的强烈愿望。那里有某种东西使他想起了伦敦的小酒馆,年轻的时候,王位对他来说是那么遥不可及,那时他可没少去这些酒店厮混。"去喝两杯?"他对拉弗曼内说,后者讨厌这种低俗趣味,但他有一个原则,只有在重大场合才会出面劝阻,再说,总不能阻止亲王接近下层百姓吧。

救济会圣母堂很小,但保留了王朝上一世纪那样的富丽堂皇。阿图瓦伯爵一进去就吃惊不小。只见一个像是前厅的地方昏暗无光,隔着一道坚固的木栅栏,圣殿光明亮堂,十来个男女跪在那里祈祷,几个老妇和乞丐手扶着木栅栏。伯爵猛地觉得自己无权越过这道栅栏,自己没有忏悔,不够纯洁,不应该越过这道黑暗和圣光的分界线。今年复活节怎么过呢?在哪里过?他加入了穷人之列,双手抓住栅栏的长木条,额头抵在上面。在栅栏那边,一位神父跪在祭坛前念诵经文,听不清楚,信众随声应答。这不是望弥撒。耶稣受难日的弥撒在下午举行。亲王殿下听不清祈祷文,也看不清两边墙上的巨幅绘画:他好像认出左边的是一幅奇特的耶稣降架图。不过,他的视力肯定下降了。他在搜寻早年久远的教育留在他记忆中的耶稣受难日和耶稣之死。他记得读过一位小先知的一段话。哪一位小先知呢?我以为是何西阿①吧!这段话里说:以法莲②啊,我将对你做什么呢?犹大啊,我将对你做什么呢?你们的虔诚犹如清晨的浮云,又像短暂不居的朝露。因此我派了先知严厉对待你们,用我说的话把你们处死……他悲叹一声。他把额头更用力地顶在木柱上。他丝毫未注意那些

①《圣经·旧约》希伯来十二个小先知之一。
② 约瑟的次子,意为双倍昌盛,《圣经》中多次用以指代以色列人。

穷苦人已躲开他退到了前厅，对于他们来说，仿佛留在此地，围着这位老爷就是罪过，但他们一点不知道他是法兰西国王的弟弟。这个法兰西国王的弟弟不过是个逃亡者。他又悲叹起来。主啊！主啊！饶恕我们吧，假如我们的虔诚只是朝露……可是，我们不也重建了你的祭坛，我们不也把圣像重新放回街角空空的壁龛，放回路旁被遗弃的小教堂？可是，你让那些不信教的人赢过我们，而且，为了惩罚我们，你召回了竟敢在罗马城劫持大司祭的人……今天是你被钉在十字架上的日子，难道你没有看见我们也被钉在十字架上受难吗？我的天主，饶恕我吧，我在责备你，而别人正在竖起十字架，我听见了锤子和钉子的声音……他低声重复圣约翰①讲述耶稣受难史的开头几句：当时，耶稣这样祷告后，跟门徒一道出去越过了汲沦溪。那地方有一个园子，耶稣和门徒都进去。出卖耶稣的犹大也知道那地方……一想到埃格泽尔芒的骑兵，他就忧心如焚。他们也知道这个地方吗？汲沦溪在哪儿，法兰西的儿子们将在哪儿渡过它？天主啊！天主，饶恕我拿不可比的事情做了比较，这是亵渎神明……

　　黑披火枪手和亲卫兵牵着马在两个广场上集结，形成了一个庞大的营地，这阵势远非平常的集市可比。他们提水饮马，在里莱委实很方便，城里到处是喷泉，几乎家家都有水井。当地人都以此为豪，但一说起贝蒂讷，就脸露不屑，那里的人喝蓄水池里的水……饮完马以后，留一人看管十匹马，十个骑卫有九个进了旅馆、酒店，还有去私人住宅的，居民们招呼他们，请他们吃东西解饿。是的，这里的人有些偏爱国王卫队，帝国时代给他们留下极坏的记忆，确切地说，当年皇帝派兵驻守，控制人心，说当地人思想叛逆，年轻人几乎个个桀骜不驯，不受管束。就这样，当贝里公爵带着两个陪同走进救济院圣母堂对面的小酒店时，里面挤满了亲卫兵和火枪手。大家认出了他，恭恭敬敬地闪开，给他让道。只有瑞士百人队的一名卫士没有动窝，他背对公爵，看样子非常激动，正比比画画地跟人说着话，跟他说话的人留着小胡子，脏了吧唧，脸也没有刮干净，头戴俄国便帽，帽耳下垂，外套一件撕破的羊皮袄，敞着怀，露出大褂似的罩衣，皮袄磨得油光发亮，破裂处探出一缕缕污脏的羊毛。公爵正要申诉那个没有避让的无礼小伙，不料小伙正好转过身来，公爵认出此人年纪跟自己相仿，原来是蒙布仑先生，公爵曾多次邀请他一起打猎，就因为这位先生有个脸蛋漂亮的表妹。"您在这里干吗，蒙布仑先生？"他惊叹道，"您跟

———————
① 耶稣十二使徒之一，又译圣若望。

谁在一起呀？"因为说实在的，跟他说话的人不是穷鬼就是强盗……蒙布仑先生向殿下行礼，赶紧解释。这伙计……这伙计微微一笑，这微笑中含有几分挑衅……看来这伙计不知道站在他面前的这个人是谁……这伙么，他可是从里尔来的，运来了一车陶器，他说那里的驻军已经反水，拉起了三色旗，民众也追随他们……贝里听着气得跳了起来，扑上去抓住这伙计的羊皮袄，边摇晃边喊道："你这张嘴净说谎话，乡巴佬！"当蒙布仑说出殿下的身份时，乡巴佬已粗暴而又傲慢地挣脱开去。蒙布仑的话看来对他并无多大作用，也许只是阻止他做出后果严重的肢体反应。此人两眼盯着亲王，开口说话了，由于疲劳和困倦，声音嘶哑："我只是回答了这位先生向我提出的问题，殿下，看来他是您的朋友。"放肆！南图伊走上前来，必须把这个人抓起来，派人审问，查清楚他的来历……周围的亲卫兵一拥而上，剑拔弩张。贝里突然做了一个他觉得很正常的、起码也是经过考虑的手势："别碰他！"他说，一边用手分开人群，"我自己来问……"说着转身面对那个狂怒的人："好吧，朋友，先说说您是谁？我们怎样才能相信您？……"

那个人放下交叉在胸前的双臂，回答道："我不求你们信任，殿下，相信我还是不相信我，悉听尊便：那边的驻军已举起了三色旗，城里近一万人马，一说起国王卫队可能开进里尔城，个个义愤填膺……我在街上听见一个胸甲骑兵队军官说，如果国王卫队兵临城下，就放他们进来，割断他们的喉咙，叫他们横尸街头……"

陌生人神情傲慢，出言不俗，与身上的衣衫极不相称，这使贝里公爵改变了主意。公爵说道，声音依然威严，但语气却缓和了下来："敢问先生尊姓大名……从何而来……"

陌生人脸上的表情难以名状："殿下，我的名字大概不会告诉您什么……至于我从何而来……这倒是……我从西伯利亚因希姆河畔的彼得罗巴甫洛夫斯克要塞来到这里……"按自己的习惯，贝里公爵很可能就要惊呼：原来是波拿巴手下的一个强盗！不料有个刚来的人竟不顾礼仪大叫："彼得罗巴甫洛夫斯克！"那个惊讶的语气把众人的目光都吸引过去了。

来人是图斯坦侯爵，他听说国王的骑兵到了，就来寻找蒙布仑，而这个远方要塞的名字勾起了他对往事的记忆，使他想起上世纪末他和伯父维奥梅尼尔先生被沙皇保罗一世流放到彼得罗巴甫洛夫斯克的事。他赶紧向王子殿下作了这番解释，请他原谅自己的唐突。而他的解释突然间似乎证实了陌生人所说的……如果真有彼得罗巴甫洛夫斯克这个地方，如果图斯坦侯爵能证明这遥远的存在，证明维奥梅尼尔元帅1789年在那里待过，那我们就应该认真考虑这个怪人的话了，也许应对他有所信任……要不要带他去见阿图瓦伯爵亲王殿下呢？无论如何不能让他在部队面前谈论这么严重的事情……"先生们？"贝里伯爵问，声音停顿了一下，他那缩脖大脑袋在衣领里转动，那对金鱼眼好像在寻找什么人，"这里谁是指挥，先生们？"看到周围的人大都佩戴绿色玫瑰花形徽章，便补充道："你们是格拉蒙亲卫队的，长官在哪里？先生们！"

有人朝门口移动，仿佛要找的人就在不远处，果然，要找的军官被立马带到，此人不折不扣是从街上跑着来的，他就在对面圣母堂门口，负责亲王殿下出行的警戒，当时殿下正专心于虔诚祈祷。"啊，雷泽，是您吗？"王子殿下说。"派人带他去旅店，让我父亲……"

穿羊皮袄的人面露惊讶之色，但瞬间就平静下来，他向门口走去："我一定去，殿下……"他恭恭敬敬地说，但从他那炯炯目光看出，这恭敬是装出来的。"用不着给我指路……不就是另一个广场上的那家旅店吗？"

众人给他让出一条路，就像允许他走似的，贝里只是朝他喊道："您忘了回答我……您的名字？"

"我是，"此人说，"西蒙·里夏尔上尉，第二轻骑兵团的。但是，雷泽先生，我没有听错您的名字吧？请您别碰我……我讨厌挨得这么近……"他一把推开了托尼搁在他肩膀上的手。

亲王殿下、他的儿子和马尔蒙元帅，听完了这个从俘虏营回来的上尉所述，三人待在旅店里，面面相觑，忧心忡忡。上尉提供的证词不容置疑，细节也非常确切，此人不是那种可从衣帽予以判断的人。下一步该怎么办呢？继续朝里尔进发，但这要冒与人数超过我方的反叛部队遭遇的危险，而在这里的国王卫队尚不足一千五百人……最好还是转向贝蒂讷，在那里至少还可以对那些实在带不走的人员发号施令，再说还有行李、车辆、马匹。说真的，亲王殿下自己的财物随身带着，他那辆马车里堆满的小木桶便是。因为他一路都是坐车。只是不时叫人牵匹马过来骑骑，一来，松松筋骨，二来也好在队伍前露露面。不管怎么说，到了贝蒂讷，很快就能知道该怎么办了。可能有陛下的信件？唔，关于这一点，亲王殿下心存怀疑。好了，离贝蒂讷有多远？三古里多一

点……骑马十点钟左右就到了。还有时间考虑。也许可以派一支先头小分队去
里尔……或者跟莫特马尔的炮队一起去……万一国王还在里尔呢? 而这个叫
里夏尔的上尉却认为国王已经离开。但这不过是道听途说,不足为凭。他并
没有看见,所谓看见,就是亲眼看见国王走暗道离城。别人对他说的……是
一些从那边回来的人……可能这些人把自己的希望当成了现实,或者国王是
去散步? 你真笨,我的儿子。情势如此,国王会去散步? 但有可能去视察另一
座兵营……私下里希望找到支持,以对付那些胸甲骑兵……就我们之间说说,
莫蒂埃这个人我真的一点也弄不懂! 他不懂用纪律约束他指挥的军队,难道
不是吗? 总之,如果陛下已经走了……他离开里尔会去哪里呢? 元帅阁下,今
天上午您就说过,等待联军到来,没有比里尔更合适的地方了。这个上尉断言
路易十八已经走了,其实他根本说不清国王去了哪儿,可能是他搞错了……
说到底,这事怕是没有人知道了。不巧的是,刚刚向各支人马下达了行军的命
令,并指定了前往里尔这一路上的宿营地,现在又无撤销命令的理由……算
了! 改变方向吧,就这样,如果有人感到奇怪……再说,从圣波尔出发时,我
们采取了明智的做法,放出风声,说要在贝蒂讷与洛里斯东和拉罗什雅克兰会
合……刚才酒馆里那些亲卫兵的议论无足轻重,况且,他们究竟知道什么? 听
到了什么? 只相信什么? 啊! 有了,有个主意。只是一个主意。随便找个理由把
雷泽先生叫来,顺便告诉他,改变方向是收到国王来信后的结果,就像是透
个底,但不要过分强调保密……这说得过去,因为我们很久没有收到国王的信
函了……国王在信里不希望卫队直接前往里尔……这是他的愿望……如果陛
下……那就让大家去议论好了,总比议论我们的命令来得强。因为,这里是谁
指挥? 是您,元帅阁下。以我的名义,但实际指挥的是您。

　　行动吧,先集合队伍。元帅阁下,下命令吧……很好。阿图瓦伯爵在他的
绿色轿式马车里坐好,阿尔芒·德·波利尼亚克拦住一个从软垫长凳上掉下的
小木桶,不让它滚落车外,并把它固定在自己边上,弗朗索瓦·德斯卡坐在他
们对面。

　　那个穿羊皮袄的看到骑兵们上了马,不禁微微一笑,嘴里咕哝些什么。
然后就去了陶器商家,那匹红棕马就在他家车棚里歇息。他头上那顶软帽
的两个帽耳晃来晃去。现在,西蒙·里夏尔上尉对自己有绝对的信心。他可
以回到索姆河谷。甚至重新成为奥利维埃伯爵。因为他已经当面看见了安托
万·德·雷泽旅长,肩头甚至感觉到那个托尼的手,他没有颤动,不再想扑到

他身上，把他杀死……用这双手残忍地把他杀死。

现在，一切都是可能的了。

可是，布朗什呢，我心里想，她会不会变，跟他一样，变得笨重、臃肿？现在她该有多大年纪了？1802年时她是十八岁。当然，她生于1784年。十八加十三……这可能吗？已经三十一岁了？一个成熟的女人。既然他见到的这个托尼已是双下巴，眼角也有了鱼尾纹……可以肯定，就是看见布朗什也认不出她来了，三十一岁……在因希姆河畔，有些女人到了这个年纪，已经是老妪模样了……

至于那几个孩子，真不知从何说起。我认得他们吗？

"您讲的我都认真听了，"泰奥多尔对少校，也就是对主人说，"从昨天晚上起，您讲了许多我所不知道的事情，帮我理解在普瓦听到的那些道理。可我还是没有多大长进，还是拿不定主意……"

他们在城里溜达，先在钟楼拐角上军官们常去的咖啡馆里坐了片刻，咖啡馆就在紧挨钟楼的一幢房子里，大广场上的景象看在眼里，瑞士百人队、亲卫队和近卫骑兵队都在那里扎营。今天早上，在城墙和各城门站岗警卫的是火枪队。市政厅前架着两门大炮，守在大炮周围的是掷弹兵。眼前的一切，错杂纷乱，再加上城里的居民、丢在那里的车辆，而各道城门又都关着，可谓乱上添乱。且不说那些从博韦返回的大车，车里干草上还睡着刚到的志愿兵；广场四周窗户上挂着的白旗被雨淋得褪了色，叫人欲看不忍。从早上八点半开始，从圣波尔步行来的士兵开始陆续到达，在城门口费了一番口舌才进得城来。贝蒂讷的孩子奔跑，像过节似的跟在边上，玩独脚跳，玩跳山羊，嘴里高喊法利科—法利布莱特！

"如果我只能在拿破仑和路易十八之间作出选择，"火枪手继续说道，"那么，一个逃跑，另一个得到了军队的支持，也许仅仅这一事实便会影响我的决定……但我清楚地看到还有第三条路。不合常理的是您给我指出了这条路，如果我选择这条路，您又没法让我相信是何理由促使我作出这一选择。因为就连这样一个问题您都回答不了，这个问题还是那个粗鲁的乌德托当着我的面提出来的。他问：'为什么皇帝要招卡尔诺入阁，还要用伯爵的封号折磨他呢？'"

少校抽着烟斗，耸了耸肩。信任不信任卡尔诺，这个始终如一的共和主义者,这很重要吗?卡尔诺出现在皇帝身边,这意味着军队和人民的结合,这才是最重要的。

"乌德托说,拿破仑就是以此表明,他拒绝当下等人的皇帝……他是从他那个阶层来看问题的,我呢……我非常理解您的看法,只有把武器交给人民,法兰西才能抵御贵族和盟国,抵御阴谋家和外国军队,拿破仑会这样做吗?难道您没有看到,现在该轮到拿破仑给法国另外制订一部宪章了,他将称之为宪法,然后呢?他们还是一如既往过着金迷纸醉、花天酒地的生活,而人民则继续饿死。军队如果打了胜仗,就用来恐吓人民;如果被外国打败了,就住进破破烂烂的兵营,就这么简单。今天高喊国王万岁!明天山呼皇帝万岁!就这样周而复始。这里头有我什么事呢?如果还我自由,我恐怕要回家父那儿。我将重新拿起画笔,那才是我的工作,我不是面包师,不是大车夫,也不是铁匠。我愿在拿破仑治下从事绘画,还是喜欢在路易国王统治下画画?拿破仑要人家替他画像,但画要经过德农男爵审查,画中不能出现令皇帝妒忌的人物……路易国王则嘉奖那些歌颂亨利四世的优秀习作,或符合王朝利益的宗教题材画。在我们有生之年,事情就这样一成不变?如何促成世道改变?或者这是奥吉亚斯的牛圈①,谁都无能为力,甚至连海格力斯②……"

少校说,应当相信世界能够改变。革命……我们看到的一切……当然,事情不会一帆风顺,会有曲折、失败,不过……

"革命……也许吧!除了我听到的议论外,您还希望我怎么想呢?是的,我们的父辈,"说到这里,泰奥多尔觉得自己脸红了,他想起了父亲,"总之,像您这岁数的人,无疑相信世界会有一个真正的改天换地的变化。各种各样高尚伟大的思想……要导致什么结果呢?导致血流成河,导致种种犯罪。不,别打断我!别人讲的不可能全是谎言。即使罗伯斯庇尔说得在理……我有个舅舅,曾投票处死国王,但他从未要我相信他的做法是对的。犯罪引来犯罪,以罪罚罪,终归还是犯罪。再说,皇帝造成血流成河,与之相比,雅各宾派制造的流血又算得了什么?听着,我瞧不起当甘公爵……这不是问题所在,但是,拿破仑……您会对我说,王朝建立在不变的反人民罪之上,对,您说得对!可皇帝呢?人民想要什么?他们为什么感到厌倦?他们为什么灰心丧气?他们非

_____

① 据希腊神话,厄利斯国王奥吉亚斯的牛圈养有三千头牛,三十年未打扫,粪秽堆积如山。
② 希腊神话中的大力神,曾在十二年中完成了十二项业绩,其中之一是引来河水灌入奥吉亚斯牛圈,将三十年积粪冲洗干净。

但得不到休养生息，反而遭受了二十年战争之苦，还要忍受一个史无前例的警察机构。也许时局不可逆转，正要登上宝座的波拿巴建立了这个警察机构，它是必要的，这我知道，但它侵扰我们，其触角伸到生活的每个角落，压制、挑动……警察机构因自由而生。它既为了捍卫自由，也为了限制自由。拿破仑回来了，这不是他的胜利，也不是人民的胜利，而是富歇的胜利……"

他滔滔不绝地说着。目光注视着屋子里那一大堆凌乱不堪的行头，其中有军装、头盔和熊皮高帽，有镶了饰边绶带的各色服装，金闪闪的十分幼稚可笑，还有浮夸虚荣的肩章，以及金色流苏、缎带、羽翎等奇异饰品，就跟马戏团里的马儿佩戴的一样。这一套浮华俗气的东西，他自己也曾迷恋过……

"不，"少校突然发火，说道，"富歇不代表全部警察，他只代表一支警察，一个派系的警察……我不知道今天把他放在卡尔诺手下是出于什么考虑……但是如果今天有人赢了，怎么能否定这是军队的胜利呢？这是明摆着的事，即使在这里，白衣卫队和红衣卫队在城里扎营，莫尼德先生不得不禁止当地驻军离开营房，以防……您也看见了，那些佩戴三色帽徽的军官坐车穿过广场，谁都不敢招惹他们！"

"不是三色帽徽就是白色帽徽，"泰奥多尔喊道，"这就是您给我提供的全部选择！如果帝国的国旗今天主要意味着军队，而不是警察，那是因为军队不是人民的军队，而是支持政府的力量，是波拿巴将军的统治工具！不错，断头台已从广场上消失了，但他们把年轻人编入军队，把他们派往欧洲各地充当宪兵，维持秩序。不打内战了，但对外征战则更频繁了。这就是我面临的全部选择，以这种或那种借口去杀戮……不是混乱就是战争，看不到别的前景！天哪，难道就一直这样下去吗？每看见一个人，总免不了想到他死去的、血淋淋的模样……不管他属于这派还是那派……您瞧啊，他的嘴巴歪了，两眼翻白，脸色黯淡下来，变得灰白……啊，我将同受害的人在一起！您生命的色彩并非美的色彩，而是痛苦的色彩，是死亡的寂静！"

少校耸耸肩。他们就是这样，这些艺术家！整天美呀美的……可这不是看问题的角度。死亡，怎么会是这样！他们把什么都搅混了，他们身陷矛盾，不能自拔，就像布里丹的驴子……"喂，您知道布里丹的驴子这个故事吧……左右为难，跟您一样，不知道是喝水好还是吃小麦好……两边都吸引它，结果就待在原地不动了。您知道，布里丹是贝蒂讷人……"

泰奥多尔感到对方的声音中带着一丝轻蔑。说真的，他的问题不是布里丹的问题：他感到帝国和王朝都令他厌恶，就这么简单。少校看出画家的脑海里在想什么，但他还是继续说："这里的驴可不是在传统王位和帝国宝座之间犹豫，您难道不明白吗？而是在流亡和法兰西之间犹豫……"

法兰西！也许唯有这个字眼才能使这个只有火枪手军服的火枪手，这个被人拉离画布和自我的画家踌躇不决。他曾经生活在这样一些人中间，对于这些人来说，当一个人离开了法兰西，当国王流亡国外时，法兰西就不再是法兰西了。他突然想起了在卡鲁塞尔广场遇见的逃兵，想起了那些下不了决心追随国王前往边境的外省小贵族……难道他们是对的？

"在这个世纪，没有我走的路，"泰奥多尔又说，他仿佛在看街道尽头什么地方，寻找在这里无法看到的东西。"以后，也许……当人们解决了那些我怎么也不会感兴趣的纷争。以后……我就去画画，就这样。什么，现在这还是个谜，说不清楚。人民生活在那些以杀人，以屠杀人民为荣的人身边，得不到保护。但在我的画中，我要给人民留出应有的位置。他们将以其所是占据我的画作：没有希望，力量耗尽，他们的美被糟蹋……"他边说边构思，可这算什么，思想，这不就是一时之想吗？"我想讲述一些故事，用颜色和阴影来讲述一些故事。为的是不再听到苦役犯监狱里铁镣拖地的声响。一些我们能懂的故事，一些新的苦难的故事。而且，我知道大家会去看我的画，发表议论，引起报章杂志的重视，过后，眼光就会变化，绘画也一样。大家就不再去理解我，只会谈论我的绘画手法，再也不理解我以前及后来说过的话。瞧，1813年的士兵已不是原来的模样，他们的感情也已过时，让位给别的……我们能跟上不断变化的思想吗？大卫是为永恒而画。我呢，我本想成为描绘变化中事物的画家，描绘捕捉到的瞬间……看看耶稣受难日的贝蒂讷……没有人，永远没有人会描绘此情此景。必须放弃这个主意。事前就要放弃。终有一天，画家将变成智者。他们将满足于画一只高脚盘和一些水果。我将等不到这一天。见鬼，在此之前，我就已死去……"

"我不懂您讲的东西，"少校说。"我呢，如果我是您，我就到里瓦热街旧货店买套便服……"

正说着，外面传来一阵喧哗，有人奔跑，拴在一起的马匹掉头嘶叫，军鼓敲响，力图为那些累得要死的人和坐骑鼓励打气。大家看见达武先生的轻骑兵从圣瓦阿斯特街跑出来，还有马尔蒙元帅和贝里公爵，后面跟着拉格朗热先生的黑披火枪手，接着是一大片白斗篷，亲卫兵……亲王殿下的四轮马车，殿下从车门口探出头来……亲卫兵……马车，还是马车，黄的、绿的、黑的……载着这些大人的行李、神气活现的仆役。

　　亲王们正从里莱来到这里，走的是肖克大路。还要走三又四分之一古里。路是长了些，但主要还是害怕。有的亲王了解或猜到情况有变，他们感到害怕。还有的不了解情况，却因路线改变，突然转身掉头而惶恐不安。害怕埃格泽尔芒，害怕帝国的军队。队伍进入贝蒂讷城时，眼前突然出现一片混乱和疲沓的景象，仿佛看到了镜子中的自己，国王卫队各支人马已是七零八落，自卫又自卫不了，要逃又逃不远。在这座城市里，城墙之内，城门已奉命关闭，处处筑垒设障，城头有哨兵巡视，前沿工事有哨所警备。这一路上有什么好说的呢？他们从里莱出来，走了一段时间，走进一片树林，穿过几个牧场。在肖克，塞扎尔·德·夏特吕感到口渴，下马走进消防队员咖啡馆喝点什么……有人告诉他，正好在那几天，当地一个农场主找人在花园里打井找水，挖了八十古尺深，冷不防一股泉水喷将出来，水柱非常高，昨天又起了大风，喷出的水被刮上了屋顶，真是厄运临头。这个倒霉蛋气急败坏，直扯自己的头发，还说：准是大白天撞见鬼了！倒是有人想到把管子换了，换了一根两通管，水柱的高度就降低了，乖乖地降到低于屋顶的高度，马上要在喷泉周围修个水池……您不想去瞧瞧吗，这位长官？不，长官重又上马，他想起了拉贝杜瓦耶，心中苦涩，反复念叨那个挖井的倒霉蛋说的那句怪话：准是大白天撞见鬼了！

　　贝蒂讷越来越近，土地渐渐变成了白垩质。远处，城市全景在目：圣瓦阿斯特教堂、城堡、钟楼……从这里望去，但见城市矗立在岩石之上，城墙蜿蜒，桥隧壮观。右边，往北，有几片小树林，之间有空地相隔；再远处，山冈起伏，原野已经返青……塞扎尔·德·夏特吕在想些什么呢？他双目紧闭，任马驮着前行。他又看到了夏尔·拉贝杜瓦耶的身影……我们也一样，我们的叔父也是用让-雅克·卢梭的思想教育我们，但是最漂亮的话语也丝毫不能为不忠之人辩解……

　　啊，让我们也把眼睛闭上吧！我用无力的手掌揉着左右眼皮。未来，就在这半睡半醒的状态中形成了。这次不是一个人的未来。别拿您的妹夫烦扰我，夏特吕先生，我不知道这个将要被枪决的拉贝杜瓦耶会是什么模样。那样子就像您被枪决时一样吧？不，这不是您的未来。不，这是我刚刚闭目不见的这片景色的未来。

让我转身看看这未来，转向这边或那边，朝南，那是马尔勒和布律埃昂-阿图瓦，或者更远处，东边，是纳镇，以及这整个隐约可见的地区……或者转向另一边，从戈姆安到奥布兰盖姆、旺丹、安纳赞……大自然的这种散乱无序意味着什么呢？平原之上隆起黑黝黝的山峦，峦峰形状奇特，弯如曲臂，有些山冈已重披绿装，像人一样从容洒脱。到处都有一些让人看不懂的建筑，有几何形的，也有半月形的；人住的宅子都很小，用深色的砖砌成，看上去一个样式，这是一长串红黑两色的破屋旧房，单调生厌。没有一点东西能唤起对往昔的回忆，连教堂也一样，这一切多少次被毁，又多少次被廉价地重建，只为在两个工作日之间能睡个觉。虽说也有一些巴掌大的巴洛克院落、坡屋、垃圾堆放处；房舍边上养着花卉，还有为香豌豆搭的架杆，房子的墙上涂有彩色大广告，夸耀针织内衣、葡萄酒或矿泉水……您见过被火赶跑的蚂蚁聚在一起重建蚁穴的场面吗？您见过它们背蚁卵和庞大无比的枝条坚忍不拔地工作吗？

在这个地方，"黑"是主宰。它进入眼睛、指甲缝和皮肤的孔隙，它渗进肺里。它堆起了这些被称为矸石的庞大如山的煤粉。从土地里升起的黑色黏稠的煤浆，就像黑暗里的喘息，从苍白的嘴巴里出来，染黑鼻膜、双手、道路，也染黑童年的梦想和早衰的晚年。什么都没有了，过往的一切荡然无存。通航的河道弯弯曲曲，运河载着长长的平底船，"黑"稳坐船上，沉思默想。过去的都已消逝。人所遇到的问题各不相同，除了疲劳和饥饿。他们用粉笔或白漆在墙头写下奇大无比的字母：支持一个不愿在德国将军指挥下打仗的伙伴，反对议员，反对某场战争，却支持那场远方的战争；还刷上一些时新的符号，呼吁某个将军上台执政，或者宣告三个箭头、镰刀和锤子的联合……一切都好像源于地球深处的发现，那遍布原野的煤。甚至那些巨大的轮式输送机，那些红色的车辆，那些只有在超大企业才适用的非马拉大型卡车。未来。他在路易十八和拿破仑之间作出选择了吗？这种洪水后的混乱，谁来治理呢？人民吗？这些黑黝黝的山冈属于谁呢？这些复杂的机器属于谁呢？

一百年，一百四十多年过去了……沧海桑田，什么都变了。人与人的关系，他们的内心世界、他们的生活、风光景色。就连那些看似永恒的东西，也都变了。这一切都可以画出来。有一些画家就专门描绘这样的事物。描绘生与死。描绘失望和愤怒。然而，也有的东西无法画下来。那就是变化。在大地腹部和人们头脑中的变化。

塞扎尔·德·夏特吕睁开眼睛，望着眼前的一切。原野。平坦的耕地、尚未长出新叶的小树林、荆棘丛、绿野里刚出土的幼苗。

面前的贝蒂讷就像一棵被扒掉了叶子的灰色大菜蓟……塞扎尔转身遥望，远处并无埃格泽尔芒的骑兵追来。跟所有的人一样，对，跟所有的人一样，他感到焦虑，因为他看不见他们的影子，但又确知这些骑兵在某个地方，在酝酿不知什么险恶的行动，随时扑向国王卫队。可是，在他身后，塞扎尔只看到拖沓、疲惫、惶惶不安的国王骑兵，他们身上的白色斗篷、帽盔、红色肋状盘花纽军上衣。平原。平展如我的手掌，只有些光秃的小树林。为什么你希望看到另一番景象呢？平原。没有曲如弯臂的黑色三角状山丘……你说什么？3月的平原已经泛青，夹杂着斑斑白垩。它向来如此，将来还是这样子。

离城渐近，只见路上驶来一辆带长凳的载人马车，红色和浅灰褐色条纹布的顶篷，挂着花彩天盖，像是参加婚礼的彩车。车上挤满了人，高声叫嚷，兴高采烈。都穿着军装。车夫座上，踏板上，长凳上都挤满了参加婚礼的客人，还有的站在长凳之间。车夫是个中尉，扬鞭赶着拉这一车人的四匹马。全都是军官，他们怎么啦？喝醉了？走近了，看见他们人人佩戴着三色徽章，从目瞪口呆的卫队边上经过，响起一阵笑声和铃铛声，一边高喊："皇帝万岁！"他们要去哪里？谁说得出来……

贝里公爵差一点驱马冲上去，但拉费罗内的一句话使他停了下来。他讲得对，前面后面的情况都不明，贝蒂讷城里发生了什么事？谁知道这些是不是去找埃格泽尔芒？奇耻大辱。大滴的泪珠又一次涌上亲王的双眼，他的血脉里流淌着波旁家族的未来。

亲王的部队从埃尔门入城，经过纺织品市场，在忧伤的鼓声中穿过大广场，车辆行进在凹凸不平的铺石路上，咯噔咯噔作响，骑兵们一脸的失败和恐慌，人疲马乏。大家都不想说话。平民和士兵混杂的人群、徒步的志愿兵、在长时间歇息中松懈下来的亲卫兵、在市府门前值班站岗的掷弹兵、咖啡馆里突然起立的顾客，所有的人都明白大难已经临头。可是，到底发生了什么呢？大家看见马尔蒙元帅骑马走在头里，他要把手下的人马带到哪里去呢？难道他不会停下来，他来到这里不就是要集结国王卫队，召集四散的各部人马，重组忠君的部队，把他们带往里尔，带向国王？

可是，他们走了，就像一支穿城而过不留下宿营的队伍。这是什么意思呢？这个疑问不只出现在军人和平民堆中，不只出现在马路上，窗口前和咖啡馆里，它犹如一种恐怖，盘踞在这支队伍里，而这些骑兵被狭窄的街道挤压成一堆，正踏步缓缓穿过惶惶不安的人群。这些骑兵从黎明起已走了近十古里路，莫名其妙地改变路线，转向他们还以为是目的地的贝蒂讷，现在看来，他们要被带往更远的地方，开赴当地守军已经哗变的里尔，因为队伍一出广场，便走大头街，进入阿拉斯街……

　　洛里斯东副统领在市政府里，与他一起的还有专区区长、市长以及莫尔德先生。他从窗口看到了骑兵这一幕，却一点也看不明白。哦，必须通知亲王殿下和元帅！他们不知道。他们不知道有特雷维佐公爵的信件！专区区长迪普拉凯先生急忙跑下楼，后面跟着几位官员。他们拼命奔跑，分开人群，冲进马队，赶上了阿图瓦伯爵的马车，伯爵的车子已经驶入窄街对面的阿拉斯街，大家看见迪普拉凯先生脱帽行礼。亲王殿下从东门窗口朝车夫做了一个手势，车闸吱嘎作响，轮子刮擦铺石路面。出什么事了？前面的人马还在前进，后面的马却因骑手提起缰绳，以致在机械行进中收不住脚步，臀部互相碰撞起来。殿下叫来一名轻骑兵，这个士兵借着房舍和队列之间勉强能过的那点空当，顺着狭窄的街道跑去通知队伍头里的元帅和贝里王子殿下……出什么事了？亲王殿下的车辆无法掉头。弗朗索瓦·德斯卡和阿尔芒·德·波利尼亚克先后跳下车，波利尼亚克把手伸给阿图瓦伯爵，伯爵下了车，戴上羽翎两角帽。

　　下达了几道简短的命令，马儿后退，几个骑兵跳下马来。亲王们、拉格朗热先生、元帅、一大帮认不出来的将军，他们在迪普拉凯先生和他那些比比画画、点头哈腰的同僚陪同下返回广场，来到市府的台阶前，洛里斯东先生在那里迎候……

　　塞扎尔·德·夏特吕在市府门前集合了一支轻骑兵分队，只见掷弹兵左右闪开，举刀致敬。市府里出了什么事？不好解释的是临到最后一刻下的这道命令，说是队伍在贝蒂讷不作停留，还说派出一名信使，给当地驻军司令送去马尔蒙的一封信。塞扎尔摸不着头脑。他岳父也不可能告诉他什么。达马斯先生病了，别人让他上了后面的马车，他什么也不知道。他乘的是一辆黄色双座四轮轿式马车，车上装着轻骑兵统领和他女婿的箱子，队里的财务室德尚前来取他装账本的纸盒，看到纸盒在银器筐上来回移动。塞扎尔望着被返回的人马挤得更加拥堵的大广场。他看见表兄路易·拉罗什雅克兰走过大广场，他是被召到市政府商量事情的。塞扎尔目睹这无序和混乱，眼睛变得模糊起来。他想到埃格泽尔芒的骑兵可能在四周转悠，如果不马上出城，他们就将包围这座城市。在去里尔的路上，我们还会遇到谁呢？到处都有驻军活动。谁在发号施令？谁？

接下来，他眼前只剩夏尔·拉贝杜瓦耶的形象了，这个风度翩翩的家伙，塞扎尔原来以为已把他争取到王朝一边。拉贝杜瓦耶春风得意，举止优雅，出言傲慢，笑容满面……秋天到来的时候他就要被枪毙。然而，万一他就在追兵里头？万一他们迎面相遇呢？

"我们不要待在这儿，"少校对泰奥多尔说，"去我家吧，我们可以在部队重新行动之前到我店里。您的马就在边上，万一……"

他们出了大头街，走过陶器店，来到窄街。泰奥多尔想看看特里克是否缺什么。那里一样有返回的亲卫兵，托凯纳先生的所在挤满了战马和下马的亲卫，铁匠铺的人正在给他们倒喝的。这是诺阿耶的亲卫兵，身穿镶蓝滚绦的军装。能休息一下，大家都很高兴，嘻嘻哈哈的，十分亲热。就像对待新来者一样，人家也给特里克送去一份燕麦饲料。大家用当地的绿葡萄酒为国王健康干杯。泰奥多尔看看是谁，为国王干杯的有亲卫兵，也有贝蒂讷的工人。

"您不来一杯，我的朋友？"

一个高个子青年给泰奥多尔递了一杯酒，此人一头金褐色头发，尖鼻子，头发卷曲成绺。他们互通姓名。画家不觉得这个卫兵的名字有什么特别，又一个把自己的名字加长了的外省小贵族。他是马孔地方的人，一个乐天派，他的快活富有感染力，这在当时并不多见。反过来，泰奥多尔这个姓氏对方并不陌生。"您是画家的亲戚吗？"他问，泰奥多尔脸红了，目光移向别处，嘴里低声说他是画家本人。"啊，"亲卫兵说，"先生，那就让我们在这个工场，在这些对艺术一窍不通的好小伙中间为艺术干杯吧！您知道福尔班伯爵的画吗？除了描绘他的女儿马塞吕夫人的美貌，他还画风景，以独特的方式再现洛林人克洛德·热莱[1]描绘过的主题。他是我们家的一个朋友……不过，他的画带有某种意大利的东西，对此我特别感谢他……啊，意大利，先生，要是没去过意大利旅行，您就永远不是一个真正的画家。您从未到过意大利吗？让我们为阿尔卑斯山那一边的迷人事物干杯，为在那里，在意大利等待着您的东西干杯！"

泰奥多尔猛地想到这个亲卫兵刚才自报的姓名，但他不能完全肯定自己

---

① 克洛德·热莱（1600—1682），法国画家和雕刻家。

没有弄错，不过，卫兵在说"意大利"这个词时的口音仿佛使他想起了什么："如果我没有听错的话，您是普拉克先生吧? 麻烦您再说一遍……"

"没错，"那个人说，"阿尔方斯·德·普拉·德·拉马丁，热里科先生，但是您还没有回答我: 您总有一天要去意大利吧? "接着，他想了一下，又问："先生，您偶然也读过我的诗吧? "

"确切说没有，"泰奥多尔回答。"不过，有人给朗诵过。一位姑娘……"

"是吗? 我的诗往往受到小姐们青睐，这倒是真的……"

泰奥多尔想: 那就未必是诗了。

在市府大厅里，这次会议不再是小范围的参谋部会议，而是王弟、贝里王子殿下和元帅周围各路长官的一次齐集。到场的有洛里斯东和拉格朗热、莫特马尔公爵、路易·德·拉罗什雅克兰、艾蒂安·德·迪尔福尔、长矛轻骑兵团统领韦尔热纳伯爵、志愿兵指挥德律奥尔特上校、莫尔德先生，以及地方政府官员德拉洛先生和迪普拉凯先生、贝纳斯特侯爵……这是一次临时性会议，没有召集人，会议乱无头绪。王弟派人把夏尔·德·达马斯叫来，达马斯本来以为自己发烧，就留在广场上的双座四轮轿式马车里。最后他还是上楼加入了这场没有指挥的大合唱。

事到如今，面对陛下已走的消息，国王卫队的真实处境如何，已无法向各军团指挥官隐瞒了。是的，路易没有等他们就离开了法国。甚至事先没有同他们打个招呼。然而，假如我们走了，国王出走的消息肯定瞒不住留下的人，但一定不能让亲王护送人员中的下层护卫知道。

什么? 谁留下来? 洛里斯东和拉格朗热两位先生齐口同声问道。把部队丢下不管? 不，不，元帅，让他们安静。毫无疑问，为保证亲王们安全抵达边境，必须有一支规模相当、装备精良的骑兵，以护送王弟和王子殿下，到了那里……再看看谁愿意继续护送，谁愿意留下来。而这与财政有关。要明白，到了比利时，我们就没有能力维持三千武装人员的花费。钱一旦用完……也许这不用多久。

不过，走哪条路呢? 经由拉巴塞去里尔，这条路最好走，是铺石路，只是王弟怕在这条路上迎面遇上当地驻军。必须避开要塞。往后，军队就意味着波拿巴。

贝里王子殿下又重提他早晨在圣波尔建议的路线: 顺着芬河，经莱斯特朗姆、拉戈尔格，抵达巴耶尔和阿尔芒蒂耶尔之间边防哨所最少的地带。讲到这里，外面传来一阵沉闷的嘈杂声。达马斯先生已走近窗口，说广场上出了什么事，惊慌一片。兵士奔向各自的坐骑，军官们把骑兵集合在一起，拔出马刀，突然传来一阵喊声："拿起武器！拿起武器！"将军们议论纷纷，派莫尔德先生出去看看出了什么事，德律奥尔特上校随他一起下去，他替法学院学生担心。

楼梯上，一个轻骑兵碰到他们，打听到亲王在哪里，直奔会议室，认出贝里公爵，大叫："大人，我们完了！埃格泽尔芒的军队攻城啦！"

在一片喧嚷声中，所有的人大喊："我的马！我的马！"王弟、全体指挥官、元帅和王子殿下，以及专区区长迪普拉凯、市长和他的助手们，所有的人急奔下楼，扣上腰带，佩好剑，匆忙戴上帽盔。外面的情势可谓乱上加乱，因为从圣波尔起一路上掉队的人员现在都赶到了，而各支部队的徒步士兵，那些亲卫兵、瑞士百人队卫士，不论是单独一人，还是三五成群，正陆续从圣普里门进来，经大头街和锡壶街涌向广场，要重新集合部队几无可能，而王子殿下也费了很大的劲先找到了他和他父亲的坐骑，后又把掷弹兵和轻骑兵集合起来，让志愿兵和步行的瑞士百人队卫兵跟在后面，朝里瓦热门方向开进，据说枪骑兵刚到那里，要求进城。一些市民已经拉上莫特马尔炮队的两门大炮，把它们拖到城墙，准备炮击攻城者。

从大广场到里瓦热门的路并不长，但这条街肮脏不堪，摆满了屠夫的肉案，地上扔满了骨头，流淌着腐败死畜的血水。部队骑马过街，到达城门，王子殿下叫人打开城门。

在这里，埃格泽尔芒的兵士并不比其他地方多。那是第三骑兵团的两个骑兵中队，他们从驻扎地埃尔开出，于3月21日星期二经过贝蒂讷，继续向巴黎进发，这是国王上星期下达的命令。但到了阿拉斯，他们得知陛下已经逃亡，于是便在泰斯特将军指挥下打出了三色旗。今天早上返回驻地，来到阿拉斯门，发现城门紧闭，交涉无果之下，言辞激烈，造成了刚才的恐慌。他们的上校讲了几句完全无心却带火药味的话，什么"不开门我就攻城啦"，说完就命令部队占领阿拉斯城门和里瓦热城门之间那段绕城小路，让士兵在草场上排开阵势，这片草地叫"马市"，从里瓦热门向下倾斜直到运河。这一事件本无理由发生。枪骑兵本想经由练兵场和卡托里夫区继续赶路，因为要返回埃尔，就必须走以新门为起点的那条大路。不料贝里公爵和王弟带着大批卫兵赶到，阻碍了枪骑兵的行军。当里瓦热门打开时，枪骑兵上校以为自己受到了攻击。

必须明白，王弟和他的儿子把枪骑兵此时在里瓦热门集结看作一种战略行动，因为，如果两位亲王决定取道莱斯特朗姆，沿埃斯泰尔河溯流而上，就非走这座城门不可。因此他们急忙赶来保卫通往边境的路口，而且不知出于什么预感，他们准备相信枪骑兵要封堵这个出口。诺阿耶的亲卫兵匆忙上马随两位亲王而来，衣装不整，在铁匠托凯纳铺子里喝的绿葡萄酒作用未消，其中一人被自己的武器绊了一下，手忙脚乱竟至手枪走火。臀部紧挨着的战马一阵惊动，尤其是一马当先、头戴白羽翎两角帽的王弟殿下差点从马上掉落，他的坐骑奔跑起来。阿图瓦伯爵原来并不想走在前头，现在倒是拿定了主意，做出身先士卒的样子，策马向前，几乎来到了聚集在"马市"上的枪骑兵面前。弗朗索瓦·德斯卡拍马赶上亲王殿下。元帅和王子殿下自然不能缩在后面，跟不跟王爷走，拉罗什雅克兰和他的掷弹兵已无从选择，因为亲卫兵们已朝他们走来，一边高呼："国王万岁！"枪骑兵们自然用"皇帝万岁！"来回敬了。

枪骑兵人数不超过五百人，两个骑兵中队，立在"马市"的草地上，仍然光秃的大树下，看上去气势汹汹。事实上，亲王的护卫在贝蒂讷那座严格意义上的城门和前沿哨所之间停了下来。那座城门又矮又宽，是贝蒂讷唯一具有古老风格的城门，而前沿哨所两侧各有一根石柱，柱顶都有一个铁球。贝里公爵带着拉费罗内、南图伊和几个轻骑兵，一行大约十二人，驱马上前，王弟殿下和马尔蒙留在后面。

王子殿下望着这些枪骑兵：他们头戴饰毛金盔，绿色衣袖和军裤都饰有黄色边条，蓝色的胸甲镶有白色皮革横条，白手套带皮护，胯下是羊皮马鞍。他们手中长枪系着三色燕尾小旗，军刀轻轻拍打着马肋，脚蹬黑靴的双腿紧紧夹住战马。贝里公爵气得发抖：这是他亲自巡视并训过话的一个团。当他来到他认识的上校面前时，他这次宽容大度之举被一个掷弹兵搅黄了。因为这个掷弹兵以为他处境危险，转身朝城里大喊："快来救亲王！"顿时，市民们早先拉到城墙的两门大炮出现了，瞄准叛乱部队，与此同时，骑兵出城，聚集在王子殿下周围，而殿下原先决定只带十二到十五个骑兵，现在一下子被来自各军种的大批人马所围。城里的驻军都出来了，有腊古扎的亲卫兵，从阿拉斯城门赶来的火枪手、跟在后面的步兵、王室志愿兵、瑞士百人队，结果枪骑兵们几乎被包围起来，只留出通往练兵场的缺口，仿佛有意给了他们向埃尔门撤退的自由。

在这狭隘的地段上，聚集了一千左右的王室骑兵和步兵，刚到达的志愿兵没有经验，还以为有四千人呢。在一片混乱中，王子殿下看到骑兵中队指挥官中有一个还佩戴着圣路易十字勋章，便径直朝他走去，一边大声道："你们奉谁的命令离开的营地？"接下来再说了些什么，众说不一，说实话，除了王子边上的骑兵，谁也没有听到，而几乎所有的历史学家记录的只是王室志愿兵的叙述，可这些志愿兵离得相当远，是一个字都听不见的。不过，大家还是看到一个枪骑兵从队伍里出来，举起长枪，高喊："皇帝万岁！"贝里公爵像是脑溢血似的脸涨得通红，吼道："回到队列里去！无赖！否则，我用马刀捅穿你的肚子。"还有人断言，当时有个轻骑兵上尉认出拉罗什雅克兰手下的一个掷弹兵是他的密友，便说了一番冠冕堂皇的话，说可以把他杀了，但他是不会去杀法国人的……起码这是塞扎尔·德·夏特吕听到的，他心里想着拉贝杜瓦耶。这些事都含含糊糊，比如枪骑兵的一个下士，殿下用出了鞘的剑顶着他的胸膛，可他照样高呼："皇帝万岁！"不管怎样，最初的那种剑拔弩张的气氛不见了，贝里公爵责令上校撤走他的士兵。这可比刚才的大喊大叫有效。这位军官集合部下，命令他们后退，向练兵场撤退，可就在此时，王子殿下在枪骑兵后头陡然地大喊："国王万岁！"这喊声最后等枪骑兵走出一段距离才起作用，因为这时他们再次高喊："皇帝万岁！"

剩下能做的只有打道回城了。

两位亲王下午四点才出发，原因众多。首先，什么事情都乱无头绪，枪骑兵是否真的撤退了，他们就这么些人，是否只是先头部队，还有没有其他部队兵临城下？这一切都无从知道。尤其是国王卫队，心浮气躁，疲惫不堪，必须给他们点时间，让他们镇静下来，吃点东西后重新集合。此外，走哪条路，哪些人护送，马尔蒙心里没底。而且，王弟殿下不见了，他在哪里？市政府里出现一阵恐慌，波利尼亚先生让大家平静下来；阿图瓦伯爵在圣瓦阿斯特教堂做忏悔。

"还算幸运，"贝里公爵对拉费罗内说，"我们所在的这座城市，全体居民都拥护我们，去年我就看出来了，您瞧窗户上挂的那些白旗……"

说实话，不少白旗已经无影无踪，在许多房子里，妇女们正忙着在白旗上加缝红条和蓝条。天空阴沉沉的。看样子还会下雨。亲卫兵们望着天上的云，又看看身上刚刚晾干的斗篷。是据城固守，还是离城出走？可又去哪里呢？国王在哪里？奇怪的是，在这里，近三十人知道的秘密却保守得相当好，就连托尼·德·雷泽这样的人，也当真相信陛下在里尔等着他们。他接到了一些让他摸不着头脑的命令。要挑选最好的骑兵……这么说是要抛弃他们来此招募的骑兵？每支部队都这么搞。号令声此起彼落，有人转移马匹，有人清点人数。早晨到达时各人照例弄到的房间，都必须退掉吗？对房主怎么说呢？那么多好心的出租人都在琢磨，这床单要不要铺……铺还是不铺……这话表露出了普遍存在的忧虑。车辆是否随军？把什么都留下，还是挑选能随身带走的衣物？亲卫兵、近卫骑兵、火枪手、掷弹兵，大家急忙奔向私车行列，他们自己的车子，或者寄放了贵重行李的朋友车辆。但见他们满街地跑，提着大包小包过载而回；如果要开拔，这些东西自然不能都带走！于是就在住家找房东商谈，表示信任他们，请他们像保管圣物那样保管这只盒子、这个手提箱或这口木箱。

随后，这些人又得知自己要留在贝蒂讷。怎么回事？又不走了？不，要走，但不是所有的人。怎么，到底是走还是不走？

军心惶惶，队伍散乱不整，除了市府门前的腊古扎部一个骑兵支队和各城门站岗的卫兵，丝毫看不出这是些有组织的部队。连队互渗，兵种相混，而且，那些没有坐骑的军士把大半个广场变成了集会场，三五成堆，议论纷纷，这堆散了加入那堆。还有人在演说，四周围着掷弹兵，他们头上的黑筒帽挨得很近；还有近卫骑兵、亲卫兵，军装错杂，花花搭搭一团。其中平民不多，即使在这个时候，在这个对每个人来说都是决定性的时刻，仍可看见一些披白斗篷或红上装的，跟着穿裙子的姑娘进了一些门扉或小巷。当然，大多数人心里还有别的事情。谣言纷传，这边有人慌慌张张低声议论，那边有人愤怒地大声评说。特别是最年轻的那些人，嗓门最高，要去向年长的人打探情况，他们不太考虑军衔，但往往看重年龄。所有的人，或者说几乎所有的人，都认为不能护送帝王是一种不幸。为死而死，不如跟亲王他们一起死……可是，难道就只是死吗？他们避免去想，那是一种耻辱，一种比死还要糟糕的耻辱……

泰奥多尔在主人家里待不住。他静不下心来。他同腋下夹着一个小包，要到阿拉斯城门值班的普拉先生交谈了几句。在大广场上，他四下寻找火枪手，但被问的人跟他一样，都不知道他们眼下的去向。他找到了正和几个志愿兵谈得很起劲的蒙科尔。这几个志愿兵，一个是瘦高个，一个是嗓门像女孩的棕发矮个子，还有一个是卷发，嘴巴有点抽搐……这些年轻人只害怕一样东西，就是怕人家怀疑他们对王族的忠诚。他们谈到发生在里瓦热门的那一幕，情绪激动。他们对贝里公爵殿下的表现赞不绝口。他们依然相信尽忠报国的热情会再次高涨，相信法国民众会奋起保卫众亲王。他们不能接受越过边界而把国家留给那个吃人恶魔的做法。不过，如果需要的话，他也随时准备这样做……"您也是吗？"泰奥多尔问蒙科尔，后者低下了头。泰奥多尔走开了。

别人不知道，泰奥多尔具有在人群中独处的本领。在行人肩膀的挤撞中，他只管信步前行，一队高喊"闪开"的骑兵经过，把他挤到一排火炮边上，突然又被瑞士百人队卫兵挡住了去路，他们刚同几个模仿他们口音的掷弹兵吵完架；在钟楼下，又被人左推右搡，他想去广场另一边的北方旅馆，他认为自己看见洛里斯东先生骑在马上……他再次问自己到这里干什么来着。在这场争权夺利的角逐中，如果说他没有理由活下去的话，至少他找到了死的理由。那种需要消耗的精力，大概就是青春活力吧，以前只知道把这种精力用来纵马狂奔，而今精力从未如此旺盛、横溢、不可抑制。至少找到了死的理由……一想到自己愚蠢地拒绝参战，心中有苦难言，因为在战争中他毕竟还能拼命作战！入伍当兵，到头来只为了东逃西躲。这次长途跋涉的意义何在？那些毛头小伙，轻信那些骗骗傻瓜的鬼话，把忠于王朝当作理想。可无数其他的人在想些什么，他们的长官，那些背叛了拿破仑的人，或者重新踏上流亡之路的流亡者，他们在想什么？他们在想能带走的那几千法郎、高置于车上的箱子，以及庆典礼仪上穿的裤子、梳洗用具盒！听他们道来，还怪可怜的。恐惧挂在脸上。怕什么呢，天呀！怕被袭击，怕被包围，怕被围攻……那又怎样？战争，这不正是他们决心从事的职业？从巴黎到贝蒂讷，他们只管逃跑。连枪的影子，拿破仑轻骑兵的胡子都没有见到。他们害怕。怕受伤，怕陷进泥里，怕风餐露宿，怕与强敌交战，怕枪林弹雨，他们怕死。跟泰奥多尔一样，他们没有找到死的理由。

广场上集合了一支骑兵纵队，突然，泰奥多尔周围响起一片喊声：他们走了！他们走了！真的。亲卫兵和火枪手。我待在这里干什么？泰奥多尔心里想，一边竭力赶上马队，想找个人问问是怎么回事，谁要走，怎么走。他自己有一种愚蠢而又根深蒂固的责任感，生怕该做的事没有做，而在这个时候，自己又有了一些想法，这种责任感实在无从解释。这是亲王的护送队，走在头里的是马尔蒙，这支队伍虽说聚集了两千匹马，但骑兵只有一千五百，因为其中还包括了军官们替换的马。这些骑兵中，洛里斯东先生单独率领的黑披火枪手和灰披火枪手不超过三百,组成了先头部队,接下来是亲卫队主力。亲王殿下的车驾是一辆绘有王室纹章的绿色轿式马车,周围簇拥着塞扎尔·德·夏特吕率领的一队轻骑兵。后面紧跟着达马斯先生的黄色双座四轮轿式马车。贝里公爵身着轻骑兵军服,正行进在肉铺夹道的里瓦热街高低不平的铺石路上,他那灰色漆布雨衣老远就让人认出他来。接下来是掷弹兵,他们围护着另一辆有百合花标志的黄色轿式马车。后面还有两辆敞篷四轮马车、六七辆运货车和两辆装行李的大车。几辆炮兵弹药车,但没有炮。还有一些车辆。断后的是亲卫兵。怎么搞的?就这些人马?不可能!这些车辆人马就要集结,稍后出发掩护亲王撤退……这支纵队开拔,是大规模总逃亡的序幕:大广场空了,大家奔向有同伴借住的人家,奔向自己的坐骑,奔向队部(如果还有的话),只剩下那些还在车上睡觉的人、随军炊事车、不知所措的步兵、火炮。

马尔蒙赞同王弟殿下的意见,让拉格朗热副统领统率被丢弃在贝蒂讷的部队,任命少将莫兰伯爵为城防司令,下辖莫特莫尔的炮队、步兵和大部分骑兵。护送亲王的队伍从刚才还聚集着帝国枪骑兵的里瓦热门出城。一过暗道,就派出侦察兵。侦察兵穿过马市,向运河进发,越过运河,探明两岸并无军队踪影,便归队复命;骑兵纵队已在马市排成行军队列。

大路几乎沿芬河延伸,先要穿过几片小树林。这些小树林不一会儿就遮住了贝蒂讷城。但当地的风貌已经大变。离开了贝蒂讷,才走了半古里,车辆就陷进泥里,车上的人不得不下来帮车夫把车从泥里拉出来。道路的边界难以辨认,近日下雨,路面被雨水淋得泥泞不堪,大一些的石头都看不见,不时把马儿给绊了。在拐弯的地方,当路口没入田野时,大家被弄得晕头转向,亲卫兵会猛地地发觉坐骑的半条腿陷进了泥里,跳下马来,不料连自己也陷了进去。

周围的田野多半被水淹了。但是,露出水面的地方已经泛绿,可以看见积满水的沟渠分隔成一个个硕大的长方块。在那些孤立的农庄附近,柳树沿沟渠而长。从洛孔开始,利河和芬河平原的水道环绕田野,在大路边的沟渠汇合,这样一来,事情就更加复杂了。车辆、马匹稍有偏闪就会掉进水里,水淹没半个轮子,或齐马胸。水流和道路之间的石头,间距约三十厘米,形成一条点状人行道,这些石头增大了危险,一辆装满行李的货车倒了,只好尽量将行李堆放到另一辆货车上,剩下的行李只得丢弃,还少不了跟行李的主人有一番争执。越往前,路越不好走。马儿艰难地拉着车。只要那儿的路石干燥和坚实一点，骑兵就停下休息，让坐骑喘口气。

　　如此之下，队伍很快变得稀稀拉拉，分队之间拉开了距离，车辆落在后面。各部长官都在陪伴亲王，他们多数是这支骑兵纵队的各路指挥：率领黑披和灰披火枪手的洛里斯东副统领、率领亲卫军各常备部队的维利埃·拉菲先生、雷泽先生、富尔内尔先生、莱奥托先生、拉斯库尔男爵、法布维埃男爵。达马斯先生和博尔迪苏尔少将各坐自己的车子，后者在斯特内的部队已经叛变，他逃了出来，到贝蒂讷找到了国王卫队。韦尔热纳先生、莫特马尔先生和艾蒂安·德·迪尔福尔先生邀请黎塞留公爵同坐另一辆王家轿式马车；路易·德·拉罗什雅克兰骑马走在表弟夏特吕边上。这是最后一个尽忠王朝的方阵。但是，由于从巴黎出来后，一路上连续消耗精力，已是人疲马乏。而且，雨又下起来了，黄昏的蒙蒙烟雨，天色老早就暗了。再说，他们在路上走了不止十二小时。在贝蒂讷时，诸事未决，所以大家都没有休息。出发时，城门冷不防关上，把富热尔侯爵与他的法学院志愿兵隔开了，志愿兵试图随大队人马出城，结果被最后的几辆车堵在了城里，侯爵正向莱昂·德·罗什舒阿讲述他的不快遭遇。莱昂·德·罗什舒阿跟随洛里斯东先生，同护卫贝里公爵的火枪兵走在队伍前面，但比往常更加沉默少语。他们抵达埃斯泰尔附近的戈尔格，那里是芬河和利河的汇合之地，过了戈尔格，就是阿图瓦伯爵老挂在嘴上的拉勒地区。在伯爵前面，整个护送队伍分梯队前进，前后拖拖拉拉一古里长；还没有到莱斯特朗姆，伯爵的车驾就停下了，这时出贝蒂讷城才二又四分之一古里，而这段路苦苦走了两个多小时。王弟殿下的轿式马车陷进了泥里。车拉出来需要时间，车上的人必须下来。就地休息一下也好。这是什么地方？这地方叫拉福斯，是莱斯特朗姆的一个村庄。房舍和已成废墟的教堂在右边，靠近芬河。王弟殿下的车子有一个轮子在十字路口陷进了沟里，而车队的到来惊动了当地的神父；当时天近黄昏，神父还在园子里干活，他一直来到路边，看见已从车上下来的弗朗索瓦·德斯卡先生和阿尔芒·德·波利尼亚克先生，建议他们带阿图瓦伯爵去大路左边那座大房子，离此五十图瓦兹。那是当地最漂亮的农庄，主人儒瓦很好客，又忠于王朝。

　　到了这里，真可谓雨淋水泡。大河泛滥，沟渠水涨，与路面相齐。阿图瓦伯爵像抱孩子似的怀抱一个小木桶，身上的斗篷在风中飘动，两角帽上的羽毛已被雨水弄直，仿佛从来就不是白色的。他的两个同伴跟他一样，都抱了一个小木桶，因为轿式马车陷在大路拐角，情况很不好，殿下可不愿意自己的财宝跟两三辆炮兵弹药车做伴，留在大路上。

这座农庄叫紫杉庄园，原因是沿农庄北面那条大河有不少枝干巨大的树木。在这地势低洼的地区，农庄突兀而起，犹如一座城堡，前有一座护寨大门，两侧塔楼耸立，大门通往吊桥后面被又深又宽的壕沟环绕的空地。进了门，眼前是一片杨树围绕的草场，农庄在右边；再过一道壕沟，面前是一座茅草屋顶的石砌大房子，墙壁都刷了白灰。大房子后面，在最里面的壕沟边上，有一座比大房子还高的谷仓。大家把马牵到那里，护送人员也睡在那里。进了谷仓，发现它像教堂那么高，令人惊讶，支柱都是用整棵树木做的圆柱。横梁也很粗大。这里还存放工具、机器，而且已有马匹在休息，还有储藏的牧草。

天黑下来了，农庄主和他的儿子们用近乎错愕的恭敬迎接这些大人物，好不容易才弄明白这是些什么人，如此艰难跋涉又为何事。农庄大厅里有石砌楼梯通往楼上卧室，这个大厅可容纳四十个收割工用饭，甚至更多。在这个荒芜之地，这些胡子拉碴的农人和他们的妻儿就站在那里，他们高大强壮，像支柱一样支撑着这丰足的生活，而生活的富足就源自于这拦不住的河水。他们，老爷们，这些伯爵、公爵、亲王，突然来到农庄主家里，像是些精疲力尽的流浪汉，像是些流动演员，他们在两个相距遥远的村子里巡回演出，迷了路，却还在继续使用他们在崇高剧中所演角色的名字。农庄主发话，他的一个儿子就用一段段树干在大壁炉里生火。因为当天晚上很潮湿。甚至很冷。

他们会在这里待多久呢？当家的儒瓦先生见阿图瓦伯爵抱着用斗篷紧裹着的小木桶，这桶看样子很重，他急忙上前，想接过来。"不用！"王弟殿下说，"今晚，是耶稣受难日圣周五晚上，我们必须继续自己背负我们的十字架……"说着他顺势坐在楼梯的石级上，倚着小木桶。壁炉里的火亮过烛火，把这一幕照得通明。

"可是，"农庄主说，"殿下……"他实在不知道该说殿下还是阁下，"如果殿下愿意的话……请同我们一起吃些东西……玛丽，去给殿下收拾一下大床！"

"不用麻烦，夫人……"阿图瓦伯爵说，看样子他真的累得不行，"用不着房间，也用不着床，我就待在这里……"

"可是，殿下，"农庄主说，"这石头那么硬！"

"石头是硬，"殿下接过话头，语气透着一种已经低落的威严，"这是像我这样的流亡者今后的全部需要！"

别人的话他听不进去。就连吃饭他都不肯挪一步。只得另外端一份到楼梯口，他手臂搂着小木桶不放，好像怕有小偷似的。这间屋子又高又深，烛火到处投下阴影。壁炉发出的亮光像一张浅褐色的地毯，铺展到楼梯脚下就消失了。儒瓦家今天晚上的客人，六个身穿华服的大人物，个个淋得像落汤鸡，脱了靴子，把斗篷解下晾干，说话不好懂，直到他们打听埃斯泰尔往后的路况时才算听懂了。他们要去哪里呢？这时殿下才透露他一直瞒着随从的事，他问的是哪里离边境最近。别人告诉他边境线在苏这个地方，在纽韦克对面，他听了还是摸不着头脑。可是，一旦说明纽韦克是新埃格里兹，在佛兰德语里是纽韦克，他这才恍然大悟。"殿下，您肯定不需要一张床铺……"王弟殿下又说他是一个逃亡者，对于一个逃亡者来说，楼梯的石级就足够了。

这种固执给农夫们留下了极其深刻的印象，以致殿下的这句话一直流传至今，流传到今天居住在紫衫庄园的农户。现在，这里几乎看不到紫衫了，农庄重建在另一块被水道切成四方的土地上，但还是可以看到那座谷仓的一根大横梁。本书作者曾在那里逗留，再次听人提起阿图瓦伯爵的话："我是逃亡者，一个逃亡者……"农庄经历了三次战争，屡遭毁坏，但始终回响着一个声音，这个声音拒绝睡床，要求逃亡者睡石头的权利。

当地的头面人物朱斯坦·麦克卡尔先生得知国王的弟弟到了拉福斯，前来拜见，亲王对此并不在意。此人精瘦矮小，衣着老派，头戴三角帽，身穿长礼服，拄一根手杖，不到四十岁，脸上看不出年纪，他是昆虫搜集家，写过一部关于本省植被的论著，这次前来向路过的王弟致意，并借此机会向他陈述沼泽地区重新植树造林的问题。在古罗马时代，此地曾是一片大森林，但人的贪婪和无知致使森林被砍伐殆尽。麦克卡尔先生讲话中间免不了插上一段他的家史，因为他虽然生在里尔，但他在此定居已有五个年头了，他是圣女贞德[1]的侄女让娜·德·莉斯的后人……"麦克卡尔先生，"儒瓦太太说，"您难道没看见殿下困得要命吗？"

真的，查理堂而皇之地打着哈欠，谒见者告退。

波利尼亚克先生躺在一条木头长凳上，他不是法兰西王族子弟，无权睡石级。德斯卡先生头枕一袋面粉，对他来说，席地而睡已经足够。两个轻骑兵在门口站岗。小木桶滚到收割工用饭的大桌子下面。孩子们跟儿媳上楼睡觉

---

① 圣女贞德（约1412—1431），英法百年战争末期抗击英国侵略军的法国女英雄。

了，还有祖母。为了不妨碍殿下入睡，蜡烛都吹熄了，只留柱子后面那支还亮着。达马斯先生坐在桌旁，就像一个大家都睡了还在赶作业的小学生，支着臂肘迷迷糊糊打盹，从看不见的地方发出的亮光落在他那老式发髻上，反射出赭红色光泽。有些侍从久久未能入睡，听见靠在小木桶上的阿图瓦伯爵在叹息。甚至听见他嘴里在喃喃呼唤耶稣的名字……国王的弟弟都只要求睡石级，其他人尽管睡得很不舒服，但都不敢再有他求了。所有的眼睛都合上了，只听见一两声呼噜……一切都沉入疲倦和寂静之中。

　　在梦中，殿下推了那个想拿走他的小木桶并同他说说夏雷特先生的哥哥。他在一条通向各各他①的漫水路上艰难挣扎，一面说道："不，不，我永远不会跟你去英国！我决不越过汲沦溪，因为那一边有犹大。"而犹大又与埃利泽神父像得让人分不清。埃利泽神父说："查理……（这么不拘礼节！）查理，把你的小木桶给我，如果不给我……"查理很清楚，从基伯隆开始，他就欠了这个讨厌的托尔拉松几大笔钱，可他不想把金子给神父。埃利泽·托尔拉松指着他，威胁道："等你到了英国，查理，记住：你年轻时行为荒唐，欠劳埃德先生和德拉蒙德先生三万英镑，一直没还，他们要起诉你，把你送进监狱！你很清楚，这事只有我能摆平……如果不把金子给我……我就把什么都抖搂出来……不光是钱的事！还有你造的孽，今天下午在圣瓦阿斯特教堂你什么都没有向神父坦白……过去你也没有向任何一位忏悔神父坦白……你将被罚入地狱，查理，因为你向告罪亭隐瞒了你的罪孽！"

　　查理把装满金子的小桶搂得更紧，咕哝道："不，不，我决不去英国……宁死不屈……我决不过汲沦溪……走开，加略人犹大，你休想从我这里要回三十块银币，造假的家伙，造假的家伙！夏雷特那封该死的信是你写的，是你交给了英国人。不，不，我永远不去那个该死的国家。走开，托尔拉松，走开！"

　　可是，在莱斯特朗姆市镇的拉福斯一地，那天夜里，白翎两角帽滚落在石砌楼梯上，楼梯上方飘动着一幅景色，犹如月亮表面，一片荒凉，没有人看见，没有人认出来，那是一座城市，由三座山丘组成，山丘靠悬空通道相连……城里狂风不息，山丘阻挡视线，能猜到那里有海，但看不见，城市正前方有城堡耸立……那是什么宫殿，坐落在这条古老的街道上？但见有士兵守护，他们头

---

① 耶稣被钉死在耶路撒冷城北的各各他山，即髑髅地的希伯来说法。

戴高顶毛皮黑军帽，上面有个饰带结和三根垂至肩头的羽毛，身穿猩红呢绒上装，下配红条绿羊毛苏格兰褶迭裙和红白格长袜，露出大腿和膝盖，腰带上挂个羊皮袋，脚穿银扣鞋。玛丽·斯图亚特①的幽灵从这里经过，她的情人里西奥在这里当着她的面遭人刺杀……你将到这里了却此生，查理，阿图瓦伯爵，在这里，苏格兰的荷里路德宫，你倚着一个装满金子的木桶，沉浸在梦中，因为你即使想睡在法国，你也不会再有莱斯特朗姆附近紫杉庄园里坚硬的楼梯石级可睡了，而对逃亡的人来说，那石级还是很柔软的。

　　贝蒂讷没有下雨，麦克唐纳元帅夜里八时许抵达，所有的窗户都亮着灯。他还是乘在博蒙修好的那辆车，但马是离开里尔时给换的，那也只是手头仅有的几匹马，经过这几天非比寻常的来回奔波，怕不会坚持太久，便打算再跑六古里到拉巴塞换马。拉巴塞没有可换的马。没有别的事可做，只好休息。他选这条路而不走去阿拉斯的路，是想取道亚眠前往巴黎，这样可避开军队拥堵，对一个还穿着王室服装的元帅，并非人人都会持宽容态度。

　　雅克－艾蒂安在旅店里要了一份便餐。一个汤、一点蔬菜，他不放心吃鱼……他没有吃午饭，尽管睡了很久，头还是痛得要命，这大概是肚子饿的吧。但他还是没有喝葡萄酒，没有喝啤酒。他还想着莫蒂埃耍的花招。这个莫蒂埃，这一天他本来是要跟他一起度过的……他一直庆幸交上了这个朋友……可是，当麦克唐纳写了一张便笺，说自己睡了一个懒觉，穿衣服需要时间，结果误了午饭的时间，对此深表歉意，不料莫蒂埃竟取消了对他的邀请。帝国已宣布成立，部队都戴上了三色徽章，据巴黎来电，指挥权已移交德鲁埃·戴尔隆。此人自3月初发生了他支持的勒费弗尔－德努埃特暴动后就躲了起来，现在又从藏身处跑出来了。莫蒂埃随时会应陆军大臣达武元帅之召前往巴黎……嘿，都安排好了，真快！而我呢，因为要和这个亲爱的爱德华一起过上一天，正高兴得不行……私下说说，麦克唐纳还是第一次把莫蒂埃唤作爱德华，哪怕是在想象中。生菜里醋搁多了，他唤来女招待，让她另做一盘，什么也别加，他自己来调味。其实，仔细想来，1月份的时候，埃格泽尔芒已离开了他的软禁地，被解到第六军区，也就是里尔军事法庭接受审判，莫蒂埃竟冒大不韪判他无罪，难道不是吗？他毫不费劲就找到了德鲁埃·戴尔隆，今天早上那么快就同

①　玛丽·斯图亚特（1542—1587），苏格兰女王，后与法王弗朗索瓦二世结婚成为法国王后。

他谈妥了。

想到这里，他突然听到隔壁有个年轻人的声音提到他的名字，因为在拉巴塞旅店，几个餐厅都是相通的。他探身望去，看见一个穿着不错的陌生青年，手里摆弄着几封信，拿给他对面的人看。雅克-艾蒂安感到奇怪，走上前去，认出那是前一天他睡觉前寄给王弟殿下的信，信上把国王已动身离开的消息告诉王爷。跟这个青年一起用饭的人放声大笑，还唱道：

> 一路平安，迪莫莱先生！
>
> 无险无难，圣马洛上岸……
>
> 一路平安，迪莫莱先生！
>
> 您若喜欢，请一定再来……

他表明自己的身份，至少提醒这伙人不要那么放肆。那么，是谁负责送这两封信的呢？这两封信本该乘驿马同时走两条线路，走阿尔芒蒂耶尔那条和眼前这条，这样就能在路上遇到王弟殿下。

年轻人脸红了，但一点不觉得自己有什么过错。负责送这两封信的是国王卫队的拨款审核委员，就是从博韦把王弟殿下的电文带给陛下的那一位，他本该把其中一封信交给这个年轻人，自己走另一条路。然而，想想看吧，他有朋友在马西埃纳，离里尔不到六古里，只是与他去的地方不在同一方向，于是他就把两封信都交了出来……"那么您呢，我的朋友，您干什么去了？您是半夜前拿到这两封信的，可您才到拉巴赛？"年轻人反驳道，听口气不像是装假，"我会在路上遇到国王卫队的……后来到了这里，我觉得很累，就睡了一觉……"

如此说来，王弟殿下还不知道国王已经动身。麦克唐纳要回信件，走向自己的车子，心情很不爽。此去贝蒂讷，路上不用一小时，但进城就没有那么容易了。据说贝蒂讷已成了一座被围的要塞，尽管城下和周围看不到任何军队集结。在阿拉斯城门大费了一番口舌，此门连着去里尔和阿拉斯的大路。守卫障垒的是戴蓝色玫瑰花饰的诺阿耶部亲卫兵，他们一句话也不听你的。幸亏有个军官认出了元帅，告诉他殿下接到里尔来的消息，带领三百人马走了。什么消息？谁带来的消息？信还在这里，在我兜里装着呢！

说实话，他一到市政府，就径直上楼来到当地驻军司令蒙莫兰将军处，正遇上留守贝蒂讷的军官们开会，这些军官已划归拉格朗热先生指挥。除了蒙莫兰将军本人，在场的都是些族长、上校，而国王卫队的首领们全都随王弟殿下走了。总的来说，他们觉得部队对自己不了解。要不要执行给他们留下的命令，他们还在犹豫不决。命令要求他们把部队集中在大广场上，告诉他们陛下去了比利时，由于没法供养这么多人，只好请他们返乡回家。这些军官左右为难，他们不相信国王已经离开，还担心部下起来揭发变节分子……

与会的还有总参谋长兼巴黎国民卫队司令德索尔将军。他以国务大臣的身份前往里尔与国王会合，刚到贝蒂讷。他把麦克唐纳拉到一边，向他证实有关国王已走的事。他当真去了比利时？此举将改变一切。德索尔将军不想背井离乡……您自己呢？元帅阁下，您好像在往回走？……他们两人意气相投，又都爱好音乐。德索尔常在家里举行音乐会，也招来不少议论，谢吕比尼和马兰子爵倒挺乐意上门捧场。

最后，也只好把部队召集到广场上，让他们知道自己的命运。元帅斩钉截铁，告诉拉格朗热先生命令一定要执行。总之，只要骑兵队没有回来，什么都难说一定，这里谁都没有资格正式遣散部队。您，我的将军，或许……为什么是我？而不是您呢，上校？麦克唐纳看他们像踢皮球似的相互推诿。去亚眠的路要经过杜朗，而在里尔，有人对他说过，是莫蒂埃吧，他说埃格泽尔芒的大本营就在杜朗。啊，走着瞧吧！德索尔，您跟我一道走吗？可是我们出得了贝蒂讷吗？在阿拉斯城门，连埃格泽尔芒骑兵的影子都没有看见，但城里的人都向他保证说，要塞已被包围，此时去杜朗，那简直是疯了……有一条路，从圣波尔城门出去，经过沼泽和圣普里郊区；不过，要说有城门被封锁的话，那就是这一道门了。有人还向他们讲起贝里公爵下午在里瓦热城门的遭遇。这座城池被包围了，虽离城有点远，但被包围了。

就这样，德索尔上了雅克-艾蒂安的车。他目睹了拿破仑进入巴黎的场面，当然是偷偷看的，他可有满肚子故事。好呀。来到圣普里城门，经过一番周折出了城，只见夜色沉沉，大路上空空荡荡。应当相信贝蒂讷城的居民梦里见到了埃格泽尔芒。他们拿这些自以为被围城的人取笑了一番。

泰奥多尔永远忘不了贝蒂讷大广场上的那一番景象：火把燃烧，车辆拥塞，大炮成排，整个广场挤满了大约一千五百人，其中大多是年轻人。这些年轻人志忑不定，焦躁难安，在他们当中已在流传有关某些长官的传闻……他们小心翼翼试着提及长官的名字，可是，只要第一个人低声挑明，跟着就有十个人高声道出。谁？喏，拉格朗热先生，让他留下干这苦差事，而洛里斯东先生却跟着亲王们走了……这只是些传闻。而在这悲惨的时刻，房屋的窗户都开着，大多亮着灯，在逆光里，一些丈夫和他们的妻子目睹窗外的场景：咖啡馆被低处的灯光照亮，为数不足的路灯在火把映照下更显昏暗，又看见那些车夫站在自己的座位上，替大车卸套，车灯都被点亮；在人们的眼睛里，在街上，在钟楼高耸的沉重天幕下，一切都闪烁着虚假的光泽，在这悲惨的时刻，这些年轻人开始明白，这几天有人一直在哄骗他们，将他们引向一个未知的目标，把他们丢给他们厌恶的命运。他们自然要谴责那些指挥他们的人，探究他们的想法，回顾一下他们的来历；在这个时候，在这些年轻人眼里，波拿巴的旧军官无一不是可疑分子……他们想起了拉格朗热的过去，洛里斯东的过去，元帅们现在的作为。这些人不就要转身投靠他们的旧主，"背叛"这个词挂在了众人嘴上……

他们是听到了鼓手经过时打的集合鼓，从四面八方赶来，乱纷纷的三五成堆。有些人来迟了，没有听见，还得从头至尾对他们重复一遍，他们听了怒不可遏，把帽盔、高筒军帽、无边帽都摔在地上，像小孩那样哭了起来。守城的卫队派人来打听情况，再回去传达。

泰奥多尔已准备听从那位主人的建议，刚才还到里瓦热街转了一圈，看看正在收摊的肉铺中间那家有名的旧货铺，看来生意还不错……突然，泰奥多尔感到已失去了要走的勇气。他像是被这种公开的失望所感染，被这种爆发的愤怒所支配，被这种明朗化的狂暴情感所控制。应该相信，这种狂暴的情感过去一直藏在灰烬下，没有熄灭。什么？这些不成器的小伙子，这些让爸爸买了军官证的纨绔子弟，这些只会喝酒打闹的小青年，泰奥多尔一直以为很了解他们，殊不知他们正因失望和惧怕受辱而痛苦万状，而且应该相信，他们一直怀着忠诚和信念，也许是对一些不可理解的事物的信念，但毕竟是一种信念，一种忠诚……

"不，不！"一个掷弹兵喊道，谁也无须问他这愤愤不平的"不"是什么意思。一大群近卫骑兵拔出军刀，在火把的亮光中高高举起。甚至那些可怜的志愿兵，他们脚上连鞋都没有，只能用布裹着两腿，你瞧那个大个子，瞧瞧他脸上的表情……那些瑞士卫兵，他们怎么啦，这些瑞士卫兵，又是捶胸顿足，又是跟所有的人一一握手……

蒙科尔在哪里？乌德托在哪里？小维尼呢？光线怪异，密集的人群聚拢、散开、混杂，拴好的马匹突然尥起蹶子，人群闪开，一个亲卫兵受伤，被拖了出来，要在这里认个人，找个熟人，是不可能的了。尤其因为大家不是按兵种组合，而是从四面八方跑来，市府前有掷弹兵，阳台上这位新来的将军，大家都不认识，他身边围着一些不太像样的军官，但都穿着国王卫队的制服……讲话的这个人，你们怎么称呼？蒙莫兰少将。这个人，他从哪儿来？是你们那边的人吗？不，肯定不是。泰奥多尔听了讲话，心头吃惊不小，因为这些话与他在普瓦之夜从完全不同的人嘴里听到的出奇地相似，除了用词不同。他们也说到了祖国，说到和平。妇女们从家里出来，朝这些激动不已的孩子走去，搂着他们，哭在一起。这些孩子原以为自己力量大，人数多，又在理，得到全国百姓拥护，现在可好，他们一下子就被出卖了，显而易见，他们被出卖给这支影子军队，几天来他们一直感到被这支军队包围、追击、窥伺，这支军队在哪里，却不见踪影，刚才只瞥见那些枪骑兵，他们背叛了国王，身上还佩戴着从贝里王子殿下手中接过的勋章……上司叫这些年轻人开进贝蒂讷，他们糊里糊涂地进了城，以为这是下一个宿营地，岂料这是一个设好的陷阱，或许蓄谋已久，陷阱等他们进来就关上。他们成了囚徒，囚徒！他们手中的武器有什么用？他们从巴黎拉来的这些炮有什么用？没开过一炮，没打出一发可怜的炮弹，再说，打谁呢？没有敌人，只有一个大阴谋，有人，那些不称职将领，把他们扯进阴谋，而他们这些倒霉蛋，这些傻瓜，什么都相信，相信国旗，相信百合花徽章，相信王朝……

"怎么啦？"一个轻骑兵朝讲话的志愿兵喊道，"你什么都不信了吗？"

至于怎样回答，却无从知道，这好比在跳幽灵舞，他们互换位置，好似互相致意，相遇，返回……一堆堆的人，越来越多，大家彼此依靠着往前挤，想听听人堆中间那位伙伴在说些什么，听得有人喊道："必须战斗！决不投降！"

话是这么说，但国王会相信大家刚听到的誓言吗？国王被迫离开里尔，而这座要塞驻军的忠诚又靠不住，不得已才不无遗憾地放弃了法兰西……这番话从阳台飘落的时候，并非所有的人都听见了，有不少人认为自己没听懂，听错了。还得重复一遍。这位没人认识的将军又说："国王被迫离开里尔……"这事一下子传开了……"撤退到比利时。"这是什么时候的事？有人说已经两天了，有的人说是昨天的事，但他们一直被蒙在鼓里。现在他们把拉格朗热，这个他们唯一认识的将官当作了罪魁祸首。大家一直都想护送众亲王，亲王们却带着自己的随从跑了。"国王感谢所有忠于他的臣民，劝他们返回家园，静待更加美好的岁月。"对于在场的大多数人来说，这话意味着什么呢？他们毕生效命国王, 饱尝流亡的滋味, 受尽在外国军官手下服役的屈辱, 他们跑遍欧洲大陆, 从一个国家辗转到另一个国家, 如今却被国王丢弃, 回到窃权者留给他们的那一点点脱离军队和战争的地方。家园! 返回家园! 对于这些年轻人来说, 这种嘲弄并非儿戏, 他们拿起武器, 像他们的长辈那样, 相信在孔代军或拿破仑的军队中可望建功立业, 开始一种令他们陶醉的生活。"国王委托将官们遣散不能持武器进入外国的部队……"难以置信! 不可能! 这不是国王说的, 国王的亲笔谕示在哪里? 何以证明他们没有欺骗我们? 这肯定是拉格朗热一手编造的! 你们是要丢弃我们的军旗! 你们是要遣散一颗颗忠诚的心!

　　这样的话泰奥多尔还从未听说过。所以, 说这些年轻人头脑空空是没有道理的; 说没有什么东西能打动这些心灵, 这话也站不住脚……这些火枪手, 这些亲卫兵、掷弹兵, 他们深深地信赖这个国王, 甚至在这个国王抛弃他们的时候。这是一个令人心碎的场面, 恰似一个心境安宁的人回到家里, 发现家里空了, 妻子出走……他心痛欲裂地说: 她没有任何理由离开我啊……

　　军官们受到责问, 他们解释说, 就他们所知, 国王的旨意是由王弟殿下传达的, 蒙莫兰阁下不是说, 只要骑兵队未回来就什么都不算数吗? 骑兵队至少是亲王们的护送人员。说到骑兵队, 这里还有很大一部分呢。那么, 为何还这样犹豫不决呢? 如果国王的命令……但这不是命令: 国王解除了我们的誓约, 现在我们是自由的, 或者回家, 或者追随国王去国外。是谁这么说的? 说这话是迫于舆论压力, 害怕自己看起来与拉格朗热和洛里斯东之流沆瀣一气, 因为这两个人已成为波拿巴背叛分子的象征? 现在, 广场上的人一堆一堆的更加分明, 因为几乎到处都有人在演说。那些最年轻的, 最普通的亲卫, 都不在乎军阶, 不时打断演讲者, 问其姓名……"你呢, 你是谁? "他是里凯德·卡拉蒙子爵, 或者迪博卡热侯爵, 他是圣莫里伯爵或波尔特·德·拉莫特男爵……他是蒙多尔先生或者尚格朗神父大人。有人冲着他们喊: "你们为波拿巴效过力吗? "他们为自己辩护, 大家为那些曾在亲王军队里干过的人鼓掌。就这样, 泰奥多尔知道了那个青年的名字, 他已经多次注意到他了, 从博韦开始, 到处可以看见他, 一个志愿兵, 个儿瘦长, 胳膊也长, 话多! 就是从普瓦到阿布维尔, 一路上与拉幅机纺织厂那个送货员同坐一辆货车的小伙子。那个送货员已在他自己的车座上对着脑袋开枪自杀了。

　　现在, 钟楼脚下大约聚集了二百名小伙子, 泰奥多尔也在其中。那里不仅有年轻人，也有上了年纪的，还有被激烈的言辞吸引来的平民百姓、手里拿着鞭子从车上下来的车夫、不肯睡觉的孩子。但大多数人的年龄与演讲人相仿，这个演讲人大概有十八岁了。啊，一看便知，他是准备当律师的，但看上去还是个乳臭孩子！说实话，他真切地感受到舆论在他一边，说起话来抑扬顿挫，还用手势助力。说句公道话，他的演讲很精彩。演说时，他手里还拿着枪，大家从他的话语里听到了风吹旌旗的猎猎声："众亲王虽不能下一道正式的命令让我们加入他们的流亡，但你们看到，他们是何等隆重地解除了我们的誓约！他们私下对我们有什么期待呢？一颗法兰西的心灵会同意投降吗？是否接受牺牲，接受异国生活的不幸，这取决于我们。让我们学会，让我们学会驾驭我们面临的痛苦而伟大、严酷而又艰难的命运！……"有人打断他的话，此人在别人第一次问及这瘦高个的名字时没有听见，这回他叫道："你叫什么名字？伙计，你讲得真好！"演说人停了下来，觉得这没有道理，因为他已经报过一次姓名，现在又要重复："鲁瓦耶–科拉尔，保罗，法律学院学生，我是医生的儿子……"

这个姓氏就是一张通行证，这不是因为做医生的父亲，而是因为伯父，赫赫有名的鲁瓦雅–科拉尔，在流亡时期，他是国王参政院议员。泰奥多尔看看演说人，又看看那些转向演说人的热切脸孔。大家为他鼓掌，但也有一些亲卫兵、火枪手在一旁交头接耳，胳膊肘互相碰了碰，只见一小伙人像是要把一个身材健美的高个儿骑兵推上前来。泰奥多尔从背后看不清楚他的模样。那人极力推让，不肯上前。当他出现在圈子中央时，一个近卫骑兵举起火把照亮了他的脸，泰奥多尔认出了他，惊讶不已。他一开口，听众，起码是听见他讲话的那些人，似乎都被他吸引住了。那些站得稍远的人就高喊："站高点！大声点！我们听不见……"于是德·普拉先生就站到一门大炮边的弹药车轮毂上，满怀二十五岁的激情，重新开始演讲。大家感到他身上有着那种惹大家高兴的强烈愿望，而且很少不能如愿："我叫拉马丁，生在马孔，我的家庭从来没有离开过这个国家。我们相信祖国的权利，就像我们祖先相信王权……"这个年轻人除了有一副优美洪亮的嗓子，还因为第一次当众讲话而显出几分笨拙，这使他的演讲具有一种特殊的魅力。在这火把通明的夜色里，泰奥多尔暗暗承认，拉马丁先生的确很英俊，他也明白了小德尼丝为何坐在床边听他谈论意大利。

年轻的演说家讲了许多关于外省贵族的事情，他本人就出身于外省贵族家庭。那些贵族都无视宫廷的腐败，他们既反对大革命犯下的暴行，又一贯而

温和地拥护大革命的原则……讲到这里,有人叫嚷起来,狂热分子想打断他的话。其他人喊道:"让他讲下去!"他继续说:

"在家父和我的兄弟们看来,科布伦茨①既是一种疯狂也是一种错误。他们宁可扮演大革命受害者的角色,也不愿充当他们国家的敌人的帮凶。我就在这种思想的熏陶下长大:这种思想在我的血脉中流淌。政治已融入血液,与生俱来!"

他们宁可扮演受害者的角色……事实上,这句话以后演讲人说了些什么,泰奥多尔并没有听清楚。有些事情令他震惊。这个年轻人毫不隐讳自己的思想。就这些。他说的都是真的。这些贵族,泰奥多尔了解他们。对他来说,祖国比血统珍贵,他们为留在法国付出了代价,而且毫无怨言。现在他在讲什么,这个诺阿耶部的亲卫兵?他在说,自由的事业与波旁王朝的事业结合在一起……此话说过头了吧。啊,是的!宪章……"与共和派和自由派至诚联合,这是我们的力量所在,共同的仇恨激励我们反对波拿巴……"天哪,泰奥多尔猛地觉得这是普瓦高坡灌木林里那一幕的继续:一个君主主义者站了出来,一个可笑的君主主义者。他说,如果共和党人和保王党人一起运用舆论武器反对波拿巴,波拿巴的统治就不会长久。团结法国人反对暴政……"今天他们准备在立宪自由和98②复辟等方面与我们联合,但是,如果他们看见我们身处外国领土,头顶上飘扬的不是祖国独立的旗帜,他们就会不留情面地离我们而去,这一点难道你们不明白吗?"

在这群青年身上掠过一阵惊讶之风,引起一阵颤动,这是因为从未有人对他们说过这样的话。他们中的大多数也非流亡者,而是破败城堡、衰落田庄的子孙,在他们小的时候,他们的父母不愿意逃亡,把他们长期藏匿在这些老宅里……最后,小拉马丁表达了这种担忧:在维护忠诚和荣誉的进军中,往前多走一步,就会使他们丧失国籍……"丧失国籍"这个动词,他是一个音节一个音节地说出……他担心多走一步只会给他们留下遗憾,也许有朝一日会让他们悔恨不及……"流亡国外,"他说,"这是宣告在应该战斗的战场上被打败……"他向这些年轻人列举返回故里、重见家乡的天空,以及与母亲和未婚妻重逢的种种理由,他越是这样说,大家越感到与演讲人的距离缩短了。战斗?关键是要留在法国,利用舆论和言论自由……他说道:"我决不越过边

---

① 今德国城市,法国大革命时期曾是法国流亡贵族的集结地,孔代军(1792)组建地。
② 指1798年法国资产阶级革命。

境……"这时大家感到,这就是他们期待的话,他赢了。

　　这群人分成主张截然相反的两派。不过,仍愿意随国王去异国他乡的人不多了,而多数志愿兵的看法却跟前一个演说者一样……七八个人就围着头一个演讲者,比画着走开了。泰奥多尔想同拉马丁先生聊聊,但他已经跳下弹药车,被人团团围住,泰奥多尔只好放弃。过一会儿他再去铁匠托凯纳先生家拜访他,向他提两三个问题。他演说中的政治内容吸引了画家,而且这个马孔的小贵族对共和党人的看法同他一样,这一点深深打动了他……大广场上,到处都是这样的一堆堆人,聚拢又散开,有鼓掌的,有发嘘声的,还有人竟出手相向。蓦地,泰奥多尔看见身旁有个十来岁的男孩正盯着他看,脸上的表情就像一个面对长者的孩子,严肃中透着钦佩和埋怨……原来是小让,房东家的小儿子。泰奥多尔轻声问他有什么事,他回答说是妈妈派他来的,说他还没有吃晚饭,全家在窄街等他,吃饭不嫌晚嘛,因为是圣周五耶稣受难日,所以有打过的牛奶,可惜没有圣马蒂厄梨就着吃,还不是季节,只有米饭,差远了……走吧,该跟这孩子走了。泰奥多尔拉起他的手,走出了灯火和演说,拐过大头街,陶器店已经关门了,得绕过街角,走进又窄又暗的小巷。

　　"我们一直在等您……"少校神情严肃地说。大家入座。

　　但是,吃过晚饭,泰奥多尔来到小巷另一边的铁匠家,普拉·德·拉马丁先生并不在。他和他的朋友沃热拉先生回阿拉斯城门站岗去了。

十六、明天复活节

　　"我好比是流逝的水，我全身的骨骼都已散架……"这是圣诗里的句子，阿图瓦伯爵在圣阿斯特教堂忏悔时听人家唱的，却一直在梦中困扰着他……"我的上颚干渴，犹如陶片，我的舌头贴在牙床之上……"他身在何方？他睡在坚硬的石级上……"无数的恶犬包围着我，一伙歹徒围攻我……"金子，金子是他剩下的全部尊贵和荣耀，他把面颊贴在小木桶上……"他们，他们观察我，注视我，他们分掉了我的外衣，又抓阄儿决定谁分得我的睡袍……"

　　睡梦中最让人受不了的是惧怕。梦中的惧怕接二连三，惧怕一丝不挂，惧怕跌倒，惧怕刺客。惧怕从何而来？来自我们自己的谎言，来自压在心头的事情，也来自我拥有而别人却能夺走的东西，也就是惧怕窃贼……苦苦挣扎，让自己醒过来，因为知道自己在睡觉，起码能证明自己在睡觉。我之所以醒了，那是因为刚才我在睡。这种挣扎好似坠落。坠落途中，我重新看到的不是我的一生，而是我毕生的梦，这是怎么回事？倒退中的害怕攫住了我，让我重新经受那震颤，那来自未知世界的气息……我不会死，既然我在睡……我真的在睡吗？如果是死……"主啊，求你救我的灵魂于刀剑，救我的生命于犬爪！"

　　脚步声，有人低声说话，来回走动，蜡烛重新点亮或从柱子后面移出，我知道什么呢？我听见倒在桌子上睡去的人醒了，窃窃私语的声音，一条长凳被推开，擦地走路的脚步声，有人呻吟。是的，这是莱斯特朗姆市镇拉福斯区的一个农庄，收获季节可容纳四十个收割工用餐的大厅。大厅宽敞，暗影幢幢，一直投射到远处的天顶，厅中大梁交错。在石砌的楼梯上，查理掀去斗篷，看到木桶在原处，便站了起来，确信身上的衣服扣得好好的，这才向前走去。"怎么回事？几点钟了？"

　　凌晨一点。上帝死了。星期六开始了，漫长的星期六，这一天，除了死亡，什么都没有发生。这个信徒，气也喘不过来，讲他这次跑腿办差，从贝蒂讷赶到这个受难地，用了不到一小时。其实，这段路不过两古里半。现在，事情回归平淡，屋子里弥漫着湿淋淋的织物和粗重的呼吸散发的潮气。这是人和羊毛的气味。

这是个翘鼻子青年亲卫兵，他取下头盔，擦着额上的汗水，把枪靠在桌旁，桌上有一个水罐，边上有个硕大的圆面包。他军服上有格拉蒙部特有的绿绦。谁知道呢？也许他是化了装的奸细。他说话带浓重的勃艮第口音。或者是个叛徒……也许就是他要出卖我……他曾发誓严守普瓦亲王写的誓言："你发誓，全心效命国王，倘若知道某事有悖对国王的义务，当立即告知你的上司和驻地长官，除了国王发给的军饷，不接受任何外国亲王的年俸、佣金、津贴……"他气喘吁吁，仿佛被门外那匹马的汗气所包围。阿尔芒·德·波利尼亚克盘问他，他回答道："我是图斯坦先生手下守护新门的，图斯坦先生是我们队的，守新门的还有来自不同部队的人。指挥要塞防务的是位新来的将军，每道城门他派三百人把守，有四道城门，行人车马都能通行，用了一千二百人守卫。瑞士百人队驻守城前的半月形堡，掩护我们。城墙上有两门炮，每门炮都有人警卫。快到半夜时，半月形堡向我们发出信号，有骑兵向新门开来，有人喊：'谁在那里？'一小队十来人上前交涉。那是篡位者的一个将军。他带了一支不知什么部队从阿泽布鲁克开来，想进贝蒂讷城。我们大声喊话，叫他走。他不走，还威胁我们。他看中了我们的大炮，这些炮对他有用。'如果你们想交战，要塞里有三千守军，老百姓也站在我们一边！'三千，说的比实际人数多了一倍，不过总得吓唬吓唬对手，那位将军有点犹豫了，他说我们没有必要打仗，因为法国没有国王了，只有一个皇帝。我们又大声叫他走开。他就说，如果我们把希望寄托在亲王们身上，那好，就我们所知，阿泽布鲁克驻军的另一部分正在追击他们，夜里很可能会在埃斯泰尔一带等着他们……于是……图斯坦先生就对我说：'骑上马，小伙子，找到跟亲王们在一起的雷泽先生，把这情况告诉他……'我在哪儿可以找到雷泽先生呢？"

口信带到，他已无任何理由去找雷泽先生了，但这话是不能让一个亲卫兵听见的，因为他起过誓，如果知道什么事有违他对国王的义务，就一定要告知自己的上司。

王弟殿下命令带他走，但不是带他去见雷泽先生，而是带他去埃斯泰尔见马尔蒙元帅。不过，在他离开之前，殿下向他提了一个问题："新门是不是也叫埃尔门？好。你出来时没有遇到任何麻烦，没有遇到反叛的骑兵吗？"年轻人正因为担心遇到叛乱的骑兵才没有走新门。他是从里瓦热门出的城，这道门通向埃斯泰尔。"那你什么也没有看见？一个人也没有看见？"什么也没有看见。没有看见任何人。奇怪的是，要塞被围，却出城无阻，从未碰到围城的！再说，如果埃格泽尔芒已临贝蒂讷城下，阿泽布鲁克的驻军为何还要挺进贝蒂讷呢？

　　阿图瓦伯爵不会知道，半夜出现在新门的将军是旺达姆将军，这位将军早被国王放逐到卡塞尔他自己的田庄，光是将军的名字就足以打消陛下走里尔到敦刻尔克这条路的念头，因为这条路要经过卡塞尔。阿图瓦伯爵哪里知道，旺达姆得知拿破仑到了巴黎就离开了他的乡间庄园。旺达姆庄园的花园占了卡塞尔山整整一面山坡，从那里可以看见大海、比利时和三十二座城市，也可以看见贝蒂讷、埃斯泰尔、奥斯坦德、里尔、加来和圣奥梅尔。伯爵也不可能知道旺达姆将军已于星期四接过阿泽布鲁克驻军的指挥权，星期五收到电报，令他赴杜朗接受埃格泽尔芒调遣。伯爵同样不知道其余的一切都是他自己的奇思怪想……他也不知道这位将军进不了贝蒂讷，只好绕城而去，连夜直奔圣波尔，既没有理会国王卫队，也不在意各位亲王。

　　这个时候，在莱斯特朗姆、戈尔格、埃斯泰尔等地，传言像点着的导火索迅速蔓延，说埃格泽尔芒率领一支骑兵纵队马不停蹄赶来。军官们挨门挨户被从床上拉起来，集合的鼓声敲响。天下着雨，大家一面走上街头，一面穿衣服，看见一些马儿朝相反方向疾驰而去，不知去什么地方，黑暗中碰上人影就问，不是撞上这一群人就是碰上那一伙人，指挥官们不期而至，亲卫兵的长官来到掷弹兵那里，掷弹兵的指挥官却去了火枪兵那边。

　　最棘手的是重新集合车辆。御弟殿下在后面，从他所在的拉福斯到马尔蒙所在的埃斯泰尔之间，已经乱成一片。埃斯泰尔像座小城，横在利河后面。发生了什么事，隐瞒了什么事，现在必须向所有的人说清楚。于是，在埃斯泰尔广场，在钟楼前，贝里王子殿下在雨中向大家解释。钟楼上的钟是世俗的，每年从圣周四受难日到星期天，钟不会为罗马而沉寂，而是借助机械，照旧在整点和半点鸣响，奏出一首曲子的一个个音符，盖过了贝里公爵的声音。大家一下子并没有听出是什么曲子，但歌词却浮上演讲人的脑海："一路平安，迪莫莱先生！无险无难，圣马洛上岸……"这歌词就像一种残酷的嘲讽。王子殿下说刚才收到，不，刚刚收到国王的一封信，信使送来的，国王不得不离开里尔和法国，重新集结点是伊普尔①。国王一行就要越过边境。愿意追随国王的可

_____

① 比利时地名。

以随陛下越过边境, 但其部队留在贝蒂讷的指挥官必须回去, 回去遣散部队, 不愿离开国土的人一块返回。

因此, 我们不用去里尔了, 而是开赴巴约尔, 或者起码要去巴约尔和阿尔芒蒂耶尔之间一个名字不详的地方。坦率地说, 是朝东北方向。在最近的地方越过边境, 尽可能走直线……说实话, 艰难的旅程从这里开始。

还是黄昏时分, 天色已经漆黑, 乌云翻滚, 大雨滂沱, 队伍历尽艰辛总算抵达这个地区, 但是情况更糟了, 利河一过, 一个向导指着一条路的起始段让大家看, 这条路从埃斯泰尔大街分出来, 它的右侧就是通往阿尔芒蒂耶尔的大路。队伍马上就走进了一个布满沼泽和泥炭沼的地区, 这个地区被认为一年有三分之二时间不能通行。队伍缓缓向前挪动, 每走一百或一百五十图瓦兹就集中一次, 但这样做无济于事, 并不能让人知道遇到岔路该往何处走, 而且岔路又不少。这一带, 道路纵横, 迂回交错, 当地人称之为“马路”, 就像一座尚未建成的大城市, 容易迷路, 尤其是这路曲里拐弯的, 要躲也躲不了, 每遇弯道, 要不要笔直前行, 会不会走进农田, 正想看, 冷不丁陷入了芦苇丛, 原来是水道, 见鬼, 赶快出来! 因为这地方的田野和水域仍然划分成方块状, 车辆到了这里, 那才有好戏看了……嘿, 与其一直往前走……你不认为我们在走回头路吗? 带路的人一点不比我们高明! 谁在说话? 啊! 对不起, 元帅阁下……如果有户人家, 就可以问问路了。是的, 可惜没有, 小村落很少, 又分散。再说, 这是往哪儿去的路? 巴约尔? 不……斯蒂维克……在埃斯泰尔时, 有人就这样告诉我们, 要去斯蒂维克, 可以走右边, 也可以走左边, 走小莫蒂埃, 或者是勒杜利厄, 一定会到的。走勒杜利厄, 稍微远一点, 但总归会到的。不过, 走右边还是走左边, 不只选择一次, 而且也不总是通达小莫蒂埃或勒杜利厄, 瞧, 就这样。“无险无难, 圣马洛上岸……”是的。白天, 那些步兵如果有能耐从一块石头跳到另一块石头, 就可沿着路边的步石前进。可是在夜里, 那些步兵……

法布维埃走在马尔蒙边上。他突然开口说话, 马尔蒙没有听出是谁的声音, 一开始的反应是想把坐骑让开一点, 但从说话的内容听出是他的副官。法布维埃对他说:“我们何不回贝蒂讷闭城不出? 围城有可能旷日持久? 显然, 波拿巴担心法国人打法国人, 这会给外国干涉提供借口……”

“不存在这个问题,”马尔蒙说,“我们去荷兰, 国王已经在那里了。”

片刻沉默, 被咒骂声打破。刚刚翻了一辆车。谁的车? 马停下了, 走吧, 这不关我们的事, 我们在头里, 前进。什么头里? 谁知道后面有没有人跟着。如果他们在哪个拐弯处迷了路，其他的人就会跟他们走的……

"元帅阁下，"法布维埃说，声音透着忧虑，"在巴黎时，您还称赞我那个卢浮宫工事化计划，国王不予采纳，也就算了。现在他去了伊普尔或别的什么地方。这是历史和他之间的事情。可是，难道您不明白，对于拿破仑来说，最主要的是国家在召唤他这个假说，而他回来了，易如反掌……如果我们抵抗……如果流血……"

马尔蒙默然不答。他把斗篷的领子翻起来，北风呼呼，刺得耳朵生疼。

"今天上午天气都快热了，可是您瞧，一到夜里，又变得凉飕飕的……"

法布维埃失望了，如果不想打仗，又为何要有国王卫队，为何把年轻人集合和武装起来呢？这样做也许有道理，也许没有道理。如果有道理，那就打一仗来证明这样有道理。

"可能，"他继续说，"贝蒂讷不是理想的要塞……我是说它的位置，离里尔和阿拉斯太近，否则凭借沃邦式城墙……也许可以直接转向埃丹，那儿离边境远一些，对盟国的诱惑不那么大……"

"我不明白您的意思，"马尔蒙说，"您感到不安的是联军离得太近？而不是埃格泽尔芒的士兵？"

"元帅阁下，"法布维埃解释道，"盟国不合时宜的干涉，可能起到巩固波拿巴联盟的作用，并将我们变成外国的走卒……"

马尔蒙有克制地一笑。别人看不见他脸上的表情，但是埃丹大概不会比贝蒂讷更合他的意。对他来说，他不可能在皇帝主宰的国家里逍遥度日。一到夏纳，波拿巴就明确表示，等待他的是行刑墙和十二颗子弹。是否就是这个理由使元帅有可能越过边境与国王会合，致使其他人……天哪，看这路拐来拐去的！怎么，这下可好，走进水塘里了，陷进去了，这是些什么？泥炭？退后！扑通，扑通！扑通！这匹马，怎么啦？它躺下了，怎么回事？

必须停下来，等等其他人。

其他人是谁呢？这其他人，也许就是我们。一会儿我们就在阿尔芒蒂耶尔或者埃斯泰尔会合，或者更糟。万一埃格泽尔芒或旺达姆的人真的从阿泽布鲁克向我们扑来，知道我们在埃斯泰尔……停下！口令！啊，是您，洛里斯东……元帅阁下，阿图瓦伯爵殿下不得不放弃他的马车，因为车子驶上一条小路，没法拉出来。啊，是这样吗？那么，他的那些小木桶呢？他把它们分给一些亲卫兵了，现在嘛，就听天由命吧！好哇，您说得倒轻巧。那可是我们军队的给养金。我嘛，我反对把王室的珍宝运往英国……您看见我们在比利时沦为乞丐了吗？您后面这位骑士是谁？对不起，公爵大人，我没有认出是您，黑夜里的猫，像在烤炉里，真正的烤炉，伸手不见五指……黎塞留公爵大人骑着马，他的车子呢？啊，您要知道，那不是我的车子，那是罗什舒阿的敞篷四轮马车。我不知道他在哪儿，不，我说的不是马车，而是那个小莱昂……我一直以为他走在前面，跟你们在一起。

莱昂·德·罗什舒阿在哪里，我压根不知道，至于那辆四轮马车……

队伍停停走走，走走停停。众人边走边聊。有传言说我们的火炮，是的，我们的火炮已经拉往阿尔芒蒂耶尔……不能再往前走了。怎么回事，阿尔芒蒂耶尔？可我们还没有到阿尔芒蒂耶尔……不对，火炮走的是另一条路。您来能解释一下，从贝蒂讷出来，本该绕道里尔。有个最简单的法子，没有人想到，那就是出门不带炮。再说，东奔西走，炮管什么用。没有炮，所有这些弹药车带着何用？

莱昂·德·罗什舒阿的那辆有篷双人轻便马车跟在掷弹兵后面，行驶在一条土路上，而走在掷弹兵前面的是什么呢？谁说得上来，谁聪明过人。说陷进泥里，就陷进泥里。还有一辆敞篷四轮马车和一辆货车。不知为什么，货车的车夫是当地人，一个老百姓。此人说话含混不清，一个字都听不懂，说是当地人，但看上去对当地的情况并不熟悉。货车里堆放着箱子，还有三个人。四轮马车里有黎塞留公爵的衣物和罗什舒阿的旅行衣箱，罗什舒阿的仆人挤在车上，车子颠簸，害得他时不时伸开手臂挡住这个或那个物件，这副样子逗得那个车夫直发笑。车夫是新雇的，但是已走了五天五夜，或者五天四夜吧，大家互相都熟了……这个车夫说的话也很古怪，但与那个不一样。这是个巴黎人，叫贝尔坦，满口俚语，听来听去就听懂那几个字！他老家该是贝勒维尔吧。罗什舒阿先生的仆人是凡尔赛宫一个侍从的儿子，说话用词讲究，讨厌俚俗之语。贝尔坦的手臂四周刺有花纹，不愿意让别人看见。在阿贝维尔，仆人撞见车夫擦洗身子，发现绕车夫左臂的刺纹是一条蓝蛇，蛇头伸到右乳，车夫，或者如他自己所说，是个"拉脚"，假装相信这种好奇又难以启齿的原因；之后他老是取笑他的旅伴，弄得仆人浑身不自在，因为说到底，事情可能不是毫无根据……这天夜里，"拉脚"心情极坏，便同他的伙伴说起了皇帝。在这种情况下，一个马车夫嘴里竟冒出"皇帝"这个字眼！"这苦差事，你想干一辈子？当奴才，你乐意？竖起你的狗耳好好听着……"仆人的词汇中没有这个动词，而后面的话，他该竖起耳朵好好听的那些话，其实更不适合他的耳朵，或如车夫所说的"狗耳"。不管他是不是正派人。黑夜里，在这沼泽地带，看管伯爵大人的漂亮镀金用品盒，身边却有这么一个人，算是倒了大霉。因此，他像喜获天赐礼物似的欢迎一个亲卫兵搭车。一次歇脚，这个亲卫怀抱一个大包裹，从一块石头跳到另一块石头，徒步赶上来，说他的马陷进了泥里，只好丢弃，请求搭车，成为车上的第三位乘客……马车夫骂了一句，没位置了。可仆人拿腔拿调地反驳说可以挤一挤。"那就爬上来吧！"贝尔坦嚷道，"先生是个好人，不过得小心啊！知人知面不知心……"

雨中的时间似乎过得很慢。离开埃斯泰尔时大概是两点，现在可能是四点了。突然，迎面碰到了一队骑兵。停下！口令！这是一队火枪手，不是他们就是我们弄错了，不然怎么会碰上呢？现在该往哪边走呢？

贝蒂讷，无论在城门哨所，在城墙上，还是在部队分散借宿的各个住家，国王卫队一夜没睡好，而且只睡了一会儿。各警卫分队一解散，住在当地居民家里的就不满四百人了。泰奥多尔和房东一家交谈了很久，在场的还有个叫贝洛内的上尉。上尉是个工程师，毕业于综合工科学校，指挥贝蒂讷的工兵连，他的看法与少校不谋而合。他十九岁在瓦格拉姆获十字勋章。泰奥多尔又讲起他在白天想到的事，说他甚至找不到理由为国王出走而死。上尉望着他，一脸惊讶，突然气呼呼地冲着他说："没有理由死，先生，就有理由活……"这话令我们的火枪手大为震惊，但没有说服他。房东家的姑娘沉默寡言，看来她并不讨厌泰奥多尔。小让想留在这里，他一直听得十分专心，快到午夜的时候，他眼睛都快睁不开了，妈妈把他打发走了。"啊，啊，我的让让，"少校说，"瞌睡婆婆刚来过，该去'困觉觉'了……"这个字是普鲁士人去年带来的，当时，从4月中旬到5月中旬，他们在冯·朱尔嘉将军率领下在贝蒂讷停留。他们路过此地就留下这个好的回忆。贝洛内先生的一个亲戚，因为不愿意在阿拉斯街一家客栈的马棚里给普鲁士人的马匹铺干草垫，他们的士兵就追着他满城跑，拿马刀乱砍，直到他气绝身亡。也许，人们再也不愿意在贝蒂讷看到这种事！现在，朋友们，我们也该去"困觉"了。

觉是睡不成了。在主人家那个去了巴黎的儿子弗雷德的房间里，有一盏绿玻璃罩油灯，只不过灯里没有油，照明靠的是一个玻璃盘里的蜡烛。泰奥多尔坐在床沿上，那是一张柱式大床，用的是浅黄色德国木材，也就是德国橡木，床柱上挂着花彩条饰和绿色哔叽床帏。这是刚才那位姑娘带他看房间时告诉他的。这小卡特琳娜很好奇。不漂亮，但很好奇。"这是我舅舅马许的床，是作为遗产留给弗雷德的……舅舅是制宪派教士，被人害得活不下去了……"是的，这是乡村本堂神父的床，这张床为什么会在这里，卡特琳娜解释了一番，仿佛火枪手会对此大惑不解似的。她又看看家里人是否忘了给大肚洗漱罐盛满水……在这座城市里，大家总是怕缺水。设想一下，这个女孩，假如我抓住她的手，亲吻她……这是一个愚蠢的假设。我没有这种欲望。再者，对少校来说……当然，这个假设愚不可及，但这也许意味着如果我抓住了卡特琳娜的手，那就会惹出什么事来，可能我就有了活着的理由。缺少死的理由，就足以成为活下去的理由，这话不对。这个工程师，他在什么地方学会这样推理的，在综合工科学校？

事实是，刚才，我们突然有一种孤单的感觉，我指的是长官不在，他们都随王弟阿图瓦伯爵而去，而且不假思索，就明白过来，我们的命运掌握在自己手里，开始民主地……以民主的方式……讨论该拿什么主义，生活发生了什么变化。我们再不是那种任人摆布、唯命是从、听人差遣的人了，仿佛出自本能，我不由自主想到了普瓦的集会！也许，这就是自由，也许自由至上的生活值得享有。也许吧。年轻的鲁瓦耶-科拉尔，他的理想是服从。令他心头不安的是，为了能继续服从同一些长官，今天或明天他就得不服从他们。一个士兵是不思考，不判断，不做决定的。否则就是反叛。我觉得自己有一个不可思议的癖性，就是以反叛为职业，说到底就是毫无当兵的职分。这位工程师上尉……他可是个士兵，然而，他竭力希望我有活下去的理由，但不知他有没有想过，如果我活着，如果我继续活下去，那是为了当个反叛者，也就是否定自己的道德观。好了。生活中的反叛就好比绘画中的对比：什么与什么对比，如同造谁的反？

他把鞋脱了，两只脚搓来搓去，腰也不弯就把袜子也脱了。他感到一双光脚接触到了空气，内心有一种特别的快感，不知这个弗雷德长了一副什么模样，我像个小偷一样钻进他的床，这张神父舅舅的床。他嘛，十八岁，打过仗，知道自己想要什么，他朝着自己想象中的未来前进，打算参与缔造这个未来……改变世界……他是一个士兵，一个反叛者。就这样。怎么把两者结合在一块呢？既不是国王也不是将军的士兵，而是一种思想的士兵。也许这就是自由……罗马艺术奖的一个不错的主题！一个制宪派的神父，也是这么回事，是神父，又是叛逆？马许舅舅，当他睡在这张床上时，在床幔之下，围着绿色的床帏，他又是个什么样子的呢？是他给少校与阿尔德贡特主婚的吗？那个时候，不一定非得去教堂……弗雷德看上去像他母亲，那么也就像他妹妹了……是该睡觉了……今天晚上，我觉得少校神情疲惫……如果我拉起卡特琳娜·拉勒芒的手，那么一切都会改变，我永远不走了……

在全城，在各个哨卡，情况都一样，没有人决意睡上一觉，哪怕只睡片刻。明天将有好戏看，也就是说，今天……众人三三两两，或大声交谈，或小声议论。这会是国王的旨意吗？怎么办呢？等骑兵队回来，那可能太晚了……但又必须守住城池，不让敌人进来，准备在城门口，在城墙上战斗，必要时在大街上，在小院里作战。埋葬在贝蒂讷地下，那是无上光荣……

啊！你在做梦，你呀，还埋葬呢！你不看看这地方的人……至于战友……你已经看见了，那个保罗，在你之后讲话的那个亲卫兵，军服上有蓝滚条的……卢森堡部的，不，诺阿耶部，我想是的……他们都支持他……在法国用嘴巴效忠国王！还都是些扛枪当兵的，你说说看，唉！

有些人把能随身带走的东西打个小包，还有一些人……

不管怎么说，里瓦热街的旧货店生意兴隆，那是因为有不少这样的年轻人已经……甚至没等听到国王的信函……什么？溜号？好，现在下达的命令还不是要你当逃兵。

天亮了，毛毛雨细似罗纱，下个不停。从凌晨三点开始，队伍转悠了大约三古里，走错方向，重新找到路，大家停下，心头忐忑，怕知道谁到了这里，又恐没有人来过。就这样在沼泽地、泥炭沼和泥淖里打转儿，前后四个小时。有的人举动怪异，走路拿着手枪，一有风吹草动就开枪。天空开始泛白，大家总算松了一口气，该让大家知道到哪里才能真的睡上一觉。走吧，别泄气，不管怎么说，到了这里，斯蒂维克，离边境还不到一古里。到了比利时，我们可以睡觉了，这是当务之急。是在比利时，比利时真的那么近吗？你呢，你也打算过去？去比利时？有个人边走边说，手里牵着两匹马的笼头，怕马受累，没有骑。这是一位将军的坐骑。你的脚，又不是将军的脚，你骑上好啦，不是吗？毕竟到了这里，总不能在最后关头败下阵来……

骑兵部队集合，但车辆几乎都没有跟上，有辆车断了车轴，大多数陷进泥里，其他的下落不明。所有的人大腿以下沾满泥水，有些人更糟，有的脸上都是泥。那些经历过别列津纳河战役的人，就像莱昂·德·罗什舒阿，还谈起往事，做着比较。拉斯蒂亚克说，我真弄不明白，我的车夫还没有到，你们没有看见一辆绿色敞篷马车吗？看样子，弹药车多半翻倒在灯芯草丛或河道里了。有些骑兵还丢了马，好呀，你们活该！边境太近。你们最好留在这里，想办法溜回阿尔芒蒂耶尔吧！阿尔芒蒂耶尔在哪里？

御弟殿下立马村口。边上是阿尔芒·德·波利尼亚克和弗朗索瓦·德斯卡。殿下到底有多大年纪？今天早上，他是一个老人。达马斯先生已不提他发烧的事了，但这并不是说烧已退了。车子还在的几乎只有元帅一人，车身溅满了泥，谁在车里？马尔蒙自己查看了一下，他部队的钱箱还在车里。他非常想打个盹，但他不能不向御弟殿下看齐，他必须骑在马上，大家的眼睛都盯着他呢！黎塞留先生问莱昂·德·罗什舒阿：那辆有篷双轮轻便马车呢？希望这辆马车能赶上来，赶到这里，或者，下一站是什么地方？拉克雷什。那就在拉克雷什赶上来吧，蒙佩扎！将军有什么吩咐？看看我的马车是否在后面……遵命……

刚才我说这雨像什么来着？像牛呼出的气，像晦气的尘埃，这不是近几天下的大雨。这是另一种苦难。它刺痛你的皮肤，让你受不了。啊，对了，像苍蝇，像水蝇。如果要骑原来的马往回走，重新穿过沼泽呢？那么，最好就不要等到今晚再行动了。不，不是说要去比利时吗？比利时是个隐含希望的字眼。眼下，雨丝蒙蒙，犹如无数苍蝇的腿，道路不再那么糟糕，只是当初修路，没有人想到这路要承载骑兵队、国王骑兵，忍受战马密集的践踏。过一会儿，路又打滑了，大家好似在芥末泥里。队伍又停下来。那些人是卢森堡卫兵，他们想快马小步赶上，他们的指挥官是谁？一定是个十足的笨蛋。

那边就是大路了。停止前进！又停啦？骑兵队不要走上与边境平行的大路，除非侦察结果告诉我们无须担心。瞧，已有亲卫兵过去了，在对面的牧场上安营扎寨。不要紧。侦察兵出发了。下着雨，大家等着他们回来。当地人天刚亮就起床，出门看骑兵队经过。眼下，骑兵队缓步前进。莱昂·德·罗什舒阿陪着黎塞留先生。蒙佩扎回来了，什么也没有找到。溅了一道道泥浆的轿式马车门开了，波尔迪苏尔将军下车活动一下腿脚。法布维埃离开马尔蒙，朝不远的一个农庄走去。他看见院子里有猪。孩子们来到大路上，凑近了打量这些军人，不多久就没了兴趣。雨还在下，毛毛雨，不要紧的。下久了才发觉衣服湿透了。有些病就是这样得的。孩子们不再注意部队，只管自己玩耍，什么都不在意。连雨也不顾。一个高个儿女孩和一帮小孩，十来个人，跳起了轮舞，一边唱道：

> 他是撒丁国的王，
>
> 真正的好人之王，
>
> 他已经拿定主意，
>
> 把苏丹王拉下马……

法布维埃觉得像被歌词堵住了喉咙。有个小女孩挺像天使玛丽的孩子，只是稍微胖了一点……孩子们唱完一段，停止转圈，拍手喊道：

> 朗，扑朗，扑朗，卫呀，卫呀，卫兵！
>
> 朗，扑朗，扑朗，卫兵向前冲啊！

这是一场干雨，就像闭着嘴唇干咳一般。啪嗒，啪嗒，啪嗒！轮舞又转了起来。

> 他拉起一支军队
>
> 总共八十个农民，
>
> 仅四门白铁大炮
>
> 是他的全部炮队……

孩子们停了下来，有节奏地拍手：

> 朗，扑朗，扑朗，卫呀，卫呀，卫兵！
>
> 朗，扑朗，扑朗，卫兵向前冲啊！

随即又转起圈儿，摇头甩发，像是要摆脱蜘蛛网般的细雨：

> 一头驴驮着萝卜
>
> 给部队送来给养……

法布维埃不再留意这轮舞。他呼吸着早晨的空气。一股潮湿的烟味。朗，扑朗，扑朗……一个久远的回忆，那是在蓬阿穆松附近，天气晴朗、炎热。那些孩子，那是他。大人尽可闹革命，去打仗，去死……轮舞还是轮舞，孩子是国王……

> 他们看见一条河，
>
> 把它当作大西泽；
>
> 又看见无数苍蝇，
>
> 把它们当作巨人……
>
>
> 朗，扑朗，扑朗，卫呀，卫呀，卫兵！……

雨就像无数的苍蝇，雨侵入了他的生活，天使玛丽在哪里？蓬阿穆松在哪里？

当他们来到牧场：

"天啊！世界可真大！"

他们说："敌人来了，

快，快，我们快走吧！"

这时，雨下大了，孩子们唱完迭句，就四下散开，边跑边喊："我们快走吧！"村口那头，军号吹响，召唤四散的骑兵。部队出发了。在清理过的采伐林地上，一些农民双臂交叉倚着铲柄，孩子们已不见踪影……骑兵们出了村子，踏上斜向东北的小路，雨迎面而来打在白色斗篷、头盔、马鬃和军帽上。远处有一排树，很可能就是大路，地势朝那头微微倾斜。对面，另一侧，山丘起伏，恐怕就是比利时了。"天啊！世界可真大！"

早上八点钟，头戴羽翎两角帽的王弟殿下、身穿灰色漆布雨衣的贝里公爵和裹在黑领白色斗篷里的马尔蒙元帅，出现在里尔到敦刻尔克的大路上，在巴约尔以南，正好离通往拉克雷什的路一又四分之一古里。他们后面还有大约一千五百名骑兵，尽管有些骑兵滞留途中，还有一些听了贝里王子殿下在埃斯泰尔的简短讲话，天一亮就去市府表示要回家，绝不去国外；还有些逃兵和胆小鬼，乘着夜色去了阿尔芒蒂耶尔或弗勒贝；另有几个品行不端之徒，受托看管装金子的小桶，却禁不住诱惑而卷逃；再有就是些毛贼偷儿……炮兵的弹药已经不见了，车辆差不多全出了事故，陷进了泥里……

这些车辆后来找到了，三辆四轮豪华马车，其中两辆饰有徽章；一辆黄色双座四轮轿式马车、两辆坏了的大车、三辆敞篷四轮马车、六辆货车、四辆运货小马车、四匹上了马具的挽马、多辆压坏的炮兵弹药车；弹药车里有行李、银器和钱，十七只餐盘、三打碟子、十四个餐盘罩，这些器物全是银的，上面还有国王的纹章；另外还有四副马鞍，其中两副是车夫的；两把军刀、一把剑、两顶头盔、一对马鞍手枪和各种梳洗用品、马厩和厨房用具。嗯，差点忘了，还有一匹装备齐全的战马，是轻骑兵科尼亚尔先生主动交到埃斯泰尔市府的。此外还有几条皮毛鞍褥、马披、一顶白羽帽子、一条带有金银绦的腰带、三双护膝长筒靴、四副鞍具、五十套马笼头、十副轻便马笼头、二十条马厩肚带、两件马鞍套、一个坏了的空鞍囊、六只掏空的小帆布箱……没有看到带篷双轮轻便马车。

　　两位亲王和马尔蒙没有走远，只是穿过大路，沿着铺石车道，朝阿尔芒蒂耶尔方向走了大约二百图瓦兹后折回，随后与骑兵一起下了大路，朝比利时方向走向山谷深处，那里已是边界。阿图瓦伯爵发现了唯一的一个大农庄就说该歇歇脚，梳妆一下，刮刮脸，可不能像现在这副样子去国外。于是，两位亲王和必要的随同人员准备歇脚，大家下马，骑兵和战马把农庄围住，一部分人进去，占据了这个封闭的宽阔院落。这是一座铺了石子的四方大院。堆着厩肥，还养着鸡。住宅在院子最里面，其他三面是带铁门的牲口栏，圈着猪、奶牛、马匹，牲畜尿从门下流出。农民们拿着长柄叉赶来，看见这阵势，顿时变得恭敬有礼。盖着瓦片的石墙里面，闹闹嚷嚷像个蜂箱。但这一切何须再描写一番？都是现成的，我走进去，认出了这地方。

　　1940年5月26日至27日夜里，在令人窒息的热浪和烧得通红的树枝的包围中，我们的车队穿过大火中的阿尔芒蒂耶尔，火星从车门飞进来，我们让第三轻机械师的人员在此处下车。一架飞机轰炸了这里的房屋，在离农庄不远的地方被击落。这情形我在其他场合描述过，何不再写一遍。

　　……这座农庄很奇特，它有一个大院落，方方正正的，四周房屋围绕。餐厅里，一些男人，各部门的人员，包括行政人员、炊事员，个个叫苦连天，强打精神玩着扑克，或跟担架员、护士闲聊。对于这些透过窗户就能看到边界的人来说，比利时人投降的消息就像一场突如其来的海难。他们以为船只像陆地那么坚实，岂料会四面进水。院子里停着我们剩下的车辆，司机都在车上打盹儿。四面八方都能看到浓烟、大火。农庄女主人的小姑子从阿泽布鲁克来看她，这下可是有家不能回了，德国人横在她家乡和这个地方之间，而且两个女人都获知比利时人的处境，知道自己的丈夫已在比利时被动员入伍，至少自以为他们已在比利时。于是她们急得在屋里团团转，长吁短叹。以后再也见不到他们了。全完了。德国鬼子要来了。死就死吧！什么都保不住……

　　以上摘自八年前写的那部小说①，那部小说没有完成，就像生活，像我的生活。但是在生活中，在法国的这个边远地方，1815年，查理·阿图瓦刮脸梳妆，让自己容光焕发地前往伊普尔；而1940年的伊普尔，要走的英国人络绎不

_____
① 指阿拉贡著的长篇小说《共产党人》。

绝，我们只好苦等，直到出海的道路空出来……这里发生过这样一件事，我
从未提及过。您记得吗，我的中尉？您对我一直怀恨在心，您以为机会来了。您
在跟这些女人说话，您背对着我。她们神态失常，但我看得很清楚，她们脸上
透着恐惧。她们的眼睛在问，是谁？是哪一个？您呢，只见您在肩头上方扭头
用下巴指向我。您对她们说了我的名字，当然这名字并没有您希望的那样有
名气。您向她们解释谁是这场战争，这场灾难的罪魁，您告诉她们我所属的那
个政党是怎么回事……她们带着孩子，张牙舞爪地向我扑来，其中一个可怜的
女人还拿着一把刀。您忽视了士兵，我的士兵，他们保护了我。后来您干什么去
了？我想是进了保安队①。有人后来向我谈起您。对此我兴趣不大。不过，小说
对此另有所述：

　　这种死亡的舞蹈使在场的人失去了自制。让·德·蒙塞听着这些士兵，他
的伙伴说话，十分惊讶。他从来不知道他们在想些什么……现在，恶言粗语
像浪涛一样扑向每一个人。多少人突然变成了失败主义者？他们突然满腔悲
楚。他们痛恨长官。他们讲的话前所未闻，或许只能在噩梦里听到。死，为谁
而死？法兰西这个名字猛地使三四个人不能自控。不，够了，够了！这个法兰西
已被人弄成这模样。

　　阿兰面色惨白，犹如死人。他几乎是压低了声音对蒙塞说："简直糟透
了，你瞧……"让他这样想。在战略上可以被打败……可以与亲人离散，被驱
逐、被追捕……可以倒下，肉体倒下。但是，这失败犹如尖刀插入人们的意
识，这失败已变成他们的血肉和思想。难道真的完了吗？②

　　啊！混乱之地，苦难相交相斥之地，屈从受辱之地，心灵蜕变之地，祖
国的无比巨大的伤口……这吵吵嚷嚷的两堆人没有任何可比性：一边是1940
年的残兵败将在寻找出海之路，另一边是1815年复活节前夜亲王们在逃亡路
上。这是诸神死去的日子，两次都一样，如此而已，这些年轻人，漂亮的军服
浸透雨水，胯下的坐骑精疲力尽，宏大的梦想全部破灭，他们与我当年指挥
的青年并无多大不同，他们在想些什么呢？同样的农庄，同样的牲畜，田野环
绕……一派升平景象，只有农庄的建筑与之不符：农庄如虎蹲伏，抵御了百年
外族入侵，没有朝外的窗户，房舍牢固坚实，却防不住电闪雷鸣。山谷被树林
隔开，边境上灌木丛生，那边山岗上，有一条异域公路，炊烟从一幢看不见的

---

① 第二次世界大战期间的法奸组织。
② 摘自《共产党人》二十六卷。

房子升起,比利时……

留在大路边站岗的亲卫兵带来一个走错路的人,此人衣衫褴褛,神色惶惶,浑身哆嗦,说话支吾不清。他要见旅长罗什舒阿……罗什舒阿和蒙佩扎从农庄出来。道路泥泞,他们深一脚浅一脚地走着,一个落魄之人,一个恶形恶状的可怜家伙扑向他的主人,吻他的手,说话前后不搭。原来他就是那个仆人。他们打我,把我推倒在地,还想淹死我,朝我扔石头……什么?怎么回事?马车呢?我的马车呢?你把它丢在哪里了?贝尔坦呢?贝尔坦在哪里?

提起这个名字,这个可怜人惊恐不已。贝尔坦。那个拉脚!啊,啊,那赶货车的!你胡扯什么?你喝醉了?怎么糊涂成这样子?大概累糊涂了,还是烧得神志不清了……就算被人扔进粪堆里,也不至于如此狼狈。因为那些骇人的事情,什么偷盗、黑夜里发生的那一幕、沼泽地里的逃窜、掉进泥炭坑、抽得背脊脸颊火辣辣痛的鞭子……这一切,与一个有尊严的人遭受的屈辱和失尊相比,还算不了什么,哪怕我说的只是一个仆人,但仆人有仆人的尊严……一开始他们想拉他下水。他们是谁?喏,那个赶大车的,还有那个亲卫,我真傻,竟让他上了车……这怎么可能呢?国王卫队的那些先生都是好人家出身,都是军官,可是,那个……他拿走的东西……他们乱翻行李,我大声呵斥,他们打我耳光,您要是听见他们骂些什么就好了!伯爵大人的用品箱,那些漂亮的镀金用具……还有公爵大人的衣物……钱……

有什么办法呢?被人抢劫了,被人抢劫了。然而,在这下着雨的早晨,小雨宛如梳子耙子,从斜里搔挠你,就像砂子掉进路上的水洼,而在这个时候,在这个可怜巴巴的仆人身上,有某种滑稽的东西,令人忍俊不禁,就像莱昂·德·罗什舒阿以往看到一个失态变样的人那样,无论在这里还是在吉尔吉斯,在葡萄牙。算了,必须懂得克制。在这种时候笑话人家实属不可理解。再说也太残忍了……刚才我还在说,别列津纳河战役……我现在跟那时一样狼狈……身无分文……只有身上的衣衫,口袋里的刀,啊,啊,瞧,还有三枚金币,还算运气!我随身带的五百法郎就剩这点了……还有我的两匹马。不错,但有人会不高兴的,那就是我亲爱的舅舅。有趣的是,这个阿尔芒–埃马纽埃尔·德·黎塞留,跟罗什舒阿一样,也被洗劫一空,只见他待在那里,一身俄国将军服,他的旅行衣箱丢了,也就丢掉了恢复法国人装饰的可能性……

拉斯蒂亚克先生同样见不到他的绿色敞篷四轮车了,这辆马车令他十分自豪,因为车上整套附件都用摩洛哥皮革,非常漂亮。这可能就是在里尔接收的那辆车，车况糟糕，破损不堪，皮革也被扯掉，行李不翼而飞，刹车链子也丢了，窗门玻璃被打破，车灯也不见了。达马斯先生的黄色双座四轮轿式马车也无踪影。他现在骑马走在王弟殿下和弗朗索瓦·德斯卡中间，他们从农庄出来向部队告别。他还在发烧，眼前的一切如在雾里。塞扎尔·德·夏特吕跟他说了些什么？车子、行李……啊，灾难当前，东西多一样少一样又算得了什么！他所惋惜的，真正惋惜的，是放在蓝天鹅绒盒子里的小外孙乔治·德·拉贝杜瓦耶的细密画像，也就是小若若的肖像，丢了这张肖像，他的流亡生活将更加痛苦难熬。还须提一下的是那只银制英国怀表，带闹钟，用起来那么方便……毕竟是件纪念品，太可惜了！随他们的指挥官进入农庄大院的轻骑兵组成了护送队，走在头里的是两位亲王和马尔蒙。绿茸茸、湿漉漉的广阔田野里，亲卫兵们已经等急了，他们被这几天和昨夜的行军，以及回头路，折腾得疲倦不堪，蒙头转向，而很久以来第一次集合的火枪手和掷弹兵躁动不安，似乎在等待一个已经周知的决定，却又固执地希望这决定能得到重新审议。

　　两位亲王、元帅、达马斯先生、波利尼亚克先生、德斯卡先生和身着外国制服的黎塞留公爵一行走上前来。跟在他们后面的是韦尔热纳先生、莫特马尔先生、塞扎尔·德·夏特吕和洛里斯东。在他们对面是列队待命的部队，其中有奉命接管亲卫兵各部的军官，原来的副统领，除了马尔蒙，都随陛下走了。雨停了。天空灰蒙蒙的，气温略有升高，天气又热又潮湿，看不到放晴的希望。天哪，这个可怕的时刻竟要等那么久！八点钟，他们抵达铺石路。现在是十一点。这三个小时他们在里面干什么呢？刮脸用不着这么长时间吧？据说他们开会协商了很久。什么？看来一切都清楚了，来到这里就是为了越境去比利时……显然不是所有人都去……讨价还价，难道这要花那么长时间，带谁走，让谁留下？每个人都看看身旁的人，心想他会去哪一边。他们几乎都像是孩子，其实他们大部分还是孩子。他们害怕被抛弃，他们朝法国那边望去，心怀恐惧，天晓得那边等着他们的是什么……可是，一想到即将迈出决定性的一步，分道扬镳，前往异国的土地，他们就会感到额头灼热……恐惧都一样。机遇尚未可知。但见王弟殿下催马趋前，举起佩剑，向忠诚的部队致敬……

　　在露天里对近两千骑兵讲话，既不简单也不容易。声音衰老而沙哑。长时间的失眠令他身上乏力。没有人看见，阿图瓦伯爵在讲话之前悄悄画了个十字。他又摸了摸口袋里那串念珠，那是教皇连同祝福从罗马寄给他的。然后，他举剑致敬。

　　开头几句话传过来了，很清楚，可能是风儿带过来的吧。这是一个简短的告别演说，顺便表示感谢。声音只能传到头几排，那里的马匹突然躁动起来。众人看得很清楚，殿下控制不住自己的激情。他向部队告别，因为部队不能带武器进入比利时。老调重弹，这是大家早已知道的事。再说，我们拿什么养活你们呢？我们将与国王会合。而你们，还有受命率领你们的长官，你们就一起返回贝蒂讷，与你们的同伴会聚……

　　讲到这里，一切都消失了，声音低了，风也转向了，讲的话都飘向比利时那边，飘向山间的小路，飘向那远处的炊烟。每个骑兵都感到心寒如冰。他们身上有某种东西离去了。他们已经不听了。他们要与这些亲王分路而行，各随天命了。船只遇险，只有一条救生小船，其他人只好在断了桅杆的筏子上随波漂流……

　　什么，就这些？这就把我们给打发了。亲王们返回农庄，有人在门口招呼各路指挥官。大家看见王子殿下的灰色雨衣随风飘动。当时离他较近的人还最后一次看到查理–费迪南眼里噙着奥地利安娜式的泪珠。在院子里，真正的告别，私人之间的告别开始了。副统领洛里斯东恳求让他护送亲王到国王身边。这是他的肺腑之言吗？他已知道，在贝蒂讷，遣散国王卫队的任务落在他身上，他将与拉格朗热会合。各部指挥官都有责任留下来。如果以后他们想再去找……洛里斯东先生将指挥国王卫队直到卫队解散。不，王弟殿下再也控制不住自己，抽噎起来，浑身颤抖不已。他们要离开这个国家了，在亲王和流亡之间就隔着那么一条狭长的土地，一段无多的话语……外面，最后一支护送队组成。三百亲卫和火枪手，由法布维埃上校率领，上校将护送马尔蒙到底。他们将走到新埃格里兹，边界那头的第一个乡镇。到了那里，那些愿意护送流亡中的法兰西儿子到伊普尔的也要分手了……黎塞留、波尔迪苏尔、马尔蒙、博浓维尔、拉费罗内、南图伊、费朗索瓦·德斯卡、阿尔芒·德·波利尼亚克、罗什舒阿……

　　三百名亲卫和火枪手，最后一支军队。洛里斯东先生已出发去了离农庄四分之三古里的尼埃普。部队将在那里集结，然后前往贝蒂讷。好好休息到早晨。恢复体力。就让这漫长而不祥的一天过去吧，这一天，上帝死了，法兰西已经没有国王，也没有亲王……明天，谁知道会发生什么呢？也许是好天气。那将是星期天复活节，钟声将重新响起。大家转向法兰西的目光满含疑虑。三百名亲卫和火枪手一直来到了新埃格里兹。其中两百人返回。两位亲王踏上异国土地，随行只有一百骑兵和两辆幸存的马车。在尼埃普，各部长官拜访了新任司令劳·德·洛里斯东阁下。但是，大家知道已经有人逃走了，在农庄时就已看到一些骑兵朝巴约尔策马飞奔而去。不会有人追他们回来，也不会去追赶那些到了尼埃普就决定赶往里尔的人。

事情就是这样，即使在国王卫队里。那些人要去投顺。有点迫不及待。他们将佩戴三色徽章。不过这些人只是少数，也许……

傍晌午时分，七个精疲力尽的人到了巴约尔，他们请求住宿，被打发去了市政府。在市政府，他们表示想要一张安全通行证，因为他们想在现政府下重新服役。这是格拉蒙部的七名亲卫，军服都镶有绿色滚缘。不久，又有些掷弹兵和火枪手到了阿尔芒蒂耶尔和埃尔坎盖姆。就在尼埃普，国王卫队还在时，有些轻骑兵已到市政府表态了。显然，只有马尔蒙元帅的腊古扎部亲卫和韦尔热阁下的长矛轻骑兵各自把队里的饷银分了。这样他们起码一个月不用在帝国军队里谋职了。一人分得八百法郎。这是一点延长的忠诚换来的酬金……

就在这个时候，贝尔坦这个"拉脚"和他的同伴，在里尔把镀金盒的用品，还有各样银器，拿去向高利贷商人兜售。不管怎么说，他们进账一大笔，八千法郎金路易，两人分而得之，是可好好享乐一阵。以后的事，看看情况再说吧！

那个小木桶，进城前他们把它埋了，还是不要惹事，带在身上太招眼，反正什么时候去取都不迟。这两个人互相窥视，目光里透着杀气。

贝蒂讷的天空总是灰蒙蒙的。从早晨起，雨暂时停了。经过一夜没完没了的激烈讨论，许多亲卫兵、掷弹兵和火枪手还在睡觉。然而，时间已是下午两点。那些在这不适当的时候起来的人恢复了活力，发现驻军情绪激动。现在，再也没有人怀疑这是背叛：无论是那些还想逃亡、去比利时追随国王的人，还是那些已经决定打退堂鼓回家的人都不再怀疑了。"背叛"这个词成了他们为自己开脱的理由。甚至连亲王也不放过。贝里公爵怎么能丢下我们呢？说起王弟殿下，有人提到第二个基伯隆①……他们私下长谈，见人走近就缄口不语。换岗得不到保证，因为所有的人都在站岗值勤。城墙上，巡逻队瞭望城外，在

① 法国小镇，位于法国西北部基伯隆半岛最南端，1795年6月国民公会当政，保王党人则在英国人支援下在基伯隆配合朱安党人实施报复。

沼泽地、树林和道路上寻找埃格泽尔芒的骑兵，连眼睛都找花了。两支巡逻队，分别来自两座城门，在城墙上相遇，就开始攀谈，评论早上听到的消息，把值勤和危险都置于脑后。拉格朗热先生叫人告诉部队，交出武器是恢复自由的条件……因为城门关闭，已经插销上锁。他们怎敢这样？我不是跟你说过，拉格朗热是叛徒！他居然要我们自己解除武装来赎回家权利？事实上，遣散行动已在各部队开始，那些迫不及待的人已去登记了，还给办了通行证……但他们还不能马上出城！不，还得等骑兵部队回来。他们什么时候回来呢？今天晚上，也许吧！首先，没有部队指挥官的签字，什么都不算数。也许，明天吧！

巡逻的道路极为复杂，组成半月形堡的前沿哨卡犹如城墙长出的粗壮棘突。瑞士百人队卫兵背倚大炮而坐，凝视着天边，说不定最终因无聊透顶而打上一发炮弹。从城墙下到城里，可走城墙小阶梯和拱形通道。眼前就是里瓦热街，肉铺林立，屠宰废弃物随处可见，血水腐肉臭气扑鼻。猛地，泰奥多尔在旧货铺的货摊前撞见了蒙科尔，他正在摸弄一套车夫服、一条法兰绒裤子、一件凸纹条格平布上衣和一顶大毡帽。蒙科尔看到他的军中前辈，顿时脸上一阵红一阵白。他低声对泰奥多尔说："事到如今……"他眼里满是焦虑！小蒙科尔不想多谈，丢下旧衣，转身走了。这些旧衣服还算像样，不太脏，泰奥多尔拿起裤子在自己身上比了比，不合身，反正……以后再说吧。

在城堡那边，是小广场，那里执行过死刑。1814年1月底，在那里枪毙了普里德瓦村的路易–奥古斯特·帕泰内尔和伊西多尔·勒普雷特，这两个人是一个农民党的首领，在内唐一家小酒馆杀死了建立不久的帝国卫队的一名轻步兵……他们是当着父母和兄弟姐妹的面，当着沉默人群的面被处死的。对于那些全身心忠于国王的人来说，这是一个神圣的地方。这里被七个志愿兵选作集合地。他们是瘦高个保罗·鲁瓦耶–科拉尔、一头卷发的亚历山大–吉耶曼……抢救我们的旗帜！这是他们首先想到的。但必须等到傍晚，趁有人进城，新门或里瓦热门的吊桥放下时出逃。

泰奥多尔从大广场慢慢地回来。那里已成了流浪人的宿营地，满目凄凉。在大车底下，车轮后面，总有其他的志愿兵在瞌睡，炊事兵、司务长和管理员打着呵欠，四处转悠；还有瑞士百人队卫兵，满口粗话，其中一个说了一句差不多这样的话：早知如此，他才不会刮掉胡子来取悦国王呢。卖水的小贩推着独轮车经过，车上放着水桶，但这一天不吉利，谁都没有心思洗澡。

"我看见您了，"当他回到陶器店时，卡特琳娜对他说，"不过，我可不像您那样磨磨蹭蹭的, 热里科先生……我很想把弗雷德的一套衣服送给您, 省得您去旧衣商那里, 那边净是些破烂货, 脏极了, 到处乱放。不过, 跟您比, 我哥哥的身材不算高。他的上衣穿在您身上, 恐怕连扣子都扣不上……"面对这个英俊男子, 就像当地人说的, 一个大帅哥, 她说话的语气流露出仰慕之情。讲这番话也是为了掩盖一些想法。泰奥多尔心里明白。这个姑娘神情忧虑。"小姐, 出什么事啦? 看您说话心不在焉似的? "

姑娘觉得自己的心事被人看出来了, 神情有些局促。"啊, 没什么, 只是爸爸身体不大好……他要我们别跟您说。"

"可是, 我有话对他说……"

"我不知道, "她说, "如果可能……不管怎么说, 别说太久, 千万别累着他……"

一个地方出了一连串事, 个人的生活仿佛停滞了, 在这样的日子里, 似乎什么都不会发生, 但事情偏偏不是如此。这段时间少校有些勉为其难。事实上, 在去普瓦之前, 他已经感到不大舒服。但他又不当一回事。无论如何, 他都不能错过这次约会。从普瓦回来, 途经杜朗、圣波尔, 一路骑马。而他早已不习惯这种长途跋涉。他到底怎么啦? 医生走了, 开了药, 还有汤剂。

如果从未见过一个人卧病在床, 就谈不上真正了解此人。少校用臂肘撑着枕头抬起身来。这完全是个老人! 衣衫没有领子, 露出松弛的皮肤……日光暗淡, 一张圆形床头桌, 像一根桃花心木柱子, 桌上随便放着一只杯子, 里面装着黄绿色汤剂, 一只汤匙里还留着一点白色粉末……"弗雷德来信了……"病人说, 脸上浮现出一丝苦笑, "我病得真是时候, 不是吗? 这孩子又入伍了……"

什么? 巴黎的信到了? 从哪条路来的? 怎么是驿车带来的? 今天早晨, 他们放驿车进城了……他们? 埃格泽尔芒的人吗? 少校诡异地一笑: "埃格泽尔芒的人? 没有埃格泽尔芒的人……这些都是别人瞎说的……不, 我想说的是阿拉斯城门的哨兵让驿车进来了! 因为围城的是你们, 您知道……"

老人在皱巴巴的被单里转了个身。"别激动! "他的妻子阿尔德贡特从隔壁房间朝他喊道。她大概是从活动穿衣镜里看见自己的丈夫了, 这面穿衣镜是家里仅剩的意大利宝贝。"别动, 弗雷德里克, 大夫说过……"

他咳嗽起来，皱了皱鼻子。"这些迪亚科里犹斯①，如果非听他们不可……"

接着，他说起了自己的儿子。

泰奥多尔听他道来，心里却想着自己的父亲。老泰奥多尔总是为他提心吊胆! 骑马、气温、女人、同伴、疾病、饮酒……什么都替他担心，一个为孩子操碎心的父亲! 而眼前这一位，为儿子，为儿子身上那股闯劲感到无比自豪，好一个野小子，鬼神不怕，虽然长得不壮实，甚至有点娇弱，但在上学时就跟个头高他一倍的淘气鬼打架，回到家里，一只耳朵全是血，耷拉下来，只得缝上……"您想，十六岁半他就和那些匈牙利人打架……那是在贝桑松……看我啰里吧嗦的，这些事我对您讲过三遍了! 他是个爱国者，我向您保证。当他知道登陆的事……无法把他留在贝蒂讷……就该这样。因为今天的青年，他们不完全像那些脚底抹油的小伙子……青年与青年不一样……像弗雷德这样的年轻人……有人说就像共和二年战士，是的，共和二年战士，不是吗? 我们这些人，当年满腔热情，那是有充分理由的，人民起来了，国王进了监狱，新的思想层出不穷。对于今天的年轻人，您是怎么看的呢? 有人认为他们没有希望，没有前途，可我看不见得! 让他们立即投入战斗，奋勇向前，不获成功，决不罢休，那他们身上准有那么一股力量! 他们并不从发生的事件中，并不从别人为他们创造的世界中吸取激情……这种激情必须发自内心，从这里……"说着他握紧拳头拍打胸口。一阵咳嗽，他不作声了，让自己喘一口气。"我让您累着了吧?"泰奥多尔问。他说："不用管我，不用管我……说起孩子我就不累，相信我……这样一些吵吵嚷嚷的孩子，就是未来……"

泰奥多尔问起弗雷德是否……我叫他弗雷德，就好像我认识他似的! ……总之，弗雷德，他是否狂热崇拜拿破仑? 因为泰奥多尔有一种担忧，有一桩心事，年轻人也……他自己这一代，以及再年轻一点的……也为这个卷土重来的人欣喜若狂，年轻人……他们是否对这个人和另一个人一样崇拜? 或者这是同胖子国王比较的结果? 或者这就像姑娘一样，头一个落到你手里的……少校坐坐好，瞅了瞅自己那双瘦骨嶙峋的手。

"您要我解释什么呢? 我不知道弗雷德脑子里是怎么想的。其实事情并不复杂。拿破仑回来了，其他人走了。再说，我不厌其烦地告诉您，皇帝将来怎

---

① 法国古典主义剧作家莫里哀（1622—1673）喜剧《无病呻吟》中的两父子，均为无知、自大的庸医。

么样，就看我们要他怎么样了……"

这话他在普瓦说过，此后就再也没有提起。他又开始想儿子："一个正直的孩子，我向您保证……这样的孩子是人民的福气。人民有这样的孩子……"

"对了，他那么年轻，"泰奥多尔问，"您不认为这种热情会很快过去吗？"

少校呼吸费力，抬手摆了摆。他想竹筒倒豆子，一下子把什么都说了：他有信心，今天的青年会成为杰出的人，世界将在他们手中改变，这是些勇敢、执着的人，他们不会舍弃身上的重任……他们会继续大革命开创的事业……在他们的手里，法兰西的国旗……他那双浅蓝色的眼睛已经褪色，角膜布满血丝，但透着某种道不明白的激昂和光泽……他讲述儿子在学校里的琐事，那些侠义举动，还有……

"弗雷德里克，"阿尔德贡特轻声说，"你不该把自己累成这样。再说，热里科先生也不认识孩子……孩子会想念父母的，做父亲的目光……"她边说边转向客人，"不过，他真的是个好孩子！"她把手指放在嘴唇上示意旁人……其实少校已昏昏欲睡，半张着嘴巴，眼皮微微跳动，手指在被单上伸展开来，指关节处的褶皱又粗又圆，指甲像是被压扁了……

他们踮起脚走了出来。

"听着，热里科先生，"少校的妻子说，"我想我这里有您需要的东西……卡特琳娜跟我说了。她表兄马许是赶驿车的车夫，我看他的身材跟您一样，差不多吧……他一定有穿旧的衣服……这事我来办，我不会让您把钱花在旧衣铺里的！"

少校的眼皮合上了，上面有些大斑点，眼皮底下的眼睛转向未来，转向一个没有化为言语的梦想。在本色大花床幔下面，少校正顺着变化不定的流水离去，顺着他再也见不到的岁月飘逝。他脸上所有的皱纹、过往所有的担心，组成了这个关于未来的为人不识的启蒙课本，而他曾为这个未来活着。皮肤上有些小伤疤，下唇有一道瘢痕，灰色的胡子早晨没有刮，满脸胡茬；右眉梢有一颗肉痣，鼻侧一道汗湿的皱纹没入胡须。您在讲述一个令人不安的漫长故事，一个受无常世事摆布的命运，当代历史的乱象，我想象中的德乔治少校的一生。但是，这一生，如此长期的劳累，现在已到尽头。它是来者的肇始，是它之后的希望的开端，它是另一个重生的生命，这生命年轻、颤动，带着二十五年前的梦想和别的什么，如若不然，它还能是什么呢？什么都没有结束，我要走了，自我解脱，撒手尘寰……这好比季节更替，好比枯死的草儿逢春复生一样。死？死意味着什么呢？我们不死，因为还有其他人。我们那么强烈那么热烈地思考过的、相信过的、爱过的一切，都会随着后来之人而复苏，这些身心长大的孩子，敏锐地感受到春天的气息，感受到善良，感受到夜晚的温馨。

过去，过去！这种说法已相沿成俗，无须讨论：人死之时会瞬间回想起过去，他的过去，这恰如耐心缠绕的记忆线团一下子松开。仿佛人不是对过去的否定，一种出自过去却永不回到过去的东西，仿佛回忆本身不是改变过去，不是一个按内心意愿予以修正的形象！人并不转向过去，我愿意相信——尽管我会因此受到抨击，在最后时刻，人的肉体会意识到这一时刻本身所做的残忍评估，而灵魂则朝前看，想知道更多，用行将熄灭的微弱眼力，竭力预见更远的道路，转弯那头，天边……未来。

在写这些话的时候，我正好过完六十一个年头，这也是患足痛风的国王，这个双脚浮肿而被人用轮椅推着走的路易十八的年纪，我不知道，也许这部书只是假装，只是表面上在回首往事，实际不过是我对未来的重要探寻，也许只是我对世界的最后看法，而在这个世界上，我只有一个需求，那就是使我日常穿的衣服，我一生穿的衣服破裂瓦解。可能正因为如此，随着我在书中从圣枝主日一直写到复活节，有一个字眼，像是拍击地面的声音，一个由大地传来的遥远声响，越来越频繁地在我的记述中低鸣，这个字眼重复响起，这个字眼像一面敲个不停的鼓，鼓声隐约、清晰，这个字眼就是"未来"。

也许我在重织历史这幅奇异而古老的锦缎，丝线纵横交错，疑问和确信随之出现，构成人物和色彩的复杂图案，也许我投身于一个业已消亡的时代的人群，以求摆脱对这个我已走完一段人生旅程的世界的简单无奇的看法，并在尘埃中寻找各种各样的种子，我之所是、我们之所是的种子，尤其是来自我们、反对我们、高于我们、超越我们者的种子，寻找人们称之为"未来"的墓地春天。

也许因为我此刻正在度量尚属于我的那一点点现实，我才竭尽全力，矢志不移，以一种令周围的人大摇其头的过度辛劳，拼命地把全部过去转向未来。

我就是贝蒂讷窄街一所宅子里的那个人，当天色渐暗时，从这宅子的窗户望出去，几乎只能看见一角铅灰色天空，那是阳光？还是生命？我就是那个人，疾病突如其来，起码别人觉得是突如其来，因为自己的心脏只有自己最了解，就连医生的仪器也只能捕捉到骗人的症候，我就是这个人，突然发病，中断了他平日里的絮叨，躺在床上，还在隐隐地转身，只有迷惘的目光似疯如狂地注视着未来……

未来是他本人的延续，是他的思想向别人转托，是这个变了样的躯体的活力，是传送的才智、感染的热情，人在梦中永远不死，如果在茫茫黑夜的深处为他留有一点星光，一点意识，他就能理解一切，设想一切，但虚无除外。是的，当你以为看见他在回顾过去时，他其实是在呼唤他的青春，呼唤他那还承载着未来的青春。随着他的逝去，他的青春化成了众生的青春，这是以他的名义取得的胜利，是所有的死者对致死者的胜利。此刻，人的未来就是他身后的青年。

青年……年轻人起来了，替你怀抱世界的希望。有人会像欺骗你一样欺骗他们，嘲笑他们，像对你一样给他们设下重重陷阱。但那又何妨？他们是生命，他们是新生。你就让他们竟至以生的名义取笑你，取笑你曾经的生活，仅仅是你的生活。这笑声为你洗雪因失败、挫折、失误而蒙受的耻辱。长者啊，年青一代是你的无上荣耀……贝蒂讷城日光西沉，窄街的老人。

是的，这些青年起来了，怀抱世界的希望。你的眼睛已成了玻璃体，它看到的不是你，也不再是逝去了的过去，而是你的儿子，你的儿子们，是未来。什么祖辈要比孙辈更伟大，愿你永远丢弃这类骗人的神话。在贝蒂讷这张床榻上，你临终时内心充满着什么样的光？大革命和帝国的堕落的孩子们，何以用他们的脸膛照亮这渐渐陷入黑暗的房间的窗户？而在你灵魂的窗户上，这光是新生代的光，他们要把你带向你未能抵达的更高境界。你不接受有人强加给你的对他们命运的裁决。你的儿子，你的儿子们，他们是变强大了的、正在抵达其他星辰的你自己。你就尽量看看他们要走的路吧。别去听本世纪你身后那些哲学家和历史学家的评说，他们对继你而来的这一代人充满了轻蔑和傲慢的怜悯，因为他们对薪火相传和献身精神一窍不通，因为他们把一时的轰动叫作伟大，哪怕只是大炮的轰鸣。

1793年的战士，你瞧，他们来了，你的儿子们。闪开，那个卑劣小人，竟拿着证据，依照出纳法则，按借贷关系审判这些后人，傲慢地笑对接二连三的密谋活动，而这些活动消耗了后生们的生命和青春，不要忘记那些为此死去的人。他们长期投身于似乎一开始就被历史判为无望的事业。然而，他们满怀信心, 赔上全部青春韶华和半辈子的前程。在经历了王爷复辟后的一次次屠杀, 真正的恐怖时期后, 每年都发生了许多狂热行动和流血事件。在那段时间, 少校的预言实现了, 因为, 你瞧, 拿破仑战败, 人民把他夺回手中, 让他顺从其意愿, 变成人民造就的拿破仑, 而不再是奥地利皇帝的妹夫, 他通过下层人, 只通过下层人而存在, 想当初, 他害怕成为下层人的囚徒, 仿效各国君主的宫廷, 反而成了这些君主的阶下囚。虽然他出现在领半饷军官的烟袋上, 老兵的烟斗上, 农家茅舍的墙上, 出现在反政府人士唱的贝朗热的歌曲里, 但在法国全境, 从格勒诺布尔到拉罗舍尔, 从土伦到里尔、到巴黎, 大部分谋反者……他们都是共和党人, 是平民百姓, 只要有人一挥手, 他们就会慷慨赴死, 没有任何人资助, 没有银行作保, 还被他们有时当作盟友的名流要人出卖, 他们的谋反已不是阴谋的产儿, 而是来自社会底层的抗议。啊, 1816年的爱国者们! 看这个托尔隆, 他把手腕放在沙滩广场的木砧上, 对刽子手说: "剁吧, 这只保卫过祖国的手! "跟他一起殉难的是一名皮革整理工和一位账房先生。那年, 在伊泽尔省, 让-保尔·迪迪埃究竟为谁做事, 如果有人还在怀疑的话, 那么, 他那年轻的同谋, 在拉米尔当裁缝的莫里斯·米亚尔, 十五岁, 为了自由, 5月15日倒在格勒诺布尔的广场上, 这可是确凿不移的事实。次年遇难的还有德邦, 第二兵团的先行官, 曾从拿破仑手中接过十字勋章, 而这个步兵团, 德乔治少校在那里待过, 莱比锡战役后不久, 弗雷德也曾在那里服役。在格勒内尔军营, 德邦没有交回勋章, 而是当着行刑队的面把勋章折叠了吞下肚去, 死时才二十四岁, 和他一起赴难的伙伴夏伊厄年仅二十二岁。当小弗雷德里克1818年到达巴黎法学院时, 那里的学生已不像1815年的志愿兵了。那一年, 多亏了黎塞留, 外国军队才撤离法国领土。1819年, 我的少校, 你儿子就因为《当务之急或我们面临之威胁》这本小册子进了监狱。正在这个时候, 法学院里, 他的同学们奋起保护他们的老师, 被院长停职的巴武先生。军队被叫来用刺刀对付学生。学院被勒令关闭。这一年, 弑君者格雷古瓦神父被人民选入议院, 国王却派人宣布选举无效。第二年, 弗雷德在法学院的同学, 一个二十三岁的大学生, 在圣体瞻礼节前被军队杀死在杜伊勒利宫的栅栏前, 弗雷德当时也在场。次日, 他和各学校共六千年轻人一起, 拿着木棍向王宫进发。第三天, 四千人身穿丧服安葬他们的同学, 队伍中也有他的身影。当天晚上, 从路易十五广场, 里沃利大街, 直到圣安托万区, 都发生了骚乱。就在第三天, 在圣德尼门和圣马丁门一带, 人们高呼: "共和国万岁! "弗雷德也在其中, 当时有一人遇害，五十人受伤。1821年，法学院的学生还得由军队评定优劣。不过，弗雷德已加入了自由之友会，走上了谋反的道路。这个时刻到来了，1822年开始了这一代人伟大而悲惨的历史：这是动乱和决斗、阴谋和处决的年头……这是图阿尔和索缪尔两地起义的一年；这一年，贝尔东将军被枪决，拉罗舍尔的四名中士上了绞刑架①，尽管烧炭党②人试图在途中劫人，并在行刑前买通比塞特的监狱长（出钱人中有法布维埃上校、奥拉斯·韦尔内和他的朋友泰奥多尔·泰奥多尔）。法学院又起动乱，医学院也不得不关闭……这就是青年人。那么，是谁，是哪些浪漫派作家，从司汤达到缪塞，说起这一代青年时竟横加指责，仿佛这些年轻人没有信仰，只会喝酒抽烟，引诱姑娘堕落，只知道兑现年金息票，仿佛他们不如帝国的军人，不如文艺复兴时的雇佣军？这一代青年不受眼前利益支配，不为许诺的好处所动，毫不讲价。是的，老人家，你说得对，共和二年士兵的孩儿丝毫不比他们的父辈逊色……他们并非只是根特林荫大道上的公子哥儿。

德乔治少校睡了，真的睡了吗，只见他呼吸困难，冷汗淋漓，气息急促，一阵一阵的，突然的平静令人不安。来，尽量向前看，看看……

这个你引以为豪的孩子，像你一样，也叫弗雷德里克，他已出发去西班牙了，那边共和党人赶走了国王。这边的国境线上需要法国人。对于比利牛斯山那边的自由，巴黎的波旁王朝决计不予宽容，军队，我们的军队，瓦尔密战役的记忆尚未完全逝去的军队，准备向列戈③发起攻击。从圣塞巴斯蒂安④到伊伦⑤，与法布维埃在一起的有多少人？最多一百五十人，全部来自这个或那个谋反组织。比如小德隆，维克多·雨果的同学，在索缪尔事件中被判死刑，还有戈夏尔、蓬巴和科森……军队正朝比达索阿河进发，他们向军队喊话："士兵们，你们往何处去？在这支年轻的军队里，在这面肮脏的军旗下，谁能认出马伦哥和奥斯特里茨战役胜利者的后人？你们的先锋是嘉布遣会修士和窃贼，领头的是流亡贵族和几个叛徒；后卫是奥地利人。你们要去摧毁你们的父辈用鲜血建立的自由，在法国恢复狂热和暴政……在你们身上被称之为'荣誉'和'纪律'

① 1822年驻拉罗舍尔的法国第45步兵团4名中士因加入烧炭党而被处死。
② 法国秘密组织，活动于19世纪20—30年代，旨在推翻波旁王朝。
③ 列戈，全名拉斐尔·德尔列戈（1784—1823），西班牙将军和自由主义政治家，因支持废黜国王权力而获罪，被国王费迪南七世下令处死。
④ 西班牙地名，靠近法国边境。
⑤ 西班牙地名，靠近法国边境。

的感情,不过是使我们民族消沉和堕落的可憎原则……"他们才一百五十人,干得了什么?从法国拉来的大炮对准了他们开火。啊!各国人民团结互助这一新原则的第一批捍卫者,青年英雄们,学校不教授你们的历史,但你们在这里,在贝奥比海峡建立了这个即将传遍世界的法兰西传统,向将要被遗忘的你们致敬!谢谢你们,你们高喊"奥斯特里茨",抹去了肮脏的西班牙战争,抹去了拿破仑的罪孽,抹去了我们旗帜上的这个污点!

尽量跟上他,你老人家气喘、呻吟,睁开无用的眼皮,露出迷茫的眼睛,你要尽量跟上他,跟上这个儿子,他正在伦敦的丹麦街上,那是流亡法兰西所在索奥区的一条小街。弗雷德里克被缺席判处死刑。你瞧,他跟流亡者在一起!他跟路过的法布维埃说着话,同正要动身去美洲的拉勒芒将军说着话,1815年,这位将军的妻子曾藏在泰奥多尔府上。瞧,他边上还有图瓦尔和索缪尔事件的幸存者,以及拉罗舍尔、土伦和贝尔福谋反行动的幸存者,还有那个马丁-马耶费尔,1834年我们还会在里昂丝绸工人中见到他……那就是你的儿子,就是得知莱比锡一仗失败的消息后离开中学参军的那一个。1825年的一天,在索奥的这所房子里,突然推门而入,不期来到流亡者中间的那个二十岁男孩又是谁呢?瞧,你不认识他了?他是你的小让让,当瞌睡婆婆经过时你打发去睡觉的那个小男孩:他现在来看他哥哥,明天他会跟哥哥一样……你的第二个儿子。不过,还是尽量跟上你的长子吧,他现在在法国,有掉脑袋的危险,阿尔芒·卡雷尔把他藏了起来……等一等,一切如沸如羹,似有什么大事在酝酿中,你听见街上大车隆隆经过吗?车上是火把照耀下的尸体?这是巴黎、街垒,弗雷德里克在罗昂街,手执武器,站了弹药和血泊之中,他说他在期待这个令他不怕死的理由:国家应由全体国民来治理……他正为此而面对死亡。

"光荣三天"①的战士们,是不是因为别人窃取了他们的胜利而不再那么伟大?在头戴皇冠的罗伯尔·马开尔②统治下,你的儿子将一往无前,继续走他的共和之路。在路易-菲利普执政时期,在阿拉斯城,他被起诉二十九次,他选择了战斗。那个时候,世界上有些事情刚刚发生变化,这也许完全出人意料。那个时候,世界上工人的旗帜第一次在法国里昂被高高举起……

啊!可怜的人儿,你现在呼吸微弱,神志渐渐模糊,让你继续跟随下去实

---

① 指1830年7月27、28、29日,即七月革命中巴黎人民举行武装起义推翻查理十世的三天。
② 法国政治和社会讽刺画大师奥诺雷·道米尔(1808—1879)作品中人物,泛指现代社会中披着银行家外衣的骗子、强盗。

在很难很难。接下去的事，悲剧，你还是不知道为好，睡吧，即使不是睡觉……我的目光越过你，注视着你儿子的命运。

悲剧。为了改变世界，我们不能孤军奋战。压在千斤顶上的各种力量应该通力合作，把旧社会顶起片刻，叫它永远地翻倒……弗雷德里克，阿拉斯的弗雷德里克与一个国事犯联系上了。一个以其共和主义激情把他迷住了的青年。弗雷德里克对这位青年的信任还因他身陷囹圄而有增无减。他在阿拉斯创办的报纸上给这位青年开设了几个专栏。这个囚犯不是在意大利与烧炭党人一起战斗过吗？在阿姆国家监狱中，这个奥坦斯皇后的儿子，这个名叫拿破仑[1]的人，对于弗雷德里克来说，就是人民塑造的那种人，的确，他声称拥护社会主义，主张维护工人的权利。

我们处在一个一切都在改变的时代。这个人为何不会改变呢？

一切都在变，甚至国家的面貌。我们到了1843年，维科瓦涅公司获得了贝蒂讷和朗斯之间的纳镇煤矿的开采权。勘探者到处找煤，进入庄园，挖洞、探测。掀起一阵找煤热。有些天真的人，听信别人的花言巧语，堆积如山。男人离开了田地，钻到地下。我们处在大变化的时代。风景和人类都……

1847年11月，弗雷德里克来到贝蒂讷城外的安纳赞城堡，参加有四百五十位来宾出席的宴会，宾客中有大卫·当热、埃纳坎、克雷米厄、夏尔·勒德律、奥斯卡·拉法叶特。他从窗户往外看，已经认不出他童年时的那个天边。远远望去，他出生的城市已不像坐落在高地上，周围长出了一座座黑色的山冈。砖砌的小屋开始形成新的住宅区，孩子们在被鸟舍污染了的小花园里玩耍。三个月以后，弗雷德里克作为共和国特派员重回此地，由他任命新的市镇官员，我认出了其中一位老先生，就是那个贝洛内，1815年在窄街见过，他曾对泰奥多尔·泰奥多尔说，找不到死的理由，就是有理由活着……我的少校，在共和国议会里，你的儿子代表加来海峡省。他是激进社会党议员。这希望也是所有人的希望，但操之过急反而害了他。工人并不通情达理。可是，如果我不站在工人那边，又能站在哪一边呢？是的，人也在变……共和党人，那些与他共事三十年的同志都无法理解他与阿姆监狱囚犯的友谊。他呢，他替社会主义者路易–波拿巴辩护，他信任这个人。他因此成了同伴眼里的可疑分子。但是，我向你们发誓，我了解他，他不可能干坏事，他是个正直的人，他是"人民塑造的那

[1] 指拿破仑三世。

种人"。相信我吧，路易–波拿巴同意当总统，正如他所说，只是为了共和国的巩固和繁荣。瞧，我可不是那种搞妥协的人！6月的时候，我站到卡维尼亚克①那边了吗？我们可以相信自己，我们手上没有沾染人民的鲜血……但是，1851年12月2日②这一天，弗雷德里克看到了这个人的内心世界。戒严、解散议会、御用军控制街道、深夜逮捕共和党人、巴黎尸陈街头、朗贝萨③、卡宴……弗雷德里克如遭晴天霹雳。他从此再也没有回过神来。他被关进精神病院。在他差不多最后三十个月的日子里，他每天都在诅咒扼杀自由的凶手，他真的疯了吗？1854年7月他死的时候，共和党人发起募捐，筹款在他墓上建立雕像。据说皇帝也捐了五千法郎，但没有留名。如今，这尊铜铸头像是弗雷德里克·德乔治的全部遗物。在修筑铁路、拆毁城墙城门、让城市面向未来之时，人们曾以他的名字命名贝蒂讷一条通往火车站的林荫道。后来这条笔直的街道改名，叫雷蒙–普安卡雷大道。贝蒂讷城被毁后重建，少校住过的那条窄街已不复存在，铁匠托凯纳的铺子现在是一家药房，贝蒂讷的孩子们仍在街上玩，当瞌睡婆婆经过时，大人们照样打发他们去睡觉。弗雷德里克的名字对他们毫无意义，虽然小弗雷德里克曾在放学后跟块头大他两倍的孩子打架。这个名字谁都不知道。可以问问那些商贩！这一切重又回到了想象领域。

但是，在阿拉斯的墓地里，社会党人的市政府每年都要维修一尊独特的雕像。雕像下面的立柱隐没在常春藤里，所谓维修，不过是修剪一下常春藤，再在周围放些鲜花。立柱顶上的头像，脸庞瘦削，两眼深陷，鹰钩鼻子；1914年大战期间，炮弹或炸弹横飞，弹片击穿头像，但头像却奇迹般牢牢立在一条张开的斜向伤口上，伤口从左肩穿透脖颈，通达右耳，只在空中留下一轮铜环，鸟儿从撕裂的喉咙穿过，人们透过裂缝可看到云彩……

很快不会再有人知道此人是谁，遗忘早已犹如常春藤，但人们不会每年都来修建它。

傍晚时分，医生来了。他看过病人，摇了摇头，听了听连喘带嘘的呼吸，又瞧了瞧在被单上来回摩挲的手指和那空洞的目光。他说，照他看来，除非出现奇迹，否则德乔治少校过不了今晚。

① 卡维尼亚克（1802—1857），法国将军、政治家，参与镇压1848年巴黎人民六月起义。
② 是日，路易－拿破仑发动政变，推翻共和称帝，为拿破仑三世。
③ 阿尔及利亚著名古镇，以古罗马遗址闻名。1848年成为法国迁居地。1852年当地建成大型罪犯监狱，收押法国政治流放犯。

泰奥多尔又去了托凯纳家里，还想见见演讲那么出色的拉马丁先生，但他又一次扑了空；这个诺阿耶部的亲卫兵把时间都花在阿拉斯城门的哨位上。泰奥多尔呢，眼下一片混乱，没有人想到给他派个差事，或要他站岗放哨。他决不会自告奋勇找上门去，他能在人群和混乱中觅得清静，沉思默想，高兴还来不及。他久久守着这个正要离世的人，那两个女人呆坐在那里，一脸的惊愕，大颗大颗的泪珠不由自主地滚落，屋内一片安静。卡特琳娜轻声对他说："热里科先生，去外面透透气吧！"说话的语气也意味着：让我们单独陪伴他……

整个贝蒂讷像是有个人在死去。出门散步的泰奥多尔走到哪里都觉得自己是多余的，碍这家人的事。他想起头天晚上自己讲的话并为此感到羞愧：我没有找到死的理由……他这话是对这个现在处于弥留之际的人说的。而这个老人最后问，泰奥多尔对国王卫队的人那么宽容，真正的原因是什么，而卫队里的人虽然年轻，却不应该使他忘记他们是人民的敌人，他们在人民面前，而不是在拿破仑面前落荒而逃。泰奥多尔给了他一个也许有点轻率的回答：即使他们是敌人，即使他们是疯子或罪犯，但一看到他们的眼神，想一想他们内心发生了什么，那么，对我们来说他们首先是人。少校脸上露出不常有的那种严厉，看着他说："也许您既无理由活也无理由死，但您真要关心这些罪犯和疯子，那您起码得白费许多时间。"当时，这话在泰奥多尔看来，不过是一个头脑有点简单、因循守旧之人的看法罢了。但到了今天晚上，这句话却另有含意了，讲这句话的人，昨天大概已在估算丝毫不能浪费的时间，这最后一天……

他觉得不能再接受阿尔德贡特的礼物，最好还是自己去旧货店找那件旧衣服。不料，那件旧衣服不见了，而且昨天在这里看到的那堆旧衣服也少了许多。泰奥多尔很自然地来到了里瓦热城门，枪骑兵曾在这里遭遇国王卫队。哨兵朝他喊道："站住！"接着他们认出是个火枪手，就让他进了工事。今天晚上，月光皎洁。白昼长了。在半月堡里，他与同伴们，一些灰披火枪手闲聊，他们邀他打牌，他谢绝了，从那儿可以看见运河和小树林全景、伸向城市两头的城墙。万籁俱寂，鸦雀无声。可能吗？少校说得对吗？真的没有任何人，没有任何部队包围贝蒂讷？

没有。这个星期六晚上，帝国军队离城尚远。如果星期五晚上有军团从阿拉斯或阿泽布鲁克经过此地，那纯属偶然，因为军事调动尚未完成；为了收紧对国王卫队设下的圈套,埃格泽尔芒对贝蒂讷布下包围圈,但包围尚未合拢,还有缺口。为的是促使国王、亲王逃离,从而威信扫地,活生生地沦为外国的傀儡。也为的是让护送他们到边境的队伍回到贝蒂讷,落入圈套,直接谈判投降事宜。他们从哪条路回来?怎么回来?我们的故事发展到此,这些事情都已无关紧要。洛里斯东,灰披火枪队副统领,从他度过星期六的尼埃普地区来到大广场,执行耶稣受难日晚接到的部队遣散令,他只得出一个结论。那就是一定要在白天赶路。因此大家只能在复活节早上看到他回到贝蒂讷。这就是说当时贝蒂讷还未被包围。星期六晚上和星期天早晨埃格泽尔芒在哪里?他一直在杜朗,离贝蒂讷十六古里。复活节那天,两个猎骑兵团将跑完这十六古里。施马尔兹对阿尔纳冯说:"没办法,回驻地吧……北方旅馆有台球室,还能听到乐钟报时,丁零零、一刻钟、半点、整点,都会奏响……"直到国王卫队总军需官德尼埃男爵接到皇帝命令,集结红、白两队的马匹,将它们送往阿拉斯。从星期天夜里到星期一,还有二百多名军官将逃离贝蒂讷前往比利时。

这运作过程怎么如此缓慢,同时又如此精确呢?埃格泽尔芒在杜朗的总参谋部,如果对国王卫队的动向和士气不了如指掌的话,又怎能做到这一步呢?为此,掉进圈套里的老鼠们将指控洛里斯东和拉格朗热,前者在百日政变时没有为皇帝效力,至于后者,据说没过几天就与拿破仑共进晚餐,不管怎么说,拿破仑保留了他的军阶。星期六到星期天这个夜晚,泰奥多尔无法得到任何有关的消息。他感觉到黑暗中这种异乎寻常的寂静犹如一种威胁。贝蒂讷城四周没有一点动静。鸦雀无声。

然而,一辆马车驶来。那边,在城门外的前哨阵地,车夫交涉半天,吊桥最终放了下来。车上装的是从乡下运来的给养,即使天这么晚,且有可能放进一个藏在车篷下的探子,还得同意马车夫进城。不料,就在吊桥落下时,一个由七个步兵组成的小队冲了过来。他们真要强行通过?哨所里的人,就是刚才要打牌的那几个,根本就没有阻拦的意思。他们后面还跟着五六个国王卫队的军官,似乎也想利用这次城门打开的机会。他们大概一直候在那边,待机外逃。眼看就要错过良机,没想到哨兵竟对他们说,"你们,先生们,至少你们做事不像那些无赖志愿兵……"仿佛哨兵想告诉他们机不可失。见他们还在犹豫,哨所指挥官装作被志愿兵骗了的样子,接着哨兵的话说:"命令归命令,可是,对付你们,我只有四个哨兵!……"

可见出要塞易如反掌,只要你想出去。泰奥多尔满可以这样一走了之,什么也不带，甚至丢下特里克。但由于窄街发生的事，他不能这样做。他转了回去。他想过一直走到阿拉斯门去看拉马丁先生。但他还是没有去，我不大清楚是什么原因。他觉得太鲁莽。可是在这座城市里，在这个时候，恐怕拉马丁先生是唯一可以与其谈论绘画和意大利的人了。

两个女人一直守在房里，看来没有挪动过。虽然卡特琳娜已安顿小弟弟睡下。泰奥多尔一进屋，就拉起卡特琳娜的手，但这已完全不表示头天晚上可能有的那种含意。姑娘低声说："他正在离去……"没有神父，房里也没有圣像，床上也没有十字架。对泰奥多尔来说，这一切都很自然，或者说，如果事关他本人，他会觉得是很自然的。但是，他感到震惊的是这两个女人也觉得理所当然。可见另有一些人，对于他们来说，上帝不存在，哪怕作为赌注①，作为面对死亡时的一种暂时忘却。临终也丝毫不想假装信仰基督，从这一点可以衡量大革命后这个地区的非基督化程度。

"有事您就叫我……"他对德乔治小姐说，随后就把自己关在房里，坐在挂有绿哔叽帐、铺着花棉被的黄木床上。隔壁，一个人正在死去，这情景与圣周最后一个夜晚，与无宗教信仰者的复活节守夜，显得多么和谐一致。他想，儿子从巴黎寄来的这封信，就是这条生命的终点，老人家活到这个时刻，直到收到这封信，恰似剧院里演员等着预示结局开始的舞台效果。他想起了那七个逃往比利时的志愿兵，其中有个高个子青年，他肯定就是那天晚上的保罗·鲁瓦耶-科拉尔。就这样，贝蒂讷成了被变幻无常的命运聚合在那里的人的分界线：一些人前往外国，另一些人折回法国，还有一些人奔向虚无。突然，他感到内心一种从未有过的渴望，渴望知道后来的事情。后来的什么事呢？这不是一种很愚蠢的感觉吗？也许是的，但他就有这种感觉，一种不安，想知道下一页是什么，还有明天。认识……看见、懂得……深入了解今天还不能解释的道理，赋予诸事物一种新的逻辑，心里想，瞧，正是这个原因，这个男人，这个女人，这些人，都这样过来了，他们的经历看似偶然，匪夷所思，没有意义，实际上却交织在一起，错综复杂，就像正在书写的一个故事。我们到了贝蒂讷，好像有人在这座城市上空抖动一个大口袋，落下各色人物：蒙科尔、拉马丁、乌德托几个将军，还有瘦高个鲁瓦耶-科拉尔……乱哄哄的一片。

---

① 指帕斯卡赌注，是法国哲学家帕斯卡（1623—1662）的一种论据，旨在说服人们相信上帝，大意如下：相信上帝，你可得到奖赏，却毫无损失；如果上帝存在，你就赢得一切；如果上帝不存在，你亦毫无损失。

现在，一切就像一个头发蓬乱的睡者早上起来：梳头、头发掉落这儿那儿，分出一条头路。要知道后来的事……这天晚上，泰奥多尔觉得自己面对生活，恰似画家面对画布：作画，就是理清头绪。生活也是如此。

　　他独自留在这房里，他承认有些事情此前他一直不甚明白。说到底，有理也好，无理也罢，他渴望生活。他已抵达自己的疆界，必须作出抉择，前往那一边，从此与生活无缘，要不就回到生活，投身其中，猛地，他仿佛为做一番事情的激情所攫。他原来想去见见伟大的大卫，恭恭敬敬地跟他谈谈艺术，请教一些问题，对他说……他本来想去充满阳光的地方旅行，兴许是徒步。去意大利，踏访米开朗琪罗的踪迹；或者去英国，在北方的雾霭中探寻霍格思①的绘画艺术。干脆去巴黎吧，经过这次近乎不能的奔波，他发现了那么多意想不到的事情，现在，巴黎已是人非物非。必须把这些变化整理一下，艺术地表达出来……必须赋予这一切以某种意义。巴黎不再是你骑马穿越的城市。生活，生活中，那些从来都是擦肩而过却视而不见的男男女女，将占据一个新的位置；生活中什么都难逃以人为尺度的批评。他要去奥拉斯的画室看望这位画家，从完全不同的角度与他谈论同样的事物。他对奥拉斯的画并无多大兴趣，但他觉得自己离这位画家更近，因为奥拉斯·韦尔内是联系一个地下世界的活纽带，而自己也已离不开这个世界。奥拉斯、新雅典街……他在意的不再是洛雷特街区遇见的那些人，不再是这座或那座庭院公馆前从车上下来的骑士和贵妇、那些国王或皇帝派系的人士，而是那些身无长物、不改初衷却永远遭难受害的人，那些知道面包价贵却善心待人者，还有那些在街上交臂而过的人：待在墙角的遐想者，赶着大车前往采石场和石灰窑的货运工、用铁齿刷替人刷马的梳马工，拉水给别人洗澡的送水工，生养了任性不羁、经常出入不该去的地方而丧命车轮下的孩子的父母，死守战争或从屋顶坠落的人，在这种或那种制度下生活却说不清为何活得拮据、总是缺这少那而有所期盼的人……他再次想起了新雅典街：有舞场的小酒店、耍木偶的艺人、零散的小屋、鸡、兔子、黄昏归来栽种的小园子、边上有希腊式神庙的林荫小径……拐角处的石膏窑。心想回去后他也许会明白，为什么当初他必须，当初出发前他必须在殉难者街的拱门下碰上卡罗利娜·拉勒芒，这女人倒在他怀里，身子是那么轻盈。

　　他就这样久久地沉浸在遐想中，等着人家来叫他。蜡烛燃尽，烧焦，冒

----

① 威廉·霍格斯（1697—1764），英国画家与艺术理论家。

烟熄灭，他没有再点。突然，在这座死寂的城市里，屋外，钟声大作。午夜十二点，钟从罗马回来，各教堂正好唱完复活节守夜的《荣耀归主颂》，不等马利亚·玛大肋纳①和另一个马利亚②天亮巡视圣墓，在各教堂彼此应和赞美荣耀的钟声中，人们怀着欢庆耶稣复活的急切心情，展露圣像和圣画。全体基督徒午夜就放弃了从星期四晚上开始的难以忍受的漫长寂静。钟声敲响，生活重新开始。我赋予古老的神话以另一种意义。从天而降引起地动山摇、石头翻滚并坐于其上者，不是上帝的天使。此中闪电般闪光、衣服不像雪那样白的，那正是人，那些持剑看着他的人大惊失色！人复活了，守卫逃遁了，生活重又开始了，日常的生活，不需要任何人来创造奇迹，一只杯子和一把餐刀就能在餐桌上奏响感恩之歌，一只女子的手就足以拉开窗幔带来光明，年纪轻轻的小提琴手走在乡间小路上，一边采摘树篱上的桑葚……

门开了。是卡特琳娜。她没有擦去眼泪。她只是说："来吧，都结束了……"

罗贝尔·迪厄多内在杜朗刚被西蒙诺上校任命为上尉，率领骑兵分队在圣波尔城外午休。大家又好枪，把马牵到树下，就围住了炊事车。骤雨之后，阳光微弱。他正与里凯和布瓦尔闲聊，骑兵朗格莱前来报告，一个穿便衣的家伙企图抄近道溜走，被他们抓住了，那人冒充大车夫，说是带着马去杜朗，但那匹马不像是役备，要说这家伙像赶大车的，那我就像王子了。罗贝尔想亲自了解一下。按朗格莱的看法，那可能是国王卫队的一名军官，从贝蒂讷逃出来。"我的上尉，如果是的话，兄弟们会给他点厉害瞧瞧的！"

罗贝尔打老远就瞥见那匹马了，只见他耸起鼻子，脸上的雀斑连成了一片。啊，没错，这哪里是拉车的马！他看见猎骑兵们围着那个可疑分子，问了他一连串问题，对方什么也不回答。此人身材魁梧，穿一件相当破旧的淡黄褐色皮外套，头戴毡帽，靴子却非常漂亮，跟那条破旧裤子实不相配。

"碰上我，"新上尉说，"算你走运。我手下的人正要给你点颜色看看……"

他亲手给画家泰奥多尔·热里科先生签发了通行证，画家要去芒什省，找他舅舅西梅翁·博纳瑟尔，舅舅在莫尔丁当律师。因为巴黎已不准国王卫队的

---

① 即圣女玛利亚·玛大肋纳。
② 指耶稣门徒小雅各和约瑟的母亲玛利亚。

军官入城，而马许表兄的这身服装也无法保证安全。

"不过，你得跟我说说，"迪厄多内说，一脸困惑，"真是鬼使神差，你怎么也陷到那里头的呢？泰奥多尔，你这个国王火枪手！好啊，你可以露一手……喂，他们给你的这匹马可不赖……你怎么叫它来着？我买下好啦……"

"它叫特里克，"泰奥多尔答道，一边抚摩他的坐骑，"这是我的马……刀架脖子也不给。"

有些轻骑兵跟第一猎骑兵团并排行进，有个上尉前来向同僚致意。他自报姓名，德克里维厄。你们知道贝蒂讷发生的事吗？他有个朋友在国王卫队里，乡下的一个邻居，他本想帮帮这位朋友。当他得知那个站在一边的车夫正是从那边逃出来的火枪手时，便问他在贝蒂讷是否认识一个叫拉马丁的亲卫兵。"普拉先生吗？"泰奥多尔说，"他住在铁匠托凯纳家里，在窄街……不过要找他不如去阿拉斯城门的哨所，他一直在那里执勤。"泰奥多尔就要走了，迪厄多内拥抱他，拍拍他的肩膀，说："如果真的要去莫尔丁，代我问候那位弑君者……"

说来奇怪，太阳出来，道路也完全变了模样。

译后记

　　路易·阿拉贡（Louis Aragon, 1897—1982）当代法国著名作家、诗人、社会活动家。在近70年的文学生涯中，他创作的小说、诗歌、散文、评论、传记作品卷帙浩繁，约有百部之多，构成一幅幅绚丽多姿的历史社会画卷。巴黎的评论界称赞他为"二十世纪的雨果"，把二十世纪的法国比作"阿拉贡世纪"。他的作品被选编进法国高中的语文教材，巴黎的一些街道、广场、地铁站以他的名字命名。他逝世后，法国前总统密特朗第一时间发表讲话，说："最伟大的作家之一消失了，法国沉浸于哀伤之中。阿拉贡经历了本世纪的痛苦与希望，他的诗歌的魅力和他的著作的气魄把他推向了法国文学的前茅。我谨向他的遗光致敬。"

　　法国共产党中央委员会在他逝世后发表的公告中这样评价："他始终愿意为党服务，就像他自己常说的那样，尽管有时对他是极其痛苦的。他入党五十五年，始终不渝，其深邃的入党动机胜过任何历史裂痕。"（见《阿拉贡研究》，沈志明编选，中国社会科学出版社，1986年，P.723）

　　一个伟大的作家，撷取了一段动荡不安的历史，展现了一个不朽的灵魂，成就了一部卓荦超伦的小说，构建了一个由文字、想象力和心灵组成的现实世界。这段异乎寻常的历史浓缩于1815年复活节前那一周，也可以说是始于1815年3月20日，落幕于同年6月18日的"百日帝国"，亦称"百日王朝"的历史。这个不朽的灵魂就是法兰西第一帝国的皇帝拿破仑·波拿巴，一头堪与马其顿的亚历山大大帝、罗马的恺撒大帝比肩的法兰西雄师！一部不同凡响的小说就是《拿破仑离开厄尔巴岛》。在这个世界里，除了战争、饥饿、混乱，更有人性的真与善，更有荣誉与信仰。

　　说起翻译这部小说，还有一个小插曲。

　　二十世纪八十年代末，某出版社的一位朋友向我约稿，翻译这部长篇小说。鉴于原著篇幅较大，而且出版社要求的交稿时间也比较紧，我向我的老师求援，陈学吟、麦梅娟两位教授与我组成翻译小组，共同完成了这部重要著作的翻译任务，导师黄建华先生拨冗校阅了全书。但由于出版社的原因，交稿后译作迟迟未能出版，于是译稿在我的书架上被"遗忘"了三十余年，也许是机缘巧合吧，2022年，深圳出版社的首席编辑胡小跃编审闻知有这样一部旧译，表示愿意出版。

　　一部沉寂了三十多年的旧稿能重见天日，令我喜出望外。高兴之余，我也不禁犯难。时隔经年，这部旧译能适应今天年青一代的阅读习惯与阅读兴趣吗？由于时差的阻隔，文字是否需要重新润色？风格是否需要再度锤炼？这时在浙江越秀外国语学院执教的法语教授蒋梓华先生向我伸出了援手。蒋先生花了一年多时间对比原著，把译稿重新梳理了一遍，对译稿提出了很多精益求精的真知灼见。我们在此特向蒋梓华先生表示衷心感谢。

　　在《拿破仑离开厄尔巴岛》首次出版65周年之际，我们把这部标志着作者新的创作方向、新的精神追求的文学名著翻译介绍给中国读者，以寄托我们对法兰西一代文豪的怀念！

　　本书根据巴黎伽利玛出版社1958年出版的版本译出。为了方便中国读者阅读，书中主人公泰奥多尔·泰奥多尔，在多数场合只译其名泰奥多尔。

　　本书在翻译过程中还得到当时先后在广州外国语学院工作的法籍外教Anne ORTHE女士和Jean-Luc DUBREUIL先生的帮助。浙江越秀外国语学院校长办公室的任彩老师作了修订稿的文字处理。深圳出版社的何旭升先生欣然接受担任本书的责任编辑，用功甚巨。深圳出版社的首席编辑胡小跃先生力邀出版本书。没有他们的努力，这部译作恐难问世。在此一并致谢！

浙江越秀外国语学院特邀教授　徐真华

2023年12月于绍兴鉴湖